北京市社会科学理论著作出版基金资助

Twentieth-Century American Women's Fiction

20世纪
美国女性小说研究

金莉 等著

北京大学出版社
PEKING UNIVERSITY PRESS

图书在版编目(CIP)数据

20 世纪美国女性小说研究/金莉等著. —北京：北京大学出版社，2010.6

(文学论丛)

ISBN 978-7-301-17107-3

Ⅰ.2… Ⅱ.金… Ⅲ.妇女文学—小说—文学研究—美国—20 世纪
Ⅳ.I712.074

中国版本图书馆 CIP 数据核字(2010)第 062165 号

书　　名：20 世纪美国女性小说研究
著作责任者：金　莉　等著
责 任 编 辑：张　冰
标 准 书 号：ISBN 978-7-301-17107-3/I·2219
出 版 发 行：北京大学出版社
地　　址：北京市海淀区成府路 205 号　100871
网　　址：http://www.pup.cn
电　　话：邮购部 62752015　发行部 62750672　编辑部 62767347
出版部 62754962
电 子 邮 箱：zbing@pup.pku.edu.cn
印　刷　者：三河市北燕印装有限公司
经　销　者：新华书店
650 毫米×980 毫米　16 开本　24 印张　470 千字
2010 年 6 月第 1 版　2010 年 6 月第 1 次印刷
定　　价：48.00 元

目　录

绪 论

美国文学在20世纪真正走向世界,成为世界文学之林中一棵枝叶茂盛、硕果累累的参天大树。一大批享有国际声誉的作家脱颖而出,对世界文学发展产生巨大影响的作品相继问世。在这一历史时期美国涌现出不少卓有成就的女性小说家,但直到20世纪后半叶兴起的民权运动,尤其是女权运动的深远影响,才使得女性文学研究在美国迅速发展成为显学,其发展之快,势头之猛,的确令人惊叹。对于美国女性文学的研究,近年来也引起了我国学界的广泛兴趣,取得了可喜的成果。但迄今为止,对于美国女性文学的研究还是主要以一个或一组作家为对象,以断代史形式对之进行研究的专著在我国尚未出现。因此本书拟以20世纪美国女性小说这一群体文化为研究对象,旨在系统探讨和展现20世纪美国女性小说在美国文学发展中的作用以及女性作家文学创作的独到贡献。

美国女性作家在美国民族文学的建立过程中功不可没。美国文学的诞生不是伴随着美利坚合众国的建立而自然出现的,而是在对英国和欧洲的藐视所做出的反应中得到了发展。取得政治独立之后,美国建立民族文学的任务变得十分迫切。在此之前,虽然有在印第安人之中流传的口头文学与神话传说,以及早期殖民者创作的游记、诗歌、日记和宗教著作,但这个新兴的国家没有一种凸现民族特色的成熟文学,在文化上与欧洲特别是英国仍然有着千丝万缕的联系。由于很难彻底摆脱欧洲大陆的羁绊,当时的作品在文风、题材上都不乏模仿的痕迹。这个没有什么文学遗产可以继承的新型民族文化在发展初期受到了来自欧洲大陆的蔑视与嘲讽。1820年,《爱丁堡周报》的主编西德尼·史密斯(Sydney Smith)曾奚落早期的殖民者在文学和艺术上难以有所作为。"美国人没有自己的文学",他讽刺道,"所有的文学作品都是进口的"。"四海之内,有谁读到过一本美国人著的书?或看过美国人创作的戏剧?"[1]美国建国之后很长的一段时期内,美国作家所面临的重要任务就是与英国传统决裂,建立起具有民族特色的本土文学,以文学形式来展现这个新国家的面貌。著名作家爱默生写于1820年的文章《美国精神》呼吁美国人创造与自己的辽阔国土和远大理想相

① Elaine Showalter, *Sister's Choice: Tradition and Change in American Women's Writing* (Oxford: Oxford UP, 1994)10.

匹配的文学，表现出高昂的爱国主义热情："我们对欧洲朝廷的文艺女神听得太久了。""我们依附于别人，我们对于外国学识的漫长学徒期即将结束"，"不能永远依靠外国宴席上的残汤剩羹过活"①。美国女性作家从一开始就是开创美国民族文学先河过程中的积极参与者，其创作是美国文学宏大叙事的重要组成部分。

学界一般认为，美国女性写作始于安妮·布雷兹特里特(Anne Bradstreet)的诗集《新近在美洲出现的第十位缪斯女神》(*The Tenth Muse Lately Sprung Up in America*, 1650)，这也是出自新大陆殖民者之手的第一本诗集。布雷兹特里特在诗歌中从女性的视角描绘了欧洲移民在新大陆艰苦环境中所面临的严峻挑战，也揭示了那个时代女性的内心世界与心灵感受。然而，虽然美洲大陆的女性由于殖民时期女性的短缺而享有比同时代欧洲女性更多的自由，虽然所有美洲大陆殖民地的外国观察者都在他们的观感中提到美洲大陆女性的自信和独立精神，虽然女性参与了年轻共和国的建设与民族文学的建构，但是美国女性所面对的是一种置她们于劣势地位的社会期望。第二届美国总统的夫人阿比盖尔·亚当斯(Abigail Adams)提醒丈夫在制定政府政策时不要"忘记妇女"的著名信函，说明当时社会上的性别歧视是一种多么普遍的现象。② 女性写作虽然是除了教书以外仅有的几个被当时社会所容忍的女性职业，从事写作的女性仍然被视为从事某种非女性的活动，遭遇不理解、冷眼或敌视。我们所知道的最早进行写作的美国女性是安妮·霍普金斯 (Anne Hopkins)。1645 年，身为哈特福德市长的爱德华德·霍普金斯把妻子安妮带到波士顿寻求医疗帮助。爱德华德认为，妻子因为全身心地投入阅读和写作而丧失了理智。19 世纪的著名女作家夏洛特·帕金斯·吉尔曼(Charlotte Perkins Gilman)也因无法忍受家庭生活的重负曾经接受过休息疗法，被禁止阅读和写作，她的名篇《黄色糊墙纸》中的女主人公正是在被迫接受这种治疗的过程中最终走向疯狂的。③

由于女性作家被禁止参与公共演说这种对于美国男性作品产生了巨大影响的创作形式，她们转而把小说作为自己施展才能的舞台。进入 19 世纪之后，美国社会经济的迅猛发展使得社会结构发生巨大变化。男性进入社会的各个公共领域，在边疆和海洋驰骋，在商界和政界发挥才干。而女性的天地只有那个被界定为妇女"特有"的领域：家庭。妇女被文化偏见置于"适当的位置上"，

① Guy Reynolds, *Twentieth-Century American Women's Fiction* (New York: St. Martin's, 1999)6.

② Abigail Adams, "Letter to John Adams," *The Oxford Book of Women's Writing in the United States*, eds., Linda Wagner-Martin and Cathy N. Davidson (Oxford: Oxford UP, 1995)491.

③ Elaine Showalter et al., eds., "Introduction," *Modern American Women Writers: Profiles of Their Lives and Works—From the 1870s to the Present* (New York: Charles Scribner's Sons, 1991)x–xi.

很少有机会体验到外面沸腾的经济和政治生活。也正因为如此,出现在这些中产阶级妇女作家笔下的是她们最为熟悉的世界。这些女性作家描写了妇女的生活经历——她们的追求、她们的理想、她们的压抑以及她们的反抗。这些主题与女性生活紧密相关,适应了广大女性读者的需求。这些女性话语颠覆了父权/男性文化的代表话语,以对女性私人空间的关注修正了美国文学传统中单一的宏大叙事。

这个时期的社会环境对于女性十分不利。妇女,特别是中产阶级白人妇女,被禁锢于家庭之中,扮演着社会所规定的女儿、妻子和母亲的角色,其个性发展受到种种无形枷锁的羁绊。19世纪的绝大多数妇女作家都出生于中产阶级盎格鲁-撒克逊后裔的白人家庭。她们富裕的(或曾经富裕的)家庭境况与背景为她们提供了受教育的机会,而这种教育目的在于使她们接受社会的传统价值、学习持家之道、成为合格的贤妻良母。然而,这些女性作家因为手中的笔而走上了一条不寻常的生活道路,具有了职业作家和家庭主妇的双重身份。作为女人她们被局限于私人的家庭领域,但是作为作家她们超越家庭妇女的角色,以手中之笔描述了女性的生活,并且去评判和影响并不属于她们的公共生活。她们都曾有意识或无意识地试图为自己的这种双重身份作某种辩解。对于她们中的大多数人来说,扮演这种非传统角色并非出于自觉的、艺术的选择,而是一种养家糊口的职业手段。① 如果不是因为各种原因失去了传统意义上应该担负起赡养家庭重任的男人的经济支持,这些女性可能终生都会是围着锅台转、侍候丈夫照料儿女的家庭妇女,永远也不会踏上公共舞台,更不可能像有些男性作家那样关起门来潜心练习写作,期望有朝一日一举成名。② 从这个意义来说,有相当一批19世纪的女性作家是被迫拿起手中的笔的,她们的写作生涯并非出于自我实现的目的。但是,就是这种超越传统的角色扮演又使她们达到了一种自我价值的实现,单纯作为家庭妇女的女性绝对无法做到这一点。诚然,这些女性作家还是生活在家庭这个社会所限定的小领域之中,但写作活动和作品的出版又使她们置身于一种非传统的妇女生活模式,使她们成为独立的个体。这也正是19世纪男女作家之间的重要差异。

至19世纪50年代,女性作家已经成为美国最畅销的作家群体,其受欢迎的程度大大超过当时的著名男性作家。当她们成为文学市场上的强大竞争者时,遭到了男性作家和评论家极不友善的攻击。评论家此时已经建构了一种把小说分为高雅和通俗的双层评判系统。在这样一个系统中,女性作品被视为把

① Nina Baym, *Woman's Fiction: A Guide to Novels by and about Women in America, 1820—1870*, 2nd ed. (Urbana: U of Illinois P, 1993)16.

② 19世纪著名作家纳撒尼尔·霍桑大学毕业返乡后,闭门潜心练习写作,长达12年之久。

男性天才逐出市场的垃圾畅销书。[①] 19世纪著名作家霍桑写于1855年的一封信就代表了这样的态度。他在致出版商的信中发牢骚说,“美国如今已经完全沉迷于一伙该死的乱写乱画的妇女。只要公众陶醉于她们的陈词滥调,我便没有成功的机会了。况且,即使我得到成功也会为自己感到羞愧。《点灯人》一版再版,成功奥秘到底何在?还有其他那些同类小说?这些小说水平不可能比《点灯人》更差,不过它们也不需要比它出色,因为这类小说怎么都能销售到10万册以上”[②]。霍桑当年的抱怨的确耐人寻味,它揭示出这样一种文学景观:美国妇女小说在19世纪中叶达到了空前繁荣的程度,它们不仅深受读者的欢迎,其高销售量和高经济效益甚至连同时代的男作家也难以比肩。

南北战争之后,美国女性文学由于高等学府大门向女性相继敞开,更多女性加入职业行列,以及女权主义者要求参政权斗争的不断高涨而发生了变化,这种变化主要体现在性别表现和关系模式之上。19世纪女性文学中所强调的女性之间相互依存、相互支持的关系由于越来越多的女性要求教育、工作、性自由等传统女性领域之外的权利而变得紧张。[③] 社会偏见所导致的公共和家庭领域界限不再那么明朗,女性文化在19世纪最后的二三十年中内容更加丰富、多样化,艺术上也更加成熟。这些作家与其女性文学前辈不同的是,她们公开表明她们所继承的写作传统既有男性也有女性的,并且毅然宣称了自己作为艺术家的身份。她们在内容上挑战了关于女性性关系的清教信仰,在形式上不断追求自由与创新,为女性写作创造了新的叙事形式和情节。至世纪之交,女性文学已经达到美学高度发展的时期。[④] 实际上,20世纪初的某些女性作家,例如伊迪丝·华顿和格特鲁德·斯泰因,也是德莱塞、舍伍德·安德森和海明威等男性作家崇拜和模仿的对象。对于这些男性作家来说,这些女作家比男性文学前辈对他们构成更大威胁,引起更大的影响焦虑。[⑤]

美国文学作为学术领域的构建过程始于20世纪之初。美国文学在高等教

---

① Elaine Showalter et al. , eds. , “Introduction,” *Modern American Women Writers: Profiles of Their Lives and Works—From the 1870s to the Present* (New York: Charles Scribner's Sons, 1991) xii – xiii.

② Nathaniel Hawthorne, *Letters of Hawthorne to William Ticknor, 1851 – 1864*, Vol. 1 (Newark, NJ: Carteret Book Club, 1910) 75.《点灯人》是19世纪女作家 Maria Susanne Cummins 的畅销小说 *The Lamplighter*。

③ Elaine Showalter, *Sister's Choice: Tradition and Change in American Women's Writing* (Oxford: Oxford UP, 1994) 15.

④ Elaine Showalter et al, eds., “Introduction,” *Modern American Women Writers: Profiles of Their Lives and Works—From the 1870s to the Present* (New York: Charles Scribner's Sons, 1991) xiii.

⑤ Elizabeth Ammons, *Conflicting Stories: American Women Writers at the Turn into the Twentieth Century* (New York: Oxford UP, 1991) 2.

育层面上机构化的过程中，美国民族文学在被定义的过程中，主要由女性组成的读者群被剥夺了参与制定衡量作品标准的权利。这一权利落入了新的、不断扩展的、雄心勃勃的职业阶层人士手中，而这个群体的绝大多数是白人、男性和中上层社会人士。[①] 就是从这一时期开始，在相当长的一段时间内，文学批评和历史著作中对于美国文学"女性化"的恐惧和诟病反映了充满社会偏见的意识形态："真正的美国艺术……应当包含男性文化的价值。"[②]1917 年的《剑桥美国文学史》呼吁加大美国文学的批评精神，使其更加充满活力和阳刚之气。许多曾取得了辉煌文学成就的女性作家，在带有强烈男权主义色彩的文学经典建构过程中被边缘化。[③] 在第一次大战之前，多数的美国课本和文学选集都包括了相当一部分女性作家的代表作品；而在战后，女性迅速从那些选集中消失了。

即使是在第二次世界大战之后，一部在近半个世纪内被视为最为权威的《美国文学史》的作者仍然把建构一种统一的宏大叙事视为己任。他们把美国特征定义为民主、移动性、进步和独立精神，强调伟大的美国文学作品就应该努力去反映这些主题。在这一过程中，19 世纪女性作品被排斥在主流文学之外，通常被冠于"感伤小说"、"家庭小说"、"区域小说"、"通俗小说"之名，而受到有意或无意地忽略。例如，19 世纪后半叶的一些优秀女作家就因为被贴上"区域作家"的标签而被主流文学边缘化。而这种做法反映了这样一种流行观念，即一个地区的文学不可能有普遍意义，对于一个后工业化的城市也不可能有指导意义。尽管许多著名的男性作家，如马克·吐温和福克纳，也时而被视为区域作家，但是这个标签主要是用来排斥女性的。[④] 进入 20 世纪之后，随着美国妇女于 1920 年获得参政权，女性在社会各个领域有了更加广泛的参与，女性作品的主题也由此进一步扩展，所涉及的范围不再局限于被称为她们"特有领域"的家庭，而是辐射到社会的各个层面。因而，美国 20 世纪的女性小说与男性小说在内容与形式上的差异已经不像 19 世纪小说中那样如此泾渭分明。

令人遗憾的是，这种男性的统治文化理念，从一开始就拒绝把有色人种女性作家——包括非裔女性、亚裔女性、印第安女性和南美裔女性等——写进美

---

① Elizabeth Ammons, *Conflicting Stories: American Women Writers at the Turn into the Twentieth Century* (New York: Oxford UP, 1991)15 - 16. 比如说，在 1935 年出版的《美国重要作家》(*Major American Writers*)这样一本标准大学教材的第一版中，竟然没有任何女作家入选。

② Elaine Showalter, *Sister's Choice: Tradition and Change in American Women's Writing* (Oxford: Oxford UP, 1994)13.

③ Elizabeth Ammons, *Conflicting Stories: American Women Writers at the Turn into the Twentieth Century* (New York: Oxford UP, 1991)2.

④ Elaine Showalter et al, eds., "Introduction," *Modern American Women Writers: Profiles of Their Lives and Works—From the 1870s to the Present* (New York: Charles Scribner's Sons, 1991)xi.

国文学史，而在20世纪20年代，白人女性作家又被排除在美国文学史之外。[①]美国女性小说“作为一类独具特色的作品”，直到20世纪60年代末的妇女运动中才引起学界的注意。[②] 随着这一运动的不断深入，女权主义评论家将矛头直指她们视为美国文学批评中的“男性”偏见。美国的男性化经典建立在一个关于民族发展的宏大叙事之上：例如R. W. B. 路易斯的《美国亚当》，理查德·蔡斯的《美国小说传统》，弗朗西斯·马西森的《美国文艺复兴》，利奥·马克思的《花园里的机器》，亨利·纳什·史密斯的《处女地》和莱斯利·菲德勒的《美国小说中的爱情与死亡》等等。[③] 被带有男性偏见的评论家所推崇的主题是高度性别化的，在很大程度上忽视了美国妇女对于民族文学的贡献。随着女权主义文学理论的不断发展，女权批评作为一种有别于男性的话语方式，为文学的解读提供了一种新的参照系。通过解构文学批评中的男性偏见，女权批评家揭露了这些批评范例的男权意识形态，揭示了女性作家由于在文学史上的“集体失忆”而无法发出自己声音、被男性掌控的批评文本边缘化甚至排斥在外的境遇。伴随对学界男性偏见的攻击而来的是对被遗忘的女性文学作家和被边缘化了的女性文学传统的挖掘。自20世纪70年代开始，女性小说日益受到重视。像薇拉·凯瑟和伊迪丝·华顿这样的著名女性作家，虽然一直都在评论家的视野之中，但她们的作品一直被视为二流经典。而在女权运动的大潮中，她们的作品愈来愈被视为女性成就。同时，女权批评家进行的一件更为具有深远意义的工作是对于被遗忘的作品或作家的挖掘，这是一种文学的考古，它使众多尘封已久的作品重新进入美国文学经典的殿堂。由于她们的努力，当今美国文学才得以更加完整的面貌呈现在世人面前。20世纪的女性主义批评的发展也是20世纪女性文学普遍繁荣的催化剂，女权批评家对于“女性书写自己”的倡导、对于特异于男性创作的女性文学的挖掘和研究，无疑极大地推动了这一群体文化的蓬勃发展。

那么是否有一种区别于男性创作的“女性文学”？某一群体的成员是否具有共同的本质，或是否因为由于性别的相同而共享某种特性？性别以及女性的社会地位在何种程度上反映了文学的创作与阅读，并且决定它们是如何被解

① Elizabeth Ammons, *Conflicting Stories: American Women Writers at the Turn into the Twentieth Century* (New York: Oxford UP, 1991)16.

② Guy Reynolds, *Twentieth-Century American Women's Fiction* (New York: St. Martin's, 1999)1.

③ See R. W. B. Lewis, *The American Adam* (1955); Richard Chase, *The American Novel and Its Tradition* (1957); Francis Otto Matthiessen, *American Renaissance* (1941); Leo Marx, *Machine in the Garden* (1964); Henry Nash Smith, *The Virgin Land* (1950); Leslie Fiedler, *Love and Death in the American Novel* (1966).

释、被评价的？20世纪女性作家在形式与内容上是如何继承和反抗文学传统的？她们的作品又是如何反映了所处时代的社会与政治气候的？毋庸赘言，文学首先是人学，是对于人性的探索与反映。女性作品并非都是女性(女权)主义作品。20世纪女性创作与男性作品一样是对于人类生存状态的探寻和反映，但女性文学家因其性别所造成的独特生存状态而常常在作品中对社会现实，尤其是女性的生存现实采取了独特的创作视角，给予处于社会弱势群体的女性以更多关注。她们的作品常常拥有一种批判眼光，较多分析女性的弱势地位。但女性经历又是多样性的，对于这些多种多样的经历的描绘就形成了女性文学传统。这种女性传统并非是由于生理、身体或心理而决定的女性想象力，从而导致的一种女性特有的写作方式。亨利•路易斯•盖茨在为19世纪黑人女性文选所写的前言中提到的，"正因为'黑色'是一种社会建构，它必须通过模仿而获得，它的文学再现也必须通过同样的方式——重复和修正——而获得。非裔美国文学传统作为一种独立的文学形式就是通过这种历史实践而存在……非裔美国作家的文学作品经常在结构和主题上延伸，或者代表了黑人文学传统的其他作品"[①]。女性文学也是如此，女性作家通过阅读其他作家的作品，以及在自己创作中所表现出的文本中常见的模仿、修正和传承过程，包括在主题上的呼应、形式上的模仿、意象的重构等等，把自己的经历再现出来，文学传统也因而被建构。很显然，美国女性作家穿越年代、区域、阶级，甚至种族之间的差距相互阅读并且修正其作品。萨拉•奥恩•朱厄特(Sarah Orne Jewett)从斯托(Harriet Beecher Stowe)的作品中获取灵感；薇拉•凯瑟(Willa Cather)从朱厄特那里获取灵感；托尼•莫里森从凯瑟那里获取灵感；艾丽斯•沃克则受到了弗兰纳利•奥康纳和佐拉•尼尔•赫斯顿的双重影响。[②]不容否认的是，作为美国民族文学的一部分，女性文学也在美国民族文学传统的建构过程中，受到男性文学传统的影响。

美国著名评论家哈罗德•布鲁姆(Harold Bloom)一再强调，把性别作为美学的选择最终会损害所有关于虚构文学的认真研究。[③]他在最近出版的《西方正典》中大声疾呼文学批评家们从唯政治正确的评判回到审美考察上来，以捍卫西方经典的审美尊严。[④]诚然，以性别来取代审美观是一种狭隘的意识。但

① Henry Louis Gates, Jr., "Preface," *The Norton Anthology of African American Literature* (New York: Norton, 1197) xxxvi.

② Elaine Showalter et al., eds., "Introduction," *Modern American Women Writers: Profiles of Their Lives and Works—From the 1870s to the Present* (New York: Charles Scribner's Sons, 1991) xi–xii.

③ Harold Bloom, ed., "The Analysis of Women Writers," *American Women Fiction Writers, 1900–1960*. vol. 1 (Philadelphia: Chelsea, 1997) xiv.

④ See Harold Bloom, *Western Canon* (New York: Harcourt Brace, 1994).

我们必须清楚地认识到，造成这种现象的根源恰恰是男权文化。在父权统治的西方文化中，性别歧视造成了审美过程中的双重标准。文化赋予男女不同的社会作用、行为准则、表现形式及象征意义，将生理上的“差异”变成了美学上的“差距”。认识并承认性别差异才是更加公正的态度。而且，即便是在女性文学之间，我们也会发现女性作家的创作并没有什么统一模式，她们之间的差异与男性之间的差异没有什么区别。女性作家来自不同的阶层、种族和地域，她们对于如何解决家庭与职业的矛盾有着不同的解决方式；她们的政治态度也从积极的女权主义者到政治上的漠不关心不等。每一代都有主要以性别定义自己的女作家，她们试图在其作品的语言、象征、结构以及主题上表现出作为女性的独特性。[①] 但是，也有些女作家非常明确地表示了对文学中女性声音这一理念的排斥，甚至有意使自身创作与女性文学前辈的作品拉开距离，而这一态度本身就包含着这些作家对于社会上存在双重评判标准的清醒认识。伊丽莎白·毕肖普(Elizabeth Bishop)就曾拒绝把自己的诗歌放在吉尔伯特和格巴(Gilbert and Gubar)主编的女性文学选集里。她说，无疑性别在任何艺术创作中都起到了重要作用，但是艺术就是艺术，把写作、绘画、作曲等按照不同性别划分就是强调了它们的非艺术价值。[②] 如果评论界和公众都能在评判一部作品时不加入对于性别的考虑，作品才能得到纯审美意义上的公正评价。

布鲁姆在其发表于20世纪70年代的著名作品《影响的焦虑》中谈到，诗人对于所接受的其他诗人的影响产生了巨大的焦虑。后来者必须努力与之抗争，甚至是近乎有意的误读，才能取得独立，成就自己的不朽。正是这种对于影响的焦虑使得后来的文学家对于文学传统进行不断的审视。[③] 从这个观点里，我们可以得出下面的结论，即20世纪美国女性小说如同其他任何文学作品一样，并非独立存在于真空之中，也不是单纯政治的产物。它是在传承、抗争与反思美国文学传统的过程中发展起来的。一方面，我们应该看到以男性为中心的社会对于性别歧视的实践而造成了女性的反抗；另一方面，我们也须认识到女性这一范畴无法脱离种族、国家、地域、阶级、时代等而独立存在，女性作品是一个多种差异共存的概念。但是，由于女性在社会中具有劣势地位这一共同经历，她们之间的差异又具有某种联系和共同特点。从文学创作的角度来说，女性作家所感受到的焦虑，更多地是来自父权文化对于从事这种传统上被定义为男性

① Elaine Showalter et al., eds., "Introduction," *Modern American Women Writers: Profiles of Their Lives and Works—From the 1870s to the Present* (New York: Charles Scribner's Sons, 1991) ix-x.

② Qtd. in Harold Bloom, ed., "The Analysis of Women Writers," *American Women Fiction Writers*, 1900-1960. vol. 1 (Philadelphia: Chelsea, 1997) xiv.

③ See Harold Bloom, *The Anxiety of Influence* (New York: Oxford UP, 1973).

专利的职业的政治压抑，是由于在男性话语统治下女性声音得不到张扬所带来的焦虑，而非文学前辈、尤其是女性文学前辈的美学压力。

盖伊·雷诺兹充分认识到女性文学中这种既有差异，又有关联的特征。他在其评著中使用了“谱系”一词作为他的重要立论。在雷诺兹看来，“谱系”是一种富有活力的关系，同时又反映了时间的演变。一个谱系既是稳定的，使得我们可以找出它的关键成分，又随着新成分的添加而产生微妙的变化。雷诺兹没有试图对美国女性小说这一文学类别提供单一的阐释和定义，而仅进行了宽泛的概括性研究，既承认每部小说和每个作家的独特之处，也会就某个文学历史阶段的作家群体进行某种概括性的总结。他强调要把文本置于历史背景中进行阐释，即把作品置于某一独特的文化“时刻”，在其中探讨作家独特的叙事或修辞策略。美国女性作家自己也是经常通过破旧立新的小说模式而成为文化发展的动因的。雷诺兹认为，文学谱系建立在承认所有的写作都是互文的观点基础之上。互文性是一个用来形容作家之间的关联的词汇，暗示不同时代作家之间的情感联系和相互尊重。哈罗德·布鲁姆强调男性作家都处在类似于俄狄浦斯情结的影响焦虑之下，文学青年为了取代他们父辈而苦苦创作，而女性作家以类似姐妹情谊的协作式的互文理论取代了男性竞争诗学的“痛苦”。雷诺兹指出，对于许多女性作家来说，她们与文学前辈的关系是竞争与联盟交织在一起的关系，而谱系就反映了这种关系。谱系既非布鲁姆式的男性竞争模式，也非女权主义的女性社区模式，而是作家之间的一种对话。这种对话有时是同志般的，有时又是批判性的。这个词汇本身包含了一个整体内部的多样性和差异。文学谱系标志着作家对于早期文学话语的反思，谱系式的阐释意味着承认写作即为协商。[①]

著名女权评论家伊莱恩·肖尔沃特的观点也颇有影响力。她在自己早期发表的分析英国19世纪女性作家的评著中曾经提出“她们自己的文学”这一观点，认为19世纪的文学女性确有自己的文学，而且已经形成了自己的文学传统。[②] 而在1991年的新作《姐妹的选择》中，肖尔沃特已经认识到早期的女权主义评论家聚焦于中产阶级白人女性的做法是有欠缺的，这种做法显然没有考虑到女性文学中种族、阶级和地域的差异，“美国女性文学”已经因为社会和文化的变化不再是一种分离的“她们自己的文学”。她在这本书中提出关于美国女性写作的历史、传统和矛盾的问题，也质疑了在当前的多元文化现实中是否可以继续假定一种在特定的性别与文学创作的关系中一成不变的身份。她指出，

① Guy Reynolds, *Twentieth-Century American Women's Fiction* (New York: St. Martin's, 1999)3-4.

② See Elaine Showalter, *A Literature of Their Own* (Princeton, N.J.: Princeton UP, 1977).

当今的美国女性写作是在一种复杂的文化工程中姐妹进行选择的实践活动，肖尔沃特在著述中非常巧妙地把美国百纳被这一意象视为女性美学的象征。① 美国的这种民间艺术与女性活动有着非常密切的联系，在19世纪的女性文学中经常可见有关缝被子的描述。它是一门由女性集体从事的艺术，由一群女性围坐在一起制作。在19世纪公共与家庭领域楚河汉界的划分下，这是女性之间相互支持、相互联系的重要方式。被子的图案也常带有非常强烈的地域性，女性在其中赋予私人的、独特的想象和象征意义。更具有深刻意义的是，由无数不同色彩碎片组成的百纳被图案不仅寓意了美国人的不同肤色，也象征了美国女性文学的多样性和丰富内涵。

作为关于美国20世纪女性小说的研究，此书始终围绕着三个关键词——地域性、时代性、女性身份——展开讨论。首先，美国文学有着强烈的地域概念。在美国建国之后的两个多世纪里，美国文学的一个永恒主题就是对什么是美国人这个问题的阐释。在新大陆上建立了独立的国家之后，美国开始了民族文学的建立。美国文学的发展是沿着美国社会和文化的发展轨道进行的。美国的早期拓荒、西部推进、奴隶制、南北战争、淘金热、工业化与城市化、两次大战等这些区别于欧洲的经历都对于美国文学的嬗变起到了极其重要的作用。此外，美国广袤的国土、多元的文化也使得其文学带有非常强烈的地域色彩。南方文学、西部文学、黑人文学等等都是美国文学多元性的具体体现。其次，本书的研究视角聚焦于20世纪的文学，强调这一研究的时代意义。美国20世纪的女性文学有着承继传统、开拓创新的特点，真正达到了艺术上的成熟。它所继承的文学传统绝非仅仅是历史上的女性文学亚传统。美国女性一直在阅读男性的作品，与她们的父兄居住在同样的文学国度之中。在女性文学逐渐进入文学主流、进入大众视线、甚至成为评论界显学的20世纪，在女性作家超越了其作品相对狭隘的家庭和政治内容、成为后现代文学的创新者和后现代社会的参与者的20世纪，女性文学呈现出鲜明的时代特点。第三，本项研究关注这些作家的女性身份。女性小说拓宽了美国文学的界限，它以女性独特的视角讲述了那些常常被置于男性文化中心话语之外的情感和经验。它用一种别样的眼光审视这个世界，而这种眼光更加敏锐、更加细微地反映了女性特点。在20世纪的美国女性文学中，我们更要关注女性文学的多元性，给予中产阶级白人女性之外的其他女性群体足够的重视，展现具有不同文化身份的女性之间多渠道的对话，也展现女性作家与男性同行们之间的对话。我们所探讨的是20世纪的美国女性作家对于美国文学传统的承继、反抗与反思，并在此基础上探讨和

① Elaine Showalter, *Sister's Choice: Tradition and Change in American Women's Writing* (Oxford: Oxford UP, 1994) 145-75.

追求两性之间的对话和平等。

本书除绪论与后记外分为四个大的章节，以断代史的方式研究了20世纪25位女性作家。第一章评介世纪初的作家与作品，展现20世纪初女性作家承上启下的作用以及这一时期女性作家取得的艺术成就；第二章聚焦于两次世界大战之间的作家与作品，着力评价1920年获得参政权之后的美国女性作家试图建立自己的文学身份的努力；第三章着重论述50年代至60年代的女性创作，反映这一时期女性作家对于现实的反映和女性个人体验的探索，以及对于女性身份的困惑与抗争；第四章涉及60年代末妇女解放运动之后的女性创作，这一时期女性创作表现出较强的性别意识和政治色彩，以及伴随而来的文学多元化特征，展现了多族裔女性作家在艺术创作中的大胆探索和为建立更加平等、和谐、健康的两性关系所做出的努力。20世纪后期是女性小说家在美国文坛上大放异彩的时期，构成了美国女性文学的又一次文艺复兴。毋庸说，所涉及的作家的创作并不完全也不可能正好与我们本书中这四个历史分段相吻合，不少作家的创作期跨越了其中两个甚至三个时期。我们只能结合这些作家的创作高峰期作重点介绍。此外，本书在正文后附有20世纪美国女性小说与社会文化大事记、20世纪女性小说研究参考书目和中英文索引，意为美国文学的研究者和爱好者提供方便。

本书的编写主要遵循这样几项原则：(1)强调系统性和连贯性。本书采用编年史的结构安排，按照时间的先后顺序构建章节，使读者对于20世纪美国女性小说的全貌有更加全面的认识。这一做法不仅符合美国20世纪社会发展进程中显著的历史分段特征，也有利于展现社会文化与文学创作的内在关系以及对其影响。(2)强调面和点的结合。在每个大的历史分段中都有对于这一时期社会背景、重大历史事件以及文学创作的概述，以加强读者对于历史时期的整体了解以及作品产生的历史背景。在兼顾一般作家的基础上另辟专节论述重要作家，更为深入地评介她们的思想主题和艺术造诣。(3)坚持史与论的结合。本书既力求客观全面、实事求是地为读者展示美国20世纪女性小说发展的脉络，又将是一本真正意义上的学术著作，在对于文本进行深入细读的基础上，借助20世纪流行的各种文学批评方法，尤其是女性主义批评展开研究。并力图从我国国情出发，体现中国学者的独特视角。

本书由我设计框架、拟定提纲，撰稿工作由四人承担，最后由我统稿、定稿。各部分撰写人如下：

金莉：绪论，第一、二、三、四章前言，伊迪丝·伊顿，内拉·拉森，玛丽·麦卡锡，蒂莉·奥尔森，后记；

周铭：薇拉·凯瑟，格特鲁德·斯泰因，凯瑟琳·安妮·波特，佐拉·尼尔·赫斯顿，赛珍珠，尤多拉·韦尔蒂，卡森·麦卡勒斯，弗兰纳里·奥康纳，西尔维亚·普拉斯，汤亭亭，玛丽莲·罗宾逊，艾丽斯·沃克；

翟润蕾：埃伦·格拉斯哥，辛西娅·奥齐克，厄修拉·勒奎恩，莱斯利·马蒙·西尔克；

杨纪平：伊迪丝·华顿，葆拉·马歇尔，托妮·莫里森，乔伊斯·卡罗尔·欧茨，谭恩美。

限于水平，本书在写作过程中难免有不当之处，敬请指正。

金　莉

2009年春于北京

第一章　20 世纪初女性小说
Early Twentieth-Century Women's Fiction

美国社会与经济在 19 世纪后半叶进入了一个工业化、商品化的高速发展时期。大量移民的涌入提供了廉价的劳动力，城市化进程不断加快，两极分化日益明显。至 1900 年，美国已经拥有六个 50 万以上人口的城市，其中有三个城市人口甚至超过了一百万。① 1869 年建成的横跨美国大陆的铁路，有史以来第一次把东部经济发达的各州与西部蛮荒之地连接了起来。各大财团在对于财富的竞争和瓜分中获取了垄断地位，控制了经济的命脉。大工业城市的产生和国家财富及人口的迅速增长使得这一时期成为美国社会的重要转型期。帝国主义的狂热也是这一时期美国的明显特征，领土扩张被视为美国人的神圣使命。1893 年美国历史学家弗雷德里克·杰克逊·特纳（Frederick Jackson Turner）在参加美国哥伦布世界博览会时，宣称美国边疆的开拓已经终结。在疆界的边线达到太平洋之后，美国开始把触角伸往国外，并在 1912 年将新墨西哥和亚利桑那纳入自己的疆土版图。

社会与经济的快速发展为妇女带来了机遇。在 19 世纪的美国，女性身份几乎完全是由家庭关系来定义的。在传统的白人中产阶级家庭里，任何与妻子、母亲和女儿角色相违背的女性行为都因为不符合维多利亚时期的性别模式而被视为离经叛道，凯特·肖班在世纪末发表小说《觉醒》之后所遭受的挞伐就充分说明了这一点。但时代的新潮流已经不可阻挡。在 19 世纪末期，已有大批中产阶级年轻女性跨入高等学府的大门，进入传统上为男性一统天下的职场。城市服务行业的建立与不断改善、食品和衣物加工的商品化、缝纫机和洗衣机的出现又在相当程度上把中产阶级女性从繁重的家务劳动中解脱出来，给予她们更多的自由和空闲，使她们能够更多地参与到家庭之外的文化和社会活动中来。可以说，这一时期女性所受到的高等教育，各种政治与社会改革，劳动市场的日益扩大为有职业抱负的女性提供了更为广阔的发展前景。诚然，由于不享有投票权，妇女在政治和经济上还无法得到法律的有效保护，但变化已经开始出现在地平线上。

---

① Gerda Lerner, *The Woman in American History* (Philippines: Addison-Wesley, 1971)125.

世纪之交的美国女性成为针对急剧发展的工业化和领土扩张所带来的各种社会问题的改革运动的重要组成部分。这一时期由中产阶级女性组成的俱乐部大批涌现，为妇女参政和参加改革运动提供了组织基础。中产阶级妇女开始作为一支聚集的力量参与各种改革运动，对各级政府施加影响，主要关注禁酒、废除童工制度，以及针对穷人、残疾人和孤儿的各种社会福利的机构化。实际上，越来越多的女性改革者们把妇女参政权视为治愈社会痼疾的灵丹妙药。19世纪最后二三十年对美国女性来说是斗争和变革的时期。书籍杂志上关于女性问题的讨论铺天盖地，从服装改革到女性参政权应有尽有。与白人女性相比，为温饱而挣扎在社会底层的黑人及移民女性进入劳动市场的人数更多。至1900年，美国女性已经占整个劳动大军的20%，但因性别而产生的工资差异以及歧视性的雇用和升职机制仍然存在。女工每天工作十几个小时，挣到的薪水仅占从事同样工种的男工工资的一半甚至三分之一。女工们逐渐组织起来，参加了争取正当权利和改善生存环境的工会斗争，出现在罢工的行列里。她们的斗争也赢得了中产阶级女性改革者的支持。对于许多职业女性来说，家庭不再是她们生活的中心。① 至20世纪初，愈来愈多的女性冲破了长期以来公共与家庭两个分开的领域的羁绊。工作开阔了她们的视野，给予她们一种崭新的独立意识。

女性争取选举权的斗争在新世纪初进入高潮。美国妇女有组织的斗争始于19世纪中叶。1848年7月，200多名妇女代表和支持女性斗争的40名男性代表聚集在纽约州塞尼卡福尔斯(Seneca Falls)的一个教堂内，召开了美国第一次妇女代表大会。到会代表的发言集中表达了这样一种信念：女性与男性生而平等，因而有权利和责任参与一切正当事业，享有包括在公共场合演讲、教学、写作，以及参与商业和政治活动的各项权利。大会通过的《观点宣言》(*Declaration of Sentiments*)宣称人类历史就是一部男性压迫女性的历史，公开提出了女性的参政权问题。女性获得参政权的道路漫长而且艰难，当时参会的女性当中只有一人活着看到了美国女性最终获得参政权。但重要的是，这次大会使妇女学会了如何为女性的利益而斗争、如何发动广泛的群众运动、如何争取男性和议会的支持以及在舆论和公众的谩骂面前毫不畏惧与退缩。② 自此以后，争取女性权利的斗争不再是一种个人行为，而成为愈来愈多的女性的共识。1890年美国妇女参政协会和全国妇女参政协会合并成为美国全国妇女参政协会之后，美国女性的参政运动取得了重要阶段性胜利，在一个时期内把不同阶层的女性都团结在同一目标的旗帜之下。但女性通往获得参政权的道路困难

① Gerda Lerner, *The Woman in American History* (Philippines: Addison-Wesley, 1971) 94.
② Ibid., 83 - 85.

重重。当美国踏入20世纪时，只有西部的四个州通过了这一法案，而最早提出这个提案的东部反而因为保守势力的顽固阻挠未能获得通过。畏惧女性参政的保守派人士意识到这一政治运动不仅是女性为了赢得法律和政治权力而进行的斗争，它会带来社会对于女性问题的更大关注，更会影响到女性的生活模式和社会期望，进而延伸到社会和经济生活的方方面面。这只“摇动摇篮的手”，一旦赢得参政权，将会“震撼整条大船”。[①] 第一次世界大战加快了女性进入工业和其他社会领域的速度，创造了一个更为有利的舆论氛围。在这种政治气候之下，要求通过给予女性参政权的宪法第十九修正案的呼声日益高涨，终于在1920年获得了国会批准，女性争取参政权的斗争取得了法律上的胜利。但令人遗憾的是，参政权的获得并没有从根本上改变妇女自身的地位，美国女性当时赢得的更多是一种政治姿态，美国妇女地位的较大改善有待于近半个世纪后的女权运动第二次高潮。

世纪之交的著名美国女作家夏洛特·帕金斯·吉尔曼是第一位指出赢得参政权并不能为女性带来真正平等的女权主义者。她认为，女性参政权的获得标志着女性前进的一大步，但家庭、性道德和社会的变化对于女性地位的改变才是更为重要的。她在1923年曾说道，“只要一个性别还要依靠另一性别获取食物、衣物和住所，那就没有自由可言”[②]。她发表于1898年的《女性与经济》被誉为自米尔斯的《论女性压迫》之后最有影响力的女性宣言，直至今日仍然是关于美国女性状况最为重要的女权主义评价之一。[③] 吉尔曼分析了男女不同的社会角色，指出男人有多条获取社会承认的道路，他们可以寻求职业成功、进入政界、参加兄弟会，而女性只能通过结婚生子而得到社会认可。因此，一个女性的生存依赖于她的丈夫。男性为了活着而工作，女性为了活着而寻求配偶。男性以各种方式征服世界，而女性只有一种选择。她们的财富、权力、地位、名誉都只能通过一个小小的戒指获取。吉尔曼承认女性与男性的差异，但她指出这种差异并不代表优劣之分。社会的发展依赖于所有公民都充分发挥其潜能，由于传统社会认定人类的一半只能操劳家务，而压制了女性的智力发展、限制了女性的视野，也剥夺了社会充分利用人力资源的机会。家庭成为桎梏女性的牢笼，女性发展和创造的才能受到压抑，男性也因此无法获得真正的伴侣。吉尔曼得出这样的结论：女性只有在平等的基础上与男性分享工作过程才能获得自

① Gerda Lerner, *The Woman in American History* (Philippines: Addison-Wesley, 1971)140.

② Qtd. in William H. Chafe, *The Paradox of Change: American Women in the 20 th Century* (New York: Oxford UP, 1991)117.

③ William H. Chafe, *The Paradox of Change: American Women in the 20 th Century* (New York: Oxford UP, 1991)7.

由，也只有获得与男性在经济上的平等时才能真正获得解放。女性最需要的是独立的头脑和养活自己的手段，而社会应该为女性走出家庭、进入社会提供机会。①

世纪之交美国女性所取得的成就充分显示了政治运动与艺术创造之间的联系。美国妇女运动的高潮与女性文学在世纪初的蓬勃发展出现于同一时间绝非偶然。如果说美国妇女运动的第一次广泛开展与19世纪中期女性文学的兴起同步的话，那么20世纪初女性文学的繁荣从很大程度上来说，也得益于当时那种普遍的女权主义政治气候。这种政治气候起到了开阔女性眼界、赋予女性以力量的积极作用。②

20世纪初的女性作品具有承前启后的重要作用，它延续了19世纪特点鲜明的女性文学传统，但在思想意识和艺术创作上都更加成熟，已经被公众视为美国文学中的佳品。按照评论界的流行看法，美国文学在20世纪初进入成年期。女性文学是这一时期美国文学的重要组成部分。这个时期的女性作家由于年龄、种族、阶级、宗教和区域的诸多不同造成了在教育、经济、特权和机遇方面的极大差异，因此她们所创作的不是同一类故事、同一种小说。但这些作家又被性别、历史背景和自我定义联系到一起，表现出一种对于自身艺术创作能力的自信。她们公开宣称要与女性传统决裂，成为真正的艺术家。她们19世纪的女性文学前辈们把创作视为职业而不是艺术，视创作是养家糊口的手段而不是自我抱负的实现。但新世纪的女性作家决心进军在西方传统中一向被认为是白人男性所拥有的特权领地。③ 在这样一个新时代，女性不再通过她们与男性的关系定义自己，而面临更加广阔的发展前景。随着女性参政权运动的强势发展，随着像薇拉·凯瑟和伊迪丝·华顿这些作家在文坛的成功，美国女性创作的黄金时代已经到来。

20世纪初的作家比起早期女性作家在许多方面享有更多的自由，但这些作家也意识到她们正在深层次上陷入不同的情感世界。她们游离于一个逝去的过去和尚未获得的未来的中间地带。她们既不是母辈世界的成员，也不属于享有特权的男性艺术家世界。而且，由于“标准”的艺术创作方式和风格是由男性定义的，它们与女性作家想要表达的生活和感受并不完全相同。于是，在女性作家希望进入的正统文学传统和她们作为女性所希望描绘的生活

---

① See Josephine Donovan, *Feminist Theory: The Intellectual Traditions of American Feminism*, New Expanded ed. (New York: Continuum, 1996)44-50.

② Elizabeth Ammons, *Conflicting Stories: American Women Writers at the Turn into the Twentieth Century* (Oxford: Oxford UP, 1991)i.

③ Ibid., 4-5.

之间必然存在冲突。对许多世纪之初的女性作家来说,成功就意味着成为艺术家;但具有讽刺意味的悖论是,成为艺术家就是成为享有特权的白人男性。那么,作为成功的、严肃的作家就意味着她不能是女性作家或有色作家,因为性别与种族的社会规范并不能为她提供身份认同。[①] 在这种局势下,无论是在现代主义运动还是在哈莱姆文艺复兴运动中,女性作家都仍然沦为被边缘化的境地。

世纪初的女性作家所创作的作品在主题上有许多共同之处。与她们的文学前辈相比,她们在作品中更多地融进了社会大背景,逐步把侧重点转移到日益商品化的社会里女性所面临的种种困境。著名女作家伊迪丝·华顿在创作中强调了"性别的权术"对于个人和社会的重要意义。华顿出生于名门贵族,婚后也一直生活在上层社会,长期以来以精确再现纽约上流社会的风貌而驰名文坛,被认为是亨利·詹姆斯的"女继承人"。华顿在主题和表现手法上与詹姆斯确有相似之处,但她的艺术自有其独到魅力,比詹姆斯对于社会和时代有着更清醒的认识、对社会习俗和弊端的批评更加深刻、手法上也更加细腻。当詹姆斯刻意描绘美国人的天真时,华顿则以敏锐的目光透过上层阶级的珠光宝气揭露了其虚伪堕落的本质,而且对社会流行的传统女性观进行了深刻的剖析和批判。华顿对于女性文学传统也有突破。19世纪的女性文学作品以生儿育女或者母性作为女性世界的情感与精神中心,但这些内容在华顿的作品中已经不是主导旋律。而且她笔下的女性不像19世纪女性小说的女主人公那样最终获得独立或取得成功,而是处处受挫。[②] 华顿以女性特有的审美经验刻画了20世纪初美国妇女的生活经历和思想意识,人物塑造更有时代感和现实意义。她同样注重挖掘人物的心理活动,其作品具有较深的思想内涵。无论是《欢乐之家》(*The House of Mirth*, 1905)里作为社会牺牲品的莉莉·巴特还是《纯真年代》(*Age of Innocence*, 1925)中更加具有独立精神的埃伦·奥莱斯卡,华顿笔下的女性给读者留下了深刻的印象。玛丽·奥斯汀(Mary Austin)1903年发表《少雨的土地》(*Land of Little Rain*)系列小说,记录了生活于自然之中的土著美国人的生活。她最著名的作品聚焦于美国西南部,强调了土地与居民的关系,她因此被归于自然作家和美国西部作家之列。玛丽·安廷(Mary Antin)的《应许之地》(*The Promised Land*, 1912)反映了来自东欧和南欧的移民的生活,展现了美国为移民家庭带来的希望和自由。作为犹太人,安廷集中描述了欧洲犹太

---

① Elizabeth Ammons, *Conflicting Stories: American Women Writers at the Turn into the Twentieth Century* (Oxford: Oxford UP, 1991)10 – 11.

② Elaiin Showalter, *Sister's Choice: Tradition and Change in American Women's Writing* (New York: Oxford UP, 1994)91.

移民的经历。埃伦·格拉斯哥(Ellen Glasgow)出生于弗吉尼亚州上层社会,在20世纪最初40年中以小说形式再现了她生于斯、长于斯的故土。变革中的南方社会秩序、中产阶级势力的出现成为她在小说中探索的主题。她的作品是福克纳之前对于南方社会的生动刻画。20世纪初的另外一位杰出作家是薇拉·凯瑟。她被称为伟大的区域作家和历史小说家,也是一位现代主义作家和浪漫主义作家。她以年轻时代在内布拉斯加的经历为素材一共创作了五部小说,其中《啊,拓荒者!》(*O Pioneers!*, 1913)和《我的安东尼亚》(*My Antonia*, 1918)叙述了西部拓荒者的经历,塑造了令人难忘的拓荒者形象。这些作品追溯了欧洲移民进入美国中部草原的经历,以及移民过程所带来的文化传播。凯瑟是第一个以小说形式建构了女性化的美国自然的女性作家,创作的重要主题之一被称为"生态诗学",也就是(女性)自我与自然的关系,强调了人类与自然界的相互依赖。凯瑟在作品中把女性置于关于一个定居点的叙事的中心,她塑造的女性拓荒者的巨大活力与生存的成功经历使这些女性人物成为持久和丰饶的象征。[①] 格特鲁德·斯泰因(Gertrude Stein)出生于宾夕法尼亚的一个德裔犹太富商家庭。她在现代文坛上享有独特的地位,被誉为美国现代主义文学的前驱。她在拉德克利夫学院和霍普金斯大学学习医学和科学之后于1902年移居到巴黎,结识了包括毕加索、马蒂斯、塞尚在内的画坛大师,其文学作品反映出她所受到的绘画创作影响。斯泰因在巴黎找到一种更加宽松的创作环境,她的住宅也成为移居海外的作家的文艺沙龙,为美国年轻一代作家的成长提供了有益的帮助。斯泰因本人对文学语言形式进行了大胆的革新,她以现代主义手法创作的、反映了三位下层社会女性生活经历的作品《三个女人》(*Three Lives*, 1909)最具影响力,而她对于叙事形式本身的标新立异的试验使得她在20世纪的现代主义运动中占据了重要位置。

内战之后出生的非裔女性作家也从这一时期女性享有的教育机遇和职业化之中受益,成为一个新的职业妇女阶层。她们所遇到的问题更加复杂、困难也更大。当时几乎所有的编辑和评论家都是白人,就连购买图书的读者也是如此。她们一方面要得到这个权力集团的认可,同时又要保持自己族群的根,忠实于自己的艺术视野,这对于她们的艺术创作无疑是极大的挑战。对她们来说,没有什么女性写作传统可以继承,也没有一个适合于她们的写作环境。此外,她们与生存状况更为优越的中产阶级白人女性作家也有区别,遭受着种族和性别两个层面的双重压迫。她们一方面必须对付美国黑人文学群体的性别歧视——这个群体更愿意视她们为黑人男性作品的支持者,而不是女性文学作

① Guy Reynolds, *Twentieth-Century American Women's Fiction* (New York: St. Martin's, 1999)75.

品的作者；另一方面她们也必须和白人社会的种族歧视抗争——这个社会一向只把黑人女性作为保姆、妓女或女佣，而不是自我定义的艺术家。[①] 保琳娜·霍普金斯(Pauline Hopkins)是为数不多的几位在世时即获得社会认可的非裔作家之一，她的创作对于美国黑人女性文学的发展具有重要意义。她最为著名的小说《对立的力量》(*Contending Forces*, 1900)是一部关于19世纪美国黑人生活的重要作品，也是关于美国内战前后黑人生活的重要社会评论。霍普金斯在作品中抨击了奴隶制给奴隶造成的种种伤害和摧残，谴责了奴隶制度下白人奴隶主对女奴的性侵犯，再现了这一时期因此而出现的人数众多的混血儿这一独特社会现象。作者在这部小说中把当时的主流社会价值观为美国黑人带来的不良影响称为“对立的力量”。作者在小说中塑造了一组出色的女性角色，她们智力超群、独立性强，讲究实际，为争取在社会上获得一席之地而努力工作，给读者留下难忘的印象。

华裔美国文学始于两位欧亚混血姊妹。[②] 作为移民人口，华人在19世纪中叶经由西海岸大批到达美国，基本都是男性。尽管他们与其他移民一样，在很大程度上是因为被淘金热吸引到美国，但当时中国动荡的局势、骚乱的社会以及连年战乱也迫使许多华人背井离乡，远渡重洋。最初的华人移民基本是以开矿为生，但到了60年代中期他们已经被白人业主赶出矿区。19世纪60年代和70年代到达美国的移民逐渐转向了农业和工业劳动力市场，而之后在横跨美国大陆的铁路修建中华工占据了90%的劳动力。当时中国的习俗是妇女留在家里，而男人移民到美国，到“金山”去发财，所以在美国的华人女性寥寥无几。1852年，在加利福尼亚州的11,794位华人中，只有7人是女性。至19世纪80年代，男女之间的比例已经达到20比1。19世纪末至20世纪初这段时间在美国和加拿大被称为“黄祸”时期，反华情绪达到高潮。例如在1877年，加利福尼亚参议院发布了一份关于华人的报告，其中这样描绘华人：“从道德上说华人是地球上最堕落的人。在其他国家几乎不存在的各种形式的罪恶，在中国是如此普遍……为了我们的种族，我们不应该允许他们在我们的土地上安居。”[③]1882年美国制定了排华法案，在很长一段时期内禁止华人女性移民到美国。这一歧

① Elizabeth Ammons, *Conflicting Stories: American Women Writers at the Turn into the Twentieth Century* (New York: Oxford UP) 11.

② Amy Ling, "Chinese American Women Writers: The Tradition behind Maxine Hong Kingston," *Redefining American Literary History*, eds. A. LaVonne Brown Ruoff and Jerry W. Ward, Jr. (New York: The Modern Language Association of America, 1990)221.

③ Viet Thanh Nguyen, "On the Origins of Asian American Literature: The Eaton Sisters and the Hybrid Body," *Race and Resistance: Literature and Politics in Asian America* (Oxford: Oxford UP, 2002)37.

视性法案直到1934年才被废止。[①] 作为最早的华裔美国女性作家，伊顿两姊妹开创了华裔美国文学的先河，通过不同方式在写作中对于种族歧视做出了回应。姐姐伊迪斯与自己母亲的祖先有一种强烈的认同感。她开始创作为华人呼吁的文章和故事，还取了一个极有中国味道的"水仙花"的笔名来强调自己的血统。在她的写作生涯中，水仙花利用手中的笔反抗了种族和性别的歧视和不公正。除了为华人呼吁，她也为妇女而战，尤其是劳动妇女。她的勇气令人钦佩，她也因此在去世时受到美国华人社团的致敬。妹妹温妮弗莱德·伊顿(Winnifred Eaton)则选择了另外一种写作策略，她为自己取了一个日本化的笔名，以一种虚构的文学身份进行创作，作品发行数量大大超过了仅出版了一部作品的姐姐。20世纪初的华裔作家在极其不利的社会和创作环境下进行写作，华裔文学发展的高潮还有待于时日。

20世纪初的女性作品从一定意义上延伸了19世纪的女性文学传统，歌颂了女性作为家庭和社会栋梁的力量。但与之不同的是，这一时期的女性作品在艺术上更加臻于成熟，在创作风格上更加敢于创新，逐步跻身于美国文学经典的行列。在思想意识上，女性作家们更多地融进了社会大背景，逐步把侧重点转移到新时代女性所面临的种种困境，立足于表现女性自我意识的觉醒和对于个性自由的追求，从而吹响了女性自身解放斗争的号角，为半个世纪之后的美国女权运动奠定了基础。

① Amy Ling, "Chinese American Women Writers: The Tradition behind Maxine Hong Kingston," *Redefining American Literary History*, eds. A. LaVonne Brown Ruoff and Jerry W. Ward, Jr. (New York: The Modern Language Association of America, 1990)219.

1. 伊迪丝·华顿——"欢乐之家"中的"智者"
Edith Wharton: The Wise in The House of Mirth

伊迪丝·华顿(1862—1937)以精湛的艺术技巧再现了 19 世纪末、20 世纪初的纽约上流社会,描写了女性在以男性为主导的传统社会中的遭遇,被称为美国文学里"最好的社会历史学家之一"①。在她去世后的近四十年里,华顿却被排挤出美国主流文坛,被讥为在审美品味上与现代主义背道而驰的"垂死僵化的贵族阶层的回忆录作家","社交场上的玩偶","在美国文学的伟大试验中不足挂齿"②。随着 20 世纪六七十年代妇女运动和女权文学批评的兴起与发展,华顿再次崛起,被誉为"美国最杰出的世俗风情作家"、"美国心理小说的教母"③,"美国最聪明的妇女之一"④。有的评论家甚至认为"在小说和诗歌方面,她同时代的美国人根本不能望其项背"⑤。不过,华顿始终是一个颇具争议的作家,其作品得到了迥然不同的解读。当代评论家正在从不同角度发掘华顿作品里的女性主义、现实主义、自然主义、后殖民主义、战争小说、哥特小说等特色。可见华顿作品涉及范围之广泛、内涵之丰富。

伊迪丝·华顿于 1862 年 1 月 24 日出生于纽约的名门望族。得天独厚的家庭条件使幼年的伊迪丝在家中接受了良好的教育,并在 1866 年到 1872 年间随父母先后旅居意大利、西班牙、法国和德国等欧洲国家。1885 年,华顿和比她年长 13 岁的波士顿银行家爱德华·华顿结婚。他们的婚姻并不美满,婚后无嗣也进一步导致了两人关系的破裂。后来爱德华又患了精神病。华顿卖掉了马萨诸塞州的住房,1913 年与丈夫离婚,定居巴黎直到 1937 年 8 月 11 日去世。华顿出身豪门,得以结识许多美国及欧洲望族。她本人也非常喜欢交际,其在法国的住宅成了当时各国艺术家云集的地方。在亨利·詹姆斯生命的最后 12 年,华顿是他最亲密的朋友。这段友情对华顿的创作风格产生过重要影响。但她没有盲目模仿詹姆斯的风格,而是带着批判的眼光对詹姆斯晚年过于注重纯粹的艺术技巧表示了不同看法。她说:"那些认为我是詹姆斯先生的随声附和者的批评和认为我写的人物不'真实'的看法真是让我无奈(我已经有十年没读他

---

① 朱刚:《新编美国文学史》(第二卷),上海:上海外语教育出版社,2002 年,第 433、447 页。

② Henry Seidel Canby, "Fiction Sums up a Century," *Literary History of the United States*, eds. Robert Spiller et al., vol. 2(New York: Macmillan, 1948)121.

③ 周静:《解读〈纯真年代〉情感外衣下的时代特征与社会现实》,《江汉论坛》2007 年第 8 期,第 141—143 页。

④⑤ R. W. B. Lewis, *Edith Wharton: A Biography* (New York: Harper & Row, 1975) xii.

的书了）。我写的是我所看见的、发生在我身边的事情。”①

华顿早年熟读父亲书架上的古典名著，深受欧洲文化的濡染，对文学产生了浓厚的兴趣。她在16岁时就写过诗集，但直到婚后几年才真正开始创作，目的是为了排遣上流社会家庭生活的苦闷。1899年，37岁的华顿出版了第一部短篇小说集《高尚的嗜好》（*The Greater Inclination*），次年中篇小说《试金石》（*The Touchstone*）问世。从此她进入小说创作的高峰期，在此后的二十年中相继出版了小说集《重要时刻》（*Crucial Instances*，1901），第一部长篇小说《抉择之谷》（*The Valley of Decision*，1902）以及为后来的一系列纽约小说打下了基调的成名作《欢乐之家》（*The House of Mirth*，1905）。《特莱梅夫人》（*Madame de Treymes*，1907）、《暗礁》（*The Reef*，1912）和《乡村风俗》（*The Custom of the Country*，1913）则把背景转到了法国，表现婚嫁法国的美国女性在两种文化与伦理传统冲突中所经历的矛盾与痛苦。在中篇小说《伊坦·弗洛美》（*Ethan Frome*，1911）中，华顿一反小说创作中采用上流社会背景的惯例，第一次直接描绘了下层社会的生活与复杂的感情世界。中篇小说《班纳姐妹》（*The Banner Sisters*）则以一种悲凉又不乏温情的写实主义手法书写了纽约下层人的生活。②无论是上流社会风俗画，还是下层人物辛酸史，华顿的创作都是典型的现实主义作品。评论家海德格尔·胡勒说：“由于华顿非常了解她的阶层，所以她才是个现实主义者。”撒拉·赖特也评论说：“华顿熟知她所描写的世界的所有细微之处。”③

在第一次世界大战期间，住在巴黎的华顿积极参与社会救济活动，并因此获得法国政府颁发的荣誉勋章。她亲眼目睹了战争带给人类的灾难，也见证了在战火洗礼中人类灵魂的反应。受某种“现实责任”的激发④，华顿创作了许多战争作品。除了散文之外，还包括短篇小说集《兴古河和其他故事》（*Xingu and Other Stories*，1916）、小说《创作一个战争故事》（*Writing a War Story*，1919）和《难民》（*The Refugees*，1919）等等。华顿的战争小说有两个明显的特点：第一，它们虽然都和战争有关，但时间上和空间上都远离正在进行的战斗场面；第二，提出了妇女地位和现状问题，以小说为掩体揭示了男性试图把女性看作第二性的做法。正是以战争故事为契机，华顿表现了战争时期女性的命运。她往

---

① R. W. B. Lewis and Nancy Lewis, eds., *The Letters of Edith Wharton* (New York: Collier Books, 1988)91.

② 该作品后来成为小说集《兴古河和其他故事》(1916)的最后一篇。

③ 转引自王丽明，《伊迪丝·华顿作品中女性主义意识的演进》，《郑州航空工业管理学院学报》（社会科学版）2008年第4期，第23—27页。

④ David Clough, "Edith Wharton's War Novels: A Reappraisal," *Twentieth Century Literature* 19.1 (1973): 1-14.

往通过“看似男性的视角来叙述故事,但是故事的情节却颠覆了男性的权威,赋予故事以一种反讽的滑稽”①。

20年代以后,华顿进入创作后期。尽管这一时期她继续长篇小说、短篇小说和游记等作品的创作,但从整体上来说作品质量下降。这时期较重要的有长篇小说《月亮的隐现》(*The Glimpses of the Moon*,1922)、反映19世纪40—70年代纽约上流社会的生活的中篇小说集《老纽约》(*Old New York*,1924)、文学论集《小说创作》(*The Writing of Fiction*,1925)、长篇小说《纯真年代》(*The Age of Innocence*, 1925)等。《朦胧入睡》(*Twilight Sleep*,1927)和《孩子们》(*The Children*,1928)表达了对物质主义的追求、对妇女的压迫以及离婚父母对孩子的忽视等主题。华顿最后两部完整的小说《夹在中间的哈德孙河》(*Hudon Rivers Bracketed*,1929)及其姊妹篇《诸神到了》(*The Gods Arrive*,1932)的人物范斯·威斯顿其实是华顿作为艺术家的自我肖像,表达了她在小说写作中逐渐形成的创作理论。未完成的最后一部小说《海盗》(*The Buccaneers*)于1938年出版。

1923年,华顿成为第一个获得耶鲁大学荣誉文学博士头衔的女性,她在1924年获得美国国家艺术学院金质奖章,1927年获得诺贝尔文学奖的提名。诺奖虽然最终未能如愿,但也反映了她的作品在世界文坛的影响。华顿的自传《回顾》(*A Backward Glance*,1934)为她带来了法国荣誉军团勋章。《未曾收录的评论作品》(*The Uncollected Critical Writings*)在1996年发表,其小说《伊坦·弗洛美》和《纯真年代》在1993年被搬上大银幕,掀起了一股“华顿热”。

华顿是位高产作家,在长达五十多年的创作生涯中共创作了19部中长篇小说、11部短篇小说集以及包括小说、诗歌、自传、文学批评在内的四十余部非小说作品,其中的“鬼故事”尤其值得一提。华顿八岁时感染了严重的伤寒,幸亏一位著名的俄国医生救了她的命。这场大病使鬼怪和奇异可怕的幻想带来的恐惧在她心头挥之不去,以致后来创作了多篇她自己称之为“鬼故事”的作品。从《藏有一只死手的屋子》(“The House of the Dead Hand”, 1898)开始到《鬼节》(“All Souls”, 1937),大批的鬼故事有助于她作为“美国最出色的短篇小说家”的名望,②使她在“这个相对较小的文学类型中称雄”③。《鬼故事集》(*Ghosts*,1937)在华顿逝世后两个月出版。

---

① Alan Price, “Edith Wharton's War Story,” *Tulsa Studies in Women's Literature* 8.1(1989): 95-100.

② 潘建:《自然的世界,超自然的力量——论伊迪丝·华顿的鬼故事》,《国外季刊》2003年第4期,第94—97页。

③ R. W. B. Lewis, *Edith Wharton: A Biography* (New York: Harper & Row, 1975)107.

作为女性作家，华顿忠实地记录了其所处时代的男性和女性在男权传统社会中的遭遇和地位，被誉为“女性主义的先知”[①]。同时，其小说带有明显的悲观宿命的色彩，体现了自然主义的特征。在强大的自然环境和社会力量面前，华顿笔下的男女主人公被环境中的“风俗、礼仪、文化”等个人所无法控制的社会因素所缠绕，显得处处被动。他们或无力抗争，或徒劳拼搏，统统摆脱不了失败的命运。遗传因素、生活环境和特定的历史时期决定人物命运的自然主义观点在华顿的笔下多处出现。通过自然主义观点和女性意识的结合，华顿表达了自己对于人的命运、尤其是女性命运的深刻思考，突出了人在强悍无比的现实环境面前的软弱性、受控性和悲剧性。

华顿的大部分作品都描写了女性在男性社会中的异化，书写她们既抗争又妥协的心理历程，揭露男权意识形态摧残女性的本质。华顿的小说揭示了不同类型女性的行为和价值观，“巧妙地把传统女性和挑战社会习俗的女性并置在一起”[②]，从19世纪70年代冥顽不灵的贵族，到20世纪20、30年代的摩登女郎，到独自拼搏以求生存的妇女，从女性的视角探索了女性所遭遇的婚姻、离异、婚外恋情、寡居以及老处女等各种现象，涉及了女性面临的堕胎、未婚生子、经济依赖以及性道德的双重标准等方面的问题。华顿笔下的女性形象从完全的自我迷失到女性意识的觉醒再到反抗，表现出越来越强的女性意识的觉醒，然而最终走向了幻灭、妥协和绝望，这些主题在不同作品中的重复再现表明了作者的无奈。

在19世纪末20世纪初的纽约上流社会中，婚姻是妇女存在的全部意义。她们自幼接受的所有教育都是为了完成婚姻的使命，除此之外女性没有任何生存能力。女性对男性的依附性决定了女性之间的关系，因为“男权体制就是要使女性之间为金钱和男人的青睐而相互竞争，她们被禁止争斗或冒犯男人，女人互相争斗——盗取名声、机会和男性倾慕者——都是为了保持在由男人安排的社会中的地位和经济安全”[③]。女人们为了得到男人的金钱和宠爱而处于不和的状态与无情的竞争中。于是，华顿笔下的女人们“像她们在华尔街的丈夫做生意时一样冷酷地相互利用、敲诈和欺骗”[④]。短篇小说《罗马热病》(“Roman Fever”，1934)生动地描写了女性之间在婚姻和爱情中的这种明争暗斗，阐释了两个迷失了自我的女性人物的幻灭。25年前，当阿丽达得知格瑞丝爱上了自己

① 王丽明：《〈天真时代〉的叙事策略简论——兼谈作品中女性人物的权力意识》，《合肥工业大学学报》(社会科学版) 2008年第3期，第86—90页。

② R. W. B. Lewis, *Edith Wharton: A Biography* (New York: Harper & Row, 1975) xii.

③ 陈晓兰：《女性主义批评与文学诠释》，兰州：敦煌文艺出版社，1999年，第95页。

④ 李希盟：《〈欢乐之家〉中华顿对“姐妹情谊”的呼唤》，《文教资料》2007年12月号，上旬刊，第168—171页。

的未婚夫德尔菲时，她以未婚夫的名义写信约格瑞丝去罗马圆形大剧场约会，希望晚上出没的蚊子能够将致命的罗马疟疾传染给情敌。不久格瑞丝匆匆结婚生下女儿芭芭拉。阿丽达确信自己在这场三角恋爱中胜出。在两人丈夫相继去世之后的一次故地重游中，阿丽达道出了情书的真相并得知格瑞丝与德尔菲当年的确曾经约会。阿丽达一直认为自己与德尔菲的婚姻是战胜情敌的有力证明，婚姻已经成为阿丽达用来炫耀的资本，丈夫即是她的依靠和生活的意义。但格瑞斯随后披露其女儿实际上是她和德尔菲的孩子。格瑞斯同样因为知道德尔菲并未写过情书的真相而备受打击。爱情的回忆是两人生活的精神支柱，但事情的真相为她们带来的都是幻灭。二者都是男权意识的内化者，以不同方式做了男权意识的附庸者和牺牲品，完全迷失了自我。通过这个故事，华顿深刻批判了女性在男权文化中的从属地位以及女性之间竞争的残酷。

在小说《暗礁》中，华顿讲的是由于自我迷失和女性之间的对立而带来的无奈和无助。女主人公安娜自小就向往浪漫的婚姻，把找到一个博学多识的丈夫作为人生的唯一目标。但她的第一次婚姻带来的只是理想的破灭。丈夫去世后，安娜与外交官乔治·代柔重叙旧情，计划结婚。安娜在思想上对婚姻和爱情的依赖使得她无形中遵从了男权社会对女性的判断标准，努力地使自己具备“规范”的女性特质：“无私、善良、慷慨、谦卑、圣人品质、高贵、同情。”[①]安娜原本期待着通过这次新的婚姻实现自己的愿望。然而她的理想再次破灭，因为女儿的家庭教师索菲曾经和代柔有过一段浪漫史。这部作品体现了上层社会的女性要寻觅到真正的自我、做到精神独立是多么的困难。缺乏独立性是安娜实现自我的暗礁，这一无形又无处不在的暗礁时刻阻挠着她。

《纯真年代》代表了华顿创作的巅峰，使她成为美国文学史上第一位荣获普利策小说奖的女作家。在小说中，华顿又一次塑造了为了婚姻而完全交出了自我的女性形象。年轻的律师纽兰·阿切尔就要与门当户对的梅·韦兰结合的前夕，在剧院里见到了梅的表姐埃伦·奥兰斯卡伯爵夫人并爱上了她，打算与她私奔。但是梅把纽兰留在了身边。表面上，梅是一个成功的妻子。她敏感地发现纽兰的感情变化，很有心计地阻止了纽兰与埃伦的爱情发展，从而维护了家庭的体面。然而，她的心里很清楚，她留住的只是丈夫的身体，丈夫的心始终徘徊在遥远的埃伦的窗前。梅是时代的产物，一个天真无瑕的处女，她“美丽、纯真，永远说着得体的话”，是纽约上流社会公认的好姑娘。[②] 她把社会规范作为行为准则，视婚姻为幸福生活的惟一选择。即使是倍感传统婚姻束缚的纽兰也明白，梅是在早已交出了自己那份自由之后才获得了留住丈夫的自由，终至“把彼

① Marcia Westkott, *The Feminist Legacy of Karen Horney* (New York: Yale UP, 1986)158.

② 伊迪斯·华顿：《纯真年代》，赵兴国、赵玲译，南京：译林出版社，1999 年，第 16 页。

此的棱角完全磨去”。[1] 男权社会为女性规定的传统角色和行为准则使女性根本没有独立生活空间，没有自我追求，完全丧失了主体价值。女性对这个社会有着一种内在的认同，一丝不苟地执行着社会规范准则，对事件的见解始终与舆论保持一致。梅把自己作为人的自由完全献在了妇道的祭坛上，以至于让纽兰觉得企图解放一位丝毫没有自由感的妻子是毫无意义的。

在华顿的笔下，对社会行为准则进行反抗是无益的。小说中的另外一位女主人公埃伦经历了从反叛到妥协的心路历程。埃伦漂亮性感，充满热情，具有艺术气质和叛逆精神。她刚从欧洲回来，正准备与丈夫离婚。贵族女人离婚在当时的纽约是一种大逆不道的造反行为，所以整个纽约的上流社会都在议论着她的绯闻。但埃伦仍然坚持自己的做法，获得了身为律师的纽兰的理解和爱慕。她勇敢地向男权社会的世俗观念挑战，渴求“获得自由”，“彻底摆脱过去的生活”，“清除过去的一切”[2]。但当纽兰决定放弃婚约和家庭同埃伦一道离开美国的时候，梅却告诉埃伦自己已经有了身孕。埃伦主动离开阿切尔，独自回了欧洲，回到了从前的孤独。爱情是激励人的强大动力，但对男权社会中的妇女来说，爱情带来的更多的是自我牺牲而非自我实现。埃伦认为自由是最重要的东西。但是社会的不公平以及所谓的“集体利益”使她无法追求自己的自由。

生于纽约“四百大家族”之一的华顿清楚地看到，上层阶级的未婚女子不仅受到畸形教育模式的危害，还要顺应“整个社交圈对于外在美貌近乎狂热的膜拜情绪”[3]。女人千方百计地梳妆打扮以赢得男人的青睐，为“幸福”婚姻增加砝码。“男人的爱情是与男人生命不同的东西；女人的爱情却是女人的整个生存。”[4]华顿虽然意识到了社会发展带来的女性意识的觉醒，但她看到的是女性觉醒后的悲剧。以《欢乐之家》中的莉莉·巴特为代表的早期女性意识觉醒者所认识到的只是她不是什么，但不知道她们要成为什么。正如华顿在自传《回顾》中写的那样：“一个轻佻的社会只有通过它害人之处才能表现出戏剧意味。这悲剧含义就在于它使人堕落，使理想泯灭。我的女主人公莉莉·巴特就是这样创造出来的。”[5]

《欢乐之家》是华顿最重要的作品之一，首先连载于《斯科利伯纳》(*Scribner's*)杂志，后出版成书，三个月内连续印刷四次，达140,000册，几次列畅销书榜首。华顿自称这部小说使她“由漫无目的的业余爱好者变成为一个专

---

① 伊迪斯·华顿：《纯真年代》，赵兴国、赵玲译，南京：译林出版社，1999年，第133页。
② 同上书，第94—95页。
③ Edith Wharton, *A Backward Glance* (New York: Charles Scribner's Sons, 1964)46.
④ Simone de Beauvoir, *The Second Sex* (London:Jonathan Cape, 1972)608.
⑤ Edith Wharton, *A Backward Glance* (New York : Charles Scribner's Sons, 1964)121.

业作家”[1]。《欢乐之家》的出版“使她成了本世纪前20年最受欢迎的美国作家”[2]。这部小说为华顿的“纽约小说”打下了基础。纽约小说系列常常表达“老纽约”社会对人性的束缚，这种情感态度几乎成就了她所有成功的作品(《伊坦·弗洛美》除外)[3]。在《欢乐之家》中，华顿描写了一个觉醒者在无奈中的自我毁灭。百乐山庄是纽约上流社会人们的聚集地，也是女主人公莉莉最初心中向往的伊甸园和“欢乐之家”。莉莉出身没落的中产阶级家庭，经济原因迫使她只能通过自己的美貌和智慧换取婚姻。只有通过与富有的上层贵族联姻，她才能在“欢乐之家”中牢固地占据一席之地。莉莉的美貌使她成为上层社会一个美丽的装饰品，也给了她成为欢乐之家永久成员的机会。然而，她被穷律师塞尔登的“精神共和国”所吸引。为了追求自由，莉莉一次次逃离虚伪的婚姻。尽管莉莉非常清醒地意识到这个社会对男女两性的不同标准，但是她是这个社会的产物，离开这个社会她无法生存，更无法成为一个有思想、有能力参与社会的真正意义上的新女性。周围的环境和多年受到的教育使得莉莉根本无法独立生活，她的身份完全建立在商品的基础上，除了以他者的眼光，她无法定义自己的身份。[4] 女主人公莉莉要逃离以“欢乐之家”为代表的父权制，又无法与现实环境彻底决裂去寻找真正的“精神共和国”，最终被无情的社会所吞噬。莉莉不是在故事结束时才意识到自己人生的悲剧，她的故事是一个觉醒者更为深刻的无奈和绝望。

在小说《夏季》中，华顿表现了一个反叛者的妥协和绝望。查莉蒂·罗约尔是一个充满反抗精神、不轻易妥协的人，但最终还是被纳入了北达莫的世俗之中。查莉蒂由养父母劳耶·罗约尔夫妇抚养成人。养母去世后，罗约尔先生试图诱奸她并两次向她求婚。查莉蒂有一种要去做大事情的冲动，可是自己也不知道要做什么。哈尼的出现使她意识到自己的梦想是嫁给像哈尼这样的城里人，做一个年轻漂亮的新娘。但是最终当她被哈尼引诱而抛弃时，这种渴望被残酷地扼杀了。查莉蒂不顾传统礼教的束缚，追寻与自己心灵契合的生活，大胆表露内心对爱情和情欲的渴望，充分说明了一个自由女性的觉醒。怀孕后，查瑞蒂不顾周围环境的压力，勇敢地接受了母亲的身份和角色。不幸的是，查莉蒂最终为了生存不得不嫁给养父，接受社会给她安排的既定命运，放弃了自由和渴望。对社会地位和命运的屈服表现了一种绝望和无奈。这个女人最终

---

① Edith Wharton, *A Backward Glance* (New York : Charles Scribner's Sons, 1964)106.

② 蒲隆:《伊迪丝·华顿面面观》,《社科纵横》1997年第2期,第67—68页。

③ Annette T. Rubinstein, *American Literature: Root and Flower* (Beijing: Foreign Language Teaching and Research P, 1998)312.

④ Elaine Showalter, *Sister's Choice: Tradition and Change in the American Women's Writing* (New York: Oxford UP, 1991)97.

没能实现她的理想去决定自己的身份和命运，被改造成了一个顺从周围环境的妥协者。

《伊坦·弗洛美》被公认为是华顿创作的最好的、最重要的悲剧故事，刻画了另一个反抗世俗者的悲惨命运。故事通过一位来自新英格兰地区以外的工程师"我"的口述，记述了生活在马萨诸塞州西部小镇斯塔克菲尔德的伊坦·弗洛美以及妻子齐娜和情人马蒂的悲惨命运。年轻时的伊坦由于要照顾生病的母亲而放弃学业，回到贫瘠的农场上。母亲去世后，伊坦与一直照顾母亲的表姐齐娜结婚。伊坦对婚后生活失望却无奈。马蒂是齐娜的表妹，她从外地来照顾生病的齐娜。马蒂的到来使伊坦看到了生活的希望。为了拆散伊坦和马蒂，齐娜要赶走马蒂。在驾车送别马蒂时，两人恋恋不舍，马蒂提议两人死在一起，于是伊坦驾雪橇撞向大榆树。最终的结局是马蒂终生与轮椅为伴，伊坦面目全毁，终身残疾。三个人从此生活在一起，统统失去了生活的乐趣和追求幸福的自由。20年后的"今天"，"我"在伊坦家中看到，齐娜照顾着瘫在沙发上的马蒂。先前活泼可爱的马蒂变得性情乖张，牢骚满腹，完全是一副传统的坏脾气女人的形象。华顿似乎在告诫人们，马蒂的这种违背世俗的反抗只能以害人害己的悲剧收场。

波伏娃说过，在男权社会中，"若是女人达到了反抗的终点，那么只有一条出路还在向她开放——这就是自杀"①。华顿的主人公反抗后的结局或是生命的结束，或是精神的自杀。从女性人格这个角度出发，华顿笔下的女性展现了迷失、觉醒、反抗的不同形象。虽然华顿无力给出有价值的解决办法——其主人公都以悲剧收场——却并没有完全悲观，在作品中还是给予了些许希望，尽管这份希望未能成为一股明显的力量。华顿在1913年结束了长达28年的婚姻，感受到冲出牢笼后的轻松和自由，《乡村风俗》便是她这一时期的代表作。华顿这部作品中成功地塑造了一个具有无限活力的女性形象，年轻美丽却又野心十足的安丁。她凭借执着的信念和锲而不舍的精神，逐步实现了自己的梦想。她先是踏进"老纽约"社会坚固的大门，跻身贵妇行列，接着又跨越大西洋闯入法国贵族的社交圈。嫁给法国人后，她以自己的力量和勇气与法国社会的大男子主义相抗衡。她意识到男人对女人的压迫是这里的风俗，因此她不懈地抗击这一陋俗。经历四次婚姻，安丁终于实现了她的愿望。尽管安丁与莉莉一样，同样生活在一个以男性为中心的社会，都把婚姻作为惟一的经济来源，但她目标明确、行动果断。她非同寻常的勇气与执着显示出女性在性别抗争过程中日益增强的自我意识和获得成功的希望。

① 西蒙娜·德·波伏娃：《第二性》，陶铁柱译，北京：中国书籍出版社，1998年，第678页。

华顿在关注女性命运的同时，对男性面临的困境同样给予了清醒的认识和深切的同情。除了各具特色的女性形象之外，她还描写了形形色色的“边缘男性”形象，他们或为男性主宰的社会的牺牲品，或为女性人物眼中被物化了的商品。在父权制社会里，婚姻也被物化，被当做赤裸裸的买卖，也同样物化了拥有操纵妻儿命运的男人们。华顿在自传《回顾》中谈到《欢乐之家》的男主人公赛尔登时说：“虽然方式不同，但他和莉莉一样，都是环境的牺牲品。”[①]在上流社会中，男性享受父权制的种种特权，也带给他们无法摆脱的束缚和羁绊。最终，在一个商品化的社会里，男性和女性都成了牺牲品。

《欢乐之家》中，华顿塑造了几种典型的“边缘男性”形象。莉莉的父亲是适者生存社会的失败者，从家庭生活中的“中心”变成了无声的“他者”。而“在称之为家的这个乱哄哄的地方，主宰者是精力充沛、意志坚强的母亲”[②]。金钱对人性的扭曲以及道德价值观的虚伪不仅使女人成了受害者，也使她们成了这些社会理念的内化者，以同样的规则衡量着男人们的价值，物化着她们身边的男性。与其说巴特先生最后是因破产郁郁而终，毋宁说是因丧失财富而被抛弃，因为“对他的妻子来说，他或生或死已无足轻重，因他一旦不能对这个家庭履行应尽的职责，实际上他就等于不存在了”[③]。失去挣钱能力的他在妻子眼中成了可有可无的负担，在女儿的记忆中也只是一个可怜虫。淹没于商品社会大潮中的巴特先生失去了话语权，成了小说中最为模糊的形象。经济上的失败者巴特先生如此，成功者泰纳先生也未能摆脱这样的命运。泰纳事业有成，过着随心所欲的奢华生活。可是，妻子爱的是他的金钱和金钱所赋予她的上流社会生活，内心的情感天平上却根本没有他的位置。她表面上唯命是从，暗地里却和别人风流不断。泰纳以为自己可以凭借手中的财富“购买”女人的感情，自作多情地企图用金钱博得莉莉的欢心和感情，试图把莉莉变为任他摆布、利用的对象。莉莉最终决定以自己继承的微薄遗产偿还债务，用无声的语言表明了这个所谓成功男人在她的生命中所扮演的无非是一个无足轻重的小丑。阔家少爷珀西·格雷斯也是金钱的受害者。这位羞涩、富有的大男孩是个典型的“妈妈的乖宝宝”形象。一心试图用金钱换取欢乐之家地位的莉莉为了解决自己的窘境决心用美貌引诱他。他的金钱使他成了莉莉虚荣心的牺牲品。在莉莉的眼中，这位阔少爷就是金钱的代名词，是她可利用的一个有价值的物品而已。珀西和莉莉的关系，一方面揭示了莉莉面临即将成为老处女时的无奈和窘境，同时也向读者展现了当时社会生活的另一个侧面。男权社会所推崇的拜金主义不仅

---

① Edith Wharton, *A Backward Glance* (New York: Charles Scribner's Sons, 1964)245.

② 伊迪丝·华顿：《豪门春秋》，张澍智译，北京：外国文学出版社，1988年，第31页。

③ 同上书，第36页。

酿造了无数女人的婚姻悲剧，同时也会使男人成为内化了这种社会道德准则的女人的欺骗对象，带来婚姻的不幸。塞尔登是华顿小说中塑造的典型男性形象。塞尔登是一位接受了新思想的年轻人，和莉莉一样年轻、富有魅力但并不富有。他所处的时代和社会环境造就了他的矛盾性格。上流社会的价值观对他产生了深刻的影响。他对上流生活有着一种潜在的、无法抗拒的向往，渴望成为这些人中的一员。他的良知和情感告诉他莉莉的纯洁和高雅，他也意识到了自己对莉莉的好感和爱慕，然而，他不敢正视自己性格中的这一面，惧怕被上流社会抛弃的结局。于是，他生活在矛盾之中。在他和莉莉的最后一次会面中，莉莉倾诉了对他的爱，然后回到住处自杀。在塞尔登终于认识到莉莉的清纯与高贵时，这朵美丽的小花已经因为不堪生活的风吹雨打而枯萎凋零了。这一无情的事实也同时宣告了塞尔登试图成为一位“新男性”的失败。表面看来，他比同样单身而贫困的莉莉有更多的自由，可以随意和女性交往，悠然自如地享受生活。事实上，他和莉莉同样缺乏自由。小说中最可悲的人也就是这位梦想建立“理想共和国”的律师了。明明不想为却又为之，厌恶却又不去反抗，有爱却不能给予，甚至不敢向自己承认，这种人比莉莉更为可怜，同样是社会环境的牺牲品。华顿在抨击旧纽约的道德堕落和那些腐败新贵们的同时也表现了当时社会中男人们的可悲一面。

在《纯真年代》中，男主人公纽兰·阿切尔也是老纽约上流社会的一分子，却与之格格不入。他热爱艺术，喜欢读书，追求自由。他所读过的人类学的书籍使他以一种新的方式来观察社会。他试图反抗传统习俗的束缚与压抑，对墨守成规的枯燥生活时有不满，从心底厌恶这些上流社会的繁文缛节和虚伪无知。在对于女性的问题上，他有着独到的见解，认为“女人应当有自由——跟我们一样地自由”[①]。在面对埃伦离婚这件事情上，他坚持说不能因为她不幸结下了倒霉的婚姻，就得像罪犯一样躲起来。纽兰对女性的态度体现了他内心对男权社会的反抗。他同情埃伦，支持埃伦与放荡的丈夫离婚。但这样一位具有反抗精神的年轻人在男权社会的强大势力面前也是无能为力。放弃了爱情的纽兰和他并不爱的妻子厮守一生，最终也没有开始新生活的勇气。其实，让纽兰厮守一辈子的不是他的妻子，而是妻子背后的那个强大的父权制度。男性对于家庭的责任扼杀了他争取自由的思想萌芽。男性和女性的关系就像寄主和寄生虫的关系，“寄主喂养寄生虫，让它活下来，但是寄主同时会被寄生虫杀死”[②]。男性没有意识到在给女性戴上枷锁的同时，也给自己套上了锁链。

在《伊坦·弗洛美》中，伊坦是他所生活的社会环境及其伦理道德的彻头彻

① 伊迪丝·华顿：《纯真年代》，赵兴国、赵玲译，南京：译林出版社，2002年，第37页。

② Kate Miller, *Sexual Politics* (New York: Simon and Schuster, 1990)217.

尾的牺牲品，正如同村人哈蒙·高伍所说的那样："伊坦的一生，从开始就像一杯充满了病魔和不幸的苦酒。"①伊坦自始至终都想离开贫穷落后的家乡去寻求自己的理想，但努力均以失败告终。在青年时期的短暂求学期间，伊坦梦想着能到城市里做工程师体面地生活。然而他没能实现理想就不得不回到家中照顾母亲。结婚之后，贫穷再次摧毁了他离开家乡的梦想。妻子齐娜变得抑郁寡言，但她却懂得利用自己的病痛通过社会舆论牢牢把握着自己的丈夫。马蒂是伊坦实现理想的希望。然而，最终的结局却是两人的伤残和心里的创伤。伊坦和玛蒂想以死来保有这份情感。但他们遭到了无情的惩罚，强大的社会伦理道德彻底压垮了他们。

正像华顿在自传《回顾》中所描述的，为了能够在男性主宰的社会中自由选择角色和生活方式，她进行了长久的抗争与努力，在付出了巨大的努力和代价后才最终得以成功。在华顿的生活和写作生涯中，她从未停止过对社会传统的抗争，一直都在追寻自己创作的梦想，追寻作为女性和女性作家的自我意识和自我价值。作为一位收入丰厚的职业女性，华顿基本上做到了物质和精神的完全独立。卡罗尔·辛格指出："伊迪丝·华顿的生活预示着20世纪才普遍存在的现代女性生活的样式。"②1929年，弗吉尼亚·伍尔夫在《一间自己的屋子》中提出："成为自己比什么都要紧。"③在《欢乐之家》中，莉莉在普通女工内蒂身上看到了女性如何面对生活的真谛。内蒂出身贫寒，历经坎坷，体弱多病，但她面对生活从未放弃过信心和勇气。正是这种不向命运低头妥协的精神让她找到了足以避风挡雨的家园。莉莉意识到，"那个巢是靠两个人共同营造的，靠男人的信心，也靠女人的勇气"④。

在学界，华顿仍然是一位引起颇多争议的作家。有人认为她有矛盾的女性主义思想，有的则认为，"虽然华顿无论在理论和实际创作上都不是一位女权主义者，但是她的主要小说总的说来也许是这个世纪以来所有小说家中对于'女性'的建构所作的最深刻——也是情感最强烈的女性主义分析。"⑤作为一位女性作家，华顿体现了对女性命运的关注，特别是19世纪和20世纪之交美国纽约上流社会女性的喜怒哀乐，同时表达了对男性命运的关注。《旧约·传道书》说，"智者之心属于悲伤之家，而愚者之心属于欢乐之家"⑥。而身处"老纽约"上层社会的华顿却以局内人的眷恋和局外人的无情针砭而成为"欢乐之家"的智者。

---

① 艾蒂斯·华顿：《伊丹·傅罗姆》，王振国译，香港：今日世界出版社，1965年，第8页。
② Carol J. Single, *A Historical Guide to Edith Wharton* (Oxford: Oxford UP, 2003)7.
③ 弗吉尼亚·伍尔夫：《一间自己的屋子》，王还译，北京：三联书店，1988年，第136页。
④ 伊迪丝·华顿：《豪门春秋》，张树智译，北京：外国文学出版社，1988年，第352页。
⑤ Katherine Joslin, *Women Writers: Edith Wharton* (New York: St. Martin's, 1991)142.
⑥ 《旧新约全书》，香港：香港浸信会出版部，1980年，第755页。

华顿的主要作品：

小说作品：

The Greater Inclination, 1899.

The Touchstone, 1900.

Crucial Instances, 1901.

The Valley of Decision, 1902.

House of Mirth, 1905.

Madame de Treymes, 1907.

Tales of Men and Ghosts, 1910.

Ethan Frome, 1911.

The Reef, 1912.

The Custom of the Country, 1913.

Xingu and Other Stories, 1916.

Summer, 1917.

The Age of Innocence, 1920.

The Glimpses of the Moon, 1922.

Old New York, 1924.

Twilight Sleep, 1927.

The Children, 1928.

Hudon Rivers Bracketed, 1929.

The Gods Arrive, 1932.

Ghosts, 1937.

The Buccaneers, 1938.

其他作品：

The Decoration of Houses, 1897.

A Backward Glance, 1934.

The Uncollected Critical Writings, 1996.

The Letters of Edith Wharton, 1988.

2. 伊迪丝·伊顿——种族歧视污泥中的水仙花

Edith Eaton: Narcissus Rooted in the Mire of Racial Discrimination

19 世纪与 20 世纪的一些西方文学女性为了获得男权社会的认可，往往在作品上注上笔名以掩饰自己的性别。而在“黄祸”论气焰嚣张的 20 世纪初，一位美国女性作家却公然以一个非常中国化的笔名“水仙花”来表明自己的亚裔血缘，这种举动不能不令人钦佩她的勇气。伊迪丝·伊顿(1865—1914)是北美第一位华裔职业作家。[1] 她与那些以笔名来掩饰自己真实身份的女性作家用意不同[2]，其笔名恰恰披露了她的异族血统，成为“一种获得种族真实性的手段，并用来支撑其以描绘种族主题为主的写作生涯”[3]。自 1896 年起，伊顿创作的关于华裔或欧亚混血儿经历的故事和文章陆续出现在美国和加拿大的杂志和报纸上。1912 年，芝加哥的 A. C. 麦克勒格书局将她的 37 篇故事辑集出版，并以第一篇故事《春香夫人》(*Mrs. Spring Fragrance and Other Writings*)作为故事集的题目。这是伊顿发表的唯一作品。《春香夫人》出版两年之后，伊顿去世。伊顿对于美国文学的重要贡献在于她对 20 世纪初美籍华人和欧亚混血人生活的真实刻画，她是第一位涉及这一主题的华裔作家。[4] 伊顿不仅是华裔美国文学当之无愧的拓荒者，也是华裔美国女性文学的创始人。

伊迪丝·伊顿是欧亚混血儿，父亲是英国人，母亲是中国人。19 世纪 50 年代，其经商的父亲到了中国，遇到一位温柔贤淑的中国妇女，两人结为连理。返回英国后，这对异族通婚的夫妇饱受社会歧视，于是举家移民到加拿大的蒙特利尔。生于英国的伊顿在这个有 14 个子女的贫困但温馨的大家庭里长大。她很早就出外工作，从事过速记员、排字工、记者、秘书等工作以补贴家用，于 1898 年搬迁到美国。伊顿家的子女都没有学过中文，而且伊顿的相貌几乎显示不出来她的中国血统，但她逐渐对母亲的民族产生了浓厚的兴趣。她公开了自己的亚裔血统身份，以手中之笔为亚裔社群仗义执言，在许多报刊上发表了关于华裔美国人的故事和文章，赢得了华人的充分肯定。她在《叶子》一文中高兴地指出：“一天当我读到一位住在纽约的华人写的文章时，我欢欣鼓舞。他在文中称

---

① James Doyle, “Sui Sin Far and Onoto Watanna: Two Early Chinese-Canadian Authors,” *Canadian Literature* 140 (1994): 50.

② 例如，英国的乔治·爱略特(George Eliot)、美国的范妮·弗恩 (Fanny Fern)等。

③ Amy Ling, *Between Worlds: Women Writers of Chinese Ancestry* (New York: Pergamon, 1990)21.

④ Ibid., 39.

美籍华人对水仙花坚定捍卫他们利益的义举永远心怀感激。”[①]为了表达这份感激之情，蒙特利尔和波士顿的华人社区在水仙花去世后，在她位于蒙特利尔的墓前立了刻有“义不忘华”字样的碑石。

值得读者回味的是，伊迪丝有一位妹妹也是作家，却选择了与她完全相反的写作策略。温妮弗莱德·伊顿(Winnifred Eaton)按照文学市场的游戏规则行事，充分利用白种人无法区分日本人和华人这一条件假扮日本人身份从而获得美国社会认可。[②] 为了修建铁路而大量输入的华人劳工在铁路完工之后的19世纪末20世纪初涌入劳动市场，他们因对白人形成了经济威胁而被仇恨，饱受排挤和欺压。而日本在1895年打败了中国，1904至1905年间又战胜了俄国，令美国人刮目相看。温妮弗莱德深知日本人在白人的眼中享有比起华人更高的地位，因此虚构了自己的生活。[③] 她取了一个日本味道颇浓的笔名小野(Onoto Watanna)，声称自己的出生地为长崎，母亲为日本贵族。在1902年出版的《紫藤之恋》(*The Wooing of Wistaria*)一书的封面上有她一张身着和服、把头发梳成流行日本发式的照片。与只出版了一部短篇小说集的姐姐相比，她的成功令人瞩目：第一部小说就引起广泛的注意；第二部小说极其畅销，不仅再版好几次，还被翻译成好几种外语，并改编为百老汇舞台剧。她之后的多部作品都是由知名出版社发行的畅销书，而她的成功还使她在1924年至1931年间获得为好莱坞环球制片厂撰写电影脚本的职位。两姊妹一个表明身份、而另一位隐瞒身份的做法为我们了解当时女性的文学创作生态环境提供了有趣的例证。

伊顿创作的20世纪初，是美国社会经济急剧发展的时期。美国人急于将领土不断向西部推进，而华工在美国西进运动中功劳卓绝，在美国横跨大陆的铁路修建过程中发挥了重要作用。但1869年铁路竣工之后，占修建铁路劳工90%的华人涌入劳动市场，在美国社会引起恐慌。[④] 华人在19世纪70和80年代中在西部各州受到令人发指的恶劣待遇。美国白人畏惧华工在劳动力市场上的竞争，不仅仅出于经济的考虑，一个更为深层的顾虑是基于在他们眼中属于劣等民族的华人的道德水准认识，以及华人进入美国社会后将会带来的亚洲人与盎格鲁-撒克逊人通婚的潜在种族混杂的危险。在这种前提下，美国制定

---

① Amy Ling, *Between Worlds: Women Writers of Chinese Ancestry* (New York: Pergamon, 1990)32.

② Amy Ling, “A Perspective on Chinamerican Literature,” *MELUS* 8.2 (1981): 79.

③ Amy Ling, “Edith Eaton: Pioneer Chinamerican Writer and Feminist,” *American Literary Realism* 16.2 (1983): 288.

④ Ronald Takaki, *Strangers from a Different Shore: A History of Asian Americans* (New York: Little, 1998)85.

了一系列排斥华人和禁止通婚的法案，以限制亚洲人口在美国的增长与繁衍。1882年出台的歧视性排华法案使得华人移民的数量急剧减少，直到60年之后才废除。伊顿曾经写过一篇自传文章《一位欧亚混血儿的回忆拾零》(1909)，回忆了饱受歧视的自身经历。正是这种作为被歧视民族的痛苦经历，促使伊顿对于这种不平等的社会现象进行了深刻反思，开始了对种族歧视的鞭挞和种族平等的呼吁。

作为欧亚混血儿，伊顿从小就感受到自己独特文化身份给生活带来的冲击。她在自传中描述道，"每当我回忆起童年时，就想起自己四岁的那一年。我走在英国的一条林荫小道上，听到走在后面的保姆告诉另一个保姆我的母亲是中国人。'哦，天哪！'那个保姆惊叫起来。她转向我，好奇地将我从头到脚打量一番。然后两个女人凑在一起窃窃私语起来……"[①]不仅如此，伊顿还不断受到来自白人儿童的人身攻击。这种对于华人的歧视和欺辱使她逐渐从情感上与母亲的民族更加靠近，最终选择将自身命运与华人族群捆绑在一起。她将自己视为其中一分子，为这一民族所遭受的不公正待遇而义愤填膺、摇旗呐喊。她在自传中提到，一次聚会时，主人和其他客人在不知道她身份的情况下，以极不友好的态度谈论华人。经过短暂的犹豫，她挺身而出，公开了自己的华裔身份，当面抨击了他们的反华言论。之后不久她便离开了这个城镇。

与日俱增的华人情结在伊顿作品中得到了充分体现。伊顿的文学抱负就是"为了揭示在美华人的真实面貌，排除美国人心目中根深蒂固的关于他们弱点的错误印象，展现他们值得夸耀的众多优秀与高贵品质"[②]。但要将华人的真实面目展现给美国社会不是一件轻松的事情。她1903年写给《世纪杂志》的副主编罗伯特·安德伍德·约翰逊的信中谈到，"我读到过许多美国作家创作的聪明有趣的中国故事，但是我觉得这些作家都离华人很远，在多数情况下华人仅被当作是个'笑话'"[③]。作为华裔美国文学的拓荒者，水仙花在写作中没有现成的文学传统可以继承，也没有现成的榜样可以仿效。如评论家索尔伯格所指出的，伊顿在选择与华人认同并创作关于他们的作品时，发现自己孤军奋战在尚无现成模式的领域里。[④] 伊顿从传统文学创作模式中汲取了一定的养分，开创

---

① Sui Sin Far, "Leaves from the Mental Portfolio of an Eurasian," *Mrs. Spring Fragrance and Other Writings*, eds. Amy Ling and Annette White-Parks (Urbana: U of Illinois P, 1995)218.

② Amy Ling, *Between Worlds: Women Writers of Chinese Ancestry* (New York: Pergamon, 1990)28.

③ Annette White-Parks, "A Reversal of American Concepts of 'Other-ness' in the Fiction of Sui Sin Far," *MELUS* 20.1 (1995): 20.

④ S. E. Solberg, "Sui Sin Far/Edith Eaton: First Chinese-American Fictionist," *MELUS* 8.1 (1981): 32.

了自己的叙事方式和故事题材，来讲述她所知道的真正的美籍华人。《春香夫人》分为两部分，前17篇故事被冠于《春香夫人》的题目，而后20篇故事被称为《华人孩子的故事》。水仙花的观点集中反映在为成人创作的故事里。应该说，伊顿的作品基本沿袭了当时流行的情感小说创作模式，在创作手段和思想深度上略显不足，在艺术水准上与同时代的文学大师们相比的确有些逊色。但如1912年《纽约时报》的一篇书评所指出的，“伊顿小姐在美国小说史上书写了新的篇章……这样做是需要勇气的。从某种程度上来说，她对于自己所创作主题的不同寻常的知识弥补了她艺术手段上的不足”①。伊顿以自己对于种族歧视和文化冲突的切身体会，开辟了一片新的疆土。她的作品在反映这一主题时，颠覆了传统文学中以白人为中心的模式，把白人移到了边缘、成为外人或他者，而把华人置于自己作品世界的中心位置，表现了她对当时文学传统中所描绘的白人与华人关系的直接挑战，开拓了在19世纪末主流美国意识和文学中被认为是未开化和异教徒的华人自我展现的崭新方式。② 伊顿的传记作者安妮特·怀特-帕克斯也认为，伊顿的作品有两个方面必须予以重视：一是对于传统族裔文学中位置的倒置，也就是把华裔美国人、而不是白种美国人置于作品视野的中心；二是对于性别优先权的倒置，也就是把女性、而不是男性置于被描绘的华裔美国群体的中心。③ 更准确地说，作为一个生活在文化边缘的人，一个特定族裔的他者，伊顿自身的文化身份使她超越了东方和西方、白人和黄种人、男人和女人的狭隘定义，将笔触延伸到对于人——无论是华人、女人还是下层人——的身份和生存状态的探讨。她曾说，“从本质上来说，所有的人都是一样的”④。

伊顿笔下的华裔美国人：文化冲突与种族歧视的牺牲者

文化冲突是水仙花创作的最主要主题。短篇小说集《春香夫人》不仅提供了对于当时美国华人文化的现实主义描写，也从多层面批评了世纪之交美国社会强加于这种文化的苦难和剥削。由此看来，水仙花的故事不是为了沟通不同文化，而是对整个种族主义意识形态的挑战。⑤ 其作品不是强调华人和白人的“一致性”或相同之处，而创造了一种可见性、一种声音，最终在艺术世界里为美

① “A New Note in Fiction,” *The New York Times Book Review* 7 July 1912: 405.

② Vanessa Holford Diana, “Biracial/Bicultural Identify in the Writings of Sui Sin Far,” *MELUS* 26.2 (2001): 161.

③ Annette White-Parks, *Sui Sin Far/Edith Maude Eaton: A Literary Biography* (Urbana: U of Illinois P, 1995)215.

④ Sui Sin Far, “Leaves from the Mental Portfolio of an Eurasian,” *Mrs. Spring Fragrance and Other Writings*, eds., Amy Ling and Annette White-Parks(Urbana: U of Illinois P, 1995)223.

⑤ Annette White-Parks, “A Reversal of American Concepts of ‘Other-ness’ in the Fiction of Sui Sin Far,” *MELUS* 20.1 (1995): 31.

籍华人取得了一种在现实生活中被否决了的统治地位。[①]

在这个故事集里,《春香夫人》是一个分量并不算太重的故事。它讲述了一个华人丈夫是怎样慢慢理解自己美国化了的华人妻子的。发人深思的是,水仙花通过故事中的对话巧妙地披露了美国这个鼓吹平等自由的社会里的残酷现实。在春香先生与一位白人朋友的谈话中,那位朋友说,所有的美国人都是王子和公主,而"一个外国人一旦踏上美国海岸,他就变成了贵族"。"那么我被关在滞留所的兄弟呢?"春香先生反问道。春香先生的话显然让这位白人朋友感到尴尬。"我们真正的美国人是反对这样做的,它违背我们的原则。"春香先生讽刺地说,"那么我向被迫去做违背他们原则的事情的真正美国人表示慰问"。不言而喻,这位好心的邻居没有把春香先生视为像他一样的"真正"美国人,而春香先生对种族歧视的社会现实比他的邻居有着更为深刻的认识。

在另一个故事《自由的国度》中,水仙花批判了排华法案如何使得华工长期享受不到家庭生活,而且又为他们的家庭团聚制造障碍的。丽珠带着还没有见过父亲的幼子来到美国,与丈夫相聚。当船靠近码头时,她内心充满了对于在美国这个自由国度里生活的憧憬。她告诉自己的儿子,这就是他父亲发财的地方。可悲的是,美国这个自由的国度带给她的不是美国梦的实现,而是一场梦魇。移民官员把她在申请移民之后在中国出生的儿子作为非法移民扣押了起来,理想破灭了的丽珠在美国亲身体验了将母子分离的法律。这种不公正的法律又因为移民官员自己的私利而使移民更加无助和不幸。最大的不幸在于,在母子最终于10个月后得以团聚后,幼小的孩子已经不认得自己的母亲,亲情遭到了无情的践踏。这种造成种族之间紧张关系的排华法案的出台,为美国这个自由国度的性质划上了一个大大的问号。

《新世界里的明智之举》和《宝珠的美国化经历》两个故事再现了华人女性进入一个陌生国度后所经受的巨大压力。《新世界里的明智之举》讲述了华人吴三贵与妻儿在美国的团聚。与美国化了的春香夫人不同的是,新到达美国的宝琳拒绝融入新的文化。对她来说,美国缺乏明智,因为它造成了丈夫和儿子与她的隔阂,以及丈夫的美国朋友埃达·查尔顿对她婚姻的威胁。来自一个男女授受不亲的国土,宝琳对于埃达在已经美国化了的丈夫生活中的角色充满疑惑,而丈夫对于埃达的亲切态度更使宝琳百思不得其解。遗憾的是,埃达·查尔顿在文化差异方面的无知使她在与宝琳的交往中无法明白宝琳的感受。宝琳对异族文化的强烈抵制最终导致了悲剧的发生。宝琳在丈夫要把儿子送到美国学校就学前夕毒死了儿子,以阻止他也像丈夫一样被美国化,以及最终与她

① Annette White-Parks, "A Reversal of American Concepts of 'Other-ness' in the Fiction of Sui Sin Far," *MELUS* 20.1 (1995): 18.

的隔阂。尽管宝琳的行为令人震惊，但它表现了陷于绝境的宝琳坚持把儿子从新文化的魔掌下救出来的决心。水仙花通过这个故事说明，早期来到美国的华人的美国化使他们与自己的亲人有了巨大的隔阂，这种隔阂最终也毁掉了他们的亲人。同样，在《宝珠的美国化经历》中，宝珠的丈夫万林福也是一位美国化了的男人，他也有一位美国白人女性朋友埃达·雷蒙德。万林福与包办婚姻的妻子成亲之后，把她移民到了美国，还想按照埃达·雷蒙德的样子塑造自己的妻子，甚至让她换上美式服装。宝珠心里十分抗拒，不懂丈夫为何不让她使用筷子，而去操纵笨拙可怕的美国器具。宝珠同样对于丈夫与埃达的关系心怀忧虑，而万林福竟然还坚持在她生病时让一个男性白人大夫为她医病。但宝珠对于美国化的抵制没有宝琳那么激烈。她将悲哀藏在心里，在中西文化的冲突中变成了失语者。宝珠误认为丈夫在心里更想与埃达结为夫妻，而从丈夫身边逃走。直到这时埃达才认识到自己为宝珠造成的情感压力，而万林福也试图与妻子和解。在这两个故事里，水仙花生动地表现了文化差异对新移民、尤其是对于从传统的中国社会刚踏上美国国土的女性造成的种种压力。先前到达美国的华人男性已经内化了美国人的自由思想和观念，他们在美国社会中已经有了自己的事业，甚至交上了美国朋友。而对于他们在中国足不出户的妻子来说，美国是一个充满陷阱和危险的地带。美国化过程带给她们的只有难以忍受和难以言说的巨大痛苦。

在《帕特与潘》中，水仙花又一次涉及社会建构的文化身份以及强加给华人和欧亚裔人的他者身份。一位名叫安娜·哈里森的白人传教士在华人社区里看到一个名叫帕特的白人男孩，而让她感到惊愕的是这个男孩只能说汉语。原来，帕特的母亲在病危时将儿子托付给了一对华人夫妇，他们把帕特和自己的女儿潘一起带大。哈里森决心让这个男孩回归他的“自然”文化身份。水仙花在这个故事中创造了帕特和潘的兄妹情谊与安娜·哈里森的文化视角之间的情节张力。[①] 对于还没有被种族化观念同化的儿童来说，他们的肤色差异并没有给交往带来任何障碍，帕特之前也没有对自己的身份有任何质疑。哈里森完全无视帕特被华人社区收留并被抚养长大这一事实，坚持要让帕特学会他的“母语”，执意使他回归美国文化身份。这一举动揭示了她对于华人文化传统的藐视态度。而收养帕特的华人夫妇的举动恰恰表现了超越种族界限的亲情的可能性。他们向白人孩子伸出了同情的手，将他视为己出，抚养成人。尽管帕特在华人家庭里享受着和潘一样的亲情，但这对华人夫妇无法阻止帕特被从自己家里领走。很快，在白人社区观念的熏陶下，帕特开始排斥曾经养他疼他的华

① Vanessa Holford Diana, “Biracial/Bicultural Identity in the Writings of Sui Sin Far,” *MELUS* 26.2 (2001): 168.

人家庭和社区。当他又一次遇到曾经情同手足的潘时，他竟然把她从身边轰走。潘无奈地哀叹道，可怜的帕特不再是华人了。通过这个故事，水仙花深刻地揭示了世纪末美国的社会现实。白人，即使是出自好意的白人，从来没有把华人看作与自己同等的公民和这个国家的真正组成部分。社会建构的文化身份无法创建和谐的社会环境，而只能营造种族歧视的社会氛围。

伊顿笔下的女性：文化的主体身份

如果说水仙花笔下的男性都是为了发财才来到美国的，那么许多女性则是因为远在大洋彼岸的丈夫的需要才来到这片国土上的。[①] 在这些女性之中，除了对美国文化持强烈反感态度的，也不乏深明大义、真正接受美国文化中追求自由和平等的思想的女性。

在故事《下等女人》中，白人女性是通过华人妇女春香夫人的调解才真正认识到自己的。春香夫人的朋友劳拉无法与自己相爱的男人结婚，因为她的父母已经将她许配给校长的儿子。通过春香夫人的调停，两人才最终得以喜结连理。卡门夫人的儿子与出身卑微、自食其力的艾丽斯·温斯洛普相爱，遭到她的强烈反对。她希望儿子能够娶门当户对的伊夫布鲁克小姐为妻，因为伊夫布鲁克小姐出身上流社会，还受过良好教育。当卡门夫人的儿子向心仪已久的艾丽斯求婚时，遭到艾丽斯的断然拒绝。她告诉他，如果他的母亲认为她配不上他的话，她是绝对不会嫁给他的。伊夫布鲁克小姐对艾丽斯充满同情和钦佩，她承认，自己虽然被称为美国的上等女人，但比起艾丽斯来，只不过是个幼稚的女学生。在春香夫人的劝说下，卡门夫人最终接受了艾丽斯。春香夫人义正词严地告诉卡门夫人："如果你佩服我丈夫是因为他是'一个靠自我奋斗成功的人'，那么你为什么不能接受一个靠自我奋斗而成功的下等女人呢？"[②]春香夫人的话具有双重意义，在对传统阶级和性别观念的批判中也包含着对传统种族观念的批判。虽然美国人崇拜自由精神，但在这个故事中则是一个具有开明思想的中国女人让具有传统思想的美国女人改变了观点。让华人女性教育传统的白人女性，这是水仙花的叙事策略。她歌颂了这些新型的美籍华人，他们才是真正具有进步思想的人。《春香夫人》同样挑战了文化传统，维护了女性选择婚姻对象的权利。

《一位嫁给华人的白人妇女》和故事的续篇《她的华人丈夫》都是从一位白人女性的视角叙述的。米妮讲述了自己与两任丈夫卡尔森和刘康海的婚姻生

---

① Annette White-Parks, *Sui Sin Far/Edith Maude Eaton: A Literary Biography* (Urbana: U of Illinois P, 1995)216.

② Shui Sin Far, *Mrs. Spring Fragrance and Other Writings*, eds. Amy Ling and Annette White-Parks (Urbana: U of Illinois P, 1995)39.

活。与虐待她、鄙视她、最终抛弃她的第一任白人丈夫卡尔森相比，她的华人丈夫刘康海在她对生活绝望的时刻救了她。他尊重她、爱护她、对她体贴有加，展示了高尚的品质。与米妮同族裔的卡尔森没有带给她幸福，反而造成了她的灾难，而来自异族文化的华人刘康海却能让米妮享受到真正的爱情。但是，在一个对华人充满仇恨和恐惧的社会里，米妮的幸福是无法持久的。水仙花为这个故事设计了一个发人深思的结尾。刘康海一天晚上被抬回家里，子弹穿透了他的脑袋。杀人他的并非白人，而是他的华人兄弟。由此看来，不仅白人对于异族通婚不能接受，华人对此也耿耿于怀。米妮和华人丈夫的幸福婚姻注定要被拆散。

水仙花在现实生活中目睹了如此多的对于华人男性的反面描绘，因此她在自己的创作中常常以理想化地塑造华人男性角色的艺术手段来为他们呼吁。作为在排华的西方文化中写作的欧亚女性，水仙花很难采用批判的视角：如果她涉及华人文化中的性别歧视等文化陋习，她就会为西方种族主义对于华人的歧视起到推波助澜的作用。所以她在作品中常常通过美化华人男性来宣示对西方种族主义的抗争。[①] 这也是她作品中不得已的文化妥协策略。

水仙花笔下的欧亚裔人：文化的双重被放逐者

由于水仙花自己的欧亚裔混血儿身份，她在作品中表现出对于这一独特社会群体的高度关注和极大同情。在她自身的经历中，无论在加拿大还是美国，她都逃脱不了华裔和欧裔北美人对于欧亚裔混血儿的敌意。这种缺乏归属感的现状使水仙花感慨万分，她曾说，“我终究不属于任何一个民族群体，而且也不急于自命为哪一方”[②]。水仙花把自己的身份视为不同民族之间的边界。如果边境是不同文化相遇的边缘，那么对水仙花来说，它就是一个中立地带，一个没有国籍的地方，一个“自我主义”的地方。最终，当她意识到自己特殊的文化身份时，她试图通过置于东西方的中间地带兼顾两者，并试图通过假定一个基本的自我来超越“悲惨的欧亚裔人”的命运。[③]

水仙花反对美国和加拿大对于华人的种族歧视政策，对欧亚混血儿受到的恶劣待遇深表同情。不幸的是，他们被白人和华人同时放逐，无论在中心还是边缘都没有存在的位置。这种双重放逐使得水仙花成为华裔美国文学的一个

---

① Noreen Groover Lape, *West of the Border: The Multicultural Literature of the Western American Frontiers* (Athens: Ohio UP, 2000)115 - 16.

② Sui Sin Far, "Leaves from the Mental Portfolio of an Eurasian," *Mrs. Spring Fragrance and Other Writings*. eds. Amy Ling and Annette White-Parks (Urbana: U of Illinois P, 1995)230.

③ Noreen Groover Lape, *West of the Border: The Multicultural Literature of the Western American Frontiers* (Athens: Ohio UP, 2000)90.

引人注目的先驱者。水仙花认识到自己特殊的文化身份以及这种身份所带来的文化孤立，因此她把写作视为一种根据自身经历建构社区以逃离被放逐命运的方式。[①] 水仙花意识到华人与英国人和美国人同样具有偏见，为自己的孤立处境设想了一种激进的解决方式："只有当全世界都成为一家人时人类才能够耳聪目明。我相信终有一天世界的很大一部分会是欧亚混血人。我为自己是一个开拓者而感到欢欣鼓舞。一个开拓者应该为所遭受的磨难而感到光荣。"[②] 她的这种解决办法就是根据自己的模式创建一种全球大"家庭"。这种解决身份分裂的方式，不是对于种族纯洁的期盼，而是以自己的家庭这个微观世界作为宏观世界的模式。民族身份终有一天会成为悬而不决的事情，因为多数人会成为欧亚混血儿。[③]

在故事《摇摆不定的形象》中，年轻女子潘曾因为自己的种族身份而犹豫和痛苦，但是她最终做出了抉择。浅肤色的潘在自己的白人母亲去世后，跟着华人父亲住在唐人街。即使她与其他华人相貌不同，但她从未为此感到与他人有何区别，一直过着宁静的生活，直到后来遇到年轻的白人记者马克·卡尔森。卡尔森努力向她灌输白人文化的观点，而对卡尔森的朦胧爱情使她第一次对自己的文化身份产生怀疑，态度开始摇摆不定。她对这位向她表示好感的白人给予了充分信任，因为卡尔森是她的第一位白人朋友。但卡尔森的目的竟然是利用她来了解唐人街华人的生活，并且通过发表恶意中伤的文章伤害了她所热爱的华人。在对于爱情和自己社区的忠诚之间曾经犹豫不决的潘，在事实面前看清了卡尔森的真实面目。为了得到一个故事可以出卖自己灵魂的卡尔森的所作所为就是要让潘出卖她的灵魂，爱情的代价竟然是对自己文化的背叛。潘对于自己在此事中扮演的角色感到耻辱，也懂得了自己不能既是华人又是白人，从而坚定了自己的文化归属。水仙花在故事中融入了自己的经历，描绘出欧亚裔混血儿对民族身份的追求和认同。结论是显而易见的，在一种种族隔离的文化氛围中，一个混血儿无法长期生活在两种文化的交界处，她最终只能作出选择。

在《一位嫁给华人的白人妇女》和故事的续篇《她的华人丈夫》里，米妮也对自己混血儿子的未来充满了忧虑："当他站在我和他父亲的中间，他既像又不像我们，之后他也会这样站在我和他父亲的族人之间。如果他们之间相互没有好

---

① Joy M. Leighton, "'A Chinese Ishmael': Sui Sin Far, Writing, and Exile," *MELUS* 26.3 (2001): 15.

② Sui Sin Far, "Leaves from the Mental Portfolio of an Eurasian," *Mrs. Spring Fragrance and Other Writings*, eds. Amy Ling and Annette White-Parks (Urbana: U of Illinois P, 1995)224.

③ Joy M. Leighton, "'A Chinese Ishmael': Sui Sin Far, Writing, and Exile," *MELUS* 26.3 (2001): 9.

感和理解，我儿子的命运又会怎样呢？”[①]米妮的华人丈夫的回答是斩钉截铁的，“我们要把他带大，使他为自己的中国血统感到骄傲；他不会畏惧任何人，而混血的名称也不再会被人蔑视”[②]。故事表达了对于文化和谐的良好愿望。不幸的是，水仙花在自身的经历中得出的惨痛教训是，华人经常也同白人一样心胸狭隘，许多纯血统的华人对她这样的欧亚混血儿也是歧视的。她曾经谈到过一个与白人订婚的混血女子。她在拒绝了那个白人男性九次之后与他订婚，但她坦言自己是华人，还需要赡养自己的父母。虽然这个白人一再表示自己不会介意她的种族身份，但终于委婉地向她提议在他们婚后是否可以让别人认为她是个日本人。这位女子毅然决然与他分手，并在日记中称自己再也不会有不忠于自己的感觉。水仙花一生未婚这一事实使得评论家认为这很可能就是发生在她自己身上的故事。[③]

评论家S. E. 索尔伯格指出，“她（伊顿）不是一位伟大的作家，名下仅有一部作品，但是她的努力应该得到认可”[④]。今天看来，水仙花的作品并不具有美国文学经典作品中复杂的心理探讨，精湛的创作风格和深刻的思想内涵。但作为敢于站出来为一个受歧视受迫害的民族呼吁的作家，水仙花勇气可嘉、令人钦佩。著名华裔美国评论家林英美的一段话非常经典地总结了伊顿的历史功绩。她说，“水仙花可能不是流芳百世的作家，但是她的确是那个时代不同寻常的人。作为华人和妇女权利的呼吁者、作为集中描绘了华裔美国人日常生活的作家，她是一个开拓者……以其同情心和现实眼光成为在这个领域拓荒的第一人，而这个领域在汤亭亭于1976年发表《女勇士》之前一直没有受到主流文化的重视。水仙花本人就是一个用自己手中的笔杆子反抗偏见、势利和无知的女勇士”[⑤]。从这个意义上来说，伊顿就是一朵真正出自种族歧视的污泥而不染的水仙花，而华裔美国文学如今已经成为美国文学大花园里的奇葩。

水仙花的主要作品：

Mrs. Spring Fragrance and Other Writings, 1912.

---

① Sui Sin Far, *Mrs. Spring Fragrance and Other Writings*, eds. Amy Ling and Annette White-Parks (Urbana: U of Illinois P, 1995)77.

② Ibid., 82.

③ Amy Ling, "Edith Eaton: Pioneer Chinamerican Writer and Feminist," *American Literary Realism* 16.2 (1983): 290.

④ S. E. Solberg, "Sui Sin Far/Edith Eaton: First Chinese-American Fictionist," *MELUS* 8.1 (1981): 27.

⑤ Amy Ling, "Edith Eaton: Pioneer Chinamerican Writer and Feminist," *American Literary Realism* 16.2 (1983): 298.

3. 埃伦·格拉斯哥——美国南方女性史诗的编纂者

Ellen Glasgow: Female Epic Recorder in the American South

1931年10月23日，在美国弗吉尼亚州夏洛茨维尔市，几十位小说家、诗人、剧作家、评论家以及史学家聚集在一起，参加由弗吉尼亚大学举办的南方作家大会。在众多与会者中，一位来自弗吉尼亚里士满地区的女作家显得格外突出。作为大会委员会的唯一女性成员，她用幽默、诙谐的方式作了大会的开篇发言，指出美国文学特别是美国南方文学正在学习如何变得“野蛮”。“如果一个年轻作家问我如何在美国文学特别是美国南方文学中找到成功的捷径，我会怀着五十分的诚意回答说，变得野蛮起来。如果你是天才，那就变得野蛮起来。如果你不是，那就更要野蛮起来。因为在美国文学中天才的唯一替代品便是野蛮。”[①]这位语言犀利的作家便是埃伦·格拉斯哥(1873—1945)。在这次启动了南方文艺复兴运动的大会上，格拉斯哥吸引了无数作家和评论家的目光，并和与会的威廉·福克纳、艾伦·泰特、詹姆斯·卡贝尔等共同成为美国南方文艺复兴运动不可小觑的推动力量。

事实上，早在大会召开之前，格拉斯哥便已开始了以南方生活为背景的文学创作。她在数十年里先后发表了十余本小说，并在20世纪30年代迎来了自己的创作高峰。她在世期间，几乎获得了除诺贝尔文学奖之外的所有小说类奖项——在1938年和同乡薇拉·凯瑟一起成为美国文学艺术院成员，1942年获得普利策奖。对于许多生活在20世纪初的美国读者来说，格拉斯哥便是美国南部的象征。然而，在格拉斯哥去世后，她在美国文学史中的地位并没有得到充分的肯定。许多评论家对她的现实主义创作风格提出质疑。批评家艾尔弗雷德·卡津曾这样评价道：“她刚开始创作时活像一个沉浸于南方浪漫主义的小姑娘，可后来却又成为南方浪漫主义最尖锐的反对者。她既是弗吉尼亚州最忠实的拥护者，又对其进行着最彻底的讽刺。”[②]除了创作风格，许多评论家还指责格拉斯哥对政治、工业、农业、金融等一窍不通，只会描述她那贵族生活的狭窄圈子，甚至有人声称“在现今社会，实在没有理由再去读埃伦·格拉斯哥的作品”[③]。与评论界的质疑声一致的

---

① Ellen Glasgow, "Opening Speech of the Southern Writers Conference," *Ellen Glasgow's Reasonable Doubts: A Collection of Her Writings*, ed. Julius Rowan Raper (Baton Rouge: Louisiana State UP, 1988)96.

② Alfred Kazin, *On Native Grounds* (New York: Harcourt, Brace and Company, 1942)258.

③ John Edward Hardy, "Ellen Glasgow," *Southern Renaissance: The Literature of the Modern South*, eds. Louis D. Rubin, Jr. and Robert D. Jacobs (Baltimore: The Johns Hopkins, 1953)237.

是出版界的冷淡态度。格拉斯哥的许多作品在她去世后都没有再版，而她的生平传记更是到了她去世20年后才得以出版。这种状况一直持续到20世纪70年代才有所转变。在美国60年代女权运动和70年代女性研究的推动下，格拉斯哥对美国南方女性的描写与刻画重新引起了评论界的关注。其中比较重要的有1976年弗吉尼亚大学出版社出版的《埃伦·格拉斯哥：百年诞辰论文集》，1994年由同一出版社出版的《埃伦·格拉斯哥和女性传统》，以及1998年约翰·霍普金斯大学出版社出版的《埃伦·格拉斯哥传》。其实，在格拉斯哥长达五十年的创作生涯中，她对于美国南部女性的刻画从深度和广度都是不容忽视的，而这一切与格拉斯哥从小的生活环境有着密不可分的关系。

格拉斯哥1873年生于弗吉尼亚州一个富有的贵族家庭。父亲是苏格兰移民，笃信长老教，对子女极为严苛。母亲是弗吉尼亚潮水郡地区的贵族后代，在长达22年的时间里先后生育了11个子女。因为不堪养育的重担，再加上美国内战以及战后重建所带来的一系列痛苦，格拉斯哥的母亲一生都无法摆脱抑郁症的纠缠，身体也极为虚弱。格拉斯哥深爱母亲，也从母亲的身上第一次看到了作为女人需要经历的痛苦。在自传中，格拉斯哥曾这样回忆道："她是我所见过的人里性格最可爱而命运最可悲的人。我现在的年龄和她去世时一样大，可每当我想起她的一生，我的心还是忍不住要碎了。"[①]格拉斯哥在家里排行第九，从小体弱多病，不能像其他同伴一样随意玩耍，16岁时又出现了耳聋的问题。因为身体不好，格拉斯哥几乎从未上过学，而是在家博览群书进行自学。她在7岁时就写了自己的第一个故事《仅是一朵雏菊》，表达了一个年仅7岁的女孩孤独的内心世界。除了身体上的病痛，格拉斯哥的一生还在与各种各样的不幸做斗争。1893年，格拉斯哥的母亲去世。深受打击的格拉斯哥亲手撕毁了即将出版的第一部手稿《后裔》(*The Descendent*, 1897)，并在痛哭了几个星期之后，耳聋问题不可逆转地恶化了。次年，格拉斯哥的姐夫兼挚友沃尔特·麦克马克神秘自杀，留下来的只有悲痛欲绝的遗孀卡里和满城的流言飞语。格拉斯哥眼见着与自己关系最亲密的姐姐日渐消瘦，并在1911年罹患癌症去世。其间，哥哥弗兰克又在1909年神秘自杀。这种种不幸致使格拉斯哥对男性产生抗拒心理，也成为她终生未婚的原因之一。这种对男性的失望与不满在格拉斯哥的作品，特别是中后期作品中常有体现，也是其南方女性小说的一个重要特色。

在格拉斯哥看来，写作的目的在于寻找一种"帮助人类忍受世俗生活的动力"[②]。或许是在这种动力的驱使下，格拉斯哥从1897年发表第一部小说开始，

---

① Ellen Glasgow, *The Woman Within* (New York: Harcourt, Brace and Company, 1954)13.

② Blair Rouse, ed., *The Letters of Ellen Glasgow* (New York: Harcourt, Brace and Company, 1958)193.

几乎每隔三年就有一部新作问世。她一生发表了十九部小说，一本诗集、一部短篇小说集和相当数量的评论文章，创作时间也从19世纪末一直延伸至20世纪中期。正如评论家巴博·厄曼所说："格拉斯哥是第一个，或许也是唯一一个试图记录她那个地区整个社会历史、特别是女性社会历史的作家。"[①]在格拉斯哥的作品中，可以看到丰富多彩的南方女性形象，然而塑造最成功的还是南方贵族女性以及她们在新旧秩序交替过程中的挣扎和徘徊。格拉斯哥将自己的作品分为三类：历史小说、乡村小说和城市小说。然而，她在分类时似乎有意回避了自己早期创作的两部作品：《后裔》和《低级行星面面观》(*Phases of an Inferior Planet*, 1898)。的确，与她的中、后期作品相比，格拉斯哥的这两部早期作品尚有许多不足之处。作品在语言上略显稚嫩，人物塑造也有明显的模仿痕迹。评论家霍华德·琼斯就曾详细分析了托马斯·哈代和维克多·雨果对格拉斯哥早期作品的影响。[②] 此外，这两部作品的最大问题在于作者将纽约作为小说的故事背景。尽管格拉斯哥曾数次到过纽约，但她对这一城市的了解远不如自己的家乡。在作品中，格拉斯哥对曼哈顿的描述几乎永远都是一个冷冰冰的灰暗孤岛，能看到的也只是一些毫无意义的诸如"66街东"、"第五大道西"这样的街道名称。然而，不得不承认的是，作为一个自学成才的文坛新人，能在24岁时就出版自己的第一本小说，并在接下来的数年时间里再版三次，已经着实不易。正如琼斯所言，"尽管格拉斯哥早期创作的这两部小说纯属文学青年的试笔之作，但足以看出她在文学创作方面的超众才华"[③]。

格拉斯哥的中期作品当从1900年出版的《人民之声》(*The Voice of People*, 1900)算起。从这部作品开始，格拉斯哥逐渐摆脱了模仿的痕迹。她将创作背景从并不熟悉的纽约转回到了家乡弗吉尼亚，这也标志着格拉斯哥创作生涯的真正开始。在这一时期的20年中，格拉斯哥一共出版了11部小说，其中10部都以弗吉尼亚为故事背景，展现了弗吉尼亚不同历史阶段的社会风貌。这一时期也成为格拉斯哥创作历史小说的主要阶段。其中有两部小说显得较为重要，分别是《解脱》(*The Deliverance*, 1904)和《弗吉尼亚》(*Virginia*, 1913)。《解脱》以19世纪80年代为背景，讲述美国战后重建时期日渐没落的南方贵族与道德败坏的暴发户之间的冲突与斗争。家传两百年的布莱克庄园成为这场新旧秩序较量的战场，结果是庄园被昔日监督黑奴的管家弗莱彻买

---

① Barbro Ekman, *The End of a Legend: Ellen Glasgow's History of Southern Women* (Stockholm: Almqvist & Wiksell International, 1979)149.

② Howard Mumford Jones, "The Earliest Novels," *Ellen Glasgow: Centennial Essays*, ed. M. Thomas Inge (Charlottesville: UP of Virginia, 1976)67-81.

③ Ibid., 68.

去，而原先的主人却被迫靠给弗莱彻种烟草过活。作品中塑造最为成功的角色当属布莱克太太。她在内战中失去了丈夫，又因中风而双目失明，常年瘫痪在床。她对已发生的社会巨变一无所知，还天真地以为南方打胜了，全家仍住在“布莱克宅邸”。尽管战争已经结束了很多年，她仍把身边的黑人当成是奴隶，管他们叫做“黑鬼”。这个终日生活在幻想里的南方老妇是格拉斯哥作品中的典型人物。在格拉斯哥看来，美国南部在内战及战后重建的压力下出现了明显的怀旧情绪，许多人渴望逃避现实，把自己关在往日的幻想里。格拉斯哥称其为“回避式的理想主义”。在这种情绪的影响下，许多文学作品出现了“最为廉价的、虚假的乐观主义”[①]。格拉斯哥认为此类作品缺乏最基本的创作激情和直面现实的勇气，因此“尽管在某一历史时刻是真实的，但却从根本上违背了人类的行为准则，最终必将被时间所淘汰”[②]。美国文学，特别是美国南方文学需要“一种对于现实生活重要性的认识”，而作家的使命便是将这种认识在作品中表达出来。[③]布莱克太太便是格拉斯哥对南方“回避式的理想主义”情绪最真实的刻画。小说《解脱》展现了格拉斯哥在人物刻画上的功力，而她对乡村环境的描写也得到了评论界的一致好评。作家及评论家路易斯斯·奥金克洛斯对此曾评价道：“在处理乡村环境时，只有薇拉·凯瑟能够超越格拉斯哥。”[④]应该说，无论是在人物塑造还是环境描写方面，小说《解脱》都标志着格拉斯哥在创作上开始步入成熟。

格拉斯哥中期作品中最成功的是1913年发表的《弗吉尼亚》。小说围绕一个名叫弗吉尼亚·彭德尔顿的南方少女展开，讲述她是怎样被教育成一个南方绅士眼中的模范妻子，具有纯真、美丽、忠诚、顺从的品质，而又在完成这一切后被丈夫抛弃，只能用坚韧这另一“南方传统美德”支撑自己度过余生。小说堪称格拉斯哥创作生涯中第一部真正“成熟的作品”[⑤]，揭示了美国战后重建时期真实的南方女性生活，表达了对男权话语中女性行为规范的批判，探讨了女性是怎样在不知不觉中接受这一传统，并在其过程中丧失自我的。原本是想要讽刺南方女性典范对男性传统的盲目接受，格拉斯哥却在创作该小说的中后期越来越意识到女性反抗这一传统的艰难与无助，而该小说也在结尾处由“风俗喜剧

---

①③ Joyce Kilmer, "'Evasive Idealism' in Literature: An Interview by Joyce Kilmer," *Ellen Glasgow's Reasonable Doubts: A Collection of Her Writings*, ed. Julius Rowan Raper (Baton Rouge: Louisiana State UP, 1988)123.

② Ellen Glasgow, "The Novel in the South," *Ellen Glasgow's Reasonable Doubts: A Collection of Her Writings*, ed. Julius Rowan Raper (Baton Rouge: Louisiana State UP, 1988)72.

④ Louis Auchincloss, *Ellen Glasgow* (Minneapolis: U of Minnesota P, 1964) 13.

⑤ Ellen Glasgow, *The Woman Within* (New York: Harcourt, Brace and Company, 1954)188.

转变成了关于人类命运的悲剧”[①]。事实上,格拉斯哥对于女性问题的关注由来已久。在《弗吉尼亚》出版的同年,格拉斯哥便在11月30日的《纽约时报书评》上发表了题为《女权运动》的文章。在该文章中,格拉斯哥极力抨击了男性理想中的女性形象,指出“当女性急切地按照男性理想的女性形象规范自己的行为,并在此过程中欣然否定了自己的本性,按照摆在面前的女性模范改造自己的灵魂和肉体时,人们很难期待男性作家会按照她的真实本性而不是男性所期望的那种形象来描写她们”[②]。在格拉斯哥看来,女权运动的意义便在于“反抗这种虚假的存在”,并“为个性解放而斗争”[③]。从这一角度来讲,弗吉尼亚无疑是男权话语的牺牲品,她的悲剧也代表着整个南部女性典范形象的幻灭。通过这一作品,格拉斯哥态度鲜明地表达了她对南方女性生活的态度:“女性传统和男性定义的女性传统是两个完全不同的概念,而女性在对自我身份进行探索时必须把这一差别考虑在内”[④]。在一篇题为《南方小说》的文章中,格拉斯哥曾清楚地指出沉浸在回避式理想主义的南方文学真正需要的是“血和讽刺”[⑤],而小说《弗吉尼亚》恰恰是格拉斯哥对南方女性生活充满“血和讽刺”的刻画,是用真实的笔触对南方女性生活的总结。《弗吉尼亚》也因此成为格拉斯哥中期创作中毋庸置疑的经典之作。

从1900年到1922年,格拉斯哥共发表了十一部长篇小说和一部短篇小说集。在这些作品中,她始终坚持现实主义的创作理念,为读者描绘了一幅生动的美国长篇历史画卷。然而,在此期间,她也经历了许多常人难以想象的病痛与不幸:耳聋问题的日益恶化,母亲、哥哥、姐姐的相继去世,更重要的是格拉斯哥个人感情生活的挫折。在自传中,格拉斯哥坦言曾与一位名叫杰拉尔德的已婚男士相恋,这场感情最终以杰拉尔德的病逝而结束。尽管格拉斯哥之后又与他人订婚,但最终也出于各种原因解除了婚约。种种挫折与不幸在其中期作品中均有反映,折射出作者对生活的不满与失望。然而,在1922年,已经49岁的格拉斯哥终于慢慢走出了生活的阴影,迎来了文学创作的又一次高峰。格拉斯哥这样描述自己的变化:“如果恋爱是一种幸福的话,那我现在发现,走出恋爱

---

① Ellen Glasgow, *Virginia* (New York: Doubleday, Doran, 1913)x.

②③ Ellen Glasgow, "Feminism," *Ellen Glasgow's Reasonable Doubts: A Collection of Her Writings*, ed. Julius Rowan Raper (Baton Rouge: Louisiana State UP, 1988)27.

④ Pamela R. Matthews, *Ellen Glasgow and a Woman's Traditions* (Charlottesville: UP of Virginia, 1994)62.

⑤ Ellen Glasgow, "The Novel in the South," *Ellen Glasgow's Reasonable Doubts: A Collection of Her Writings*, ed. Julius Rowan Raper (Baton Rouge: Louisiana State UP, 1988)72.

获得的则是一种无比幸福的平静。"[①]格拉斯哥将这一转折期称作是"幸福的人生转折之一，在这之前是笼罩心灵的黑暗森林，而之后看到的则是地平线上的曙光"[②]。这一变化在《荒芜之地》(*Barren Ground*，1925)中有明显的反映。女主角多琳达·奥克利是格拉斯哥作品中少有的几个非贵族出身的女孩，但格拉斯哥却对这一角色倾注了相当多的个人情感，并通过多琳达的命运表达了她对于两性关系的重新认识。多琳达出生于弗吉尼亚州一个不知名的小村庄。像许多年轻女孩一样，她希望通过爱情改变自己的命运，离开贫穷的家乡。然而，她最终得到的是爱人的背叛和自己的流产。不同于格拉斯哥之前的作品，《荒芜之地》的后半部讲述的是多琳达怎样在挫折中站起来，靠个人力量重建农场的故事。通过这一结局，格拉斯哥打破了传统小说以结婚或者死亡结束女性命运的模式，提出了女性可以摆脱两性关系，通过个人努力和女性群体重新界定自我身份的观点。在格拉斯哥看来，女性应该从根本上拒绝男权话语下的女性形象，在建立女性联系的基础上讲述女性自己的历史。评论家帕梅拉·马修斯将这种女性联系总结为"女性情谊"，并指出这种女性情友谊并不意味着对自我的否定。相反，它是指"女性以一种较为成熟的方式相互依赖。这种依赖以一种坚强、独立的自我意识为基础，并在此基础上承担一份对他人的责任。在格拉斯哥重新构建的女性传统中，这种女性情谊具有了切实的可能性"[③]。《荒芜之地》的出版得到了评论界的一致好评，格拉斯哥自己也坦言："当我开始动笔创作《荒芜之地》时，我知道我已经找到了自己。"[④]

从《荒芜之地》开始，格拉斯哥进入了文学创作的黄金时期，出版了一系列的经典作品，包括带有强烈讽刺意味的三部曲：《浪漫的喜剧演员》(*The Romantic Comedians*，1926)、《他们不惜干蠢事》(*They Stooped to Folly*，1929)和《温室中的生活》(*The Sheltered Life*，1932)，以及《铁脉》(*Vein of Iron*，1935)。格拉斯哥认为这五部作品"不仅仅是我自己最好的作品，也是美国小说创作史上较为杰出的几部"。[⑤] 在结束了《荒芜之地》的创作后，格拉斯哥便对喜剧产生了浓厚的兴趣："这种喜剧精神在牢笼的后面蠢蠢欲动……和我一样，它渴望笑声，只不过它渴望的笑声回荡着讽刺的意味。"[⑥]在这种情绪的影响下，格拉斯哥在数年内创作出了

---

① Ellen Glasgow, *The Woman Within* (New York: Harcourt, Brace and Company, 1954)244.

② *The Letters of Ellen Glasgow*, ed. Blair Rouse (New York: Harcourt, Brace and Company, 1958)341.

③ Pamela R. Matthews, *Ellen Glasgow and a Woman's Traditions* (Charlottesville: UP of Virginia, 1994)63.

④ Ellen Glasgow, *The Woman Within* (New York: Harcourt, Brace and Company, 1954)243.

⑤ Ibid., 270.

⑥ Ellen Glasgow, *A Certain Measure* (New York: Harcourt, Brace and Company, 1943)214.

“格林柏勒”三部曲。正如福克纳的约克纳帕托法县，格拉斯哥在自己的作品中构建了一个名叫“格林柏勒”的小镇，细心的读者可发现其影射的正是弗吉尼亚的里士满。格拉斯哥将其称为“风俗悲喜剧”，因为她认为这三部小说“刻画的是一个业已成形的社会和在这个社会里个人经历的悲喜剧，阐释的是个人面对传统和社会背景所进行的斗争”[①]。值得注意的是，尽管被称为三部曲，这三部小说并没有连贯的故事情节，甚至没有相同的人物角色。把它们放在一起是因为三部小说有着相同的社会背景，描述的是相同的社会阶层。如果说格拉斯哥对于大多数美国内战及战后重建时期的南部女性充满同情，那么她对一战后的新女性则更多的是不满，而“格林柏勒”三部曲刻画的恰恰便是20世纪20、30年代的新女性。在格拉斯哥看来，一战打破了传统理念和行为准则，却没有新的信念取而代之。战后女性认为自己获得了自由，但却在所谓的自由面前手足无措。她们不再愿意为家庭牺牲自我，却在追求个人幸福时变得不择手段。格拉斯哥在“格林柏勒”三部曲中以这些新女性为焦点，对一战后的美国南部社会进行了无情的嘲讽。在这三部曲中，《温室中的生活》被公认为最成功的作品。小说围绕一个名叫珍妮·布莱尔·阿奇博尔德的南方少女展开，讲述她是怎样在家人的呵护下长大，变成一个不谙世事，为追求个人享乐而不惜伤害他人的“新女性”。珍妮常说的一句话是“我是活着的！活着的！活着的！我是珍妮·布莱尔·阿奇博尔德！”[②]对于这个被宠坏的南方少女来讲，为了追求个人幸福，她可以在自己最好的朋友伊娃·伯德桑生病时与其丈夫通奸，并且在伊娃发现了一切并愤怒地射杀了自己的丈夫后，不负责任地辩解说：“我不是故意的……真的不是故意的！”[③]在小说中，珍妮总是试图依靠否定她与其他女性的关系来实现自我身份，她一直强调自己与母亲的不同，并对女性情谊嗤之以鼻。然而，她最终得到的只能是躲在家人呵护下“温室中的生活”，而与坚强、独立的自我意识渐行渐远。以《温室中的生活》为代表的“格林柏勒”三部曲表达了格拉斯哥对于所谓战后“新女性”的强烈不满，并对当时的享乐主义进行了鞭辟入里的剖析和批判。格拉斯哥对于风俗喜剧的运用也受到了评论界的一致好评，评论家C.休·霍尔曼曾这样总结说：“通过风俗喜剧，格拉斯哥找到了一种更适合自己的创作方式，可以使其充分、灵活地运用她的技巧和智慧，发扬她的创作风格，表达她对维多利亚贵族作为知情人的深刻了解。”[④]

“格林柏勒”三部曲发表后不久，格拉斯哥便亲眼目睹了影响整个美国社会

---

① *The Letters of Ellen Glasgow*, ed. Blair Rouse (New York: Harcourt, Brace and Company, 1958) 206.

② Ellen Glasgow, *The Sheltered Life* (New York: Doubleday, 1932)4.

③ Ibid., 395.

④ C. Hugh Holman, "The Comedies of Manners," *Ellen Glasgow: Centennial Essays*, ed. M. Thomas Inge (Charlottesville: UP of Virginia, 1976)110.

的30年代经济大萧条。同时,格拉斯哥自己的身体也每况愈下。这使她在1935年出版的《铁脉》中,放弃了对风俗喜剧的运用,重新回到了自己较为熟悉的正剧题材上来。小说《铁脉》以1901—1933年间的社会历史为背景,将格拉斯哥的女性人物谱系延伸到了20世纪30年代。小说的题目源于格拉斯哥与友人的一次谈话。在谈话中,格拉斯哥自问道:“到底是什么样的铁脉,足以支撑所有的家庭、种族和民族存活至今,并且形成其流传后代的传统?”①《铁脉》的创作便是对这一问题的回答。女主人公埃达·芬卡斯尔深爱着自己青梅竹马的男友拉尔夫·麦克布赖德,然而这份感情很快就因为拉尔夫的不忠而遭到破坏。眼见着男友与别人结婚,埃达感觉到“自己内心深处藏在自我身份背后的铁脉不愿让步、不愿屈服、不愿被打破”②。六年后,拉尔夫的婚姻破裂,他在即将奔赴战场的前两天找到了埃达,爱情的火花再次迸发。然而,接下来等待埃达的是未婚先孕的不良名声以及独自抚养孩子的艰辛。尽管拉尔夫在战后重新回到了埃达的身边,但此时的拉尔夫已对生活失去信心。在经济大萧条的打击下,两人陆续失去了工作,生活几乎陷入绝境。此时,唯一支撑家庭的便是坚强的埃达和她不愿服输的“铁脉”个性。在小说的结尾,埃达已步入中年,但她的家庭却在她的坚持下逐渐迎来了希望。在《格拉斯哥与女性传统》一书中,评论家马修斯着重分析了格拉斯哥对女性传统的重新构建,指出格拉斯哥所定义的女性传统是一种跨越时间和空间的女性联系:“正确对待传统,将其视为能让事情向好的方向发展的工具,而不是将传统当作独立空间下时时提醒自己孤立状态的负担,女性可以在其他女性的帮助下将男性历史转变为女性自己的历史。”③很明显,《铁脉》便是正确对待这一女性传统的例证。在埃达与生活中的种种挫折相抗争的时候,“她有一种感觉,不像是看到而更像是感觉到,在她身后站着的那一代代已逝的先人。她们从过去走来,借给了她们的坚韧个性,并在困境中向她伸出手来”④。拥有了这一传统,埃达便成为自己生活的主人,小说《铁脉》也自然地变成了一部讲述女性历史的小说。埃达与格拉斯哥本人有许多相似之处。除了家庭背景之外,埃达对于男人的看法、对于爱情的描述以及生活的态度都与格拉斯哥如出一辙。她们并不认为男人是生活的强者,相反,在诱惑与困难面前,男人常常显得意志薄弱;她们都曾对爱情充满向往,但不得不在生活的现实面前感叹爱情的一去不返;她们都不愿向生活低头,努力

---

① *The Letters of Ellen Glasgow*, ed. Blair Rouse (New York: Harcourt, Brace and Company, 1958)191.

② Ellen Glasgow, *Vein of Iron* (New York: Harcourt, Brace and Company, 1935)135.

③ Pamela R. Matthews, *Ellen Glasgow and a Woman's Traditions* (Charlottesville: UP of Virginia, 1994)64.

④ Ellen Glasgow, *Vein of Iron* (New York: Harcourt, Brace and Company, 1935)461.

做着生活的强者。在格拉斯哥的女性人物图谱中，埃达无疑是最为成功的坚强女性。这也是为什么格拉斯哥在创作《铁脉》时充满热情，并在小说创作完成时称它为自己最成功的作品。

格拉斯哥生前出版的最后一部小说是《在我们这样的生活里》(*In This Our Life*, 1941)。小说以二战前的美国南部社会为背景，讲述"战争前夕，整个社会集体意识里的彷徨、犹豫和无所适从"[①]。女主人公罗伊·廷伯莱克似乎是小说里唯一的一个正面角色。她从小坚强、独立，却一次次地被命运抛弃：她和丈夫彼得一见钟情，却在婚后发现丈夫与自己的亲姐姐斯坦利有私情。经过几个月的痛苦挣扎，罗伊从破裂的婚姻中走出来，爱上了姐姐之前的未婚夫克雷格，但这份感情却在姐姐重新出现后再次夭折。罗伊对所生活的世界充满愤怒，于是在一个风雨交加的夜晚和陌生人发生了关系，理由仅仅是因为这个陌生人看上去比她更不幸。在经过了所有的痛苦和磨难后，罗伊决定离开，去寻找"可以让她为之坚持的东西"。[②] 在格拉斯哥看来，现代社会的一个主要问题就是缺乏这种可以让人为之坚持的信念。在写给友人的一封信中，她这样解释小说的结尾："小说的所有主题都集中在最后一段罗伊的呼唤声中了，'我想要可以为之坚持的东西！我想要善的东西！'经过了长时间的彷徨和摸索，罗伊正在向善的东西走去。在创作这部小说时，我的心里也一直激荡着这种对善的呼唤声。"[③] 令格拉斯哥失望的是，许多读者并没有看懂小说的结尾，甚至有评论家认为它反映了格拉斯哥对生活的彻底绝望。然而，正如格拉斯哥所说，不断寻找中的罗伊并没有向命运屈服。而在68岁时仍在坚持写作的格拉斯哥也在用自己的实际行动证明生命的意义。小说《在我们这样的生活里》并不是格拉斯哥最成功的作品，却为她赢来了迟到的荣誉——1942年的普利策奖，该奖也是她一生中所获得的最高奖项。评论家布莱尔·劳斯是这样评价该作品的："在这部小说中，格拉斯哥倾注了她所有的同情、愤恨、对虚假的仇视、对自己尚未拥有的力量的向往、对残酷的憎恶、对价值的探索以及像罗伊·廷伯莱克那样对寻找某种善的东西，并为之坚持的渴望。"[④]在创作完该小说之后，格拉斯哥对于美国南部的描述与刻画便从1850年一直延伸到了1939年的秋天，从而完成了一幅从内战到二战期间前后近一个世纪的美国长篇历史画卷。

不可否认的是，格拉斯哥的文学创作存在许多问题。尽管她对南北战争后

---

① *The Letters of Ellen Glasgow*, ed. Blair Rouse (New York: Harcourt, Brace and Company, 1958)123.

② Ellen Glasgow, *In This Our Life* (New York: Harcourt, Brace and Company, 1941)466.

③ *The Letters of Ellen Glasgow*, ed. Blair Rouse (New York: Harcourt, Brace and Company, 1958)124.

④ Ibid., 129.

美国南方仍旧存在的种族主义持尖锐的批评态度,但也摆脱不了南方贵族惯有的一些想法。在她的小说中,有白人如何帮助黑奴逃跑的细节,有白人与黑人之间的真正友谊,但也有多处情节描写南方黑奴对主人的忠实与顺从以及格拉斯哥对这一品德的欣赏。在格拉斯哥看来,现今社会的黑人已丢弃了上述品德,因此远不及他们祖先具有人格魅力。这一观点被后人指责为对南方奴隶制的无形辩护,甚至小说《荒芜之地》中多琳达与黑奴的友谊也被指责为"不平等关系下的力量失衡"①。然而,正如帕梅拉·马修斯所说:"如果将注意力主要(甚至是目无旁物地)集中在种族主义细节上,我们便会看不见格拉斯哥对更广义上的压迫所进行的批判,而这种压迫才是派生出诸如种族主义等各种具体压迫形式的根源。"②除此之外,还有评论家指责格拉斯哥在塑造女性角色时倾注了太多的个人情感。巴博·厄曼就曾指出格拉斯哥经常通过塑造和自己命运相似的女性角色并让其在最后取得胜利来表现自己对抗命运的信心,《荒芜之地》中的多琳达和《铁脉》中的埃达都是典型例证。因此,较之格拉斯哥塑造的其他女性形象,多琳达和埃达这样的坚强女性显得不够真实可信。③ 然而连厄曼自己也不得不承认这些坚强的女性角色在格拉斯哥的女性人物图谱中占有重要位置,"是19世纪末20世纪初希望获得自由的典型女性代表"④。针对格拉斯哥的批评,主要还是集中在她的现实主义创作手法上。特别是在自然主义作家出现在美国文坛之后,格拉斯哥的现实主义就显得更为保守和不够彻底。然而,我们必须看到,格拉斯哥在开始文学创作的时候,美国南方现实主义文学尚未形成气候,维多利亚时代的遗风尚在。作为一个20岁出头的南方女性,能够有勇气反抗当时极为盛行的浪漫主义风格已实属不易。尽管格拉斯哥的现实主义有其一定的局限性,但她在南方现实主义文学中的拓荒地位是不容置疑的,而她对南方女性长达一个世纪的刻画也必将成为美国南方文学史里一份不容忽视的宝藏。

---

① Elizabeth Ammons, *Conflicting Stories: American Women Writers at the Turn into the Twentieth Century* (New York: Oxford UP, 1991)175.

② Pamela R. Matthews, *Ellen Glasgow and a Woman's Traditions* (Charlottesville: UP of Virginia, 1994)161.

③ See Barbro Ekman, *The End of a Legend: Ellen Glasgow's History of Southern Women* (Stockholm: Almqvist & Wiksell International, 1979)110–20.

④ Barbro Ekman, *The End of a Legend: Ellen Glasgow's History of Southern Women* (Stockholm: Almqvist & Wiksell International, 1979)119.

埃伦·格拉斯哥的主要作品：

小说作品：

The Descendant, 1897.

Phases of an Inferior Planet, 1898.

The Voice of the People, 1900.

The Battle-Ground, 1902.

The Deliverance, 1904.

The Wheel of Life, 1906.

The Ancient Law, 1908.

The Romance of a Plain Man, 1909.

The Miller of Old Church, 1911.

Virginia, 1913.

Life and Gabriella, 1916.

The Builders, 1919.

One Man in His Time, 1922.

The Shadowy Third and Other Stories, 1923.

Barren Ground, 1925.

The Romantic Comedians, 1926.

They Stooped to Folly, 1929.

The Sheltered Life, 1932.

Vein of Iron, 1935.

In This Our Life, 1941.

其他作品：

A Certain Measure, 1943.

The Woman Within, 1954.

4. 薇拉·凯瑟——来自荒野的缪斯女神

Willa Cather: Muse from the Wilderness

薇拉·凯瑟(1873—1947)是20世纪一位独具特色的女作家。她的作品题材清新,笔调简洁细腻,带有浓重的农业社会价值观和女性美学色彩,在热衷猎奇、充满工商业喧嚣之声的20世纪文坛上显得格外清纯优雅。面对工业社会的异化,凯瑟从女性的视角关注人的生存状态,通过缅怀19世纪的拓荒品质为堪称精神荒原的时世开了一剂良方。女性艺术和开拓荒野这两个主题缠绕交织地贯穿她整个创作的始终,是其作品内在的精魂。正因为其作品别具一格的怀旧情调和雅致的脱尘气息,凯瑟被誉为"平等社会结构中传统的贵族,工业社会中的重农作家,物质文明过程中精神美的捍卫者"[①],在评论界一直享有盛名。她凭借自身高度的艺术成就与海明威、福克纳诸大师齐肩而立,进入了美国文学经典作家的行列。

凯瑟于1873年12月7日诞生在弗吉尼亚州的一个牧场,父亲查尔斯·凯瑟是爱尔兰移民后裔。薇拉·凯瑟是长女,后有弟妹六人。1882年家中失火,一家迁至内布拉斯加州的韦伯斯特县。与故土旧居的别离给小凯瑟造成了永久的心里阴影[②],但苍茫广阔的大草原很快吸引了她。自然的乡色野风给予她极大的自由感,也让她体味到人与土地的血脉亲缘。拓荒者们乐观顽强的创业精神和对土地的深沉之爱感染着凯瑟,化做一种人格理想融入了她的灵魂深处。

但草原生活极其艰苦,与荒蛮如影随形的是物质和艺术的匮乏。18个月后,母亲詹妮·凯瑟要求重新搬家到边疆小城红云镇。在那里,凯瑟接受了公共教育,眼界开阔了许多。与来自世界各地(主要是欧洲大陆)的移民邻居们交往不仅使她通晓了多种语言,还激发了她对外面艺术世界的向往。这时的凯瑟就如《云雀之歌》中爱坐在屋里眺望窗外的娣亚一样,渴望逃离,憧憬更加高远的空间。

1890年,凯瑟到林肯市就读内布拉斯加大学预科,并在以后四年里继续她的大学生活。她原先意欲学理从医,业已被化学系录取,但她文理兼修,很快完全转向了文学并展示出非凡才华。19世纪90年代,妇女参与刊物编辑、杂志撰

---

① Maxwell Geismar, "Willa Cather: Lady in the Wilderness," *Willa Cather and Her Critics*, ed. James Schroeter (Ithaca: Cornell UP, 1967) 200.

② 凯瑟作品中,家这个意象的频繁使用和漂泊、归家主题的一再出现都应是这种经历的折射。See Janis. P. Stout, *Willa Cather: the Writer and Her World* (Charlottesville: UP of Virginia, 2000) 8.

稿和小说创作正方兴未艾。1891年，凯瑟发表处女作，大二时成为名刊《西方人》十人编辑部中唯一的女性，1893年秋开始为内布拉斯加州报撰写专栏和剧评。大学时代是凯瑟个性飞扬的时期。在她身上，文化精英的贵族气质和自由平等的民主精神矛盾地结合在一起。[①] 她推崇艺术，追求谈笑有鸿儒的高雅；同时也讴歌平凡，相信于细微之处见真章的博大。但此时凯瑟推崇和追随的是莎士比亚、福楼拜等大师所代表的男性文学传统，而把女性排除在艺术世界之外。她曾取笑当时的女子文学俱乐部，并且声称："我对女性小说家毫无信心。她们的性别意识令人憎恶。没有几个创造出什么有价值的东西。"[②]这些贬低之辞反映了19世纪末寻求极端独立、拒斥女性艺术传统的"新女性"心态。

凯瑟毕业后寻找工作未果，暂回红云镇。她感觉被从文明世界放逐了。等同城市为文明存在、乡村为文明缺失的观念来自她少年时艰苦的草原体验，与其日后视城市为腐败之地、乡村为纯朴理想象征的态度构成了对立的两极。她的失意彷徨一直延续到1896年6月去匹兹堡就任新刊《家庭月刊》的编辑为止。凯瑟暗下决心要取得事业成功，但琐碎的杂志工作与她的作家理想很快发生了冲突，因此之后几年中她数经辗转，屡次更换工作，直到1906年6月前往纽约赴任《麦克卢尔杂志》编辑才暂时稳定下来。空间自由移动能力展示了凯瑟冲破性别陈规的新女性风采，却没能给她提供归宿感。外部世界的物质压力相悖于她的艺术追求，她的创作也还处于摸索阶段，尚未找到适合自己的道路。

1908年2月发生了凯瑟一生中最重要的事件——她在朋友的茶会上结识了著名的乡土文学女作家莎拉·奥恩·朱厄特(Sarah Orne Jewett)。朱厄特劝凯瑟辞去编辑职务安心写作，并告诫她应该描述那些久已拨其心弦的故土旧事；抛弃男性面具，以女性视角写作。[③] 这位深谙女性体验的文学前辈给凯瑟的创作带来了脱胎换骨的影响：凯瑟踏上了专业创作的道路，明确了自己女性作家的定位。尽管她首部发表的小说《亚历山大之桥》(*Alexander's Bridge*, 1912)还留有浓重的詹姆斯之风，1913年的《啊，拓荒者!》(*O Pioneers!*)证明凯瑟已经找到自己的声音，进入创作成熟期。自此，她佳作迭出，为世人留下了多部经典。其作品融合了她本人从草原到小镇到城市、从男性价值观转向女性体验的经历，按题材和主题大致可分为三个阶段。

---

① Janis P Stout, *Willa Cather: The Writer and Her World* (Charlottesville: UP of Virginia, 2000)40.

② Qtd. in Janis P. Stout, *Willa Cather: The Writer and Her World* (Charlottesville: UP of Virginia, 2000)38.

③ Sara Orne. Jewett *The Letters of Sara Orne Jewett*, ed. Annie Fields (Boston: Houghton Mifflin, 1911)246-50.

第一阶段是充满怀旧色彩的"内布拉斯加系列"(或称"拓荒小说"系列),包括《啊,拓荒者!》、《云雀之歌》(*The Song of the Lark*,1915)和《我的安东尼亚》(*My Antonia*,1918)三部小说。这个系列以凯瑟熟悉的西部草原为背景,描述了女主人公通过个人奋斗构建女性自我的经历。自然和女性相互指涉,是凯瑟心往归之的纯美理想。以女性拓荒为主题,凯瑟开创了美国文学史上的先河。

发表于1913年的《啊,拓荒者!》是拓荒系列的开篇,也是凯瑟创作的首部成熟的小说。女主角亚历山德拉是凯瑟笔下第一位完美的女性。她幼时迁到草原,很早便协助父亲持家。艰苦的条件压垮了大多数人,但拥有男性坚毅和女性敏感的她挑起了家长的重担。为了将荒原变成恬美家园,她克制了自己对爱情的向往和追求,只到最后才与一直苦恋她的卡尔缔结了"朋友般的"婚姻。早期的边疆小说中的拓荒者都是视土地为女性之体的男性,耕作只是他们强行"播种"式的征服。而亚历山德拉首次改变了人和自然的关系,用爱而非征服的方式去驯化蛮荒,以与自然的和谐融合彰示了女性拓荒的伟业。[①] 与亚历山德拉的土地之恋形成强烈反差的是她弟弟艾米尔同玛丽的原始激情。在土地上耕作的亚历山德拉代表着理性的阳光话语,取得了不朽的成功;而在花园中偷欢的艾米尔他们同样融入自然——月夜、花园和蝴蝶为他们构成了性爱仪式的圣所——却因原始之欲而招致文明规训的扼杀。"亚历山德拉通过叔本华式的'禁欲'和'静观'把主体'消解'于表象的土地而获得'永生'……艾米尔和玛丽则把生命浓缩为一个瞬间,并在这刹那迷醉的状态中直面人生本真的死亡。"[②] 两种结局喻指着两种不同的人生艺术,自然和女性间的联系因此获得了多重意义,加深了拓荒主题的哲学内涵。

拓荒与艺术的统一在《云雀之歌》中尤有体现。有别于一般意义上的拓荒,女主人公娣亚从乡村小镇走出,依靠自己的音乐天赋和甜美嗓音到大城市实现了梦想。歌唱、艺术、人生三位一体,贯汇着她的自我意识。自然(包括花草、动物和充满女性隐喻的景观等)——无论娣亚最初的逃离还是最终寻根朝圣般的回归——依然在其女性意识的构建和发展中占据了主导地位。

在拓荒时代,人与自然、人与人之间充盈着纯朴和谐的情感,是值得依恋的理想化身。然而人类历史的发展却抛下了这一切,农业的、女性的社会价值也成了失落和怀旧的客体。凯瑟的巅峰之作《我的安东尼亚》通过叙述者吉姆·伯

---

① Elizabeth Jane Harrison, *Female Pastoral*: *Women Writers Re-visioning the American South* (Knoxville: the U of Tennessee P, 1991) 9; Guy Reynolds, *Twentieth-Century American Women's Fiction*: *a Critical Introduction* (New York: St. Martin's, 1999)78.

② 周玉军:《薇拉·凯瑟三部边疆小说中的浪漫传奇因素》,《国外文学》2000年第4期,第88页。

登之口，呈现了以安东尼亚为主要象征的拓荒时代的沉浮变迁。小说以吉姆本人的经历为主线，依次拉开了草原、小镇、城市三个场景序幕。视荒野为艺术缺失之体的吉姆一直在逃离自然，最后成为一家铁路公司的法律顾问。“法律”、“公司”、“铁路”这三个意象体现了男性的吉姆在商业世界中高度的自由移动能力。然而他怅然若失，为了寻求稳定感和归宿感，重回草原去看望安东尼亚。安东尼亚的经历潜藏于吉姆的叙述表层之下，是小说结构的另一脉络。她少年时期随家从欧洲旧大陆迁到草原，成为许多移民拓荒者中的一员。“除了土地，什么也没有……只有构成乡村的原料”的荒野是“在人世之外”的象征前界，一个无时空、无差异的混沌世界。[①] 父亲无法承受移民带来的异化感而选择了自杀，安东尼亚只有像男性一样耕作土地，尔后还到小镇上做保姆贴补家用。短暂的情感放纵给她带来极大的伤害：她受到小镇人们的议论；几乎被房东强奸；后来为一个列车乘务员所骗怀孕并遭抛弃。城市带给安东尼亚的只有规训和痛苦，所以她重新回到宁静的草原。她在那处曾逃离的空间，傍林而居，依地而生，意识到了自然界伟大的蕴生力量及自己与它的血脉亲缘。最终的安东尼亚是一个孕育生命、未来和希望的大地女神形象，是拯救吉姆迷失的自我、予其灵魂慰藉的“生命重生之源”[②]。

内布拉斯加系列是凯瑟最亮丽的艺术成就，捕捉并再现了拓荒时代的和煦余晖。这三本小说存在承递关系：女性艺术的载体依次变换——女性之智、女性之音、女性之体；意义逐步递进——个人独立、艺术探寻、生命永恒；始终不变的文魂是女性与自然的相互指涉。这样的承袭加强了小说间的内在互文性。系列中的每部小说都呈现了拓荒之业与情感之火、永恒意义与瞬间绚烂的对立。消融主体于外在之物，或笑看风月以证我在，虽然结局殊异，却都是伟大的人生艺术。[③]

一战后的美国进入“爵士时代”，弥漫着狂欢的喧嚣和商业的铜臭。凯瑟感慨于时代裂变，对时世看法转为冷峻。她将追忆、失落和幻灭付诸笔端，作品阴郁色调渐浓。获普利策奖的《我们中的一个》(*One of Ours*，1922)为 20 年代美

---

① 薇拉·凯瑟：《我的安东尼亚》，周微林译，北京：外国文学出版社，1998 年，第 8 页。

② Miles Orvell, "Time, Change, and the Burden of Revision in *My Antonia*," *New Essays on* My Antonia, ed. Sharon O'Brien (Cambridge: Cambridge UP, 1999)46. 文中通过带有宗教喻指意义的晚餐一幕表现了安东尼亚的女性救赎力量。她坐在桌端分配食物，九个孩子加上私生女玛莎、丈夫库扎克、吉姆，恰为十二人。伊甸园中的女性耶稣用血和肉哺育着自己的门徒后代，来自城市的吉姆无疑就是“犹大”。但这顿晚餐喻指的却是复归和融合，是对精神废墟上盲目游荡的灵魂的救赎与再生。

③ Janis P. Stout, *Willa Cather: The Writer and Her World* (Charlottesville: UP of Virginia, 2000)65.

国文学贡献了一个最具批判意识的主人公克罗德·维勒[1],也预示了凯瑟声讨现代商业文明的创作期的到来。《迷途的女人》(*A Lost Lady*,1923)、《教授之屋》(*The Professor's House*,1925)和《我的死对头》(*My Mortal Enemy*,1926),即"冲突小说"系列,构成了凯瑟创作的第二阶段。这三本小说都忧虑于西部拓荒精神的日渐消散和腐败的商业文明对纯美理想的侵蚀,表达了凯瑟对现代人生存状态的极大关注。

农业社会的价值观属于女性美学,凯瑟笔下的拓荒时代尤其如此。小说《迷途的女人》便表达了对"迷途"的女人(华年)的扼腕叹息。它被辛克莱·路易斯盛赞为"最出色的一部美国小说"[2],是凯瑟最精致的作品。小说分两部,各跨越十年时间;故事涵盖两个时代,福瑞斯特上尉夫妇的浮沉与他们屋子的灯光明灭及花开花谢的季节交替相互关联,以平衡的结构一一展开。这样的安排高明地体现了凯瑟痛心时代裂变、怀念美好往昔的情怀。小说以尼尔为主要叙述者,结合多重视角,记载了福瑞斯特夫人原先的雍容端庄及后来沦为暴发户情妇的变迁。上尉的家是整部小说的中心意象。它坐落在自然景色之中,是拓荒时代的主要象征。上尉家道正旺时,家中灯火通明,设宴待客的夫人优雅迷人。这些排场洗尽铅华,不沾铺张炫耀的俗气,充满了高雅的文化氛围,是膜拜、追忆拓荒华年的仪式。后来,曾经闯进上尉的园林中弄瞎啄木鸟的彼得之流成了暴发户,年老力衰的上尉破产后终日坐在家中花园里凝视日晷。空间和时间的双重凝滞是个体移动性的丧失,更是拓荒时代的终结。最后上尉去世,房屋为彼得买走,花草园林被利润作物取代;福瑞斯特夫人相应沦为他的玩物。文中反复出现一个极美的场景:月夜下,上尉的家为花草所围,有溪河轻缓相绕。这个静谧空间是自然的和女性的[3],与强悍掠夺的男性商业世界形成了鲜明对照;它的"迷失"烘托了小说主题。小说结构安排和主旨呈现处处扣住"lost"一词,有"迷途,失却,堕落"等多重含义,明指福瑞斯特夫人本身,暗喻时代变迁。

房屋意象、女性时代和迷失主题同样萦绕着《教授之屋》。圣彼得教授是物欲横流的商业社会中孤独的精神流浪者。他和他的妻女之间的不可沟通暗指精神生活与物质享受之间的对立。一家人喜迁新居,教授却死守自己的旧屋。因为在旧屋,他得以不闻世间喧嚣,写下历史巨著《西班牙人美洲探险史》。他

---

① 杨金才:《美国社会转型时期的两位旗手:舍伍德·安德森与威拉·凯瑟》,《四川外语学院学报》2000年第1期,第19页。

② Janis P. Stout, *Willa Cather: The Writer and Her World* (Charlottesville: UP of Virginia, 2000)186.

③ 在凯瑟笔下,月亮、花木和封闭空间都是母(女)性象征(O'Brien, Sharon, *Willa Cather: The Emerging Voice* (New York: Oxford UP, 1987)260.

用笔进行着象征性的拓荒,通过描写历史维护自我意识。[①] 小说第二部分以教授回忆的形式突然转述汤姆·奥特兰的故事。汤姆是教授的镜像,他到方山探寻古印第安文明是真正的拓荒。远离世俗世界的方山是伊甸园的象征,而且同样出现了毒蛇——毒蛇咬人一幕后不久,汤姆发现好友已将文物出卖,被汤姆视为"祖母"的木乃伊"夏娃"(暗喻远古农业文明的女性特质)在买卖途中跌落悬崖。商业毒气不可避免的侵入终结了汤姆的友谊、生命和整个拓荒故事,也将教授拉回了现实。小说第三部分又急转回来,呈现了一个心如死灰的教授并预示了他以后的苍白生活。《教授之屋》是凯瑟写作技巧最创新的小说。她将"汤姆·奥特兰的故事"强行塞入小说的手法模仿了17世纪的荷兰油画。这些油画经常表现一个陈设杂乱的室内景象,但窗外总可以看到滔滔大海,较之拥挤的房间显得格外清新宽阔。汤姆的故事就是自然之风,吹进教授浊气环绕的蜗居。[②]

凯瑟对金钱世界的憎恶与日俱增,最后发展到了对理想的怀疑。《我的死对头》中的麦拉·韩肖当年舍弃大笔遗产与贫穷的爱侣私奔。在理想的氛围中,麦拉宛然"圣洁的女神",具有拓荒系列女主人公的神祇气质:独立刚毅、纯情博爱。然而她沾染了虚荣、贪婪等商业社会中的人性之恶。最后麦拉贫病交加,充满对爱人的怨恨;却手握十字架,独自到海边等到晨光后安详离世。她是凯瑟笔下最后的,也是薨逝的女神。这篇小说态度含糊,对现代人性的信心已然丧失,隐约露出皈依宗教的端倪。

冲突系列缺乏拓荒系列的阳光,弥漫着痛苦迷茫的阴郁气氛。它迥异于拓荒系列颂扬纯美理想和仁厚博爱的积极,对精神在物质世界中究竟力量何如表示了极大怀疑。小说中女性角色的神性开始弱化以至于无。象征自然的封闭空间总是遭到异物入侵而致毁灭——彼得闯进上尉的园林弄瞎小鸟;蓝色方山中毒蛇咬死亨利;长相似蛇的女人破坏了麦拉房间海洋般的静谧。而所有的主人公都已远离了自然:他们的选地是城市;自然成了避世理想空洞且脆弱的能指,从未真正成为人们血脉相连的意义来源。现代人失却拓荒华年乃是必然,也注定要承受异化与抗拒、怀旧与绝望这一心路历程中不可避免的迷失感。

在时世痼疾成为不能承受之重后,凯瑟开始退缩到想象世界中求得慰藉。她在给妹妹的信中称写《死神来迎大主教》让她幸福地免除社会问题之扰[③],表

---

① 英文词 pen(is)和 his-story 在女权主义中的拆分在此得到体现。教授所构建的自我与汤姆·奥特兰的经历如出一辙,归根结底是一种男性自我:强调移动性和征服,同时带有强烈的厌女情绪。

② Willa Cather, "On *Professor's House*," *Willa Cather on Writing* (New York: Knopf, 1949) 31.

③ Janis P. Stout, *Willa Cather: The Writer and Her World* (Charlottesville: UP of Virginia, 2000) 235.

明凯瑟创作转入第三阶段。她将目光转向了久长的过去，地点也从美国西部移到了遥远的异国。时间和空间的双重变换似乎足以给这一阶段冠上"逃离小说"之名。《死神来迎大主教》(*Death Comes for the Archbishop*，1927)和《磐石上的阴影》(*Shadows on the Rock*，1931)是并蒂莲，它们题材迥异——前者追随永恒和自在的荣光，后者则歌颂平凡女孩的人间烟火；但主旨相似，都对抗时世营苟，呼吁抛弃目的至上的功利思想，强调追求本身的重要——就此而言，拓荒系列和冲突系列的美学思想要稍逊一筹。这两本小说分别体现了拓荒系列中"消融主体"和"我行我在"的不同人生艺术；它们之间的和谐相映却证明此时凯瑟已超越了以往的矛盾，人生感悟趋向宁静淡泊。

《死神来迎大主教》是凯瑟阳光重现之作。主人公莱都教士偕同友伴华伦一起，舍弃了在法国的舒适生活，怀着崇高的献身精神到荒芜之极的新墨西哥传教。他们修建教堂，耕耘花园，惩恶扬善，授人以礼，使荒蛮的野性之地有了安宁和谐的秩序。这种秩序符合女性美学特征，颂扬以关爱为基础的人类文明。它既不同于强调征服和线性发展的男性文化，又有别于对原生自然的盲目崇拜。因而莱都能够充分享受华伦所做的菜肴，却拒斥印第安人酷似女性器官的圣地石穴。上帝的荣光作为所指没有以实体形式出现，却通过教堂里的花果园、教区生机盎然的变迁和主教获得的心之宁欣展示了它的伟力。

《磐石上的阴影》广受读者欢迎，主要因为它以恬淡的风格讲述了一个平凡女孩的持家经历。幼小的女主人公塞茜尔家居险凶的大海和阴森的树林之间的岩石上。她牢记母嘱，将家操持得和母亲在世一样秩序井然。一次到没有任何文明习惯的亲戚家中做客的经历令她苦不堪言，只有回家才觉舒适。塞茜尔的经历超越了日常生活的平凡与琐碎，带有超验的象征色彩。她的持家实为一种仪式，一种在女性经验中定义女性自我、承继女性美学传统的圣礼。

"逃离"系列表明凯瑟的社会理念似乎又经历了新的变化：人类生活本身才是生命意义之所在，且唯有以关爱和相互依存为核心的女性美学才能确保其良性发展。可能也正因如此，对立于女性柔情的男权理念和对立于文明秩序的原生自然都游离于小说歌颂的范围之外。

土地、艺术和女性是凯瑟最熟稔的主题和永久的灵感之源。它们的在场和相互指涉关系是其小说的支撑力量，一旦消失便毁伤了文本的艺术感染力。"逃离"系列因而成为凯瑟创作中最后的辉煌。凯瑟在又发表了《露西·盖伊哈特》(*Lucy Gayheart*，1935)和《莎菲拉和女奴》(*Sapphira and the Slave Girl*，1940)两部圈外之作后，结束了笔耕生涯。

凯瑟作品的成功和动人之处是多方面的，例如笔调、意象、构思等等。她曾写道："美文应使敏感的读者心存感怀：记住一分愉悦，不可捉摸却又余味悠长；

记住一种韵调，为作者所仅有、个性独特的音质。这种品质，读者释卷之后会在心中多次记起却永远无法定义，正如一首清歌，亦如夏日花园的馥郁。”[①]她自身的创作成功地做到了这一点。她的文笔恬淡雅致，节奏舒缓悠长，内蕴丰富浓郁，是描述自然的绝佳风格，并以轻柔的气氛唤起读者的淡淡乡愁。甚至她最忧烦的作品中都不乏甜美的回忆与深情的抒怀，犹如燥热中的一丝清凉，之间的张力极大增加了作品的艺术性。

凯瑟行文简洁，内蕴却绝不单薄，很大程度上得益于对意象的高妙运用。在她的笔下，经常出现自然物体和人造空间两类意象。月亮、花木被赋予性别编码，总是喻指女性柔情或艺术——如《啊，拓荒者！》、《我的死对头》和《死神来迎大主教》中的月夜与花园；水流经常象征着受意识压制的欲望能量[②]——如《亚历山大之桥》和《露西·盖伊哈特》中的溪河。房屋则是贯穿凯瑟所有作品的主要人造空间意象，小则象征着温暖的子宫，如《我的安东尼亚》和《磐石上的阴影》中的厨房；大则成为一个时代的缩影，如《教授之屋》和《迷途的女人》中的旧宅。除此而外，色彩的强弱、光线的明暗、季节的交替等等，都是凯瑟小说中喻指情感或人生的常用意象。

构思别致是凯瑟最引人注目的创作技巧。她几乎所有的小说都像一枚镂空镶宝的戒指：有美轮美奂的整体框架，却含许多断层，一些看似离题的片断夹杂其间。这便是凯瑟重要的创作手法——并置，亦即把似乎毫不相关的情节、场景、事件、细节放在一起而不加任何解释。相并置的事物实际上总含有感受或意义上的相互对照，它们只有在有机整合后才能呈现小说的主旨。《我的安东尼亚》中“彼得的故事”、“流浪者的故事”、“威克·卡特的故事”便从空间、移动性、性别等多个角度加强了小说的主题。另外，叙述角度也是凯瑟小说的精妙之处。叙述者的选择不仅满足了行文的需要，往往还拓展了主题的层次，使之更具多样性。比如《我的安东尼亚》不仅是安东尼亚的故事，还是叙述者吉姆本身的心路历程；《迷途的女人》记载了福瑞斯特夫人的经历，同时也有尼尔对她的性幻想和对拓荒时代的怀旧，等等。

技巧的完美没有使凯瑟小说失之浮华，其艺术成就归根结底还来自内容的深度与感染力。作为20世纪美国女作家，凯瑟在字里行间倾注了浓重的时空意识和性别意识。正是鲜明的时代性、区域性和女性色彩铸就了其文学创作的艺术价值，使之成为美国文坛的空谷足音，跻身于不朽经典之列。

利奥·马克思曾批评美国作家在地域文学创作中存在着天真的想象，“把美

---

① Willa Cather, “Miss Jewett,” *Willa Cather: Stories, Poems, and Other Writings* (New York: The Library of America, 1992)850.

② Sharon O’Brien, *Willa Cather: The Emerging Voice* (New York: Oxford UP, 1987)391.

国看成一幅远在天边、纯洁无瑕的风景画，一个供人逃避现实、隐退于田园之间的理想场所”[①]。凯瑟之作大都缅怀往昔的美好，因此常受攻击，被称为“美学的逃避主义”。这种评判实则有失公允。从主题上看，凯瑟的小说没有一部真正地退缩到艺术的象牙塔中去孤芳自赏，而都是针砭时弊的抗议之声。拓荒系列和逃离系列不像问题系列那样直接取材于城市生活，却通过弘扬迥异于时世价值观的美学理念表达了对现今的关注和希冀。即便是最远离尘嚣的《死神来迎大主教》都通过主教瞬间心理活动的形式对贪婪的商业气以顺戈一击。实际上，凯瑟三个系列小说的主题都是象征性的拓荒，或直接颂扬，或间接相衬，对立于商业社会的投机钻营。19世纪的拓荒运动是美国国家疆土的开拓过程，更是美利坚民族性格的形成过程。拓荒时代因而带上了强烈的理想色彩，成为自然、纯真、独立、互助等美好品质的能指。这些品质正是踏入20世纪的美国社会所缺乏的。凯瑟深知时代症结所在，却没有像“揭幕者”(muckrakers)那样进行直接无情地批判，而选择了极具美感的拓荒时代作为超验象征并表之以文，艺术地表达了自身的时代意识。她比上层贵族伊迪斯·华顿更加入世，却比下层平民西奥多·德莱塞出世；比抨击现代荒蛮的T. S. 艾略特乐观，却比迎接工业文明的舍伍德·安德森悲观。处于中间地位的凯瑟，既钟情艺术又留恋生活，调和地将理想寄托在一个已经逝去的时代上，用之替代已经异化的现实社会。“所有乡土之情的表达都来源于一种对失去的乐园的想象，其表现就是将令人羡慕的过去与令人失望的现在进行对比。”[②]所以《我的安东尼亚》中，在城市里漂泊不定的吉姆会回到草原去寻求那“无法言传的过去”，以期重获那份久违的宁欣。

恰恰也是拓荒的选材使得凯瑟小说呈现出显著的区域性。凯瑟创作始终情系内布拉斯加或象征它的自然地区，除了亲身经历外，也是她作为一名20世纪作家对自美国建国以来一直困扰人们的问题——什么是“美国人”——的解答。作为美国独特的历史经历，拓荒运动已经融入美国民族意识的最深处。西部草原的地域性因此得到了空前的强化，跃升为美国经历和美国精神之滥觞。“中西部文学实际上就是美国文学”[③]，此语不免夸大其实，却点出了描绘西部经历的文学的美国性。《我的安东尼亚》中那个夕阳映衬犁刀的意象便是“已被遗

① Leo Marx, *The Machine in the Garden: Technology and the Pastoral Ideal in America* (New York: Oxford UP, 1964)36.

② Ronald Weber, *The Midwestern Ascendancy in American Writing* (Bloomington: Indiana UP, 1992)17.

③ Ibid., 3.

忘的民族历史”[1]。正是这样的经验和超验构成了所谓的“美国性”，联系着来自世界不同区域的移民们，造就了一个新的民族。因此，来自异族的安东尼亚嫁了异族的丈夫、生了不说英语的孩子，却仍然是一位真正的美国女儿、美国妻子和美国母亲，当之无愧地成为她们所有人的代表。吉姆对她说了一句非常著名的话：“我真希望有你做我的情人，或是妻子，或是母亲、姐姐——只要是女人能成为男人的，什么都行。”[2]从宏大叙事的角度可以理解成以盎格鲁撒克逊白人新教徒为中心的美国对自身种族多样性的肯定，认识到异族、异教、异性的他者们同为美国人自我意识建构过程中的平等主体。

凯瑟作品能如“早晨的清新气息”般走进读者的心灵，根本原因还在于女性特色。美国文学一直为男性价值观所笼罩，要求创造统一的宏大叙事，反映民主、移动、进步、独立等被认为是美国性的主题。[3] 艺术传统由此带有性别烙印，成为反映男性经历和特征的女子禁地：它是公共的、政治的、超验的、自我的。而19世纪女性作品则置身私人的、家庭的空间，聚焦于日常的体验，歌颂网状联结的女性联盟（母女关系和姐妹情谊），并以此形成了被哂为“乱写乱画、陈词滥调”的别样传统。作为承上启下的女作家，凯瑟深受二者的共同影响，却又能把握时代女性的实际情况而越乎其上，最终形成了经历多样化、价值女性化的独特艺术。所谓多样经历，指女性不再囿于家庭的狭小空间，拥有了自由移动能力而走向外面的宽广世界，经历如何只凭自己选择；所谓女性价值，相对于男性艺术的超验性，指“手工与艺术一体、日用与美学不分”[4]的艺术观。《我的安东尼亚》综合体现了凯瑟的艺术思想，通过吉姆、莉娜、安东尼亚三个角色分别体现了对男性艺术传统的传承、抗争和反思。吉姆取得了男性标准下的成功，却心无定日，因为太过追求超验自我的男性传统切断了他与过去的时间和周围的空间的联系而使之无所附丽。莉娜以男性的移动能力抗争传统女性命运，从乡村走向城市，用女性之针书写了“她者”的自我建构。但她对女性艺术的理解屈从了男性视角，身后无嗣的事实也象征性地暗示了撕裂甚至毁灭女性传统的危险。安东尼亚是女性传统的继承和延续者。她完全履行了一个女人所能担

① James E. Miller, Jr, “*My Antonia* and the American Dream,” *Willa Cather's* My Antonia, ed. Harold Bloom (New York: Chelsea, 1987)99-108,101.

② 薇拉·凯瑟：《我的安东尼亚》，周微林译，北京：外国文学出版社，1998年，第203页。

③ Elaine Showalter, *Sister's Choice: Tradition and Change in American Women's Writing* (New York: Oxford UP, 1994)13.

④ See Josephine Donovan, “The Pattern of Birds and Beasts: Willa Cather and Women's Art,” *Writing the Woman Artist: Essays on Poetics, Politics, and Portraiture*, ed. Suzanne W. Jones (Philadelphia: U of Pennsylvania P, 1991) 83. 这样的艺术观也是凯瑟本人的，她在给母亲的信中曾说女仆的家务活本身也是一种艺术。See Janis P. Stout, *Willa Cather: the Writer and Her World* (Charlottesville: UP of Virginia, 2000)257.

负的所有职责，其最终形象的神圣性暗示了女性美学对生命的蕴生和感召力。

近乎完美的技巧和独特深刻的思想使凯瑟小说获得了永久的艺术生命，成为美国文坛不败的芳葩。凯瑟被誉为"美国建国以来最伟大的女作家"，于1930年获豪威尔斯奖，1933年获美国女作家奖，1944年入选美国全国文学艺术研究院并获该院颁发的金奖。包括母校内布拉斯加大学在内的多所著名学府授予她荣誉文学博士学位。

凯瑟终身未婚。1947年4月24日她在纽约家中去世，葬于新罕布什尔州的杰弗雷。墓志铭是引自《我的安东尼亚》的一句话："这便是幸福，融于某个伟大完整的东西之中。"来于斯，归于斯，凯瑟用一个女性意象表达了对人生真谛的领悟，并在其中完成了自己生命的循环。

薇拉·凯瑟的主要作品：

小说作品：

The Troll Garden, 1905.

Alexander's Bridge, 1912.

O Pioneers!, 1913.

The Song of the Lark, 1915.

My Ántonia, 1918.

Youth and the Bright Medusa, 1920.

One of Ours, 1922.

A Lost Lady, 1923.

The Professor's House, 1925.

My Mortal Enemy, 1926.

Death Comes for the Archbishop, 1927.

Shadows on the Rock, 1931.

Obscure Destinies, 1932.

Lucy Gayheart, 1935.

Sapphire and the Slave Girl, 1940.

The Old Beauty and Others, 1948.

其他作品：

April Twilights, 1903.

Not under Forty, 1936.

5. 格特鲁德·斯泰因——现代主义创作的先驱

Gertrude Stein: Great Innovator of Modernist Writing

格特鲁德·斯泰因(1874—1946)在弥留之际轻轻问道:“答案是什么?”等了一会,又说了一句:“那么,问题又是什么?”然后带着笑容安然离世。她禅思般的结语没有给自己传奇的人生篇章打上句号,而是增添了一个大大的问号。最著名的离散犹太人之一,美国文学史上第一位重要的犹太作家①,现代艺术的倡导者和先驱,这些外界的身份光环似乎并没有照亮斯泰因的内在真实。她的临终天问揭示了对某个问题的毕生求索,终至于否定了问题本身。实际上,斯泰因的人生时时处于矛盾之中。她深受西方哲学二元对立范式的影响,认可象征文化系统将所有的存在划归为一系列非此即彼的对立范畴,却时常因为自己身处无法指征的灰色地带而陷入困境。为了彰显这个尴尬的中间存在,斯泰因创造性地运用语言,打破了它原来的表义框架并使之成为对立存在的连接媒介。其众多作品都是对这一问题的回答尝试:如何通过语言去对抗二元结构,言说无法言说的事物?

斯泰因的创作理念来自于对自身存在状态的深刻感悟。二元对立哲学中的权力关系和社会性一直阻碍着她自我意识的形成。她自小对父母感情淡漠,对哥哥利奥有超乎寻常的依恋,1893 年进入哈佛拉德克利夫学院学习心理学,1897 年到约翰·霍普金斯医学院学习医学,以及后来去往伦敦并最终于 1903 年定居法国巴黎,都是在追随利奥的脚步。地位的不平等使兄妹感情变成主从关系,弱势的斯泰因陷入了“付出、不满足、更付出”的情感怪圈中。她日后在作品中多处刻画了这种状态,并评论道:“(围绕别人)旋转的(revolving)生活是悲哀的悲哀的生活。”1909 年她遇见了之后成为爱人和终身伴侣的艾丽斯·托克拉斯(Alice B. Toklas),情况发生了根本的变化。斯泰因开始扮演男性的“丈夫”角色,托克拉斯则承担“妻子”的义务。她们的情感关系消弭了等级对立色彩,是基于个体幸福感之上、平等互动的“展开的(evolving)生活”②。

生活范式的改变满足了斯泰因的情感需求,却带来了新的问题:评论家凯瑟琳·斯廷森称之为“新思想与旧身体的冲突”③。醉心于艺术和创作的斯泰因显然

① *The Norton Anthology of American Literature*, vol. 2 (New York: Norton, 1979) 1516.

② Carolyn Burke, "Gertrude Stein, the Cone Sisters, and the Puzzle of Female Friendship," *Critical Inquiry* 8.3 (1982): 553.

③ See Catherine Stimpson, "The Mind, the Body, and Gertrude Stein," *Critical Inquiry* 3.3 (1977): 489-506.

不符合19世纪"真正女性"的标准，属于世纪之交崭露头角的"新女性"。不过真正触犯社会禁忌的是她的同性恋身份。男/女性属之分以及异性恋是西方伦理道德体系的基础，被认为是天经地义的规范。女性关系在19世纪文学，尤其是女性作品里，是一道引人注目的风景。互助互依的"姐妹情谊"得到当时的允许甚至鼓励。不过到了20世纪初，社会开始以狐疑的眼光审视这种关系，觉得其中可能含有情爱的成分而施以压力。为了被社会主流文化所接受，斯泰因采取了一系列的策略掩盖自己的同性恋身份，包括只将秘密告诉极少的朋友，用传统的、异性恋的词汇描述自己的生活等等。她作品中的诸多男女关系都属于这一情况，广为人知的一个例子就是《梅兰莎》("Melanctha")中女主人公的同性友谊和异性恋爱其实化自斯泰因生前未发表作品中的三个女性之间的三角恋。[①]

斯泰因深切感受到社会身份与内在真实的偏离。自我本应该是以语言为桥梁的外界与内在的和谐统一，而在社会话语的干涉下，存在变成了建构的身份和身份的操演；简言之，在带有社会意义的语言体系中，虚构总是掩盖真实。斯泰因认为，这种情形对创作来说是致命的。大多数艺术家"知道他们是谁，因为他们的小狗认识他们，所以他们不是本质(entity)而是身份(identity)。因此，他们的存在依靠记忆(memory)维持，所以写不出杰作来"[②]。名声侵扰着作家的自我意识，诱使他从观众的视角审视自己。这不仅导致了作家的身份危机，还阻碍了创作的继续进行。通过外界/内在这个二元对立图式，她将艺术定义成内在的、真正的自我进行言说的载体。如果"身份"体现的是大众创作，那么"本质"才是真正的艺术。艺术家的任务就是要抓住最深沉的"关于存在的感受"("feeling of being")，并通过文字表现出来。而外界对作家不同渠道的描绘误导了观众，使他们把作家的公共形象同内在本质等同起来，而不能真正欣赏其本质价值。[③]

可见，斯泰因对抗二元对立的方式与现代解构主义者有"本质的"不同。在她看来，语言不是相互指涉的能指，而被人为地赋予了过多的和特定的内涵，那些社会隐含义构建出二元对立体系中的等级关系。于是，语言的描绘功能转而成为划分功能，只是将事物放置在已经包含在语言内部的二元框架中，即语言构造了事物的"身份"，而非呈现事物的真实。她企图重归一种"纯粹存在"(pure being)，以之作为艺术表现的目标。语言作为呈现者必须去除任何引申

---

① 即*Q. E. D*。斯泰因在《艾丽斯·B·托克拉斯的自传》中语焉不详地称之为"她感觉很难为情的手稿"，原因就是这部小说的素材来自斯泰因在约翰·霍普金斯医学院求学时的亲身经历，她担心托克拉斯心生妒忌。1950年*Q. E. D*才以《事情的原本》(*Things as They Are*)之名出版，1971年恢复原名重版。

② Gertrude Stein, "What Are Master-pieces and Why There So Few of Them," *What Are Masterpieces* (New York: Pitman, 1940)90.

③ Kirk Curnutt, "Inside and Outside: Gertrude Stein on Identity, Celebrity, and Authenticity," *Journal of Modern Literature* 23. 2 (1999—2000): 298.

意义,恢复本原的表现力。在"本质论"体系下,语言被剥夺了凌驾于现实之上的超验地位,成为一种纯粹描述性的载体。"语词具有了纯粹美学的特征,被剥夺了所有约定俗成的指代义和可能触发的衍伸义。"①因而其内含的社会等级结构不复存在,现实的自在地位获得认可,亦即"现象(phenomena)先于概念(ideas),'原现实'(unmediated reality)是最重要的"②。相应的,作家对原现实不能进行抽象概括,只能感知;将"关于存在的感受"用语言表达出来,就诞生了作品。一言以蔽之,斯泰因倡导的艺术创作是"以去除了引申义的纯粹文字作为直接呈现(presentational immediacy)的媒介,融合两种内在的真实(主体和客体)或联结外在和内在的真实"③。用她自己的话说,"选择时,她的眼睛和思维才是活跃的和重要的和发挥功能的"④。

在斯泰因的创作理论视野中,外在的客观世界和作家的内在主观世界也是一个二元结构。不过它们不再是分裂的对立存在,而通过语言得以连接并最终创造出文本。换言之,创作就是一种"对内在和外在现实的描写"的"一种智性的迷恋"⑤。如评论家阿里格拉·斯图尔特所言:"对于纯粹存在的智性洞见是一种吸收或回想,是超脱于时间和个体的感知。人们变成了一种精神实体,唯一的行为就是将自己的感知通过语词呈现出来。对斯泰因来说,这就是终极的创作,人和物(主体和客体、知性和现实、感知者和被感知者)融合的奥秘所在。"⑥语词就是连接内在现实和外在现实这个二元结构的桥梁。或者更准确地说,语词之间的联结构成了一个文字场,融汇并呈现了主观和客观的互动作用关系。创作不是对现实的刻板反映,而是持续在场的主体对"散漫的思绪和不同的经验"的语言调和。⑦ 经验随历史时间的变化而不同,但感知者作为精神实体却是创作中的恒定因素。"一切都是相同的,除了作品和时间,创作作品的时间和作品中的时间……除了看到的东西和构成作品的东西,不同的时代没有什么变化。"⑧换言之,语词的联结方式随着感知者的经验(即看到的东西)而变化,而其认识的感觉却是瞬间的、即时

①② F. W. Dupe, "General Introduction," *Selected Writings of Gertrude Stein*, ed. Carl Van Vechten (New York: Vintage Books, 1972) xii.

③ Allegra Stewart, "The Quality of Gertrude Stein's Creativity," *American Literature* 28. 4 (1957): 488.

④ Gertrude Stein, *The Autobiography of Alice B. Toklas*, *Selected Writings of Gertrude Stein*, ed. Carl Van Vechten (New York: Vintage Books, 1972)70.

⑤ Ibid., 198.

⑥ Allegra Stewart, "The Quality of Gertrude Stein's Creativity," *American Literature* 28. 4 (1957): 488-506, 491.

⑦ Ibid., 495.

⑧ Gertrude Stein, "Composition as Explanation," *Selected Writings of Gertrude Stein*, ed., Carl Van Vechten (New York: Vintage Books, 1972)516.

的、直接的、绵延不断的。因此，作品中包含两种时间：一是经验指代的历史时间（创作作品的时间和作品中的时间），另一种则是感知主体所代表的"绵延的现在"（continuous present，或译"持续的现在时"）。这种独特的时间感是文本的"主观的"、"内在的"因素的产物，再次证明"创作不是反映世界，而是创造世界"①。值得强调的是，"绵延的现在"并非是说感知者的内在世界没有任何变化，它宏观上的一致性通过"不断地重复和开始"而维持。② 斯泰因在哈佛求学时师从心理学家威廉·詹姆斯，主要研究记忆对于理解、思维和感觉的连续的重要性和意识的流动性。她认为人的意识是持续流动的，与记忆和联想无关，语言中的重复或再现是意识流动的必然结果，最能确切地表达个人的身份和经验。重复的结果一是"绵延的现在"意识，二就是语言的节奏和韵律性。③

斯泰因的创作观无疑是极具颠覆性的，这是她被划归为"先锋派"的主要原因。标新立异也导致了她作品的晦涩难懂。如果仅选一句话代表她的所有作品，那么非此莫属："一朵玫瑰是一朵玫瑰是一朵玫瑰是一朵玫瑰。（A rose is a rose is a rose is a rose.）"这句著名的诗行饱受争议，海明威在《丧钟为谁而鸣》中讥刺道："一头洋葱是一头洋葱是一头洋葱……一块石头是一块斯泰因是一块岩石是一块圆石是一块鹅卵石。"面对争议，斯泰因在一次演讲中解释：

> 你难道不明白吗，当语言还是崭新的时候——比如说乔叟和荷马时代——诗人运用事物的名称，那个事物就在那里。他说"啊，月亮"，"啊，大海"，"啊，爱情"时，月亮大海爱情就在那里。你难道不明白吗，几百年过去了，数万首诗出现了，他再呼唤那些词的时候发现它们只是一些空洞的文学词汇罢了。它们已经丧失了令人兴奋的纯粹存在，变成了陈词滥调而已。现在的诗人必须重新寻找那令人兴奋的纯粹存在，复活语言的力度。我们都知道在后代写诗很难；我们知道你必须使句子结构变得令人陌生和出乎意料才能使名词重新具有活力。标新立异是不够的，句子结构的陌生化也必须来自诗意天赋。这就是为什么在后代做个诗人难上加难。你们读过几百首关于玫瑰的诗歌，都从心底里明白那朵玫瑰并不在那……我知道日常生活中我们不说"是……是……是……"我不是傻瓜，我还知道，一

---

① Lois P. Rudnick, "Radical Vision of Art and Self in the 20th Century: Mabel Dodge and Gertrude Stein," *Modern Language Studies* 12.4 (1982): 56.

② Gertrude Stein, "Composition as Explanation," *Selected Writings of Gertrude Stein*, ed., Carl Van Vechten (New York: Vintage Books, 1972) 517.

③ 斯泰因自己在《艾丽斯·B·托克拉斯的自传》中声称自己不喜欢音乐，但她语言中的韵律性特色显著。她提倡"纯诗歌"(pure poem)，还创作了几部歌剧，都强调了韵律。更多分析见苏煜：《斯泰因的文学语言特色》，《上海师范大学学报》(社科版)，2002年第1期，第105页；Brad Bucknell, *Literary Modernism and Musical Aesthetics: Pater, Pound, Joyce, and Stein* (Cambridge: Cambridge UP, 2001) 第5章。

百年以来的英文诗歌中，只有在这句诗里玫瑰第一次是红色的。[①]

这段解释重申了她的创作理论。对于这句诗而言，“句子结构的陌生化”就是重复。层叠结构凸显了描述物体的存在，使本来空洞的名词拥有了实际内容。按照约翰·罗的说法就是“涵盖并表现主体的是表述性语言的动作，而不是它的名字”[②]。重复的名词从多角度呈现了一种存在，并通过重复消除了它所可能具有的衍生意义。最重要的表现结果是，重复表述了感知者的持续行为，营造了“绵延的现在”的时态感。

斯泰因一生著作颇丰，仅主要作品就有48部，生前发表了30部[③]，绝大多数因为贯彻了先锋技巧而读者寥寥，超前意识甚至连T. S. 艾略特都觉得难以跟上。影响力最大的作品是相对容易的《三个女人》（*Three Lives*，1909），和走了通俗路线的《艾丽斯·B·托克拉斯的自传》（*The Autobiography of Alice B. Toklas*，1933）。

《三个女人》是斯泰因正式发表的第一部作品，当时她已经能够娴熟运用“重复”的技巧来表现事物的本质。这本小说由三个独立的故事组成，分别描写了三个女性的日常生活。首篇《好人安娜》（“The Good Anna”）和末篇《温柔的莉娜》（“The Gentle Lena”）描写了两个性格截然相反的德国移民女佣。安娜把照顾别人当成自我存在的意义，不停地责备他人似乎是她确立自我意识的途径；莉娜则寡言少语，对生活缺乏热情和计划，任由别人摆布。中篇《梅兰莎》（“Melanctha”）的人物刻画远为深广，不仅糅合了安娜和莉娜的性格，还深入细微地探讨着梅兰莎复杂细腻的感情变化。故事重心由外界的情节勾勒转向意识的持续流动，更加突出了“绵延的现在”时态。情节很简单：梅兰莎自幼就喜欢“游荡”，渴望获得“知识”却又时时退却。为此她与同性异性的关系一再开始、重复、再次开始，最后被自私的朋友罗斯拒之门外，孤独死在济贫所。在斯泰因的笔下，女性之间关系属于前俄狄浦斯阶段的记号语言范畴。记号语言完全不同于象征界能指和所指一一对应的符号，而具有多义性、模糊性和难以确定性，表达无意识和本能的冲动。[④]

---

① Quoted in Thornton Wilder, “Four in America,” *Gertrude Stein*, ed. Harold Bloom (New York: Chelsea, 1986) 26.

② John Carlos Rowe, “Naming What Is Inside: Gertrude Stein’s Use of Names in *Three Lives*,” *Novel* 36.2 (2003): 221.

③ 数据来自 *DLB*(Vol. 4, Detroit: Gale, 1980, 361－62)。

④ Carolyn Burke, “Gertrude Stein, the Cone Sisters, and the Puzzle of Female Friendship,” *Critical Inquiry* 8.3 (1982): 560－61. 记号语言(semiotic)即“带有区别的标记、痕迹、指示、有先示作用的符号……总之是一种承认不确定性和模糊性的区别差异。”(Julia Kristeva, *Desire in Language*, ed. Leon S. Roudiez, Trans. Alice Jardine et al., Oxford: Basil Blackwell, 1980, 133.)在母子合一的前俄狄浦斯阶段中，无意识的、本能的冲动通过节奏、韵律、声调、手势、音乐、颜色等前语言和非语言因素进行表达，这些与象征的符号(sign)完全不同的模糊记号就是记号语言（参见王泉、朱岩岩：《女性话语》，载赵一凡等主编《西方文论关键词》，北京：外语教学与研究出版社，2006年，第377—379页）。

而在《梅兰莎》中，语言的重复、意义的不确定性以及它们之间指示关系的断裂消除了象征语言的二元对立，属于记号语言范畴。性爱意象贯穿全篇，如游荡、知识、机械的节奏运动、强烈的嫉妒等等；但意象本身却又闪烁其词，使同性友谊和异性恋爱之间的界限变得完全模糊，变得可以互相替换。梅兰莎的身份在异性恋、同性恋、双性恋之间模糊不清，读者唯一能感受到的是她感情的混乱/深沉。重复且模糊的语言可能强化自身表达的意思，如已经被人们指责作风败坏的梅兰莎想去罗斯家里住：

> 梅兰莎绝不会去要求罗斯让她去，梅兰莎绝不会会想罗斯会要她去。即使罗斯要她去，她也决不会住；不过梅兰莎与罗斯在一起总有安全感，因此她会去的。梅兰莎·赫伯特现在很需要安全，可是跟她住一起，这个，罗斯决不会答应。罗斯强烈需要生活舒适，罗斯强烈需要举止得当，罗斯强烈需要得到需要的东西，她总是知道自己最需要什么，罗斯总是得到自己想要的东西。

这段文字对梅兰莎和罗斯想法的重复描述鲜明体现了两者一贯的性格特征。关于梅兰莎的重复有微妙的变化，意思逐步递进，表现了她复杂细腻的性格特征；而关于罗斯的重复句式简单，意思基本一致，表现了她简单自私的特征。这种也有可能进行自我解构，创造出主题反讽的效果。梅兰莎的男友既爱着她，又听信谣言并怀疑她对自己的爱，决意与她分手：

> 那么现在真的再见了梅兰莎。我觉得我永远永远不能真正地相信你梅兰莎，这确实只是因为你永远不会对任何人回报同等的感情，梅兰莎，还因为你永远不知道如何记住过去。在很多方面我真的非常信任你梅兰莎……

逗号的省略造成了意思的含混：杰夫要和梅兰莎"永远"分手(for good)，不能"真正地"、"深深地"信任她(trust you real, trust you deep)？还是他虽然心有委屈，但还是承认梅兰莎非常优秀、真诚和深沉(good Melanctha, real Melanctha, deep Melanctha)？[①]

除了带有浓重女性美学特征的语言技巧之外，《梅兰莎》在种族等级话语、性属空间划分、同性恋美学，女性自我意识构建等各个方面都有可贵的突破，堪

---

① 原文是"And so good-bye now for good Melanctha. I say I can never, never really trust you real Melanctha, that's only just certainly from your way of not being ever equal in your feeling to anybody real, Melanctha, and your way never to know right how to remember. Many ways I really trust you deep Melanctha…"两个例子的分析俱参见 Richard Bridgman, "Melanctha," *American Literature* 33.3 (1961): 358－59.

称“美国文学史上的里程碑”[①]。尽管如此，斯泰因一直没有获得读者和评论界的承认。直到1933年，斯泰因决意迎合大众的口味，写下名作《艾丽斯·B.托克拉斯的自传》。该书仍然带着以前的创作风格，却被控制在了通俗易懂的范围之内，加之具体记载了作家本人与现代主义艺术运动先锋的关系，因此一出版就成了畅销书。当时的评论界视它为“怪人”斯泰因“改过自新”的信号加以欢迎，完全忽视了美学价值的发掘。随着文学理论的发展，人们逐渐认识到此书极具前瞻性的叙事美学特征。

这部以艾丽斯·托克拉斯为叙述者的自传至今还吸引评论家的原因是结尾的一段话：“大约六周前格特鲁德·斯泰因说，看样子你永远也不会写这个自传。你知道我的打算，我替你写。我会像笛福给鲁宾逊·克鲁索写自传那样写这本自传。她写了，这就是。”这使读者立刻回想起扉页的照片：镜头聚焦于站在门口的艾利斯，光影之下是斯泰因在伏案写作。[②] 事情远非艾丽斯让斯泰因捉刀代笔那样简单。因为自传的中心是斯泰因本人，表面的主角艾丽斯只是斯泰因说话的途径而已。评论家林恩·布鲁姆称之为“幽灵自传”(autobiography-by-Doppelgänger)，认为斯泰因通过这个富有创意的方式达到了三个目的：首先就是冲淡了传统自传中的自我中心色彩，使读者更易于接受自己的叙述；其次，艾丽斯可以充当解释者的功能，澄清斯泰因的一些想法；最后，通过艾丽斯之口讲述，斯泰因使故事变得更加客观和可信。[③]

实际上，斯泰因采取这种特别的方式有其理论上的考虑。自传这种体裁与拉康的镜像理论非常切合。四肢活动还不自如的婴儿看到镜子中完满的映像时，形成了自我和他者的意识。那个完满的他者既被婴儿认出是现在的自己，又使它回忆起无助、碎片、和无秩序的自我状态。从此自我进入了时间，也开始了对完满身份的虚构。自我意识依靠想象的他者得以确立，自我发现的同时也是自我异化：“本质”通过外界的“身份”才能得以呈现。自传的写作者和自传中的叙述者正像婴儿和镜像的关系。作者通过叙述者表现自己，要从历史时间的发展(回忆)来叙述自我经历，表达追求“超验自我”的欲望也隐藏在文本之中。这一切都和斯泰因的创作理论——“本质”、“呈现的直接”、“绵延的现在”——背道而驰。因此她抱怨道：“这就是自传的问题所在，你不、你当然不相信自己为什么要(这么做)，你非

---

① *The Norton Anthology of American Literature*, vol. 2 (New York: Norton, 1979)1518.

② 这本自传收录了许多照片，分插在文本的各个部分，与文本内容互相映衬和阐释，非常形象地体现了《自传》的美学价值。具体分析参见 Paul K. Alkon, "Visual Rhetoric in *The Autobiography of Alice B. Toklas*," *Critical Inquiry* 1.4 (1975): 849-81.

③ Lynn Z. Bloom, "Gertrude Is Alice Is Everybody: Innovation and Point of View in Gertrude Stein's Autobiographies," *Twentieth Century Literature* 24.1 (1978): 83.

常非常清楚那不是你……"[①]所以,传统的自传尽力模糊写作者和叙述者两个角色,以求创造出一个统一的言说自我,斯泰因则选择了分裂。用她的风格来说就是:主体看镜像看主体看镜像。套用理论家伊瑞格蕾关于女性双性同体的话就是,"我们的双唇一起说话"。言说主体不再是单一的自我,而变成自我和他者的复调;主体的多重层叠使传统的指征框架趋于解体,原来的言说/沉默、主体/客体等二元对立不复存在。在这种模糊的情况下,被统一文本压制的意义有了浮现的可能:斯泰因的同性恋身份得到呈现。[②] 自传中通过否定外界身份确立内在本质的例子很多,如为同样的故事提供平等的多个视角,保持"遗忘"在叙述空间中的在场等等。最有意思的例子是关于现代主义艺术家和他们的妻子的描述。斯泰因与现代主义艺术家过从甚密,读者有理由期望她在自传中对他们有详细描述以求更好把握现代主义的概念。但她却别具匠心地着重描绘艺术家的妻子们,为读者审视现代主义的全景和真正内涵提供了从未有过的视角。斯泰因记载的一个情景意味深长:艺术家们围着一顶桂冠热烈地讨论它的象征意义;一位妻子摘片叶子尝了尝,宣布说:"这是真正的橄榄。"女性话语对象征体系的颠覆、对事物本质的呈现,由此作了最妙的阐释。

不过斯泰因有一点坚持了身份论,那就是个人和国家的民族性。斯泰因的一篇早期作品近期刚被学界发现,在其中她认为语言和地理决定了民族身份,坚持犹太人的社会融合只应该限于公共领域,而不能延展到私人领域,所以必须婚姻隔绝。[③] 虽说斯泰因将身份视为虚构,但在国别问题上,她认可了它表现本质的作用。国籍经常取代姓名成为人的指称,而人的长相、性格和特点也经常与国别联系起来;国家也各自有自己的特点,美国和西班牙成为西方仅有的两个能够理解"抽象"的国家。不过需要强调的是,个人民族性身份不是取决于出生地的固定"存在"(being),而是可以转化和形成的(becoming)。如自传中的意大利人康斯坦斯·弗莱彻对英国的继父很有好感,就"变成"了英国人。确定民族性的中心因素是民族美学,亦即对外界事物的特定阐释方式。[④] 自传中的一个例子清楚地体现了民族美学的存在。一战期间,多国部队同时驻扎在某荒地上。本来荒野一片茫

---

① Gertrude Stein, *Everybody's Autobiography* (New York: Cooper Square P, 1971) 68. 以上分析参见Merrill, Cynthia, "Mirrored Image: Gertrude Stein and Autobiography," *Pacific Coast Philology* 20. 1/2 (1985): 11-17.

② Brian Loftus, "Speaking Silence: the Strategies and Structures of Queer Autobiography," *College Literature* 24.1 (1997): 36, 32, 42.

③ "The Modern Jew Who Has Given up the Faith of His Fathers Can Reasonably and Consistently Believe in Isolation," *PMLA* 116.2 (2001): 416-28.

④ Phoebe Stein Davis, "Subjectivity and the Aesthetics of National Identity in Gertrude Stein's *The Autobiography of Alice B. Toklas*," *Twentieth Century Literature* 45.1 (1999): 32, 36.

茫,是无“意义”的中性自然(斯泰因称之为“landscape”)。但部队扎营时使用的伪装各不相同,外界的身份立刻表现了本质。

斯泰因两部名作的内涵非常丰富,美学的前瞻性令人赞叹。它们的艺术价值实可用“开先河”或“伟大”来形容,却一起湮没在斯泰因拒人于千里之外的创作理念和大量的先锋作品之中,没有为作家本人带来尊崇的文名。斯泰因在文坛上的留名,更大程度上是因为充当了“迷惘的一代”(the Lost Generation)的精神领袖。[①] 实际上,斯泰因的文字有其自在的意义。从现代文学的观点来看,斯泰因的创作是对当时文风的反叛。到20世纪初期,现实主义和自然主义过分强调对现实的模仿,科学和史实的数据扼杀了想象力的发挥。物质主义和机械工业文化的发展形成了大一统的外界空间,将个人淹没得无影无踪。当时文坛对此已经有所反映,无论是门肯尖锐的社会批评还是薇拉·凯瑟唯美的小说创作都是一种拨乱反正。斯泰因对此做出了自己独特的贡献。在写作技巧方面,她拒绝了对统一的情节和按照时间顺序进行叙事的传统创作手法;在内容上,她摈弃了所有膜拜超验的一元标准的神秘主义、神学框架或哲学系统。艺术的和声应该是许多彼此独立、彼此有别的声音的和谐交织,而不是所有声音都被强迫纳进一个统一的主旋律中。她重新认可了想象力,重新注重个人心理和价值。[②] 在喧嚣的工业文明社会中,斯泰因像是“部落里睿智的老妇,美学的大祭司”[③]。从文学传统的绵延来说,斯泰因确实在复古。她想返回到“乔叟和荷马”的纯粹语言时代,继承了美国“逻格斯”中心的口头传统、惠特曼的修辞特色和爱默生的自立姿态。不过她是一个真正意义上的美国民族文化主义者,参悟了个人主义的真谛:“重复”这个关联修辞的范畴,在她手里居然成了奠定创新和独特的基石,成就了她“现代文坛最伟大的分离修辞家”的美名。[④]

毁也好,誉也罢,二元的评判之语对作家斯泰因来说永远不会恰切。她坚

---

① “迷惘的一代”是法国一位酒吧老板的谑言。他对斯泰因说,18到25岁的年轻男子都需要与年纪大的妇女发生一段性爱关系以获取文化经验,而那些参加一战的男孩们失去了机会,于是就成了迷惘的一代。(James R. Mellow, “Gertrude Stein,” *DLB* vol. 4, Detroit: Gale, 1980, 366.)斯泰因对这句话非常赞赏,一次指着海明威等年轻作家说:“你们都是迷惘的一代。”海明威后来把这句话作为他的著名长篇《太阳照样升起》的一句题辞,使它名扬天下,并成为一个文学群体的代称。有意思的是,海明威后来承认确实迷恋过斯泰因,印证了那位酒吧老板的戏言。正因为如此,托克拉斯非常讨厌海明威,强迫斯泰因和他断绝了来往,造就了20世纪文坛上的著名纠葛。(Linda Simon, “Alice B. Toklas,” *DLB* vol. 4, Detroit: Gale, 1980, 392.)

② Allegra Stewart, “The Quality of Gertrude Stein's Creativity,” *American Literature* 28. 4 (1957): 489.

③ Katherine Anne Porter, *Gertrude Stein*, ed. Harold Bloom (New York: Chelsea, 1986).

④ Harold Bloom, “Introduction,” *Gertrude Stein*, ed. Harold Bloom (New York: Chelsea, 1986) 1, 3, 5.

守着自我,早就对研究者们冷冷地抛下了回语:"美就是美尽管它有时会让人厌烦不仅仅是被接受成为经典之后。"①

斯泰因的主要作品:

小说作品:

Three Lives, 1909.

Tender Buttons, 1914.

The Making of Americans: *The Hersland Family*, 1925.

Ida; *A Novel*, 1941.

Brewsie and Willie, 1946.

A Novel of Thank You, 1958.

其他作品:

An Exercise in Analysis, 1917.

A Circular Play, 1920.

Geography and Plays, 1922.

Four Saints in Three Acts, 1929.

Useful Knowledge, 1929.

How to Write, 1931.

They must. Be Wedded. To Their Wife, 1931.

Operas and Plays, 1932.

The Autobiography of Alice B. Toklas, 1933.

Lectures in America, 1935.

The Geographical History of America or the Relation of Human Nature to the Human Mind, 1936.

Everybody's Autobiography, 1937.

Picasso, 1938.

Doctor Faustus Lights the Lights, 1938.

Paris France, 1940.

Three Sisters Who Are Not Sisters, 1943.

Wars I Have Seen, 1945.

Reflections on the Atom Bomb, 1946.

The Mother of Us All, 1946.

Last Operas and Plays, 1949.

The Things as They Are, 1950.

Patriarchal Poetry, 1953.

Alphabets and Birthdays, 1957.

---

① Gertrude Stein, "Composition as Explanation," *Selected Writings of Gertrude Stein*, ed. Carl Van Vechten (New York: Vintage Books, 1972) 515.

第二章　两次世界大战之间的女性小说
Women's Fiction Between the Two World Wars

第一次世界大战结束之后，女性写作的社会背景发生了变化。许多人认为随着第十九修正案在1920年的通过，女性将同时获得政治和经济上的独立，所有的妇女问题都可以得到解决。虽然女权主义者对于女性最终获得投票权这一结果表示满意，但她们更希望看到与女性相关的社会和经济秩序的深刻变化。在她们看来，性别平等需要经济平等，而经济平等是这种改变的根本内容。女性应该在与男性平等的基础上拥有从事任何职业的权利，并且与男性分担长期以来都由女性独自承担的家务。她们认为，经济自由和女性解放之间有着不可分割的关系。一旦女性挣脱男权的控制，投身职场，她们就可以在政治、经济、甚至性生活上掌握自己的命运。如果依照这些标准来衡量两次大战之间的女性，她们其实既没有获得平等也没有获得自由。虽然1920年女性在政治上和法律上获得的权利为她们提供了更多的独立发展空间，但在社会心理深处的集体无意识中，女性作为一个与男性平等的人所应该具有的独立意志和健全人格并没有受到认可，得到实现。女性在职场上仍然受到歧视，这种歧视分为两种：一种是社会机构化歧视为所有女性雇员带来的不平等待遇；而第二种是由于阶级和种族的差异为女性带来的工作机会和待遇的极大差别。①

尽管人们对于美国20年代的整体意义有不同的解释，但是几乎所有人都承认这是一个史无前例的个人解放时期。19世纪末至20世纪初报纸杂志上一个经常出现的名词是“新女性”，这个名词成为藐视中产阶级传统、挑战父权社会基础的女性的代名词。它描绘了一种新的女性观念和抱负，尤指女性的独立意识以及女性与男性在智力上的平等，对19世纪社会的传统女性定义构成了极大挑战。有人指出，两次世界大战之间意义最为深远的社会变化就是女性在社会角色、关注点和时尚品位上的转变。这种转变以不同形式出现，但最能象征新时代的是那些不受传统约束的时髦女郎，而不是职业女性。② 事实上，这两者的区别从很大程度上阐释了女性“解放”的问题。据1920年的统计，当时拥

---

① William H. Chafe, *The Paradox of Change: American Women in the 20th Century* (New York: Oxford UP, 1991)72.

② June West, "The 'New Woman,'" *Twentieth Century Literature* 1.2 (1955): 55.

有职业的女性有八百万之众。女权主义或是女性参政运动对于20年代的年轻女性来说似乎已经成为过时的事情。她们更关注心理分析、广告和好莱坞。[①]杂志和小说把这一时期描绘成一个以爵士乐、有伤风化的舞蹈和疯狂的性活动为标志的狂欢时期。这些女性嘴里叼着烟卷、手里端着酒杯，看上去毫无畏惧又令人震惊。她们尽情地享受着时代为她们带来的自由，代表了一种与老一辈完全不同的生活方式。如果说时髦女性象征着“解放”，这种解放绝非女权主义者的目标。许多老一辈的女权主义者强烈反对这种新的道德标准和极端不负责任和轻浮的行为。时髦女性也可以算是对于传统的反抗，但是这种反抗在很大程度上流于形式，而不是结构性的。它围绕性解放这个问题大做文章，却没有对两性关系进行激进的重构。没有什么能比把时髦女性的生活方式与女权主义所提倡的自由相提并论更背离女权主义的精髓了。[②] 女权主义者中性解放的提倡者希望通过废除传统婚姻和两性关系来改变性别之间的关系结构。但是行为和道德标准的变化并没有改变中产阶级女性持家、中产阶级男性出外工作的性别劳动分工的延续。对于以生存为最大目标的贫困女性，性解放就更不可能代表朝着平等的进步。无论对于中产阶级家庭妇女，还是无产阶级女性，性放纵都无助于挑战两性之间的不平等。[③]苏姗·拉福利特在1924年说道，在20年代，“丈夫”只是男性众多角色中的一个，而“妻子”却是中产阶级女性的唯一角色。她必须把自己的全部时间贡献给家庭，如果她出外工作，就否定了她自己作为妻子的角色和她丈夫挣钱养家的能力。职业与一个中产阶级妻子的地位是根本不相符合的。[④]

大萧条的到来给女性要求经济平等的希望以致命一击，把女性刚刚获得的经济利益一扫而光，因为男性在更为稀少的工作机会竞争中占据着绝对优势。在一个失业率极高的时期，许多人认为女性应该牺牲个人抱负，接受在经济上处于被动的生活。20年代关于“新女性”的辩论被对男性失业的忧虑取代，职业竞争加强了关于恰当性别劳动分工的文化假设，任何与经济复苏看上去无关的事情都被忽略不计。尽管还是有不少女性拥有工作，但是公正和平等待遇的障碍一直存在。黑人和拉美裔女性，以及所有的已婚女性都在新政的工作救济项目中受到歧视，她们之中的许多人被迫返回家庭。美国人很不情愿在这个把家庭视为稳定的唯一遗留因素的时期去审视或者干涉家庭中的传统角色。他们

---

① Elaine Showalter, *Sister's Choice: Tradition and Change in American Women's Writing* (New York: Oxford UP, 1994)106.

②③ William H. Chafe, *The Paradox of Change: American Women in the 20th Century* (New York: Oxford UP, 1991)106.

④ Ibid., 110-11.

比以往任何时候都更深切地感到需要家庭作为维持社会秩序的基础。①

第二次世界大战从某种意义上来说有效地结束了大萧条。1941 年日军轰炸珍珠港之后,美国卷入第二次世界大战。战争对美国社会性别角色的改变起到了重要作用。年轻女子填充了由于男性参军而空出来的工作岗位,她们发现驾驶救护车或生产军火的工作充满刺激、令人激动,一部分人还作为战地护士与男性一样经历了枪林弹雨。大批女性参加了军工,战时工作加速了美国人口的城市化进程。大萧条曾迫使妇女留在家中操持家务,但战争带来了新的就业机遇,除了雇佣了大批女性加入制造业外,军工业还从其他的工业和职业中吸收了大量女性。之前被迫从事体力劳动和薪水极低的工作的女性涌进军工厂,她们的工资也随着工种的变化有了较大提高。到战争结束时,有近十万名妇女曾经作为医疗机械师、制图员、密码员、司机、职员,甚至还有飞行员参加了战争。即使是留在家里的女性也改变了她们传统上的被动角色,而承担了更多的责任来对付食物匮乏、空袭威胁、以及丈夫儿子的参军。女作家哈里特·阿诺(Harriet Arnow)在《娃娃制作人》(*The Dollmaker*, 1954)中就描绘了阿巴拉契亚山脉妇女被搬迁到密歇根州的军工厂所在地的临时城镇的经历。

在 20 年代,被称为"迷惘的一代"的一批作家在一次大战后因为理想幻灭而逃离美国,去往欧洲进行他们的创作。美国文学的现代主义起源于城市,而现代主义的主要声音来自男性。当时的文坛仍然是男性一统天下,T. S. 艾略特倡导贵族教育的西方文化遗产;海明威以他典型的男性文风,塑造了典型的硬汉形象,如坑道里的士兵、斗牛场上的斗牛士和森林里的猎手;菲茨杰拉德以笔也以自身的经历再现了爵士乐时代社会的醉生梦死。弗洛伊德的心理分析理论以其对于人心理活动的分析获得了公众的关注。现代女性努力在包围着她们的声音之中表明自己的观点,但是她们的声音在半个世纪中几乎被湮没。

世纪初的美国文学创作的评论背景也发生了变化。在许多人看来,第十九修正案的通过似乎表明妇女的所有问题都已得到解决,女权主义也实现了其终极目标,这面飘扬了半个多世纪的大旗应该陈列在博物馆了。无论是在现代主义运动还是在哈莱姆文艺复兴运动中,女性都被边缘化了。薇拉·凯瑟和伊迪斯·华顿的声誉在 30 和 40 年代中持续下降。② 格特鲁德·斯泰因去了欧洲,在那里找到了更加宽松的创作环境。即便如此,她的实验性作品仍然经常遭到讽刺和误解。但她在巴黎的住宅成为欧洲艺术家和那些移居欧洲的美国作家(包

---

① Constance Coiner, *Better Red: The Writing and Resistance of Tillie Olsen and Meridel Le Sueur* (Oxford: Oxford UP, 1995)39 - 40.

② Elaine Showalter et al, eds., "Introduction," *Modern American Women Writers: Profiles of Their Lives and Works—From the 1870s to the Present* (Boston: Charles Scribner's Sons, 1991)iii.

括安德森、海明威和菲茨杰拉德)讨论文学艺术的文学沙龙。尽管有斯泰因、华顿、凯瑟这些作家活跃在文坛上,战后被称为"迷惘的一代"的作家主要是一个男性作家群体。评论界对于"迷惘的一代"作家的高度关注,导致了对于同时期女性创作的极大忽略。女权评论家伊莱恩·肖尔沃特在《姐妹的选择》一书中就曾经指出,这一时期的女性作家由此成为"另一个迷惘的一代"(The Other Lost Generation)。对于20年代成年的女性作家来说,战后美国对于女性抱负的敌意,从女权主义到时髦女郎的女性理想变迁,特别是在高等院校和职业协会里对于女性声音的反动使得她们困难重重。[①]

那些在第一次大战之后为了追求艺术成功和个性自由而逃到巴黎的作家们,在大萧条年代逐渐返回祖国,同时也在寻求精神上的回归。在这一时期不少作家积极参与了政治运动,尤其是自由主义和左派运动。30年代因此也被称为"红色的年代"[②]。30年代初期,日益增多的美国作家看到苏联的榜样不仅可以取代民主的资本主义,而且可以取代垂死的美国之梦。苏联不仅代表了一种新的生活方式,其吸引力还来自它那些平凡的社会和经济纲领。更重要的是,苏联人此时正在社会主义制度下完成美国自由主义在资本主义制度下未竟的事业。[③] 因而,这一时期的创作以现实主义生活和社会抗议为标志,经常伴随着对于无产阶级生活的再现。这一时期的女性写作以两种模式为主:一种是以蒂莉·奥尔森(Tillie Olsen)、艾格尼丝·史沫特莱(Agnes Smedley)和梅里戴尔·勒·叙厄尔(Meridel Le Sueur)等为代表的政治抗议小说,还有一种就是以佐拉·尼尔·赫斯顿(Zora Neale Hurston)、杰西·福塞特(Jessie Fauset)和内拉·拉森(Nella Larson)为代表的黑人现代主义作家。白人左派与黑人现代派都对社会问题小说表现出极大的兴趣。对非裔美国作家来说,文化身份的认同和声张成为一个中心话题。[④] 包括赫斯顿在内的黑人女性作家在作品中不断探索黑人女性的个人失意和性窘境,同时也受到黑人男性所极力提倡的提升种族意识的

① See Elaine Showalter, *Sister's Choice: Tradition and Change in American Women's Writing* (Oxford: Oxford UP, 1994), Chapter 6. "The Lost Generation"在中文中一般翻译成"迷惘的一代"。肖尔沃特在此借用了"迷惘的一代"这一词组中"lost"一词的另外一种意思,即被遗忘的、丢失的,来形容这一时期女性作家所面临的创作困境。

② Guy Reynolds, *Twentieth-Century American Women's Fiction* (New York: St. Martin's, 1999)88.

③ Richard H. Pells, *Radical Visions and American Dreams*. 见卢允中等人的中译本,上海外语教育出版社,1996年,第74—76页。

④ Guy Reynolds, *Twentieth-Century American Women's Fiction* (New York: St. Martin's, 1999)89.

巨大压力。[①]

20 年代末证券市场的崩溃拉开了影响到绝大多数美国人的经济危机的序幕。在这场波及全球的大萧条中，女性作家手中的笔有力折射了严峻的社会现实。梅里戴尔·勒·叙厄尔在年轻时就结识了工人运动的领导人，形成了左派意识。她在作品中记录了女性的生活苦难，在 30 年代和 40 年代初取得声望。蒂莉·奥尔森中断了写作，去从事体力劳动以养家糊口。玛丽·桑多兹（Mari Sandoz）以内布拉斯加的拓荒经历和几乎被遗忘的平原土著人的历史为主题创作了系列小说，第一本为发表于 1935 年的《老朱尔斯》（*Old Jules*）。安奇亚·耶齐斯卡（Anzia Yezieska）成为最早记录纽约的犹太移民生活，尤其是女性移民生活的作家。这些来到美国的移民憧憬着美好的新生活，又不得已挣扎于社会的底层，受尽欺凌和剥削。

南方女作家尤多拉·韦尔蒂（Eudora Welty）也在 30 年代中期开始了长达半个世纪的写作生涯。她早期从事新闻和摄影，穿梭于密西西比乡村小镇，记录了这个地区的衰败情景。她的摄影作品带有一种随意抓拍的性质，这种简约的风格也反映在其文学创作中。她的作品没有大起大伏的情节高潮，但对于细节的关注使其作品带有一种真实性。她最初在小杂志上发表关于南方的故事，作品不像多数南方作家那样充满了负罪感，也不去过多承受战后重建时期那种痛苦回忆的负担。但她毫无疑问是一位南方作家，种族问题是她作品中常见的主题。她也在作品中常常以讥讽的口吻袒露人类的弱点，譬如谄上欺下、潜在的暴力、相互怀疑等等，表现出对于人类本性的深刻理解和同情。凯瑟琳·安·波特（Katherine Anne Porter）年过四十才开始发表作品，但在三四十年代时已经确立了自己的文学地位。她擅长创作短篇小说，以娴熟的写作技巧称雄于文坛。她的短篇小说情节精巧，笔触细腻，常常以意识流的表现形式把不同的时间交错在一起，从人生细节上探索和感悟人生的意义，留给读者颇多回味。除了描绘墨西哥战争的故事之外，她的不少作品探索了南方女性的生存环境。虽然波特的艺术成就未能达到文坛顶峰，但是她的小说和文学批评的范围和广度令人赞叹。她不仅在新闻写作、文学批评和短篇小说创作方面硕果累累，也积极参与了政治活动。实际上，她越来越多地被视为 60 年代政治文人学者女性的先驱，也以自己的经历纠正了把 20 世纪 40 和 50 年代视为女性创作低迷期的流行看法。[②] 另一位南方作家卡罗林·戈登（Caroline Gordon）的故事以历史

---

① Elaine Showalter et al, eds., "Introduction," *Modern American Women Writers: Profiles of Their Lives and Works—From the 1870s to the Present* (Boston: Charles Scribner's Sons, 1991)iii.

② Guy Reynolds, *Twentieth-Century American Women's Fiction* (New York: St. Martin's, 1999)132.

现实主义为创作手法，探索了南方的历史过去。南北战争作为南方人永远不可忘怀的历史创伤成为她作品或显或隐的主题。她也以自己的创作证明女性作家照样可以驾驭战争这个传统男性创作主题。

一个有意思的巧合是，美国第一位荣获诺贝尔文学奖的女性作家赛珍珠(Pearl Buck)是因为她“使得西方世界对于人类的一个伟大而重要的组成部分——中国人民——有了更多的理解和重视”[①]。赛珍珠曾在中国待过多年，在两个世界中生活的独特经历使得她对于中国人有着特殊的感情，因此她以毕生经历力图跨越不同文化之间的鸿沟，把中华民族的真实面目展示给西方世界。她在《大地》(*The Good Earth*, 1935)、《母亲》(*The Mother*, 1933)等作品中描绘了中国的农民家庭和文化观念，所塑造的人物角色也因为她对中国人的了解更为可信。因为赛珍珠的文学作品游离于当时的美国文学主流之外，再加上她的女性身份，使她在获得诺贝尔文学奖后成为美国文坛上极具争议的作家之一。史沫特莱是这一时期另外一位重要女性作家。她的《大地的女儿》(*Daughter of Earth*, 1929)是20年代末和30年代重要的左翼作品。她也是知名的国际主义分子，积极参与了印度独立运动，以及30年代和40年代的中国革命运动。她曾在中国度过很长一段时间，对于中国革命多有著述，其中以《中国战歌》(*Battle Hymn of China*, 1934)最为有名。史沫特莱的创作风格是政治性报告文学式的，这种半虚构、半自传式的叙事手法后来成为30年代的流行文体。

非裔美国文化史上的“文艺复兴”一词通常用来指在第一次世界大战至大萧条时期之间的哈莱姆知识分子的文学与艺术创作。[②] 哈莱姆文艺复兴中的“新黑人”的概念一般用来指当时文学界和艺术界知识分子。黑人中产阶级知识分子精英与广大黑人群众的关系由于黑人从南方到北方的迁移发生了变化。在一次大战之前，绝大多数的黑人住在南方，从地理到心理上都与黑人知识分子保持着很大距离。一次大战后，黑人知识分子不得不面对城市街道上的广大黑人群众，而他们的反应也不尽相同。[③] 著名非裔美国作家杜波依斯(Du Bois)投身于“种族提升”与社会平等的斗争，在他看来，这种斗争最好由黑人知识分子和艺术家组成的黑人上层人士来进行。在这场斗争中，艺术起着至关重要的

---

① 引自刘海平等主编：《新编美国文学史》第三卷，杨金才主撰，上海：上海外语教育出版社，2002年，第297页。

② Hazel V. Carby, *Reconstructing Womanhood: The Emergence of the Afro-American Woman Novelist* (New York: Oxford UP, 1987)163.

③ Ibid., 164.

宣传作用。[①] 哈莱姆文艺复兴象征着美国黑人发出了自己的声音，创作了具有种族特色的艺术，也象征着他们走向成熟。在20世纪初期，大批的美国黑人与白人一起构成了城市居住人口。哈莱姆在这一时期成为美国黑人世界的中心，成为新黑人的知识中心。[②]

在20年代和30年代困扰美国白人女性作家的挫败感和失语对于她们的黑人姊妹更为强烈。她们不仅要与种族主义进行斗争，还要承受哈莱姆文艺复兴美学理想的压力。美国黑人女性在哈莱姆文艺复兴中发挥了积极作用，但是传统的非裔美国文学和文化批评没有予以她们的作品的意义以足够的重视。19世纪以及20世纪初的黑人女性作家通常避免在作品中描绘黑人女性性行为，唯恐创造出与流行的种族主义所宣扬的那种淫荡好色的黑人女性人物相吻合的类型模式。在20年代的哈莱姆文艺复兴中，女性作家仍然与关于性行为的种族主义类型模式进行着不懈的斗争。为一个充满敌意的读者群创作具有极大的挑战性，以至于大多数黑人女性不愿意创作小说，而选择以一种更加安全的、更为文雅的体裁创作和发表抒情诗歌。[③] 作为哈莱姆文艺复兴中的新一代知识分子和重要作家，福塞特聚焦于黑人中产阶级和知识阶层的生活经历，共发表了四部小说。她最成功的一部小说是发表于1929年的《葡萄干面包》(*Plum Bun*)。福塞特在小说中塑造了选择不同生活道路的默里家两姊妹。肤色白皙的姐姐安吉拉试图通过与白人结婚或者冒充白人获得幸福，但现实打破了她的幻想；而肤色较深的妹妹弗吉尼亚到哈莱姆教儿童音乐，与心爱的人一起过着幸福的生活。作者让安吉拉在幻想破灭后才逐渐认识到自己要走的路。福塞特指出，美国社会中的不平等种族关系迫使一些浅肤色的黑人女子试图通过冒充白人来获得社会认可，改变其社会和经济地位，而正是社会和经济势力使得这种身份变换成为必要。所以说，种族偏见与歧视是当时这一颇为流行的社会现象的根源。

拉森在20世纪20年代末创作了两部小说。她在生前默默无闻，但之后被女权学者重新挖掘出来，被视为非裔美国文学经典中的重要作家。[④] 拉森小说中有几个反复出现的主题，其中包括种族身份（拉森特别关注黑白混血女性的身份建构）和性爱观（拉森率先把黑人女性性爱带入小说）。与福塞特相似，拉

① Deborah E. McDowell, "Introduction," *Quicksand and Passing* by Nella Larsen (New Brunswick: Rutgers UP, 1987) xv.

② Nathan Irvin Huggins, *Harlem Renaissance* (London: Oxford UP, 1971) 13 – 14.

③ Pamela E. Barnett, "'My Picture of You Is, After All, the True Helga Crane': Portraiture and Identity in Nella Larsen's *Quicksand*," *Signs* 20.3 (1995): 590 –92.

④ Guy Reynolds, *Twentieth-Century American Women's Fiction* (New York: St. Martin's, 1999) 101.

森也非常关注黑人女性的身份僭越。拉森自己身处哈莱姆文艺复兴运动的边缘，其作品很少有这一运动所宣扬的乌托邦式的希望。相反，她在使用经典的维多利亚叙事模式的同时，一反这种叙事中通常所具有的皆大欢喜的结尾，而代之以女主人公在生活旅程上所遭受的失望与挫败。

佐拉·尼尔·赫斯顿是20世纪前半叶杰出的美国黑人作家。她出生于南方，在20年代来到哈莱姆文艺复兴的中心纽约市。她在伯纳德学院学习人类学，以在乡村黑人社区采集到的资料为素材创作了好几部作品，包括她的代表作《他们眼望上苍》(*Their Eyes Were Watching God*, 1937)。这部今天被誉为哈莱姆文艺复兴时期最为重要的作品之一的小说，在30年代末因为作品主题中未能充分表现种族冲突而受到其他黑人作家的抨击。这种狭隘的社会政治意识使得这部小说在很长一段时间内从文坛上销声匿迹。在70年代末黑人女作家艾丽丝·沃克把《他们眼望上苍》重新介绍给公众后，它立即成为畅销作品，并在近30年来受到高度评价，成为美国文学中的经典之作。小说描写了黑人女性珍妮追求生命价值所走过的历程。通过塑造这个具有独立个性的女性，赫斯顿挖掘了当时生活在乡村的黑人个性和他们的感受，生动描绘了黑人社区和黑人文化，从而超越了将对抗的种族关系作为唯一内容的创作套路。尤其可贵的是，赫斯顿大胆地把女性性爱作为小说的主题，不仅解构了家庭生活，还通过超越女性文学中以婚姻为浪漫极点的模式，以描绘女性的婚姻生活以及性生活开拓了一种新的叙事时空。赫斯顿的叙事艺术和故事建构受到非裔美国通俗文化的影响。难怪当代著名女作家艾丽丝·沃克这样称赞这部小说，“再没有一部比这部小说更重要的作品了”[①]。

在美国文学史中，由于对“迷惘的一代”作家的过度关注，导致了学界对20世纪两次大战期间女性创作的忽略。但女性文学在这一时期的发展趋势显示，女性文学正在朝着视野更加开阔、范围更加广泛、风格更加多样、技巧更加娴熟的方向迈进。女性文学尽管仍然处于极其不利的生存环境，但已经成为美国文学不可忽视的力量。在半个多世纪之后的今天，这一时期的许多女性文学作品当之无愧地陈列于美国文学经典的殿堂。

① Alice Walker, *In Search of Our Mother's Gardens* (San Diego: Harcourt Brace Jovanovich, 1983)4.

6. 凯瑟琳·安·波特——独面人生的女歌手
Katherine Anne Porter: Singer with Cosmic Aloneness

南方女性作家都是“女性的福克纳”，但在这个群体里，只有凯瑟琳·安·波特(1890—1980)最接近这位父性前辈文风的“奇异张力和男性力量”，一位评论家如是说。[①] 这样的赞誉对于波特并不陌生。早在1939年第二本故事集《灰色骑士灰色马》(*Pale Horse, Pale Rider*)问世之后，她就被时评称为美国最伟大的作家之一，成为霍桑、福楼拜和亨利·詹姆斯领军的伟大作家群中的一员。[②] 将波特置于男性经典文学的圣殿中，既是对她艺术成就的褒扬，也是扼杀。男性经典热衷宏大叙事，追求永恒、普世的美学价值，带有社会(政治)性、超验性和体系性。而波特作为20世纪的南方女作家，区域性和女性独特的生存状态主导着她的创作。这些游离于男性经典的标准之外的女性文学特有印记恰恰是波特作品的精魂。能够全面概括波特文学地位的应该是彼得·史密特的总结：“20世纪美国文坛上女性乡土文学传统最出色的继承者是薇拉·凯瑟、凯瑟琳·安·波特和尤多拉·韦尔蒂。”[③]

凯瑟琳·安·波特1890年5月15日生于德克萨斯州的印第安湾。父亲哈里森·波特和母亲玛丽·波特都颇具文学造诣。小波特两岁时，母亲亡故。全家随父亲迁到祖母居住的地方，她由祖母带大。祖母精力充沛，非常能干，是其小说中诸多老奶奶形象的原型。她11岁时祖母也去世了，波特从此颠沛流离，在许多亲戚家过着寄人篱下的生活，其间只在一家卫理公会教派学校受过一年的正规教育。她16岁时走了薇拉·凯瑟的小说人物安东尼亚的老路，与铁路职员约翰·孔茨私奔结婚，在此期间皈依罗马天主教。她的首次婚姻非常不幸，丈夫滥施暴力，给她造成了极大的心理伤害。在1914年生日那天，波特走出了当时非常大胆的一步：起诉离婚。从此，对爱情和家庭的无限渴求与对个人独立和尊严的坚决维护便构成了她情感世界中对立的两级，也左右了她一生的感情生活。她的四次婚姻(一说五次)和无数的恋爱都以失败告终。这对她的两性观产生了重大影响，导致她的创作中始终回旋着追求、背叛、窒息、逃离等主题。波特在《往日》中辛酸却也不失幽默地写道：“没有绝对的忠诚，正如没有绝对的

① Leslie Fiedler, *Love and Death in the American Novel* (New York: Anchor Books, 1992)475-76.

② Lewis Gannett, "Books and Things," *New York Herald Tribune* 30 (1939): 23; Paul Rosenfeld, "An Artist in Fiction," *Saturday Review of Literature* 19 (1939): 7.

③ Peter Schmidt, *The Heart of the Story: Eudora Welty's Short Fiction* (Jackson: UP of Mississippi, 1991)229.

爱情和美貌一样。但试试总是很有趣的。”

波特通过离婚表明对传统女性角色的摒弃,义无反顾地踏上了当时崭露头角的“新女性”的道路,开始通过手中的笔书写独立人生。1917年9月,波特为沃思堡报纸《评论家》(*The Critic*)工作。当时正值第一次世界大战,沃思堡郊区有许多即将开赴欧洲战场的士兵驻扎。当地居民给驻军提供了极大帮助,红十字会的年轻妇女更是积极踊跃。波特也加入了该组织,负责写稿和宣传。她当时的态度和笔调都是热情洋溢的。然而,1918年秋——也就是一战的最后一个月——美国大面积暴发致命的流感。波特不幸染病,一度生命垂危,家人开始为她准备葬礼。最后医生试着注射“士的宁”针剂,才把她从死亡线上拉了回来。她出院时,一切都变了:战争已经结束,她最疼爱的侄女和照顾她的爱人都已死于流感,她的身体容貌也大受损伤。最重要的是思想上的变化,她后来说:“这撕裂了我的一生。我很久才恢复过来,重新面对生活。我完完全全地被隔绝了。”[①]这种隔绝感导致了她与故土和家庭的决裂——她后来整整15年没与家里联系,而是移居纽约,通过代人写作、设计电台广告等维持生活。她对生活的看法也转向阴郁:后来的故事中,当年拥军的热情已被怀疑和怨恨所取代,主题也笼罩在一种生存孤独的情绪下。1917年到1922年这多灾多难的五年是波特创作的学徒期,也是素材的积累期。

1920年波特经熟人介绍去墨西哥学习艺术,从此便与这个国度结下了不解之缘。她感受着墨西哥的原始文化气息,对其独特的伦理体系十分着迷。她发表的首篇故事《玛利亚·康赛普西翁》(“María Concepción”,1922)就是以墨西哥为题材的,表达了基督教文明和墨西哥原始伦理对复仇和法律的不同看法。除了艺术文化探索外,波特也冷静地观察着这片古老土地上正在发生的现代革命狂热。1921年,墨西哥领导人下令将一批外国激进主义分子驱逐出境,波特名列其中。她由于支票账户被冻结而举步维艰,生平第一次尝到了饥饿的滋味,甚至到了趁朋友不在家偷吃食物的地步。[②] 非人道的待遇激起了波特对革命专制的极大反感,日后在《绽放的紫荆》(“Flowering Judas”,1930)中将其首领描绘成一个十足的反面角色。次年,波特重返墨西哥,目睹了画家迪戈·里维拉(Diego Rivera)的凯旋回国。里维拉被认为是墨西哥最伟大的艺术家,他的画是墨西哥革命激情的火花。波特出于敬慕与其交往,但很快对他的自命不凡和

① Joan Givner, “Katherine Anne Porter, Journalist,” *Katherine Anne Porter*, ed. Harold Bloom (New York: Chelsea, 1986)70–72.

② Thomas F. Walsh, “The Making of ‘Flowering Judas’,” *Critical Essays on Katherine Anne Porter*, ed. Darlene Harbour Unrue (New York: G. K. Hall, 1997)124.

其追随者的阿谀吹捧感到不满。[1] 故事《烈士》("Martyr",1923)就是以此为原型的,笔调讽刺,表达了艺术理想庸俗化的主题。对墨西哥革命从政治和文化艺术两方面进行否定,说明波特希望的幻灭。正如《绽放的紫荆》中的劳拉一样,波特对所谓的真理也在不断地经历追求、怀疑、失望的过程。她 1936 年 3 月加入左倾的美国作家协会,却因为憎恶帮派作风于三年后退出。可见,波特对待政治的态度与婚姻相似,她虽然追求理想和归宿感,但一旦感觉个人独立受到威胁,就会立即选择退却。

1922 年波特署名发表故事《玛利亚·康赛普西翁》,标志着她创作生涯的正式开始。她尤擅短篇小说体裁。她的首部小说集《绽放的紫荆》(*Flowering Judas*)于 1930 年问世,获得了评论界的高度赞赏。当时的评论家赞道:"写短篇小说,细节如此精美,结构如此有力,文风如此成熟睿智,波特是当世第一人。"[2]此书奠定了波特在文坛上的地位,也为她赢得了第一次古根海姆奖金。作为一个重视艺术表现、追求形式完美的文体家,波特以含蓄、精确和富有感染力的文笔享誉文坛。她一生作品有三部故事集《绽放的紫荆》(1930)、《灰色骑士灰色马》(1939)和《斜塔和其他故事》(*The Leaning Tower and Other Stories*,1944)、随笔集《往日》(*The Days Before*,1952)、长篇小说《愚人船》(*Ship of Fools*,1962)和一本针对美国 1927 年"萨克—万泽蒂"案(Sacco-Vanzetti case)的小册子《千古恨》(*The Never-Ending Wrong*,1977)。她的三部故事集后被合成《凯瑟琳·安·波特故事集》(*The Collected Stories of Katherine Anne Porter*,1965),荣膺 1966 年全国图书奖和普利策奖。

《愚人船》是波特唯一的长篇,为了达到"尽善尽美"的地步,她整整花了 30 年左右的时间构思。小说取自她 1931 年从墨西哥的韦拉克鲁斯动身前往德国不来梅港的切身经历。在扉页上,波特声称灵感来自 16 世纪德国诗人布兰特(Sebastian Brant)的同名讽喻诗,包含着天路历程的寓意。内容共三部分:第一部分"登船",题记是法国象征派诗人波德莱尔的一句诗"我们何时驶向幸福?";第二部分"深海",题记是德国作曲家勃拉姆斯(Johannes Brahms)的歌名"无家无乡";第三部分"港湾",题记是圣保罗的一句话"此处之外再无城邦"。这三个部分没有遵循传统的发展、高潮、尾声的情节发展结构,而是互相平行,记载了航行旅程的三个对等阶段。波特曾将这本小说解释成"轮船的向前航行,波浪的起伏,旅客在甲板上四处的走动,这些都融入了书的结构中。小说就是按这

---

① Darlene Harbour Unrue, *Understanding Katherine Anne Porter* (Columbia: U of South Carolina P, 1988)29－30.

② Yvor Winters, "Major Fiction," *Hound & Horn* 4 (1931): 303－305.

些方式发展的"[①]。这部小说带有浓厚的存在主义色彩,把对人世生活的讽喻浓缩在一艘船的航行中,表达了人性的阴暗和世人为了各自的妄想而枉费心机的荒诞。总而言之,这部小说的题旨过于明显,艺术成就不及其他作品。

波特作品的菁华是她的短篇故事,后来全部收录在《凯瑟琳·安·波特故事集》一书里。区区26篇故事却视野开阔,小至家庭琐事,大至国外政治,都从女性视角展现了个人情感和社会风云。这些故事一个显著的特点是作为语境的地理位置特别清楚,体现了波特强烈的区域意识。根据语境地点,所有故事可分四类:1. 墨西哥类,包括《玛利亚·康赛普西翁》、《烈士》、《处女维亚利塔》("Virgin Violeta")、《绽放的紫荆》、《庄园》("Hacienda")和《那棵树》("That Tree");2. 南方类,包括《巫术》("Magic")、《旧秩序》("The Old Order",含六个短篇)、《斯人已去》("Old Mortality")、《他》("He")、《遭弃的韦瑟罗尔奶奶》("The Jilting of Granny Weatherall")、《午酒》("Noon Wine")、《通往智慧的下坡路》("The Downward Path to Wisdom")和《假日》("Holiday");3. 新英格兰类,包括《绳索》("Rope")、《偷窃》("Theft")、《碎镜》("The Cracked Looking-Glass")和《一天的工作》("A Day's Work");4. 战争地理,包括《灰色骑士灰色马》和《斜塔》。

这些故事虽然地点事件各异,所表现的主题却有很大的相似性。概括说来,那些主题遵循情感的线性发展,可以被纳入一个固定的经历模式——背叛、逃离、追寻、成长。不同时期的故事折射了不同的心态,总体考虑却正像一个人的心路历程。背叛几乎是波特所有故事的发端,也是导致情感异变的根源。如尤多拉·韦尔蒂所说:波特笔下人物"情感的畸形不是因为爱的缺失,而是因为爱的毒药——背叛"[②]。这种情感的背离和抛弃是广义的,既有爱情的背叛,也有亲情和友谊的漠然无力,甚至包括理想的幻灭,如《绽放的紫荆》中劳拉感性(精神)追求与物质化革命的冲突,《碎镜》中罗瑟琳的激情之火的熄灭等。现实和理想的冲突使人物内心充满痛苦、愤怒和隔绝感,这个背叛造就的特殊生存状态是波特故事中共有的生存语境。对这种状态的不满和修正导致了另外两大主题:逃离和追寻。从本质上讲,这两个主题是可以合一的:都是运用移动性保障自我和实现自我的权力实施。移动是波特作品中最重要的意象之一[③],将空间穿梭能力赋予弱势的女性是她创作的一大贡献。《碎镜》中罗瑟琳编造梦

① Darlene Harbour Unrue, *Understanding Katherine Anne Porter* (Columbia: U of South Carolina P, 1988)124.

② Eudora Welty, "The Eye of the Story," *Katherine Anne Porter*, ed. Harold Bloom (New York: Chelsea, 1986)46.

③ Darlene Harbour, Unrue *Understanding Katherine Anne Porter* (Columbia: U of South Carolina P, 1988)76.

境，抛下乏味的家务出外远游是一种朝圣，是对个人自由、青春和欲望的寻找；《征途》（"The Journey"）中的祖母守寡后为了全家的生计来回搬家数次，体现了女性的独立能力。正是在经历失望、逃离羁绊、追寻自我的过程中，故事中的女性们完成了对人生和自我的定义——这便是成长主题。女性成长主题在美国文学中罕有涉猎，却是波特创作的中心主旨。《旧秩序》中，祖孙三代女性的经历为女性成长做了最好的诠释。祖母索菲亚·简发泄式的反叛，温柔文雅却不失坚决；姑妈艾米通过自戕去抗争社会强加给女性的规训，刚烈震撼却太过极端；米兰达最终走出南方，开辟了寻找自我的新天地。[①] 她们三人构成了血缘和经历上的女性谱系，共同体现了女性成长的三个阶段：自我意识的萌动、要求个人自由的抗争、摆脱羁绊对自我的主动追求。

波特观察生活的眼光是冷峻的，她透过生活的纷繁去把握本真的努力——对"扭曲现实的南方传奇、群体的虚幻梦境和普遍的浪漫情思"的揭露——受到韦尔蒂的大加赞赏。[②] 这应该是理解波特所有故事的切入点。统而观之，她的故事创作暗自遵循着一个类宗教的宏大模式：神话—献祭—挽歌。波特敏锐地感觉到了现代人的处境：他们不是生活在真实中，而是在言说创造的文本氛围里。一些拥有权威的"神圣文本"取代现实去塑造并指导人们的言行，已经成为观念上的真实。为了维持这些神话，追随者刻意调整自己的行为，献祭也成了不可避免。因而，一些不符合神话系统的人或物被强行纳入神话的意义范围，"牺牲"就是他们唯一的功能位置。然而，波特作品的伟大之处在于创造了一个打破神话的歌手，一个在"后神话时代"孤独吟咏、负责重建意义系统的现代追寻者。

神话

如果要为波特笔下的神话系统找一个主旨故事，那么非《碎镜》莫属。女主人公罗瑟琳年届四十，膝下无子，整天照料着年长自己三十岁的丈夫。性爱和母爱欲望的双重缺失使她整天以向别人述说自己虚构的梦境为乐。同时，她的卧室里一直摆放着一面碎裂的镜子。通过语言，罗瑟琳创造了自己身体所不能创造的情景。那块碎镜是故事的中心象征，强化了扭曲现实的主题。[③]

一言以蔽之，神话的定义便是现实的扭曲镜像。镜子是波特故事中时常出

---

① 许琛：《成长：从反叛传统到寻找自我——波特小说中南方女性成长主题》，《宁波大学学报》（人文科学版）2005 年第 1 期，第 11 页。

② Eudora Welty, "The Eye of the Story," *Katherine Anne Porter*, ed. Harold Bloom (New York: Chelsea, 1986)47.

③ Jane Krause DeMouy, "Maidenhood vs. Matriarchy in 'The Cracked Looking-Glass'," *Critical Essays on Katherine Anne Porter*, ed. Darlene Harbour Unrue (New York: G. K. Hall, 1997)144.

现的意象之一，如《那棵树》中男主人公把听他叙述的同伴先看作“对面的影子”和“镜子”；在《灰色骑士灰色马》的结尾，刚从死亡线上回转的米拉达是在镜子前给死去的爱人写信的，等等。最常见但也最隐晦的便是把语言作为现实的镜像。正是这个镜像——常常是扭曲的——构成了神话。波特没有刻意去遵守那些神话，相反，她对那些神话体系和价值观提出了质疑——流传甚广的白人骑士和淑女贞洁只是虚幻的想象；奴隶制下的南方也不是鸟语花香的天堂。[①]

波特共描绘了两大类神话：社区神话和家庭神话。社区神话是公共话语，涉及社会（群体）领域，包括政治神话、种族神话和宗教神话；家庭神话是个人话语，用来规训和构建个人身份，包括骑士神话和淑女神话。

《绽放的紫荆》是政治神话的代表。劳拉怀着精神救赎的理想投身墨西哥革命组织，却发现它信奉“机器是圣物，是工人的救赎”（92）[②]。物质主义与劳拉的精神追求格格不入。革命领导人布拉齐奥尼更是个极端自恋、肉欲强烈、玩弄权术的政客，整天纠缠劳拉，觊觎她的贞操，对同志却冷酷无情，甚至还毒死了被敌人关押的尤金尼奥。革命的崇高理想原来只是创造出来的神话，物质和历史至上的客观主义没有带来主观上的慰藉，劳拉陷入了迷茫和虚无中，开始偷偷去教堂祈祷。故事结尾，她梦见尤金尼奥给了她一束紫荆花（Judas），正当她大口吞吃花朵时，尤金尼奥大叫：“这是我的血肉！”（102）故事的题名来自T. S. 艾略特《枯叟》（“Gerontion”）一诗，化自犹大在紫荆树上吊死这一传说。象征和隐喻的使用表达了理想幻灭的情绪，揭露了政治神话与现实之间的距离。

种族神话通过两个黑奴故事《目击者》（“The Witness”）和《最后一叶》（“The Last Leaf”）得以表现。奴隶制是旧南方赖以生存的基石，也是旧南方神话的基础。两则故事通过黑奴自身的行动揭示了“幸福奴隶”说法的荒谬。《目击者》的主人公是吉比利叔叔。他是讲故事和雕刻的天才，而他的故事和雕刻内容都与死亡有关。表面上他是温顺的汤姆叔叔的翻版，实际上他的嘟哝和雕刻已经成了一种仪式，是传承历史记忆、宣泄苦难情感的另类言说。他是醉心于死亡主题的艺术家，关注的是奴隶制造成的黑奴精神的死亡。[③]《最后一叶》与19世纪女作家玛丽·威尔金斯·弗里曼（Mary W. Freeman）的名篇《母亲的反叛》（“The Revolt of Mother”）神似，都讲述了对一间屋子的要求：独立的空间彰示了独立的主体性。白人庄园主认为他们对黑奴很好，黑奴将他们的家认

---

① James T. F. Tanner, *The Texas Legacy of Katherine Anne Porter* (Denton: U of North Texas P, 1990)67 - 68.

② 文本引用俱由笔者译自 *The Collected Stories of Katherine Anne Porter* (San Diego: HBJ, 1979)。以下将在文中直接标注页码。

③ James T. F. Tanner, *The Texas Legacy of Katherine Anne Porter* (Denton: U of North Texas P, 1990)74 - 75.

做归宿。年迈的老南妮要求另住的举动证明这只是他们一厢情愿创造的神话，奴隶们渴求自己的生存空间和自由。值得一提的是，吉比利和南妮还是夫妻，他们的结合是主人的权宜之计，毫无感情而言。天堂南方之说实质是奴隶们用毕生苦难谱写的虚伪神话。

南方文化深受加尔文教义影响，非常重视宗教应许的救赎和归宿感。波特"既强烈地渴望相信宗教又深深地怀疑宗教，这是她性格矛盾的又一侧面"[①]。她曾说："我们就像在地窖里摸黑前行，能够指引我们的只有微弱的理性之光，但那边走来了一个神学者将这唯一的光亮给吹灭了。"[②]《遭弃的韦瑟罗尔奶奶》在主旨和细节上都有趣地呼应着这番话。此故事是韦瑟罗尔奶奶弥留时的意识流，回顾了她的一生。被第一个新郎在婚礼上抛弃的她后来重新嫁人，不料第二个丈夫又早离人世，留下她一个人艰难持家。在生命尽头，她对自己一生的奋斗很自豪，却始终感觉少了些什么。她呼唤上帝的出现，却没有任何迹象。失望的韦瑟罗尔奶奶用尽最后一丝力气吹灭了自己的生命之光。这是波特最可怕的故事，因为它对宗教信仰提出了质疑。[③] 一直在场的上帝和救赎仅仅是一个营造的神话，终极所指的最终缺席彻底打碎了宗教人生的意义系统，暴露了信仰的虚无性。《玛利亚·康赛普西翁》的主人公也深感遭上帝遗弃之痛（与丈夫的遗弃合而为一），转而求助原始伦理解决问题。

以单家单户为形式的农业经济和庄园生活造成了美国南方以家庭为中心的社会，家庭的意义在南方比美国其他任何地区都突出。这使得关于家庭的神话尤为流行。家庭神话主要创建个人的性别符码，提供男女行为规范。骑士神话是男性的行为准则，淑女神话是女性的行为准则。

波特创作很少以男性为中心，《午酒》是唯一探讨南方骑士传奇的故事。汤普森是个不擅经营的农场主，加上妻子多病，生活拮据。一天，一位叫希尔顿的神秘人物来到他家当雇工。他极为能干，使农场渐有起色，却整天一言不发，稍有空暇都在吹口琴。九年后，一位韩区先生来抓捕希尔顿，说他是发疯杀人的逃犯。汤普森力阻韩区，恍惚中将其杀死。汤普森被法庭无罪释放，却承受不住邻居的道德评判，挨家串户解释无效后自杀。评论界多将这篇故事看作对非理性的哲学探讨，而忽略了其文化意义。文中三位男性都是骑士神话的仿拟人物。骑士是英勇的游侠，担负着惩恶扬善、保护家庭和女人的任务。汤姆森为自己的无能和懒惰找了"男女分工"的借口，只会夸夸其谈，未能尽到养家的责

① Joan Givner, *Katherine Anne Porter: A Life* (Athens: U of Georgia P, 1991)102.

② Ibid., 258.

③ Darlene Harbour Unrue, *Understanding Katherine Anne Porter* (Columbia: U of South Carolina P, 1988)75.

任(233)。他只有杀死韩区的行为才稍有一点保护家庭和女人的骑士精神——因为抓走希尔顿势必影响农场经营——却是在恍惚的状态下实施的,还触犯了错杀无辜的骑士准则之忌。失语、擅持家、非理性、受追捕的希尔顿处于一个女性化的边缘地位,却是一位生活的骑士,在经济上替汤普森承担了保护家庭和女人的义务。韩区表面上最接近传统的骑士形象:他正是骑着马去抓捕逃犯的。但他只是为了一己之私,客观上侵犯了他人的家庭领域,与高贵的骑士精神背道而驰。韩区最后糊涂丧命,更暗示了骑士风范的沦丧。

理想化的淑女形象是南方文化的核心,很少有人去怀疑她头上的光环。而波特笔下的淑女却力图挣脱这个南方神话的束缚。[①] 描写米兰达成长历程的故事《斯人已去》是淑女神话的集中反映,也是对它最激烈的反叛。米兰达很小的时候,对大人的话经常感到不解。他们说艾米姑妈是美若天仙,她看来却有点"让人烦";明明姨奶奶伊莉莎胖得像"金字塔"一样,他们却说家里全是像艾米姑妈一样苗条的美女;他们说艾米姑妈的追求者加百利姑父英俊潇洒,实际上他却是庸俗粗鲁的酒鬼。有关艾米姑妈的一切记忆都成了神圣历史,她成了南方淑女的理想化身和抽象概括。长大后,米兰达终于明白,这是典型的南方家庭。他们不仅景仰自己的过去,而且还刻意地将过去浪漫化。[②] 另外一个姨妈伊娃因为长相丑陋而不为家庭所喜,最后投身女权运动。她认为艾米的浪漫故事都是性欲激发的调情,并警告米兰达当心那些"被神化了的""带有浪漫光环的生活"(212)。观点的冲撞使米兰达认识到历史和传奇都是建构的文本,是人为创造的神话。

献祭

献祭指为了维持神话而剥夺游离于其意义系统之外的人或物的存在权。《他》可算这一主题的主旨故事。"他"是一个弱智儿,十分要面子的母亲韦珀夫人有外人在场时总说自己最爱这个孩子,实际上危险的活儿都让他干。最后家庭经济窘迫,他被送到公立的疗养所去。主人公在故事中没有自己的名字,始终都以英文中大写的"他"相代,与《圣经》中上帝的称呼一致。这一方面暗示了他身份的缺失,另一方面却也点出了其身份的不同一般:他是文学中"神圣傻瓜"(sacred fool)的原型。传统戏剧中的傻瓜看似懵懂无知、疯疯癫癫的话中经常包含着真知灼见,而故事中的"他"干脆完全处于失语状态,甚至木板砸了头、等待食物时都没有丝毫声响。他只有两次发出过声音:一次是看到韦珀夫人宰

---

① Guy Reynolds, *Twentieth-Century American Women's Fiction: A Critical Introduction* (New York: St. Martin's, 1999)136.

② Jane Krause DeMouy, "Face to Face: 'Old Mortality'," *Katherine Anne Porter*, ed. Harold Bloom (New York: Chelsea, 1986)128.

杀他捉来的小猪崽的鲜血，他"被震击般地抽了一口气"(52)；另一次是被送出家门，他流泪时"啜泣，发出吞咽的声响"(58)。这两处不带有任何理性话语意义的声音却折射着对最深沉、最原始的爱的呼唤。韦珀夫人将别人的看法奉为圭臬，刻意营造了一个"受尊敬的"南方家庭的神话，"他"则成了这个神话的祭品。

献祭主题在波特其他故事中也有体现。《灰色骑士灰色马》中被称作"羔羊"的亚当是纯洁的象征，是供奉给现代"知识"祭坛的牺牲[①]；《处女维亚利塔》中小女孩维亚利塔的纯洁(正如题名所暗示的)则是供奉给成人性知识祭坛的牺牲；《巫术》中妓女尼内特的身体和自由是整个邪恶社会的牺牲，等等。波特笔下的献祭一般有两个层次：动物的牺牲总是伴随着一个弱势的人肉体或精神上的牺牲。在《他》中，杀猪崽一幕预示了韦珀夫人将舍弃"他"，正如她舍弃猪崽去掩饰贫困一样。这也解释了为何波特故事中充斥动物意象的原因。

从献祭的角度理解，波特的一些经典故事会呈现出新的意义。《玛利亚·康赛普西翁》便是一例。孕妇玛利亚·康赛普西翁发现丈夫胡安与同村姑娘玛利亚·罗莎偷情。后来胡安他们私奔，在此期间康赛普西翁的孩子夭折。过了一阵子，胡安带着即将临盆的罗莎返回村庄。康赛普西翁杀了罗莎，收养了她的孩子。同村的妇女群体共同保护康赛普西翁，使她免受法律惩罚。故事的结尾展现了一个圣母抱子的经典情景，体现了康赛普西翁的母性情结。这则故事描绘了两组女性特质的相互较量。玛利亚·罗莎的名字(Rosa)和玫瑰有关，她的风情和性感暗示着激情之爱；而玛利亚·康赛普西翁喻指母性。她在故事中以怀孕女人出现，她的名字(Concepción)也是"怀孕"的意思。[②] 故事的男性神话很明显：两个女人围绕着一个男人大动干戈。其实，她们是镜像而非敌手：最后罗莎同样也怀上了胡安的孩子，这一事实说明了这两个女人的内在同质性。两个女性名字相同(María)，取自基督教神话中的圣母。她们代表了男性眼中所有女性形象：处女、母亲、妻子、情人；还有"圣母"和"妓女"两个原型的矛盾统一。胡安对男性长者吉文思说："让我们忘了玛利亚·康赛普西翁和玛利亚·罗莎吧。她们有自己各自的位置。时候到了我会控制好她们的。"(12)这番话鲜明不过地揭示了男性神话的结构。文中有两处杀戮：康赛普西翁这个本该孕育生命的女人杀鸡的利落和杀罗莎的胆量令男性也为之咋舌。康赛普西翁的可悲之处就是盲目信仰了男性神话而谋杀了自己的另一面。尤其可怕的是，文章

---

① Darlene Harbour Unrue, *Understanding Katherine Anne Porter* (Columbia: U of South Carolina P, 1988)112.

② Vanashree Banerjee, *Feminine Consciousness in Katherine Anne Porter's Fiction* (New Delhi: Associated PH, 1991)9.

中的整个女性群体都是这个神话的维护者。小鸡和罗莎——自然和女性——则成了献祭。

波特最负盛名的短篇《坟》呈现了相同的旨趣。故事背景是对《圣经》中亚当夏娃生活的伊甸园的仿拟。九岁的米兰达和十一岁的哥哥保尔去家族墓园里打猎。两人跳到废弃的墓穴里玩，保尔找到一枚戒指，米兰达找到一只银鸽子，两人交换了战利品。戴上戒指的米兰达失去了打猎的兴趣，幻想起做贵妇人的生活来。后来保尔枪杀并解剖了一只即将分娩的母兔，米兰达目睹孕育生命的奥秘，进入了禁忌领域。通过兔子和死于分娩的妈妈，米兰达了解到每位女性都必须经历的血的仪式和祭礼，尽管她现在还不知道交合、月经和临盆的意思。[①] 这个短篇是典型的成长故事，叙述了女孩进入男性象征界的主题。戒指是明显的女性象征：米兰达的幻想与邻居对她男性衣着的批评遥相呼应，表现了社会对女性行为的规训。献给父性象征界的神话系统的祭品是母兔和女孩的纯洁，正是通过这两者的牺牲，米兰达才获得了做"女人"所必备的"知识"。

守灵(觉醒)之歌[②]

对现实的扭曲、意义系统的僵化和献祭的血腥势必导致神话的崩塌。《斯人已去》中伊娃的一番愤世嫉俗的话，《烈士》中女模特绝情地逐利而去，《目击者》中吉比利对白色天堂的拒绝，都宣告了神话的脱冕与死亡。在波特笔下，神话崩塌后的世界并未陷入虚无，而有一个诺亚式的寻求新生活的歌手。她痛感于神话的虚伪、献祭的血腥，在独自面对"后神话"境况下，通过自己的吟咏为那些牺牲守灵，并建构了新的秩序和意义。

此主题的主旨故事是《灰色骑士灰色马》。这篇以戏剧评论员米兰达为主角的故事记载了她在战时的一段短暂恋情。一次世界大战是政客们炮制的关于民主、理想和爱国的神话，它迫使个人行为与其"符码"和"系统"一致，米兰达的爱人亚当就是这一神话的天真捍卫者。他们经常唱一首叫《灰色骑士灰色马》的民歌，大意是死神带走了一家人，只剩下女歌手在吟唱哀悼。"灰色骑士灰色马"这个短语是《圣经·启示录》(Revelation 6:8)对死神的描述。后来米兰达得了流感，昏迷状态下的五个噩梦传达了她对战争、爱情、人生和死亡的复杂心态。后来亚当染病死去。结尾是米兰达在医院苏醒后，跟那个女歌手一样面对孤独。米兰达的身份很有象征意义：作为戏剧评论员，她能看透生活中许多如戏剧一般的神话。她自始至终都是一个具有独立思想的怀疑者，游离于神话

---

① Vanashree banerjee, *Feminine Consciousness in Katherine Anne Porter's Fiction* (New Delhi: Associated PH, 1991)44.

② 取英文"wake"的双关义。

的影响之外，因而注定要担负歌手的责任。

歌唱是20世纪女性作品中的一个经常出现的重要象征。薇拉·凯瑟的云雀之歌，韦尔蒂的演奏会，麦卡勒斯的音乐之梦，她们通过歌唱的形式打破了女性的失语状态，表现了新女性的职业、艺术、自我追求。但只有波特将歌唱提到了重构世界意义的高度：不仅是惋惜牺牲的守灵之歌，更是表现自我认识的觉醒之歌。"米兰达系列"描述了这样一个辞旧迎新的歌手——米兰达。"米兰达"这个名字被波特称为"我的另用名"。她很小就非常迷恋莎士比亚的作品，但她笔下的"米兰达"不是取自莎翁《暴风雨》中女主角名字的拉丁义（"奇怪且迷人的"），而是西班牙语"注视的人"。米兰达成了女性的目击者，通过注视获得知识，也通过注视改变了男性主宰的世界。[①] 她拒斥了所有既定的（过去的、神圣的）意义体系，转而追求不受体系限定的自由生活（现在的、个人的、世俗的）。"她不愿意记忆的不是历史，而是历史的传奇，他人记忆中的历史。"(221)她的一生就是一则现代的追求故事——既渴望逃离家庭所代表的专制，却也害怕逃脱后"无意义"的空虚。[②] 所以，她寻找着自己的真理，一个自我独立的意义体系。

在波特的后神话世界里，守灵/觉醒之歌有着许多变体，或是《午酒》中汤普森先生自杀的一声枪响，或是《遭弃的韦瑟罗尔奶奶》中韦瑟罗尔奶奶临终前苦等上帝未见的一声叹息，或是《坟》中成年后米兰达回忆幼时经历的一声轻笑，或是《处女维亚利塔》中维亚利塔既被强吻又遭奚落后的一声哭闹，都是一种顿悟——神话破碎后的自我述说，并通过述说重建生活意义。甚至希尔顿的口琴声都是蕴含新理念的觉醒之歌：曲子的内容是在午前喝完所有的酒，而不是留到该喝的时候，这种行为是非理性的狂欢，是对身体欲望的完全顺从，正与他的女性化特征一致。他的琴音是反男性神话的"失语的话语"。

《假日》也是体现歌咏主题的最好故事之一。这部短篇被称为承继19世纪女性乡土色彩文学传统的自然故事，[③]确实与莎拉·奥恩·朱厄特（Sarah Orne Jewett）的名著《尖尖的枞树之乡》（*The Country of Pointed Firs*）十分类似。两者都是讲述一个城市知识女性到乡村度假的故事，都采取一个有中心的、成

① Elaine Showalter, *Sister's Choice: Tradition and Change in American Women's Writing* (Oxford: Clarendon, 1991)36.

② George Cheatham, "Death and Repetition in Porter's Miranda Stories," *Critical Essays on Katherine Anne Porter*, ed. Darlene Harbour Unrue (New York: G. K. Hall, 1997)160.

③ Dixon F. Terrell, "Knowing Nature in Katherine Anne Porter's Short Fiction," *From Texas to the World and Back*, eds., Mark Busby and Dick Heaberlin (Fort Worth: Texas Christian UP, 2001) 161-62.

网状的女性叙事结构描绘田园诗般的农户生活。[①] 不同的是，朱厄特小说中的乡村洋溢着生活的和谐与宁馨，而《假日》则侵入了残忍和死亡的阴影。主人公"我"慕名来到"旧式父权制"的农户马勒家，倒也发现了一派其乐融融。但家里丑陋的女仆奥提莉引起了"我"的注意——这个被全家人漠视、整日关在厨房里劳作的女仆竟是马勒家幼时因病致残的大女儿。后来马勒妈妈在暴雨中抢救牲畜后突然病死，一家人去送葬，撇下奥提莉一人在家。听到哭声的"我"动了恻隐之心，驾车带她去墓地，却发现她在阳光风景中欢呼雀跃。"我"无意中触摸到奥提莉的身体，真实的女人之躯表述着她作为女性的个体存在。震撼中，我"想要发出一声她那种如狗吠般的绝望叫声，却又咽住，成为永远的魅影"(434)。故事中的田园色彩还在，却夹进许多反讽：爱心能够延展到动物身上的马勒一家对亲人竟如此残酷；世外桃源也已经成为功能性的文化符号——研读《资本论》的马勒爸爸用田产资本满足政治目的，等等。一系列的反差使得田园神话分崩离析，而"我"借助敏锐细腻的感受力理解了每个人特殊的情感困境。那咽下去的叫声便是唱给所有人的一曲守灵/觉醒之歌。

用寥寥数十篇的短篇故事描绘人世生活的深层结构，波特不愧是大手笔。也映证了美国大百科全书对她的精辟总结："用如此少的作品赢得如此高的赞誉，少有人在。"[②]

1980年9月18日，波特在马里兰州西尔弗斯普林逝世，葬于印第安湾附近的家族墓园，与母亲毗邻而息。

波特的主要作品：

小说作品：

Flowering Judas, 1930.

Pale Horse, Pale Rider, 1939.

The Leaning Tower and Other Stories, 1944.

Ship of Fools, 1962.

The Collected Stories of Katherine Anne Porter, 1965.

其他作品：

The Days Before, 1952.

The Never-Ending Wrong, 1977.

---

① 关于女性叙事结构，参见金莉《文学女性与女性文学：19世纪美国女性小说家及作品》(北京：外语教学与研究出版社，2004)"莎拉·奥恩·朱厄特"一章，第278—279页。

② *The Encyclopedia Americana*, International ed., vol. 22 (Danbury: Grolier Incorporated, 1986)424.

7. 佐拉·尼尔·赫斯顿——"跳向太阳"的黑人文学之母

Zora Neale Hurston: Black Literary Mother Who "Jump at de Sun"

1973年8月的某天，黑人女作家艾丽丝·沃克(Alice Walker)怀着近乎朝圣的心情站在了佛罗里达州皮尔斯堡北17路的尽头，映入她眼帘的是一个野草芃芃、蛇鼠横行的废弃公墓区。她鼓起勇气走进墓地，在其中一处长方条的凹坑前立了碑："佐拉·尼尔·赫斯顿：南方的天才"。一年半后，《女士》(*Ms.*)杂志刊登了沃克《寻找佐拉》("In Search of Zora Neale Hurston")一文。这件普通的私人事情却值得美国文学史永远铭记，因为沃克踏进的是一段被遗忘的历史，其意义不仅仅在于为一个湮没无闻的作家重新立碑做传，更标志着美国黑人女作家寻找传统的努力。"在一个男作家矢口否认前辈的黑人文学传统中，这是一个重要的发展，预示着我们对传统的更好认识：佐拉和她的女儿们是传统中的传统，代表着黑人女性的声音。"① 自那以后，赫斯顿被奉为黑人女性文学之母，在美国文学经典修正过程中第一个被黑人和女性主义批评家补充进入经典作家的行列。②

赫斯顿(Zora Neale Hurston, 1891—1960)如今以小说家的身份闻名于世，其实她的工作专业是民俗学和人类学。她的主要作品中有两部就是民俗故事集：《骡与人》(*Mules and Men*, 1935)和《告诉我的马儿》(*Tell My Horse*, 1938)。写小说只是她宣泄感情的业余之爱，传世之作《他们眼望上苍》(*Their Eyes Were Watching God*, 1937)就是她在爱情受挫的情况下仅用七周时间一气呵成的。这位南方的天才一生共发表了四部小说，两部民俗故事集，一部自传，并有许多短篇散见于当时的报纸杂志。从"哈莱姆文艺复兴"到朝鲜战争结束，赫斯顿一直是美国最主要的黑人女作家，拥有很高的声誉。她后来的尘封无影绝非因为作品技巧拙劣或视野狭隘，恰恰相反，正是狭隘的社会政治扼杀了她的影响力。③

"哈莱姆文艺复兴"本质上是一次政治运动，反映了美国黑人重新定义自我身份的思想动荡；而从形式和文化内涵来讲，它是奴隶叙事的衍伸和变体，

① Henry Louis Gates, Jr., "Afterword," *Their Eyes Were Watching God* (New York: Harper Perennial, 2006) 200.

② Henry Louis Gates, Jr., *The Signifying Monkey: A Theory of African-American Literary Criticism* (New York: Oxford UP, 1988) 180.

③ Henry Louis Gates, Jr., "Afterword," *Their Eyes Were Watching God* (New York: Harper Perennial, 2006) 196.

是广义上的奴隶叙事。在南北内战之前,美国黑人叙事的文化特征表现为“无根”,亦即完全放弃了祖辈的非洲宗教信仰,被基督教所同化,憧憬一种奴隶主与奴隶和谐生活的乌托邦家庭模式。内战后的状况同样如此,相当一部分被解放的黑人宁愿继续留在白人家里干活。他们的劣等意识非常明显,拒绝认同自己的种族性征如黑皮肤,卷头发,低阶层,方言等。第一次世界大战给美国整体的思想文化带来了极大的冲击,也导致了“新黑人”思潮的发端。[①]“工业和技术的发展促进了经济的繁荣和市场的开放,而且导致了人员流动。农民从农村向城市搬移,他国移民涌入美国,黑人从南方迁到西北方。在移动的冲击下,传统和习惯土崩瓦解,新的行为、语言和装束随之而生。混乱和动荡不可避免。旧的群体价值观、道德准则、社会阶级结构和熟悉的生活方式在压力之下被解构了。”[②]这种情况在芝加哥、纽约几个大城市尤其突出。阿兰·洛克(Alaine Locke)主编的杂志《新黑人》(*New Negro*)吹响了精神和思想的先锋号角,包括赫斯顿在内的作家齐聚纽约,最终引发“哈莱姆文艺复兴”。“新黑人”们拥有鲜明的种族意识,对自己的黑人身份感到非常自豪,因而对黑人现存的社会地位感到极其不满。后来新黑人思潮分为激进派和温和派两类。温和派以詹姆斯·约翰逊(James Weldon Johnson)为首,主张保持黑人民间文化。被赫斯顿尊为“美国黑人艺术家的院长”的杜波伊斯(W. E. B. Du Bois)也鼓励文艺创作采用黑人体裁,避免从他人的眼光看待自己。激进派则以反抗种族压迫为主旨,把种族政治问题无限扩大化。他们言必称歧视,书必录压迫,开创了“社会抗议小说”传统,以理查德·赖特(Richard Wright)发表《土生子》(*Native Son*,1940)为第一个高峰,并在整个四十年代被奉为圭臬。

在这场轰轰烈烈的种族思想运动中,赫斯顿一直显得不合时宜。创作时,她在取材和技巧上采取了温和派的做法,而在思想上则完全偏离了整个运动的主张。她公开表示“许多黑人作家犯了错误,把艺术与社会学混为一谈……对我来说,个人而不是种族才是看世界的视角”[③]。在她看来,黑人是众多平等种族中的一个,一些人处于社会底层只是个人境况不同,并不能抹煞黑人整体的

① Theresa R. Love, “Zora Neale Hurston's America,” *Zora Neale Hurston*, ed. Harold Bloom (New York: Chelsea, 1986)47-61.

② Thadious M. Davis, “Race and Region,” *The Columbia History of the American Novel*, eds. Emory Elliott et al (Beijing: Foreign Language Teaching and Research P, 2005)408.

③ Nick Aaron Ford, “A Study in Race Relations—A Meeting with Zora Neale Hurston,” *Zora Neale Hurston*, ed. Harold Bloom (New York: Chelsea, 1986)8.

文化特色。[①] 所以赫斯顿在作品中大量采用了黑人民俗的语言和材料,却从未把种族冲突作为中心主题;她自己还找了白人女性做经济赞助人。她的这种态度激怒了同时代的大多数黑人作家。他们攻击她是"取悦白人的黑鬼",对她的作品进行封杀,《他们眼望上苍》被赖特斥为"没有主题,没有信息,没有思想"。唯政治化的四五十年代进一步将她的作品排挤到边缘地位终至埋没。在今天看来,赫斯顿的思想远远领先于当时鼓噪喧嚣的时代。沃克说:"要说佐拉创作最鲜明的特征,我第一个想到的就是:健康的种族观——将黑人看成完整的、复杂的、不受贬低的个体。"[②]

赫斯顿重个体不重肤色的健康意识来自于自身经历。她 1891 年 1 月 7 日生于阿拉巴马州的诺塔萨尔加市,父亲约翰·赫斯顿是木匠、浸信会牧师,母亲露西·珀茨是小学教师。佐拉尚还蹒跚学步时,全家迁往佛罗里达州的伊顿维尔。这是美国历史上第一个黑人自治的小城,约翰·赫斯顿被选为市长,亲手写下了城市的法律。在伊顿维尔长大的佐拉目睹着父母处事挥洒自如,乡邻生活相睦尽欢,从来就没觉得黑人与别人有什么两样。13 岁时母亲去世,父亲很快再婚,一家人分崩离散,她从此开始了颠沛流离的贫苦生活。不过她对生存艰难的体验没有种族压迫的因素,多数是经济上的。由于缺钱,她 1918 年才完成高中学业,秋季进入有"黑人的哈佛"之称的霍华德大学读预科后靠打零工维持生活,从事过抄写员、女仆、服务员各类职业。1925 年赫斯顿成为纽约伯纳德大学里唯一的黑人学生,师从弗朗茨·博厄斯(Franz Boas)学习人类学。为了能在南方采风,收集整理黑人民间故事和传说,她向白人鲁弗斯·梅森夫人寻求经济赞助,梅森夫人也并没有对黑人文化表示出居高临下的态度。正是在白人的支持下,赫斯顿得以周游各处,对黑人的文化(包括语言、音乐和舞蹈等)有了深层的体悟。因此,种族意识没有对赫斯顿的生活造成什么影响,她相信"人类行为的动机都是一样的",调侃道:"我都已经做了三次黑人了——黑婴儿,黑女孩,黑女人,还不知道美国黑人到底是什么。"[③]

真正塑造赫斯顿情感世界的是人类共同面临的体验:孤独。赫斯顿的自传《路表尘迹》(*Dust Tracks on a Road*,1942)以高度文学化的语言和结构记载了她的生活经历和思想滥觞。后来学者的研究表明,这本自传有拘泥细

---

① Zora Neale Hurston, *Dust Tracks on a Road*, *Zora Neale Hurston: Folklore, Memoirs, and Other Writings* (The Library of America)732 - 33.

② Alice Walker, "A Cautionary Tale and a Partisan View," *In Search of Our Mothers' Gardens* (San Diego: Harcourt Brace Jovanovich, 1983)85.

③ Zora Neale Hurston, *Dust Tracks on a Road*. *Zora Neale Hurston: Folklore, Memoirs, and Other Writings* (The Library of America)734, 713.

节、挂一漏万之嫌。[①] 但赫斯顿在《他们眼望上苍》表明了自己的态度："女人，她们忘掉一切不愿记住的事情，记住不愿忘掉的一切。梦便是真理，她们依此行事。"[②]自传叙述的创作性恰恰为读者了解赫斯顿的人生美学提供了最明显的线索。从文中可以看出，孤独感一直笼罩着她的意识，最后超验地成为人类的生存情境。她是父母八个孩子中的第五个，也是第二个女儿，因此刚出生就遭到父亲嫌恶。她平时爱编造故事，被外婆认为撒谎成性，也不得所喜。偏偏她的自我意识非常独立，经常与他们顶嘴，加剧了在家中的边缘地位。好在母亲喜欢她，鼓励她"跳向太阳"。孤独的赫斯顿转向了语言、幻景和冒险构成的想象世界，对这个世界的拥有使她肯定了自我独特性，又加深了她的孤独。母亲去世后，赫斯顿的失落感挥之不去，同时也尝尽了贫苦的滋味。她不停地工作，却总是生活窘迫。但赫斯顿始终用"跳向太阳"的活力善待人生，前一分钟还为苦难伤心落泪，下一分钟就打着响指跳起了爵士舞。孤独和活力驱使她孜孜追求"生命的奥秘"，一份自己用歌唱和幻景描绘出来的愉悦脉动。为此她结婚三次，却均以离异告终，40 岁时与 23 岁的哥伦比亚大学研究生珀西瓦尔·庞特相恋，开始了人生一段"真正的爱情"。他们彼此深爱对方，可惜因爱而生的猜忌使爱情蒙上了暴力的阴影。后来庞特要求赫斯顿放弃职业与他成婚，做专心相夫教子的家庭主妇，促使赫斯顿下决心离开了他。在海地采风时，赫斯顿把自己的感情付诸笔端，写下了美国黑人文学中最经典的爱情传奇《他们眼望上苍》。

总体来说，赫斯顿的文学创作立足于黑人的民俗文化，大量运用黑人口语，对生活在农村的黑人进行了精神描摹。[③] 就此而言，赫斯顿偏离了黑人的城市文学传统（以内拉·拉森—托尼·莫里森为谱系），开创了黑人文学中的农村书写传统（日后为艾丽斯·沃克所继承）。在赫斯顿的笔下，白人的基督教文化和古老的非洲文化传统共同作用于黑人思想，导致了他们独特的生活状态。[④]

1934 年赫斯顿出版了她的第一部小说《约拿的葫芦藤》（*Jonah's Gourd*

① 参见 Henry Louis Gates Jr.，"Afterword，" *Their Eyes Were Watching God*（New York：Harper Perennial，2006）202-205；程锡麟：《历史 空白 虚构——评〈道路上的尘迹〉》，《外国文学》2004 年第 4 期，第 92—96 页。

② Zora Neale Hurston，*Their Eyes Were Watching God*（New York：Harper Perennial，2006）1.

③ 王元陆将赫斯顿的这一创作指向归纳为"门廊口语传统"。门廊作为"互动式故事讲述最基本的舞台"和"传承口语传统最重要的舞台"，展示着"农业社区的黑人民俗世界"，也因此成为赫斯顿文学写作和文化实践所着重关注的对象。王元陆认为，正式对这一传统的坚持导致了赫斯顿小说创作中的诸多插科打诨的镶嵌故事、白人的边缘化、和重大社会事件的缺席。参见《赫斯顿与门廊口语传统——兼论赫斯顿的文化立场》，《外国文学》2009 年第 1 期。

④ 对赫斯顿整体创作的介绍，另可参见杨金才：《书写美国黑人女性的赫斯顿》，《外国文学研究》2002 年第 4 期。

Vine)。小说有很强的传记性质,以赫斯顿的家乡伊顿维尔为背景、父母生活为蓝本,描写了约翰·皮尔逊牧师夫妻的生活。牧师皮尔逊身处基督教和非洲传统的文化冲突之中,深感痛苦。小说反映了黑人在文化夹缝中的身份撕裂。赫斯顿的第二部作品《骡与人》是她的人类学成果,是一部民间故事集。这部书的题名在日后发表的《他们眼望上苍》中似有解释。在农村里,乡民们在劳作之后经常聚集在门廊闲谈休息。善讲故事的人被称为"骡子闲谈者的头目",由他们唱主角,加上乡民插科打诨,结果就凑成往往能持续好几个小时的"骡子闲谈"。[①] 这些被称为"谎言"的民间故事是当地黑人民俗文化的重要体现,在保存黑人文化传统方面有不可替代的作用。

在《他们眼望上苍》发表之后的次年,赫斯顿推出了她的第四部作品《告诉我的马儿》。这是一本旅游札记,体裁秉承华盛顿·欧文的《见闻札记》开创的传统,却丝毫没有居高临下的态度,而忠实地记录了作者在海地的见闻以及当地的风土人情。在《摩西,山之子》(*Moses, Man of the Mountain*, 1939)中,赫斯顿再一次将圣经传统与非洲文化传统相结合,描绘了一个集先知形象和非洲部落巫师形象于一身的角色。赫斯顿在小说中指出,海地神殿里地位最高的神是"蛇神摩西"。这个令人惊异的名称实际上恰如其分地凸显了黑人宗教信仰的杂糅特点,体现了基督教和本土文化两个话语系统的交汇。赫斯顿的最后一部小说《萨沃尼的六翼天使》(*Seraph on the Suwanee*, 1948) 创作于她旅居洪都拉斯之时,是她意欲突破创作定式、首部尝试白人角色的作品。小说刻画了女子阿维和丈夫吉姆之间近乎扭曲的相互依恋和相互需要。整部小说飘荡着暴力的阴影,反映了晚年凄凉的状况给赫斯顿的创作视野带来的变化。

毫无疑问,《他们眼望上苍》在赫斯顿的整体创作中占据最核心的地位。这部小说以前被排除在黑人抗议文学主导的美国文坛之外,如今已经毫无争议地成为经典。著名评论家哈罗德·布鲁姆认为"作家赫斯顿只写了一部超卓感人的作品,其独特之处不在于体裁,而在于出类拔萃得无与伦比"[②]。艾丽斯·沃克坦承:"对我来说,再也没有比这本书更为重要的书了。"[③]深邃的主题、丰富的意象、精巧的结构和鲜明的黑人文化元素使这部小说魅力无限,吸引了众多评论家不同角度的解读。

小说的女主人公珍妮·克劳福德由外婆抚养大,到了春情萌动的年龄。外

① 王元陆:《赫斯顿与门廊口语传统——兼论赫斯顿的文化立场》,《外国文学》2009 年第 1 期,第 72 页。

② Harold Bloom, "Introduction," *Zora Neale Hurston's* Their Eyes Were Watching God, ed. Harold Bloom (New York: Chelsea, 1987)1.

③ Alice Walker, "A Cautionary Tale and a Partisan View," *In Search of Our Mothers' Gardens* (San Diego: Harcourt Brace Jovanovich, 1983)86.

婆强行将她许配给了拥有六十亩地的罗根·克力克思。罗根只想要女人满足他的性欲,并且跟他一起干农活。珍妮过着死气沉沉的生活,偶然遇到了雄心勃勃的乔·思塔克思,跟着他私奔到另一个城市伊顿维尔。精明的乔很快成为市长和首富,用话语统治了整个城市。他要求珍妮当优雅、矜持的市长夫人,不得和其他人交往说笑。在乔的打骂胁迫下,珍妮表面上屈从了。乔死后,贵为富孀的珍妮爱上了一无所有并且年轻自己十多岁的韦吉伯·伍兹(又名甜点心),义无反顾地跟着他到佛罗里达做季节工,一起劳动,一起纵欢。后来遭遇洪水,甜点心为了救珍妮不慎被疯狗咬伤,染上狂犬病。他在神志不清的情况下误以为珍妮不忠,意欲开枪射击,珍妮被迫自卫射死了他。回到伊顿维尔后,珍妮向好友菲比讲述了自己的经历。小说采用了框嵌结构(frame-within-a-frame),开头和结尾都是珍妮和菲比现在时的对话,中间主体部分采用了全知的第三人称叙述。

罗伯特·斯德普特从种族角度出发,探讨了非裔美国人寻求自由和知识的叙事形式。一种是"跃升叙事",即一位半无知的黑人奴隶向(象征性的)北方持续移动,通过对各种社会结构空间能指的阅读、了解和积累而获得知识,变得更加自由。"跃升叙事"的传统结尾是主人公最后停滞在叙事创造的最佳环境中,成为拥有言说权的幸存者。但对自由的追求迫使主人公斩断家庭和群体的纽带,最终身处孤独乃至异化的状态。孤独和异化感又催生了一种"融合叙事",亦即重返(象征性的)南方寻求群体文化符号。"融合叙事"将主人公置于压迫性的社会结构之中,却赋予他(她)归宿感。不过获取群体身份的代价是丧失个体移动性。《他们眼望上苍》中珍妮的经历是"跃升叙事"和"融合叙事"的结合。[①] 采取女权主义立场的评论家着重讨论了小说中女性的话语和移动两大权力。芭芭拉·贝克等人通过布鲁斯(Blues aesthetics)、证词(testimony)、轮唱(call-and-response)、口头—文本性(orality-texuality)等叙述形式分析《他们眼望上苍》,认为它体现了黑人女性的话语权力。她们掌握语言这个权力能指,通过言说和歌唱对抗并治疗生活带来的创伤。[②] 米西·科比茨切克的解读结合英

① Robert B. Stepto, "Ascent, Immersion, Narration," *Zora Neale Hurston's* Their Eyes Were Watching God, ed. Harold Bloom (New York: Chelsea, 1987) 5-6.

② Barbara A. Baker, *The Blues Aesthetic and the Making of American Identity in the Literature of the South* (New York: Peter Lang, 2003)63-122. Diana Miles, *Women, Violence, & Testimony in the Works of Zora Neale Hurston* (New York: Peter Lang, 2003) 47-64. John Callahan, "'Mah Tongue Is in Mah Friend's Mouf': The Rhetoric of Intimacy and Immensity in *Their Eyes Were Watching God*," *Zora Neale Hurston's* Their Eyes Were Watching God, ed. Harold Bloom (New York: Chelsea, 1987)87-113. Elizabeth Meese, "Orality and Texuality in *Their Eyes Were Watching God*," *Zora Neale Hurston's* Their Eyes Were Watching God, ed. Harold Bloom (New York: Chelsea, 1987) 59-71.

雄成长原型，认为小说仿拟经典文学中的男性移动传统，描写了珍妮的“女性寻求”之旅。[①] 而布鲁姆抛开了所有的特定政治视角，认为赫斯顿是和德莱塞(Theodore Dreiser)和劳伦斯(D. H. Lawrence)类似的作家，其“真正信奉的宗教”是一种生存的能量，一种永远冲向明天、冲向清晨和太阳的活力，小说中的珍妮是她信仰的代言人和实践者。[②]

纵观整体评论，布鲁姆之言最接近赫斯顿思想的原生态，近乎“跳向太阳”的精神。笔者认为，唯有赫斯顿本人的生存美学才能全面准确地阐释小说主旨，理解《他们眼望上苍》的秘匙全部包含在《路表尘迹》之中。这两部作品实为姐妹篇，一是自传性的小说，一是小说性的自传，折射出同样的思想光芒。《他们眼望上苍》也将孤独视为人类的生存状态，欲动驱使主人公珍妮不断寻求生命的奥秘——即与异性理想融合的完满感——直至找到为止。视野(vision)和言说(voice)是两个关键的因素。视野扩展自我(to know)，言说表现自我(to be known)，它们是活力(vitality)的表征，是寻求生命奥秘的工具(knowledge)，也与完满感相互指代。小说中有一段话综合体现了上述思想：

> 上帝造人时，用的是不停歌唱、到处闪光的材料，可是后来有的天使妒忌了，把人剁成了千百万块；可他仍然闪着光、哼着歌。天使又捶打他，他只剩下了火星；但每一个小火星还是亮闪闪地唱着自己的歌。天使便把每个小火星涂上泥，小火星感到孤独，就互相寻找，可是泥层又聋又哑。和所有跌滚的小泥球一样，珍妮曾试图让人们看到自己的闪光。(90)[③]

这段话是乔死后珍妮对自己人生的思考总结，出现在小说的正中部分，实则也是小说的中心信息。奥秘、欲动、孤独、寻找、言说、视野，这些因素交织成珍妮的人生状态和经历。她没有过分追求独立的自我，更没有以男性为生活目标——这两种女权主义解读都似有偏激之嫌。实际情况是，珍妮的经历体现了对待超验孤独的女性态度，是建基于个体独立之上的融合欲望。

珍妮的生活就是在这样颇具哲学思考的情境中开始的，不过采取的不是冰冷的理性思考形式，而是感性的脉动。她开始感受到生命奥秘的奇妙和孤独的超验性。于是她将浪漫的情思和朦胧的渴望投射到周围环境上，经历了美国文

---

① Missy Dehn Kubitschek, "'Tuh de Horizon and Black': the Female Quest in *Their Eyes Were Watching God*," *Zora Neale Hurston's* Their Eyes Were Watching God, ed. Harold Bloom (New York: Chelsea, 1987) 19 - 20.

② Harold Bloom, "Introduction," *Zora Neale Hurston's* Their Eyes Were Watching God, ed. Harold Bloom (New York: Chelsea, 1987) 3.

③ Zora Neale Hurston, *Their Eyes Were Watching God* (New York: Harper Perennial, 2006). 以下在文中直接标注页码。

学史上最诗意的一幕：

> 她仰面躺在梨树下，沉醉在来访的蜜蜂低音的吟唱、金色的阳光和阵阵吹过的和风之中，她听到了这一切的无声之声。她看见一只沾着花粉的蜜蜂钻进了一朵花的圣堂，成千的姐妹花萼躬身迎接这爱的拥抱，梨树从根到枝桠末梢都狂喜地战栗，凝聚在每一个花朵中，处处翻腾着喜悦。这就是婚姻！她是被召唤来观看一种启示的。(11)

这段场景声色兼具，从话语和视野两个角度折射出生命的活力和奥妙，极浪漫地反映了两性交融的完满状态；它从此作为终极隐喻成了珍妮的生活目标和衡量标准。可是经历过奴隶制的外婆认为“黑女人是世上的骡子”(14)，生活有保障已经是奢望，别说爱情了。她强迫珍妮用婚姻换取物质保障。对珍妮来说，婚姻生活的开始标志着梦想和现实的分裂。从此她开始了在婚姻中死亡，在希望前复生的旅程。

珍妮的第一次婚姻与她的理想完全相反，丝毫没有浪漫和活力。丈夫罗根又老又丑，“看起来就像坟地里的死脑壳”(13)。这个有关死亡的比喻预示了珍妮的婚姻状态。罗根除了一间布满“灰色凝重”阴影的房子和六十亩地外别无他物，除了考虑如何干活以外也别无他想。他的存在就是一个阴郁的物质和精神空间，遮蔽了珍妮的视野。他们之间毫无共同语言，罗根“一年不到就不再用音韵的语调跟她说话了”，“从来不提美好的事物”，而珍妮也从来没有企望告诉他开花梨树的意义。视野和言说的双重缺失剥夺了婚姻的全部生气，也逐步扼杀了珍妮的内在活力。“第一个梦想死了，她成了一个女人。”(24—26)从“女孩”到“女人”的嬗变表明珍妮在男性象征界获取了经验和知识。但这种知识却是通过“死亡”换来的创伤记忆，而非对生命奥妙的理解，因为视野的缺失使珍妮无法了解他人，言说的缺失使珍妮无法让他人了解自己。在如此情感孤独的状况下，两性融合的知识自然无从谈起。对生活的探求欲望促使珍妮站在门口路边眺望，和自然界的精灵说话。想象空间的出现是对现实空间的补充，反映了珍妮的内在渴望。

珍妮的生活处于虚空时，乔吹着口哨出现了。他认为珍妮这样的女子“天生就该坐在前廊摇椅里，摇扇子，吃别人特地种的土豆”，希望带着珍妮去新地方大显身手，成为“说了算”的人物(29)。与罗根相比，乔用语言向珍妮描绘了一个全新空间，而他作为活力、视野和语言的结合体处于空间中心。珍妮随他私奔结婚，景色描写预示了这次婚姻的命运：“他们坐在公寓的门廊上，看着太阳落入大地的裂缝中，黑夜也是从这同一条裂缝中诞生的。”(33)果不其然，婚后第二天乔就“不再用音韵的语调跟她说话了”(34)。第二次婚姻给珍妮带来视野，却完全剥夺了她言说的自由。乔成了新城伊顿维尔的市长后，用他的声音主宰了一切。作为公共人物，珍妮有机会看到心向往之的生活狂欢，触发了她的参与热情。但乔将她视为自己独自欣赏的玩物，不惜用暴力禁止她随意说话。“我老婆不懂做什么演讲，我才不为这个娶她。”(43)珍妮刚扔掉罗根家的围裙，又被迫带上了束缚秀发的头巾。罗根当珍妮是干活的骡子，乔则当她是装饰华丽的痰盂——体现他的身份、满载他的口水(精液、话语之隐喻)的文化符号。外婆对黑人女性的两个比喻完全实现了。乔对珍妮言说权力的限制毁灭了两性和谐的可能性，珍妮再一次经历了“死亡”。她的自我分裂成内外两半：表面的她忍气吞声，一言不发，内在的她却感觉“婚姻的灵魂已经离开了卧室来到了客厅”(71)。这个重要转变表明珍妮不再期待袒露自我，而默默地强化了注视的权力。户外有两次典型的语言狂欢——调侃骡子和评论罗宾斯太太，珍妮都以“目击者”的身份参加。后来珍妮不堪乔经常骂她变老变丑，回敬了一句“说我显老！你脱裤子看看，什么叫年月不饶人”(79)。此次语言反抗并没有说明珍妮掌握了言说权，因为乔用暴力惩罚了她的出言不逊；却强调了她的注视权，这是乔所害怕的。以后乔近乎疯狂地暗暗希望“在她眼中仍有过去的躯体”(82)。乔死后，珍妮特意照了镜子，看到年轻的自己消失了，代之以一个漂亮的妇人。这个注视和镜像脱尽了拉康理论的男权色彩，是伊瑞格瑞式的女性自我镜像。时间带给珍妮知识，知识通过注视获得，最终也通过注视确认。在这场两性关系的博弈中，乔主宰了语言，强迫他人认可并服从自己；而珍妮拥有视野，吸纳生活赋予的经验。对自我权力的过分重视使两性融合成为泡影。所以珍妮在乔临死之前说他很自私，只安抚自己的声音，终究摆脱不了超验的孤独。

珍妮只有在第三次婚姻中才真正获取了生活的知识和奥秘。言说和视野双重权力的全面实现不仅使珍妮的自我意识得到充分滋养，而且使她甘愿付出。感情互动的实现保证了两性相融的完满，在美学意义上打破了孤独的生存情境。珍妮和甜点心的婚姻带有极强的浪漫色彩，体裁上类似于“英雄救美”和“新王替换”的古老传奇，不过主旨却超越了将女性视作男性英雄战利品的男权思想。文中的甜点心总与阳光、月光、植物、种子等相联系：他就是自然欲动本身，对立于罗根和乔所代表的象征界。实质甜点心代表了一种新的生存理念和美学，宣扬和强调个体本身的价值，而不将其物质化或符号化。所以珍妮承认，甜点心“教会了我一种全新的语言”(115)。新的两性关系使珍妮的个体空间得到空前拓展。沼泽地是一个典型的狂欢广场，打破了一切等级和界限。[①] 性属

① 狂欢理论视角的解读，参见陈广兴：《〈他们眼望上苍〉的民间狂欢节因素探讨》，《外国文学研究》2005年第4期。此文认为小说中“狂欢广场都出现在户外”，不同于“缺乏全民游戏特征”的“家庭内宅和工作场所”(33)。笔者认为，沼泽地的狂欢实际上已经模糊了家庭和户外的界限区分，对珍妮来说尤其如此。

空间的崩塌意味着女性对生活的全面参与。"只在这儿,她想听就听,想笑就笑,想说也可以说。……一切都为了欢笑。"(134)珍妮随甜点心一起田间劳动、外出打猎、出入赌场,视野的扩展和言说的互动激发了她的生存活力,完全消弭了孤独感。珍妮学会打猎的象征意义颇丰,最大的讽刺是:染上狂犬病的甜点心变得像罗根和乔一样专制,竟向珍妮射击,珍妮被迫自卫射杀了他。[1]

总而言之,和甜点心的爱情使珍妮拥有了视野和言说,领会到生活的知识和奥秘。正因如此,她回到伊顿维尔时能够充当讲述者的角色,并且宣称:"我已到过地平线,又回到这里,现在我可以坐在我的房子里,在对比中生活了。"(191)她虽然告诫菲比说"爱情像海洋,形状由海岸决定,而没有一处的海岸是相同的",但圆满的两性关系包括独立自我和相互依存、奉献,这是生活的唯一奥秘,也是对抗孤独之人生情境的不二法门。视野和言说混合反映世界的哲学态度带有浓重的区域色彩,恰似南方的语言性质。赫斯顿在《路表尘迹》中将南方方言称为"画语"(picture talk),认为其内容(尤其是比喻)与周围环境紧密相关。语言是反映思维的工具,"舌头上有地图"的语言势必包含视野和言说两个部分。[2]

《他们眼望上苍》为美国文学贡献了一个迥异于以往逆来顺受的女奴刻板形象的黑人女性,因而被誉为"非裔美国文学传统中第一部具有明显女权意识的小说"[3]。值得再次强调的是,这部小说的女权意识是成熟的两性观,不同于单纯追求女性解放的性别政治。小说文本自身暗含的女性叙事谱系也证明了这一点。外婆—母亲—珍妮,三代人的经历诠释了女性叙事传统中两性观的变化。而神秘的小说题目"他们眼望上苍"则是解读这一谱系的钥匙。

小说中共有四处"他们眼望上苍"的场景。第一处是外婆听说珍妮婚姻不幸时向上帝祷告。第二、三处是仿拟场景:第二处是伊顿维尔的路灯点亮仪式上所有居民看着高处的乔发表演讲;第三处是沼泽地的种族主义者特纳夫人憎恨黑皮肤,仰慕肤色比自己白的人。第四处则是在洪水中,甜点心和珍妮一起眼望上苍。这四处场景呼应着小说中的一句点睛之笔:"所有神祇都毫无理由地布降痛苦。否则就不会有人朝拜它们了。遭受无来由的痛苦,人们懂得了恐

---

① 打猎是南方暴力文化的表征之一,体现了南方个人主义美学。珍妮通过打猎获得乐趣,可以认为是个体自我意识的表现。打猎也与全书对死亡和生活的哲学探讨一致:珍妮的经历和思考多次表明,生死总是辨证相关的。从生态女性主义分析,珍妮的行为可以看成是对母性的拒绝。开花梨树的意象象征性萌动,而沼泽地的孕生力无疑象征生育。珍妮选择性的认同与她没有子嗣的事实相一致。

② Zora Neale Hurston, *Dust Tracks on a Road*, *Zora Neale Hurston: Folklore, Memoirs, and Other Writings* (The Library of America)651.

③ Henry Louis Gates Jr., "Afterword," *Their Eyes Were Watching God* (New York: Harper Perennial, 2006)197.

惧，而恐惧是最神圣的感情。它是圣坛之石、智慧之始。半神由美酒和鲜花供奉，而真正的神灵要求鲜血。"(145)"眼望上苍"原来就是获取"智慧"。在四处场景中，表示阶级权力和种族优越的第二、三处是仿拟场景，表示两性关系的第一、四处是名副其实的膜拜上帝。也只有第一、四处真正付出了鲜血：珍妮的泪从外婆的心里"挤出一杯血来"(15)，最终悲伤去世；甜点心为救珍妮而染病发疯，珍妮被迫射杀他后感觉"自己成了祭品"(184)。通过这样的安排，赫斯顿将两性关系摆到了"真正的神灵"的位置，认为这才是生活的终极知识。

通过鲜血获取两性知识，文中还有一个不直接在场的角色——珍妮的母亲。她 17 岁时在学校遭教师强奸，处子之血的献祭导致了珍妮的出生。此后，她放浪形骸，"开始喝酒，还在外面过夜。没法让她在这儿呆着，其他也没一个地方行。鬼知道她现在在哪"(19)。外婆和母亲都是性暴力的牺牲品，也都生下了创伤的见证。但外婆转向了家庭，寻求男权象征形式的保护，是一种强调稳定的家庭叙事。而母亲则在象征秩序中嬉戏，完全否认两性关系稳定性的存在。她通过离经叛道的女性身体话语、流浪话语和个人主义话语传达了一种彻底的反异性叙事。形式迥异的两种女性叙事结果殊途同归，都造成了女性叙事传统的断裂：外婆和母亲都否认了自己的孩子，而且终究无法排遣与生俱来的孤独。承担着两代创伤记忆的珍妮在两种叙事之间找到了和谐的平衡点，在保持个体独立性的同时解答了两性相融的奥秘。她在甜点心死后(象征性)的自我献祭不同于祖母和母亲的创伤(类似于前两桩婚姻中的精神扼杀)，而是为爱情的自愿付出。与外婆和母亲不同，珍妮没有生孩子，"没有重新落入男权统治的陷阱中去——男性没能通过后代的形式宣称对她身体的所有权。赫斯顿采取了不同的安排，珍妮遭受的性暴力导致了另一种形式的生育：珍妮的意识分裂了。她生育的女儿就是她自己，言说的自我"[1]。更重要的是，珍妮最后的言说引起了菲比的共鸣，有了延续的可能性。

《他们眼望上苍》中的女性叙事谱系折射出美国女性文学的发展历程。19 世纪的女性被囿限在家庭之内，形成了一种对立于男性移动传统的家庭叙事，倡导稳定和依赖。到了世纪之交，具有强烈自我独立意识的"新女性"打碎了所有传统的条条框框，家庭作为男权秩序的象征和权力场址尤其遭到抵制。结果这段时期的女性叙事呈现出反叛性、独立性和非性别化的趋势。整个 20 世纪的女性文学在这两个传统之间摇摆，如何调和两者间的固在矛盾是贯之始终的主题。赫斯顿被奉为黑人女性文学之母，并非在于她创造了珍妮的母亲，而在于创造了珍妮。在她的笔下，孤独感而非压迫感成为女性的基本感受，女性探

① Diana Miles, *Women, Violence, & Testimony in the Works of Zora Neale Hurston* (New York: Peter Lang, 2003)63.

索与女性移动不再以抛弃和压迫周围环境(关系)为基础,而继承着家庭叙事中的网状人际联系。换言之,赫斯顿的贡献在于首次比较完满地为黑人女性文学解决了家庭叙事和个体叙事的冲突,为和谐两性关系提供了模本。正如菲比成了珍妮的追随者,赫斯顿的思想也得到了传承:艾丽丝·沃克的《紫色》(*The Color Purple*)最为出色地重现了《他们眼望上苍》的蕴涵。

赫斯顿的主要作品:

小说作品:

Jonah's Gourd Vine, 1934.

Their Eyes Were Watching God, 1937.

Moses, Man of the Mountain, 1939.

Seraph on the Suwanee, 1948.

Spunk: The Selected Short Stories of Zora Neale Hurston, 1985.

其他作品:

Mules and Men, 1935.

Tell My Horse, 1938.

Dust Track on a Road, 1942.

I Love Myself When I Am Laughing... & Then Again When I Am Looking Mean and Impressive: A Zora Neale Hurston Reader, 1979.

8. 内拉·拉森——游离于黑白两个世界之间的女性

Nella Larsen: Woman between the Two Worlds

内拉·拉森(Nella Larsen,1893—1963)曾是美国文坛上一颗耀眼的新星,仅以两部小说《流沙》(*Quicksand*,1928)和《逾越种族线》(*Passing*, 1929)就奠定了她作为新黑人运动(或称哈莱姆文艺复兴运动)的三位主要女性黑人作家之一的地位。[①] 她的第一部小说《流沙》获得了评论界的高度评价,面世后纽约多家出版物上都发布了出版消息或书评。著名黑人作家杜波依斯(W. E. B. Du Bois)对这部作品赞誉有加,认为它是"自切斯纳特的全盛时期以来美国黑人创作的最佳小说作品"[②],拉森也因此获得哈蒙基金会颁发的专门用来奖励做出卓越成就的黑人的文学类二等奖。发表《逾越种族线》之后,拉森 1930 年又荣获古根海姆研究基金,得以到欧洲继续她的创作。她也是第一位获此殊荣的黑人女性作家。但拉森的辉煌又像一颗流星那样短暂,她 30 年代初期便从文坛上匿迹,转而从事护士工作,直到 1963 年在默默无闻中撒手人寰。

拉森的两部小说充分显示出她的文学创作天赋,使她扬名文坛。但是这样一位前途无量的作家为何骤然中断自己钟爱的文学创作?这是让许多研究哈莱姆文艺复兴运动的学者们倍感疑惑的问题。实际上,直到 1994 年由撒迪厄斯·戴维斯撰写的传记出版,学界和一般读者对于这位"哈莱姆文艺复兴的神秘女人"的一生知之甚少。[③] 作为一位黑白混血女性,拉森一生都游离于黑白两个世界之间,身份问题成为她终生的困惑,也主导了她文学创作的主题。

拉森 1893 年生于芝加哥,母亲是丹麦人,父亲是西印度群岛黑人。拉森年幼时父亲亡故,后来母亲改嫁给一个白人,拉森在这个重组的白人家庭里度过了缺少温暖的童年。母亲去世后她于 1907 年被送往田纳西州的菲斯克大学,就读于师范系。教师职业在南北战争之后成为黑人,尤其是黑人女性获得社会认可的重要途径。菲斯克大学是个黑人占绝大多数的校园,该校最著名的毕业生是杜波依斯,著名黑人领袖布克·华盛顿(Booker T. Washington)也曾把自己的儿子送到这个学校就读。拉森之后曾在丹麦的哥本哈根大学学习,返回美国后就读于纽约林肯医院护士培训学校,于 1915 年毕业。拉森后来曾经就职

---

① 其他两位分别是沃尔特·怀特(Walter White)和杰西·福塞特(Jessie Fauset)。

② Quoted in Deborah E. McDowell, "Introduction," *Quicksand and Passing* (New Brunswick: Rutgers UP, 1987) ix. 查尔斯·切斯纳特(1858—1932)是美国第一位享有盛誉的黑人作家,也是黑人文学的开拓者之一。

③ Mary Ellen Washington, "Nella Larsen: Mystery Woman of the Harlem Renaissance," *MS* (Dec. 1980): 44-50.

于塔斯基吉学院，但那里的保守气氛让她倍感压抑，一年后返回纽约。成为作家之前她先后当过护士和图书馆员。1919年，拉森与一位黑人物理学家结婚，在哈莱姆定居。纽约的黑人人口在一次大战期间大增，而20年代的哈莱姆成为“世界上最伟大的黑人城市”①。沸腾的哈莱姆作为“黑人之都”正引领非裔美国人生活的新时代。对拉森来说，这是人生中至关重要的时期。她与丈夫跻身于哈莱姆中上层社会的知识分子圈子，体验着黑人中产阶级的生活。拉森将自己的所历所感付诸于文学创作，开始在文坛上崭露头角。与此同时，她与丈夫的婚姻亮起了红灯。他与一位白人女性坠入情网，夫妻关系不断恶化。颇具讽刺意味的是拉森获得古根海姆基金后在葡萄牙和西班牙创作的下一部小说恰好名为《婚姻》。她返美后不久，与丈夫于1933年离婚，此后再也没有作品面世。

拉森昙花一现的写作生涯令人扼腕。除两部小说外，她还发表过几个短篇故事。1926年，她以艾伦·赛米(Allen Semi)的笔名在《青年人杂志》上发表了两个短篇故事：《错认》(“The Wrong Man”)和《自由》(“Freedom”)。②《错认》的故事情节非常简单，看上去拥有爱情、财富和地位的女主人公朱莉娅·罗米利一直隐瞒着自己的过去，可是一个陌生人的出现使她平静的生活顿起波澜。她试图掩盖自己的秘密，但事与愿违，身份终被揭穿。令人回味的是，拉森的其他女性角色都有不愿告人的秘密，这成为拉森作品的固有特征之一。这种角色塑造也可看作是拉森的自我表现，象征着她生活中那些至今不被人所知的隐私。③拉森的另一篇故事《自由》中的主人公一天突然决定抛下情人去旅游，远离自己所熟知的世界，并将自己的行为视为一种自我表现的自由。两年后，主人公决定恢复与情人的联络，以了解她对于自己悄然离去的反应，却发现她早在自己出走的那一天难产而死。他悔恨不已，最终精神失常，在幻觉中迈出落地窗去找自己的情人，摔死在楼下的人行道上。如果把拉森的两个故事与她的两部小说进行互文性考察，可以看出作者在主题、意象和手法上的一脉相承，例如作为男主人公最后出路的落地窗也成为《逾越种族线》中最终解决矛盾的途径。这个故事最有暗示意义的是，作者在作品中为人物设计的这种从不尽人意的生活中撤离的解决办法，与她自己后来采取的方式如出一辙，她自己在30年代重演

① 引自Thadious M. Davis, *Nella Larson, Novelist of the Harlem Renaissance: A Woman's Life Unveiled* (Baton Rouge: Louisiana UP, 1994) 124.

② 据拉森的传记作家撒迪厄斯·戴维斯说，拉森生前至少还写过两个故事，一个是《茶》，另一个是《慈善》，但两个故事都没有被找到。See Thadious M. Davis, *Nella Larson, Novelist of the Harlem Renaissance: A Woman's Life Unveiled* (Baton Rouge: Louisiana UP, 1994) 104–84.

③ Thadious M. Davis, *Nella Larson, Novelist of the Harlem Renaissance: A Woman's Life Unveiled* (Baton Rouge: Louisiana UP, 1994) 178.

了故事中的这一幕。[1]

就在拉森的文学生涯蒸蒸日上之时，1930 年发表在《论坛》杂志上的故事《庇护所》（"Sanctuary"）却为她招来了非议。《庇护所》讲述了发生在一个黑人妇女身上的事情。吉姆·哈默因为杀人而躲避白人警察的追捕，闯进了正在准备晚饭的安妮·普尔家里。安妮把吉姆藏了起来。而后警察带来了安妮儿子的尸体，他正是被吉姆所杀。即便如此，安妮也没有暴露吉姆的去向。故事宣扬了被压迫的黑人之间的种族团结，以及黑人对于白人种族暴力的恐惧与抗争。安妮之所以为吉姆提供庇护就是出于种族的情谊。故事发表不久，外界流传拉森抄袭了希拉·凯—史密斯（Sheila Kaye-Smith）的故事《埃迪斯夫人》，因为两者无论在语言、人物、情节和主题上都有惊人的相似。《论坛》的编辑就此事进行了调查，认定两篇作品的相似之处纯属巧合。应编辑的要求，拉森撰文解释了自己故事从构思到写作的过程，以表明自己的无辜。但剽窃事件彻底摧毁了她在 20 年代努力建构的自我身份。拉森早年经历了白人母亲的再婚所带来的打击，之后又遭丈夫的抛弃，而此次事件成为她决定隐退的决定性因素，导致了她从公众视线中的彻底消失。

真正使拉森声名鹊起的两部作品是发表于 1928 年的《流沙》和 1929 年的《逾越种族线》。两部小说都探讨了黑人女性在一个充满仇视的种族与性别歧视的社会环境下寻求个性和自由、建构文化身份的艰难历程。在小说《流沙》中，拉森把自己的身世写进了女主人公黑尔加·克莱恩的生活之中。与作者一样，黑尔加也有着黑人的父亲和白人的母亲，父亲离家出走后母亲再嫁，母亲与一个白人的再次婚姻使得黑尔加这个有着黑人血液的孩子在家里享受不到任何亲情。这种经历把黑尔加置于黑白两个世界的边缘。通过小说与自传创作形式的结合，拉森探讨了种族双重性和边缘化对黑人女性的影响，刻画了她们在极其狭隘的社会生存空间中对于身份的艰难追求。

小说开篇，黑尔加在一个南方黑人学校中已经任教两年。这个学校处处以白人中产阶级价值观为标准，推崇种族地位的提升和循规蹈矩的言谈举止。因为家庭纽带的缺失，黑尔加始终无法融入黑人族群。归属感的缺失和对于个性的压迫令黑尔加无法忍受，她愤然离去，最后来到哈莱姆。她在一个中产阶级黑人女性家里住下，逐渐进入哈莱姆的社交圈。但哈莱姆的生活不久使她又一次感到厌倦，特别是中产阶级黑人那种嘴上时时不离要"提升种族地位"，但实际生活中又处处以白人的生活方式为楷模的态度让她再次产生了逃离的念头。她来到丹麦的白人姨妈家里探亲。在欧洲最初的日子是愉快的，黑尔加享受到

---

[1] Thadious M. Davis, *Nella Larson, Novelist of the Harlem Renaissance: A Woman's Life Unveiled* (Baton Rouge: Louisiana UP, 1994)180.

她向往已久的物质财富,欧洲人的种族宽容也使她身心愉悦。但随着时间的流逝,她逐渐认识到自己仅仅被视为一件有着异国风情的展品,一个另类的宠物,甚至被亲戚用来作为获取社会地位的手段。她被摆在了婚姻市场上,用来展示黑人的原始本能,身体被物化和商品化了。黑尔加开始想家了,但她清楚地认识到自己想念的"不是美国,而是黑人",[①]更确切地说是作为黑人所享有的精神自由和种族认同感。两年后,黑尔加回到哈莱姆和她以前熟悉的生活。不久后她与曾经相识但是已经结婚的安德森相逢,她难以忍受强烈的性欲望的折磨,欲与他发生关系,但遭到拒绝。绝望之下,她很快与布道的黑人牧师格林成婚,随他去往阿拉巴马州的乡下教区。黑尔加进入婚姻的殿堂是因为她希望使自己的性欲望得到满足并合法化。但婚姻带给她的不是幸福、自由和归属感,妻子和母亲的角色成为她深陷其中的流沙。小说的标题《流沙》表达的就是这种令人窒息的意象。婚姻、怀孕、分娩、哺育成为女性满足性欲望所要付出的沉重代价。拉森消解了婚姻提升女性社会地位的神话,所谓的提升实际上是一种下坠。黑尔加的婚姻以及婚姻所带来的生育将她蚕食殆尽。[②] 在小说的结尾,她又怀上了第五个孩子,处于一种完全丧失自我、虽生犹死的绝望状态。即使婚姻中的性行为不是耻辱的,它仍然是一条具有局限性的出路,被与生育的负担捆绑在一起。黑尔加的处境否定了文学传统中把浪漫情节作为反映性欲望的一个替代空间。拉森通过黑尔加的遭遇断言黑人女性性欲望的满足是不可能的。[③]

在《逾越种族线》中,拉森又一次以混血的黑人女性作为主人公,而且将两个肤色浅到可以冒充白人的女性的生活交织在了一起,叙述了她们是如何通过逾越种族线而重构她们的身份的。艾琳·雷德弗尔德和克莱尔·肯德里是幼年时期的同学与朋友,在分别12年后偶然相遇。出生于中产阶级的艾琳已经嫁给了一位黑人医生,生活在黑人中产阶级的小圈子里。她相信通过婚姻可以获得安全感和生活意义,一直努力维护自己的社会和经济地位。艾琳尽管对于自己的非洲血统倍感骄傲,但她已经内化了白人中产阶级的道德观,在生活上处处以此为导向,十分关注阶层和地位。出身贫寒、饱受白人亲戚冷眼的克莱尔则在幼时离家出走,后来彻底背弃了自己的种族身份,试图在一个本不属于自己的世界里以另一种身份生存。如果说艾琳为了购物和餐饮的方便偶尔冒充

---

① Nella Larsen, *Quicksand and Passing*, ed. Deborah E. McDowell (New Brunswick: Rutgers UP, 1987)92.

② Deborah E. McDowell, "Introduction," *Quicksand and Passing*, by Nella Larsen, ed. Deborah E. McDowell (New Brunswick: Rutgers UP, 1987)xxi.

③ Pamela E. Barnett, "'My Picture of You Is, After All, the True Helga Crane': Portraiture and Identity in Nella Larsen's *Quicksand*," *Signs* 20.3 (1995): 597–99.

一下白人，克莱尔则彻底隐瞒了自己的身份，真正逾越了种族线进入白人世界。她虽然嫁给了一位白人富商，又怀念黑人生活中所提供的精神满足，瞒着极端仇视黑人的丈夫偷偷参加黑人圈子里的活动。在之后的交往中，艾琳感到充满激情、富有活力的克莱尔对自己婚姻的威胁，试图阻止克莱尔在黑人圈子里出现。但克莱尔无法忍受虽然舒适但是枯燥的白人生活，不顾危险不断溜到黑人区参加黑人的聚会。在一次艾琳夫妇和克莱尔都参加了的朋友聚会中，识破克莱尔真实身份的白人丈夫跟踪而至。在之后的混乱中，克莱尔从开着的落地窗坠楼而死。小说中没有说明她是自己摔下去的，还是被艾琳推下去的。但克莱尔的生命以她身份的暴露和死亡而告终。

艾琳在黑人中产阶级中找到了自己的位置。她对于种族线的逾越不是向克莱尔那样建构一种白人身份，而是吸收了白人中产阶级的价值观，包括有关审美和性行为的标准。她终日忙碌着照顾子女、社会责任和提升种族地位的工作，维持一种类似白人中产阶级生活的繁荣表象。克莱尔在逾越种族线进入白人世界后，又厌倦了身为白人女性的生活。她拒绝母亲身份，因为她畏惧基因结合的不可预测性，担忧如果生育一个黑肤色的孩子会暴露她真正的种族身份。对白人丈夫的厌恶随着她在黑人社区中度过的时光不断增长，但她又无法放弃自己作为白人中产阶级的舒适生活，一直生活在被揭露的恐惧之中。[①] 拉森通过塑造这样两个女性展现了黑人中产阶级的生活，并且表明尽管两人都给予对方生活美满的印象，其实并没有得到真正的幸福，这正是黑人女性生活的真实写照。

作为一个游离于黑白两个世界之间的女性，拉森的创作像她那本小说《逾越种族线》的书名一样，是一种大胆的逾越尝试，而这种逾越又是多方位的：是对于种族的逾越、对于性别标准的逾越、也是对于非裔美国女性小说传统的逾越。正是这种多方位逾越的交叉显示了拉森作品的丰富内涵。在19世纪的后半叶，美国黑人作家开始在文本中涉及逾越种族线这一现象，浅肤色的黑人（一般是女性）在后来的50年中在美国黑人作家想象中占据了重要位置。在这个以白色为标准的种族社会里，白色代表着特权，而黑色代表着对于白色这个正常标准的背离。美国的种族类型又是复杂的，一方面，种族被假定为在可见之处显示自己，在皮肤色素上显示自己。但是，如拉森在文本中所显示的，这种可

---

① Lucia Morrow Calloway, "Elite Rejection of Maternity in Nella Larsen's *Quicksand* and *Passing*," *Black Family (Dys) function in Novels by Jessie Fauset, Nella Larsen and Fannie Hurst* (New York: Peter Lang, 2003) 96－97.

见或不可见并不能完全说明种族的真相。[①] 黑白混血儿因而成为非裔美国文学中再现种族关系的可利用工具。[②] 拉森在自己的作品中集中描绘了这种浅肤色的中上层阶级黑人女性,用这种没有显见民族肤色的女性人物探讨了美国复杂交织的种族关系。有些评论家认为拉森的女主人公可归类为黑人文学中常见的"悲惨的混血儿"形象。这类人物与占统治地位的族群有着血缘的联系,但仍然无力抗拒一个种族歧视社会中的各种堕落行为,成为环境的牺牲品。而拉森的女性所表现出的自主能动性说明她们不属于这种人。[③]

在《流沙》中,黑尔加是一个种族特征较为明显的混血儿,一直无法与黑或白其中一种文化认同,因而无法获得归属感。小说开篇引用了黑人诗人休斯的诗歌,谈到种族双重性为这些混血儿带来的主体性缺失。小说中空间的持续变化,使人物的身份不断被空间解构,而主人公也在试图不断地建构新的文化身份。《流沙》集中刻画了黑尔加如何希望超越种族界限来定义自己。她从美国南方学校的出逃标志着她在地理空间以及精神空间的游离的开始。每一次空间的旅行,伴随着时间的流逝,都象征着她发展意识中的一个阶段,带来了新的异化感。她从南方到了纽约,辗转到哥本哈根、纽约,最后又回到南方,每一次都试图寻找一个适应于自己的环境,最终进入把她变为繁衍机器的婚姻。她不断的逃离出于她试图建构超越种族身份的努力,但因为她种族的双重性,她始终寻觅不到可以发挥自己潜力的栖身之处,她寻求为自己而不是为他人活着的愿望也最终无法实现。内心充满矛盾的黑尔加曾经扪心自问道:"为何我无法有两种生活,为何我无法满足于待在一个地方?"[④]黑尔加的悲剧是个人的,但又有着深刻的社会寓意。作为一个被种族环境定义的混血儿,一个没有家庭和金钱保护的现代女性,她同时属于又不属于白人和黑人这两种文化。黑尔加对于这两种文化都有保留,但又没有资源和力量可以解脱自己,从而无法建构独立的自我。

《逾越种族线》承继了逾越这种文学叙事传统,是美国非裔文学中关于逾越

---

① Catherine Rottenberg, "*Passing*: Race, Identification, and Desire," *Criticism* 45.4 (2003): 439.

② Hazel Carby, *Reconstructing Womanhood: The Emergence of the Afro-American Women Novelist* (New York: Oxford UP, 1987)171.

③ Lucia Morrow Calloway, "Elite Rejection of Maternity in Nella Larsen's *Quicksand* and *Passing*," *Black Family (Dys) function in Novels by Jessie Fauset, Nella Larsen and Fannie Hurst* (New York: Peter Lang, 2003)93.

④ Nella Larsen, *Quicksand and Passing*, ed. Deborah E. McDowell (New Brunswick: Rutgers UP, 1987)93.

种族线的经典之作。[①] 在《逾越种族线》中拉森塑造了两个肤色浅到可以逾越种族线的女性主人公，通过描绘这两个人物角色不同的生活轨道揭示了种族类型的复杂性。艾琳在为黑人设立的空间里享受着中产阶级社会地位和物质条件，视安全感为生活中最为重要的事情，只想守住自己的丈夫和儿子，过着衣食无虞的生活。可以说，她是拉森本人的社会自我。而每天都冒着被丈夫察觉真实身份的危险我行我素的克莱尔则是拉森向往的理想自我。[②] 拉森通过游离于两种文化之间的人物角色探讨了文化身份的不确定性，以及中产阶级的混血女性在种族和性别的双重压迫下寻求自由和自我的历程。拉森所塑造的角色也因为在两种文化空间中的不断穿越而更加具有个性、更加富有生命力。

虽然种族是拉森小说涉及的主要内容，但是它并不是文本中身份建构的唯一维度。主人公的异化以及为身份而进行的斗争主要表现在性行为与种族身份的交叉。[③] 拉森对于性别标准的逾越表现在两个方面，一是对女性性欲望的表现，二是对于女性传统角色的反叛。在前者上，尽管拉森对黑人女性的性欲望表现出模棱两可的矛盾态度，但她对此的大胆描绘使她成为非裔女性文学传统的开路人。美国黑人女性作家在一个多世纪的文学创作中一直在性爱问题上持谨慎和缄默态度。这种态度显然与流传甚广的黑人女性品质淫荡的不实看法有关。广为人知的是，在奴隶制度下奴隶主蓄意捏造黑人女性淫荡好色的形象，以逃避自己对于女奴性侵略的责任。女奴的这种形象并没有随着奴隶的解放而结束。在很长一段时期内，它成为黑人作家力图改变的重要内容。在这种背景下，19 世纪和 20 世纪初的黑人女性文学形成了一种关于黑人女性性行为的缄默模式，对于黑人女性淫荡好色的回应是塑造一种贞洁的、无性欲望的女性，为她们涂上一层维多利亚社会性道德的纯洁色彩。[④] 即使在性解放的爵士乐时代，尽管女性的性行为已经得到广告界和时尚界的认可和宣传，黑人女性小说仍然对此缄口不语。[⑤] 在哈莱姆文艺复兴运动中，有些作者接受当时流行的看法，即认为黑人是具有原始冲动的，是充满活力的，因而他们缺乏自制力、屈服于激情。另一些人看到这种"原始"意象中所隐含的种族歧视含义，坚

---

① Catherine Rottenberg, "*Passing*: Race, Identification, and Desire," *Criticism* 45.4 (2003): 435.

② Thadious M. Davis, *Nella Larson, Novelist of the Harlem Renaissance: A Woman's Life Unveiled* (Baton Rouge: Louisiana UP, 1994) 308.

③ Pamela E. Barnett, "'My Picture of You Is, After All, the True Helga Crane': Portraiture and Identity in Nella Larsen's *Quicksand*," *Signs* 20.3 (1995): 581.

④ Ibid., 579.

⑤ Deborah E. McDowell, "Introduction," *Quicksand and Passing*, by Nella Larsen, ed. Deborah E. McDowell (New Brunswick: Rutgers UP, 1987) xiii.

持黑人像白人一样，甚至比起白人更加传统、更加循规蹈矩。[①] 拉森勇敢地表现了女性的性欲望，这显然使她置身于20世纪20年代的解放运动之中。拉森讽刺了内化了白人中产阶级道德标准的黑人女性，特别是那种对于性行为的惺惺作态。在《流沙》中，耐克瑟斯学校的麦古德温小姐就公开宣称她从未考虑过找个丈夫，因为她认为婚姻中有些事情是令人厌恶的。中产阶级黑人女性安妮也对性行为持一种不屑态度。充满活力的黑尔加去了哈莱姆这个在哈莱姆文艺复兴中象征着性自由和放任纵情的场地[②]，但她的性欲望也没有得到满足。在《逾越种族线》中，以白人中产阶级道德观为标准的艾琳也反对在公开场合有任何亲昵的举动。美国黑人评论家黑兹尔·卡尔贝强调，美国黑人女性作家"必须建构一种黑人女性话语，这种话语不仅要使她们不受'真正的女性'社会准则的约束，而且又要把她们的身体从与不正当的性行为的不断联系中拯救出来"[③]。拉森希望讲述一个有着性欲望的黑人女性的故事，但是又受到把黑人塑造成受人尊敬的形象的强烈愿望的限制，这使她在探讨黑人女性性行为时采取了一种隐讳的态度，她在描绘了黑尔加强烈的性欲望之后，又迅速把她置于婚姻的框架之中。但尽管如此，拉森还是把黑尔加变成了"美国黑人小说中第一个真正的性感的黑人女性主人公"[④]，她在小说中对于令人窒息的婚姻的描绘中有效解构了这种框架。

拉森对于传统文化强加于女性的角色进行了反思与挑战。她批判了中产阶级的虚伪，更重要的是对传统的母亲角色进行了抨击。20世纪20年代文化与文学见证了对于黑人母亲身份的再评价。这种再评价改变了奴隶制下的母亲形象，强调了在刚刚出现的黑人民族主义中的女性角色。著名黑人作家杜波依斯强调黑人母亲身份的力量，表达了黑人群体对于黑人女性担当起母亲角色的期望。因为这个种族的生存在很大程度上取决于女性更好地完成她们的母性角色。拉森对母亲角色的描绘是对于新黑人母亲角色建构的批评，她的故事情节挑战了当时流行的自我牺牲的女性模式。拉森没有剥夺女性的母亲身份，但修正了文学传统中把母亲身份作为女性力量的做法，将之视为黑人女性自我实现和艺术创作的障碍。一方面，拉森清醒地认识到种族歧视社会里黑人的生存窘境，她在两部小说里都通过女主人公之口表明了把孩子带到这个存在种族

---

① Barbara Christian, *Black Women Novelists: The Development of a Tradition, 1892—1976* (Westport: Greenwood, 1980)40.

② Deborah E. McDowell, "Introduction," *Quicksand and Passing*, by Nella Larsen ed. Deborah E. McDowell (New Brunswick: Rutgers UP, 1987)xviii.

③ Hazel Carby, *Reconstructing Womanhood: The Emergence of the Afro-American Women Novelist* (New York: Oxford UP, 1987)32.

④ Ibid., p.174.

歧视的世界上的残酷。另一方面，拉森着眼于母亲身份对于女性的伤害。在《流沙》结尾，这一身份成为女性心理和生理上的极大负担，婚姻、妊娠和养育子女成为性欲望表现的必然代价。面对不断的怀孕、生产和接踵而来的子女，黑尔加根本没有喘息的机会。很显然，母亲身份被认为是女性成功与自我实现的羁绊，使女性变成了"繁殖工具"。[①] 拉森试图把黑人女性身份与母亲身份剥离，而强调了与世纪之交的新女性相关的女性自我欲望的实现。[②]

拉森如今已经跻身于哈莱姆文艺复兴中的重要作家之列。许多美国非裔历史学家、小说家和批评家都提到过拉森，德波拉·麦克道尔为拉特格斯大学的美国妇女作家系列丛书编辑了拉森的《流沙》和《逾越种族线》。20 世纪 80 年代末，著名评论家黑兹尔·卡尔贝把对于拉森《流沙》的解读作为她《重构女性身份：非裔美国女性小说家的出现》的结尾章节。而 1990 年 1 月的《美国现代语言协会会刊》(*PMLA*)把一篇评论拉森的文章作为这本著名杂志专刊的首篇文章。[③] 拉森的最大历史功绩在于她开创了一种新的黑人文学传统。卡尔贝指出，拉森笔下的角色是城市中的黑人，她不仅是理查德·赖特和拉尔夫·艾利森的前驱，也代表了非裔美国女性文学的一个被忽略的部分。在寻找美国女性黑人小说传统的过程中，从佐拉·尼尔·赫斯顿到艾丽丝·沃克已经有效地建构起一种黑人女性文学模式，这种模式把乡村黑人视为美国黑人历史的承载者和黑人文化的维护者，并把城市中种族、阶级和性行为的对抗边缘化。[④] 而拉森却把城市中的黑人女性作为自己的创作题材，表现了她们在种族、阶级和性别交叉的漩涡中的生存状况。而 20 世纪后半叶的黑人女性作家托妮·莫里森更是发扬光大了这一传统。

拉森塑造的充满个性与矛盾的女性角色发人深思。这些混血的女性必须面临由于她们血缘而带来的异化感，既没有自己的话语方式，也没有自己的话语空间。生活于两种文化边缘的状况使得她们注定无法融入黑或白一种文化，也使得她们对于个性自由和独立自主的追求最终都无法实现。玛丽·海伦·华盛顿这样评论拉森："她小说中的女性，像拉森一样，在试图对待矛盾情感、边缘化、种族主义和性别歧视这些问题上被驱赶到情感和心理的极端。拉森向我们

---

① Allison Berg, "Fatal Contractions: Nella Larsen's Quicksand and the New Negro Mother," *Mothering the Race: Women's Narratives of Reproduction, 1890—1930* (Urbana: U of Illinois P, 2002)131.

② Ibid., 105 - 106.

③ Thadious M. Davis, *Nella Larson, Novelist of the Harlem Renaissance: A Woman's Life Unveiled* (Baton Rouge: Louisiana UP, 2004)xvii.

④ Hazel V. Carby, *Reconstructing Womanhood: The Emergence of the Afro-American Women Novelist* (New York: Oxford UP, 1987)175.

显示了一个听到自己的翅膀拍打着监牢墙壁的女性。"[1]如她们的创作者一样，这些游离于两种族裔文化之间的女性最终无法超越种族现实而到达理想的彼岸。

内拉·拉森的主要作品：

小说与短篇小说作品：

The Wrong Man，1926.

Freedom，1926.

Quicksand，1928.

Passing，1929.

Sanctuary，1930.

① Mary Helen Washington，"The Mulatta Trap：Nalla Larson's Women of the 1920s，" *Invented Lives*：*Narratives of Black Women*，*1860—1960* (New York：Doubleday，1987)166.

9. 赛珍珠——沟通东西方文明的人桥[①]

Pearl S. Buck: Bridge between the Western and the Eastern Culture

在有幸被授予诺贝尔文学奖的作家中，可能没有一位像赛珍珠(1892—1973)这样经历了如此尴尬的文坛起落：在1938年获奖的短暂辉煌之后，她在美国文学史上很快销声匿迹。她的文学成就一直未能得到广泛承认，不仅在获奖当时就受到包括福克纳在内的男性作家的讥讽，即便是美国70年代的女性文学复兴运动也对这位前美国作家协会主席表现出异乎寻常的冷漠。在社会政治因素强力冲击文学经典的环境下，各式"二流经典"[②]及作家你方唱罢我登场，通过不同方式宣示了自身存在并表达了特定的政治诉求。但赛珍珠一直处于无人问津的尴尬地位。迄今为止，一些权威的文学选集如《诺顿美国文学选集》都没有收录她的作品。究其缘由，题材的中国化应该是影响她在美国的接受的最主要原因。[③] 真是成也萧何，败也萧何，当年赛珍珠恰恰是因为"对中国农民生活真切、丰富和史诗般的描述"获得世界文坛的最高荣誉，却在后世被排除在美国文学"大雅之堂"之外。可见，美国批评界尚未从根本上走出"美国性"的偏执和政治幻想的干扰，具有特殊文化标记的赛珍珠则不幸成为"替罪羊"。而对于我们中国读者来说，她是世界文学史和文化史上与中国关系最为密切的女作家，把中国文化介绍给世界并成功地改变了西方对中国人的刻板印象，堪称继马可波罗之后最伟大的文化使者。

赛珍珠1892年6月26日出生于美国西弗吉尼亚州的小城西尔斯博勒。10月份，尚在襁褓中的她被身为传教士的父母带到中国。父亲赛兆祥(Absalom Sydenstricker)虔信基督福音，对传教事业有着异常热情，是美国长老教会最早派遣中国的传教士之一。他把所有时间和精力都花在了拯救异教徒的灵魂上，而对家人很少关心。与严肃冷漠的父亲不同，母亲凯丽开朗热情，生性活泼。她有较高的文学修养，亲自担任了赛珍珠的英文和美国文化教育。

---

① 美国总统尼克松1973年赛珍珠逝世时对她的悼词，化自赛珍珠本人的自传名《沟通之桥》(*A Bridge for Passing*, 1962)。

② 此短语为菲利斯·弗拉斯等人在探讨薇拉·凯瑟评论与美国经典形成史之间的互动关系时对得益于经典修正运动之作品的称呼。See Phyllis Frus and Stanley Corkin, "Review: Cather Criticism and the American Canon," *College English* 59.2 (1997): 206-17.

③ 方红就此问题做了专门探讨，认为女性角色反抗意识的不足和题材中国化是赛珍珠作品遭受美国女性主义评论家忽视的原因。参见《西方女权评论家为何排斥赛珍珠》，《河南师范大学学报(哲学社会科学版)》1993年第4期。

童年的赛珍珠受到了东西两种文化的熏陶。姆妈王氏给她讲佛教和道家的各种故事和传说,家庭教师孔先生教她熟读儒家的经典诗书。在他们共同的影响下,赛珍珠熟悉了中国三教一体的民俗文化,逐步形成了自己的世界观。母亲担心她忘了美国,在教她英文写作和阅读之外,还将她送到教会学校和美国弗吉尼亚州伦道夫-梅肯女子学院读书。在美读书之初,行为习惯颇为中国化的赛珍珠与周围环境显得格格不入,深切感受到了文化差异所带来的心理隔膜和身份危机。接受了其他民族文化的美国人会始终处于一种"无根"的流放状态,缺乏任何意义上的归属感。对于赛珍珠而言,她既没有被故乡美国所承认,又没有被成长之地中国所接纳,成了在两个世界之间摇来晃去的流浪者。

因为对中国的思念,加之母亲病重,赛珍珠大学毕业之后返回中国。1917年,她遇见来华传授农业技术的美国专家约翰·洛辛·巴克,很快按照西方的习俗结了婚。这场婚姻是不幸的,几乎是赛珍珠父母的翻版。同赛兆祥一样,巴克把全部精力扑在了工作上,无暇也无意顾及妻子的感受。他满腔热忱地竭力启蒙"需要拯救的"中国农民,却发现在农业历史源远流长的中国大地上照搬西方技术既没有用处,也难以得到当地民众的认可。最终他不得不沮丧地回到南京,放弃了自己的技术"传教"。在这期间,赛珍珠随着他东奔西走,深入了解了中国农村的苦难生活,直至1921年在南京大学谋得文学教职。夫妻二人的感情渐行渐远,但赛珍珠没有像母亲凯丽那样选择了压抑和沉默,而是转向文学去寻求情感补偿。她在文学创作的路上孤独前行,终于遇到了知音。1934年她与巴克离异,次年与约翰·戴伊出版公司总经理、《亚洲杂志》主编理查德·沃尔什结婚,并回美国定居。从始至终,赛珍珠在中国度过了近四十年,中国情愫已经浸印到她的血脉。她回国后从事的社会和文学工作基本上都与中国有关,为中美之间的交流做出了巨大贡献。

促使赛珍珠开始文学创作的直接原因是母亲的病故。在赛珍珠的童年生活中,母亲一直扮演着家庭支柱、道德中心和行为楷模的角色。母亲作为异乡客在中国所经历的种种喜怒哀乐,无不为成年后的赛珍珠所重历和理解。悲痛之余,赛珍珠决定为母亲写一部传记,既抒发自己的思念,也作为对家族历史的记忆和传承。《异邦客》(*The Exile*, 1936)用感人的笔触呈现了一位"站在中国阴暗中心的美国式花园里"的传教士之妻,细腻却深刻地描写了"中西文化排斥、冲突、交流的特定历史条件下一个妻子和母亲的感受"[①]。这部作品是赛珍珠完成的第一本书,却在艺术上达到了很高的成就。日后与她为父亲赛兆祥所写的传记《战斗的天使:一个人的肖像》(*Fighting Angel: Portrait of a Soul*, 1936)一起被誉为"堪

---

① 王守仁:《赛珍珠谈她的父母——〈异邦客〉、〈战斗的天使〉合论》,《镇江师专学报(社会科学版)》1999年第4期,第22页。

称纪念在华传教士的丰碑”[1]，并与“大地三部曲”一起获得了诺贝尔奖。自《异邦客》之后，赛珍珠发表了若干篇短篇随笔，正式开始了自己的文学生涯。她是一位极其多产的作家，一生创作了一百多部作品，涉及长篇小说、短篇小说、诗歌、散文、剧本、传记、演讲等不同文类。其中以“大地三部曲”艺术成就最高，也最为出名。总体说来，赛珍珠的作品都具有同一主旨内涵，即有关文化身份的焦虑和跨文化交际的努力。[2] 她既无法确认自己的中国身份，也无法确认自己的美国身份，边缘境地导致了文化身份焦虑。这种焦虑和分裂感使赛珍珠成了地域和社会双重意义上的“异乡人”，她的作品便是边缘主体进行观察和沉思的产物。[3]

赛珍珠正式发表的第一部作品是《东风·西风》(*East Wind*, *West Wind*, 1930)。小说的背景时间段是20世纪二三十年代，正是中国的社会思想激烈变动的时期。整部小说采取了书信体，以女主人公桂兰的自叙口吻讲述了自己和西方女性玛丽的婚姻遭遇。桂兰从小受教于封建传统思想，接受了“妇道”规范，决心像母亲所要求的那样去尽力取悦丈夫和公婆，“顺从他们要像花儿顺从太阳和雨露”。这个比喻颇为中国化，形象地传达了中国文化中女性作为温室花朵的处境。但留过洋的桂兰丈夫接受了西方观念，在新婚之夜与她立下夫妻平等的约定，并通过让桂兰放脚等一系列行为宣示了与旧式传统的决裂。桂兰从震惊到理解，完成了自我身份意识从东方到西方的嬗变。而嫁给桂兰哥哥的玛丽则在由西向东的文化交流之路上遇到了巨大阻力。她的婚姻招致了桂兰全家的极力反对，一直没有得到家族“合法”媳妇的身份。但他们夫妻顶住压力，自立门户，最终生下了爱情的结晶。混血婴儿的诞生是再明显不过的比喻，小说对此大加发挥：“他的出世带来怎样一种结合的快乐！他已把父母两人的心维系在一起，他俩出生、教养完全不同，而这种差异已存在几百年了。这是多么了不起的结合呀！”[4]文字显得夸张做作，几乎不具有值得慢品细尝的审美内涵，但赛珍珠的文化交融理想和她对这份理想的热切期望跃然纸上。这个理想可以被视为赛珍珠创作思想的中心主旨，她没有把描述重心放在中西文化的差异上，而是企望二者的沟通和融合。[5]《东风·西风》从婚姻的角度来切入种族文

---

① 彼德·康：《赛珍珠传》，刘海平等译，桂林：漓江出版社，1998年，第213页。

② 参见王建香、王洁群：《焦虑、寻觅与重建：赛珍珠的文化身份》，《江苏大学学报》(社会科学版)2005年第2期。

③ 贺晓星、仲鑫：《异乡人的写作——对赛珍珠作品的一种社会学解释》，《南京大学学报》2003年第1期。

④ 赛珍珠：《东风·西风》，林三等译，桂林：漓江出版社，1998年，第525页。

⑤ 郭英剑：《赛珍珠：后殖民主义文学的先驱者》，载郭英剑编《赛珍珠评论集》，桂林：漓江出版社，1999年，第246—252页；姚君伟、张丹丽：《从〈东风·西风〉看赛珍珠的中西文化合璧观》，《镇江师专学报(社会科学版)》1998年第2期。

化问题，直接表达了对种族沟通和文化移植的深入思考，无论在中国文学史还是美国文学史上都可算是先驱性的作品。

在赛珍珠的创作中占有核心地位的是"大地三部曲"，即《大地》(*The Good Earth*，1931)、《儿子们》(*Sons*，1932)和《分家》(*A House Divided*，1935)。1931年《大地》在美国出版，获得了极大的成功。它被列为最畅销的书，并于次年获得普利策奖。至1935年三部曲出齐，被认为是1930—1935年间美国最佳小说而获得美国艺术文学院的豪厄尔斯奖章。两年后《大地》被搬上银幕在全美公映，同样好评如潮，女主角还荣获了当年的奥斯卡奖。

"大地三部曲"凭借对中国农村的发展变迁和中国农民心态的准确把握而深具艺术感染力。赛珍珠曾言："在农民当中，我找到了人类最纯真的感情。"① 可以说，她对中国的感情和认知基本上来自于她对农民的了解。在跟随巴克做田野调查时，她深入农民中间，对农村生活有着细致的观察。日后她将自己的观察和对中国农村命运的思考倾泻到了自己的作品中。三部曲以王龙家族三代人的命运沉浮为基本叙述框架，以各代农民与土地的不同关系为聚焦点，展现出中华民族由古老帝国到军阀割据再而抵达现代中国的历史变迁。②

《大地》以安徽宿州和江苏南京为背景，通过王龙的命运起伏再现了20世纪初中国农村的状况。小说共34章，分别描写了佃农王龙和地主王龙的生活。佃农的日子清苦，王龙和妻子阿兰拼命劳作以求温饱。后来在逃荒时偶得意外之财，回家成了地主。随着身份的变化，他开始嫌弃农民的贫穷和肮脏，也开始嫌弃自己的糟糠之妻。与此形成鲜明对比的是他对土地一成不变的依赖。土地是他的精神支柱和追求的终极目标："来自于土地，回归到土地。"王龙对土地的朴素认识竟然与西方基督教一脉相通，可见赛珍珠所描述的并不仅限于特定地域和特定阶层的意识形态，而贯通中西两方文化情感，有着广阔且深刻的哲学蕴涵。王龙坚守着他所赖以生存的土地，宁愿倾家荡产、逃荒要饭甚至溺杀女儿都不愿失去土地。无论他有多少烦忧，只要走进自己的地里，心里总是涌起愉悦平和的感情来。这份感情是中国小农式的，表达了安土重迁的农业思想；同时这份感情也是普世的，表现了人类对永恒存在的依恋。较之《我的安东尼亚》中吉姆对待乡土与安东尼亚的感情，王龙也将大地当作"情人，或是妻子，或是母亲、姐姐——只要是女人能成为男人的，什么都行"，但少了一分征服，多了一分敬畏。赛珍珠对中国农民的这份感情推崇有加，将之刻画为一种近乎神秘的宗教情怀。这也导致了一些评论家认为她对中国农民和中国乡村的书写

---

① 赛珍珠：《我的中国世界》，尚营林等译，长沙：湖南文艺出版社，1991年，第149页。

② 唐长儒：《评〈分家〉》，载郭英剑编《赛珍珠评论集》，桂林：漓江出版社，1999年，第119页。

缺乏真实性,属于浪漫化的主观构想。①

《大地》展示了以王龙和阿兰为代表的普通中国农民的情感生活和性格命运,但其承载的内涵远远超出了个人层面上的分析和表达,而具有社会的和历史的意义。它通过王龙的家庭变迁影射了处于现代性阵痛的中国,揭示了中国封建土地所有制及其生活方式的没落趋势。《大地》结尾的王龙之死指代着一种经济体制退出了历史舞台,中国农民对"大地"的认知以及他们的生存方式也随之发生了变化。"大地三部曲"的第二部《儿子们》即呈现了旧结构分崩离析、新体制尚未建立之间的混乱状态。

《儿子们》以王龙的三儿子王虎为主人公。王龙发财后,开始考虑儿子们的前途以便继承家业。受老人依靠幺儿的中国传统思想影响,他期待王三务农,守住家业田产这个命根子。可王三偏偏向往外出闯荡,后来离家出走投奔一个老司令。不久后自立山头,成为盘踞一方的军阀,因其心狠手辣而得到"王老虎"的绰号。不过,王虎在作品中并不是平面形象,而具有性格上的深刻矛盾。他本性良善,感情深沉,同时也胸怀理想。迫于形势,他不得不通过武力和杀戮来实现自己成为"伟人"、成就"革命事业"的理想,并在后悔自责和自我陶醉中人格分裂。这种分裂从文学形象生成的角度来说体现了赛珍珠"对中国社会和战争的矛盾心态"②,从主旨来讲则反映了社会转型期的彷徨:较之王龙对土地的痴迷,新时期的王虎尚未能够为自己的"理想"找一个确定的能指。王龙眼中的大地是具体的、可耕种的,而在王虎这里则变成了抽象的"地盘"概念,即集土地与政治、经济、军事之合力的威权象征。③ 这个由确定性到不确定性的转变过程实则上就是疏离和异化的过程。大地是旧经济体制的承载物,对它的疏离和异化也就是对整个旧秩序之道德文化体系的偏离。整部作品围绕着这一过程所展开,通过种种背叛现象——如王虎对父亲王龙的背叛,王虎对老司令的背叛,王虎所遭受的来自部下、妻子和儿子的背叛等——点明了主旨。④ 不过,王家三兄弟并未完全走出王龙所代表的旧式农民的"生命圈":作为豪绅、富商和军阀,他们都还依赖着旧式经济和封建家族制度而存在。⑤ 标题"儿子们"以一

---

① 赵梅:《赛珍珠笔下的中国农民》,《美国研究》1993 年第 1 期,第 144—146 页。

② 杜林认为,王虎形象是赛珍珠"汲取了中国传统文学作品《水浒传》、《三国演义》中的某些内涵,并结合其父赛兆祥的个性特征塑造的具有中西双重文化内蕴的形象"。三个来源造成了这一形象"个性特征和社会角色的'两层皮'——西洋传教士安德鲁的性格与旧中国军阀的社会行为——不能很好的融为一体"。参见《论赛珍珠笔下的王虎》,《外国文学评论》2001 年第 1 期,第 30—31 页。

③ 高鸿:《赛珍珠大地三部曲里的中国形象》,《中国比较文学》2005 年第 4 期,第 157 页。

④ 学者杜林率先发现赛珍珠的作品中存在背叛这一主题,并做了些许论述,认为背叛导致的孤独"是永恒意义上的、人类的悲剧"。参见《论赛珍珠笔下的王虎》,《外国文学评论》2001 年第 1 期,第 28 页;第 30 页。

⑤ 姚锡佩:《论赛珍珠的〈大地〉三部曲》,《当代外国文学》1996 年第 3 期,第 92 页。

个意味深长的阳性复数表明了家族/国家思维方式的遗留和变化。

就主旨而言，《儿子们》在"大地三部曲"中不过是处于中转的位置。半是出于对当时社会发展的纪实，半是出于作家本人的美学理想，赛珍珠将回归大地使之复兴的重任交予了一个留学归来的知识分子。《分家》展示了新时期与旧时代彻底决裂、踏上文化交流之路的青年一代。此时军阀混战基本结束，民智已开，建设自由和民主的现代中国呼声渐隆。主人公王源是军阀王虎的儿子，被父亲逼迫要继承兵权并与选定的女子结婚。可王源与王虎唯一的共同点就是对父亲的反叛。当年王虎不愿种地而去参军，现在的王源却不喜刀兵而钟情农事。他也离家出走，触及的空间比王虎更远，到了新兴的都市甚至国外。空间的拓展指代视野和思想的拓展，王源由此接触到开放实用的西方文明。然而，与异质文化的接触没有使王源全盘西化，相反却强化了他的民族意识，也促使他重新回归大地。至此，三部曲完成了一个循环：人从土地上来，又回到土地上去，王龙的临终之言在孙子王源身上得到了印证。值得特别指出的是，王源对大地的回归和依恋源于典型的知识分子立场。他幼时坐在石榴树下赞美新叶一幕的美感不逊于《他们仰望上苍》中珍妮的树下沉思，成年后对自然的深沉情感也媲美于《我的安东尼亚》中的吉姆对大草原的怀旧。这些都属于文化行为，迥异于王龙对土地的朴素情感。[①] 变化是时代的要求，也表达了作家的文化理想。小说的标题"分家"是一个显而易见的隐喻，表现了时代的裂变，与薇拉·凯瑟的《教授的房屋》和《迷失的夫人》有着明显的相似性。

总而言之，"大地三部曲"以紧紧围绕人与大地的关系这一核心主题展开，以此为视角呈现了中国社会之变迁，确可算上"史诗"般的作品。[②] 土地是厚重的文化符号，指代中国传统的经济、政治、道德体系和"安土重迁"的传统生存意识。三部曲通过人对"土地"的不同占有形式表现了社会的变化：

> 从王龙脚下可耕作的田地，到王虎占有的"地盘"，再到王源拥有虚拟性的"土地"，人与土地关系的变化，蕴含着祖孙三代所经历的时空变换的真正意义：王虎走出王龙的土地，王源走出王虎的地盘，他们各自进入了一个不同于父辈的历史时空。[③]

这种"历史时空"的变化是20世纪初期的典型特征。当时现代性正是显象，深刻改变了以农业为基础的社会状态，进而导致了广泛的思想和文化变革。当时世界范围内都存在农业社会社会的转型，在美国，薇拉·凯瑟与埃伦·格拉斯哥

---

① 朱希祥：《赛珍珠〈大地三部曲〉中的三个男主角解读》，《江苏大学学报》2003年第4期，第70页。

② 参见朱希祥：《从赛珍珠的"大地三部曲"谈"史诗"精神》，《镇江师专学报》1999年第2期。

③ 高鸿：《赛珍珠大地三部曲里的中国形象》，《中国比较文学》2005年第4期，第158页。

也在充当时代的见证人。赛珍珠记载了中国的情形,但绝不缺乏世界视野:“大地三部曲”虽说是完全取材于中国,但行文构思不时流露出凯瑟和格拉斯哥的影响痕迹。它们能在美国引起热议,根本原因在于其内在的普适性引起了美国人对自身历史的怀旧,满足了他们自身的身份想象,具有原型意义。[①]

同她的美国同侪一样,赛珍珠对社会变迁的关注也采取了女性的立场。1940年,她在美国公开支持修正案,呼吁扩大妇女就业机会,并应邀参加了在华盛顿举行的全美妇女第十次年会。赛珍珠的女性视角在其作品中得到了最好的体现,瑞典学院的常务秘书哈尔斯特龙早就注意到此点,认为《大地》中“一个最严肃最忧郁的问题是中国妇女的地位问题”[②]。赛珍珠作品众多,刻画的女性形象林林总总,但最具艺术价值并给读者以深刻印象的女性有两类:一类是农业社会中勤劳能干的传统持家妇女,以《大地》中的阿兰为代表;另一类是新时代追求独立自主、德才兼具的新潮女子,以《分家》中的梅琳为代表。

现在学界公认,《大地》在史诗般的宏伟规模之下隐藏着“细微而又复杂的女性主义思想”,主要通过大地和阿兰这两个互相转喻的“道德中心”而体现。[③]小说中的大地和女性都承载着农业社会的传统价值观,指代安土重迁、忍辱负重、生生不息等蕴涵。1937年米高梅电影公司拍摄的同名电影借王龙之口的片尾结语是“阿兰,你就是大地”,明确点出了阿兰和大地之间的联系以及她们所喻指的意义。[④] 实际上,小说的开篇已经点出了女性与大地的互喻。王龙的结婚日与大地逢雨将会“生产”的好兆头联系在一起。就如农民依赖大地而存活一样,男性也依赖阿兰这样的女性而得以将家庭和家族维持下去。王龙父亲的鄙夷之语“女人是用来做家务、生孩子和下地干活的”从侧面强化了女性在传统家庭中不可或缺的作用。[⑤] 在整部故事中,阿兰也证实了自己的地位。她是家庭的顶梁柱,比王龙更加重要。在一系列决定王家命运的大事中,如抢大户、购买黄家土地等,都是阿兰依靠自己的经验和智慧做下了正确的决定。在被丈夫冷遇后,她的沉默更多是合乎时代性别规范定义的隐忍而非懦弱。在阿兰的身上体现了中国封建社会女性的理想特征,也寄托了赛珍珠本人对中国传统妇女的赞美。这种刻画具有深沉的道德意图而非激进的性别政治色彩,因而将她们

---

① 朱骅:《幻梦与原型:赛珍珠笔下的“中国话语”》,《兰州学刊》2008年第8期。

② “附录”,载赛珍珠著《大地三部曲》,王逢振等译,桂林:漓江出版社,1998年。

③ 刘海平:《一位需要重新认识的美国女作家——试论赛珍珠的女性主义特征》,《当代外国文学》1996年第3期,第108页。

④ 同上书,第109页。

⑤ Pearl Buck S, *The Good Earth* (London: Methuen, 1982)10.

视为“男权大厦里的怨恨者与反抗者”似可商榷。[①]

赛珍珠笔下的另一类理想女性带有自传的色彩。她们在男权社会下没有一味顺从、归附男性，而是凭着自己的能力走上了自强自立之路。如果说《母亲》(*The Mother*，1934)中母亲的性需求尚未摆脱旧式女性道德的约束，《群芳庭》(*Pavilion of Women*，1946)中吴太太的离群索居限于传统女性的温和主张，那么《分家》中的美国人玛丽和中国人梅琳则是现代女性的理想代表。赛珍珠认为，妇女只有走出家门，冲出传统的“女性领域”，才能实现真正的妇女解放和男女平等。[②] 玛丽和梅琳都进入了公共空间：作为有理想和抱负的知识女性，她们不再将目光局限在琐碎的持家事务之中，而勇敢地出外为自己的才学寻找社会舞台。梅琳选择了外科医生这个最为男性化的职业，并独自完成了手术。这个以刀为笔的女勇士在新时期书写着属于女性的新故事，与赛珍珠以笔为刀反抗男权思想是互相映衬的，也符合20世纪初期美国时兴的新女性运动。值得一提的是，赛珍珠笔下的理想新女性都有接触异质文化的经历并善于借鉴对方的可取之处，最终成为文化交流的使者。

不过，赛珍珠沟通东西方文明的努力和付出所得到的并不全是理解和赞许，相反却多有攻讦，甚至导致了她的双重边缘化。不仅美国学界至今没有承认她的文学地位，连中国都不乏对她的质疑甚而攻击。自从1932年伍蠡甫最早译出《福地》[③]，赛珍珠就引起了中国文学界的注意和争论，其焦点集中在其中国书写的真实性上。除了少数的赞扬外，更多人对她的成功不以为然，认为赛珍珠对中国的了解不过是浮光掠影，其立场也大可值得怀疑。巴金、茅盾等文学名家都属此列，一致认为她的作品“虚伪”“扭曲”。对赛珍珠最著名的评论还是鲁迅先生在1933年11月15日《与姚克书》中的一段话：

> 中国的事情，总是中国人做来，才可以见真相，即如布克夫人，上海曾大欢迎，她亦自谓视中国为祖国，然而看她的作品，毕竟是一位生长中国的美国女教士的立场而已所以她的称许“寄庐”也不足怪，她所觉得的，还不过一点浮面的情形。只有我们做起来，方能留下一个真相。[④]

由于鲁迅先生中国文坛的崇高地位，这段话被当作否定赛珍珠的权威意见左右了文坛达半个世纪之久。直至90年代，学者们开始重新反思鲁迅评论所隐藏

① 姚君伟：《男权大厦里的怨恨者与反抗者：记赛珍珠笔下的中国妇女群像》，《当代外国文学》1995年第3期。

② Pearl S. Buck, *Of Men and Women* (London: Methuen, 1942)178.

③ 邹振环：《赛珍珠作品最早的译评者伍蠡甫》，《中国翻译》2003年第3期。

④ 此段评论出自《鲁迅全集》第12卷(人民文学出版社2005版)，参见郭英剑：《中国二十世纪三四十年代的赛珍珠研究》，《外国文学研究》1999年第2期，第119页。

的政治立场和历史意义。实际上，对于构造成分复杂且不断变化的中国社会来说，没有人能够超越社会因素和历史条件的限制而完全把握一个绝对的“真相”。那么，将同样的标准加之于赛珍珠似有不近情理之嫌。目前学界公认，鲁迅对赛珍珠的看法并不是简单粗暴的否定，而意在突出自己的立场。作为乡土作家的代表，鲁迅对中国农村及其文化所怀有的感情是相当复杂的。“哀其不幸、怒其不争”的态度反映了他在饱受了现代文明冲击与浸染之后，重新返观曾经困守其中而浑然不觉的愚昧之地农村时，无意之中已经扮演起乡村文化代言人的角色，在写作时就有了强烈的现代性焦虑和文化启蒙企图，而缺少了平心静气与宽容冷静的生存状态呈示和生命体验透视。[①]

因此，鲁迅对国民性有他人所不及的深刻反思，对于西方人美化中国的做法也予以批判，认为他们这样做往往有保留中国糟粕的险恶用心。[②] 但赛珍珠不可能具备鲁迅的认识深度，也无法体会那种爱之深恨之切的民族情怀。她自己毫不讳言这一点，在辩解文中写道：

> 我希望外界能了解我的，就是我所写的书，并不能代表全部分的中国。我在我的书里，并不希望能表示出整个的中国民族来。我不过是就我所经验的，所知道的写出来。这一点，不过是只能代表中国的一小部分——我个人所能领略到的一部分而已。根本，假若说有个个人能了解整个的国家，原是不可能的事，原是可笑的事，何况我就没有这样的本意。[③]

这番辩解表明了赛珍珠对自己创作的定位，应该成为赛珍珠作品批评的首要出发点。

客观说来，赛珍珠对中国和中国人民怀有很深的感情，不存在丑化中国形象的故意。她本人对权力不对等的文化交流非常反感，将父亲所参与的基督教传教行为斥之为“精神帝国主义”[④]。较之鲁迅先生称呼的“女传教士”，她更是一个尘世的传教者，向两块大陆上的人们传播着人权福音和跨文化理解。[⑤] 尽管意识形态的因素也致使她曾对新中国有所误解，发表了一些攻击性的文字，但那些文字毕竟不属于她的代表作品，艺术价值与“大地三部曲”不可同日而

---

① 韩传喜、朱顺：《大地上的异乡者——重评赛珍珠的〈大地〉》，《社会科学论坛》2008年，第6期(下)，第121页。

② 顾钧：《如何理解鲁迅对赛珍珠的评价》，《鲁迅研究月刊》2002年第6期，第16—17页。

③ 转引自郭英剑：《中国二十世纪三四十年代的赛珍珠研究》，《外国文学研究》1999年第2期，第121页。

④ 对此问题的进一步阐发，参见陈敬：《论赛珍珠宗教立场的文化内蕴》，《天津社会科学》2003年第5期。

⑤ 彼得·康：《赛珍珠传》，刘海平等译，桂林：漓江出版社，1998年，第5页。

语。在这样的思想指导下，国内学界在上世纪七八十年代重新开始研究赛珍珠，从学术角度探讨这位作家对于中国文学史进程所起的作用[①]，得出了"她以自身切实的文学行为参与了中国现代文学史的建构，并且以西方人的视角为中国现代文学提供了一种从外部观照的可能，这一点应该是赛珍珠为中国现代文学做出的最大贡献"[②]的中肯结论。

在经历了风风雨雨之后，赛珍珠终于获得了中国这个第二祖国的认可。目前国内掀起的赛珍珠研究热是对她的最好告慰，也势必会将她的跨文化遗愿更好地进行下去——可怜这位对中国魂牵梦绕的作家自从离开之后，再没能够回来。她的墓碑没有英文本名，没有任何头衔和介绍语言，只有"赛珍珠"这个中文名字。

赛珍珠的主要作品：

小说作品：

East Wind, West Wind, 1930.

The Mother, 1933.

The House of Earth, 1935.

The Good Earth, 1931.

Sons, 1933.

A House Divided, 1935.

Pavilion of Woman, 1946.

Letter from Peking, 1957.

其他作品：

The Exile, 1936.

Fighting Angel, 1936.

Of Men and Women, 1941.

My Several Worlds : A Personal Record, 1954.

A Bridge for Passing, 1962.

---

① 对赛珍珠在中国的接受和评论状况，参见姚君伟：《我们怎样接受一个外国作家——赛珍珠在当代中国的命运》，《外国文学》1994 年第 3 期；《近年中国赛珍珠研究回眸》，《中国比较文学》2001 年第 4 期；《赛珍珠在中国的接受》，《江苏大学学报(社会科学版)》2008 年第 6 期。在对赛珍珠进行重新评价的过程中，也不乏反对翻案之声，认为赛珍珠的著作毕竟属于外人眼中的浮面情形，见陈辽：《还是鲁迅对赛珍珠的评价正确》，《鲁迅研究月刊》1997 年第 6 期。

② 韩传喜、朱顺：《大地上的异乡者——重评赛珍珠的〈大地〉》，《社会科学论坛》2008 年第 6 期(下)，第 122 页。

10. 尤多拉·韦尔蒂——南方风土的摄影师

Eudora Welty: Photographer of the South

1973年5月2日见证了美国文学界的一件大事:密西西比州为一位女作家举行州宴,并将这一天以她的名字冠称。她就是尤多拉·韦尔蒂(1909—2001),群芳争妍的南方文坛上声誉最高的才女。酷爱摄影的她将画面捕捉能力娴熟地用于创作,以女性视角观看身边世界,用婉约的文风再现了南方小镇上普通人物的生活点滴和情感交流。如摄影师一般,作家韦尔蒂拥有在狭小的叙述空间内展示时代脉搏和社会宏观的能力。她所描绘的大多是家庭或社区里的凡闻琐事,静缓的唠叨下暗涌着内心孤独、自我追寻、情爱渴求等现代主题。平淡无奇的题材和深刻宽广的主题之间的张力和统一铸就了韦尔蒂作品的独特魅力,也为她赢得了美国文学史上的尊崇地位,文名直追同乡福克纳。

韦尔蒂1909年4月13日生于密西西比州杰克逊城,父亲是一家人寿保险公司的主管。父母琴瑟和谐,都是音乐的爱好者。初生子夭折后,他们给了韦尔蒂加倍的疼爱。韦尔蒂在回忆录《一位作家的起步》(*One Writer's Beginnings*,1984)中记述了自己的幸福童年和幼时伊始的生活观感。这本书揭示了她创作的原型结构:家庭空间的内在互动、音乐的传情力量、爱的存在与丧失、回忆与现今、生命的奥秘,浓缩在此书中的诸多主题都在小说里有各式体现。

带着作家的天赋和理想,韦尔蒂1925年秋进入密西西比州立女子学院,两年后转至威斯康星大学主修英文,其间开始练笔写作。1929年她获文学士学位,开始对摄影产生浓厚兴趣,次年入纽约哥伦比亚大学商学院学习广告设计。绘画和摄影知识对其创作起到了关键性的塑造作用:她的小说注重细节和意象的呈现,善用肢体语言表达人物情感,都来自绘画和摄影艺术的影响。[①] 1931年正值美国经济萧条高峰,韦尔蒂返回故里,先后做过编辑、广告统筹等工作。与南方各州各色人等的接触磨炼了她的观察能力,也为后来的文学创作积累了素材。

从1936年发表《旅行推销员之死》("Death of a Traveling Salesman")到1984年《一位作家的起步》的问世,近半个世纪的时间内,韦尔蒂用笔尽情挥洒绮思文采,写下了大量脍炙人口的作品。她尤擅短篇,成就斐然,作品包括《绿色帷幔和其他故事》(*The Curtain of Green and Other Stories*,1941)、《宽网和其他故事》(*The Wide Net and Other Stories*,1943)、《金苹果》(*The Golden*

① Louise Westling, *Eudora Welty* (Hampshire: Macmillan, 1989) 15 - 60.

Apples,1949)、《英尼斯法伦号船上的新娘和其他故事》(*The Bride of the Innisfallen and Other Stories*,1955)等四部故事集,还有两个单篇《声音从何处来?》("Where Is the Voice Coming From?", 1963)和《示威者》("The Demonstrators",1966)。这41篇故事构成了《尤多拉·韦尔蒂短篇小说集》(*The Collected Stories of Eudora Welty*,1980),1983年荣膺美国全国图书奖。

《绿色帷幔和其他故事》是韦尔蒂首部短篇小说集。当时业已成名的女小说家凯瑟琳·安妮·波特为该书欣然作序,盛赞韦尔蒂的创作不受评论界、创作界和社会意识的污染,而"基于一种古老的伦理体系和难以回答却又不可或缺的道德法则之上"[①]。全书17篇故事充分验证了波特之语。它们行文微妙,意蕴深远,从各个侧面描绘了不同人的生存状态,深入揭示了他们内心的隐秘渴求。

开篇故事《莉莉朵和三女士》("Lily Daw and the Three Ladies")记录了弱智女莉莉朵的戏剧性命运。莉莉已经发育成熟,同村的牧师妻子卡森夫人、寡妇瓦茨夫人、老处女艾米自封为她的监护人。听说莉莉去巡回剧团看戏时,她们立刻决定将其送到疗养院去,却意外地听她说要跟琴师结婚。担心她已经失身,三女士软硬兼施将她哄上火车。开车前一刻琴师出现,于是送别变成了婚礼。故事的喜剧色彩下面是辛辣的讽刺。三女士不同的婚姻状况涵盖所有女性,她们在小镇中的尊崇地位来自对传统女性准则的严格遵守,象征着内化男权制的女性群体对异己的监视和排斥。莉莉要么被关押,要么结婚——没有其他选择,没有逃离封闭空间的可能,没有办法建立肯定女性自我的人际关系——暗示了所有女性的宿命。这篇故事引领着"女性对黑暗幽闭的恐惧和愤怒"[②]的主题。

《一则消息》("A Piece of News")、《我为什么住在邮局》("Why I Live at the P. O.")、《克莱蒂》("Clytie")、《慈善访问》("A Visit of Charity")等故事从多个角度验证了开篇故事中的女性樊篱。与世隔绝的她们渴望情感交流而不可得,在绝望中变得偏激和怪诞。这是韦尔蒂创作中的常见主题——"孤独的悲剧"[③]。有趣的是,她笔下的畸零人并不形只影单,都为自己找到了一个或正或反的镜像:《一则消息》里妻子在报纸上看到了与自己同名同姓的主妇;《我为什么住在邮局》中姐姐的嫉恨对象实际上是她理想自我的投射;《克莱蒂》的同

---

① Katherine Ann Porter, "Introduction," *A Curtain of Green. Selected Stories of Eudora Welty* (New York: The Modern Library) xvi.

② Peter Schmidt, *The Heart of the Story: Eudora Welty's Short Fiction* (Jackson: UP of Mississippi, 1991)16.

③ Ibid., 50.

名主人公痴迷于他人面孔，最后在水桶看到了熟悉但丑陋的倒影；《慈善访问》里两位老妇人同病相怜却又彼此憎恨。《马伯豪老先生》（"Old Mr. Marblehall"）也没有例外。男主人公总是臆想公众的注意力，成立了两个家庭，通过自我分裂的方式找到了自身镜像。

与畸零人紧密相关的是爱的缺失与追寻。"爱在面对存在本身的首要地位"[①]是韦尔蒂所有作品的主旋律。本集也是爱的和唱，以《旅行推销员之死》、《搭车人》（"The Hitchhikers"）、《老路》（"A Worn Path"）为最强音。其中《老路》简洁隽永，记述黑人老妪菲妮珂丝给孙子求药所走的一段旅程。结尾暗示孙子已经去世，点出故事重心在于旅程本身，意在赞颂生活中"根深蒂固的爱之习惯"[②]。

老妪的爱留不住亲人，因为生活本不可知。生死离合如花开花落一样独立于人类的情感力量之外。标题故事《绿色帷幔》便是对生存奥秘的参悟。拉金夫人深爱丈夫，却眼睁睁地看着他在踏进家门的那一刻被树砸死。她陷入了自责己爱无能和怨恨天命不公的漩涡之中，整天在花园中疯狂劳作。气淤闷结之时，她产生了杀死身旁黑人少年的冲动。一场大雨适时而下，浇灭了她的情感之火；她跌躺在绿色间，重新浸漫在柔情里。该故事围绕着爱的失却与重生，阐述了"爱之力的有限"[③]。通篇的意象和行为刻画带有强烈的性象征，点出了女主人公爱欲（孕育）的焦躁和渴望，与命运的毁灭构成了鲜明对照。

第二本故事集《宽网和其他故事》广受好评，E. M. 福斯特曾专门致信韦尔蒂赞扬此书。它的整体结构更加紧凑，8篇故事大多以同一个南方小城"纳旗镇"为背景。故事大量运用想象、幻觉、传说等非实体因素，文风的奇幻色彩开始加重。韦尔蒂笔法的变换为本书定下了地方传奇的基调，也为后来《金苹果》的创作打下了基础。成长仪式是全书的中心主题。书中角色几乎都是年方弱冠的青年男女，故事内容围绕他们的经历一一铺陈，展示了男女少年从纯真状态到达象征界的成长主题。

篇首的《初恋》（"First Love"）实为一个聋哑男孩邂逅英雄后的心理变化。小男孩在故事结尾走出了阴暗的睡洞，向记忆中的父母告别后走向晨光中的远方。故事的成长主题非常明显。小男孩脱离了黑暗世界，进入象征界并接受了男性英雄符码：对抗、抛弃、移动。这篇故事与上集的《钥匙》（"The Key"）颇为

---

① Marion Montgomery, *Eudora Welty and Walker Percy: the Concept of Home in Their Lives and Literature* (Jefferson: McFarland, 2004)24.

② Eudora Welty, *Eudora Welty: Stories, Essays, & Memoir* (New York: The Library of America, 1998)817. 以下韦尔蒂的随笔和故事引用都出自本书，在文中直接标注页码。

③ Marion Montgomery, *Eudora Welty and Walker Percy: the Concept of Home in Their Lives and Literature* (Jefferson: McFarland, 2004)31.

类似。主人公都是聋哑人;导致他们思想变化的一是草莽英雄——男性个人英雄主义的化身,一是一把钥匙——男性菲勒斯的能指。它们都呈现了从混沌失语的前语言界跃升到意义生成的象征界的主题。标题故事《宽网》尤其体现了男性成长的主旨。乡村小伙威廉不堪孕妻的大惊小怪,出外玩耍彻夜未归,回家后发现妻子留条声称已投河自尽。一场赎罪/追寻/流浪之旅就此开始:他借了一张宽网,带领一群朋友沿岸打捞遗体。朋友们或自我表现,或冷言评论,或嬉戏玩耍,他们的在场实质是威廉自我操演的男性语境。威廉一次次潜入河底,发觉妻子真正的问题在于"充满喜悦,期待变化的、收获的喜悦。这份收获如心中掠过的曲调般自行其道,即便她自己也无法控制"(217)。怀孕在韦尔蒂的小说中有特殊意义:它游离于男性象征界的定义系统之外,呈现了一种迥异于线性时间的女性时间和一个封闭、相依、自我完善的环形生存状态。上集《献给玛乔瑞的花朵》("Flowers for Majorie")中的时钟意象和孕妇身体的对比也是一例。威廉迷失在孕育生命的女性奥秘之中,只有通过证明自身的男性特征来对抗。他目睹蛇王跃出水面,胯下挂着鱼跳舞,打倒同村小伙——通过象征性的阳具强化和证明强者地位达到了目的。最后回家时发现妻子只是用恶作剧以示惩戒。轻松的喜剧结尾大大消减了两性对抗的沉重,却也更添几分耐人寻味的深意。

《大风》("The Winds")则描叙了一个青春期少女步入成熟的心灵洗礼。女性成长主题在姐妹篇《丽薇》("Livvie")和《在兰丁镇》("At the Landing")得以更深沉的表达。《丽薇》的同名主人公被年迈的所罗门纳为少妻,不出家门一步。偶遇丈夫的青年雇工卡西后,她体验到情爱的欲望。故事结尾发生在阴暗的大房子里。面对朝气蓬勃的一对新人,所罗门把自己的手表送给丽薇后安详离世。卡西抱着她走向外面光亮的世界。意乱情迷中,她扔了那块指代时间和秩序的手表。《在兰丁镇》中的珍妮守着祖父孤单生活。祖父临终时梦见洪水,带着恐惧去世。不久洪水来临,她爱慕的浪荡子佛洛伊德乘着木筏救了她,途中施以强奸。洪水退去后,珍妮离家寻找佛洛伊德,在兰丁镇遭渔民轮奸。痛苦、抗议的喊叫后,珍妮露出了"原初的"笑容。两则故事通过一正一反的结局阐述了少女摆脱老年男性的羁绊重获新生的成长主题。女性都必须依靠一位骑士式的人物将她们从"女儿"的空白世界带到"女人"的象征世界,然而最终到达之处却是一个以控制、侵害女性为基础的意义系统,而女性即为承载男性书写的空白之页,"一间被水流过的屋子","一本被打开后用泥泞手指写过的书"(306)。兰丁镇(Landing)亦为"到达"、"登岸"之意,暗示这里即为珍妮追寻的终点。爱情桃花源却只是男性主宰的暴力之区。兰丁镇用刀扎进树洞的游戏父子相传,残酷的性象征表明了男性象征界的延续基础。即便是看起来获得爱情的丽薇也只是无力地躺在卡西怀里,真正结局不难想见。

韦尔蒂最喜爱的《金苹果》是其创作成就的巅峰。结构安排酷似舍伍德·安德森的《小镇畸人》,由 7 篇独立却又相联的故事衔接而成。全书故事背景都是一个名为"摩格纳"的南方小镇,时间跨度从 20 世纪初至世纪中叶约 40 年,主要人物贯穿始终。所有故事以希腊神话中的"金苹果"为总标题,遵循情爱、漫游和自我追寻的主线,在古典文化的映衬之下展示了现代社会的经络。

首篇故事《金雨》("Shower of Gold")以扯闲话、拉家常的方式讲了麦克莱一家的故事。金·麦克莱性好漂泊,新婚不久便出外常年不归,偶尔显踪便留下一段性爱传奇。本篇讲他回家与妻子在树林里交合,使她怀上双胞胎后又离开的故事。题名"金雨"借自希腊神话中宙斯化作金雨使少女达那厄怀孕生下珀尔修斯的典故。麦克莱的确像宙斯:他的名字意为"国王";他放荡不羁,征服占有了多名女性;他行踪飘忽,已经成为小镇的传说。麦克莱的逸闻诠释了《金苹果》的内在精魂,点明了全书的追寻主题。

《六月演奏会》("June Recital")在书中构思最为别致,以洛奇戴望远镜倒挂在树上的观察为视域,以姐姐凯西站在窗口的回忆思绪为主线,叙述了邻家女孩弗吉和钢琴教师埃克哈特小姐之间的恩怨。德国钢琴师埃克哈特迫于生计来到摩格纳,独立个性使她成了小镇的异己。她将所有情感寄托在六月份学生的公开演出,以及具有音乐天赋的弗吉身上。特立独行的弗吉并不领情,不时违抗埃克哈特,最终放弃音乐去挣钱养家。失去精神支柱的埃克哈特每况愈下,被黑人强暴后遭到小镇居民驱逐。进入洛奇视野的故事开头其实是事情发展的尾声。已经疯狂的埃克哈特重回旧梦之地,进行仪式般的纵火自杀;而已成熟的弗吉正在楼上与水手偷欢。正反对立的意象、人物和情节充斥整篇故事,如窗前凯西的沉思和树上洛奇的观看、凯西的娴静多思和弗吉的流浪冒险、弗吉的青春爱欲和埃克哈特的失意毁灭等等。它们产生张力的同时却又共同围绕着情爱和追寻的主题,增加了故事的艺术感染力。

《兔子先生》("Sir Rabbit")是又一篇麦克莱传奇。麦提与丈夫在林中打猎,听到麦克莱用声音跟他们周旋。她丈夫被绊晕后,麦克莱一袭白衣现身强奸了她,场面就像宙斯化身天鹅亲近勒达。久闻其名的麦提却没有感到性爱的愉快,后又见到他酣睡时僵硬呆滞,与她晕厥的拙夫没有两样。感受和现实的突降从反面诠释了全书移动性和性爱的象征意义。

韦尔蒂笔下的水似乎都与孕育、成长等人生奥秘有关,第四篇故事《月亮湖》("Moon Lake")又回到了《宽网》的主题,讲述夏令营女孩尼娜、伊斯特和男孩洛奇的成长经历。自我意识萌动的女孩们在沙滩上用刀——传统的男性意象——刻写自己的名字。尼娜在湖中用水杯喝水,喝完后将它捏碎的动作带有性寓意。水杯本是女性器官意象,用完即碎却暗指男性器官,表明尼娜双性同体的自我身份。而伊斯特和洛奇的成长在同一事件中体现。孤傲不羁的伊斯特被一个顽童搔逗脚后跟,失足落水。身为救生员的洛奇潜湖救人后进行人工呼吸,场面极像强奸。事后伊斯特变得极为依赖;而洛奇则在镜子前脱衣,公开展示身体。诸多细节含义丰富,如伊斯特的脚后跟正像阿基里斯的弱点,洛奇镜前脱衣折射出自恋和主宰意识。潜水、强奸情节再次出现,构成了少年成长仪式的中心内容。

姐妹篇《全世界都知道》(“The Whole World Knows”)和《西班牙音乐》(“Music from Spain”)讲述麦克莱的双胞胎儿子雷恩和尤金的漫游。《全世界都知道》是雷恩的内心独白。妻子的出轨、情人的自杀使他对两性关系感觉迷茫,一边游荡一边向想象中的父亲述说。《西班牙音乐》中尤金的夫妻关系因为孩子死亡变得紧张。一天他愤而离家,碰到一个西班牙歌手。粗俗的歌手奏乐时变得非常柔情。两篇故事中的音乐拥有触人心弦的抚慰力量,而游荡则负载着华盛顿·欧文的《瑞普·凡·温可尔》(“Rip Van Winkle”)开创的美国男性逃避家庭的文学传统。

故事集以《漫游者》(“The Wanderers”)收篇。已到中年的弗吉放弃工作回家照料病重的母亲。母亲的去世使她得以深入思考人生:回忆与现今,离散与聚合,安定与漂泊等等。“曾经珍视的牵挂已经断裂”,弗吉的生活正如一位先知式的老妇人送她的鲜花:“它是给你的。对死者没什么用,明天就蔫了。看着它开过今晚吧。”(547)弗吉想起了年老归家的麦克莱在葬礼上对她做的鬼脸。过去的死亡和未来的衰老都不能羁绊漂泊者求索的脚步。

整个《金苹果》就是一曲追寻的颂歌。第二篇故事中出现的叶芝(韦尔蒂最喜爱的诗人)的《漫游的安格斯之歌》(“The Song of Wandering Aengus”)[①]是全书的隐线。这首诗讲述爱尔兰爱神安格斯受头脑中激情火焰的驱使,苦苦追寻一位头上插着苹果花的姑娘。安格斯的头中之火化作《金苹果》中漫游者头上的黄帽(麦克莱)、金发(雷恩、尤金、伊斯特)甚而火焰本身(埃克哈特)。他们都秉承这位神祇的精神,将对情爱、冒险、艺术的痴迷化作实现自我的追寻之旅。[②]

《金苹果》的创作思路在《英尼斯法伦号船上的新娘和其他故事》中得到了延续,全集7篇故事中有5篇还是关于情爱与漫游。《无处可去,我的爱人》

---

① 全诗如下:Though I am old with wandering / Through hollow lands and hilly lands, / I will find out where she has gone, / And kiss her lips and take her hands; / And walk among long dappled grass, / And pluck till time and times are done / The silver apples of the moon, / The golden apples of the sun.

② Ruth M. Vande Kieft, *Eudora Welty* (Boston: Twayne, 1987)89.

(“No Place for You, My Love”)写一对素昧平生的男女驱车深入南方腹地的经历。其间感情释放和最后无奈回归的情节日后在约翰·厄普代克的《兔子快跑》(*Rabbit*, *Run*)中得到了呼应。故事中光亮色彩与声音乐调的变换烘托了人物的心理状态,堪称妙笔。《英尼斯法伦号船上的新娘》(“The Bride of the Innisfallen”)讲一位新娘的单身旅行。结尾写她撕掉发给丈夫的电报,热情回应四周的喧嚣,暗示着女性自由的主题。《春天的女人》(“Ladies in Spring”)记载春雨中的一段行程,写一对情人被扰散的幽会。《喀耳刻》(“Circe”)是仙女喀耳刻对希腊英雄奥德修斯故事的重叙。女性视角下的男性漫游是决绝与弃离,也是宿命。《到那不勒斯去》(“Going to Naples”)则描绘了少女在途中的浪漫情思。

《燃烧》(“The Burning”)在全书中最为精彩,也是唯一取材于南北战争的故事。它记载了战争中一个南方家庭的惨况。贵族姐妹被军士强奸,孩子和房屋一同被烧毁。绝望中,姐姐勒死妹妹后自缢身亡。不长的篇幅广泛涉及了南方特有的历史文化。表现北方军野蛮的显文本下是南方社会自身的罪恶与病态心理。家中的威尼斯镜子是故事的主要象征。[①] 它将北方军的入侵扭曲成白马王子的驾临,讽刺了南方没落贵族的自欺欺人。院里被扭断脖子的孔雀也象征他们被毁灭的孤傲。实质上,南方的浪漫传奇只是虚像:故事中的孩子乃是黑奴被强暴所生。故事通过惊恐的黑人女奴半模糊的意识视角展开叙述,实景、观察、幻象等相互交织,使故事得以在超现实主义的氛围下展示现实主题。

虽说波特赞美韦尔蒂的创作不受社会意识的影响,韦尔蒂本人也曾发表一篇《小说家应该冲锋吗?》的散文,鼓吹投身社会改革对写作并无益处,她仍然关注时事,针砭时弊,捍卫自己作为公民和作家的社会良知。1963 年 6 月 12 日,黑人运动领袖迈德加·伊文思(Medgar Evers)在杰克逊城遭枪杀。义愤填膺的韦尔蒂立刻以凶手的口吻写下《声音从何处来?》,揭露了种族主义者的变态心理。《示威者》则通过一位白人的眼光探讨引发民怨的社会问题。两篇故事俱属社会小说,反映了韦尔蒂的时代意识。

五部中长篇——《强盗新郎》(*The Robber Bridegroom*,1942)、《三角洲婚礼》(*Delta Wedding*,1946)、《沉思的心》(*The Ponder Heart*,或译《庞德的心》,1954)、《败局》(*Losing Battles*,1970)、《乐观者的女儿》(*The Optimist's Daughter*,1972)——传承了韦尔蒂短篇的神韵,呼应着她创作的原型结构,用细腻含蓄的笔触展示了南方小镇的寸土片天之间的生活点滴和世事变迁。其中《乐观者的女儿》艺术成就最高,1973 年获普利策奖。

---

① Ruth M. Vande Kieft, *Eudora Welty* (Boston: Twayne, 1987)130.

韦尔蒂的短篇聚焦于空间,漫游等主题是空间意义上的游离。长篇在题材上依然如故,主旨却转向了时间。换言之,追求人生的方式由横向的、外部的空间穿越转为纵向的、内在的空间追溯——体验积累/意义生成实现了从动到静的转型。回忆与现今之间的对立统一成为新的主乐调。《乐观者的女儿》是短篇《漫游者》的拓延,也是写年过不惑的女儿归家面对传统的题材。劳雷尔回家照料因眼疾住院的父亲,与年龄相仿的继母芙伊产生冲突。对劳雷尔来说,静躺在床的父亲和已去世的母亲、丈夫一般,都是想象性的、属于过去的在场。"过去"是她"现在"的意义来源。而自我中心的芙伊则声称自己"属于未来",对被劳雷尔赋予象征意义的旧器具毫不在乎。小说中的劳雷尔和芙伊都寡居无嗣,暗示了相同的缺失状态。小说结尾通过劳雷尔的思想转变传达了正确面对爱的存在与丧失、摆脱过去的束缚获取新生的思想。

摄影师韦尔蒂具有很强的感官意识,她的创作也可被称为"感官写作",主要体现在"视、听、说"诸技巧的运用。创作的摄影色彩赋予作品视觉效果。一些描写旅程的短篇中,特写和全景交插,光亮色彩、人物表情动作等等互相映衬,使读者的阅读过程变成了观看影片过程。这样的镜头效果以《老路》和《无处可去,我的爱人》最为突出。有时"摄影机眼"由故事角色充当,如《六月演奏会》中的洛奇、《大风》和《追忆》中的主人公等,完成了故事的视域界定,并增加了结构的层次感。作品还表现出对声音的高度敏感。几乎所有的小说里都有声音描写,或是自然界中的风响鸟鸣,或是人们的吹哨喧嚣,无不恰到好处地渲染了情景气氛和人物心情。静寂是声音意识的反面体现。韦氏作品中除了聋哑世界外,还有刻意制造的如《静寂时分》("A Still Moment")中的无声情境。乐音则是最主要的意象之一,象征艺术、柔情和力量。"说"的技巧体现在故事叙述方式上。诸多故事以第一、三人称的闲聊或独白展开情节,如《基拉,遭弃的印第安姑娘》("Keela, the Outcast Indian Maiden")与英诗《古舟子咏》似有互文性,衍自赎罪式漫游吟唱的原型;《金雨》以局外人跟读者拉家常的方式展开;《全世界都知道》通过内心独白展示人物的处境和心情;《阿丝芙朵》("Asphodel")采用古希腊戏剧的轮唱式叙述,等等。这些叙事手法呼应了南方文化的口头传统。

20世纪美国南方女作家的身份是韦尔蒂的创作坐标,给她的作品打下了深深的时代、地域和性别的文化烙印。摄影师韦尔蒂拥有敏锐的社会观察力,她的创作也具有鲜明的时代特色。20世纪是工商业兴盛的时代,物欲横流、人际关系异化、流动性的商品经济取代封闭性的农耕文明成为社会特征。韦尔蒂深刻感觉到工业的机器化和商业的功利化给人际关系带来的致命损伤。《旅行推销员之死》控诉了流动的商业文化割断了稳定的人际联系,也使现代人处于极度渴求归宿感的绝望之中。《丽薇》中，商业的毁灭性隐藏在女性成长的主题下，并使主人公陷入悲剧性的宿命——逃离拥有手表和财富的所罗门后，丽薇选中的爱人却叫"现金"(Cash)，他的求爱方式是炫耀自己用偷所罗门的钱买来的衣服和新奇饰物：纯真爱情和骑士风度已被腐蚀殆尽。《献给玛乔瑞的花朵》中的霍华德是现代男性的代表。在商业社会里挣扎的他丧失了理解鲜花和女性怀孕所代表的自然之美的能力，却转向了刀子、时钟和老虎机代表的机器文明。老虎机吐出钱币一幕很像怀孕生子，是对自然过程的戏仿。霍华德的时钟呼应着所罗门的手表，是韦尔蒂表现20世纪时代特征的一个重要意象，表现着"他时间和身份意识完全依赖于人造物体"，他的"时间意识不仅仅是时钟的时间，更是商业化的时间——充满即时满足和奇迹而非自然孕育的时空。"[①]女性同样未能避免现代扭曲观念的戕害。《石化人》("Petrified Man")批判了女性自身对怀孕的厌恶。她们讨厌自然过程破坏了体形，热衷于去美容院用人工技术对身体进行规训。身体这个最本质的自然场所的他者化、技术化、规范化和商品化在韦尔蒂的笔下反复出现，折射了作家对时代的不满和忧虑。

韦尔蒂非常重视地域对小说的意义。她说："小说从本质上讲是当地的产物，因为感觉由地域所决定……小说的生命取决于地域。"(782—83)她的作品继承了南方的口头传统[②]，充盈着对黑奴的人文关怀，描绘了南方的自然和社会地理，"犹如黄昏时分从鸡舍里飘出来的悠悠之声，撩人心绪"[③]，属于区域小说范畴。韦尔蒂的南方意识不仅明显，而且体系化——她的作品试图构建一个观察和感知的框架，其中所有角色的行为都带有(南方)区域符码。[④] 20世纪前半叶，许多中西部作家期待社会改革迁至东部，东部作家则逃往巴黎和罗马去净化写作艺术。只有南方为其作家提供了一个传导性的文化。绝大多数的南方作家，包括韦尔蒂在内，都留在了家乡，试图改良而非毁灭自身的地方传统。[⑤] 南方意识被定义为：

> 南方在心理上是个区域……因为南方相信自己是特殊的……农场的贵族统治、南北战争前鸟语花香的天堂、希腊社会式的奴隶制这个"特殊的制度"、失去的事业、白人的最高统治，以及为理解这一切而应具有的"生在

① Peter Schmidt, *The Heart of the Story: Eudora Welty's Short Fiction* (Jackson: UP of Mississippi, 1991)54 - 55.

② Brooks Cleanth, "Eudora Welty and the Southern Idiom," *Eudora Welty*, ed. Harold Bloom (New York: Chelsea, 1986)93 - 107; Ruth M. Vande Kieft, *Eudora Welty* (Boston: Twayne, 1987)9; Elizabeth Evans, *Eudora Welty* (New York: Frederick Ungar, 1981)130.

③ 朱世达:《当代美国文化》,北京:社会科学文献出版社,2001年,第135页。

④ Richard Gray, *Writing the South: Ideas of an American Region* (Cambridge: Cambridge UP, 1986) 250.

⑤ Elizabeth Evans, *Eudora Welty* (New York: Frederick Ungar, 1981)128.

> 那里"的必要性等。一个最流行的……正是关于骑士的南方的传说。根据这种传说……定居在北方的人大都是中产阶级的清教徒,而南方的缔造者则是一些骑士,即一些善于探险的绅士……①

简言之,南方意识就是传统意识和贵族意识。韦尔蒂的作品充分呼应了这些心理期待。就传统意识而言,南方人"泪眼模糊地回望过去"的固守心态在《燃烧》中得到了最直接的描写。贵族小姐家的大镜子满足的正是对幻象的需求。具有讽刺意味的是,"南北战争前鸟语花香的天堂"在文中竟是黑奴所见。但福克纳式的悲情怀旧不为韦尔蒂所喜,常被艺术地处理成回忆与现今的关系。这在《漫游者》里初露端倪,后来在中长篇里、尤其是《乐观者的女儿》中得到了极为充分的展现。

考察韦尔蒂作品中的南方贵族意识,我们能发现一个新的创作原型,即骑士传奇。它与创作回忆原型并行不悖地存在于大多数的小说中。骑士传奇的主要内涵是游侠式的骑士建立伟绩——通常是杀死怪物救出公主——以证明和维护自身的高贵和名誉。骑士风度因而包括移动性、英勇、暴力、拯救四个主要特征。这在韦尔蒂的小说中化为漫游、英雄救美、强奸三大主题。漫游呼应着骑士的移动性,追寻自我的内涵与建立伟绩的目标类似。英雄救美主题在韦尔蒂小说中经常以恋爱、潜水情节出现,如《莉莉朵和三女士》、《宽网》、《丽薇》、《在兰丁镇》和《月亮湖》。有趣的是,怪物的化身多是男性的家长,带有新王替换的意味。有时被救者不一定是女性,如《钥匙》、《基拉,遭弃的印第安姑娘》、《初恋》、《西班牙音乐》等。各种拯救,事实上的或是象征性的,都诠释了异乎寻常的骑士品质。而看似相悖于骑士准则的强奸则是骑士传奇中的常见花絮,呼应了反衬骑士男性特质的暴力传统。韦尔蒂作品中的强奸往往与救美同时发生,说明了两者内在的同质性。

除了背负南方文化传统外,韦氏作品也从属于美国文学的另一伟大传统:女性传统。它们风格柔美,题材多限于家庭和社区,主题重在表现相互依赖的人际关系,带有浓厚的女性美学特征。在传承的同时,那些文字展示了对性别政治的勾勒和解析。乔伊斯·卡罗尔·欧茨(Joyce Carol Oates)总结道:韦氏作品"是奇特的结合。一方面是对女性的蜚短流长——家庭生活、食物、亲戚、聊天、怪异的老人们——的无限崇拜,另一方面却是透过生活表层的深刻洞察,冷峻且无情"②。性别对立将男性定义为控制的主体,而女性成了男性注视下的欲

---

① 罗德·霍顿、赫伯特·爱德华兹:《美国文学思想背景》,房炜、孟昭庆译,北京:人民文学出版社,1991年,第412—413页。

② Joyce Carol Oates, "The Art of Eudora Welty," *Eudora Welty*, ed. Harold Bloom (New York: Chelsea, 1986)71-72.

望之物。传统的女性文学大都没能突破这个樊篱，而韦氏作品则是男权体制的狂欢文本，提出了女性移动和女性注视两大理念。

移动性是美国经典文学的深层文化结构之一，为男性所专有。韦尔蒂短篇中的漫游便是移动性的显现。奥德修斯、麦克莱和他的双胞胎儿子等男性漫游者所代表的移动性是极端独立的个人英雄主义，以逃离家庭、抛弃责任为基础。而韦尔蒂笔下的女性不再是囿于一隅的“房屋里的天使”，开始走向外部世界。弗吉、埃克哈特、劳雷尔等都是20世纪自由闯荡的新女性。《漫游者》对照了弗吉和麦克莱分别代表的两性漫游者，旗帜鲜明地颂扬了女性移动，因为她们的移动性不是对人际联系的断弃，在追求自我的同时不忘承担对社区和他人的责任。与责任和谐融合的移动性是“女性移动”的精义所在。[1]

注视是主体才能拥有的能力，兼含监察、看管之意，因而在两性关系中，男性是注视的施动者。男性通过视觉获得性愉悦的心理学事实更使男性注视变成欲望主体的猎艳行为。《六月演奏会》聚焦于洛奇的视域，他看到的正是性爱中的弗吉。《月亮湖》中女孩受到男性夜神的注视；洛奇镜前脱衣，也是通过注视建构主体（性）意识。《兔子先生》里麦提在麦克莱现身强奸她之前，一直感受到他的在场和注视。韦尔蒂通过借用玛杜莎神话，以及赋予女性注视权，反抗了男性的视觉暴力。蛇发女妖玛杜莎能使看到她的男性变成石头。《石化人》中的强奸犯将自己变成石像，最终还是被女性认出，真正丧失了移动自由。《全世界都知道》对女性注视权有过一番争夺：

> 她坐起来，说：“我看见它啦——密西西比河。”
> “你根本没看见。你只是听见而已。”
> “我看见了，我看见了。”（468—69，着重号为笔者所加）

《月亮湖》中的“夏令营妈妈”莉齐小姐已经拥有了这种权力和能力。“在她的注视下，救生员的行为（象征性的强奸）失去了很多意义。”（443）注视成了对抗性别压迫的有力武器，但是女性注视避免了男性视觉暴力的窠臼，强调彼此有别、彼此平等的相对主体性。[2]《大风》和《追忆》便描述了依靠观察而进行的女性主体建构。

无论是女性移动还是女性注视，归根结底诠释了女性的主体意识。《一则消息》中主妇的婚外情，《宽网》中妻子的恶作剧，《阿丝芙朵》中女主人将不忠的

---

① 女性地理学重视“移动性”与个体意识建构的关系。Deborah Clark 对女性驾车现象考察后提出了“女性移动”（female mobility）的概念：女性将车当成移动的家，车内的家庭色彩远较男性之车为浓。See “Domesticating the Car: Women's Road Trips,” *Studies in American Fictio* (2003. 1): 103; “Women on Wheels,” *Arizona Quarterly* 4(2003): 103 - 36.

② Louise Westling, *Eudora Welty* (Hampshire: Macmillan, 1989)38.

丈夫扫地出门,《英尼斯法伦号船上的新娘》中新娘抛下新郎独自出外,看似不相干的诸多故事里都涌动着女性意志,这是作品的内在精魂。

韦尔蒂是美国文坛的常青树,终身未婚的她将毕生精力献给了艺术创作。除了熠熠生辉的小说创作外,她还写下儿童故事集《鞋鸟佩佩》(*Pepe, The Shoe Bird*,1964),摄影图片集《一时一地》(*One Time, One Place*,1971),小品与评论集《短篇小说的眼睛》(*The Eye of the Story*,1978)和《尤多拉·韦尔蒂摄影集》(*Eudora Welty Photograph*,1989)。了不起的成就化成了她头上荣耀的光环。她1952年被选为全国文学艺术院院士,1980年6月被卡特总统授予自由勋章,赢得六次欧·亨利奖,四次最佳短篇小说奖,还依次获过普利策奖、国家艺术金质奖、国家文学奖章、全国图书奖、美国书评家协会奖等美国文学界的重要荣誉。

韦尔蒂自己认为,创作是私人之事,重在描写个体感觉。[①] 基于这样的思想,她关注最普遍的人性,对生存、情感、命运等形而上的问题进行了深沉的思考,赋以作品历久弥新的内在光芒。鉴于她的杰出成就,美国图书馆1998年选编美国经典作家作品全集时,打破只考虑去世作家的惯例,将她收录其中。对于当时已至耄耋之年的韦尔蒂来说,这是一生创作生涯的最好总结,也是最完美的谢幕。

韦尔蒂的主要作品:

小说作品:

A Curtain of Green, and Other Stories, 1941.

Delta Wedding, 1946.

The Robber Bridegroom, 1942.

The Wide Net and Other Stories, 1943.

The Golden Apples, 1949.

The Ponder Heart, 1954.

The Bride of the Innisfallen and Other Stories, 1955.

Losing Battles, 1970.

The Optimist's Daughter, 1972.

其他作品:

The Eye of the Story: Selected Essays and Reviews, 1978.

One Writer's Beginnings, 1984.

---

① Eudora Welty, *Eudora Welty: Stories, Essays, & Memoir* (New York: The Library of America, 1998)809.

第三章 二战后至60年代女性小说
Women's Fiction After the Second War to 1960s

较之第一次世界大战,第二次世界大战在更大范围上波及到美国。在这场战争中,美国人参战时间更长、伤亡也更大。在整个战争过程中美国有1600万人服役,其中50多万人丧生。但这场战争也为美国成为世界强国带来了巨大机遇。美国最终通过参战摆脱了席卷全球的经济危机,并在世界范围内取得了霸主地位。在世界其他国家的经济由于战耗而走向衰败之际,美国经济进入发展的黄金时期。如果说第一次大战使美国的许多知识分子走出了国门,这一次美国则成为国外流亡知识分子的避难所,他们的到来为美国的自然和人文科学带来了显著变化。纽约取代了巴黎成为世界艺术之都。[①] 美国国内的生活也发生了巨大的变化,为它成为消费社会提供了基础。城市化进程加快,高等教育规模进一步扩大。愈来愈多的人迈进中产阶级的行列,郊区的住宅和私家车成为一种身份象征。新的大众文化已经形成,电影、收音机、报纸杂志在战后得到飞速发展。电视在战后走进千家万户,广告业也越来越盛行。

美国在战后进入一个政治上的保守期。在许多人眼里,50年代是一个"焦虑的时代"[②]。奥斯维辛和广岛惨剧的阴影犹在,华沙条约的签订象征着冷战时代的开始。美国国际地位的攀升和经济的繁荣都无法消除国内社会的动荡。麦卡锡主义在美国社会的甚嚣尘上,美国在朝鲜战争以及之后的越南战争的参与,使得愈来愈多的知识分子和青年人对于社会现状心怀不满。国内出现了一种由年轻人为代表的反叛文化。他们通过音乐、性、毒品、文学等方式发泄他们的不满,表示他们的政治叛逆。1955年,黑人妇女罗莎·帕克斯在公共汽车上拒绝为白人让座的事件在全国范围内引发了一场争取民权的运动,民权运动从此拉开序幕。社会动荡是60年代的标志。约翰·肯尼迪和罗伯特·肯尼迪的被刺,马丁·路德·金的遇害,反战的呼声,以及种族骚乱成为这个时期的特色。

第二次世界大战所造成的人力需求使得女性又一次被从家庭中解放了出来,被允许甚至鼓励进入到工业领域,从事生产活动支持战争的需要。但是战

---

① Sacvan Bercovitch, ed., *Cambridge History of American Literature*, vol. 7. 见孙宏主译中译本,中央编译局,第105—107页。

② 同上书,第177页。

争结束后，复员老兵的归来再次夺走了她们的工作。成千上万的女性被遣返回家操持家务，扮演由于战争而推迟的母亲角色。20世纪50年代的大众文化强调对于传统家庭的回归。从某种意义上来说，50年代见证了家庭生活的复兴期，并促成了"生育高峰"的到来。40年代至60年代期间，女性婚育年龄提前，生育孩子也更多。第三胎的出生率翻了一番，第四胎的出生率则翻了两番。就连流行杂志的广告画面都不再显示三个成员的家庭，而变成了五人甚至六人的家庭。在城市化进一步完善的过程中，公众对于家庭的关注与住宅向郊区的迁移相吻合。在1950至1968年间，大城市周围的城镇比城市的发展要快得多，在郊区居住的居民在整个人口比例中不断增长。而生活的郊区化也给中产阶级白人女性的传统角色增添了新的内容，曾经驰骋职场的女性回到家中，烹饪、种花、缝纫、装饰家庭。子女的培养内容也得到扩展。郊区的中产阶级母亲们在学校图书馆做志愿工作，参加家长会、开车带子女参加各种活动。更重要的是，她们要在厨房、客厅和卧室里实现她们的人生抱负，把家庭变为奔波职场的丈夫的避风港。这种新的"家庭崇拜"反映了50年代流行的行为观念。所有的房子都盖成一个模式，妇女争相购买最新式的烹饪工具，家庭成员在周末一起到教堂参与宗教社会生活。个人反抗受到抨击，人们的举止行为都尽量墨守成规。[①] 在美国战后的一二十年间，美国社会对于女性有了新的行为标准。一次大战后追求自由和自立的"新女性"已经不在，"贤妻良母"成为这一时期的理想女性形象。

19世纪的女性为争取权利所进行的不懈斗争极大地改善了美国女性的状况。20世纪女性受到了更好的教育，她们的自主选择更多，发展的可能性也更大。现代交通带来的人口流动性、不断加速的城市化进程，以及关于计划生育的信息使得社会的性别价值观发生了变化。离婚法律的改革、更多的经济机遇，以及不断增长的离婚率反映了社会对离婚妇女更加宽容的态度。但是这一时期流行的社会价值观宣扬的却是让女性回归家庭的传统观念和模式。20世纪50年代见证了急剧上升的出生率、婚龄的下降，以及女性幸福只能在家庭中获取的陈旧社会观点。在这样的社会氛围中，许多中产阶级白人女性开始了质疑和反思。这种被贝蒂·弗里丹(Betty Friedan)称之为"女性奥秘"的社会价值观，使得众多曾经受到过高等教育的职业家庭主妇对于自己的生活产生了困惑和烦恼。她们的生活哪里出了问题？这个不可言状的问题到底是什么？她们的人生价值何在？正因为如此，弗里丹的作品《女性奥秘》(*The Feminine Mystique*，1963)发表后在妇女中产生了强烈共鸣，对于美国60年代的女权运

---

① Williams H. Chafe, *The Paradox of Change: American Women in the 20th Century* (New York: Oxford UP, 1991)187.

动起到了重要启迪作用,这场运动也被称为女权主义运动的第二次浪潮。它由希望在社会上获得与男性同等地位的白人中产阶级的女性发起,迅速蔓延到各个阶层和种族。这场运动的部分要求是通过一个保证男女同等权利的宪法修正案、对于流产的法律和提供更加充足的照看儿童的设施。

二次世界大战之后的美国女性文学已经形成一股强大的文学力量。40年代的女性作家的创作充满了双重意识:一方面她们意识到自己继承了一个日益强大的女性文学传统;另一方面,她们也深知自己面对着一种对于女性抱负采取敌视态度的文化,并且还被流行的色情化女性形象所困扰。[①] 50年代是女性创作的低谷。在这一时期,弗洛伊德心理学家们在医学和通俗出版物上大谈女性的悲剧,而战后家庭道德观又促使女性返回家庭,重新围着炉台和孩子转。在高等学校的课本和美国文学选集里,女性只占据了所选作家的百分之三。对于在四五十年代之间成长起来的才华横溢的女子来说,例如西尔维亚·普拉斯(Sylvia Plath)和安妮·塞克斯顿(Anne Sexton),缺乏女性角色模式是非常令人沮丧的一件事情。她们的个人抱负就是如何区别于那些失败了的女性作家。塞克斯顿1958年给母亲写信说,"但愿我自己是个男人,我宁可像一个男人那样写作"。这是不得不为其文学成就付出极大代价的一代人,她们之中不少人患有抑郁症、酗酒、甚至自杀。[②]

卡森·麦卡勒斯23岁时因发表《心是孤独的猎手》(*The Heart Is a Lonely Hunter*, 1940)而一举成名。她的作品描绘了一群奇异古怪而又孤僻可悲的人们,文风与舍伍德·安德森的《俄亥俄州瓦恩斯堡镇》颇有几分相似,曾被称为"最具哥特式风格的南方小说"。虽然麦卡勒斯塑造的也是南方人,但她的作品缺少福克纳小说的那种史诗般的磅礴气势和沉重的历史悲剧感,而聚焦于现代社会中人之间情感交流的缺失和生活的怪异。麦卡勒斯笔下的人物也有自己的追求和梦想,但似乎最终无一人实现自己的理想,只有在别处寻找精神寄托,在碌碌无为中度过平庸的一生。麦卡勒斯的小说弥漫着浓郁的压抑感,心灵的孤寂渗透于人物的日常生活。值得称道的是,麦卡勒斯的笔触细腻、叙事风格独具一格,特别是对于人物心理的描写令人难忘。弗兰纳里·奥康纳是一位充满才华但英年早逝的作家,她很年轻的时候患上了红斑狼疮,最终被它夺去生命。奥康纳的作品具有强烈的天主教色彩,对于她来说,生活的意义在于耶稣

① Sandra M. Gilbert and Susan Gubar, "Late-Twentieth-Century Literature," *The Norton Anthology of Literature by Women: The Traditions in English*, eds. Sandra M. Gilbert and Susan Gubar, 2nd ed. (New York: Norton, 1985).

② Elaine Showalter et al, eds., "Introduction," *Modern American Women Writers: Profiles of Their Lives and Works—From the 1870s to the Present* (New York: Charles Scribner's Sons, 1991) xiv.

为人类的赎罪。但是她周围世界的世俗主义又与这种正统的宗教思想相冲突，这使得她在作品中塑造了荒诞、充满暴力倾向和毁灭性的人物与场景，也使她的作品既具有喜剧色彩又涉及严肃的主题。奥康纳被誉为短篇小说创作的大师，其高超的创作手法令她在美国文坛享有很高的声誉。她的作品具有故事情节的突然转折，也包含具有戏谑性的象征意义。也许是因为自己身患疾病的原因，奥康纳在描写生活中的荒诞、庸俗、残忍时，始终保持着冷静超然的态度，对于宗教又有着比起常人更加深刻的感知。在她的作品中，宗教信念和地域、性别、种族一起成为作者探索生活意义的关键词。

50年代和60年代的许多女作家是黑人和犹太人，这种现象事出有因。美国的种族问题使得他们处于社会的边缘，不得不承受种族身份带来的压力。在这种社会态势下，她们有强烈的倾诉和宣泄的要求，渴望以笔来表达她们的情感、体验和愤慨。在40年代的美国，以赖特的《土生子》为代表的抗议文学成为美国黑人文学的主流话语。这些作品把笔触聚焦于生活在城市黑人贫民区的黑人，描绘了他们所受到的种族压迫和歧视，并且展现了他们的反抗。安·佩特里（Ann Petry）发表于1946年的小说《大街》（*The Street*）也属于这一类型，而且是首部由女作家所创作的销售量超过一百万册的作品。但与赖特不同的是，佩特里着墨于黑人女性所受到种族和性别双重压迫，刻划了黑人女性所进行的无畏反抗。小说的书名《大街》代表着美国黑人必须面对的城市腐败势力。女主人公卢蒂是黑人文学中最有独立个性的女性之一。作为一名离婚母亲，她起先对于生活充满信心，渴望以自己的双手为自己和儿子建构一片生存空间。但在一个充满歧视和偏见的现实社会里，她作为女人和母亲的基本权利根本无法得以实现。卢蒂在种族和性别的困境中一再挣扎，却发现自己的生存空间日渐缩小，面临几乎走投无路的境地，最终不得不以暴力为自己换来暂时的生路。从这个意义上来说，小说也是一种"反美国梦"式的作品[①]，对美国令人压抑的社会环境进行了批判。除了深刻的思想性之外，佩特里的叙事技巧也值得称道。小说叙事角度不断更换，使读者得以从不同角度审视同一情节，每一次的情节再现都强调了小说人物的处境和心理现实中那种局限和约束感。

曾经荣获普利策诗歌奖的黑人女作家格温德林·布鲁克斯（Gwendolyn Brooks）也创作了一部颇有影响的小说《莫德·玛莎》（*Maud Martha*，1953），以诗一般的语言和细腻的描述展现了一个黑人女子的成长过程。小说从女主人公莫德·玛莎七岁时的生活写起，一直叙述到她第二次怀孕。大萧条和第二次世界大战等历史事件成为小说的背景，白人社会成为占据统治地位的政治和社

① Guy Reynolds, *Twentieth-Century American Women's Fiction* (New York: St. Martin's, 1999)151.

会在场。布鲁克斯描绘了著名黑人作家杜波依斯所定义的"双重意识"对于黑人生活的影响，在披露白人社会的歧视的同时，也探讨了内化了白人价值观的黑人男性对浅肤色黑人女性的偏爱以及这种偏见对黑人女性所造成的伤害。与当时的其他黑人作家不同的是，布鲁克斯的小说没有渲染当时黑人作品中常见的暴力和对于种族歧视的强烈抨击，也没有把黑人作为可悲的牺牲品，而是着力刻划了一位努力实现个人潜力的意志坚强的女性，因而被评论界比作《他们眼望上苍》和70年代之后的莫里森和沃克所塑造的女性人物之间的桥梁。同一时期另一位黑人女作家多萝西·威斯特(Dorothy West)在小说《日子好过》(*The Living Is Easy*，1948)中，也讽刺了那些完全内化了白人社会价值观、并以追求物质幸福为生活目标的黑人。种族歧视的社会现实和种族矛盾是这类作品永远的社会背景。葆拉·马歇尔(Paule Marshall)的《褐色女孩，褐砖房》(*Brown Girl*，*Brownstone*，1959)追溯了一个从巴巴多斯移民到纽约的女孩萨丽娜的成长经历。她居住的那个沉重、压抑的褐色石头住房成为禁锢她的牢笼，象征着她一直试图逃脱的社会权力暨精神结构。房子的褐色，如她皮肤的褐色一样，总是在包围着她，成为挥之不去的阴影。即使在她冲破她所生活的社区之后，她的肤色也使得她在白人的眼中被歧视。萨丽娜在父母的不同理想和性格的斗争中长大，最终从意志坚强的母亲那里获得力量，得以冲破禁锢寻求自己生命的价值。这种自我身份的建构和个人与社会之间的异化成为小说最为重要的主题。马歇尔通过这些作品探索了黑人女性自我意识的觉醒，被誉为当代重要黑人女性作家。玛格丽特·沃克(Margaret Walker)发表的唯一小说《禧年》(*Jubilee*，1966)，是一部关于蓄奴制和南北战争时期的黑人故事。这部从黑奴和女性的视角撰写的作品，真实反映了那一时期黑人的生活。但是沃克没有简单化地谴责蓄奴制，也没有单纯以肤色谈论是非，而是力图客观刻画那个时代由于蓄奴制这一社会制度所带来的人性扭曲和对于黑人的摧残。

犹太裔女作家蒂莉·奥尔森(Tillie Olson)的《告诉我一个谜》(*Tell Me a Riddle*，1961)进一步展示了女性在短篇小说领域的成功。蒂莉·奥尔森年轻时受到偶尔买到的一本没有封面的《大西洋月刊》杂志上刊登的故事《钢铁厂的生活》(*Life on the Iron Mill*)的影响，开始以自己手中的笔描写工人阶级的生活和工业条件的恶劣。有趣的是，30年后她才得知这部影响她极大的作品出自19世纪女作家丽贝卡·哈丁·戴维斯(Rebecca Harding Davis)之手。她1972年重新编辑出版了这部被遗忘的作品，并在为之撰写的长长后记中叙述了戴维斯的家庭责任与个人抱负之间的冲突，以及这部反映了工人阶级生活的个人、历史和政治意义。奥尔森在30年代后期开始写作，但艰难的生存环境迫使她不得不放下手中的笔，从事其他工作来挣钱养家糊口。50年代末最小的子女入学后奥尔森终于得以圆了自己难以割舍的作家梦。她1961年发表短篇小说集《告诉我一个谜》，其中的同名故事获得当年的欧·亨利最佳短篇小说奖。像许多女作家的遭遇一样，奥尔森的成名为她带来的不仅是声誉，更重要的是各种奖金和资助，使她得以继续创作。女性作家职业生涯中的家庭和社会角色是她创作中的最重要主题。

1963年，乔伊斯·卡罗尔·欧茨(Joyce Carol Oates)以一部短篇小说集《北门边》(*By the North Gate*)闪亮登上文坛，在之后的几十年里成为一位异常高产又极具影响力的作家。同一年玛丽·麦卡锡(Mary McCarthy)发表了带有自传色彩的畅销作品《少女群像》(*The Group*,1963)，描绘了女性大学生踏上社会后的经历。在这部作品中，两性关系冲突与女性独立自主是作者最为关切的主题。麦卡锡揭示了维多利亚式女性传统角色观念给妇女生活造成的悲惨后果，并从女性的角度公开谈论了性关系。在展现八位1933年从瓦萨女子学院毕业的同班同学的经历时，麦卡锡指出了传统性角色是建立在统治与屈服模式之上的，只有站在传统角色之外的妇女才能有尊严地生存。麦卡锡也在自己的文学创作中不断探索新的写作模式，她的自传开拓了这一体裁的新形式。妇女运动给妇女带来了自由，也带来了新的声音。如果说沉默是男权主流文化对女性的戒律，声音就是女性对主流文化反抗的宣言。[①] 妇女在这些叙述个人感情和经历的作品中塑造了一个独特的自我。麦卡锡的自传作品——从早期的《一个天主教女孩的回忆录》(*Memories of a Catholic Girlhood*, 1957)直到30年后发表的《我的成长历程》(*How I Grew*, 1987)——充满了强烈的女性意识。从那个转向内心自我、在别人对于自己的定义中搜寻和构造故事的女孩子到坦然面对生活现实的成熟作家，麦卡锡向公众敞开了心扉，为个人生存寻求模式并在此过程中塑造和了解自我。她从一开始就把自我分析与对于人物角色和社会倾向相结合的客观观察融合到一起，使作品有时读起来既是虚构文学也是社会学研究，但无一例外都充满睿智和讽喻。她自己的生活与作品都是时代的极好反映。英年早逝的西尔维亚·普拉斯很早便踏上文坛，在八岁时便已发表诗作，后来也在诗坛上占有一席之地。她还以自己的经历为基础创作了一部小说《钟形罩》(*The Bell Jar*, 1963)。在这一点上她的作品与麦卡锡的作品颇有相似之处，作者的影子在作品中处处可见。而普拉斯在描绘人物心理活动上比起麦卡锡更胜一筹。人物角色的苦闷、彷徨、抑郁被她描写得惟妙惟肖。埃丝特·格林伍德是位富有才华的女子，在赢得一场新闻比赛之后，获得去纽约的机会。作为即将步入社会的年轻女子，埃丝特对未来的生活选择犹豫不决，因为父权社会没有给她提供发挥女性创造力的出路。小说题目中所使用的"钟形

① Lois Parkinson Zamora, "Introduction," *Contemporary American Women Writers: Gender, Class, Ethnicity*, ed. Lois Parkinson Zamora (London: Longman, 1998)5.

罩”成为把女性关在其中的陷阱。她的天赋最后导向传统的妻子与母亲角色。普拉斯的作品与弗里丹的《女性奥秘》发表于同一年，以小说的形式体现了弗里丹作品中所描绘的那种对于女性来说“不可言状的问题”，抨击了当时那种压抑女性的家庭意识形态。

美国女性文学在二次大战后的保守政治与社会氛围中暂时陷入了低谷，但暴风骤雨即将到来，女权运动的又一次高潮极大地冲击了美国社会的价值观和社会角色期待，所带来的思想解放使得女性文学在70年代之后迎来一个异常辉煌的新时期，它将以更加绚丽的色彩、更加丰硕的成果出现在美国文学的历史画卷之中。

11. 玛丽·麦卡锡——独具风骚的女性
Mary McCarthy: Woman with a Recognizable Voice

人们往往不把姣好的容貌和出众的才华联系在一起，而玛丽·麦卡锡(1912—1989)恰恰同时拥有这两种特质。她是美国20世纪中期引人注目的文坛人物，其聪明才智和独具一格的创作手法获得了学界和大众的认可，而她在作品中大胆表达自己观点、直言不讳谈论自己私生活时的做法也召来颇多微词。但这位我行我素的女性，以自己的创作描绘了并且身体力行地展现了20世纪中叶那个所谓进步时代里女性的彷徨、困惑和追求，并且丝毫不因别人的诽议或指责而改变自己。她从撰写戏剧评论和时事评论起步，进而创作小说和自传，始终坚持着自己的声音，其代表作品《少女群像》(*The Group*, 1963)与贝蒂·弗里丹的《女性奥秘》、西尔维亚·普拉斯的《钟形罩》和总统特别委员会关于女性地位的报告《美国女性》(*The American Women*)一起赢得了“推动了50年代末陷入死气沉沉的美国女权运动的四部作品之一”的美称。①

玛丽·麦卡锡坎坷的童年影响了她的一生。她1912年出生于西雅图的律师家庭，是家中四个子女的老大。祖父是明尼阿波尼斯家境殷实的商人，外祖父是西雅图颇有名望的律师。麦卡锡的父母在她六岁时举家迁往明尼阿波尼斯。时值流感猖獗，仅一周后夫妻俩双双命丧黄泉。麦卡锡和三个弟弟突然之间成为无家可归的孤儿。她和弟弟们之后被送往祖母的妹妹和妹夫家里，在他们的监管下生活了五年。这段充满着痛苦的回忆以及她后来在外祖父家生活的六年构成了她的第一部自传《一个天主教女孩的回忆录》(*Memoirs of A Catholic Girlhood*, 1957)的内容。麦卡锡自小便表现出不俗的聪明才智，她痴迷于书籍，耽于想象和编造故事。在西雅图的外祖父把她从虐待她的亲戚家解救出来后，为她提供了一个舒适的生活环境和良好的阅读条件。1929年至1933年，她就读于美国著名的女子学院瓦萨学院。在30年代，这是一个特权的象征。瓦萨女子学院对于麦卡锡的成长至关重要，直接影响到其世界观的形成。

幼年失去父母的遭遇使得麦卡锡未能享有世人那种被爱与施爱的天伦之

① Catharine R. Stimpson, “Literature as Radical Statement,” *Columbia Literary History of the United States*, ed. Emory Elliott (New York: Columbia UP, 1988) 1064. 肯尼迪于1961年建立了总统关于女性地位特别委员会并且任命埃里诺·罗斯福为委员会主席。委员会的宗旨不是寻求女性平等，而是保护女性，尤其是职业女性的权益。委员会于1963年发布报告公布了在职场上歧视妇女的诸多事例，并且提倡包括公平雇佣、带薪休产假和可以负担得起的子女入托在内的改进措施。

乐，也使她养成了一种敢作敢为、反叛权威的独立精神。这种独立的性格使得她毫无顾忌地为自己的生活作出重要决定。从瓦萨学院毕业仅一周，21岁的麦卡锡便与演员哈罗德·约翰斯拉德结婚。在后来的几年中，她居住在纽约，为《新共和国》和《民族》杂志写稿，也为《党派评论》做戏剧编年，逐渐引起人们的注意。1936年，她结束了第一次婚姻，之后积极投身左翼运动，一个偶然的事件还使她卷入托洛茨基委员会的活动。40年代末，她的作品开始出现在《纽约人》杂志上，逐渐成为国内小有名气的作家。多年来，麦卡锡是美国左翼文学批评刊物《纽约书评》的经常撰稿人，美国政府的越战政策曾是她猛烈抨击的话题之一。

麦卡锡一生经历过四次婚姻，其间还夹杂着几段婚外情。1938年，她与美国著名评论家埃德蒙·威尔逊结为连理，并生有一子。这场婚姻充斥着争吵与暴力，持续了七年之后终告结束。麦卡锡对于这个“既是暴君又是妄想狂”的人充满怨恨[①]，但她承认是威尔逊引导她走上文学创作之路；是他指出麦卡锡的才华不在于评论而是创作，帮助她实现了从书评人到作家的角色转换。而她对于自己的婚姻和婚外恋毫不隐晦的态度也成为公众和评家津津乐道的话题。

麦卡锡的文学作品可分为三大类。除了散文与评论之外，她主要的艺术成就集中于自传与小说。麦卡锡共创作了六部小说和一些短篇故事，创作范围较窄，基本上限于自己的经历和熟悉的现代知识分子环境，但她的局限也同时是她的优势。[②] 她对于现代美国知识阶层的刻画入骨三分，笔锋犀利，带有明显的讥讽色彩。小说《绿洲》(*The Oasis*, 1949)故事发生在二次大战之后。这个绿洲是无家可归的人们在远离文明社会的山中建造的避难所。在这个知识的奥林匹斯山上，人们企望像神话里面的天神一样建立自己的规则和价值观，以武断的方式对他人实施正义的裁决。《学术园林》(*Groves of Academe*, 1952)是对于一个具有试验性质的学院的讥讽。作者描绘了这个封闭的学术机构里的人们是如何的不切合实际、愚蠢和危险。在《受神力保护的生活》(*A Charmed Life*, 1955)中，女主人公玛莎·辛诺特与第二任丈夫回到她曾经与前夫住过的城镇新里兹。新里兹是一个当代的波希米亚，城里住着许多艺术家和知识分子，生活完全不受传统、道德和职业的拘束。人们不断离婚再结婚，常常酗酒闹事，但是似乎又过着一种受神力保护的生活，免受伤害。在一次晚会上，玛莎遇到前夫并且与他发生了性关系，而且还怀了他的孩子。玛莎忍受不了内心道德的谴责，决定去流产。小说以玛莎不幸遭遇车祸身亡而结尾，她没有受到神力

① Desley Deacon, “Cruel and Barbarous Treatment: the Marriage of Mary McCarthy and Edmund Wilson,” *Australian Feminist Studies* 19.43 (2004): 109.

② Barbara McKenzie, *Mary McCarthy* (New Haven: College & University Press, 1966)99.

的保佑，但她用生命的代价为自己赎了罪。

麦卡锡最为成功的创作有三部，即《她所交往的人》(*The Company She Keeps*, 1942)、《一个天主教女孩的回忆录》和《少女群像》。《她所交往的人》是麦卡锡在小说创作上的首次试笔，她之后的创作主题和叙事手法在此初见端倪。这是一部由六个系列短篇组成的小说。麦卡锡曾经说道，这本小说的前几个章节是作为短篇小说来创作的，“写到大约一半时，我开始把它们看作是某种连贯的故事，是同样人物的重复出现。我最终决定把它称作小说，因为它的确讲述了一个故事”[1]。值得一提的是，书中女主人公的许多故事基于麦卡锡自身的经历，这种做法形成了麦卡锡后来的独特创作风格，虽然她为此不断遭到评论界的批判。小说描写了女主人公玛格丽特·萨金特踏上社会后的经历。玛格丽特是30年代的纽约年轻知识分子。她怀有强烈的政治信念，崇尚独立的职业生活，向往自主的婚姻和性关系，但自始至终她的身份来自与之交往的男性的认可。麦卡锡描绘了一幅现代社会的男性众生像：其中有广告商、政治激进分子、作家、出版商、律师、教师等等。作者自己以及评论界都指出，这本书就是女主人公在其众多身份中对于真正身份的不懈追求。在作者笔下，这种追求似乎比起她的道德发展更为重要，女主人公最终的目标不是找到自我，而是像成年人那样行事。[2]

小说六个故事中对于自我身份的寻找这一主线因为麦卡锡的叙事试验而容易被读者所忽略。女主人公的姓名在第一个故事中一直没有披露，只是在第二个故事中间接地被提到，在第三个故事中又被第一人称替代。麦卡锡之所以这样做，正是以此来揭示小说女主人公玛格丽特·萨金特的“自我割裂”。[3] 她以不同的面貌出现，在与不同的男人交往时扮演着不同的角色。这是一位失去自我的女性，她在寻找自我的过程中被周围的世界所定义，被与她交往的人所定义。玛格丽特是30年代美国的中产阶级年轻知识女性的代表，作者当然也是这个群体的一员。

第一个故事《残酷与野蛮的待遇》(“Cruel and Barbarous Treatment”)中主人公是一位无名女性。她正准备向丈夫坦白自己的婚外情，提出离婚。故事没有道明她背叛丈夫的原因，没有太多的背景介绍，也没有对于人物行为的道德评判，仅聚焦于心藏秘密的女主人公的心理活动。《骗子的画廊》(“Rogue's Gallery”)描绘的是为这个女子提供了第一份工作的希尔先生。希尔先生是艺

---

① Barbara McKenzie, *Mary McCarthy* (New Haven: College & University Press, 1966)79.

② Irvin Stock, *Mary McCarthy* (Minneapolis: U of Minnesota P, 1968)14.

③ John W. Crowley, "Mary McCarthy's *The Company She Keeps*," *The Explicator* 51.2 (1993): 111.

术商人,将萨金聘为自己的秘书,使这个刚刚跨出校门不久的年轻女子见识了这一行当中各种形迹可疑的阴暗勾当。在《穿布鲁克斯兄弟牌衬衫的男人》("The Man in the Brooks Brother Shirt")中,刚刚从一场破裂婚姻中脱身的玛格丽特·萨金特在开往西部的火车上与一位身穿布鲁克斯兄弟牌绿色衬衫的中年商人发生了性关系。她对于自己的未来尚无确切的打算,而移动的火车代表了一个无归属感的动荡世界,影射了对于自我的丢失与寻找。在《亲切和蔼的男主人》("The Genial Host")中,玛格丽特应邀出席了一个晚会。晚会的男主人属于那种倚傍社会名流而使自己出名的人。玛格丽特无法冲破男主人公为自己的定位。《一个耶鲁知识男性的画像》("Portrait of the Intellectual as a Yale Man")塑造了年轻的杂志主编吉姆·巴尼特。他在杂志社的工作受到众人的认可,享有极好的人缘,但几年之后,他对于自己感到厌恶。在这个故事里,玛格丽特既是他的政治良知,也是他的婚外恋情人。在小说的最后一个故事《神灵的父亲,我坦白》("Ghostly Father, I Confess")中,女主人公在五年内经历了两次婚变之后,接受了心理学家的治疗。她在探究自己痛苦的根源,同时也在寻求生活的意义。中产阶级知识分子的生活使玛格丽特感到厌倦和压力,她空虚的内心充满渴望,但在现实中又没有前进的方向,在生活中一次次碰壁。她对自己的道德身份一直持怀疑态度,而对自我的认识也只有通过她所交往的人才能完成。《她所交往的人》题目取自亨利·詹姆斯的小说《贵妇人画像》,玛格丽特与后者的女主人公伊丽莎白·阿彻一样,对于个人自由和道德选择充满浪漫信念,但最终意识到塑造她生活的外在力量。①

不难看出为何女权主义者对这部作品不感兴趣,因为玛格丽特既非受害者也非角色榜样。她所交往的人都是男性,她既与他们周旋,又对他们持有批评态度。只有那些男性可以为她提供一个令她出彩的平台,一个使她可以俯视他们的平台。而她对所交往的女性都持蔑视态度,这包括她与其丈夫发生性关系的女人或是激进分子圈里的那些女人。难怪有人说,这本书的所有故事都涉及一个天资聪明但思想混乱的女性与令人失望的男性之间的关系。② 但麦卡锡所刻画的女主人公恰恰体现了当时知识女性的真实境遇。麦卡锡笔下的女性个个聪明透顶,但被剥夺了个人发展的机遇,无法施展她们的才能,只能徘徊于社会许可的狭窄空间里。她们的行为不能说是无可厚非,但这是她们对于强烈的孤独感和异化感的排泄,她们或许能在政治活动和性活动中获得某种快感,得

---

① John W. Crowley, "Mary McCarthy's *The Company She Keeps*," *The Explicator* 51. 2 (1993): 115.

② Morris Dickstein, "A Glint of Malice," *Twenty-Four Ways of Looking at Mar McCarthy: The Writer and Her Work*, eds. Eve Stwertka and Margo Viscusi (Westport, CT.: Greenwood, 1996)21.

到某种解脱，但最终无法获得真正的解放。

麦卡锡的这种"系列短篇小说"也是现代文体的重要形式，它以将自我想象变为支离破碎而预兆了小说和自传的后现代文体试验。正如麦卡锡在前言中所说，"自我与灵魂的家庭住址在本书中都找不到"①。在1942年的版本中，封面上对于该书的介绍有一个有趣的比喻，将麦卡锡的角色塑造比作一个摄影记者的试验手法。每一个故事都是从不同的角度、不同的光线来拍摄的。作者不断变换视角，就像摄影家不断移动其摄影机。故事中既有第一人称、第二人称、也有第三人称。小说题目在作者或近或远地审视人物角色时也在不断变换，这个年轻女子的性格破裂为片断，而她所交往的不同男性象征着各个片断。读者的作用在于把它们放在一起，直到最后一个故事中作者才终于现身介绍了女主人公的历史。②麦卡锡成功地以这种形式表现了小说主题，取得了不同凡响的叙事效果。

麦卡锡共创作了三部自传，除《一个天主教女孩的回忆录》之外，还有《我的成长历程》(*How I Grew*，1987)和《才智回忆录》(*Intellectual Memoirs*，1992)。《我的成长历程》描绘了她的家人和亲戚，以及塑造了她才智性格的经历，而《才智回忆录》追溯了她的几次婚姻和婚外情以及她作为书评人的经历。这两本传记因为麦卡锡对于自己的婚姻、婚外恋和性活动赤裸裸的告白为她带来不少负面反应，读者多关注麦卡锡的私生活而不是她自传的其他方面。客观来看，较之《一个天主教女孩的回忆录》，这两部传记缺乏深度和广度，在手法上也无创新之处，虽然为读者提供了进一步了解麦卡锡的机会，但自身并无很高的艺术或思想价值。

《一个天主教女孩的回忆录》早已成为美国女性传记作品的经典，受到美国学界极高的评价。这本书中的主题和叙事技巧独辟蹊径，对于传统自传体体裁进行了大胆的修正，被视为女性自传体研究的范本。传统的(特别是以男性为中心的)自传体总是强调自我的真实再现，但麦卡锡的自传从根本上颠覆了这一模式。在这部自传中，作者对于往事的回忆蕴含着缺失与不确定性，回忆的缺失使这种自传体裁失去意义，而时间距离又使得对于那个半遗忘的自我的追忆和重构成为必要。③ 正如她在书中写道，"有些事情我也不清楚是不是我编造的。我想我记得但我不确定"。④ 此外，麦卡锡自传中所叙述的生活阶段充斥着遗忘、虚构和谎言，这种独特的叙事巧妙地削弱了这个关于人物身份自我建构

①② John W. Crowley, "Mary McCarthy's *The Company She Keeps*," *The Explicator* 51.2 (1993): 112.

③ Barbara McKenzie, *Mary McCarthy* (New Haven: College & University Press, 1966) 28.

④ Mary McCarthy, *Memories of a Catholic Girlhood* (San Diego: Harcourt Brace Jovanovich) 4.

的特有文学体裁的力量。

麦卡锡从自己缺少爱的童年经历中学会识别生活中的真实与欺骗、表象与本质，因此记叙带有强烈的讥讽味道。她爱自己的父母，但他们的早逝带来了她后来生活的磨难，使得她之后一直过着寄人篱下的生活。父母的离世也为她对往事的回忆制造了障碍，因为家庭的破裂造成了记忆链的断裂，父母的缺失使她对于往事的真实性常常产生怀疑。她记忆犹新的只是她信仰的破灭。她的父母出身于不同的宗教背景，她童年则一直生活在天主教的氛围之中。天主教对于她童年的影响极大，但给她带来的印象又是矛盾的。这是因为天主教也分两种不同的类型，一种是她母亲和明尼阿波尼斯的修女们所展现的那种美好和人性化的宗教信念，另一种是她的亲戚所实践的那种充满仇恨和无知的天主教信念。麦卡锡和三个弟弟的监护人对于几个孤儿的精神和肉体的折磨和摧残使麦卡锡接触到宗教的另一面。麦卡锡在这种令人难以忍受的环境中生活了五年之后，外祖父把她接到西雅图，她自此过上了一种与以往全然不同的舒适生活，之后又被送到了修道院学校。生活的磨难使麦卡锡养成了敢于挑战权威的性格，而外祖父的宠爱也给予她安排自己生活的权利。她违背外祖父希望她成为律师的意愿，执意要成为演员，直到后来意识到自己缺乏表演天赋才放弃。麦卡锡对传统自传体裁的修正还表现在她对传统女性角色的处理上，她在自传中轻描淡写地谈到自己的第一次婚姻，甚至没有提到丈夫的姓名。她在童年的经历中学会从自己的实践中掌握生活的真谛，从各种虚假的表象中逐渐辨别真伪。

麦卡锡的童年经历使得她在创作中在对于以前各种事件的陈述上不断颠覆自己，她的自传叙事因此包含了一种双重话语，自传里的第一种声音出自传统自传体的叙事人，力图建立一种权威性和真实性，而第二种声音随即就颠覆了第一种声音。[①] 麦卡锡在其生活各个阶段的叙事上常常表现出这样一种矛盾性处理方式。与其他自传不同的是，麦卡锡的自传不是按照年代顺序依次展现她的童年事件，而是将叙事切割成几大块，在每一块的中间穿插着对于这些叙事的评论，分别进行处理。自传中的八个章节中有七个章节后都附有这样的评论。这种非直线的叙事使得对于同一事件的描述常常出现多次，而且带有不同的结论。麦卡锡往往是在前面的章节中刚刚对于某个事件进行过叙述，紧接着在斜体的评论部分对于前面的论述进行质疑和反诘，强调其虚构和编撰。“这个回忆录之中有些可疑之处，我认为它纯粹是虚构的”，她说。[②] 而在另一处她

---

① Barbara Rose, "I'll Tell You No Lies: Mary McCarthy's *Memories of a Catholic Girlhood* and the Fictions of Authority," *Tulsa Studies in Women's Literature* 9.1 (1990): 11.

② Mary McCarthy, *Memories of a Catholic Girlhood* (San Diego: Harcourt Brace Jovanovich) 47 - 48.

还说到，“我的整个生活从头至尾都是个谎言。”[①]因此，阅读麦卡锡的自传是一种独特的阅读经历，麦卡锡对于自己生活经历描述的前后不一致要求读者不断地对自己的阅读进行调整，努力从字里行间判断事情的真相。

麦卡锡的创作在1963年发表《少女群像》时达到巅峰。麦卡锡用了11年才完成这本小说的创作，但小说在出版当年便一跃成为畅销书。它被译成多种语言，据1991年的统计，在全球已经销售五百多万册。[②] 小说通过追溯八位瓦萨女子学院毕业生的生活，再现了生活在30年代这个所谓进步时代里大学毕业生的爱情观、职业观、道德观、婚姻观。小说故事从1933年7月开篇，至1940年7月结尾。麦卡锡曾经设想在作品里追述这些女孩子20年的生活，后来放弃这一计划，小说情节仅涉及7年时间。凯·斯特朗·彼得森是小说中的中心人物。小说以她的婚礼开始，以她的葬礼结尾。凯与哈罗德的婚礼也为作者提供了一个介绍其他主要人物的机会。这个群体的大多数成员只是在小说的第一章和最后的章节里一起出现，而在小说的其他章节里，麦卡锡的笔触从一个人物转换到另外一个人物，集中描绘了她们生活中具有代表意义的事件。以一组角色作为群体主人公的《少女群像》显然不是自传，但麦卡锡自己生活中的痕迹在小说中依稀可见。麦卡锡自己承认说，“小说中的某些人物来自于真实生活，而其他一些人是不同人物的混合物。我自己一直努力使自己置身度外”[③]。凯的许多经历来自麦卡锡自身，譬如她自己就是1933年7月毕业于瓦萨学院，一周之后成婚，其丈夫与凯的丈夫也有不少相像之处。而凯后来被丈夫送进精神病院的场景也曾发生在麦卡锡身上。

《少女群像》描述了在婚礼现场的八个成员（还有一位少女诺琳·施密特兰普不在场）毕业后踏入社会后的生活。这些青春韶华的女大学毕业生对于社会进步和已经取得的女性权利充满信心，踌躇满志，坚信会获得比她们的母辈更多的自由和更大的成就。她们时髦而且前卫，先锋而且荒唐，或是希冀以浪漫爱情的婚姻生活来使自己的生活得到充实，或是投身于左翼政治事业、通过积极参与工会活动和政党活动实现自己的价值，或是试图通过尝试性禁果来寻求自己的身份。麦卡锡记述了这些人物的个人成长，也探索了时代和她们所受到的教育对于她们生活的影响。凯是个来自西部的女孩，她在学校中就以聪明才智和分析能力令人折服。她对戏剧感兴趣，渴望被人仰慕，毕业后立即嫁给了一个愤世嫉俗、自私自利、但又缺乏才智的剧作家哈罗德，希望通过他实现自己

① Mary McCarthy, *Memories of a Catholic Girlhood* (San Diego: Harcourt Brace Jovanovich) 147.

② Joseph Epstein, "Mary McCarthy in Retrospect," *Commentary* 95.5(1993): 45.

③ Barbara McKenzie, *Mary McCarthy* (New Haven: College & University Press, 1966)137.

的抱负。他则不仅在外拈花惹草，还虐待自己的妻子，后来甚至把她送进了精神病院。凯的经历说明，女性是男性暴力和贪欲的牺牲品。凯后来终于与丈夫离婚，一年后她的葬礼又一次把这些女性角色聚在一起。在二次大战开始后，她在观察天上的飞机时从开着的窗口坠落身亡。她床边烟灰缸里燃着的香烟、仍然响着的收音机和即将到来的求职面试似乎都显示了她死亡的意外。麦卡锡有意在凯的死因上持隐晦态度，留下了令人回味的悬念。如果凯的坠落真是出于不慎，那么这个人物的死亡没有什么启示意义。但如果是自杀，说明她从生活中学到了一些事情。而以身亡为代价所获得的知识，导致她对于自己和这个世界失去了平衡。[①]

麦卡锡的写作就像一个文化符号，折射了30年代知识女性的整体生活境遇。多蒂·伦弗鲁的经历代表了女性对于浪漫爱情和性的态度。多蒂是个害羞但是具有开放思想的女孩，渴望尝试新观念所带来的自由。她轻易地失去了自己的童贞，又被与其发生性关系的男人遣派到诊所安放避孕环。醒悟后的多蒂决定与亚利桑那的一位富商结婚，重返传统的女性生活轨道。麦卡锡对于这些希望超越上一代女性的年轻女子的作为进行了讽刺。相比之下，上一代人的传统价值反而比起年轻一代人的进步观念更让读者认同。多蒂的母亲在女儿结婚前夜发现她还对有过性关系的迪克·布朗念念不忘，她劝女儿将婚礼推迟，以便确定自己的感情，但遭到女儿的拒绝。在尝试过性自由带来的苦果之后，多蒂放弃了社会工作者的职业和浪漫爱情梦想，急于进入看起来门当户对的婚姻，作为受人尊重的中产阶级家庭主妇安居下来。

30年代女性生活和社会进步的其他方面也在小说中得到了详细的描述，麦卡锡通过描绘这些女性的生活尤情讽刺了这个所谓的进步时代的价值观。莉比·麦考斯兰的故事展示了瓦萨毕业生作为职业女性的境遇。她们尽管受到了良好的教育，但社会的性别歧视使她们在工作中遭受比起男性更加苛刻的要求和更加不公的待遇。为了在职场上取得成功，她们中的一些人不得不借助于肉体来达到目的。普里斯的育婴经历也颇有代表性。她听从了医生丈夫斯隆的指导，相信在育婴过程中要有精心设计的饮食、定时的饮食时间和良好的入厕习惯，成为丈夫的育儿试验中不情愿的执行人。女性经验和母爱天性让步于对于科学和男性的盲从，试验终告失败。海伦娜是一个心智极高的女子，所受到的教育使她成为极好的谈话伙伴，但她的聪明才智反而使她无法成为男性所期望的那种唯唯诺诺的女人，无法谈论婚嫁。女伴中走得最远的是莱基。她冲破了性别束缚，变成了同性恋，从而完成了她在欧洲的旅行并实现了学习艺术史

---

① Barbara McKenzie, *Mary McCarthy* (New Haven: College & University Press, 1966) 149 - 150.

的梦想。波莉应该是作者笔下的“理想女性”①。她不仅诚实正直，乐于助人，还喜欢在厨房里忙忙碌碌，自己制作圣诞礼品。她曾有过情人，但后来与其分手，把自己有精神病的父亲接去同住。她最终嫁了一个好丈夫，过着一种虽不富裕但是充实的生活，也利用自己的护士职业做些有意义的事情。

《少女群像》在内容上有不少惊世骇俗之处，一发表便取得了轰动效果。这部作品触及了当时社会的禁区话题，大胆描绘了女性的性活动和性感受，并公开表明人物的同性恋身份。小说也对于当时涉及女性生活的各种先进技术进行了详细的描述，其中对于刚刚问世的避孕环和先进育婴理论的细节描述令人印象深刻。麦卡锡自己说，“这是一本关于女性领域进步观点的小说，是关于家庭生活、婴儿围栏和性生活的现代技术研究”②。在小说中，社会发展依靠技术进步，而技术正是男性的统治领域，因此营养变成了食谱和罐头食品问题，性生活变成了关于避孕的技术，生育变成了方法论。③这些细节的出现象征着现代女性生活的轨迹。在进入社会几年之后，这个群体的成员最初的雄心壮志已经变为对于子女、入厕教育、计划生育和墙纸图案的兴趣。她们逐渐忘却自己的追求抱负而安于平庸的家庭生活，重新落入传统家庭妇女角色的窠臼。麦卡锡笔下的女性品行尽管不是那么高尚，但她们的确令人难忘，因为她们构成了30年代知识女性的文化版图。这些女性受过的高等教育未能彻底改变她们的生活，她们仍然受到传统社会角色的局限，其中多数人的结局与她们的母辈没有太大差别。小说的主人公们离开瓦萨之后面对的是一个令人失望的现实世界，沮丧地发现她们不得不依赖男性来保障自己的经济和社会生存。正是通过这些人物的塑造，麦卡锡对于当时的社会进行了讽喻和质疑：这些曾经相信自己能够对社会进步做出重要贡献的瓦萨毕业生最终为何一无所成？是她们自身的原因还是社会的局限所致？小说对于所揭示的问题并没有给出答案，相信这也是麦卡锡自己倍感困惑的问题。值得特别指出的是，这部与弗里丹的《女性神秘》发表于同一年的作品以小说形式所揭示的正是弗里丹在其作品中所提出的“不可言状的问题”。

麦卡锡在创作《少女群像》时娴熟的写作技巧也同样令人称道。小说的叙事是集体的声音，这种集体的声音所描述的是一个群体：瓦萨女子学院的八位毕业生。麦卡锡把自己的声音融进人物角色之中，不断更换叙事角度。小说按照时间顺序分为15章，每一章以浓墨刻画了这个群体成员中的一人。小说情节围绕少女凯的生活展开，她的故事把其他人物的生活线索串在一起。小说的

---

① Irvin Stock, *Mary McCarthy* (Minneapolis: U of Minnesota P, 1968)42.

②③ Wendy Martin, "Mary McCarthy," *Modern American Women Writers*, ed. Elaine Showalter (New York: Maxwell MacMillan, 1993)275.

第一章为读者展示的既是个人肖像，也是集体像，而凯的形象主要是通过其他成员的视线折射出来的。这种多视角的叙事从不同角度讲述了同一件事情，为读者提供了一个多方位地了解人物的机会。虽然有评论家批评麦卡锡这部作品中塑造的大多数人物都是平面的，但她们也是鲜活的、令人印象深刻的。其次，麦卡锡在创作中对于细节的关注也是评论界经常提到的。她之前新闻写作的训练培养了她对于细节的敏锐观察能力，但也有人认为她对于细节的依赖似乎表明"其生活没有经过作者想象力过滤网的充分提炼"。[①] 麦卡锡在《小说中的事实》一文中谈到事实之于作为艺术形式的小说的必要性和价值。"小说的独特之处在于它对于真实世界的关注。"[②]"真实的氛围对于小说非常重要。我们的确期待着一部小说是真实的，不仅对于它自己真实，就像一首诗或是一尊雕像，而且是对于现实生活的真实。"[③]《少女群像》充斥着细节描写，以至于有些评论家认为它读起来更像是社会学研究而不是虚构文学。[④] 应该说，她的作品既是虚构文学也是社会批评，麦卡锡是作为社会讽喻家来写小说的。作者运用的这种文字记叙强调了作品作为社会评论的功能，帮助读者了解作品的社会背景和氛围，进入人物的内心，分享她们的社会经历。同她作品的自传成分一样，麦卡锡对于细节的描写和锋利的笔触成为她创作的重要特色，特别为评论界所关注。保罗·施吕特甚至声称，麦卡锡"尖锐、无情的嘲讽技巧"是"现代美国婊子"的特征，"形容她独特方式的最好词汇就是'解剖'"。[⑤]

许多年来，人们对于麦卡锡的作品与她的身世几乎表现出同样的兴趣，这首先是因为麦卡锡本人生前一直是位公众人物，是 20 世纪中期美国的文坛弄潮儿；其次是因为她那种敢于直白身世、表明观点的性格。女权主义批评家在大力推广女性作品的过程中，把麦卡锡排挤出选择之外。因为她作品中的女性角色没有表现女权主义作品通常所描绘的女性觉醒和反叛，其笔下人物在许多评论家看来是平面的、缺少发展和变化的。麦卡锡坦言自己不是女权主义者，认为女权主义对女性没有好处，并且会造成非常糟糕的情感状态。但麦卡锡无疑又是位思想解放的现代女性，她的解放不仅表现在性领域，在职场和名望上也都超越了社会对于女性的传统局限。她的作品实实在在地反映了 20 世纪中叶美国文化价值的激烈变革，表现出对于性别政治的关注和对于现实的清醒认

---

① Barbara McKenzie, *Mary McCarthy* (New Haven: College & University Press, 1966)68.

② Mary McCarthy, "The Fact in Fiction," *On the Contrary* (New York: The Noonday Press, 1951)250.

③ Ibid., 262 - 263.

④ Joseph Epstein, "Mary McCarthy in Retrospect," *Commentary* 95.5(1993): 45.

⑤ Paul Schlueter, "The Dissections of Mary McCarthy," *Contemporary American Novelists*, ed. Harry T. Moore (Carbondale: Southern Illinois UP, 1964)55.

识。她没有从正面塑造那些反抗男性社会的女性角色,却描绘了男性给女性生活所带来的巨大压力和毁灭性后果,揭示了女性在追求抱负和自由的过程中所经历的彷徨、苦闷和挣扎。她们宣称自己的智力独立和性自由,希望与男性在同一世界里竞争,但是最终她们因受到外部世界的种种限制和业已内化的传统道德观、负罪感和宗教教义的束缚,导致理想破灭。由此看来,她的小说还是表现了一种女权主义的立场。在美国女权运动第二次浪潮到来的前夜,麦卡锡在自己的小说世界里为20世纪中叶美国女性的境遇做了最好的脚注。

玛丽·麦卡锡的主要作品:

小说作品:

The Company She Keeps, 1942.

The Oasis, 1949.

Cast a Gold Eye, 1950.

The Groves of Academe, 1952.

A Charmed Life, 1955.

The Group, 1963.

Birds of America, 1971.

Cannibals and Missionaries, 1979.

自传作品:

Memories of a Catholic Girlhood, 1957.

How I Grew, 1987.

Intellectual Memoirs: New York 1936—1938.

12. 蒂莉·奥尔森——打破缄默的工人阶级母亲
Tillie Olsen: Working-Class Mother That Breaks the Silences

2007年1月,蒂莉·奥尔森(1912/13—2007)以94岁的高龄谢世。奥尔森一生著述不多,但其短篇小说和文章产生的广泛的影响使她成为20世纪美国文坛的重量级人物。她一生多次获奖,其中包括1959年的福特基金、1961年的欧·亨利最佳短篇小说奖、1975年的古根海姆奖、1976年的美国学院和全国艺术与文学院美国文学特殊贡献奖。她的作品曾被译为10多种文字,一再出现在各种文集和学校的教材中。这个当初连高中都没有毕业的人自60年代起登上了美国大学讲台,在包括斯坦福大学、麻省理工学院、马萨诸塞大学、加利福尼亚大学、阿默斯特学院在内的好几所著名大学执教。罗伯特·科尔斯指出:"蒂莉·奥尔森所创作的所有作品几乎都是一经面世便立即成为经典"。① 艾丽斯·沃克写道:"只有很少一些作家能够像她那样在作品中以及在与我们分享他们的见解时确确实实地每天帮助我们生活、工作和创作。"②玛格丽特·埃特伍德更是毫不吝啬自己的赞美之辞,在《纽约时报》的书评中写道:"极少有作家能够以如此少量的作品赢得如此广泛的尊敬……在美国的女性作家中,'尊敬'一词用以形容她太过苍白,'崇敬'应该更加贴切。"③奥尔森亦为活跃的社会活动家,她积极参加各种集会,就改善女性写作环境大声呼吁。奥尔森自70年代初期起担任了女权出版社的顾问。在她的大力推荐下,这个出版社挖掘再版了众多被遗忘的女性作家经典作品,其中包括丽贝卡·哈丁·戴维斯(Rebecca Harding Davis)的《铁厂生活》(*Life on the Iron Mill*)、艾格尼丝·史沫特莱(Agnes Smedley)的《大地的女儿》(*Daughter of Earth*)和夏洛特·帕金斯·吉尔曼的《黄色糊墙纸》("The Yellow Wallpaper")。就是这样一位出生于劳动阶层家庭的女性,最终冲破性别、种族、阶级歧视的种种羁绊,勇敢打破了缄默,创作了反映劳动妇女——尤其是工人阶级母亲——生存状态的作品,确立了自己在美国文学史上的经典地位。

奥尔森是目前仍然能够激发读者和学者的文学和政治想象力的仅有几位美国左派作家之一,对现代美国工人阶级生活的描绘极具震撼力。④ 奥尔森的

---

①② Qtd. in Carolyn and Ernest Rhodes, "Tillie Olsen," *Dictionary of Literary Biography Year Book: 1980* (Detroit: Gale, 1981)290.

③ Margaret Atwood, "Obstacle Course," *New York Times Book Review* (30 July 1978)1.

④ Anthony Dawahare, "'That Joyous Certainty': History and Utopia in Tillie Olsen's Depression-Era Literature," *Twentieth Century Literature* 44.3 (1998): 261.

声誉建筑于对位于她创作中心的女性这个群体生存境况的再现，其文本完整表现了作为社会中饱受压迫的性别阶层的女性的生活和心理经历——性朦胧、妊娠、生产、流产、绝经，以及家庭重负和家庭暴力——而这样的题材极少出现在包括无产阶级作家在内的文学创作之中。[①] 奥尔森明确指出20世纪的美国社会未能开发下层社会、尤其是工人阶级女性的潜能。她聚焦于母亲这个在文学中被忽略了的角色，强调由于这种忽略而造成的文学创作的缺失，而其作品的意义就在于弥补了这种缺憾。奥尔森也把关注点延伸到那些禁锢人类创造性活动的社会环境，探讨了社会环境对于具有创作意识的母亲的巨大伤害。在批判性别歧视的社会环境的同时，奥尔森没有为了女性的苦难而埋怨男性，而是指出男性也是这个具有剥削性的社会的牺牲品，只有家庭才能在这个冷酷无情的社会中为个体生存下去提供支撑力量。奥尔森的犹太背景也受到评论界的普遍关注。但奥尔森宣称自己是个犹太无神论者。她曾说："我身上的犹太性与我的女性身份是不可分离的，也是与作为母亲的女性不可分离的。"[②]她的犹太社会主义背景为她的创作提供了两种基本视角，其一是关于非正义、歧视、压迫和种族灭绝的知识和经历，以及永远和随时与之进行斗争的需求；其二是对于人类潜能的绝对信念。这两种视角贯穿于她的创作始终。[③]

奥尔森作品中的自传成分常常使得学者把她本人视为她文本的延伸。[④] 的确，她笔下那些"沉默"的女性(母亲)角色都是来自工人阶级，富有才华但在生活的重压下疲惫不堪，充满渴望但在奋斗的路途上孤立无援。然而这些女性能够在生活中的某些时刻获得自我意识，此时她们的创造精神将冲破贫困的生活和繁重家务的束缚。奥尔森的家庭背景、文化认同以及生活经历都是工人阶级的，她的作品素材也都源自她生活的劳动阶层。奥尔森的父母都是俄国犹太移民，在参加了1905年反对沙皇统治的革命失败后逃亡美国。尽管迫于生计过着颠沛流离的艰苦生活，奥尔森的父亲还是积极参与了政治斗争，成为当地一名活跃的共产党人。父亲的政治热情与社会参与使奥尔森很早就接触到当时的政治运动，那些社会主义者演说家们的政治热情和修辞技巧对于奥尔森的成长和创作起到了重要的启迪作用。与社区里大多数很早就辍学去谋生计的人不同，奥尔森进入高中学习。她在学校里接触到莎士比亚、德昆西、艾德娜·

① Constance Coiner, *Better Red: The Writing and Resistance of Tillie Olsen and Meridel Le Sueur* (Oxford: Oxford UP, 1995)7.

② Bonnie Lyons, "Tillie Olsen: The Writer as a Jewish Woman," *The Critical Response to Tillie Olsen*, eds. Kay Hoyle Nelson and Nancy Huse (Westpost, CT.: Greenwood, 1994)144.

③ Ibid., 146.

④ Linda Ray Pratt, "Mediating Experiences in the Scholarship of Tillie Olsen," *Frontiers* 18.3 (1997): 130.

圣·文森特·米莱等文学大师的作品，还亲眼见过美国诗人卡尔·桑德博格。不过学校在开发奥尔森智力的同时也使她饱尝社会地位的差异——其工人阶级、移民和女性的三重身份——所带来的种种歧视。由于家庭贫困，在6个子女中排行第二的奥尔森在读到11年级时被迫辍学，以打工来减轻家庭负担。18岁时，奥尔森加入了共产主义青年团，以满腔的热情参加了当时的政治活动。1932年奥尔森在有孕在身的情况下开始创作《铁喉》（“Iron Throat”），其中一章于1934年在《党派评论》上登载，得到了一致好评，被认为是“一位文坛新秀的作品”[①]。不久她因向包装工人散发传单而锒铛入狱，一个月后出狱时身患重疾。出狱后不久她完成了两篇文章，一篇是控诉警察暴力的《千元流浪汉》（“Thousand-Dollar Vagrant”, 1934），另一篇是描述工人运动的《罢工》（“The Strike”, 1934）。1944年她与同居八年的青年团战友、码头工人杰克·奥尔森结婚，育有三女。在1936年至1959年间，奥尔森从事过各种工作：侍者、抄写员、封瓶工、仓库审核员、秘书等等，但一直没有放弃对文学创作的挚爱，渴望写作的强烈欲望对她来说就是“呼吸的空气”。尽管政治活动加上不断扩大的家庭使得她“创作的最基本环境并不存在”，但奥尔森坚持认为作为母亲的需求与她的自我实现并不矛盾。[②] 她后来接受采访时说道，一个母亲的角色只能使她的写作内涵更为丰富，女性应该也可以把有益的工作和母亲角色结合起来。[③] 艰难的生活和斗争经历成为她蓄积的丰富养分，在她终于拾起笔杆之后充实了她的创作。奥尔森在30年代后期加入共产党，在40年代和50年代间积极参与了政治活动，并在50年代麦卡锡主义盛行时受到迫害。小女儿于1953年入学后，奥尔森终于能够把更多的时间用于自己钟爱的文学创作。她尚未完成的故事《帮助她相信》（“Help Her to Believe”, 1955）[④]为她赢得1955年斯坦福大学为期八个月的创作奖学金。在这一时期，她还创作了《洗礼》（“Baptism”）、《嗨水手，哪条船》（“Hey Sailor, What Ship?”），并且开始了《告诉我一个谜》（“Tell Me a Riddle”）的写作。八个月后失去了经济来源的奥尔森创作陷于停顿状态。幸运的是，1959年她又获得福特基金，得以完成故事《告诉我一个谜》。这几个故事后来收集在题为《告诉我一个谜》（*Tell Me a Riddle*）的短篇小说集中。自60年代起奥尔森的文学地位得到承认，各种聘任和奖项纷沓而来，此后奥尔森的人生一路畅通。

---

① Qtd. in Scott Turow, “Review of *Yonnondio*: *From the Thirties*,” *The Critical Response to Tillie Olsen*, eds. Kay Hoyle Nelson and Nancy Huse (Westpost, CT.: Greenwood, 1994)28.

② Tillie Olsen, *Silences* (New York: Dell, 1979)19.

③ Constance Coiner, *Better Red*: *The Writing and Resistance of Tillie Olsen and Meridel Le Sueur* (Oxford: Oxford UP, 1995)147.

④ 这个故事后改名为《我站在这里熨烫》（“I Stand Here Ironing”）。

奥尔森的全部作品仅包括五篇短篇故事，一部没有完成的小说和一部散文集。出版于1961年的短篇小说集《告诉我一个谜》由四个故事组成：《我站在这里熨烫》、《嗨水手，哪条船？》、《哦，是的》和《告诉我一个谜》，集子出版后获得福特基金奖和欧·亨利奖。除了被视为奥尔森最佳故事的《我站在这里熨烫》和《告诉我一个谜》之外，《嗨水手，哪条船？》讲述了了一个酗酒的水手如何无法在岸上生存但又期盼家庭温暖的故事，以及他的家人试图抓住以前的希望和亲情的徒劳。《哦，是的》描述了白人女孩卡罗尔和她对于生活之谜的象征性心灵洗礼，是一个未成年的女孩对于种族歧视的见证。12岁的卡罗尔参加了黑人女伴的洗礼，意识到在社会分类中她们之间的差异，这种洗礼使卡罗尔对于社会习俗以及它所造成的人类苦难有了新的认识。除了短篇小说集《告诉我一个谜》中的4个故事之外，奥尔森仅发表了一个短篇故事《里夸》（"Requa"）。"里夸"是奥尔森所熟悉的一个加利福尼亚州城镇名，在美国印第安语中则是"身心交瘁"的意思。该故事被收入1971年《美国最佳短篇小说选》，讲述了30年代中一个14岁男孩在生存线上的挣扎。在奥尔森其他的故事里，人之间异化感的解决方式是家庭。在这个故事里，奥尔森使一个孤儿和一个光棍汉组成了一种新的家庭。[①] 这种做法似乎表明，只有受压迫的人们之间的联结才是最珍贵有效的。家庭成为在苦难中挣扎的人们抵御冷酷无情的社会的盾牌。

《我站在这里熨烫》被美国著名女作家乔伊斯·卡罗尔·欧茨称为"近年来最扣人心弦的故事"[②]。这是奥尔森辍笔多年之后的首篇创作，颇具自传色彩。奥尔森创作这个故事时已年近五旬。她把自己多年作为母亲的经历倾入笔尖，对文学创作中的这一边缘角色给予了高度关注。奥尔森对母亲角色所包含的责任和幸福以及它与自我实现之间的矛盾进行了深刻的思考和真实的描绘。这一故事以美国文学作品中少见的全面和坦诚探讨了这个充满痛苦的复杂主题。[③]《我站在这里熨烫》之后成为奥尔森最为著名的作品，也是美国文学中入选文学选集频率最高的故事之一。仅在90年代初的统计中，它已在文学选集中出现过90多次。[④]

《我站在这里熨烫》的情节和结构都不复杂，既没有大起大落的悲欢离合，也没有晦涩难懂的隐喻象征。叙事人是19岁女学生艾米莉的母亲，她刚刚接到女儿学校打来的电话。在母亲手起手落地熨烫衣服时，她的思绪把读者的注

---

① Mickey Pearlman, and Abby H. P. Werlock, *Tillie Olsen* (Boston: Twayne, 1991)115 - 16.

② Joyce Carol Oates, "*Silences* by Tillie Olsen," *The Critical Response to Tillie Olsen*, eds. Kay Hoyle Nelson and Nancy Huse (Westport, CT.: Greenwood, 1994)245.

③ Deborah Rosenfelt, "From the Thirties: Tillie Olsen and the Radical Tradition," *Feminist Studies* 7.3 (1981): 397.

④ Mickey Pearlman, and Abby H. P. Werlock, *Tillie Olsen* (Boston: Twayne, 1991)6.

意力带到了对于往事的回忆之中。在这个故事中，所有的活动都在母亲的脑海里发生；整个故事涵盖的时间很短，或许仅一个小时左右。但在这段时间内，母亲对于女儿的成长过程进行了回顾，也反思了自己作为母亲的角色。作者描绘了美国30年代大萧条期间工人阶级母亲的窘境。由于生计所迫，母亲在艾米莉出生后无法给女儿提供一种"自由生长的沃土"，因而艾米莉在生长过程中遭受了许多磨难。虽然她在呱呱落地时是个非常可爱的婴儿，但很快就变得面黄肌瘦。从母亲的叙事中，读者了解到母亲这样做并非是缺乏母爱，而是出于无奈。多年来母亲饱受时世磨难，捉襟见肘的生活、多子女的重负和繁重的家务使得她疲惫不堪，留给艾米莉的时间寥寥无几。艾米莉在生活和情感上都受到忽视，变得少言寡语、孤僻冷漠。显然，母亲的行为欠缺是社会和时代造成的，母女两人都是资本主义社会的俎上肉。艾米莉是"那个时代的孩子，是萧条、是战争、是恐惧的孩子"①。生活的重压造成了母女之间的隔阂，带来了对女儿的伤害。通过反思自己的母亲角色，母亲更清楚地认识到社会对于生活在底层的女性所造成的巨大伤害。

令人欣喜的是，故事结尾的艾米莉似乎已经战胜了自我和环境。她在学校的表演中显示了自己的才赋，越来越受欢迎，一个新的自我正在建构起来。读者最后见到的艾米莉看上去步履轻快、充满自信。艾米莉没有被母亲在同一年龄所遇到的困难所压倒，她无疑会避免站在熨衣板前熨烫衣服的母亲那种令人沮丧的命运。正像母亲意识到的，之后的日子里还有许多值得为之生活的东西，艾米莉不会像"熨衣板上的裙子，被动无助地等着被熨烫"②。新一代的女性将勇敢地面对生活，超越桎梏她们的恶劣环境，迎来一个更加美好的明天。奥尔森也在故事中表现了处于社会边缘的女性坚强不屈的生活态度和不甘沉默的精神。

《告诉我一个谜》曾被批评家称之为"美国短篇小说中最动人的故事"，发表后即荣获欧·亨利最佳美国短篇小说奖。③ 在这个故事里，奥尔森又一次把笔触伸向她一直以来高度关注的主题：作为母亲的劳动妇女。大卫和伊娃是一对俄国犹太移民夫妇，在1905年的俄国革命失败后逃亡定居美国。在长达47年的婚姻生活中，作为妻子和母亲的伊娃生活充满了艰辛。她必须整天洗衣做饭、缝补打扫，使丈夫和七个子女过上尽可能舒适的家庭生活。丈夫除了每月把挣来的工钱交给她之外，对家务事极少过问，也未能给她提供精神支持。在漫长的岁月里，她一直在为满足别人的需求而默默地忙碌着，过着没有自我的生活。

---

① Tillie Olsen, "I Stand Here Ironing," *Tell Me a Riddle* (New York: Laurel Edition, 1961)20.

② Ibid., 76.

③ Kenneth Turan, "Breaking Silence," [Interview with Tillie Olsen], *New West* (28 Aug. 1978)56.

在孩子们终于长大成人离开家庭、老两口可以开始自己的退休生活时，他们为今后的生活归宿开始了争吵，他们的生活也在这场争吵中展现在读者的面前。

奥尔森在这篇故事里又一次探讨了母亲角色这一对于女性"既是纽带也是束缚"的矛盾意象。[①] 伊娃多年来一直是个无可挑剔的母亲，她挣扎于贫困之中，为丈夫和子女操劳。在努力扮演作为母亲的角色中，她也沦为家庭的奴隶，失去了作为主体的存在。爱和亲情使得她付出了一切：年轻时的革命理想和社会活动、对于书籍的热爱、自己的朋友圈子甚至自我。而这次两人争吵的焦点，就是如何安排子女离家之后的晚年生活。在为家庭操劳了大半辈子之后，伊娃认为自己终于可以为了自己而活。她可以不再"被迫按照别人的节奏行动"，可以读书、听收音机、享受这种难得的孤独为她带来的一切。[②] 在终于摆脱了多年为别人的需求而生活的重负之后，伊娃把退休生活视为一个恢复自我身份的时期。遗憾的是，大卫并不分享伊娃的愿望，而把退休看作是进行社交活动的机会。他希望把房子卖掉，搬到名为"天堂"的养老院。伊娃反对大卫的做法，但她的愿望对于大卫来说已经成为一个谜语，他无法理解妻子此刻的心情。

沉默是这个故事的重要主题，也是奥尔森创作贯穿始终的关键词。沉默是压抑，沉默也是反抗，但它不是自由。[③] 伊娃在年轻时是一个充满激情的社会主义活动家，但多年来的艰辛生活使得她早已陷入沉默。在面临未来生活方式的抉择中，她也曾把沉默作为抵制丈夫的武器，用于抗拒他卖掉她想象中的独立生存空间的企图。老夫妇在争执不下时，伊娃被查出患了晚期癌症，已经来日不多。大卫偷偷把房子卖掉，带着还不知病情真相的伊娃轮流到几个儿女家探望他们。伊娃盼望着回到自己的家，对于她来说，子女和他们喧闹的家庭彰显了她困窘的生活谜语：一个人如何平衡个人需求和对于别人的责任。[④] 也就是在这个时期，伊娃打破了自己多年的沉默，开始不断地吟唱和呓语。记忆和声音的碎片在她将死之际被释放了出来。大卫惊讶地发现，这七十年来好像她身体里隐藏了一个录音机，录下了每一首歌、每个曲子、每个遇到过的词，而现在她回放着所有这一切，唯独没有提到他、婚姻和孩子。所有这一切是伊娃受到压抑的自我的最终迸发。在她的遐思中，伊娃回到了参与革命运动的年轻时代，往日的歌声和演讲出现在她的回忆里，那是一个她作为主体存在的时期。她的喋喋不休使得多年来已经习惯于忽略她声音的丈夫获得了一个重新理解

① Rose Kamel, "Literary Foremothers and Writers' Silences: Tillie Olsen's Autobiographical Fiction," *MELUS* 12.3 (1985): 66.

② Tillie Olsen, "Tell Me a Riddle," *Tell Me a Riddle* (New York: Laurel Edition, 1961) 21.

③ Jean Pfaelzer, "Tillie Olsen's 'Tell Me a Riddle': The Dialectics of Silence," *Frontier* 15.2 (1994): 19.

④ Mickey Pearlman and Abby H. P. Werlock, *Tillie Olsen* (Boston: Twayne, 1991) 100.

她的机会。在对于往事的回忆中,大卫终于意识到妻子多年来被贫穷的生活所剥夺的一切,以及她藏在内心从未泯灭的革命信念。但遗憾的是,只有当伊娃接近死亡时,她才开始回首、评价、并试图更新自己的生活,才找到了她自己的声音和视野。从这个意义上来说,伊娃的变化是一个象征的里程,是一个朝着深埋在她心中的音乐和歌声进发的旅程。在生命的最后阶段,她与孙女珍妮建立了感情,珍妮成为她忠实的听众。在这个故事里,奥尔森又一次塑造了一个能够逐渐理解老一辈女性、而又会在自己的生活中不再重蹈覆辙的年轻女性,充分显示出对未来的希望和信念。

《约南提奥》(*Yonnondio*)曾被誉为20世纪30年代无产阶级运动的最佳小说。[①] 约南提奥取自美国诗人惠特曼关于一个遗失的印第安部落的诗篇:"约南提奥!约南提奥!——最终他们消失。"约南提奥的意思是对于失去之物的悼念,因此这个题目既是对于书中霍尔布卢克一家人悲惨生活的哀悼,也是对奥尔森自己几乎中断的写作生涯的哀悼。[②] 奥尔森创作于1932年的短篇故事《铁喉》构成了《约南提奥》第一章的60%,而她在1937年搁置起这部作品时已经完成了前四章(约小说一半)的内容。大约在1972年,在奥尔森开始创作《约南提奥》40年之后,早年已经完成的四个章节以及一些零碎的笔记被无意中发现。奥尔森在以前的手稿基础上继续进行创作,但始终没有彻底完成这部小说。

《约南提奥》刻画了20年代的工人阶级家庭生活,也是对20年代的爵士乐美国神话中所描绘的那种灯红酒绿、纸醉金迷生活的反讽。小说描绘了美国移民霍尔布卢克一家人辗转流离的生活经历。吉姆和妻子安娜一年到头辛辛苦苦,就是为了寻求一种更好的生存环境,实现他们的美国梦。他们的梦想听起来并非遥不可及,安娜曾这样形容自己的愿望:"孩子们有学上;吉姆在地面上工作,而且离家不远;家中有点像黄铜的灯座和色彩鲜艳的桌布这样可爱的东西,门上长着着攀缘植物、还有盘绕的玫瑰花丛。"[③]在小说的开始,吉姆在怀俄明州的一个矿区工作,井下暗无天日的劳作和接连不断的事故使他们决定离开矿区,寻找更好的栖身之所。他们搬到南达科他州的一个农场,那里的鸟语花香曾一度使他们误认为找到了他们的伊甸园。不料在农场一年的辛劳反而使他们负债累累。最终一家人又搬到中西部的一个屠宰厂所在的城镇,那里到处弥漫着令人作呕的臭气。小说的结尾,霍尔布卢克一家人生活每况愈下,比以

---

① Qtd. in Carolyn and Ernest Rhodes, "Tillie Olsen," *Dictionary of Literary Biography Year Book: 1980* (Detroit: Gale, 1981)293.

② Constance Coiner, *Better Red: The Writing and Resistance of Tillie Olsen and Meridel Le Sueur* (Oxford: Oxford UP, 1995)175.

③ Tillie Olsen, *Yonnondio: From the Thirties* (New York: Dell, 1975)38.

前更加穷困潦倒。奥尔森的《约南提奥》真实地刻画了大萧条时期工人阶级的悲惨生活。在她的笔下，人的创造力与社会压制力量之间的张力成为重要主题。奥尔森指出，《约南提奥》"即使没有展示那个年代的事件，也说出了其意识和根源"[①]。

《约南提奥》不仅记述了大萧条时期个人的苦难，也因它对于女主人公的可信描述而成为文学精品。罗森菲尔特强调说，"在《约南提奥》中，奥尔森有意识地从女性的角度来描写阶级文学，她认为这是被多数当代男性左派作家忽略了的内容。事实上，奥尔森的所有作品都表现出对女性的关注，对贫穷的或有色种族的女性所遭受的双重压迫的观察，对她们创造性潜力的肯定，并关注着她们最深层的、最难以排解的矛盾，即母亲角色无以比拟的幸福感与极其繁重的负担之间的矛盾"[②]。美国小说中很少有这样把在父权资本主义制度下的阶级和性别这种毁灭性的相互作用揭示得如此淋漓尽致的作品。[③] 奥尔森在作品中塑造了安娜这个不同寻常的女性。安娜的生活充满了经济和肉体上的苦难。女性在期待改变时必然会质疑和评价自己的生活，这种质疑不会带来震天动地的变化，其实一个女性可能只能达到非常有限的自我理解，但这种认识确实带来不同。因为她们懂得生活和活着的不同，这对于奥尔森来说就是至关重要的。[④] 小说中一位老人与安娜女儿的对话充满着生活哲理，"要生活，而不是仅仅活着。要向你的母亲学习，她饱受生活的煎熬，但仍然坚持生活。要活下去，就会真正感觉到什么是真实的，真正知道什么是真实的。许多人活了一辈子也不懂得这一点"[⑤]。对于一个九岁的女孩子来说，这些话没有太大的意义。但是当读者读到小说的结尾，他们就会意识到安娜重新认识了自己与家庭和生活的关系。安娜知道了什么是真实的，那就是辛劳、失望和失败，也懂得挑战、成就和欢乐。

《约南提奥》的基本主题是人要学习、要坚持，奥尔森一再涉及到个体要创造的欲望与阻碍这种欲望实现的社会力量之间的张力。[⑥] 小说中霍尔布卢克家的小女儿贝丝玩耍的场景传达了奥尔森对人类潜在创造力的希望。小贝丝在

---

① Catharine R. Stimpson, "Three Women Work It Out," *The Critical Response to Tillie Olsen*, eds. Kay Hoyle Nelson and Nancy Huse (Westport, CT.: Greenwood P, 1994)25.

② Deborah Rosenfelt, "From the Thirties: Tillie Olsen and the Radical Tradition," *Feminist Studies* 7.3 (1981): 397.

③ Ibid., 402.

④ Annette Bennington McElhiney, "Alternative Responses to Life in Tillie Olsen's Work," *Frontiers* 2.1 (1977): 90.

⑤ Tillie Olsen, *Yonnondio: From the Thirties* (New York: Dell, 1975)48.

⑥ Constance Coiner, *Better Red: The Writing and Resistance of Tillie Olsen and Meridel Le Sueur* (Oxford: Oxford UP, 1995)174.

无意中玩弄一个水果罐头瓶盖时突然能够把盖子抛起抛落，她在意识到自己的本领之后欣喜若狂，一遍遍重复着这个动作。小说形象地描写了这一场景："我会做了；我用我的力量了；我！我！"[①]贝丝脸上的胜利的笑容和对于成功的狂喜象征着希望和可能性。霍尔布卢克家一家的美国梦在他们所生活的年代只能是梦想，但奥尔森在描绘摧残人的黑暗画面的同时，还传递了对于人的潜能的坚定信念。[②]

奥尔森的第三部作品《沉默》(*Silences*)发表于1978年，囊括了奥尔森长达半个世纪日积月累的心得体会。《沉默》一共分为两部分，第一部分包含了两篇之前发表过的文章和一篇关于丽贝卡·哈丁·戴维斯的作品《铁厂生活》的出版后记。第一篇文章《沉默》根据她60年代初在拉德克利夫学院的一篇讲话整理而成，第二篇文章《十二分之一：我们国家的女性作家》来自她1971年在现代语言协会论坛上的发言。《沉默》的第二部分堪称集锦。奥尔森把生活在不同时代和文化中的作家的日记、采访和私人信件以及她自己关于艺术创作的压迫性沉默的观点结合在一起，表达了自己的写作观点。用奥尔森自己的话来说，这本书探讨了包括阶级、肤色、性别、时代以及一个人的生活环境与文学创作之间的关系。[③]《沉默》的基本前提是，写作是环境、也是才华的自然结果。但才华是会被环境扼杀的。[④] 毫不奇怪的是，那些才华被扼杀了的人中多数为女性、少数族裔和那些因为失学而根本无法发出声音的人。

文章以一句雄辩的"文学的历史和现状因为充满沉默而黑暗"为开场白。奥尔森强调，"这些不是自然的沉默，不是创作的自然周期中为了更新而休息和酝酿所需要的必要时间。我在这里所指的沉默是非自然的，是挣扎着成形但又力所不能及所遇到的非自然挫败"[⑤]。在谈到文学创作中普遍的非正常沉默之后，奥尔森接着探讨了女性作家的写作窘境，以及那种认为婚姻和母亲角色与创作无法共存的性别歧视观点。她认为女性不应当一定要在艺术和作为女人的满足中进行选择。女人应该可以成为"工人—母亲—作家"。奥尔森指出母亲角色和写作是相辅相成的，作为母亲的经历为她的写作提供了素材。历史上强加在女性身上的两种选择是，她们或者像戴维斯那样在满足了家庭的需要之后再进行创作，或者像吴尔夫那样为了创作不要孩子。奥尔森认为，女性作家可以同时拥有家庭和写作，或者选择全身心地投入写作。抉择才是最重要的。

---

① Tillie Olsen, *Yonnondio*: *From the Thirties* (New York: Dell, 1975)153.

② Constance Coiner, *Better Red*: *The Writing and Resistance of Tillie Olsen and Meridel Le Sueur* (Oxford: Oxford UP, 1995)176.

③ Tillie Olsen, *Silences* (New York: Dell, 1979).

④ Suzanne Schneider, "Review," *Frontiers* 4.1 (1979): 71.

⑤ Tillie Olsen, *Silences* (New York: Dell, 1979)6.

19世纪后期和20世纪前半叶的女性作家就面临这样的窘境。而奥尔森的目标之一就是打破这种令人产生负罪感的话语枷锁。但是这一切的确是困难重重的,在自己20年抚育子女和工作的过程中,奥尔森也证实了自己缺乏最基本的创作环境。奥尔森谈到,我们永远不会知道多少女性作家在尚未获得开始的机会之前就沉默了。女性不仅要与弗吉尼亚·吴尔夫所说的"屋子里的天使"作斗争,还要与奥尔森自己指出的"基本的天使"(essential angel)作斗争。这种基本天使对于丈夫和家庭的生存和舒适是非常必要的,它使得女性无法实现她们作为作家的潜能。她们也在写作,但只能忙里偷闲地进行创作,因而无法达到最佳状态。因此一般情况下男性作家每创作四五本书,女性作家才能创作一本书。奥尔森强调所有的作家都应该对自己的观点保持自信。而这种自信对于工人阶级和来自贫困家庭的人们来说又极其困难,对于女性来说几乎是不可能的。奥尔森的目标十分清楚:要培养和扶植新的女性作家,努力在世纪末产出与男性同样数量的女性作家,而不是只有十二分之一。

《沉默》的其他部分侧重于对于被湮灭的女性作家的重新挖掘。1972年,在奥尔森的努力下,丽贝卡·哈丁·戴维斯《铁厂生活》得以再版,这是在"社会主义文学之外第一部为沉默的工人阶级说话的作品"[①]。奥尔森为此撰写了一篇长长的后记。奥尔森说,她在15岁时第一次读到《铁厂生活》,这本书在后来的岁月中对她具有重要的启发意义,使她意识到"文学也可以描写受歧视人们的生活",而她"必须写作"[②]。同时,奥尔森认为自己在两个方面与戴维斯心心相通,一是对工人阶级苦难的认识,二是身为女性的挫败感。[③] 戴维斯比同时代大多数的女性都更充分地实现了自己的人生抱负,她是尽职的妻子和母亲,也是成功的作家。1910年《纽约时报》关于戴维斯的讣告中曾将她与左拉相比,却没有指明她的作品比左拉整整早了20年,是美国第一部描绘工厂城镇的现实主义小说。奥尔森由此认为,一个女性作家的观点常被忽略和贬抑,而发表了同样洞见的男性作家就会受到赞扬。[④] 在后记中,奥尔森努力展现戴维斯的生活全貌,对这位才华横溢的19世纪前辈表达了深深的敬意。奥尔森视戴维斯为楷模,因为两人的作品中都有对于人类潜能的认可和关于再生的主题。《铁厂生活》在希望的黎明中以乐观的精神收尾,而《告诉我一个谜》也是在标志着新生的清晨结束的。

---

① Kay Hoyle Nelson, "Introduction," *The Critical Response to Tillie Olsen*, eds. Kay Hoyle Nelson and Nancy Huse (Westport, CT.: Greenwood, 1994)4.

② Tillie Olsen, *Silences* (New York: Dell, 1979)117.

③ Rose Kamel, "Literary Foremothers and Writers' Silences: Tillie Olsen's Autobiographical Fiction," *MELUS* 12.3 (1985):56.

④ Suzanne Schneider, "Review," *Frontiers* 4.1 (1979): 71.

奥尔森和她的《沉默》对于女性研究和女性作家的影响是巨大的,《沉默》以犀利的笔锋触及到问题的核心,即为什么被迫沉默的多是女性?为什么每12位取得成就的作家中女性仅占一位?为什么美国社会还在容许这种情况继续下去?奥尔森关于教授女性写作的呼吁也是极有价值的。这一奋斗目标的成功已经从目前市场上和大学里所出售和使用的女性作品的数量充分反映了出来。对这种具有共性问题的认识会为那些在沉默中孤军奋战的人们开辟出一条道路。[①]

著名作家玛格丽特·阿特伍德指出,"蒂莉·奥尔森的声音是独特的"[②]。对于当代女权主义作家来说,奥尔森的作品具有很高的价值,因为它在弘扬女性成就、解读她们的生活方面做出了重要贡献。评论家德博拉·罗森菲尔特认为,把奥尔森归入"社会主义女权主义者"的文学传统是合理且有效的,"因为她和其他的这类作家一样,都有一种意识,都涉及了其时代的政治问题,参与了进步的政治和文化斗争"。[③] 奥尔森曾说:"我这一生是十分幸运的。我能够有所作为,创作几个故事,而许多像我这样的人被剥夺了表现他们生活的机会……当我能够有幸完成一些我的性别和阶级中少有人有机会做的事情时,我还怎么会感到痛苦呢?"[④]她还在1974年的一次讲话中说:"你们看,我是一个幸存者。任何写作的女性都是幸存者。"[⑤]作为一位幸存者,奥尔森以自己不屈的斗志和不灭的理想,打破使众多工人阶级母亲沉默终生的禁锢,以自己的作品、也以自己的经历为广大女性树立了光辉的榜样。

蒂莉·奥尔森的主要作品:

小说作品:

Tell Me a Riddle, 1961.

"Requa," 1970.

Yonnondio: From the Thirties, 1974.

其他作品:

Silences, 1978.

---

① Suzanne Schneider, "Review," *Frontiers* 4.1 (1979): 72.

② Qtd. in Carolyn and Ernest Rhodes, "Tillie Olsen," *Dictionary of Literary Biography Year Book: 1980* (Detroit: Gale, 1981)296.

③ Deborah Rosenfelt, "From the Thirties: Tillie Olsen and the Radical Tradition," *Feminist Studies* 7.3 (1981): 372.

④ Carolyn and Ernest Rhodes, "Tillie Olsen," *DLB Year Book: 1980* (Detroit: Gale, 1981)291.

⑤ Qtd. in Carol Lauhon, "Lessons in Killing Wonder," *The Critical Response to Tillie Olsen*, eds. Kay Hoyle Nelson and Nancy Huse (Westport, CT.: Greenwood, 1994)259.

13. 卡森·麦卡勒斯——孤独的心灵猎手
Carson McCullers: Lonely Hunter of Hearts

身体的畸形、行为的暴戾、情爱的压抑、交流的隔阻、精神的绝望，这便是卡森·麦卡勒斯(1917—1967)视野中的南方人。她用轻柔抒情的笔触放大甚至扭曲着美国南方最平常的场景，创造出自己想象中的真实，将人生编排成了伴着黑色音乐的疯狂舞蹈。麦卡勒斯毫无疑义地属于"区域作家"范畴，一个南方哥特式传统的女继承人。① 她文本世界里的那些畸人形象代表整个人类的生存状态：渴求超验的安宁却又无法摆脱欲望的盲动，惧怕内心的孤独却又无法彼此真正地沟通，他们不停地寻找情感的依托之处，结果总被某种力量挡回，迷失在茫然和空虚之中。问世间爱为何物？——这是麦卡勒斯创作中形而上的问询，是贯穿她全部作品的中心主题。而答案的最终不可知与人类执着求之的永恒冲撞铸就了"伟大的、忧郁的、极为成熟的"②艺术之魂。

1917年2月19日，拉马尔·史密斯和玛格丽特·沃特斯夫妇的长女露拉·卡森·史密斯(Lula Carson Smith)在佐治亚州的小镇哥伦布诞生。父亲是位成功的珠宝匠，家道殷实。母亲在临盆前夕梦见神谕，说她的长女是天才。卡森出生后一直接受着自己与众不同的灌输，养成了矛盾的性格：一方面任性孤傲，一方面又细腻敏感，渴望群体的接纳。她一生都迫于这种矛盾的驱使，极力寻求一种以自己为中心的群体人际关系："我的我们"(we of me)。她希望她爱的人和谐相处，同时要毫无保留地爱她。这种近乎贪婪的情感要求成为她一生悲剧和灵感的双重来源。十岁时她开始学习钢琴，后来师从塔克夫人，与塔克一家建立了良好关系，对音乐的兴趣也随之增强。但1934年春，塔克家搬走。卡森对失去"另一个家庭"非常绝望，决定放弃音乐成为作家。强烈的被抛弃感持续了十多年，直到宣泄之作《婚礼的成员》(*The Member of the Wedding*, 1946)问世之后卡森才得以释怀，与塔克夫人恢复关系。

在落寞心情的陪伴下，卡森1934年9月乘船前往纽约，选修了哥伦比亚大学的创作课程，两年后发表处女篇《神童》("Wunderkind")。女主人公弹奏的是音乐与体验之间的对位旋律，其经历反映了卡森对艺术与女性身体之冲突的朦胧认知。不过1937年她还是坠入爱河，与大她四岁的利夫斯·麦卡勒斯成婚。

---

① Sandra M. Gilbert, and Susan Gubar, eds., *The Norton Anthology of Literature by Women* (New York: Norton, 1985) 1840.

② 爱尔兰作家伊丽莎白·鲍恩(Elizabeth Bowen)语，参见弗吉尼亚·斯潘塞·卡尔：《孤独的猎手：卡森·麦卡勒斯传》，冯晓明译，上海：三联书店，2006，第361页。

这桩灾难性的婚姻在双方的酗酒与双性恋、卡森的性冷淡与感情漠视、利夫斯的抑郁与困窘中两度分合，最终以利夫斯自杀的方式了结，唯一的结晶是“卡森·麦卡勒斯”这个美国文学史上的不朽印记。这个印记完全可以与“天才”或“神童”等同起来：麦卡勒斯在文学界一举成名时才二十出头，所有的经典——《心是孤独的猎手》（*The Heart Is a Lonely Hunter*，1940）、《金色瞳仁映象》（*Reflections in a Golden Eye*，1941）、《伤心咖啡馆之歌》（*The Ballad of the Sad Café*，1943）、《婚礼的成员》以及一些短篇——都在数年内相继出现，而后来的作品《美妙的平方根》（*The Square Root of Wonderful*，1958）、《没有指针的钟》（*Clock without Hands*，1961）和儿童歌谣集《甜如泡菜净如猪》（*Sweet as a Pickle and Clean as a Pig*，1964）大不如前。学界一般认为，《心是孤独的猎手》和《伤心咖啡馆之歌》代表了麦卡勒斯的最高艺术成就。

发表于1940年的《心是孤独的猎手》是麦卡勒斯的成名作，以宽阔的视野展示了爱与被爱，交流与隔绝，理想与体验之间的不可调和。小说具有浓郁的南方特色，描绘了“吴尔夫式的异化角色、福克纳式的衰败家庭、华伦式的混乱社会政治”[①]。全书在一个类似作者故乡的小城市里展开，由三个相互呼应的部分组成。第一部分描述两个聋哑人之间的关系。辛格无微不至地照顾安图纳珀罗斯，尽力用手语表达自己的感情；而安图纳珀罗斯极为冷漠，只管吃喝睡觉，最后被送进精神病院。这部分的时间感很淡，类似民间传说的“从前……”风格，通过一个原型场景给整个人类历史和生存状态打下了孤独的基调。[②] 第二部分共有十五章，是全书主要情节的发生场址。这部分时间整体跨度为一年（从1938年8月至1939年7月），时代气息大大增强，呈现了因工业化和大萧条而衰弱、缺失和孤独的文化场景。主要角色的出场顺序依次是酒吧老板比夫、13岁的少女米克、工人杰克、黑人医生柯普兰。他们互不干扰，形成了一个以辛格为中心的车轮状关系图式。每个角色也是不同社会问题的代言人：比夫是理性的思考者，注重性别和婚姻问题；米克代表青少年的成长问题；杰克关心阶级问题和经济剥削；柯普兰代指种族歧视问题。他们象征南方大萧条之后的社会总体状况，辛格被人们当成了耶稣，都向他寻求交流和慰藉。讽刺的是，辛格根本不理解他们的话，只能表面客气，在安图纳珀罗斯去世后自杀身亡。第三部分发生在夏秋之交，喻示季节、社会和个人命运的全面沉沦。它以1939年8月21日的晨、午、昏、夜为结构展开四章，分别描述各个角色对辛格之死的反应，出

① Joseph R. Millichap, “The Realistic Structure of *The Heart Is a Lonely Hunter*,” *Twentieth Century Literature* 17 (1971): 17.

② Ibid., 14.

场顺序与第二部分正好完全相反。[①] 人物角色不能解决个人和社会的问题，精神支柱也已崩溃，孤独地面对冷峻破碎的现实。小说中辛格有一个奇特的梦境：安图纳珀罗斯举着十字架跪在台阶的最上端，辛格跪在台阶中端膜拜他，而芸芸众生跪在台阶底端膜拜辛格。关系的阶梯性和不逆转性是全书主旨所在，此景堪为点睛之笔。

《伤心咖啡馆之歌》再现了这个梦境，只是稍有改变——关系仍是不逆转的，但却首尾相连成了一个圈——图式不同，悲剧性内涵却完全一致。英俊潇洒的马西是玩世不恭的花花公子，夺取了许多姑娘的贞洁和爱慕，偏偏对非常男性化、长着斗鸡眼的艾米丽亚小姐动了真情，为了求婚改邪归正。艾米丽亚不愿同床，婚后三天就将马西赶出家门，鬼使神差地爱上了来投奔自己的罗锅表兄李蒙，百依百顺，还为他专门开了一家咖啡馆；李蒙不仅没有感恩，竟对回来复仇的马西百般献媚。一场决斗于是在咖啡馆展开。强壮的艾米丽亚快要取胜时，李蒙协助马西打垮了她，追随马西而去，最后却被卖到了马戏团。艾米丽亚关闭了昔日热闹非凡的咖啡馆，终日呆坐在楼上自闭、沉沦。三个角色构成了一个能指链，而所指"爱情"一直超越于人际关系这个指征系统之外。整个故事植根于南方哥特式的文化传统之中，通过表现南方地理意识呈现了作品主旨。芭芭拉·艾伦认为，南方地理意识是一种兼顾历史与现在、人际关系和人与空间关系的网状空间意识。[②] 换言之，空间在南方地理意识中不仅是纯粹的物理空间，而与时间、人物及其他空间相联系。《伤心咖啡馆之歌》围绕着中心空间意象咖啡馆展开，通过咖啡馆的历史转喻了人际间的悲喜情仇。故事以艾米丽亚的屋子（咖啡馆的前身）开始，以咖啡馆的建立为高潮，以屋子（咖啡馆的废墟）结尾，附录是空地上12个相互栓联的囚犯在歌唱。咖啡馆的历史变迁及它与空地的联系不仅表明了叙述者时间层面上的（历史）空间意识[③]，而且体现了空间之间的延伸关系。人与空间的联系是南方地理意识的主要内容，故事中的咖啡馆是人们情感活动的集中之地，恰似海明威笔下那个"洁净的、灯火通明的地方"[④]。基于空间的人与人的

---

① 关于此书结构，参见 Klaus Lubbers, "The Necessary Order," *Carson McCullers*, ed. Harold Bloom (New York: Chelsea, 1986)37; Joseph R. Millichap, "The Realistic Structure of *The Heart Is a Lonely Hunter*," *Twentieth Century Literature* 17 (1971): 11-17.

② See Allen Barbara, "The Genealogical Landscape and the South Sense of Place," *Sense of Place: American Regional Cultures*, eds. Barbara Allen and Thomas J. Schlereth (Lexington: the UP of Kentucky, 1990)152-63.

③ John McNally, "The Introspective Narrator in 'The Ballad of the Sad Café'," *South Atlantic Bulletin* 38 (1973): 43.

④ Dayton Kohler, "Carson McCullers: Variations on a Theme," *College English* 13 (1951): 4.

关系是南方地理意识的核心蕴含。故事中李蒙投奔艾米丽亚时详细叙说了自己的身世及与艾米丽亚的关系，就是南方地理意识中极为重要的组成部分。咖啡馆里顾客的热闹喧嚣、李蒙的蜚短流长、艾米丽亚与马西的打斗，最后都投射成为附录中的空地和囚犯。世人之间终极的相联、孤独和交流的努力浓缩在这一空间场景之中，以极为南方化的手法表现了普世的主题。

这两部小说是麦卡勒斯经典中的双璧：一为现实的映象，一为幻想的结晶，折射的却是同一束情感之光。极其写实的《心是孤独的猎手》被称为"最后一本无产阶级小说，真正的大萧条的产物"①。理查德·赖特盛赞这本书"令人惊叹的人性，这使得一个白人作家能够像对待她的同族人那样，如此自然和公正地处理黑人角色。这在南方小说中还是第一次"②。然而，作为超文本的社会现实并没有限制文本本身的艺术性，麦卡勒斯将芜杂的现实话语巧妙地纳入到一个类传说的无声世界之中，给美国的时代背景和社会状况染上了幻想的色彩，让现实变成了隐喻。《伤心咖啡馆之歌》则反其道而行之，用传奇的形式揭露了资本主义的恶果。"精神的孤独与竞争性的资本主义紧密相连……在自己的心灵和其他心灵之间建立一种公开的既付出又索取的关系太危险了，还是只索取不付出要安全、方便得多……那些角色们深陷于一个价值系统中，宁愿征服而不分享，宁愿利用而不珍爱。"③咖啡馆在故事中是一个悖论式的存在：它的建造是因为情感需求，却采取了商业交易的形式，而顾客们恰恰是为了忘记商业对自身的异化而光临。资本主义价格观导致的自私与人类情感的价值观要求的付出之间的永恒张力是咖啡馆倒塌的根本原因，正如辛格之死暗示这种张力的不可承受之重。形式迥异的两部小说反映了相同的现实："畸人的尴尬不仅是抽象的生存状态问题，更表现在具体的物质消费之中……消费文化的大众性没有包含畸人，相反，外观装饰更加突出了他们身体的差异——不可调和的外观偏离是无法驯化之怪异欲望的表征。"④

麦卡勒斯两部巅峰之作的奇异关联反映了麦卡勒斯的创作特色："想象的真实"。对麦卡勒斯来说，想象永远比现实重要，幻想永远是她艺术的核心。她数次不回朝思暮想的故乡，不去心仪已久的新地，就是为了保持内心为它们勾勒的形象。同时，她对周围环境的观察又极其敏锐。即便超现实的场景也基于

① Leslie Fiedler, *Love and Death in the American Novel* (New York: Anchor Books, 1992)478.

② 弗吉尼亚·卡尔：《孤独的猎手：卡森·麦卡勒斯传》，冯晓明译，上海：三联书店，2006 年，第 135 页。

③ Panther Reid Broughton, "Rejection of the Feminine in Carson McCullers' *The Ballad of the Sad Café*," *Twentieth Century Literature* 20 (1974): 37, 38.

④ Rachel Adams, "'A Mixture of Delicious and Freak': the Queer Fiction of Carson McCullers," *American Literature* 71 (1999): 552 - 553.

对自然的细摹,如《伤心咖啡馆之歌》中变化的月色。现实和想象融合成"想象的真实",艺术地调和了外界和内心,构成了麦卡勒斯创作中现实、情感和艺术的三位一体。除了主题上的体现外,在细节上也有诸多反映。比如她对颜色的捕捉和创造就极具特色。一般说来,鲜亮的颜色被赋予了活力和潜在的毁灭力量——如黑人及艾米丽亚翠绿和火红的衣着;了无生气的人或环境是蜡黄色和灰色,忧郁空灵的音乐是银色,愤怒和暴力是黑色,辛格在米克的想象中身着圣洁的白色,冷静沉思的比夫长着蓝色的胡子等等。

麦卡勒斯创作的另一大特色是乐律性。弃乐从文的麦卡勒斯其实并没有放弃音乐,她的大部分生活是写作和音乐的双重奏。她自己也明确指出,音乐一直都是她小说的重要组成部分。[①] 她的作品基本上都与音乐有很深的渊源,以其最著名的三部作品为例,长篇《心是孤独的猎手》整体结构恰如一部完整的交响乐章,主要人物之一米克以音乐为自己的梦想;中篇《伤心咖啡馆之歌》从题名到行文都带有民歌体的味道,回来复仇的马西随身带着一把吉他;短篇《一棵树、一块石、一片云》("A Tree, A Rock, A Cloud")形式脱胎于英诗《古舟子咏》,主人公对爱的失落与感悟也未尝不可以看成是麦卡勒斯本人对昔日音乐梦想的追怀。音乐在麦卡勒斯作品中的在场不仅仅是她少年创伤的再现,而且是女性群体经历的表达。音乐作为纯粹艺术、诗意言说和自我追寻的象征在美国20世纪女性小说中频繁出现,与19世纪女性小说中的锅碗瓢盆交响曲遥相呼应,反映了社会与时代之语境的变迁给女性生存状态带来的显著变化。

实际上,麦卡勒斯不是通常意义上的女权主义作家,她对女性生存状态的关注很大程度上与对畸形人的同情混杂在一起。她着力描绘的女性角色有着各样的怪异之处,与"淑女"的标准大为不同。这种近乎病态的迷恋将她的创作纳入了女性哥特式传统。

> (女性哥特式小说)本质上没有固定形式,除了作为一个追寻体裁;它采用传统的哥特式空间意象,如破败的城堡或封闭的房间,来象征文化和女主人公;作为心理学体裁,它引发诸如恐怖、愤怒、敬畏——时有对自我的惧怕或憎恶——等情感,并倾泻到女性社会角色、女性情欲、女性身体和生殖方面;它的叙事经常自我解构。它反映父权范式,认为女性只有父亲却没有母亲;女性是缺陷的化身,因为她们不是男性。[②]

简言之,女性哥特式小说刻画了男性中心文化的厌女情结,反映基于女性身体

① 弗吉尼亚·卡尔:《孤独的猎手:卡森·麦卡勒斯传》,冯晓明译,上海三联书店,2006年,第433页。

② Juliann E. Fleenor, ed., *The Female Gothic* (Montreal: Eden Press, 1983)15.

进行的一系列文化建构。“怪诞”(grotesque)这个词来自“洞穴”(grotto),本身就是一个女性身体的隐喻。① 在西方文化传统中,“看”和“凝视”是知识的根本来源,文化群体的界定都是基于可视的性征。身体、穿着和行为构成了所有亚群体的定义系统。女性和畸形人在身体上分别作为男性和正常人的“他者”,不可避免地沦落成被凝视的客体。② 麦卡勒斯恰恰通过女畸形人这个被双重边缘化的他者形象挑战了文化传统中“视觉”与“标准”的权力合谋,以表征和实质分裂的方式呈现了远离性别指征系统的灰色地带。那些女畸形人都偏离了“正常”的女性形象:要么像米克和艾米丽亚那样长得人高马大,有异装和异性倾向;要么像比夫的妻子艾丽斯和《金色瞳仁映象》中的艾莉森·兰顿那样,女性化十足,却毫无生气,好似幽灵鬼魅一般。她们在文化的凝视之下追求着自我定义,采取的方式也分成了两类。一类女性内化了文化标准,屈服于外界的目光,对自己不符合文化规范的女性身体感到恐惧、愤怒,以至引发自我惧怕或憎恶。如米克不惜抽烟来减缓自己超常的身高,开生日晚会要穿上女性盛装。她甚至将“目光”提到了全知全能的地位,有了性经历后竟然问家人能不能“看出什么区别来”③。而艾莉森在得知丈夫外遇后,作为女人的失败感竟促使她用铲子割掉了自己的乳头这个明显的女性标志。另一类女性以艾米丽亚为代表,对女性身体本身表示拒绝。既然女性身体是缺陷的化身,是(男性)目光随意侵入的空间,她于是尽力变成了一个男性形象。在具体行动上,她和男子一样装束打扮,抽烟、干活、做生意。小镇上的人曾经希望结婚能使她更加女人化一些,然而她穿上婚纱后手足无措,非常烦躁,后来干脆把企图求欢的丈夫打出家门,宣告了自己的男性身份。在象征意义上,她确实只有父亲而没有母亲。她的房屋继承于她的父亲,是绝对的独立空间。而母方“亲戚”李蒙表兄到来之后,房屋变成了咖啡馆,她进入了不熟悉的人际关系领域,终遭厄运。艾米丽亚对女性身体的拒斥明显不过地体现在她的知识方面。作为医生,她非常能干,却单对“女性问题”束手无策,非常尴尬。温和的规训失败后,男性文化最终通过暴力镇压了性别界限的僭越,将艾米丽亚也变成了一个幽灵。无论顺从还是反抗,两类女性承受着男性文化对女畸形人的扼杀。她们都生活在哥特式的空间之中(狭窄的房屋,咖啡馆,军营等),鲜明地体现了幽闭主题。

空间的幽闭使麦卡勒斯笔下的女性都失去了移动性,使得她的创作带有家庭叙事的特征。美国文学产生于早期移民们拓荒建国的滚滚浪潮中,开拓经历

① Sarah Gleeson-White, *Strange Bodies: Gender and Identity in the Novels of Carson McCullers* (Tuscaloosa the U of Alabama P, 2003)12.

② Ibid., 20.

③ McCullers Carson, *The Heart Is a Lonely Hunter* (Boston: Houghton Mifflin, 1976)212.

不仅提供了创作素材,而且成为独立、自由、英勇等个人英雄主义的象征,超验地化为美国文学的文魂。探索与移动作为“新亚当”们的共同经历也就成为美国文学一直表现的主题。由于社会分工的强制性,早期的女性被排除在美国的宏观经历之外,结果造就了一种“影子文学”,一种倡导稳定性和相互依赖的家庭叙事。19世纪末女作家对这两种传统的冲突已有无奈的体验,如莎拉·奥恩·朱厄特的《尖尖的枞树之乡》(*The Country of Pointed Firs*,1896)中的女作家最终还是离开女性社区回到城市。20世纪女性已经拥有空间移动的权利,女性文学也随之发生变化。最重要的特征是,女性文学传统融入了男性(经典)传统,形而上的探索与移动占据了主流。然而,女性探索与女性移动不再以抛弃和压迫周围环境(关系)为基础,而继续继承着家庭叙事中的网状人际联系。如何调和两者之间的固有矛盾是整个20世纪女性小说的主题。麦卡勒斯曾说:“我们怀恋所熟悉的事物,渴求外面陌生的一切,在这两者之间我们不知如何选择。经常的情况是,我们最怀恋的是那些我们从未了解的地方。所有人都是孤独的。但有时在我看来,美国人似乎是最孤独的。我们对国外的地方和新的方式的饥渴,几乎像一种民族病那样伴随着我们。我们的文学打上了渴望和躁动的印记,我们的作家是伟大的流浪者。”①表面上看,麦卡勒斯认可了男性经典文学的移动传统,她的作品却呈现出相反的旨义,那些来去自如的男性角色没有一位真正领悟到了生存的真谛。短篇名作《一棵树、一块石、一片云》更是以一个绝妙的讽刺否定了移动传统。故事中,一位老者在酒吧里向一个男孩叨唠着自己的生平。多年前,他的爱人离他而去。为了找她,他走遍了各个地方,人在波兰的时候领悟了“爱的科学”。运用这门“科学”,他能够爱一切,包括一棵树、一块石和一片云,却单单没能够达到再爱一个女人的境界。这个含义丰富的故事可以象征性地解读为美国作家的身份寻求之旅,以“流浪”和“孤独”概括了美国文学。比较而言,麦卡勒斯的所有作品更像是20世纪的女性家庭叙事。那些女性角色寻求自我的努力还是基于家庭或人际联系之上的。如米克的成长仿拟了古代英雄经历原型,却还是回到家里照看弟妹,担负起自己应有的责任,与性爱后逃跑的男友构成了鲜明对照。艾米丽亚的经历则是一种有别于传统家庭模式和性爱模式的另类家庭叙事。可惜的是,即便是女性家庭叙事也没未能为麦卡勒斯关于人类生存状态的问询提供一个完美答案。那些女性们依然困扰于“爱为何物”,依然孤独且迷茫。

正是对人类情感和生存这个主题的反复质询使得麦卡勒斯的作品超越了地域、时代和性别政治的囿限而带有了普世和哲学的色彩。女诗人加布里埃

① 弗吉尼亚·卡尔:《孤独的猎手:卡森·麦卡勒斯传》,第142页。

尔·米斯特拉尔认为卡森“超越了南方地方主义和美国主义,已经成为世界上孤独者和被遗忘抛弃者的代言人”①。而在麦卡勒斯的笔下,所有人都是孤独者和被遗忘抛弃者,因为他们都没有参透人生和情感的真理:孤独来自无知。评论家卢巴斯指出:“卡森·麦卡勒斯第一部小说不是描写社会问题的,也不是探究人类孤独的。它是关于真理和幻象(或幻灭)的。”②这句话适合麦卡勒斯所有的作品和角色。生存探究化作求知渴望随处可见:《心是孤独的猎手》中所有的角色都在强调自己的“真理”,恰如舍伍德·安德森在《小镇畸人》(*Winsburg, Ohio*)中指出的:所有片面的真理都是谬误。然而,生存奥秘的最终不可知注定了人类的悲剧,使得麦卡勒斯文本世界始终笼罩在悲剧性的幽闭气氛中。就这一主旨而言,麦卡勒斯与她的同乡弗兰纳里·奥康纳迥然不同。这对女作家是美国文学史上奇异的姐妹花,身世经历惊人一致的她们却有着截然相反的视野:她们都意识到了尘世的痛苦,不过奥康纳转向了肯定的宗教慰藉,而麦卡勒斯笔下的角色却继续着对此生此在的追求和探索,最终还是因为徒劳而绝望,因为绝望而怪诞,因为怪诞而孤独,因为孤独而更加远离真谛。这是一个恐怖的恶性循环,它构成了一个生存的怪圈,牢牢地拴住了里面彼此渴求却只能遥隔相望的人们。麦卡勒斯自己的一首诗作是对其创作的最好总结:

恐惧。空间的,还是来自时间?
抑或两个概念合谋的诡计?
迷失的人,在自我构造的废墟间徘徊
周围没有空气(如果这确实不是骗局)
是凝固的痛苦。而时间
这个无边无界的傻瓜,尖叫着环绕世界奔跑。③

时间、空间和苦境,麦卡勒斯的创作艺术在这一切的交织中升华,在美国文学史上留下了短暂而永恒灿烂的光亮,在福克纳巨大身影笼罩下的南方文坛上涂上了一抹鲜彩,难怪福克纳本人会亲昵地称她为“我的女儿”④。

卡森的主要作品:

小说作品:

The Heart Is a Lonely Hunter, 1940.

---

① 弗吉尼亚·卡尔:《孤独的猎手:卡森·麦卡勒斯传》,第437页。

② Klaus Lubbers, "The Necessary Order," *Carson McCullers*, ed. Harold Bloom (New York: Chelsea, 1986)37.

③ 弗吉尼亚·卡尔:《孤独的猎手:卡森·麦卡勒斯传》,第306页。

④ 同上书,第518页。

Reflections in a Golden Eye, 1941.

The Member of the Wedding, 1946.

The Ballad of the Sad Café and Collected Short Stories, 1951.

Clock without Hands, 1961.

The Mortgaged Heart, 1971.

其他作品：

The Square Root of Wonderful, 1958.

Sweet as a Pickle and Clean as a Pig, 1964.

14. 弗兰纳里·奥康纳——迷失灵魂的猎手

Flannery O'Connor: Hunter of Displaced Souls

奥康纳创造的耶稣是迷失灵魂的猎手。①

——题记

作为美国"20世纪最出色的短篇小说家之一",弗兰纳里·奥康纳(1925—1964)写下的故事为数不多却"令人难以忘怀,非常之有趣,滑稽得有时让人受不了,最后我们却开始思忖自己到底在笑什么"②。正因为描绘了"圣经地带"③——美国南方农村的褊狭固执和宗教迷恋,她的小说常被冠以"怪诞"之名。事实上,带病的躯体与超卓的情感将奥康纳永远流放在分裂的生存情境之中,迫使她尽力完成从痛苦的体验到澄灵的超验的跃升。她的作品中,哥特式题材下自始至终都涌动着对宗教和人生意义的不懈拷问。在奥康纳看来,对此世的执迷——财富、身体或理性——是灵魂迷失的表征,需要暴力的震醒,从而接受上帝的恩典。现代南方的宗教信仰不是太强了,而是太弱了。她于是扮演了先知的角色,抛弃"人情"(Manners)而醉心"神秘"(Mystery),向世人宣扬神之救赎的超然。

奥康纳1925年3月25日生于佐治亚州的萨凡纳镇,父亲爱德华·奥康纳和母亲莉加纳·克林都是爱尔兰移民的后裔。他们虔奉天主教,为奥康纳的成长营造了浓厚的宗教氛围。父亲的生意不景气,很少在家,家中事务都由母亲和为奥康纳家提供着巨大经济支持的姨妈主导。父权的不在场和母权的强化使奥康纳的家庭体验非常独特,成为她笔下诸多家庭的结构原型。父母都很疼爱奥康纳,家教不像传统天主教家庭那样死板。奥康纳养成了独立的个性,对母亲甚至直呼其名。但母亲的溺爱也很过分,为了她的健康,连小玩伴的名单都要亲自筛选。这导致了奥康纳的叛逆情绪,其作品中长辈与孩子,尤其是母子(女),关系罕睦,可以溯源于此。

1938年一家移居米利奇维尔市。这个昔日的佐治亚首府在内战中显赫一时,旧南方的历史感非常浓烈,奥康纳对此很是讨厌。她对这个城镇最感兴趣

① Joanne Halleran McMullen, *Writing against God: Language as Message in the Literature of Flannery O'Connor* (Macon: Mercer UP, 1996)69.

② *The Norton Anthology of American Literature*, vol. 2 (New York: Norton, 1979)2144.

③ "Bible Belt",美国社会评论家门肯(H. L. Mencken)对南方的鄙夷称呼,讥刺其狂热的原教旨主义。

的地方是州立疯人院，经常在附近观看那些畸人怪人，对日后的创作可能有所影响。此时奥康纳进行了创作尝试。初期作品充满了拼写错误，却表现出不俗的艺术潜力。其中两则故事令人瞠目：一则中小女主人公激情地吻着她的宠物小鸡，另一则的小女主人公把她的爱献给了一只死公鸡。[①] 怪异的情节反映了奥康纳幼时伊始对男女情爱的拒斥，显露出她创作成熟期特征的端倪。1941年父亲死于红斑狼疮，给深爱父亲的奥康纳以沉重打击。之后她很少提及父亲，作品中也少有父亲角色，或许是想通过遗忘对抗心灵创伤。

1942年奥康纳入佐治亚州立女子学院学习。她是个腼腆的学生，却在各个科目上都取得了极好的成绩。因为具有卡通和写作天赋，她成了学校文学和艺术刊物的编辑，并发表了不少作品。在此期间，奥康纳开始了严肃的创作。三年毕业后，她进入全美首批设立创作训练课程的爱荷华州立大学攻读硕士，《慧血》(*Wise Blood*,1952)的初稿便是提交的毕业作品。这部长篇融合了奥康纳浓重的南方意识和天主教意识，确立了她"乡土哥特式传奇"(rural Gothic romance)的创作路线。她说，"在我看来，使我避免成为区域作家的唯一原因是我的天主教信仰，而使我避免成为天主教作家的唯一原因则是我的南方人身份"，总结了自己创作两个关键因素之间的张力。[②] 尤其是1951年春以后，奥康纳因病永久定居在米利奇维尔，对南方农村的社会文化和宗教意识有了更深入的观察和领悟。

对奥康纳影响最深的南方文化来自"重农主义者"(Agrarians)。1930年出版的《我捍卫我的立场》(*I'll Take My Stand*)是重农主义者的论文集，"成功阐明了一个神话，支撑了一代人的南方文学"[③]。重农主义者缅怀南方的过去，弘扬田园诗般的农业传统，认为工业化会侵蚀人的情操。他们致力建立一种白人男性的主体身份，将无产者、黑人和妇女视为他者而加以边缘化。此派作家和评论家认为以缠绵悱恻的《飘》为代表的19世纪南方文学太过女性化，大肆鼓吹要建立一种男性文学。对女性身体的色情化、窥视化和暴力化处理是其文学特征的一个隐喻。受他们资助和指导的奥康纳多少内化了这些思想，她的作品中反对现代社会的工业化和理性化，也暗含着女性写作的身份焦虑：对女性体验的拒斥和对普世的超验关怀构成了她的视野。甚而在现实生活中她也落入了竞求男性欣赏的窠臼。她曾说："许多人认为女作家之间有竞争。如果这样，

---

① Jean W. Cash, *Flannery O'Connor: A Life* (Knoxville: The U of Tennessee P, 2002)34－43.

② Flannery O'Connor, *Letters of Flannery O'Connor: The Habit of Being*, ed. Sally Fitzgerald (New York: Farrar, Straus & Giroux, 1979)104.

③ Lewis A. Lawson, *Another Generation: Southern Fiction since World War II* (Jackson: UP of Mississippi, 1985)12.

我想是因为她们都不是最好的作家。”[①]她同时也极其讨厌卡森·麦卡勒斯，认为其作品太过世俗。实际上，无论是个人经历还是创作视野，没有那位作家比麦卡勒斯更加神似奥康纳。她的厌恶可能来自竞争心理和嫉妒。[②]

奥康纳的创作男性化非常成功，评论界一般认为，她的文学先辈是两位男性大师——爱伦·坡和霍桑。她继承了坡的怪诞文风和霍桑的浪漫传奇体裁及寻求救赎、反对理性的主旨。就小说题材而言，“奥康纳对畸人、白痴和跛者的偏爱，对病态、死亡和诡谲的迷恋，是她与许多其他南方作家的共性。厄斯金·考德威尔、尤多拉·韦尔蒂，卡森·麦卡勒斯、威廉·乔恩、杜鲁门·卡波特，这条哥特式的线支甚而显现在威廉·福克纳的作品中。奥康纳和他们一样，都是爱伦·坡的后裔”[③]。就体裁和主旨而言，奥康纳追随着霍桑，把传奇文学看成现实与神幻世界的交界，一块充满真理和神秘的地盘。她认为作家应该关注一种“更深层的现实主义”。浪漫传奇使得这种迥异于传统观念的现实主义变得可能，因为它允许作家扭曲现实，更突出地强调“最本质的真理”。而奥康纳和霍桑视角最大的一致在于刻画现代的罪人。[④] 现代人要么洋洋自得，以为重复一些陈词滥调就是信仰上帝；要么过分相信理性的力量，企图扮演上帝的角色。奥康纳对这种人进行了严厉谴责，以极端的剥夺形式，如谋杀、(象征性的)强奸、丧嗣、残废、羞辱等，向他们宣示上帝的恩典才是值得追求的至高之物。

宗教意识则是奥康纳作品中最引人注目的特征，结构、内容和主旨都浸印着宗教罪尤和救赎的教谕色彩。用一句话来概括，其小说以灵魂救赎为终极指向，以城市和乡村、理性和信仰、身体和精神、文化和自然等诸多二元对立为核心，以金、木、水、火、土五种物体为象征，通过螺旋式循环的结构表达了宗教意识的净化和跃升。奥康纳的这个创作结构非常奇特，酷似中国文化中的五行八卦图。工业时代的机器谓之金，如恰似棺材的火车和汽车、致人死地的拖拉机、用来谋杀的手枪等等，它们指代着现代社会精神的荒芜和信仰的丧失。树林和草原带有诡奇的色彩：这个基督教中用作耶稣受难的圣物在小说中颇有灵性，总在人物顿悟的时刻扮演重要角色，同时也是暴力最频繁的受体。水与洗礼相连，是净化灵魂的圣物。而在《暴力得逞》(*The Violent Bear It Away*，1960)和《河》(“The River”)中只是谎言和过失的见证者，也是噬人生命的施动者。火这

---

① Flannery O'Connor, *Letters of Flannery O'Connor: The Habit of Being*, ed. Sally Fitzgerald (New York: Farrar, Straus & Giroux, 1979)260.

② Jean W. Cash, *Flannery O'Connor: A Life* (Knoxville: The U of Tennessee P, 2002)251.

③ André Bleikasten, "The Heresy of Flannery O'Connor," *Critical Essays on Flannery O'Connor*, eds. Melvin J. Friedman and Beverly Lyon Clark (Boston: G. K. Hall, 1985)141.

④ Ronald Emerick, "Hawthorne and O'Connor: A Literary Kinship," *The New Romanticism*, ed. Eberhard Alsen (New York: Garland, 2000)130,133.

个意象总是与仪式如影随形，是最暴力也最彻底的驱魔和净化方式，有时太阳也承担着相同的象征职能。土地亦即乡村，是寻求灵魂救赎的信徒精神之所系，如《天竺葵》（"The Geranium"）、《审判日》（"Judgment Day"）和《人造黑人》（"The Artificial Nigger"）中的乡村之于老爷子，却也滋生了不少腐败堕落的罪人。这"五行"构成了奥康纳的象征世界，反映了世俗和宗教的"阴阳"对立，最终指向上帝恩典这个"太元"。更有趣的是，奥康纳的小说结构也大都是环形的，结尾和开头情节相似，意义却是不同，如《慧血》中开头黑兹看书时非要拿着母亲的遗物眼睛，结尾干脆和俄狄浦斯一样弄瞎了自己的眼睛[①]；《好运袭来》（"A Stroke of Good Fortune"）中鲁比始终都是在楼梯上前行；《格林立夫》（"Greenleaf"）以公牛吃草开头，以公牛戳穿梅太太结束；《树林之景》（"A View of the Woods"）以描写快乐的福倾祖孙俩身后的湖面和树林开篇，以呈现垂死的福倾先生幻觉中的湖面和树林收尾，等等。[②] 首尾相连的行文、二元对立的中心和五大象征的运用，造就了奥康纳创作的八卦图式结构。

奥康纳共有两部长篇——《慧血》和《暴力得逞》，两部短篇集——《好人难寻》（*A Good Man Is Hard to Find*，1955）和《一切上升皆融合》（*Everything That Rises Must Converge*，1965）。后来她所有的31篇故事都被收进《奥康纳短篇小说全集》（*The Complete Stories of Flannery O'Connor*，1971）。学界普遍认为，她的文学成就以短篇为著。她五次获得欧·亨利奖[③]，《短篇全集》还荣获当年的全国图书奖。

地域和宗教是奥康纳小说的两大支撑主题，它们之间有张力，更有融合。奥康纳笔下的南方，不是福克纳那种充满历史时间意识的南方，而是"一种不具有时间性的纯地域的存在……充满着各种精神和道德的混乱，（一个）阐发警世的宗教启示和宗教预言的隐喻世界"[④]。她放弃把传统、历史、回忆作为存在方式，而是以地理概念作为生存隐喻，探索灵魂的本质。如果用一个词概括奥康纳的创作主旨并解释其小说中的诸多细节，那么非"displace"莫属。人们对此世之物的追求和崇拜，包括财富、生命和理性，是灵魂的迷失，精神的错置；人物角色经常发现自己远离熟悉的环境，身处突发情境中而不知所措，是生存状态

---

① Haze这个名字意为"薄雾、朦胧"，具有象征意义。"看"、"视力"、"太阳"与"宗教醒悟"这几者互为指代，贯穿《慧血》全书。

② See Joanne Halleran McMullen, *Writing against God: Language as Message in the Literature of Flannery O'Connor* (Macon: Mercer UP, 1996)124-126.

③ "The Life You Save May Be Your Own"、"A Circle in the Fire"分获1954、1955年度二等奖；"Greenleaf"、"Everything That Rises Must Converge"、"Revelation"分获1957、1963、1964年度一等奖。

④ 傅景川：《美国南方"圣经地带"怪诞的灵魂写手》，《吉林大学社会科学学报》2000年第5期，第85页。

的陌生化；最后他们经受暴力的侵袭，生存地理和精神地理都被毁灭。所有的意味，都凝缩在"dis-place"这个单词中，难怪奥康纳会写一篇名为《背井离乡的人》("The Displaced Person")的故事。"人们的背井离乡，或者说，背井离乡的人类……是奥康纳的终极主题。"[①]

从"dis-place"这个地域角度切入，奥康纳的创作呈现出一个亘久的结构：自然环境与精神地理的对照→领域的崩塌→人物的顿悟。简言之，奥康纳捕捉到了现代罪人的生活状态，他们构建的精神地理将上帝的恩典拒之门外，因而会有外来的力量侵入并摧毁他们的自我世界，通过创造一种完全不同的情境，迫使他们认识到生存和灵魂的本质，从而真正蒙受上帝的恩惠。

一、精神地理与周围环境的对照

奥康纳笔下的角色有两类，一类是对生活心满意足的小资产者，周围环境以财产形式成为他们自我(精神地理)的物质延伸；另一类是自以为看透一切的理性至上主义者，周围环境成为他们构建精神地理的对立物。

就第一类人而言，他们的精神地理和周围环境奇异地融合在一起，堕入了世俗的欲望深渊。有意思的是，这类人多是守寡多年的中老年妇女，如《好人难寻》中的祖母，《火中的光环》("A Circle in the Fire")中的柯普太太，《背井离乡的人》中的麦金泰尔太太，《乡下好人》("Good Country People")中的赫普维尔太太，《格林立夫》中的梅太太，等等。物质利益是她们的生活目的和精神支撑。她们自以为在蝇营狗苟之余重复几句大众化的祷词就是模范的基督徒了，浑然不觉已堕落成怠慢上帝的逐利者。物质俘虏了她们的灵魂，取代上帝成为她们顶礼膜拜的欲望对象。

第二类人则是迷失在虚无的理性神殿中的现代知识分子。他们认为上帝已死，转而崇拜人类自身的理性力量。他们的精神地理是一个"没有基督的教会"，如《慧血》中的黑兹；一个"虚无的虚无"，如《乡下好人》中的哈尔甲；一个了无生气、缺乏爱意的"灰烬之地"，如《河》的埃希菲尔德(Ashfield)家和《跛者先入》("The Lame Shall Enter First")中的谢珀德家。他们存在的领域囿限于头脑的范围，到达不了温情的感性世界。理性的自负使他们鄙夷周围环境，大声呵斥："你曾自省，看到自己不是什么了吗！"[②]或傲慢地宣称："我将拯救你。"[③]殊不知，他们真正不明了的却是对自己的认识。理性是宗教信仰的大忌，"邪恶

---

① Robert Fitzgerald, "The Countryside and the True Country," *Flannery O'Connor*, ed. Harold Bloom (New York: Chelsea, 1986)29.

② Flannery O'Connor, *The Complete Stories of Flannery O'Connor* (New York: Farrar, Straus and Giroux, 1986)276.

③ Ibid., 474.

只存于堕落天使和人类的理性灵魂中"①。极度的傲慢和膨胀的自我意识遮蔽了现代理性主义者的视野,使得灵魂无所着落,迷失在空虚的情感荒原之中。

二、领域的崩塌

精神世界的黑暗成了现代罪人生存状态的显著表征。为了让上帝的恩典之光穿透他们故步自封的盲目,奥康纳总是让他们"陷于一种处境,发觉不能用习惯的陈词滥调去译解"②,以环境的陌生化震荡并撕裂他们的精神地理,在外界暴力之助下体味被生活表面所隐盖的"深层现实主义",认识"最本质的真理"。

奥康纳的小说大多包含一个明显的地域迁移。《慧血》中的黑兹从沙漠走向城市,和基督教隐修院创始人圣安东尼的行程恰好背道而驰;③《河》中小男孩哈里从家里的住宅楼到河岸,是从"灰烬之地"到"天堂"的跃升(河边垂钓的男子名为"天堂先生",Mr. Paradise);《天竺葵》、《审判日》和《人造黑人》中的老爷子从南方乡村走进了大城市,是脱离土地世界的"去根"和错置。大凡涉及女性角色,这种地域迁移便以消极形式呈现,即外界力量主动入侵,如《火中的光环》、《格林立夫》、《乡下好人》等(《好人难寻》的祖母是个例外)。无论是哪种形式的迁移,都暗示着主人公在精神地理意义上的"背井离乡"。

外界暴力入侵时,往往采取改变人物生活环境的方式。《好运袭来》中胎儿改变的是憎恨怀孕的鲁比的身体地理;《你救的可能是自己的命》("The Life You Save May Be Your Own")中与耶稣职业相同的木匠谢夫莱特帮寡妇克芮特太太修理房舍,最终却让她的家业彻底破产;《火中光环》中三个男孩烧毁了柯普太太精心呵护的树林,等等。《乡下好人》中的女博士的处境最具代表性:她最后孤立无援地被弃在废旧的马厩顶楼上,是对她以前高高在上的精神地理的绝妙嘲讽。自然环境的毁减隐喻精神地理的震荡,迫使当事人反思自我的生活认知。

三、顿悟

奥康纳的行文,欧·亨利式的结尾总是最精彩之处。小说的人物经常目瞪口呆地接受突如其来的挫败,精神地理进行痛苦的重构,完成了对生存、自我和灵魂的重新界定和认知。这种顿悟和上帝的恩典、灵魂的救赎紧密相连,甚而相互指代。顿悟的获得,是以世俗之物的丧失为代价的。献给上帝的祭品除了

---

① James J. O'Donnell, *Augustine* (Boston: Twayne, 1985)52.

② *The Norton Anthology of American Literature*, vol. 2 (New York: Norton, 1979)2145.

③ Lawson A. Lewis, "The Perfect Deformity: *Wise Blood*," *Flannery O'Connor*, ed. Harold Bloom (New York: Chelsea, 1986)40.

物质财富以外，甚至还包括了同属世俗之物的身体。如《慧血》、《启示》("Revelation")和《树林之景》中目力的模糊或丧失，《乡下好人》、《圣灵的庙宇》("The Temple of the Holy Ghost")和《好运袭来》中的生理缺陷，《好人难寻》、《格林立夫》和《审判日》中的死亡，《家的温暖》("The Comforts of Home")和《跛者先入》中的失亲之痛。似乎在奥康纳看来，终极知识应该属于纯精神领域，与物质世界无关。她具体从物理身体、文化身体和情爱身体三个方面展示了"此在"世界的虚空。

物理身体泛指生命肉体及与生活有关的日常所需。它是人类一切行为的策源地，对它的看重似乎无可厚非。奥康纳却敏锐地觉察到了其中的世俗性，《好人难寻》和《帕克的背》("Parker's Back")集中反映了物理身体迷恋的反精神色彩。

《好人难寻》是奥康纳最著名的短篇，着重刻画了一个南方淑女式的祖母。她自私任性、举止张扬，沉迷于自己年轻美貌的时代。一次全家出行时，她开始吹嘘记忆中的大户人家，声称里面埋有财宝。结果记错了路，把全家带到一处旧屋。在那里他们遇到了"不合时宜的人"，并被枪杀。祖母代表了大多数的南方妇女，优雅、睿智和虔诚是她们为自己构造的光环。实际上，优雅是编造的幻象，睿智是拾人牙慧，虔诚已堕落成虚伪——为了能够活命，她很愿意放弃宗教信仰，转向乞怜、吹捧和说教。祖母的罪愆在于执迷于世俗的身体(美貌、举止、生命等)而忽视了灵魂。在这个意义上，"不合时宜的人"是促她醒悟的先知："我被活埋了……没有谁有我想要的东西。"[①]"活埋"这个意象展示了物质世界对灵魂的桎梏，"不合时宜的人"通过这句话表达了对现实世界的彻底否定。故事结尾，祖母喃喃地说了一句被大多数评论家口诛笔伐的话："可能他(耶稣)不使人复活。"[②]这才是祖母获得的终极知识：上帝拯救的是灵魂，而不是肉体。

《帕克的背》情节较简单。O. E. 帕克酷爱纹身，将其当作精神寄托，却遭到笃信宗教的妻子撒拉·鲁斯的厌恶。为了征服妻子，帕克在后背刺上了耶稣的像。不料被骂作偶像崇拜，打出家门。故事中人名都来自《圣经》，宗教和身体的张力尤为显著。帕克从来不将名字缩写的含义示人，也颇具象征意味，因为"俄巴底亚"和"以利亚"都是希伯来先知，反对偶像崇拜。帕克罪在将身体当成了精神地理的场址，与纯精神的化身撒拉·鲁斯构成了鲜明对比。文中将鲁斯刻画成鄙视世俗之物的人——她做菜时漫不经心，行房时不肯看帕克裸露

---

① Flannery O'Connor, *The Complete Stories of Flannery O'Connor* (New York: Farrar, Straus and Giroux, 1986)130.

② Ibid., 132.

的身体，对他的文身深恶痛绝——物理身体使她难堪，她像是一位诺斯替教徒。[1]

文化身体指身体的文化性，是社会根据物理身体构建的区分话语，包括种族、阶级、性别等因素。在区分性话语场中，相同的身体被赋予了不同的文化含义，有了优劣高下之分。这样的生存认知无疑也是世俗性的，《人造黑人》和《启示》便揭露了此类灵魂的黑暗。

《人造黑人》是奥康纳本人最钟爱的故事，也是她少数几篇集中探讨种族问题的小说之一。它主要讲述了祖孙俩进城三次见到黑人的经历。在火车初遇一位黑人男性时，天真无邪的纳尔逊只知道是"一个人"，"见多识广"的祖父自豪地教导说是"黑人"。在喧嚣复杂的城里，即便是自诩能干的祖父也迷了路。祖孙俩乱闯进黑人居住区，只好向一位女主人问路。这位肥胖如大母神一般的黑人女性唤醒了纳尔逊的婴儿意识和性意识，"通过一种肉体的方式向他暗示存在的神秘"[2]，喻示了他者乃是自我的一体和来源。最后在返回乡下的途中，他们看见了一尊人造黑人塑像。表情痛苦的塑像体现了全文的中心主旨：种族的区分乃是社会的话语，"黑人"这个概念乃是"人造"的，给他人施以痛苦乃是一种罪过。祖父的忏悔："啊，上帝帮帮我，我迷路了！"呼应着他先前遗弃纳尔逊的一幕，他成了上帝的弃儿，灵魂已经迷失。他对纳尔逊的遗弃，恰如白人对黑人的拒斥，是"拒绝他自身的像和形"。文化身体只是人类自己创造的话语，所以最后祖父才获得了"世上没有词语能够描绘"的知识，那是"人死后带给上帝的唯一东西"。[3] 灵魂超越了世俗的认知和定义系统，是救人于迷途的唯一路径。

《启示》表达了相同的旨趣，刻画了中产阶级妇女的代表特平太太。她为自己具有好性情、好模样、好品质，是模范的基督徒而沾沾自喜，不时在心里排列人的阶层，认为贫穷的"白人垃圾"和黑人最为低贱。一次她正在高谈阔论，长相很丑的女学生玛丽·格蕾思用书砸破了她的头，骂她是"来自地狱的疣猪"。视力恢复后的特平太太在反省之后看到幻景：升往天堂的队伍由黑人和"白人垃圾"领头，她这样的人则跟在疯子和怪人之后。她获得的神圣"启示"不言而喻。

---

① Ralph C. Wood, *Flannery O'Connor and the Christ-Haunted South* (Cambridge: William B. Eerdmans P, 2004)45. 诺斯替教是一宗在西方流传已久的古老教派，遵循东方宗教式的冥思和苦修的信仰之道，认定尘世一无是处，有关肉体的一切都不可倡导。下文有详细阐发。

② Flannery O'Connor, *Letters of Flannery O'Connor: The Habit of Being*, ed. Sally Fitzgerald (New York: Farrar, Straus & Giroux, 1979)78.

③ Flannery O'Connor, *The Complete Stories of Flannery O'Connor* (New York: Farrar, Straus and Giroux, 1986)269.

情爱身体指人的感情生活，特指性欲。从小就排斥男女情爱的奥康纳把个人的价值标准隐晦地融入了作品中，并赋予其宗教的蕴义。此点在她笔下藏得较深，除了《暴力得逞》将鸡奸安排成恶魔的行为外，没有其他明显的描写。在象征层面上，《乡下好人》和《格林立夫》涉及较多。

《乡下好人》为现代文学贡献了一个"目空一切"的女博士形象。乔伊是丧失精神纬度的现代知识分子代表，笃信"虚无"哲学，自以为已看透一切，达到了色相皆空的境界。一个面相朴实的乡下小伙到她家推销圣经，乔伊决定勾引他，让他懂得生活的虚无。他们最后来到马厩的阁楼上，乔伊真正动情时，却发现那个小伙龌龊透顶：他"自娘胎里出来就没信过任何事"，把淫秽纸牌装在圣经里，专收集女人身体上的怪异部分，抢走了乔伊的木腿假肢。在奥康纳的小说中，脚总是和性爱联系在一起。[①] 因而，乔伊经历了一次象征性的强奸。文中诸多细节都与性欲相连。乔伊原名"喜乐"(Joy)，却自己改成哈尔甲(Hulga)这个"任何语言中最丑恶的名字"。[②] 从文中的语音联想，我们可以发现这个名字的性暗示：饥渴(Hunger)、粗俗(Vulgar)和女阴(Vulva)。当他们亲热时，对外部自然环境的描写酷似女阴，与"哈尔甲"紧密对应。事实上，自然在文中被同时描写成母亲之体和女人之体，也恰好与乔伊对小伙的性感觉互为参照。乔伊最后的可悲境地是她为情爱身体付出的惨重代价，从这个意义上讲，小伙可以被看成上帝的使者，剥夺了乔伊对世俗欲望的幻想。马厩这个耶稣出世的地方喻示着她的重生，完成从"哈尔甲"到"乔伊"的重新转化。

在《格林立夫》中，毁灭情爱身体的上帝使者变成了兽类。雇农格林立夫儿子家的公牛闯进了梅太太家的草地，梅太太表现出异乎寻常的恼火和焦虑，担心它会搞乱奶牛的饲养。她的过激反应实际上源于自身的生活处境：她寡居多年，儿子又不如格林立夫家孩子出色，性欲和替代性欲望的双重缺失/无能使她向外界投射心理需求，将公牛事件变成了一个色情隐喻。她命令格林立夫射杀公牛，最后在草地上，她被公牛"像爱人一般"用角刺穿。文中的性爱意象非常明显，尤其结尾神似宙斯和欧罗巴的情爱神话。梅太太的名字含义模糊，表面是表示圣洁的"玛丽"(Mary)，却也意指"五月"(May)，正是春意盎然的寻欢季节，草地、格林立夫(Greenleaf)和公牛共同为她构成了一个狂欢的欲望场景。情爱身体的放纵导致了死亡，这是上帝拯救梅太太一类罪人迷失在此世的灵魂的恩典。

---

① Cynthia L. Seel, *Ritual Performance in the Fiction of Flannery O'Connor* (New York: Camden House, 2001)246.

② Flannery O'Connor, *The Complete Stories of Flannery O'Connor* (New York: Farrar, Straus and Giroux, 1986)274.

奥康纳笔下的人物顿悟内涵不尽相同,却总从属于脱离物质世界的篇章,对物理身体、文化身体和情爱身体的摈弃是其中的主旋律,阐释了"dis-place"这个主题。奥康纳似乎认为,人类本身的存在就是一个错置,生活的全部意义在于克服物质世界的束缚,完成对自我的正确认知,尽力寻求彼世的灵魂救赎。尽管奥康纳声称自己是正统的天主教徒,她的思想和神秘倾向与诺斯替主义惊人的一致。她的小说世界从本质上说是诺斯替主义的,在这一点上,她与福克纳和纳撒尼尔·韦斯特一脉相承。[①]

诺斯替主义是早期基督教异端。其基本信念是,上帝是一位超越的、属灵的神,远离物质之宇宙。物质世界是一个邪恶的低级神祇(造物主,Demiurge)创造的。人类的本性是与神相同的灵(seed),被困陷在物质身体中,人之罪就在于对自己本性的无知。针对此世的内在邪恶,诺斯替主义提出了灵性的救赎观:人必须脱离环境(包括身体),逃离物质存在的束缚,返回灵魂本源。上帝差遣他的衍生,即一位灵性的救赎者,穿越从纯灵到纯物质的障碍,教导人们认识自身的灵性。耶稣不是神道成肉身、死亡和复活之圣子,仅是灵性救赎者"基督"使用的人形工具。神的救赎是通过某一次的突显神迹让教徒顿悟,获得"灵知"(gnosis),即'自我之识'(self knowledge),重新唤醒自身的神性而重返天国。[②]

奥康纳的小说世界是诺斯替主义的文学场。在那里,自然环境不是上帝创造的天堂替代,从堕落的物质世界中拯救我们的是一束神秘未知的圣光,一次醍醐灌顶的顿悟,一点迥异于市侩精明或哲学虚无的灵知。环境的异化、对环境的摈弃和自我之识的获取等诺斯替主义核心要素成了奥康纳的创作内容。于是南方农村成了一个"遭受威胁和暴力的、流血的地理"[③],太阳如火,残天如血,破败的古屋,鬼魅般的树林,构成了一个棺材般的梦魇空间。景色也有美丽的时候,如《格林立夫》中的草地,但它并不是生命的孕育者,而是梅太太眼中的商品,最后也是她的葬身之地。"即便奥康纳对自己的怪诞手法进行了辩解,还是没能打消人们的印象——她的作品最终是对整个世界的否定……正统的天

① Harold Bloom, "Introduction," *Flannery O'Connor*, ed. Harold Bloom (New York: Chelsea, 1986)4, 5. Ralph C. Wood 则认为奥康纳是反诺斯替主义的,在小说中表现了"忧虑",批判以撒拉·鲁斯为代表的原教旨主义者"拒绝承认上帝在自然秩序中(从艺术到宇宙)的圣典存在"所表现出来的诺斯替倾向。*See Flannery O'Connor and the Christ-Haunted South* (Cambridge: William B. Eerdmans Press, 2004)45.

② Roger Olson:《基督教神学思想史》,吴瑞诚、徐成德译,北京:北京大学出版社,2003 年,第 26—27 页。

③ Louise Westling, *Sacred Groves and Ravaged Gardens: The Fiction of Eudora Welty, Carson McCullers, and Flannery O'Connor* (Athens: U of Georgia Press, 1985)182.

主教认为神之恩典使自然变得完善和完美,而奥康纳的恩典却撕裂并强行闯入自然。”[①]身体则是灵魂的陷阱,迷恋身体更是万劫不复的罪行。《圣灵的庙宇》和《好运袭来》中的女主人公对物理身体、文化身体和情爱身体的看法导致了精神的迷失,前者中的双性人所代表的灵魂和后者中胎儿所代表的灵性(seed)才是诺斯替意义上的值得追求之物。“在奥康纳的小说中,女性的身体是一个陷阱,一个让她们意识到自身无能的‘可恶伴侣’,因为只有心性疏离才能获得精神的升华。”[②]男性的自戕和谋杀表达了同样的主题。

采取诺斯替主义视角,我们可以理解为何奥康纳为何醉心于暴力。因为“暴力有种奇异的力量,能使人物回归现实,并预备他们接受恩典的时刻”[③],神的救赎即是摈弃物质世界,而只有暴力才能完成对物质的毁灭,真正释放出人性中被遮盖的灵性之光。所以那些耶稣式人物表现得却像个恶魔。神的救赎也意味着自我之识的获取。暴力这种极端的哥特式否定恰恰包含了对人性的肯定探索。“哥特式是一种受折磨的文学,折磨它的……就是某种超自然的源头,某种非人类的沉默,超出人的理性认知的力量。这些力量不断拷问着哥特式浪漫文学中角色的身份意识:‘我是谁?我是什么?’……在奥康纳的小说中,‘面对自我’于是就成了一个永恒的主题。”[④]只有通过“常情”完成对自我的“神秘”认知,诺斯替主义者才会真正地获得救赎。

综合这些因素,如乔伊斯·卡罗尔·欧茨所言,能够最清楚地折射奥康纳创作视野的故事乃是评论界关注较少的《跛者先入》。[⑤]这个故事的题名有个逸事。一次奥康纳乘坐电梯时遇见一位老奶奶。她见奥康纳拄着双拐,同情地说:“孩子,跛者先入天堂。”奥康纳十分恼火,写信给好友抱怨:“跛足的人进天堂时可以用拐杖把其他人打一边去,所以能先进。”冷幽默鲜明地体现了奥康纳对混淆身体与灵魂之世俗观念的极大不满,在《跛者先入》中通过批判谢珀德先生这一角色传达了自己诺斯替式的思想。谢珀德在妻子去世后,过着苦修式的生活,全部时间都在少管所做心理辅导,不惜冷落幼子诺顿。信奉理性的他认为“人的智力凡事都能”,意得志满地准备履行自己“救世主”的使命(他的名字

① André Bleikasten, “The Heresy of Flannery O'Connor,” *Critical Essays on Flannery O'Connor*, eds. Melvin J. Friedman and Beverly Lyon Clark (Boston: G. K. Hall, 1985)142,152.

② Katherine Hemple Prown, *Revising Flannery O'Connor: Southern Literary Culture and the Problem of Female Authorship* (Charlottesville: UP of Virginia, 2001)49.

③ Flannery O'Connor, *Mystery and Manners* (New York: Farrar, Straus & Giroux, 1969)112.

④ Ronald Schleifer, “Rural Gothic,” *Flannery O'Connor*, ed. Harold Bloom (New York: Chelsea, 1986)82-83,86.

⑤ Joyce Carol Oates, “The Visionary Art of Flannery O'Connor,” *Flannery O'Connor*, ed. Harold Bloom (New York: Chelsea, 1986)44.

Sheppard与耶稣的角色"牧羊人"Shepherd谐音)。他看中了智商高达140的跛足少年犯鲁弗斯,准备将他塑造成材。不料鲁弗斯却一直在向诺顿灌输宗教思想。诺顿从天文望远镜中看到的不是科学的奥妙,而是亡母的灵魂,最后吊死在房梁上,将灵魂"发射到了太空"与母亲相聚。谢珀德对身体的态度陷入了物理、文化和情爱全部三个世俗纬度,对灵魂表现出极端的忽视。苦修式的生活其实在排遣对妻子的思念,买天文望远镜是对智力的推崇,到假肢铺给鲁弗斯订做矫正鞋则表现了对文化身体的注重[①]。除了着力展现诺斯替主义的"错置"意识外,故事中充满了诺斯替教宗中代表灵性的主要意象:种子(seed)。诺顿总是在摆弄一些花种,鲁弗斯吃橘子时不停地吐种子,都是对自身灵性的隐喻。而诺顿则转喻性地充当了父亲谢珀德的种子,最后升天。具有讽刺意味的是,"天空"和"天堂"都是同一个词,却代表了人类(科学)和上帝(神秘)的迥然对立。诺顿的升天对谢珀德来说,救赎的意义并不确定。

总而言之,奥康纳在作品中表现出对超验的强烈向往,用有别常情的方式表达了对物质生活的拒绝,得出了令大多数人不能接受的结论:人生而痛苦。她是美国文学史上为数不多的纯精神化作家,以独特的风格无可辩驳地占据了自己的一席之地。惜乎天妒才淑,庇佑太薄,1964年8月3日中午12点40分,奥康纳因红斑狼疮引发的肾衰竭逝世于鲍德文县立医院,年方39岁。

奥康纳的主要作品:

小说作品:

Wise Blood, 1952.

A Good Man Is Hard to Find, and Other Stories, 1955.

The Violent Bear It Away, 1960.

Everything That Rises Must Converge, 1965.

The Complete Stories of Flannery O'Connor, 1971.

其他作品:

Mystery and Manners, 1969.

Letters of Flannery O'Connor: The Habit of Being, 1979.

---

① Cynthia L. Seel, *Ritual Performance in the Fiction of Flannery O' Connor* (New York: Camden House, 2001)169.

15. 西尔维娅·普拉斯——与诗神和死神共舞的女子
Sylvia Plath: Poetess Who Dances with Muse and Death

1963年2月11日的清晨,美国女诗人西尔维娅·普拉斯(1932—1963)在租来的破厨房里打开煤气,结束了自己在世界上的短暂旅程。这一行为可算是她创作的延续,也可算是她创作的注解:在她留下的诗作中,始终回旋着死亡的黑暗身影,甚至有"死亡/是一门艺术,与其他事情一样/我尤擅此道"的惊人之句。刘剑梅在《塞克斯顿:诗神和死神共舞》一文中精彩地表达了对普拉斯(和塞克斯顿)的创作和自杀的定位:

> 诗人作家自杀是20世纪出现的一个特殊现象,如此集中,如此惊心动魄……只有在死亡面前,存在的意义才能充分展开。这些自杀的诗人作家……受存在主义的影响很深,他们用自己的生命去反抗生存的虚无和荒诞,承担对人类命运的关怀。
>
> 普拉斯和塞克斯顿同样是在20世纪自杀,同样受到西方存在主义的影响。在她们的笔下,带有神秘诗意的死亡是一个美学姿态,是一种艺术方式,更是表现女性自我的一个重要手段。然而,对于她们而言,死亡又不仅仅是一个语言文本,还是她们最终所选择的"行为文本"……她们异常敏感的心灵,不仅对自身的困境感到绝望,而且对女性的困境乃至人类的困境有一种大悲悯。①

简言之,普拉斯的自杀不仅仅使美国失去了一位最著名的自白派诗人(confessional poet),更是一个时代的见证和一个群体生存境况的隐喻。20世纪的社会问题导致了存在主义的盛行,也决定了诗性的心灵走向泯灭的宿命。人类的生存不过是痛苦和绝望,普拉斯与世界的告别因而具有反抗和救赎的意义。

话虽如此,一味地抬高死亡的艺术性可能并不恰切。普拉斯在开煤气之前,留了一张求救的纸条给保姆。然而造化弄人,保姆恰恰在那一天比往常迟到了一个小时,致使普拉斯的生命在等待的绝望中慢慢消逝。可见,普拉斯的自杀与其说是体现美学姿态的行为文本,不如说是各种话语交织而成的悲剧。作为一个敏感的孩子,一个成长于20世纪五六十年代的美国诗人,一个女性作家,普拉斯的自杀无疑是一出悲剧——个人的悲剧、时代的悲剧、女性的悲剧——的必然结尾。

---

① 刘剑梅:《塞克斯顿:与诗神和死神共舞》,《读书》2007年第2期,第148—149页。

西尔维娅·普拉斯1932年10月27日生于美国马萨诸塞州的波士顿，父亲奥托·普拉斯是波士顿大学昆虫学教授，一位著名的蜜蜂专家；母亲奥瑞莱亚·史可伯比父亲年轻许多，做教师和秘书工作。父母的关系并不融洽，家庭气氛常常比较紧张。后来父亲住院，母亲疏于护理。普拉斯天性极度敏感，生活的悲喜忧乐往往被扭曲和夸大，以最为强烈的诗化形式被领受。父亲的专横、他与母亲的情感纠葛和他的过早去世在普拉斯的心灵中投下了挥之不去的阴影。这种影响持续了她的一生，深刻地影响了她看待世界的方式。缺乏父爱的创伤和对父亲爱恨交加的矛盾感情，决定了她创作的意图和内容。普拉斯对此毫不讳言，多次主动运用弗洛伊德理论来阐释自己对父亲的情感。① 她最著名的诗作《爸爸》写道：

> 爸爸，我早该杀了你，
> 还没动手你已死亡——
> 石头般沉重，充满神灵的布囊
> 鬼一般的雕像，一个灰色的脚趾
> 大得像弗里斯柯的海豹。
> ……
> 我十岁时他们将你埋葬。
> 二十岁时我也尝试死亡，
> 回到，回到，回到你的身边，
> 即便枯骨也无妨。

普拉斯在写给英国广播公司的注里说，这首诗的叙述者是一个有恋父情结的小女孩。在她将父亲视为上帝的时候，他却死去了。② 实际上，诗中的小女孩就是普拉斯本人的化身。1940年普拉斯八岁时，父亲因为糖尿病引起的坏疽而死亡，他“鬼一般的”气色和“灰色的脚趾”给普拉斯留下了永久的记忆。而她到了二十岁时，已经和父亲一样成为大学教育体制中的佼佼者。自从1950年进入世界规模最大的女子学院史密斯学院读书后，普拉斯一直是全优生，并在著名

---

① 在当时，心理诊所和医院都以弗洛伊德学说为指导，从性压抑的角度来治疗心理或精神问题。普拉斯和安妮·塞克斯顿、罗伯特·洛维尔等人都在同一家医院接受过类似的心理治疗。参见 Lynda K. Bundtzen, “Plath and Psychoanalysis: Uncertain Truths,” *The Cambridge Companion to Sylvia Plath*, ed. Jo Gill (New York: Cambridge UP, 2006)38-42. 普拉斯本人对心理医生和他们采用的基于弗洛伊德理论的方法还是认可的，在访谈中表露出对他们的信服和欣赏：“我想如果要我做其他哪一行，我愿意做医生。恐怕这是与作家南辕北辙的一种行业。[这是]某个能直接面对人类经验的人，能够治疗、修补、帮助，就是这等事。”《西尔维娅·普拉斯访谈》，《诗歌月刊》2006年第1期，第50页。

② Lynda K. Bundtzen, “Plath and Psychoanalysis: Uncertain Truths,” *The Cambridge Companion to Sylvia Plath*, ed. Jo Gill (New York: Cambridge UP, 2006)38.

的刊物上发表了不少诗歌。尽管如此，她还是“忧心忡忡，对自己充满忧虑”。[①] 大三时她参加《小姐》(*Mademoiselle*)杂志举办的征文比赛并获奖，成为杂志的特邀编辑，在纽约工作了一个月。但这一令人羡慕的机会给普拉斯带来的却是劳累、孤独和绝望，她的精神几近崩溃，在夏天第一次自杀。获救之后她被送到精神病院接受短期的集中治疗，很快痊愈返校。1955 年 6 月她以全校最优异的成绩毕业，获得富布莱特奖学金资助到剑桥大学钮哈姆学院学习。

在剑桥，普拉斯对父亲的情感找到了完美的替代品。她与英国桂冠诗人特德·休斯(Ted Hughes)一见钟情，热恋四个月以后即步入婚姻的殿堂。这是诗坛上最珠联璧合也是最让人扼腕叹息的一段情缘：两人才貌相配，最终却以休斯出轨、普拉斯自杀而告终，个中是非至今还是一笔牵扯不清的公案。[②] 在婚姻初期，普拉斯对能拥有一个稳定的家庭感到心满意足，联系出版了自己的第一部诗集《巨人》(*The Colossus*, 1960)。这是她创作中期——成长和试验期——的代表作，内容涉及了她的学生生活和为人妻母的生活体验。其心理探索的程度更加深入，意在表达女性主体对父亲影响的焦虑。满篇萦绕的依然是一个专制的男性家长的形象，多有破碎的雕像、孤独的女子、荒凉的废墟等残缺的梦景。[③]《巨人》的发行标志着普拉斯的文学创作转入成熟的阶段，也预示了她婚姻的结局。爱情的浪漫光环逐步退去，写作与持家的矛盾冲突使普拉斯感到精疲力竭。休斯不仅没有施以援手，还和其他女子来往密切，最后竟至与朋友之妻阿西亚·韦维尔同居。愤怒、嫉妒和沮丧使普拉斯经常处于精神压抑之中，不得不恢复心理治疗。她的诗作不再对爱致以礼赞，而混杂了死亡、暴力和疯狂。在《事件》一诗中，普拉斯将破裂的婚姻比作吞噬自我的黑暗场所：“爱不能到达此处，/黑色的深渊将自己暴露。”

休斯的背弃给了普拉斯致命的打击，她的经济状况也陷入了极大危机。精神和经济的双重压力强化了她厌世的情绪，最终完全摧毁了她对生活的信心，

---

① 洛伊斯·艾姆斯：《附录：西尔维娅·普拉斯的一生》，载《钟形罩》，杨靖译，南京：译林出版社，2007 年，第 203 页。

② 恺蒂：《心事难与君说：关于普拉斯的争议》，《读书》1994 年第 1 期。另见 Susan R. Vandyne, "The Problem of Biography," *The Cambridge Companion to Sylvia Plath*, ed. Jo Gill (New York: Cambridge UP, 2006) 3-20.

③ 普拉斯的诗歌创作可以分为四个阶段：学徒期(从她年幼时的涂鸦算起，到她在史密斯学院里的创作)，成长和试验期(从她 1956 年与休斯结婚到 1959 年他们在英格兰永久定居)，激情和自我发现期(从 1960 年到 1962 年她的婚姻破裂)，晚期(1963 年她生命中最后几周的忧郁和自闭阶段)。参见 Steven Gould Axelrod, "The Poetry of Sylvia Plath," *The Cambridge Companion to Sylvia Plath*, ed. Jo Gill (New York: Cambridge University Press, 2006) 73-89. 关于《巨人》主题的评论，另见 Jo Gill, "*The Colossus* and *Crossing the Water*," *The Cambridge Companion to Sylvia Plath*, ed. Jo Gill (New York: Cambridge UP, 2006) 92-100.

留下年幼的儿女撒手人间。由于尚未办理离婚手续，作为合法丈夫的休斯继承和控制了普拉斯的一切著作权。他整理出版的普拉斯遗作主要有《爱丽尔》(*Ariel*, 1965)、《渡河》(*Crossing the Water* , 1971)和《冬树》(*Winter Trees*, 1971)。1981年《普拉斯诗歌选集》(*Collected Poems*)问世，次年获得普利策诗歌奖。这是一项罕见的荣誉，因为普利策诗歌奖极少授予过世的诗人；这也是一项迟来的荣誉，此时离普拉斯去世已近二十年之久。总体说来，普拉斯的诗歌是她个人悲剧的实录，直白地反映了她个人的感情，表达了她在社会和生活中构建自我身份所感觉到的困境。

普拉斯的悲剧结局除了个人的创伤性经历以及由此引发的心理渴求等因素外，还应归因于当时的社会文化背景。普拉斯所涉及的年代可算是美国历史上最为诡诞的时期：她出生于美国大萧条最为严重的年份，依次经历了二战、冷战、朝鲜战争、麦卡锡主义等重大历史事件。这是意识形态高度机制化、对个人思想的控制极为严格的特殊时期。在大萧条期间，人们的注意力集中于国内的阶级差异，对立的情绪使美国陷入了四分五裂。然而随着几次战争的来临，社会意识形态发生了显著变化。争取战争胜利这个共同目标使整个社会成为精神共同体，被整合进入战争话语系统之中而无暇顾及自身的分歧。到战争结束时，"这种表面上的统一已经把美国变得爱国色彩更浓，宽容成分更少，对于组织的价值观和社会的一致性更加忠诚，它所阐明的理想也更加具有同质性。"①无论年轻人还是年长的人都无形中按群体的标准行事，而不愿与他人有任何不同，因此被称为"沉默的一代"。② 概括说来，整个社会以"隔绝、商业化、顺从性和冷漠"为主要特征，气氛压抑，毫无美学色彩可言。在这种情况下，思想界产生了一种不安，存在主义开始盛行。他们认为现代社会是荒诞的；隔绝虽然是整个社会的病症所在，却也是个人比普通大众优越的标志。③

与美国社会文化相对应，文学创作也趋于内向，着重描写私人生活以及个人经历。④ "异化"和"自我本质"危机早已成了文学创作的流行主题。诗人在物欲横流的社会和呆滞刻板的日常生活中既看不到雄伟森然的崇高，又看不到细致静雅的优美，于是转向自我的小天地，尽情地发泄和暴露自己，自白派运动由

① 萨克文·伯科维奇主编：《剑桥美国文学史：散文作品，1940—1990年》(第7卷)，孙宏主译，北京：中央编译出版社，2005年，第114页。

② 美国新闻署编：《美国历史概况》，杨俊峰等译，沈阳：辽宁教育出版社，2003年，第483页；庄锡昌：《二十世纪的美国文化》，杭州：浙江人民出版社，1993年，第148—152页。

③ David Van Leer, "Society and Identity," *The Columbia History of the American Novel*, 1991 (Beijing: Foreign Language Teaching and Research Press, 2005)485 - 487.

④ 萨克文·伯科维奇主编：《剑桥美国文学史：散文作品，1940—1990年》(第7卷)，孙宏主译，北京：中央编译出版社，2005年，第112页。

此而生。悲观厌世的情绪常常体现在他们的诗歌中,毁灭的本能肆意泛滥,自杀作为毁灭的最高形式也成为常见主题。[①] 普拉斯的诗作带有极为鲜明的时代特征,倾向于从否定情绪观察和感悟生活,以描写孤寂、恐惧、绝望、惶惑、疯狂、死亡为特色。她最著名的作品弥漫着阴郁的气息,充斥着狰狞恐怖的异象,如墓穴、鲜血、尸体、肢解、骷髅、受伤的野兽,食人等等。这些意象经常与清晨的黑莓、玫瑰花、露珠、郁金香、花园、蜜蜂、流水、大海之类美好的意象并置,创造出了一种诡异的效果。极不合适的意象毗连表明了观察主体混乱、陌生和恐惧的否定性感受。所以说,普拉斯的诗歌呼应了当时的社会话语,体现着浓重的存在主义情绪。在虚无感的笼罩下,诗歌的叙述主体感觉自身没有生机、没有身份,所以经常移情,主动变异成不能说、不会动、无知觉的物体。[②] 诗歌所呈现的自然是"怪诞的、冷漠的、引起主观恐惧的"[③],所意欲表达的核心主题则是作者本人的空间错置感、隔绝感和死亡痴迷。[④]

值得注意的是,尽管普拉斯诗歌以存在主义的视野反映了一个没有重心的异化世界,其主体意识却从来没有发生分裂:自始至终,诗歌都体现出鲜明的女性意识,迷惘和绝望丝毫没有冲击女性这个基本的身份认同。这是非常奇特的一种现象,也恰好说明了普拉斯创作的出发点和艺术立场。在当时的社会语境下,自诩为"政治人"[⑤]的普拉斯经历了特别的焦虑体验——诗人/知识分子与妻子/母亲这两种角色的冲突成了困扰她的主要问题[⑥]——也最终导致了她的悲剧结局。

在普拉斯的生活年代,有关女性的意识形态随着社会形势经历了数次变化。经济萧条和战争消耗了美国的男性劳工力量,妇女成了可以汲取劳力的资源。美国政府在媒体和公众舆论的支持下发起了宣传攻势,以爱国主义的名义鼓动妇女参加工作。女性获得了许多以前没有的就业机会,向进入公共领域的目标迈出了一大步。然而,战争结束后——也是普拉斯踏入青春期,形成自我

---

① 鞠玉梅:《试论美国女诗人普拉斯及其创作》,《国外文学》1996年第2期,第108页。

② 张晓红、连敏:《〈女人〉中的女人:翟永明与普拉斯比较研究》,《中国比较文学》2007年第1期,第122页。

③ Steven Gould Axelrod, "The Poetry of Sylvia Plath," *The Cambridge Companion to Sylvia Plath*, ed. Jo Gill (New York: Cambridge UP, 2006)81.

④ 也有学者认为,这些意象从一定程度上体现了普拉斯的生态女性主义思想,表现了作者对生态遭受破坏和毁灭的忧虑。参见朱新福:《在寂静的春天里创作的普拉斯》,《外国文学研究》2006年第3期。

⑤ Steven Gould Axelrod, "The Poetry of Sylvia Plath," *The Cambridge Companion to Sylvia Plath*, ed. Jo Gill (New York: Cambridge UP, 2006)74.

⑥ 洛伊斯·艾姆斯:《附录:西尔维娅·普拉斯的一生》,载《钟形罩》,杨靖译,南京:译林出版社,2007年,第203页。

性别身份的关键时期——整个舆论导向急剧变化，转而要求那些接替男人在社会各个领域大显身手的妇女放弃工作，回到家庭这一“女性的适当领域”，以便为大批回国的复员军人腾出就业位置。同时，由于社会发展的多种原因，美国在50年代出现了郊区化浪潮。郊区独栋房舍的建立使得“男主外、女主内”的传统家庭模式再一次复兴。在各种因素的促使下，做一个郊区的“幸福家庭”里的主妇成了绝大多数中产阶级妇女的生活理想，“妈妈主义”深入人心。① 公共舆论也为此推波助澜，都鼓吹妇女回归“房屋里的天使”这一传统角色——其中有包括《大西洋月刊》在内的各式期刊，还有心理学家、精神分析学家等各种专业的学术论著。传媒热衷于指导年轻女孩怎样打扮美容以增加女人味、怎样去获取男人的青睐、怎样生儿育女，宣称女性的唯一天职就是做一个母亲。所谓的心理科学则将这一切称为大自然所决定的“女性奥秘”，号称女性只有追随“正常的女性特质”才能接受和建立自身的性别身份；如果女性具有事业抱负则会产生“男性特质情结”，进而导致精神抑郁、神经失常等疾病。反女权主义的理念甚至渗透到了教育系统中，学校为女性特别设计了一些“实用”的课目以让她们适合以后的持家生活。②

各式话语构建出一个“幸福主妇”的概念，规定了女性的行为标准，像罩子一般限定了女性的空间位置。普拉斯多少也受到当时性别观念的影响，多次表明自己对一个家的渴望和成为一个幸福主妇的向往。在日记里，她没有将事业摆在第一位，而经常幻想一个“甘心用所有的信念和爱情为他每天淋浴”的男人和“孩子、床、益友和一个激发灵感的美满家庭”。在她刚遇见休斯和新婚不久时，她写给母亲的信里洋溢着对休斯的赞美和对生活的满足。然而，性别政治主宰下的家庭生活很快使她诗性的心灵感受到了束缚。繁重的家务已经让她疲惫不堪，后来孩子的出生更是挤压了她的休息和创作时间。普拉斯品尝到了女性社会角色的艰辛，也深切体会到了女性艺术家在创作方面所面临的特殊困

---

① “妈妈主义”这个短语是菲利普·怀利于1942年提出的术语，描述美国对母亲崇拜的狂热。在怀利看来，过度的爱其实反映了女性生活的可悲和空虚。参见 William H. Chafe, *The Paradox of Change*: *American Women in the 20th Century* (New York: Oxford UP, 1991)176 - 177.

② 1956年《生活》(*Life*)杂志夏季刊登载了《美国妇女的两难境地》的专文，描述了理想的主妇形象：“1. 年龄在32岁左右，已是4个孩子的母亲；2. 教育程度不高，只有高中毕业文凭，但结婚较早；3. 长相漂亮，讨人欢喜，每年在家里招待1500多名客人；4. 不仅家里治家有方，自己缝补衣服，而且家里布置得温馨可爱；5. 丈夫收入稳定，年薪在25000美元左右；6. 日常活动除了料理家务外，还负责驾车送孩子上学，参加社区的俱乐部和慈善事业活动；7. 关注孩子的健康成长，既给他们做可口的饭吃，又关心他们的学校生活；8. 为了陪丈夫参加社交活动，正打算学法语，以便在社交场合为丈夫争光。”本文此段的观点和脚注的例证引述自王恩铭：《20世纪美国妇女研究》，上海：上海外语教育出版社，2002年，第222—226页，以及 William H. Chafe, *The Paradox of Change*: *American Women in the 20th Century* (New York: Oxford UP, 1991)176 - 177.

境,在小说《钟形罩》中通过一个无花果比喻表达了自己的感受:

> 一枚是丈夫、孩子、幸福的家,另一枚是名诗人,又一枚是才学出众的教授,一枚是埃·格,了不起的大编辑,再一枚是欧洲、非洲、南美,另一枚是康斯坦丁、苏格拉底、阿提拉及一堆姓名古怪、从事非凡职业的情人们,再一枚是奥林匹克女队冠军……我哪个都想要,但是选择一枚就意味着失去其余所有的果子。①

社会留给女性的选择少之又少,家庭的羁绊严重束缚了她们的创造力。普拉斯的无奈可见一斑。

作为女性作家,普拉斯所感受到的焦虑还不止于社会政治生活层面,更深地体现在艺术创作层面。桑德拉·吉尔伯特和苏珊·格巴在研究20世纪女性创作特点时指出,尽管20世纪较之19世纪有了长足进步,消弭了女作家的"创作身份的焦虑",但她们依然没有能够摆脱父权制的影响:"对父亲的欲望在我们这个时代有时表现为愤怒地、怀旧地和充满负罪感地维护父亲之名,有时表现为无意识地篡夺父亲之位,有时则表现为恐惧而又充满负罪感地安抚受损的父亲之威。"②结果是她们拥有了"嗣属情结"(complex of affiliation),情感认同在父亲和母亲的两种角色之间左右摇摆。就文学创作而言,她们面对男性经典文学和女性亚文学两种传统,陷入了选择的彷徨。普拉斯的诗歌虽说被归为"自白派",描绘的都是私人的经历和感情,但无论在主题还是技巧方面都深受欧美文学传统的影响。评论界公认,"普拉斯挪用了美国的中心传统,即英雄的自我面对/对抗崇高理想(这一身份模式),但她聪明地修正了这一传统,将爱默生式的'伟大的、成长的自我'从一位英雄转变成一位女性……并对浪漫主义的膨胀的自我意识加以嘲讽"③。但实际情况是,普拉斯(以及所有的女性作家)在面对经典时,远没有达到能够潇洒自如地"嘲讽"的境界,更多的是面对其影响的局促、犹豫和焦虑。普拉斯在谈起自己的创作时回忆道:"我记得有人批评我一首诗开头倒是像邓约翰,却没能像邓约翰那样结束,我大感惊愕,那时刻我第一次感到英语文学的全副重量压在我的身上。"④而对于女性艺术,普拉斯也没有完全接受。在《扰人心烦的缪斯》中,她借一位年幼女子之口表达了对喋喋不休的母训和舞蹈等女性艺术的拒绝:"妈妈,妈妈,但我不皱眉头,/我将永远辜负这神秘的伴侣。"这种对男性和女性两种艺术传统既认同又排斥的矛盾心态贯穿了

---

① 西尔维娅·普拉斯:《钟形罩》,杨靖译,南京:译林出版社,2007年,第60页。

② Sandra M. Gilbert, and Susan Gubar, *No Man's Land: The Place of the Woman Writer in the Twentieth Century* (New Haven: Yale UP, 1988)171.

③ *The Norton Anthology of American Literature*, 3rd ed., 2598.

④ 《西尔维娅·普拉斯访谈》,《诗歌月刊》2006年第1期,第49页。

她创作的始终，构成了她所有作品的深层结构。她的名作《爸爸》从艺术层面上解读，可以看成是嗣属焦虑的综合体现。诗中的爸爸是个纳粹，母亲却具有部分的犹太血统。对叙述者女孩来说，她"继承了这两种相互消解的传统，不得不在摆脱它们的影响之前再象征性地经历一次"①。

总而言之，诗性自我在社会政治中注定受到永远的放逐。其"焦虑和愤怒的尖叫"②无论多么惊世骇俗，也只会湮没在政治权力的运作之中。因而，抑郁、疯癫甚至死亡就成了诗人的必然结局和归宿。这些主题在普拉斯的创作，尤其是她唯一的小说《钟形罩》中有着明显体现。

《钟形罩》所述内容与她的个人经历具有惊人的一致性，一般被评论界划归为自传体小说。在初次发表时，普拉斯担心作品会给身边的亲人造成伤害，采用"维多利亚·卢卡斯"的假名出版。小说采用第一人称讲述了大学女高材生埃丝特·格林伍德的一段生活与心灵历程。全书共二十章，可分三个部分。第一部分叙述埃斯特在纽约的经历。她因为在征文比赛中获奖而被杂志《淑女时代》聘为见习编辑，得以在纽约工作一个月，有机会见识大都市中女性生活的形形色色。她试图融入这个世界，但在内心深处终究不能接受女性沦为玩物的生活。第二部分描绘埃斯特的精神崩溃。这是全书结构上的中心部分，也是内容主旨上的中心叙事。见习结束后，埃斯特与纽约生活彻底告别，回到了波士顿郊区的家里。宁静的小镇生活不仅没能够给她带来心理上的慰藉，却更加强化了她内心的压抑。她渴望成为诗人和女性研究者，渴望实现自己各式各样的理想。但在小镇上，妇女唯一的空间所属是家庭。嫁人生子，囿限在所谓妇女的领域，成为一位"幸福主妇"的生活图景让埃斯特感到窒息。她的精神崩溃，试图自杀未果。最后一部分描述埃斯特的康复。从"疯狂状态"恢复到"正常状态"后，她准备出院，打算回到大学继续学业，像"翻新的旧轮胎"一样开始新的旅程。③

这部小说的语言和思想酷似塞林格的文风，可以说是《麦田守望者》的女性版。"钟形罩"的意象来源于埃丝特在医学院见到的浸泡在玻璃器皿中的死胎，被她用作对整个社会的隐喻，形象地表达了女性及女性想象力在男权社会中的处境。整部小说聚焦于埃斯特的感受，表达了她的"脆弱、焦虑、困惑以及内在稳定性缺失的痛苦"。④ 而引起这一切创伤体验的根源在于社会的性别政治。

---

① Lynda K. Bundtzen, "Plath and Psychoanalysis: Uncertain Truths," *The Cambridge Companion to Sylvia Plath*, ed. Jo Gill (New York: Cambridge UP, 2006)38.

② 刘剑梅：《塞克斯顿：与诗神和死神共舞》，《读书》2007年第2期，第149页。

③ 西尔维娅·普拉斯：《钟形罩》，杨靖译，南京：译林出版社，2007年，第200页。

④ Frederick Buell, "Sylvia Plath's Traditionalism," *Boundary* 25.1 (1976): 196.

社会性别政治作为一种意识形态，具有公共性、强制性和内律性等特点。它的运作方式包括宣传、期待、监督、惩罚诸环节。结果是，它的受众内化了有关性别行为的律令，并自觉地将之付与实践。对女性来说，她们会感受到来自社会的话语宣传和周围他人的监督力量，转而成为性别政治坚定的维护者。在《钟形罩》里，教育系统充当着主要的宣传机器。女孩子的教育课程是烹饪、速记、跳舞等等，以便为以后进入“女性的领域”做好准备。在大学，女孩子一方面被要求勤奋刻苦，获得高分，另外又不要太过聪明，吓跑潜在的追求者。[①] 甚至女性身体都在教育系统的控制范围之内：女孩子体育打分的流程是“脱光衣服，放在体育馆，根据身板挺直的程度打分”。[②] 这样的教育系统体现了社会对女性的期望和行为的召唤。在文中，社会期望和监督的一个中心隐喻是目光。叙事者埃斯特时刻感受到他人的“目光”。他人的注视像是“一根魔线”，牵引着她行动。文中的老妇女奥肯登夫人总是偷窥监视埃斯特在家中的不雅行为，并要求埃斯特的妈妈调教她。

性别政治对女性的不同阶段——孩童，青春期，女人——都有不同的期望值。在孩童时期，女性必须坚守自己的处女身份。在小说中，“处女情结”处处皆是，尤其是女性自身非常看重，威拉德夫人是典型代表。各种媒体，如《读者文摘》和电影，都在尽力宣传贞洁的重要性。而到了青春期，女性必须竭尽全能去博得男性的青睐。埃斯特供职的杂志《淑女时代》教女孩子如何打扮，增加自身的女人味。结婚后，女性应该发挥持家和生育的功能，成为渡渡·康威那样的家庭妇女。性别政治的运转使女性自觉地按照规定的标准行事，并从中获得存在的意义、价值和愉悦。少女埃斯特因为巴迪邀请她参加舞会而激动万分，因为有了约会对象而“想让人人知道这个消息”。[③] 尽管生育非常痛苦，“产床就像刑台”，但产妇一回家马上就会生第二个孩子。因为对她们来说，性别政治已经成了宗教，使她们感到“庄严、神圣”和“幸福”。

性别政治严重限制了女性的行为，将她们幽闭在“充满焦虑、令人不安的世界”中。[④] 萌生了反叛意识的埃斯特对此有着异乎寻常的感受，用了一系列的黑暗空间意象来表述她眼中的社会：囚车、笼子，黑口袋，监狱，坟墓、墓穴等等。埃斯特力图从中突围，获得独立自由的精神。综合看来，她的反叛与女性三个角色的行为规范一一呼应。

---

① William H. Chafe, *The Paradox of Change: American Women in the 20 th Century* (New York: Oxford UP, 1991)184.

② 西尔维娅·普拉斯：《钟形罩》，杨靖译，南京：译林出版社，2007年，第54—55页。

③ 同上书，第48—49页。

④ 同上书，第181页。

首先是对女性魅力的反叛。《淑女时代》是专门研究女性魅力的时尚杂志，为埃斯特她们添置了许多女人味十足的衣服。离开纽约时，埃斯特把所有衣服扔向了夜风，“像是在举行葬礼”，通过一个仪式化的行为表达了对性别话语的抛弃。[①] 日后她三周不洗衣服和头发的行为更是将这一反叛推进了一步，彻底摧毁了“淑女”形象。

其次是对贞操的反叛。向来受到珍视的贞操被埃斯特以一种喜剧化的形式轻易地扔掉了。自从她洞悉性别政治对男女行为要求的不一致后，“贞操一直像磨石一般沉沉地压在我得脖子上。长久以来，贞操对我都是那么重要，我总是下意识地、不惜一切地维护它……现在我腻味了”。她选了一位很丑的数学教授，轻描淡写地失去了贞操。然而，表面的不经意实则意义重大：这一行为是“一个重生的仪式”。这个重生仪式确实是埃斯特用“血”的代价换来的。她处女膜破裂后大出血，随之流淌的是“很多的文学记忆，新娘的故事，新娘伪装的故事，维多利亚难产妇的故事”[②]。可见，抛弃贞操不仅仅是埃斯特的个人决定，而是女性的集体记忆，是对女性经历的致敬和继承。

最后是对主妇和母亲角色的反叛。埃斯特对男性拥有移动性而女性只能当“房屋里的天使”这一现象十分不满，拒绝接受“幸福主妇”的生活模式。她渴望自由和冒险：

> 我永远不想结婚。我最腻味的事就是永恒的安全感，或者当个射箭的出发点。我想要变化，想要兴奋，想我自己射出箭去，就像七月四日独立日的火箭射出的五彩缤纷的礼花。[③]

这显然是对独立生活的礼赞和对女性主体性的张扬。埃斯特向往的领域是广阔的社会空间，家庭或者育婴室等传统的女性领域只会扼杀她的个体存在意识：“要是我得没日没夜地伺候婴儿，我会发疯的。”[④]对母性的拒绝是埃斯特反叛的最高形式，因为这在客观上造成了谱系的断裂和传统的终止，从根本上切断了性别政治自我复制和延续的可能。

对性别政治的反叛意味着对其话语系统的拒绝。在《钟形罩》中，埃斯特无法正常握笔书写这一行为象征明显地体现了这一点。整部小说没有通过理性的思辨来正面呈现女性主义事业的必要性——这恰恰是对男性话语模式的遵循——而是通过女性的疯癫和死亡这两个否定性的主题进行了表达。就此而

---

① 西尔维娅·普拉斯：《钟形罩》，杨靖译，南京：译林出版社，2007年，第88页。

② 同上书，第186—187页。

③ 同上书，第65页。

④ 同上书，第181页。

言，普拉斯的小说继承了女性文学传统的经典主题。

无论是从《钟形罩》的结构还是内容来看，埃斯特的精神崩溃都是整个叙事的中心部分。或者说，整个叙事本身就是疯癫叙事，刻画了20世纪的“阁楼上的疯女人”，呼应了以19世纪女性小说家夏洛特·吉尔曼的《黄墙纸》为代表的整个女性疯癫文学。吉尔曼和普拉斯的叙事者拒绝接受父权文化对她们女性身份的定义，为了抵抗父权思维与话语的压制，她们将疯癫用作一种颠覆性的文学策略，在性别政治话语系统的罅隙中创造了表述了女性体验的独特叙事。[①]尽管埃斯特最后“康复”了，但这不过是表面现象：“在这欺人的洁净与平坦下面，昔日的地貌依旧……或许，遗忘就像一层皑皑白雪，能麻木这些记忆，将其覆盖。然而它们却是我的一部分。是我的地貌。”(193—194)在性别政治话语决定思维模式的社会，女性追求自我实现的行为必然会与“正常”思维相抵牾，疯癫体验就必然是构成她们存在的主要内容。

对于疯癫者来说，她们如果没有恢复“正常”，下场必定是被从社会的文化地貌上抹去：要么是死去，要么是被禁锢在某个阴暗的他者空间，亦即象征性的死亡或者事实上的死亡。在《钟形罩》中，这也是女性不服从性别政治控制的结局。埃斯特很早就有了象征性死亡的体验。在看到一个死去女孩的照片后，她把自己的照片跟死者的照片一起比较后发现“真像，嘴啊，鼻子啊，一模一样”[②]。与死者的镜像式认同表明了埃斯特受到扼杀的自我意识。而被扼杀感强化到一定程度则导致真正的死亡。埃斯特试图自杀未果，结果被送进了精神病院；而琼看了埃斯特失去贞操后的大出血后自杀身亡。自杀在小说中不是消极的逃避，而具有颂扬反叛的政治性和美学性。如埃斯特所言：“我想切断的东西似乎并不在那皮肤里……而是在其他什么地方，埋得更深、更秘密的什么地方，实在是难以企及。”死亡是结束与毁灭，但女性自杀的目标不在于毁灭自己的身体，而是结束性别政治的控制，获取精神的自由。对自杀的唯美描写也说明了这一政治及美学姿态。埃斯特躺在浴盆里割开自己的手腕后，“瞧着从我手腕里开出的鲜红的花朵，一朵又一朵，绽放在清澈的水中，直到我没入水中，沉沉睡去，水面荡漾着绚丽夺目的罂粟般的花朵”[③]。悖论式的描写说明了死亡对于女性主体的积极意义，这也是为何埃斯特自杀时以及参加琼的葬礼时都在念叨着同一句话：“我存在我存在我存在。”

---

① 朱晓映：《伍尔芙和普拉斯：阁楼上的疯女人》，《学海》2006年第5期，第178页；刘风山：《疯癫，反抗的疯癫：解码吉尔曼和普拉斯的疯癫叙事者形象》，《外国文学评论》2007年第4期，第92页；刘风山：《钟形罩下的疯癫：解读西尔维娅·普拉斯疯女人的故事》，《解放军外国语学院学报》2008年第3期，第92页。

② 西尔维娅·普拉斯：《钟形罩》，杨靖译，南京：译林出版社，2007年，第118页。

③ 同上书，第119页。

值得特别指出的是,《钟形罩》中的女权主义思想虽然明显,却远非激进。这应该比较准确地体现了普拉斯本人的立场。在内心深处,她还是渴望家庭的温暖和异性的温存,对独立至上、甚至甩开男性去建立女性乌托邦的思想敬而远之。在小说中,埃斯特嘲讽了这样的女性知识分子:一个著名的女诗人和她住在一起的女人——一个矮墩墩的、上了年纪的、剪荷兰式短发的古典文学学者。这两个"古怪的老女人"对每位想结婚生子的学生叫嚷:"那你的事业呢?"还要求其他女子学她们的样子。因此,埃斯特叙事所极力表达的中心不是简单的性别压迫,而是"嗣属的焦虑"。埃斯特非常喜欢乔伊斯的《芬尼根觉醒》等男性经典名著;在自杀前她特意去寻找父亲的墓。这些事实说明,身为女性的埃斯特在面对父亲和母亲两种不同传统时所怀有的矛盾态度。比较理想的女性形象是诺兰大夫。她既进入了男性的领域,又具有女性的温柔,最终成为埃斯特所认同的对象。这一形象或许是普拉斯为所有20世纪女性作家树立的典范。

《钟形罩》发表仅仅数周后,普拉斯就自杀身亡。不久贝蒂·弗里丹以《女性的奥秘》一书拉开了美国第二次女权运动的序幕。这在美国女性文化史上属于标杆性事件,是女性对性别政治压迫的行动爆发。作为先驱者的普拉斯很好地总结了女性的感受:"对于困在钟形罩里的那个人,那个大脑空白、生长停止的人,这世界本身无疑是一场噩梦。"①

普拉斯的主要作品:

小说:

The Bell Jar, 1963.

其他作品:

The Colossus, 1960.

Ariel, 1965.

Crossing the Water, 1971.

Winter Tree, 1971.

Letters Home, 1975.

Johnny Panic and the Bible of Dreams, 1977.

Collected Poems, 1981.

---

① 西尔维娅·普拉斯:《钟形罩》,杨靖译,南京:译林出版社,2007年,第194页。

第四章　70年代之后的女性小说
Women's Fiction Since 1970s

第二次世界大战又一次为妇女打开了劳动市场的大门。在二次大战之间及战后的年月里，上百万的女性加入了劳动大军，但是妇女领域的扩展既不受社会欢迎，也没有为她们带来平等的地位。而且即便女性对没完没了地刷盘洗碗、接送孩子、熨烫衣服的日常生活心存不满，她们缺乏获得认可的途径以抒发她们的诉求。然而，在短短几年之后，如火如荼的女权运动与越南战争、学生抗议活动、物价膨胀一起成为报刊的头条新闻。女权主义活动家在女性获得参政权50周年纪念活动时举行了全国性罢工，广泛宣传"性别政治"的压迫。在一个本来就动荡不安的社会时期，又一场女权主义浪潮所波及的范围极其广泛，不仅女性参与了争取性别平等的斗争，甚至很少有人宣称没有受到它的影响。① 当然，任何抗议运动都不是在真空之中进行，如果不是民权运动所起到的催化剂作用，女权运动不会在60年代发展得如此如火如荼。民权运动没有导致女权主义运动，但是它帮助造就了一种有利的政治局势。② 非裔美国人要求结束种族歧视的斗争使得女性对自己受到的压迫有了更加深刻的认识。女性在民权运动中发挥了重要作用，而民权运动又进一步促进了妇女争取平等权利的斗争。

与女权运动第一次浪潮时要求平等政治权利的斗争目标不同，女权主义运动第二次浪潮的关注点在于公共领域对女性的排斥以及职场上的性别歧视，主要成果之一是对现存妇女状况彻底、公开的揭示。西蒙·德·波伏娃(Simone de Beauvoir)的《第二性》(*The Second Sex*，1949)和贝蒂·弗里丹的《女性奥秘》(*The Feminine Mystique*，1963)为妇女增强自我意识和群体意识、认识性别歧视的根源及后果起到了关键作用。弗里丹认为，美国女性已经被一套把女性幸福定义为妇女全身心扮演妻子和母亲角色的观念俘虏了。广告使女性相信她们可以通过使用最先进的吸尘器或其他小家电而取得自我实现。女性杂志使家庭生活浪漫化，展现了一个在卧室、厨房、性爱、子女和家庭的世界中怡然自

---

① William H. Chafe, *The Paradox of Change: American Women in the 20th Century* (New York: Oxford UP, 1991) 195.

② Ibid., 197-198.

得的女性形象。女性受到的高等教育只能使她们成为更加称职的妻子和母亲。时为编辑的弗里丹通过采访，意识到许多女性对目前的生活并不满意，她们被这个“不可言状的问题”所困扰，以至于认为是自己出了问题。弗里丹指出，问题的根源来自社会要把妇女变成贤妻良母的虚假论证，女性的视野从孩童期就被局限在这样一种假设，即女性生活中的最高使命就是成为丈夫和子女的仆人。家庭因而成为一个“舒适的集中营”。[①]《女性奥秘》出版后很快售出一百多万册，成为轰动一时的畅销书。弗里丹的作品反映了当时怀有自我抱负的中产阶级白人女性的一种普遍情绪。即使读者并不完全同意其中的观点，她们也会以书中提出的问题重新审视自己的生活。对于弗里丹和像她一样的其他人来说，当代女性的问题只有在女性摒弃传统文化模式之后才能解决。只有家庭之外的独立生活，才能使女性成为家庭其他成员的平等伴侣。

不夸张地说，女权运动是20世纪最后30年里美国最具活力、范围最为广泛的社会运动之一，这一时期也见证了在文学研究、政治理论、哲学和历史领域的女权理论的诞生，以及妇女研究机构的体制化。美国第一家妇女研究中心于1970年成立于圣迭戈州立学院。这些妇女研究中心多采用跨院系、跨学科的组织机构方式，极大地推动了美国妇女研究，并产出了丰硕成果。有关妇女问题的学术刊物，例如《标志》(*Signs*)、《女权主义研究》(*Feminist Studies*)和《国际妇女研究杂志》(*International Journal of Women's Studies*)，也于70年代出现。一些新的出版社，如美国的女权主义出版社和英国的悍妇出版社，都致力于推广妇女作品以及女性思想意识。由于印刷和媒体的传播作用，美国女权运动在社会上引起强烈反响，进而推动了妇女运动的蓬勃发展。在女权主义理论的建构过程中，女权运动内部于70年代开始出现不同声音，首先是有色人种女权主义者对白人女权运动主流的批评。有色人种女权作家抗议她们在白人女权话语中的他者化，指出女权问题的双重意识阻碍有色人种女性实现主体性，呼吁建构一种可以描绘有色女性经历的女权声音。同性恋女权主义者也把矛头指向中产阶级白人女权主义者，批评她们未能对抗作为父权结构主义之关键的“强迫性异性恋”政治。80年代法国女权理论的影响使得美国女权运动进一步呈现多元态势，被称为文化女权主义或是后殖民主义女权主义的学派在后殖民主义话语中占据一席之地。在世纪末所谓的“后女权主义”大辩论以各种形式在美国出现，象征着美国女权主义理论已经进入一个新的发展时期，女权主义者更加专注女权运动内部的差异和多元性。

20世纪70年代以来妇女作品的大量涌现不仅是一场文学革命，也是一场

① William H. Chafe, *The Paradox of Change: American Women in the 20th Century* (New York: Oxford UP, 1991)195.

政治革命。[①] 这些作品的出现象征着美国当代妇女生存意义的根本改变。历史上最最无声的群体莫过于女性群体,妇女独特的意识与经历长期以来一直是文学写作的禁区。而正是60年代蓬勃发展的美国女权运动打破了这一禁区。妇女作品因其自身的存在以及对读者的影响改变了妇女在此之前一直被忽视、被压制、被排除在外的社会现实。妇女通过创作和发表作品在文学与文化中重新定义了自己的地位。美国妇女从此从无声走向有声,从倾诉个人感受转向社会批判,从文化边缘移向中心。在探索女性文化经历多侧面的同时,美国妇女不仅在文学上、也在政治上把自己写进了历史。[②]

美国女权运动第二次高潮对70年代以来妇女文学的发展具有不可估量的重要意义。这场运动不仅打破了社会上长期以来以文学形式描述女性经历的种种界限,也鼓励了妇女探索表现女性经历的新形式。宣扬"伟大的作品反映了不朽的普适真理"的传统文学批评因为无视性别而受到女权主义者的抨击。女权批评家指出这种批评方法因为拒绝承认伟大的作品常常宣扬男权价值观和利益而使得男性偏见机构化。凯特·米利特(Kate Millet)发表的《性政治》(*Sexual Politics*, 1970)一书为美国女权主义文学批评奠定了基础。米利特从理论上考察了两性社会关系,以文学文本作为性政治分析的依据,披露了男性文本中的性别歧视,从而得出了性别关系问题即政治问题的结论。米勒指出,女权文学批评的目的就在于弘扬女性在艺术和生活中的正面形象,并提高女性对于性别压迫的认识。[③] 之后发表的伊莱恩·肖沃尔特(Elaine Showalter)的《她们自己的文学》(*A Literature of Their Own*, 1977)与桑德拉·吉尔波特(Sandra M. Gilbert)和苏珊·格巴(Susan Gubar)合著的《阁楼上的疯女人》(*The Madwoman in the Attic*, 1979)成为美国妇女文学批评实践的奠基作品。法国女权主义者海伦娜·西苏(Helene Cixous)、朱丽亚·克里斯蒂娃(Julia Kristeva)和露西·依利加芮(Luce Irigaray)的作品,也为美国文学批评的发展起到了重要促进作用。正是出于这些作品所激发的女权意识,女权主义者开始挖掘和定义女性文学传统,并力图定义女性生活和女性创作的本质。愈来愈多的女性作家出现在当代文坛上,一大批优秀作品与读者见面。妇女在20世纪最后30年中享有前所未有的权利的同时,女权主义者为恢复女性作家地位所付出的努力也取得十分可喜的成果。她们挖掘出大批被遗忘的19世纪女性文本,包括哈里特·雅各布斯(Harriet Jacobs)的《一个奴隶女孩的生活事件》(*Incidents in the Life of a Slave Girl*)和丽贝卡·哈丁·戴维斯的《铁厂生活》。

---

①② Wendy Steiner, "Women's Fiction: The Rewriting of History," *The Cambridge History of American Literature*, ed. Sacvan Bercovitch, vol.7 (Cambridge: Cambridge UP, 1999)499.

③ See Deborah L. Madsen, *Feminist Theory and Literary Practice* (London: Pluto Press, 2000).

还有大批长期以来受到压制和排斥的作品，如《汤姆叔叔的小屋》和《觉醒》，如今得以重见天日、得到高度评价。在这一方面，女作家艾丽斯·沃克和蒂莉·奥尔森功不可没。1985年《诺顿妇女文学选集》的出版具有里程碑意义，它从形式上建立了妇女经典文学书目，并使这些作品成为教科书而得以广泛传播。80年代后，书店、图书馆以及高等院校的文学课堂里女性作家的作品随处可见，文学杂志里女权文学批评也堂堂正正地占了一席之地。在女权主义运动的推动下，在市场大量需求的情况下，美国女性文学进入了一个文艺复兴时期。

美国妇女的文学生涯并无单一模式。她们来自不同的阶级、种族、宗教背景，既有把文学创作视为政治武器的激进女权活动家，也有人主要以性别定义自己，试图在语言、形象、结构与主题上表现两性差异，还有人对政治漠然无视、甚至摒弃文学中的女性声音，有意与女性前辈的创作保持距离。① 犹太人出身的作家辛西娅·奥齐克(Cynthia Ozick)则有意识地与"女性作家"这种称呼拉开距离。奥齐克的文学生涯发展与女权运动的第二次浪潮相吻合，她拥护妇女解放的主张，但又不赞成"女性作家"这种分离主义的分类。奥齐克以犹太人本质和历史为主题的作品聚焦于美国犹太人的生存困境，写作结构错综复杂而技巧精湛，深得评论界的赞赏。她自豪地接受"犹太作家"这一称呼，是美国犹太作家群体中享有盛誉的少数女作家之一。当代多产且颇负盛名的白人作家乔伊斯·卡罗尔·欧茨 (Joyce Carol Oates)反对男女想象力因性别而有差异的传统观念，对"女作家"这一称呼尤其反感。她曾说过："一个写作的女人根据自己的定义是作家；但是根据别人的定义她还是一个女人……只有(女)作家因为自己的基本身份而痛苦。"②欧茨对女作家这一称号的顾虑说明她清楚地认识到女性作家在文学史上的边缘地位，这种包含着某种假设的分类始终影响着别人对她作品的公正评价。诚然，欧茨认为理想的作家头脑是超越了社会性别定义的束缚的，但她在作品中塑造的一系列年龄、阶层、性格等各异的女性形象表现出她对当代妇女问题的深刻洞察。她在60年代末和70年代初的小说和故事中常常描绘女主人公试图冲破重重束缚、建立独立自我的努力。而在80年代发表的众多作品中，欧茨没有仿照其他不少作家那样仅仅把女性放在她们与男人的性别关系中去刻画，而把她们置身于与自己的工作、抱负或社会历史的关系之中。发表于1986年的《玛雅的一生》(*Marya: A Life*)追溯了女主人公对个人身份的探索，以及她从隐形变为可见状态的征途。隐形地位不再是女人的命

---

① Elaine Showalter, "Introduction," *Modern American Women Writers* (New York: Scribner's, 1991) vii.

② Quoted in "Joyce Carol Oates," *Modern American Women Writers* (New York: Scribner's, 1991) 355.

运，而成为女人必须克服的障碍。小说结尾不是通常可见的婚姻，而代之于女主人公通过观看母亲照片而确立自己的身份。欧茨迄今已经发表了70多卷的小说、故事、剧作、诗歌和文章，成为当代文坛的一枝奇葩。

女性作家在创作内容、视角，以及对于经历、人生价值、情感的见解上有独到之处，近年来许多女作家塑造了令人信服的女性角色和叙事人。[①] 琼恩·狄迪安（Joan Didion）和格蕾斯·佩利（Grace Paley）不同时期的作品反映出她们艺术上的日臻成熟，也表现出她们对于女性经历更加深刻的认识。狄迪安的小说《随波逐流》（*Play It As It Lays*，1970）描述了女主人公玛丽亚在传统习俗束缚下的生活。玛丽亚的家庭生活毫无幸福可言，她试图以工作阻止精神的沉沦，但由于自身心态上的弱点和局限，非但没有改变自己的处境，还被动地接受了现状，继续生活在传统观念的无形大网之中。后来发表的《民主》（*Democracy*，1984）则描绘了一个找到生活目的的坚强女性形象。女主人公伊内兹冲破不幸婚姻的束缚，与一个懂得尊重自己感情的男人离家而去。在情人因病去世后，她又返回吉隆坡的难民营继续自己为实现理想的工作。佩利在《最后一分钟的巨变》（*Enormous Changes at the Last Minute*，1974）和《同一天的晚些时候》（*Later the Same Day*，1985）中，追溯了人物从对于个人生活困境的专注转移到对他人存在的认识。人物对自己的生活、自我与他人的关系以及家庭之外的世界有了更多的反思。尽管她们的活动范围超出了厨房和商店的传统轨迹，但仍然围绕着或延伸着她们作为母亲的角色内容。在前一部作品中佩利表达了女性之间的认同感是使得更加广阔范围的集体行动得以实现的政治立场，而在后一部作品中她指出这种妇女之间的联结将建构一种可以长期维持的关系，而这种关系从本质上迥异于男女之间的关系。通过走出家门参与更大范围的活动，这些女性角色终于认识到自己生活经历的价值观和重要意义。南方作家安妮·泰勒（Anne Tyler）选择了美国家庭作为写作的地域范围，她对美国社会的评论都表现在她对家庭环境的刻画之中。她的畅销小说《思乡餐馆的晚餐》（*Dinner at the Homesick Restaurant*，1982）描写了一位弃妇在社会和心理双重压力下的生活。帕尔在艰难的环境下挣扎着独自把孩子养大成人，但无依无靠的感觉和长期以来压抑着的愤怒使她心力交瘁、脾气乖戾，常常不自觉地把怨气撒在子女身上。泰勒从客观再现转向心理描写，使小说具有更多的心理深度。通过描写帕尔家庭成员之间相互的陌生感与情感沟通的困难，泰勒揭示了当今社会女性的恶劣生存环境以及这种环境所表现出的政治问题。鲍

① Catherine Rainwater, and William J. Scheick, "Introduction," *Contemporary American Women Writers: Narrative Strategies*, eds. Catherine Rainwater and William J. Scheick (Lexington: UP of Kentucky, 1985) 3-4.

比·安·梅森（Bobbie Ann Mason）出生于肯塔基州的农场，这种经历成为她作品的背景。她笔下的美国是由大购物中心、连锁商店、电视和高速公路构成的。早期那个农业美国和传统的价值观已经不再，失去过去、孤独地生活在现在的人们，对于生活已无过高要求，只靠着一份糊口的活计在后现代社会的娱乐中寻求一点点慰藉。梅森的创作风格充分显示了这种社会简约主义，呈现了被严重缩水的生活肖像。正因为如此，人们常常将梅森与男作家雷蒙德·卡弗（Raymond Carver）相比较，因为卡弗也是以简约主义风格进行创作的作家。格罗丽亚·内勒（Gloria Naylor）的处女作《布鲁斯特街的女人们》（*The Women of Brewster Place*, 1982）是一部由六个故事组成的小说，每个故事各有自己的主人公。这些女人都居住在一条一头被堵死了的布鲁斯特街上。这条街象征着这些女人令人窒息的封闭生活环境，而她们之间的关心和支持使得她们能够在饱受歧视的逆境下生存下来。这些关于生活在一个特定群体中的女人们的不同故事，成为黑人女性整体经历的缩影，也成为女性的整体定义。

女权运动发展初期的女性作品主要通过传统的结构来表现女权主义者的视角。[①] 而这一时期的作品以更加公开的形式和富有同情心的语言描述了两性关系的不平等、婚姻家庭的羁绊、传统观念的束缚，以及包括性欲在内的妇女经历和感受。埃丽卡·琼（Erica Jong）的《飞行的恐惧》（*Fear of Flying*, 1973）公开以放纵的方式表现女性性快感，成为70年代前期倡导女性解放的经典作品，在当时颇有影响。玛雅·安杰卢（Maya Angelou）是位多产的作家，创作范围广泛，包括剧本、电影脚本、电视记录片、诗歌和自传等。而她本人在高校中担任过教职，也曾在舞台和电视中担任角色，还是一位出色的讲演人。她最著名的作品是她的几部自传，第一部《我知道笼中鸟为何歌唱》（*I Know Why the Caged Bird Sings*）是战后美国自传作品的杰作。作家聚焦于她情感和私人生活的内部空间，从一个女孩子的角度回顾了自己的童年时代。该作品被评论家视为作者"对于一个黑人女孩如何在压抑制度下成长起来而又不被摧毁的问题的回答"。[②] 在此之后，安杰卢又写过5部自传，最后一部回忆录《什么都换不来我目前的征程》（*Wouldn't Take Nothing for My Journey Now*）发表于1993年。她在自传中一直继续这种模式，即叙事人在生活的困境中不断加强自我意识，学会保护自己和别人。安琪洛由此成为在"男性偏见、白人仇恨与丧失权力的三方面交叉火力中"生存的美国黑人、特别是黑人妇女的意识特征。[③] 她

① Larry McCaffery, "The Fiction of the Present," *Columbia Literary History of the United States*, ed. Emory Elliott (New York: Columbia UP, 1987) 1170.

② Quoted in "Maya Angelou," *Modern American Women Writers* (New York: Scribner's, 1991) 2.

③ Ibid., 6.

的自传使她跻身于美国杰出自传作家的行列。这位唱着自我之歌的女性不仅因其作品受到人们的爱戴，还因为她在生活中所取得的斐然成就成为妇女理想实现的象征。特里·麦卡米伦(Terry McMillan)在小说《等待呼气》(*Waiting to Exhale*, 1992)中塑造了四位性格与经历迥异的黑人职业妇女在 90 年代的生活经历，刻画了中产阶级黑人女性的生存状况以及女性之间的姐妹情谊。托妮·莫里森(Toni Morrison)的小说《秀拉》(*Sula*, 1973)中的女主人公秀拉更是以自己极具反叛性的行为挑战了内化了白人价值观的黑人社区行为模式，塑造了一个不同凡响的独立自我。短篇小说更是近来女性作家的创作沃土。80 年代和 90 年代的《欧·亨利故事集》和《最佳美国短篇小说》中聚集了大批女性作家——包括乔伊斯·卡罗尔·欧茨、鲍比·安·梅森、布拉锑·穆克吉(Bharati Mukherjee)和安·贝迪(Ann Beattie)——创作的故事。

随着女权运动的不断深入，许多女性作家意识到贯穿小说创作的基本假设和标准实际上是以男性身份为基本内容的，因而不足以表达女性生活的特点。因此，自 70 年代中期以来，女性文学着重于女性自我的建构与解构，并且具有令人激动的实验性特征。这些试验既包括把旧有的文体赋予新的政治内容的革新，也有对后现代超现实的、玄小说文体的大胆使用，还有以通俗文体、哥特体和侦探文体进行的创作。历史与想象结合、事实与虚构交融、诗歌与小说穿插、自传与小说重叠，历史与传说偕行，等等——女性创作表现出的这种逾越规范的旺盛活力成为当代女性文学创作的突出特点。安妮·泰勒在自己的家庭小说中虽然使用了传统的叙事模式，却在其中颠覆了读者对这类小说的通常期望。辛西娅·奥齐克在创作中使用了许多后现代反小说的游戏式手段，但一反这种形式所反映的虚无主义，深刻地再现了社会现实。玛丽·戈登(Mary Gordon)在小说《另外一边》(*The Other Side*, 1989)中对叙事角度进行了大胆的尝试。小说描写了一家几代人从爱尔兰移居到美国之后对新环境的不同适应方式。叙事在几代人之间穿插移动，伴有时序颠倒、时空交错等手法，并且不时加有对人物的心理叙述。安·贝迪在作品中擅于以简单的细节呈现失去的情感联系的场景。她对于视觉细节惊人的观察力使其简约的措词包含了丰富的情感内容，极有表现力。托妮·莫里森的《所罗门之歌》(*Song of Solomon*, 1977)中幻想与现实交织、传说与神话相融，具有震撼人心的艺术感染力。她的另外一部力作《宠儿》(*Beloved*, 1987)以奴隶制时期为背景，记叙了这种摧残人性的制度为人们带来的刻骨铭心的记忆。小说中曾经被奴隶母亲亲手杀死的孩子的鬼魂返回人间，骚扰剥夺了她生命的母亲，使得一个几乎被忘却的世界又展现在人物角色的面前。这部小说成为女权主义观点与后现代审美情趣的出色结合。[1] 艾丽斯·沃克在《紫色》(*The Color Purple*,1982)中赋予传统的书信文体以深刻的政治内容,刻画了一个受尽屈辱和压迫的黑人女性的成长过程,并以此诠释了黑人妇女的文化传统。书信在小说的前面部分成为女主人公西丽亚宣泄绝望情感的途径,而上帝是她这些书信的唯一读者;随着西丽亚自我意识的增强,她的书信的语调起了根本变化,书信也有了真正的读者。在小说的结尾,读者所看到的是一个自立自强的女性。玛丽莲·罗宾逊(Marilynne Robinson)的小说《持家》(*Housekeeping*,1980)把家庭小说提升到了史诗的高度,以一句"我叫露丝"的开场白影射了19世纪经典小说《白鲸》。书中建构了一个复杂的意象体系,以令人赞叹的意象主义艺术对家庭生活的含义和身份意识进行了深刻反思。这一时期,科幻小说成为女作家使用的最有意义的通俗文体。这种小说体的开放式结构与更新环境的能力使它成为检验女权理论和新的女性角色含义的理想领域。厄修拉·勒奎恩(Ursula K. Le Guin)在她的重要作品《黑暗的左手》(*The Left Hand of Darkness*, 1969)中设想了一个雌雄同体的世界。这个非性别化环境中的社会制度反映出一种平衡,避免了二元对立的思维方式。当然,语言和文体本身并不是妇女作家的革新兴趣所在,当代妇女作家在对美学形式的探索中倾注了她们对政治问题的关注。

60年代以来日益增强的少数民族群体文化和政治意识带来了对美国主流文化的重新定义。当代美国文学既是这个过程的催化剂也是受益者。对美国多元文化性质不断加深的认识鼓舞了作家把多种共存的文化形式作为其创作的基础。这种多元文化视角与女性视角是不可分割的,对于自我根源的寻找对于处于双重(三重)边缘文化中的作家尤其迫切。80年代以来,"差异"一词与70年代的"重新审视"有着同样的象征意义。[2] 20世纪后半叶美国文坛上女性文学的最响亮声音来自非裔女作家,她们的文坛上的崛起丰富了女性文学的含义和内容。这个时期的黑人女作家虽然承认男性与女性文学先辈的影响,但也强调一种独立的黑人女性文学传统。"我们刚刚开始建构我们自己的词汇以应对我们生活中的'沉默'",一位黑人女性评论家如是说。[3] 评论家玛丽·海伦·华盛顿对此也有同感,认为"黑人女性正在寻找一种特有的语言、特有的象征和特有的形象来记录她们的生活。尽管她们可以在非裔美国传统和女性作家的女权主义传统中索要她们的合法地位,但显然为了争取解放,黑人女作家会首先

---

① Wendy Steiner, "Women's Fiction: The Rewriting of History," *The Cambridge History of American Literature*, ed. Sacvan Bercovitch, vol. 7 (Cambridge: Cambridge UP, 1999)517.

② Ellen Cronan Rose, "American Feminist Criticism of Contemporary Women's Fiction," *Signs* (1993): 351.

③ Qtd. in Bernard W. Bell, *The Afro-American Novel and Its Tradition* (Amherst: The U of Massachusetts P, 1987)243.

坚持她们自己的名义与她们自己的空间。"[①]随着黑人妇女作家的异军突起，长期处于无言状态的其他族裔女性，如亚裔妇女、南美裔妇女、印第安妇女、甚至不同族裔的女同性恋者，不久也开始抢占文学阵地。多样性成为 80 年代和 90 年代中女性创作的主题。女性作家在探索和描述她们的文化、语言、宗教、政治多样化的同时也在探索她们的性选择、她们对于早期美学传统的态度等等。[②]在这一时期，女性作家对自己独特文化背景的重视与当时一整套学科和方法论的产生有密切的关系，包括非裔美国、亚裔美国、西班牙裔美国和土著美国研究，以及后现代批评和同性恋研究。这种新的跨学科领域研究的发展使得许多女性批评家将关注点转移到女性文化经历的多个层面。至 90 年代，许多高等院校建立了妇女研究专业和院系，开始授予本科和研究生学位。而非洲裔美国研究、亚裔美国研究、南美裔美国研究、美国印第安人研究，以及后殖民地研究和性别(包括同性恋)研究都在这一时期出现在大学校园里。在美国大学里，学生可以在妇女研究课程和其他以族裔研究为基础的课程中读到妇女作品。少数民族妇女文学正在大放异彩。

70 和 80 年代的女性作家在文坛上的日益彰显也与这一时期不同种族和文化背景的作家的出现相关联。虽然女性作家都以英语为写作媒体，但她们使用英语的不同方式和目的从各个侧面揭示了美国多元文化性质，展现了她们身处各种传统的边缘的境遇。托妮·莫里森从父权学术传统边缘中把女性和黑人经历提取出来，反映了黑白两种文化的冲突与错位，尤其是黑人女性面对双重文化价值的困惑。她富有浓郁抒情色彩的作品，从《最蓝的眼睛》(*The Bluest Eye*，1970)、《所罗门之歌》、到普里策获奖作品《宠儿》，都具有惊人的艺术魅力。雪莉·安·威廉姆斯(Shirley Anne Williams)的小说《德萨·罗斯》(*Dessa Rose*，1986)是一部虚拟的奴隶叙事，塑造了充满反抗精神的黑人女奴德萨。德萨因其独立的性格，成为白人眼中的"魔鬼女人"。但也是这个黑人女奴，在生活中与一个同情黑人的白人女性结下了深厚的友谊。自面世以来，这部小说被认为对究竟谁拥有诠释美国历史文本的权威的争论作出了重要贡献。通过赋予一个女奴以话语权并再现蓄奴制下黑人被忽视的种种不同经历，威廉姆斯为西方小说添加了非裔美国人的声音，丰富了美国的多元文学。1993 年的美国桂冠诗人丽塔·多沃(Rita Dove)在作品中回顾了自己作为非洲裔美国人的历史背景，并在描述自己祖父母的故事《汤姆斯和比尤拉》(*Thomas and Beulah*，1986)中

---

① Qtd. in Bernard W. Bell, *The Afro-American Novel and Its Tradition* (Amherst: The U of Massachusetts P, 1987)243.

② Sandra M. Guilbert, and Susan Gubar, eds., "Contemporary Literature," *The Norton Anthology of Literature by Women: The Tradition in English* (New York: Norton, 1985)1616.

反思了南方黑人的历史。有着美国印第安人和白种人混合血统的女作家路易斯·艾德里奇(Louise Erdrich)在《爱药》(*Love Medicine*, 1984)中把试验、传统与女性问题融合在一起。小说中穿插着由处于不同历史时期的人物作为叙事人的短篇故事,心理的交织揭示了把他们联结在一起的记忆和秘密。艾德里奇大胆对叙事模式进行了试验,采用了丰富多变的内视点叙事方式和循环式结构,作品表现了后现代小说的美学特征。非裔同性恋女权作家奥德丽·洛德(Audre Lorde)拒绝对女性生命的任何方面保持沉默,在诗歌和其他作品呼吁挑战传统和改变权力关系,呼唤读者见证压迫、承认差异、设想可能。她的自传《赞比:我名字的新拼法》(*Zami: A New Spelling of My Name*, 1982)成为第一部未经删节的黑人女同性恋者的自传。莱斯利·马蒙·西尔克(Leslie Marmon Silko)继承了美国自传体创作的悠久传统,创作了多种声音的回忆录《说书人》(*Storyteller*, 1981)。这部集诗歌、歌曲、回忆、小说、艺术创作以及形象素描为一体的新型作品超越了个人自传的范畴而构筑了一个独特的世界。西尔克本人身上有着印第安人和墨西哥人的血统,她在写作中坚持把这两种文化的创作形式与西方主流文学形式相结合。布拉锑·穆克吉的大多数小说和短篇故事描绘了出身南亚的美国人的生活,聚焦于文化冲突的暴力和荒诞。牙买加出生的作家米歇尔·克里夫(Michelle Cliff)和安提瓜作家詹梅卡·金凯德(Jamaica Kincaid)也都揭示了她们在写作中面临的矛盾。她们在殖民地教育制度下长大,但又必须摒弃她们这一部分的文化自我,以重新定位自己。金凯德的两部小说《安妮·约翰》(*Anne John*, 1985)和《露西》(*Lucy*, 1990)都以试图摆脱代表了传统价值观念和本土文化的母亲以追求自我发展的年轻女子为主人公,虽然她们都最终离开了自己的故土,但她们对于母亲和本土文化都有着无法彻底割裂的情感。

特别值得一提的是亚裔美国女性作家,她们是美国文学中的一支生力军。自第二代的美国华裔作家起,这些生于美国、长于美国的作家们经常描绘的是这一代的华裔与华人社会的疏离。[①] 与他们那些在中国传统文化中长大的前辈不同,这一代华裔在面临主流文化的歧视和排斥时,向往着主流文化的同化和归属,期盼实现自己的美国梦。这些华裔受着美国主流文化的教育长大,接受美国主流社会的文化价值观,早已成为"外黄内白"的美国人。而在70年代之后发表作品的华裔作家们,受到民权运动引发的民族平等斗争以及女权运动和多元文化的影响,在描绘美国华裔人现实生活时视野更加开阔、内容更加深刻,不再仅仅去塑造模范少数族裔,而力图探讨华裔的文化身份、反映华裔经历的

① 尹晓煌:《美国华裔文学史》,徐颖果主译,天津:南开大学出版社,2006年,第128—132页。

变迁。汤亭亭(Maxine Hong Kingston)以英语表现了种族文化差异与冲突,她的《女勇士》(*The Woman Warrior*, 1976)把神话、小说、自传结合在一起,以创新的叙事模式塑造了华裔美国女性的混杂身份。谭恩美(Amy Tan)和任碧莲(Gish Jen)探索了移民父母、祖父母与他们在美国成长起来的后代之间的关系。

70 年代以来大批妇女作品的面世构成了美国妇女文学的又一次文艺复兴。传统经典文学书目受到了女性文本的挑战,妇女文学为美国文学增添了活力,进一步拓展了美国文学的范围和视野。一百年前,美国文学的巨匠们——霍桑、坡、麦尔韦尔、惠特曼、詹姆斯、菲茨杰拉德、福克纳、海明威等——很少受到女性声音的"干扰",更不用说来自美国少数民族群体的声音的干扰了。今天,美国文学的含义比起 1970 年时已经大大地"女性化"了。[①] 女性修订了美国文学的基本主题和传统,改写了那些关于个人自由、社区、语言和边疆的神话,以女性和多文化的视角向美国群体身份的性质提出了挑战。[②] 美国女性文学已以辉煌的成果证明任何把女性的贡献排除在外的美国文学史都是不完整的。21 世纪必将为女性文学带来更加灿烂的发展前景。

---

① Wendy Steiner, "Women's Fiction: The Rewriting of History," *The Cambridge History of American Literature*, ed. Sacvan Bercovitch, vol. 7 (Cambridge: Cambridge UP, 1999)500.

② Lois Parkinson Zamora, "Induction," *Contemporary American Women Writers: Gender, Class, Ethnicity*, ed. Lois Parkinson Zamora (London: Longman, 1998)8.

16. 辛西娅·奥齐克——挣扎于创作与信仰之间的舞者

Cynthia Ozick: Dancer between Literary Creation and Jewish Faith

1969年，犹太学专家罗伯特·奥尔特指出："在耗尽了艺术创作的可能性后，已有种种特征显示美国犹太文学跌入了一种不自知的自我模仿阶段。"①这一观点迅速得到其他评论家的响应。翻译过许多意弟绪语民间故事的犹太移民史专家欧文·豪更是断言："犹太文学的巅峰已过……美国犹太小说在很大程度上依赖于犹太移民经历，所以它必将面临创作资源枯竭，记忆匮乏的尴尬局面。"②的确，随着美国第二、三代犹太移民逐步融入美国社会，他们与犹太传统的脱离让许多犹太作家与评论家感到担忧。民族性的丧失已不仅仅是个人问题，而是整个美国犹太文学必须面对的难题。此时，一位犹太女作家的出现引起了评论界的关注，其作品如《异教徒拉比》(*The Pagan Rabbi and Other Stories*, 1971)、《流血》(*Bloodshed*, 1976)、《升空》(*Levitation*, 1982)等一直坚持以犹太记忆与族裔身份为创作核心、以寻找犹太历史与文化的根源为创作导向。在20世纪70年代的美国犹太文坛，这种对犹太传统的回归显得尤为可贵，显著区别于试图融入美国主流文化的犹太文学创作。这位女作家的崛起"不仅改变了(美国犹太文坛)男性作家一统天下的局面，也开辟了新的发展方向"③。她就是辛西娅·奥齐克(1928—)，一位以犹太性为艺术创作最高宗旨的美国女作家。

生于美国纽约的辛西娅·奥齐克是俄国犹太移民的后代。从懂事起，奥齐克就逐步认识到自己作为犹太女孩的特殊身份。五岁半时，祖母送她去一个犹太学校读书，却被校长以女孩不用读书为由拒之门外。在祖母的坚持下，奥齐克最终进入该校学习意第绪语，并很快证明了自己在学习上的天分。之后不久，奥齐克转入一所普通学校就读。尽管学习优异，但受到的歧视有增无减。她曾因不会唱圣诞颂歌而被当众羞辱，同学还常常辱骂她是谋杀耶稣的凶手，用石子对她进行人身攻击。回忆起那段经历，奥齐克颇为感慨："我常常想起读书时那段像爬虫一样抬不起头的日子……教师的粗心大意会给孩子留下不可

① Robert Alter, *After the Tradition: Essays on Modern Jewish Writing* (New York: Dutton, 1969)9.

② Irving Howe, *Jewish American Stories* (New York: New American Library, 1977)16.

③ 王守仁:《新编美国文学史》第四卷，上海:上海外语教育出版社，2002年，第267页。

磨灭的负面影响，造成一辈子的性格障碍。”[①]奥齐克所指的无疑是她作为犹太学校里唯一的女孩受到的性别歧视和作为基督学校里唯一的犹太人遭到的种族歧视。在奥齐克的心里，这种双重歧视所留下的阴影从来没有真正地消解。它只是神奇地转化为奥齐克艺术创作的动力，使她重视每一次创作，试图从创作中探寻身份的真谛。

事实上，奥齐克从小就立志成为一名作家。然而，她的艺术创作之路并非一帆风顺。在读大学时，奥齐克对亨利·詹姆斯产生了浓厚的兴趣，并以詹姆斯的作品为摹本开始了自己的第一次小说创作。奥齐克这样形容当时的写作状态：“尽管当时我还只是个有点近视、怀抱创作梦想的22岁女孩，可我内心却更加接近那个上了年纪、头发掉光了的亨利·詹姆斯……我是他的信徒。我信奉文学，它是我心中唯一的圣坛。”[②]可惜这份虔诚并没有让奥齐克找到艺术创作的方向。为了这部詹姆斯式的哲学小说，奥齐克耗时近7年，写了30余万字，最终却不了了之。回忆起那段经历，奥齐克追悔莫及：“问题在于我在一个错误的时间聆听了大师的教导，又在一个错误的时间投入了超乎正常的巨大精力，而这最终耗费了我的整个青春。”[③]奥齐克的失败，归根结底，是她对艺术大师的盲从，对自我身份的迷失。在这之后，奥齐克又花费了6年半的时间（从1957年到1963年）创作了自己的第一部真正意义上的长篇小说《信任》（*Trust*，1966）。该书的意义在于帮助奥齐克完成了从模仿到自我创作的过渡。只是这一过渡略显漫长，因为小说出版时，奥齐克已经38岁。

奥齐克第一次获得创作上的成功是在1971年发表短篇小说集《异教徒拉比》。小说的标题故事以36岁的拉比艾萨克·科恩菲尔德的神秘死亡开始。在犹太语里，拉比（Rabbi）的意思是宗教意义上的教师，是熟知犹太律法的伟大人物。艾萨克便是这样一位研究塔木德律法的专家。他有着外人羡慕的职业和家庭，却突然在常去的一个公园里用犹太人做祈祷的围巾自缢于一棵大树下。小说的叙述者是艾萨克的世交，惊闻噩耗，他前去慰问亡友的家人，却因此揭开了艾萨克的自杀之谜。原来艾萨克虽然身为拉比，却一直痴迷于与大自然的相处。他喜欢园艺，喜欢带着家人到郊外远足，甚至会给自己的女儿们编造神奇的童话故事。在他的遗书中，艾萨克讲述了他是如何发现公园里的树精，却在放弃了自己的犹太信仰后找不到原来的树精，只能在树下自缢的前因后果。得知真相后，小说的叙述者本想安慰艾萨克的遗孀欣黛尔，却遭到了她的无情嘲讽。欣黛尔是一个纳粹集中营的幸存者，更是犹太信仰的坚决捍卫者。她根本

---

① Letter from Cynthia Ozick to Joseph Lowin, 7 Oct. 1983.

②③ Cynthia Ozick's "The Lesson of the Master," *The New York Review of Books* 12Aug. 1982. http://www.nybooks.com/articles/6515.

无法原谅艾萨克的叛教行为，痛斥他为异教徒。而小说的叙述者在故事的结尾惊慌地回到家中，把屋子里所有的绿色植物统统冲进了马桶。

《异教徒拉比》故事前后不到十几页，却集中体现了奥齐克艺术创作的核心问题——犹太性。在奥齐克看来，"作为一个犹太人，其特征不仅仅是有着满头卷发，被异化、被边缘化的敏感个体。做犹太人就是要和神立下契约"。[1] 这里的契约是指所有的犹太文本，包括犹太律法与犹太传统。犹太律法是《圣经·旧约》与《塔木德经》，而犹太传统则是犹太人在日常生活中长期遵循的一些行为模式。奥齐克认为，现代社会的犹太人逐渐被主流文化所侵蚀，并在这一过程中与犹太文本渐行渐远。这在奥齐克看来是十分危险的，因为同化就意味着放弃自己的犹太身份，抹杀自己的犹太特性，屈服于自己民族特性的消逝。那种"在家里做犹太人，到街上就变成普通人"[2]的生存方式根本不可能真正存在。正如小说里的艾萨克，虽然身为拉比，却仍然禁不住非犹太文化的诱惑。他对自然的好奇和对树精的痴迷都验证着非犹太文化的巨大影响。为了亲近自然，艾萨克不惜触犯犹太律法。他编造童话故事，笃信希腊神话里的潘神，甚至为了寻找树精放弃犹太信仰，成为异教徒。在艾萨克的身上，人们看到的是想象与律法的冲突、文学与宗教的抵触、希腊文化与希伯来文明的碰撞。然而，挣扎在双重文化边界的艾萨克并没有因此获得精神上的自由。失去信仰的拉比得不到树精的眷顾，只能徘徊于树下，绝望地等待死亡。艾萨克的悲剧向世人证明，即使是熟知律法的拉比，也无法在多重矛盾之间自由游走。避免艾萨克式悲剧的唯一出路就是遵从犹太律法，尊重犹太传统，回归犹太文本。这是奥齐克艺术创作的核心思想。

《异教徒拉比》一出版就受到评论界的一致好评，并为奥齐克带来了诸多荣誉，其中包括布朗·布里斯犹太文化遗产奖、美国国家图书奖提名（1971）、美国犹太图书委员会奖、爱德华·刘易斯·沃伦特纪念奖（1972），以及美国文学及艺术学院奖（1973）。奥齐克的创作自此渐入佳境，在20世纪七八十年代，奥齐克先后出版了《流血》、《升空》、《吃人的银河系》（*The Cannibal Galaxy*, 1983）、《斯德哥尔摩的弥赛亚》（*The Messiah of Stockholm*, 1987）以及《大披巾》（*The Shawl*, 1989）等长篇小说及短篇小说集。这些作品在发表后频频获奖，其中的犹太元素非但没有把读者与评论人拒之门外，反而成为奥齐克艺术创作的一大特色，为20世纪七八十年代的美国犹太文坛打开了一片新的天地。评论家约瑟夫·洛因甚至将这一时期称为"奥齐克时代"，认为奥齐克在高雅文学的艺术

① Cynthia Ozick, *Art and Ardor* (New York: Knopf, 1983) 123.

② Arthur Cohen, *The Natural and Supernatural Jew* (New York: Berhman, 1979) 12-14.

殿堂里创造了一个属于犹太人的奇迹。[1]

在这些作品中,"异教徒拉比"艾萨克所面临的身份难题以不同的形式出现,等待小说中的各色人物做出抉择。深受读者和评论界推崇的《大披巾》讲述的就是一个关于抉择与救赎的故事。该小说由一个短篇和一部中篇组成。短篇小说《大披巾》(*The Shawl*)首发于 1980 年的《纽约客》杂志,后来奥齐克又在该杂志上发表了它的续篇——中篇小说《罗莎》(*Rosa*, 1983)。这两部作品分别为奥齐克赢得了当年的"欧·亨利奖"和"美国年度最佳小说奖",并让奥齐克在 1986 年成为美国"里亚短篇小说奖"(Rea Award)的首位获得者。该奖项的评委对《大披巾》推崇备至,认为该作品"让我们透过事实的真相获得一种深层次的、与众不同的领悟,从而见证了艺术的真实"[2]。1989 年,这两部作品合二为一,集结成一部 70 页左右的小说出版,书名仍叫《大披巾》。整部小说在内容上并不复杂。第一部分以二战为背景,讲述波兰犹太人罗莎在集中营里被纳粹士兵强奸,生下女儿玛格达。骨瘦如柴的罗莎根本没有奶水,只能将女儿藏在一个大披巾里抵御饥饿和严寒。然而,大披巾被罗莎的侄女斯特拉抢走,罗莎只能眼睁睁看着女儿被纳粹士兵发现,扔向营地的电网。小说的第二部分转向 59 岁的罗莎。三十多年过去了,罗莎仍旧无法忘记过去。她亲手砸了自己在纽约开的古董店,搬到迈阿密过起了独居生活。在一家洗衣店里,罗莎认识了正在读意第绪语报纸的犹太人珀斯基。面对珀斯基的热情追求,罗莎无动于衷。她把自己关进记忆的牢笼,每天给死去的玛格达写信,为女儿编造一个犹太父亲,并想象她已经长大成人,还当上了哥伦比亚大学的希腊哲学教授。她甚至让斯特拉把当年的大披巾寄到自己的住处,固执地认为披巾上的气息能让玛格达复活,让她的身影充满整个房间。在罗莎的眼里,大披巾就像是《异教徒拉比》里的树精,可以带她到另一个世界。然而,和《异教徒拉比》不同的是,孤独的艾萨克用围巾自缢于公园的树下,而象征着过去的大披巾并没有成为罗莎的裹尸布。在小说的结尾,珀斯基的执着得到了回应,罗莎终于决定接受珀斯基的来访,而玛格达的身影也从这一刻开始逐渐消失。

对奥齐克而言,《大披巾》的创作具有重要意义。原因之一是小说选材的特殊性。奥齐克曾在多个场合表示自己不愿意以大屠杀为创作题材,而小说《大披巾》的第一部分却将视角直接对准二战集中营。在不到十页的篇幅里,奥齐克让时间停滞,让读者感受罗莎的无助与绝望。小说里频繁使用的词语是饥饿和寒冷,频繁出现的意象是罗莎干瘪的乳房。原本用来抚育后代的乳房被形容

---

① Joseph Lowin, *Cynthia Ozick* (Boston: Twayne, 1988)8.

② http://www.reaaward.org/Ozick/Ozick.html.

成“死火山”、“瞎了的眼睛”和“冰冷的洞穴”[①]。这里，叙述者的刻画不带任何感情色彩，其作用就像是一个冰冷的镜头忠实而不加任何评判地记录看到的一切。“她（罗莎）很肯定地知道斯特拉在等待玛格达的死亡，这样她就可以用牙齿啃咬玛格达细小的大腿了。”[②]语句不含没有任何道德意味，叙述者将评判的权利留给读者，用零度写作的方式将历史重现。[③] 这种不带任何感情色彩的描述在小说第一部分的结尾达到高潮。看着玛格达被看守扔向电网，罗莎“只是站着，因为要是她跑过去，他们会开枪；要是她试图抱起玛格达瘦骨嶙峋的躯体，他们会开枪；要是她让狼嚎般的尖叫声穿过脊梁破口而出，他们会开枪”。学者西奥多·阿多诺曾说过，“继续诗化奥斯维辛集中营是野蛮的”[④]。而奥齐克的描述没有任何诗化的成分，没有夸张的、戏剧化的表达，却让历史与艺术在一瞬间完美结合，无疑是大屠杀题材的重要突破。

奥齐克认为，尽管人们不愿提起过去，但大屠杀的影响与战后犹太人的生活与思维密不可分，是现代犹太性的一个重要组成部分。在一次访谈中奥齐克坦言“我不想篡改、编造或者想象。但我还是这么做了。我没办法不这么做。它常常出现在我的脑海，侵蚀我的思想。”[⑤]《大披巾》就是奥齐克对这一影响的严肃反思。作为小说中的主要人物，罗莎、斯特拉和珀斯基分别代表了战后犹太人对待生活的三种不同态度。其中，斯特拉选择遗忘。她去夜校上心理辅导课，说服自己相信“新世界”的存在，不遗余力地想把自己嫁出去以融入美国社会。她把记忆封存，甚至否定自己的犹太身份，希望通过这种方式展开新的生活。正如罗莎对她的描述，“好像很天真、很无知的样子，好像从来都没有去过那里。斯特拉看上去像个普通的美国人，和别人没有任何区别！如果她不张嘴暴露自己的口音，没人猜得出她是从怎样的地狱里爬出来的”[⑥]。然而，斯特拉看似积极的生活态度并没有给她带来希望。战争已经过去三十多年，她依旧单身。“斯特拉是寒冷的。她没有心。将近五十岁的斯特拉是死亡天使。”[⑦]简简单单三句话总结了斯特拉的战后生活。她竭尽全力融入美国社会，可始终无法在这个大熔炉里获得温暖；她选择遗忘过去，却同时遗失了自己的心；她否定自

---

① Cynthia Ozick, *The Shawl* (New York: Vintage Books, 1990)4.

② Ibid., 5.

③ 王祖友对奥齐克的零度写作有比较详细的分析。参见《后现代主义小说文本中的历史反思——评辛西娅·欧芝克的两篇短篇小说》，《外国文学》2004年第5期。

④ Theodor Adorno, *Notes to Literature*, Trans. Shierry Weber Nicholsen, vol. 2 (New York: Columbia UP, 1992)87.

⑤ Tom Teicholz, "[Interview with] Cynthia Ozick," *Paris Review* 102 (1987): 154 - 190. http://www.parisreview.org/viewinterview.php/prmMID/2693.

⑥ Cynthia Ozick, *The Shawl* (New York: Vintage Books, 1990)33.

⑦ Ibid., 15.

己的犹太身份，却同时扼杀了自己的灵魂。所以在《大披巾》的第二部分《罗莎》里，读者只能看到斯特拉的信或者听到电话里的声音，她的个体身份在逐渐消解，最终必将被人遗忘。

和斯特拉相反，罗莎选择独守过去。她的屋子里没有电话，邮局离得很远，附近的邮票售货机也永远是坏的。事实上，罗莎几乎切断了和外界的所有联系，独自一人生活在对女儿的回忆里。她把自己放逐到迈阿密，并把那里形容成一个骄阳似火的地方。那里的居民被比作稻草人，终日无所事事，只等着太阳将他们烤成空空的骷髅架子。这些意象和当年的集中营有着惊人的相似，都让人联想到地狱的熊熊烈火，甚至连罗莎自己都承认“我把自己赶到地狱里了”。[①] 的确，罗莎虽然走出了二战的滚滚浓烟，却走不出记忆的炼狱。她把回忆定格在了死去的玛格达身上，并同时否定了周遭的一切。“之前是一个梦，之后是一个玩笑。只有当下真正存在，可把它叫做生活就是一个谎言。”[②]罗莎所指的当下既不是纽约，也不是迈阿密。她眼中的当下是集中营，是玛格达被扔向电网的那一个瞬间。为此，罗莎否定自己的生活，更否认她与其他犹太族人的联系。她拒绝珀斯基的接近，反复强调他们之间的不同。“你根本不在那儿。你只是从电影里知道那里的。”[③] 在罗莎看来，尽管珀斯基也是波兰华沙人，但他在战前就移居美国，根本没有经历过欧洲的人间地狱。而更重要的是，“我的华沙和你的华沙不同”。[④] 珀斯基的华沙是破旧的街巷、拥挤的货摊、廉价的衣物以及晦涩的意第绪语。而罗莎的华沙是优雅的波兰语，家中上千本的书籍，父亲熟练的拉丁语和母亲心仪的诗歌和戏剧。罗莎用自己的过去和珀斯基拉开距离，却根本没有意识到这个过去早已被同化侵蚀，失去了抵抗外界的能力。“同化就意味着受到神的诅咒，因为接受同化就等于放弃犹太身份，抹杀犹太特性，就意味着屈服，屈服于自我民族的消逝。”[⑤]罗莎的父亲身为犹太人，却钟爱希腊罗马文明；罗莎的母亲甚至放弃了自己的犹太信仰，将圣母玛丽亚的雕像请进家里。可是，罗莎的父母并没有因此躲过焚化炉的吞噬，而罗莎自己亦对内心的创伤无能为力。在奥齐克看来，被同化了的、失去犹太特性的过去只能是一个梦，遗忘传统的犹太人不可能迎来真正的救赎。

最后的希望落到了珀斯基的身上。虽然很早就移居美国，珀斯基却能熟练地使用意第绪语。他坚持看意第绪语报纸，时刻关心着散落在各地的犹太人的

---

① Cynthia Ozick, *The Shawl* (New York: Vintage Books, 1990)14.

②③ Ibid., 58.

④ Ibid., 19.

⑤ Lawrence S. Friedman, *Understanding Cynthia Ozick* (Columbia: U of South Carolina P, 1991)10.

命运。第一次见到罗莎,他便热情地与其搭讪。面对罗莎的敌意,珀斯基非但没有退缩,反而出言安慰:“你还在害怕吗?纳粹已经没有了,连黑手党也没有了。你到底是什么样子的一个人,现在还在害怕?”[①]虽然年过七十,生活也不尽如人意,珀斯基却对生活充满信心。他把罗莎叫做小姑娘,鼓励她走出过去的阴影。相对于罗莎的孤独自闭,珀斯基强调与族人的联系。他与周围的邻居关系紧密,还用意第绪语和远在以色列的亲戚保持联系。他身为纽扣制造商,他的出现就像扣子一样将一片片破碎的族裔记忆拼接在一起,让罗莎鼓起生活的勇气。事实上,寻找犹太人的集体记忆是奥齐克作品的永恒主题。在奥齐克看来,只有找到自己的族裔身份,忠实于自己的族裔记忆,散居在世界各地的犹太人才能真正免受同化的侵蚀。在小说的结尾,罗莎不再否定一切。她接通了屋里的电话,亦接受了珀斯基的邀请,生活自此出现希望。《大披巾》被公认为奥齐克的代表作,是研究奥齐克创作思想的重要文献。

继《大披巾》之后,奥齐克又发表了十余部作品。其中,《普特梅塞传》(*The Puttermesser Papers*,1997)获得1998年美国国家图书奖提名,成为奥齐克作品中极具代表性的一部。它由五个前后相关的故事组成,按时间顺序讲述了犹太女人普特梅塞的传奇一生。这五个故事分别首发于《纽约客》、《大西洋月刊》等杂志,1997年才由美国克诺夫书局结集出版。与之前的许多作品不同,奥齐克在这部小说里放弃了严肃、纪实的写作手法,转用一种极为戏谑的方式刻画了一个出生于纽约的美国第三代犹太移民。34岁的普特梅塞是华尔街的一名律师,因为厌倦了自己的生活毅然辞职,跟自己的叔叔学起了希伯来语。数年后,已为人妻的普特梅塞成了一位女权主义者。她在现实生活中感情受挫,却成功地在睡梦中创造出一个名叫赞塞浦的女孩。普特梅塞信心勃勃,坚信自己的发明可以给腐败的纽约带来希望,并在46岁时当选纽约市长。然而,人造女孩赞塞浦并没能给当地人带来光明,最后只能被人道毁灭。又过数年,退休后的普特梅塞爱上一位比自己小很多的年轻人,可最后仍然无果而终。小说结尾时,普特梅塞已经60多岁,被人强奸后杀死,升入天堂,最终过上幸福生活。小说看似荒诞不经,但其夸张的情节却有力地讽刺了糜烂、浮躁的现代都市生活,特别是现代犹太移民盲目困惑的生活状态。《普特梅塞传》被翻译成多国文字,在英国、法国、德国、加拿大等地皆有发行。英国《泰晤士报》认为《普特梅塞传》将奥齐克的博学和睿智完美结合,是一本经典的现代寓言。[②] 尽管有评论家认为小说中的部分情节过于离奇戏谑,但奥齐克对普特梅塞这一形象的塑造却得到一致好评。其形象早已深入人心,成为现代犹太移民的经典代表。

---

① Cynthia Ozick, *The Shawl* (New York: Vintage Books, 1990)19.

② http://www.complete-review.com/reviews/ozickc/putterp.htm

除了小说，奥齐克还著有五部重要的学术论文集，探讨犹太文学及犹太作家的身份与责任。在1983年出版的论文集《艺术与热情》(*Art and Ardor*)中，奥齐克对犹太作家的身份评价道："如果有这样一个怪物，叫做'犹太作家'，那他肯定是类似斯芬克司或者狮鹫一类的怪物(一半是一样东西，而另一半则是另一样)……而且这两样东西永远都处于一种挽歌式的冷战状态。"[①]奥齐克之所以这么说，是因为她清楚地意识到犹太性与艺术创作之间不可避免的相互冲突。遵从犹太精神就是要和神定下契约，避免任何形式的偶像崇拜。而艺术创作就是要发挥想象力，塑造偶像，这恰恰触犯了摩西十诫中"不可为自己雕刻偶像"的第二条训诫。因此，"一个艺术家无异于一个崇拜偶像的异教徒"[②]，犹太作家则是挣扎于两种冲突之间的舞者。仔细研读奥齐克的作品不难发现她的创作大多都以这种冲突为出发点，在希腊文化与希伯来文明之间、在异教信仰与唯一神论之间、在犹太教义与文学创作之间寻找那难以捕捉的平衡。

解析这一系列冲突的关键是厘清奥齐克对于想象力和艺术创作的态度，这就不得不提她1987年出版的经典作品《斯德哥尔摩的弥赛亚》。主人公拉斯·安德梅宁是一个二战遗留下来的犹太孤儿。虽然已过不惑之年，却只在一个不知名的地方报社做书评撰稿人。他一直怀疑自己是波兰著名作家布鲁诺·舒尔茨的儿子，并且为了证实自己的身份而努力学习波兰语。一部手稿的出现打破了拉斯看似平静的生活。书商埃克隆夫妇找到拉斯，告诉他有关舒尔茨生前创作的最后一部手稿《弥赛亚》的存在。拉斯激动万分，开始寻找这部手稿，并最终从一位号称舒尔茨遗腹子的女孩阿德拉的手里拿到了手稿。拉斯如饥似渴地阅读这部手稿，打算将其翻译、出版。可在阅读的过程中，他逐渐开始怀疑手稿的真实性，并担心手稿背后藏着一个巨大的阴谋。在小说的结尾，拉斯对手稿的内容彻底失望，将其付之一炬。在整部小说中，最引人注意的是拉斯阅读手稿的经历与感受。从一开始的兴奋不已到困惑迷茫，再到怀疑失望以及最后的怒不可遏，奥齐克为读者刻画了一个偶像崇拜者必然经历的偶像破灭的过程。拉斯从小失去父母，又因为语言上的关系无法了解自己的文化，故而出现了族裔身份的缺失。他为自己塑造了一个名叫舒尔茨的偶像，想象自己是他的儿子，并且试图通过一部手稿来填补文化断层。然而，拉斯并不了解舒尔茨。对他来说，舒尔茨属于二战前的东欧——一个他并不熟悉的世界。除了一些零散的文献和拙劣的翻译之外，他只能依靠想象力来塑造自己的偶像。然而，这种想象出来的偶像不可能为拉斯带来真正的文化归属感，所以他的失望是必然的、可预见的。这也恰恰表明了奥齐克对于偶像崇拜的态度："什么是偶像？是

① Cynthia Ozick, *Art and Ardor* (New York: Knopf, 1983)198.

② Ibid., 207.

任何横隔在我们与上帝之间的、任何非上帝的东西。"[1]然而，作为小说家，奥齐克又必须运用想象力，从而不可避免地创造角色、塑造偶像。故此，拉斯又是奥齐克的化身，代表了奥齐克在艺术创作与宗教信仰之间的挣扎。正如哈罗德·布鲁姆所说，《斯德哥尔摩的弥赛亚》是奥齐克"对于艺术创作的性质及其那些选择创作——或者评判——故事的人们所肩负责任的一次深层次的、极具吸引力的思考"[2]。

值得关注的是，在小说《斯德哥尔摩的弥赛亚》出版的同年，奥齐克接受了一次访谈，并在访谈中陈述了自己对于艺术创作的全新感受。"我原以为想象力必然是要塑造偶像的，是反对一神论的。可我现在不这么看了。我发现塑造偶像的那种想象力是低级的。除非把那种想象力控制好，谁也没有办法成为一个真正的一神论者。而想象力的高级阶段是指那种可以想象根本无法想象的事物的能力。故此，我不再恐惧想象力。"[3]从这一角度来说，奥齐克的创作是成功的。她从所谓的低级想象力中抽离出来，用一种更强大的想象力和上帝相连。这种想象力让文学成为"一种道德生活"，让艺术的道德内涵兼具创新和救赎的双重涵义。[4] 她为犹太人的历史和记忆写作，并将小说创作当成犹太民族的公共祈祷式，希望通过自己的写作为历史献祭，从而最终迎来救赎。《纽约时报》的书评人埃德蒙·怀特在评价奥齐克时，不无感叹地说，"(奥齐克)的艺术力量源于她的道德能量……就像天主教之于弗兰纳里·奥康纳，犹太教给予了奥齐克艺术创作的权威性、穿透力和那种愤怒情绪"[5]。虽然奥齐克现在已年过八十，但她每一部新作的问世都能够引起评论界及读者的极大关注，因为"即使你不同意她的观点，她仍旧可以点燃你思想的火花"[6]。

奥齐克的主要作品：

小说作品：

Trust, 1966.

The Pagan Rabbi and Other Stories, 1971.

Bloodshed and Three Novellas, 1976.

---

① Cynthia Ozick, *Art and Ardor* (New York: Knopf, 1983)207.

② Harold Bloom, "The Book of the Father," *New York Times* 22 Mar. 1987.

③ Tom Teicholz, "[*Paris Review* Interview with] Cynthia Ozick," *Paris Review* 102 (1987): 154-190. http://www.parisreview.org/viewinterview.php/prmMID/2693

④ Cynthia Ozick, *Art and Ardor* (New York: Knopf, 1983)245.

⑤ Edmund White, "Images of a Mind Thinking," *New York Times Book Review* 11 Sep. 1983.

⑥ Christopher Lehmann-Haupt, "Books of the Times; A Guided Tour Through a Writer's Mazy Mind," *New York Times* 20 Sep. 2000.

Levitation: Five Fictions, 1982.

The Cannibal Galaxy, 1983.

The Messiah of Stockholm, 1987.

Envy; or, Yiddish in America, 1989.

The Shawl, 1989.

The Puttermesser Papers, 1997.

Heir to the Glimmering World, 2004.

Collected Stories, 2007.

Dictation-A Quartet, 2008.

其他作品：

Art and Ardor, 1983.

Metaphor & Memory, 1989.

Blue Light, 1994.

Fame & Folly: Essays, 1996.

Quarrel & Quandary, 2000.

The Din in the Head: Essays, 2006.

17. 葆拉·马歇尔——歌唱“和谐”的加勒比裔女作家

Paule Marshall: Caribbean Woman Writer Who Sings “The Song of Harmony”

加勒比裔美国作家葆拉·马歇尔(1929—2001)是美国当代黑人女作家的先驱。加勒比海移民后代、黑人、女性等多重身份为她提供了独特视角来展现西印度群岛、美国、城市、双重文化、跨文化、双语等纷繁复杂的社会画卷,令她在美国黑人文学领域独树一帜。马歇尔作品中对于西印度群岛人的经历和感受的描写是她在学术界最为引人注目的亮点。她对于黑人经历的叙说一反从非洲到美国的常规做法,而是从新大陆回到非洲,并把起源于西方的书面叙述形式和非洲的口头叙事方式结合起来,以此使古老的美学在现代的框架中有了活力和生机,形成一种独特的文学声音。作为加勒比巴巴多斯地区的后代,出生在美国纽约的马歇尔在作品中不仅体现了非洲裔美国文学传统所固有的“双重意识”(杜波依斯语),而且为这一传统注入了“第三重意识”,即加勒比文化传统,综合反映了阶级、种族、性别和文化等不同方面的冲突,强调了非洲传统在美国黑人身份认同中的重要性,并且通过对两性关系的演绎阐释了对美国黑人生活中不同层面的和谐的追求。

马歇尔于1929年4月9日出生在纽约布鲁克林区。她的父母艾达和塞缪尔·伯克在一战之后不久就从巴巴多斯移民到美国,育有三个子女,马歇尔排行第二。马歇尔生长在纽约的一个西印度群岛移民聚居区,听着关于“家”(巴巴多斯)的故事长大的。她曾称自己的母亲和母亲的朋友为“厨房诗人”,而这些“厨房诗人”是她最初的文学启蒙老师。正是在布鲁克林的厨房里,马歇尔接受了西印度群岛那富有节奏、充满想象和暗喻的方言的熏陶。[①] 她九岁时第一次去了巴巴多斯,回来后写了一系列的诗歌来描述自己对那里的印象。这次经历使她对于非裔美国人身份和巴巴多斯的民族价值观有了亲身的体会,也对非洲传统有了一种亲近感。加勒比构成了她生活和小说中不可或缺的成分。她的第一部长篇《褐色女孩,褐砖房》(*Brown Girl, Brownstones*, 1959)的初稿就是在纽约完成、在巴巴多斯修改的。这部半自传体小说讲述了巴巴多斯父母的美国女儿的成长历程。其后的两部长篇以及中篇小说集《灵魂拍手歌唱》(*Soul Clap Hands and Sing*, 1961)中的两个故事的背景都设在了加勒比。1950年,马歇尔和心理学家凯尼斯·马歇尔(Kenneth Marshall)结婚。婚后,马歇尔转学

---

① Henry Louis Gates, *The Norton Anthology of African American Literature*, 2nd ed. (New York: Norton, 2004) 2168.

到布鲁克林大学,并从原来的社区工作专业改为英语文学。1953年,马歇尔从布鲁克林大学毕业。大学毕业后,马歇尔拒绝从事当时的黑人知识女性所从事的社区工作或教书,而是成为《我们的世界》杂志(*Our World Magazine*)的撰稿人,直到1956年。其间,她曾经被派往拉丁美洲和西印度群岛。1963年,马歇尔和丈夫离婚,七年之后和海地商人诺瑞·密纳德(Nourry Menard)结婚。

马歇尔的小说创作是从繁忙工作之余创作的短小文章开始的。1954年,马歇尔的第一个短篇《山间》("The Valley Between")发表。这是她唯一一个以白人女性为主人公的作品。年轻的白人女性卡西为了照顾年幼的女儿不得不放弃大学学业,每天囿于家中。马歇尔说她把女主人公塑造成白人"是为了给原本是自己的困境加上伪装色。"[①]在这个故事中,马歇尔表达了对于女性的特别关注。1959年,长篇小说《褐色女孩,褐砖房》发表。马歇尔在小说中以自己生活经历为基础,讲述了一位有着非洲黑人血统的巴巴多斯女孩萨丽娜·博依斯的成长故事。这部小说因其鲜明独特的黑人妇女形象和富有韵律的巴巴多斯方言立即受到评论界好评,可惜很快作为边缘文学沉寂了下去,没有得到应有的重视。1981年,女权出版社将其再版后,小说重新引起美国评论界的关注,被视为"20世纪七八十年代达到鼎盛的黑人女性文学的复兴开端"[②],"黑人文学中率先成功塑造新型黑人女性形象的杰作"[③]。可见,是女权主义而非民权运动使我们注意到了葆拉·马歇尔。[④] 1961年的中篇小说集《灵魂拍手歌唱》包括四个中篇,描写了四个走向暮年的人终于摒弃了早年的观点,肯定了永恒价值观的存在。1962年,短篇小说《瑞娜》("Reena")发表,后来被收入短篇集《瑞娜和其他故事》(*Reena and Other Stories*, 1983)之中。这个短篇是最早以受过高等教育、政治思想激进的黑人女性为主人公的作品之一,经常被编入各种文学选集。第二部长篇《上帝的选地、永恒的人民》(*The Chosen Place, The Timeless People*, 1969)是马歇尔最具政治色彩的作品,探索了历史、文化、种族和阶级制约下的身份问题。在第三部长篇《寡妇礼赞》(*Praisesong for the Widow*, 1982)中,马歇尔继续表达了她对于历史的迷恋,再次强调了黑人在心理和精神上回归过去的重要性,表达了非洲裔美国人应该重新发现自己民族文化传统的观点。这部作品进一步确立了马歇尔在美国文坛的地位。《女儿们》(*Daughters*, 1991)则从两性关系、经济和开发、种族偏见、民族传统等不同层次

---

① Paule Marshall, *Reena and Other Stories* (New York: The Feminist P, 1983)15.

② Henry Louis Gates, *The Norton Anthology of African American Literature*, 2nd ed. (New York: Norton, 2004)2167.

③ 王家湘:《20世纪美国黑人小说史》,南京:译林出版社,2006年,第327页。

④ Mary Helen Washington, "An Afterward," *Brown Girl, Brownstones* by Paule Marshall (New York: The Feminist P, 1981)323.

上进一步深化了前三部长篇小说中的主题,描写了一个混血女儿如何在父母分别代表的西印度群岛文化和美国文化之间取得平衡的故事。2000年发表的《渔王》(*The Fisher King*)使马歇尔跻身非洲裔美国文学大师之列。

马歇尔在创作的同时也在大学任教,曾经在弗吉尼亚州立联邦大学、加州大学、哥伦比亚大学和耶鲁大学等高等院校讲授英语和创作。她曾经获得了一系列奖项,包括1960年的古根海姆奖、1961年的卢臣泰奖、1964—65年的诗人和小说家基金奖、1967—1968年和1978—1979年的美国国家艺术人文基金会奖、1983年史密斯大学的黑人女性贡献奖、1984年的美国图书奖、1986年的兰斯顿·休斯奖章、1989年的纽约州长艺术奖、1990年的笔会/福克纳小说奖和1992年的麦克阿瑟奖。

马歇尔的几部长篇小说描述了女主人公如何找到自我和身份的渐进过程。其作品发表的顺序本身体现了女主人公渐进的精神回归之旅。在《褐色女孩,褐砖房》中女主人公决定开始其回归民族精神之旅。在《上帝的选地、永恒的人民》中麦尔踏上了通往非洲之路。也就是说,前两部长篇作品都结束在女主人公回归民族文化传统的开始,而《寡妇礼赞》着意渲染了艾维参加一年一度的黑人回乡祈祖盛典,在黑人文化历史传统中净化了心灵,找到了自己生存的真正价值。《女儿们》则描写了两种不同的文化达成的最终的和谐,使小说中的加勒比裔女性确立了自己的独特的"加勒比裔美国人"身份,最终实现两性和两种文化的和谐。

在《褐色女孩,褐砖房》中,马歇尔以自己生活经历为基础,讲述了一位有着非洲黑人血统的巴巴多斯女孩萨丽娜·博依斯从十岁到成人的心路历程。故事发生在纽约市的巴巴多斯人社区。萨丽娜在黑人与白人两种文化的冲突中逐渐了解她的父母和她所生活的社区,努力寻找独立的自我身份。在她的成长过程中,家人和社区带给了她巨大的矛盾、挣扎和困惑。其中,萨丽娜的父母所代表的两种文化对她的影响最大。她与父母关系的变化过程是她对两种不同文化的扬弃过程,也是她寻找自我身份的渐进过程。对父母的真正的理解和理性的接受说明了她独立自我的真正确立。父亲戴顿和母亲西拉的生活态度及价值观截然相反:戴顿心系家乡,幻想着重新回到记忆中曾有的悠闲生活,想象自己在巴巴多斯岛国盖的白色庄园;而西拉拼命挣钱、省钱,一心想在布鲁克林巴巴多斯裔移民区里买下一栋实实在在的褐色砖房,在纽约扎根,尽快融入到美国的主流生活。西拉买一幢褐色砖房的梦想代表了巴巴多斯移民的集体梦想,这是美国梦在这些来自西印度群岛第一代移民身上的具体体现。褐色砖房是典型的美国中产阶级的住房。对于巴巴多斯移民来说,拥有属于自己的褐色砖房就是实现美国梦的标志。西拉在十八岁时独自乘船来到美国,在这个白人和男性双重禁锢的世界里打拼。从租房到买房，西拉以她的顽强与执着实现了自己的美国梦。然而，貌似成功的西拉也是个悲剧人物。接受了美国价值观的西拉学会了去适应这个社会，同时也被这个社会异化。在萨丽娜的眼中，母亲成了一个怪物，警觉、愤怒、目光犀利、口舌无情，毫无温情可言。和其他的西印第安群岛妇女一样，西拉在为了孩子和家庭拼命地和种族主义和贫穷作斗争的过程中渐渐失去了应有的良知，磨灭了对他人的同情心。阶级地位和金钱成为她为人处世的决定因素。她把房间高价出租给来自南方的黑人，因为在她看来，“房客确实是我们的族人，肤色和我们一样。但哪怕他们是白皮肤、黄皮肤，只要他们没有用，我们照样会多收他们房租。就像我们以前给犹太人擦地板，他并不是因为我们是黑人才欺压我们，而是因为我们没有用……不，权力其实和肤色没有关系”[①]。到最后，西拉几乎全盘接受了白人主流社会“向钱看”的原则，对美国主流社会意识形态的完全接受意味着对自身民族性的否定和背弃。西拉为了房子卖掉丈夫的土地，并在愤恨中告发丈夫非法移民，致使丈夫在被遣返巴巴多斯的途中溺水身亡。更大的牺牲其实是她丧失了自我，甚至到了“践踏自我的地步”[②]。她逐渐丧失了原本温柔、活泼的自我，不再拥有年轻时的“羞涩和美丽”，远离了相亲相爱的家庭，感觉自己“老了、被剥夺了、被排斥在生活的圈子之外”[③]。最终导致她全盘皆输的是，她费尽苦心得到的褐色砖房很快要在城市新规划中消失。西拉的失败和幻灭表明了她忘却自己的民族文化而全盘采纳美国价值观的作法的不可行，而戴顿的悲惨结局也表明了另一个极端的行不通。萨丽娜一直摇摆于父亲和母亲之间。年少时的萨丽娜对父亲格外亲近，并因为父亲的惨死而记恨母亲。然而她又对母亲有一种无法抗拒的亲近，和母亲保持一种“既离她很近又不碍她事”的距离。[④] 萨丽娜对母亲的这种矛盾心态从小到大一直延续着。后来，她慢慢意识到了父亲性格中的弱点，开始理解和接受母亲。在小说的最后部分，她告诉母亲，别人都说她是戴顿的女儿，其实她更像母亲。萨丽娜离开了纽约的布鲁克林，回到父母曾经生活的地方——巴巴多斯，去寻找自己和同胞们的民族之根。萨丽娜重新认识了自己和巴巴多斯社区的关系，逐渐和母亲、族人和解，决心在巴巴多斯找到追寻的答案。当她走在布鲁克林的街上时，那象征着移民梦想的褐色砖房已经被拆迁，只剩下凌乱的石头记录着悲惨的历史。年轻的萨丽娜充当了巴巴多斯人和其

---

① Paule Marshall, *Brown Girl*, *Brownstones* (London: Virago, 1989)224.

② Barbara Christian, *Black Women Novelists : The Development of a Tradition, 1892 - 1976* (Westport, Conn. : Greenwood, 1980)88.

③ Paule Marshall, *Brown Girl*, *Brownstones* (London: Virago, 1989)42.

④ Ibid., 67.

他非洲黑人后裔之间历史、文化和政治的桥梁。萨丽娜扔掉了巴巴多斯人从出生就戴着的银手镯，一只扔向了她的民族，而另一只仍留在腕上。这表明尽管她已踏上了寻根的新征程，但连结仍未割断，将继续随她走进新的历史。萨丽娜代表的年轻一代身上展现出了黑人改变自己命运的希望和努力。她所要做的其实是"既成为社区的一部分，又不被社区所控制"①，即既要接纳自己的民族独特性，又要排斥绝对民族主义的狭隘和禁锢，在美国社会的广袤空间中以真正独立的自我形象面对未来。

在《塑造我的艺术世界》("Shaping the World of My Art", 1973)中，马歇尔认为"过去为现在的斗争提供大量的指导……对黑人来说，要想按照我们自己的条件来界定我们自己，必须有意识地参与到我们的过去之中"②。马歇尔的前三部小说都描写了一个内心伤痕累累的黑人女主人公如何慢慢地通过"真正面对过去，历史的和个人的过去，来重新获得整体性的故事"③。三部小说都以黑人主人公回归祖先的家园和这片家园所代表的完整性为结局绝非是巧合。由于马歇尔如此强调过去对于界定现在的重要性，她也同样强调记忆的不可或缺的作用。记忆对于个体和族群都很重要，对于传统上被压迫的群体和对于世界上所有的象征意义上的"局外人"来说尤为如此。马歇尔认为，一个被压迫的民族直到能够创造性运用他们的历史时才能战胜他们的压迫者。对于自己的文化和历史的了解支撑着他们必须进行的政治、社会和经济斗争中的意识形态。这是他们建设的基础。④

在《上帝的选地、永恒的人民》中，索尔·埃姆罗恩的话生动地诠释了这一观点。他对女主人公麦尔·金布亚说，"那些被冤枉的人们……如果打算掌握自己的命运，就必须从有利的角度运用他们的历史为他们服务，使之对他们自己有好处……把历史当成向导"⑤。有趣的是，索尔是一个犹太人。和麦尔一样，为了回归一个相对健康的生存状态，索尔不得不面对他的过去。在这部最具雄心的小说中，马歇尔拓展了自己的写作和思想界线，表明记忆和过去不仅仅对黑人是至关重要的，对所有受压迫族群都是如此，因为传统和记忆回归过程对于所有的被压迫民族都是一样的。另外，马歇尔在小说中通过代表美国白人主流社会文化的索尔的妻子哈丽特表明，记忆和历史对于压迫者也同样重要。而且，对于压迫者来说，改变记忆的痕迹更是难上加难，更难以产生精神上的重生。因此，这部小说可以看成是记忆，即个人的和集体的过去，对于个人的巨大影响。

---

①②③④ Barbara Christian, *Black Women Novelists : The Development of a Tradition, 1892–1976* (Westport, Conn. : Greenwood, 1980)103.

⑤ Paule Marshall, *The Chosen Place, The Timeless People* (New York: Vintage, 1984)315.

正如标题所表明的,《上帝的选地、永恒的人民》不是集中于单个人物。这个故事的背景是一个虚构的加勒比海岛,讲述了一个试图在这个极度贫穷、饱受压迫的地方实现现代化的故事,表明了马歇尔对于贫困国家或地区的开发问题的关切。在这部作品中,美国一个应用社会学研究中心派出一个调查小组到加勒比的布恩岛去制定开发黑人岛国的规划。他们认为开发是为了帮助这个极度不发达的国家进入文明世界,理应受到当地人民的欢迎。在和当地人民接触的过程中,小组成员意识到资助研究中心的大企业以掠夺不发达地区起家,然后以施主自居,无视这些国家的历史背景、文化传统与社会价值观,将各式治标不治本的"现代化"规划强加给小岛居民。因此他们遭到岛民的抵制,发生冲突是必不可免的。在小说中,冲突的一方是布恩岛平原地区的城市中产阶级和统治阶层,另一方是贫穷的山民。小说反映了60年代轰轰烈烈的民权运动并没有彻底改变黑人受歧视的现实。布思岛上众多的大公司所施行的现代化规划虽解决了黑人的一些实际问题,却没有改变黑人的根本处境。在小说结束时,人到中年的麦尔准备去非洲看望女儿以摆脱心灵的重负,打算重回布恩岛和贫困的黑人一同奋斗。这一点与《褐色女孩,褐砖房》以及《寡妇礼赞》明显不同。小说结束时,麦尔踏上了通往非洲之路,"进一步挖掘她的种族传统"[①]。马歇尔自己写道,当马尔离开布恩岛去非洲的时候,她"踏上了回归历史的自我的征程的另一部分"[②]。麦尔被迫面对的过去具有使人再生的力量,能够引导她走向新生。显然,麦尔在小说结尾时的方向是"面向自我的再生"[③]。她所发现的民族记忆以及对于西方文化的接受是和她的历史记忆并行的,甚至是交汇的。因此她打算在非洲之旅之后回到布恩岛,激励她的人民行动起来。麦尔的生活轨迹表明了马歇尔的观点,即"人们必须运用过去的历史遗留来走进现在"[④]。小说沿着主人公通过布恩岛这一"选地"开始重新发现自我的线索展开,布恩岛这块"上帝的选地"和岛上"永恒的人们"构成了小说中的整体环境,成了小说的真正主人公。[⑤]

在《寡妇礼赞》中,马歇尔对于记忆在个体和民族的生活中的重要作用进行

---

① Noel Schraufnagel, *From Apology to Protest: The Black American Novel* (Deland, FL: Everett /Edwards, 1973)138. John Cook, "Whose Child? The Fiction of Paule Marshall," *CLA Journal* 24 (1980): 1-15.

② Paule Marshall, "Shaping the World of my Art," *New Letters* 40 (1973): 97-112.

③ Barbara Christian, *Black Women Novelists: The Development of a Tradition, 1892-1976* (Westport, Conn.: Greenwood, 1980)133.

④ Ibid., 131.

⑤ Eugenia Collier, "The Closing of the Circle: Movement from Division to Wholeness in Paule Marshall's Fiction," *Black Women Writers: 1950-1980*, ed. Mari Evans (Garden City, NY: Anchor, 1984)295-315.

了阐释,塑造了通过回忆过去实现了精神和谐的黑人女性艾维·约翰逊。在小说一开始,艾维是个典型的美国黑人资产阶级寡妇形象。她的行为准则的很多方面都是白人,其象征是她那座名为"北方白色平原"的住宅。马歇尔通过艾维这一角色再次表明了黑人实现美国梦后的内心空虚,否定了白人价值观统领下的美国梦的价值,表明完全摒弃黑人民族文化、忘记民族历史的消极后果。在加勒比的一次旅行中,艾维决定提前回家,却意外地被滞留在格兰那得岛上。她发现当地人正在庆祝一个节日。每年的这一天,所有在格兰那得岛工作的非岛上居民都会回到加勒比去庆祝他们的传统、缅怀他们的祖先。看着人们在等待离开的车船,艾维自己也开始回忆起自己的童年。她登上了"每年一次的沿哈得逊河到比尔山"的坐船旅行,和姨婆一起站在教堂外面观看里面的老人们表演民族特色的节目。[①] 通过记忆这些社区共同的仪式,艾维感受到了从非洲伸向加勒比海继而通向南卡罗林那州的那根历史记忆之线。她感觉到,那时"她成了一个巨大宽阔的团体的一部分,确切来说,是中心"[②]。这个团体的所有成员都存在于文化记忆的同一个圆里面。小说中处于思想十字路口的一个原型形象人物赖伯特·约瑟夫是艾维的精神导师。他警告她重视祖先的力量:"我告诉你,你最好记住他们!""否则,他们就会恼怒,给你带来麻烦。"[③]艾维曾经忘记了她的祖先,也因此陷入了困境。但是在她的加勒比之行以后,她的祖先们将永远存在于她的头脑当中,她也将比以前的状况好得多。因此,"她穿越神话和仪式的这次旅行……将在她准备在意识上前行时把她带回到过去的时空"[④]。

《女儿们》表达了马歇尔对于两性和谐关系的渴望及由此展开的对于异质文化和谐的期待。小说中的女主人公尔萨生活在一个刚独立不久的加勒比岛国——三联国。尔萨的父母都是受过高等教育的黑人。父亲派姆斯·麦肯齐是三联国的议员。岛上的居民都叫他 PM。[⑤] 母亲艾丝特拉原是美国一个中学教师,和派姆斯结婚后迁居三联国。在这个岛上,有一座纪念黑奴起义领袖刚果·珍妮和威尔·卡德乔的英雄纪念碑。根据岛上黑人的传说,这两个人是不可分的。珍妮和威尔的名字必须一起提到,不能只叫一个人而不叫另一个人的名字,至少也得想着另一个人的名字才行。在小说发展的过程中,刚果·珍妮和威尔·卡德乔的故事一再在尔萨的回忆中出现。他们两人是永远不变的夫妻、情人、战友、黑奴起

①② Paule Marshall, *Praisesong for the Widow* (New York: Dutton, 1984) 190.

③ Ibid., 165.

④ Barbara Christian, "Trajectories of Self-Definition: Placing Contemporary Afro-American Women's Fiction," *Conjuring: Black Women, Fiction, and Literary Tradition*, eds. Marjorie Pryse and Hortense J. Spillers (Bloomington: Indiana UP, 1985) 233-248.

⑤ PM是Prime Minister(总理)的首字母缩略。人们这样称呼他一是因为这是他姓名的缩写,也是因为他们相信他会成为大人物。

义的共同策划和领导者。这种两性相互支持、两情相互依恋的关系成了尔萨一生的向往，然而她所生活的世界却完全不同。黑奴的女儿们面对的是一个两性关系异化了的社会。无论在美国还是三联国生活的女性都没有和谐完整的人生。尔萨的母亲艾丝特拉当年怀着建设独立富强的三联国的理想和热情爱上了尔萨的父亲，并且为了丈夫的国家进步党的发展奉献了青春和热血。然而，女儿三岁时她却发现了丈夫和女秘书阿斯塔的私情。艾丝特拉曾经愤怒地想离开不忠的丈夫，最后还是留了下来。比起珍妮和威尔来，尔萨的父母只是半个夫妻和战友，既不是情人，也不是共同事业的策划者和领导人。尔萨的境遇还不如母亲。母亲当初的选择毕竟是出于对派姆斯的爱和共同的理想，可是尔萨从没有找到一个理解自己的男人，更不用说像珍妮和威尔那样相依相助了。小说一开始，尔萨独自去做了人工流产，肉体上的毫无痛苦外现了她精神上的绝望和麻木。处在精神危机边缘的尔萨听到的是男友洛埃尔对上司无休止的抱怨，看到的是他在心不在焉地面对她的苦恼。她和已成陌路的男友之间没有情、没有爱，甚至没有沟通。尔萨最后离洛埃尔而去。另一个黑人女性维尼是个受过高等教育的大都会保险公司副总裁。因为被自己所爱的男人伤透了心，维尼决定做单身母亲。她用人工授精方法怀孕生了儿子罗伯逊。贴在住宅门口上的"丹尼尔斯母子之家"表示了维尼独立生活的意志和决心。然而，作为黑人女性，维尼根本无法摆脱种族和性别的双重禁锢。她仅仅九岁的儿子罗伯逊因为隔着玻璃向汽车里张望就被一个白人警察无故怀疑要偷汽车，被带进了警察局。面对种族歧视和偏见，维尼更为痛心的是意识到了单身母亲的悲哀和无奈。虽然是黑人，维尼作为一家大公司的副总裁的身份还是令警长急于平息事端。但即便如此，在他得知面前的女子是丹尼尔斯女士而非丹尼尔斯太太时，他仍流露出了自己的优越感，每次称呼她时总是强调女士一词。维尼感到，自己再有能力，在他人眼中仍然是个没有丈夫的单身母亲。她可以用自己所受的教育和工作能力来提高自己的身份，但却无法用这个身份来改变男性对她的态度。通过这件事情，维尼认识到，无论自己多么能干和独立，她都需要有一个男人与自己一起共同面对充满了种族偏见和性别歧视的社会。两性的合作是今天的社会发展必不可少的动力。也许无论男或女都可游刃有余地在经济上独立支持家庭，但世界仍需要两性不同视角的交融与互补，就像刚果·珍妮和威尔·卡德乔一样。通过这个故事，马歇尔强调了两性和谐的必不可少，揭露了现实中偏偏没有生命本应有的和谐的弊端。小说结束时，尔萨再次去瞻仰耸立的英雄纪念碑，去凭吊将要消失的政府地海滨。在向海滨跑去时她滚下小山坡摔伤了臀部。父亲落选的当晚，尔萨独自躺在三联国父母家中，疼痛再一次袭来。肉体感觉开始复苏的尔萨决定第二天清早就回纽约去，用草药和矿物盐好好泡一个热水澡，去掉最后的苦痛。显然，这一举措将成为尔萨的新生洗礼。

同时,尔萨决定把大学时被教授枪毙的那篇关于刚果·珍妮和威尔·卡德乔的论文写完,以此向人们呼吁相互支持的两性关系的重要性,在黑人的文化传统中寻找现代社会失落了的两性和谐,进而倡导文化和种族间的和谐共处和相互支持。

总体来说,马歇尔的作品关注离散过程中非洲各民族的经历和体验,剖析了殖民主义对美国黑人和加勒比黑人的心理影响,强调了黑人女性在对黑人文化的传承中的重要作用,塑造了充满自立自强精神的黑人女性形象。马歇尔试图分析和解决文化缺失、错位和文化霸权之间的冲突。她作为当代黑人女性艺术家的独特性来自于她从黑人、加勒比和美国三个意识层面进行创作的能力。为了使这三种身份达成和解,马歇尔没有折中非裔美国人和加勒比裔美国人的双重身份。相反,她把两种身份都带回到非洲文化传统中的源头。回归传统非洲文化对马歇尔发现非洲后裔各个民族间的"潜藏的连续性"至关重要。她的艺术视角是具有前瞻性的,暗示了变革和可能性,因为非洲各民族的背井离乡和颠沛流离的经历注定他们的文化身份不可能保持不变。"美国黑人根源于北美洲,在美国特有的环境中演变",所以,他们的价值观"既非'白'又非'黑',而是美国的"[①]。马歇尔通过她的作品表明,回归和强调非洲和加勒比两个文化传统并非是为了否定美国性,而是为了使非洲裔美国人更好地接受美国性,通过弘扬自己的传统民族文化而从美国社会边缘走向中心。马歇尔并没有把白人文化和黑人文化看作是两个势不两立的对立体,她强调的是黑人在美国文化中的"在场"。黑人文化是美国文化的一个重要部分,是美国黑人确立自我身份的重要组成部分,毕竟,"好也罢坏也罢,美国黑人不属于其他任何国家"[②]。美国黑人,尤其是黑人女性,必须将自己的民族文化传统与美国社会结合起来才能确立自己独特的非裔美国人身份。马歇尔小说世界中的女人们只能确立她们特有的非裔—加勒比—美国人身份,才能更好地面对美国社会、融入美国社会。

马歇尔的主要作品:

Brown Girl, Brownstones, 1959.

Soul Clap Hands and Sing, 1961.

The Chosen Place, The Timeless People, 1969.

Praisesong for the Widow, 1982.

Reena and Other Stories, 1983.

Daughters, 1991.

The Fisher King, 2000.

---

① Ralph Ellison, *Shadow and Act* (New York: Vintage Books, 1972)262,270.

② James Baldwin, *The Fire Next Time* (New York :Dial, 1963)95.

18. 厄休拉·勒奎恩——挑战疆界的探险家

Ursula Le Guin: Barrier-Breaking Explorer

在美国女性文学研究中，有一个领域常常被评论家忽略甚至忘记，那便是科幻及奇幻文学。究其原因，一方面是因为科幻及奇幻文学在美国经典文学中一直处于被边缘化的地位，更重要的是女性作家在这一艺术领域里长期不受重视。虽然科幻及奇幻文学的开山之作是由英国女作家玛丽·雪莱创作的，[①]但科幻及奇幻文学从总体上一直被认为是一种男性文学。许多女作家不得不用男性化的笔名或者缩写来获得出版商的认可，如C. L. 穆尔、安德烈·诺顿以及小詹姆斯·蒂普齐这样颇受大众欢迎的科幻及奇幻文学女作家。[②] 在评论界，女性科幻及奇幻作品更难得到认可。在科幻小说史《亿万年的狂欢》中，布赖恩·奥尔迪斯用数百页的篇幅历数了史上重要的科幻小说家，却对女性作家少有提及。[③] 在美国两大科幻及奇幻文学奖项雨果奖和星云奖的获奖名单中，男性作家的比重远远超过了女性。这种对女性科幻及奇幻文学少人问津的状况直到20世纪70年代才有所改善，对此起到重要推动作用的作家便是厄休拉·勒奎恩(1929—)，一位自20世纪60年代起活跃于美国文坛并至今作品不断的美国当代女作家。

从1961年在《西部人文评论》上发表第一部作品开始，勒奎恩至今已出版了四十余本小说及短篇小说集、六本诗集、四本论文集以及三本译著。所获文学奖项与荣誉不计其数，其中包括五次雨果奖、五次星云奖，四次轨迹奖，以及美国国家图书奖最佳青少年文学作品奖、世界奇幻奖、卡夫卡奖、普什卡奖、纽伯里银牌奖、小詹姆斯·蒂普齐奖等等。勒奎恩的作品以科幻及奇幻文学为载体，表达了她对个体身份、人类命运以及社会问题的关注。其丰富的作品内涵使她成为少数几位以科幻及奇幻文学体裁跻身于美国经典文学殿堂的女作家。

---

① 1818年，玛丽·雪莱出版了经典之作《弗兰肯斯坦》(*Frankenstein*)，标志着科幻小说这一文学形式的正式产生。

② C. L. 穆尔(Catherine Lucille Moore)是美国最早出版科幻及奇幻小说的女作家之一。安德烈·诺顿(Andre Norton)原名Alice Mary Norton，是美国文学史上第一个获得世界科幻协会颁发的甘达尔夫终生成就奖的女作家。小詹姆斯·蒂普齐(James Tiptree, Jr.)原名Alice Bradley Sheldon，在几十年的创作生涯里，蒂普齐一直被认为是男性作家。她的女性身份一直到1977年才公诸于众，随即引起学界的轩然大波，甚至有评论家表示无法相信蒂普齐的女性身份。在1991年，为纪念小詹姆斯·蒂普齐，以探讨女性科幻及奇幻文学为核心的小詹姆斯·蒂普齐奖在美国诞生。

③ 《亿万年的狂欢》原名《百万年的狂欢》，发表于1973年。该书专门论述科幻小说的形成与发展，被公认为科幻小说史上的经典之作。该书在1986年修订再版，改名为《亿万年的狂欢》。见Brian Aldiss and David Wingrove, *Trillion Year Spree: The History of Science Fiction* (London: Gollancz, 1986).

美国著名学者哈罗德·布鲁姆对勒奎恩评价甚高，在其编辑并作序的《厄休拉·勒奎恩评论集》中指出，“勒奎恩的想象力丰富，风格上乘。作为当代科幻及奇幻作家的典范，其成就远超过托尔金和多丽丝·莱辛”[①]。在布鲁姆看来，勒奎恩的主要贡献在于“她将奇幻故事带进了高雅文学的艺术殿堂”。尽管她的小说常常是关于外太空或者相距我们甚远的远古时代或未来世界，但“其作品中的人物从来没有脱离我们生活着的这个时代，没有跳出弗洛伊德现实准则下的真实世界”[②]。

勒奎恩的作品内涵丰富，涉及人类学、心理学、挪威神话、印第安传说以及东方哲学。这诸多思想和文化元素与勒奎恩从小成长的家庭环境有着密不可分的关系。1929年10月21日，勒奎恩出生于加利福尼亚州的伯克利。其父艾尔弗雷德·克罗伯是一位享有世界声誉的人类学家。作为现代人类学的创始人之一，克罗伯几乎精通人类学的所有范畴。他对语言学、考古学、民族学三者中任一学科的贡献都足以让他在人类学史上占有重要地位。勒奎恩的母亲西奥多拉·克罗伯年轻时专攻心理学，婚后也对人类学产生了浓厚兴趣。她翻译了许多加州土著的民间传说，并撰写了一部关于美国印第安亚尼部落最后一位幸存者奕氏的传奇传记，成为当时倍受瞩目的传记作家。[③] 勒奎恩的父母对她的影响是不可小觑的。在一次访谈中，勒奎恩自己承认：“我想他们对我最大的影响是在性情方面。这是一种遗传，我们都乐于跳出自己的文化范畴，洞察文化对个性的影响。”[④]在父母的熏陶下，勒奎恩从小就有广泛的阅读兴趣。除了主流文学之外，她对科幻及奇幻文学情有独钟。在12岁时，勒奎恩在父亲的书架上发现了丹绥尼勋爵的奇幻故事集《梦想者的故事》，从此和奇幻文学结下了不解之缘。她曾这样描述阅读这一故事集时的感受：“没有一句因为违反常识而对普通大众的抱歉，甚至没有只字片语的解释，丹绥尼勋爵直接把我们带进了心灵深处的奇幻世界。不管是什么原因，这一刻对我来讲有决定性的意义，我

---

① 托尔金(J. R. R. Tolkien)，英国奇幻文学作家，因作品《指环王》闻名于世。多丽丝·莱辛(Doris Lessing)，英国知名女作家。她1950年出版《青草在歌唱》，从此一举成名。自70年代，出版了一系列“太空小说”，包括《什卡斯塔》(1979)、《第三、四、五区域间的联姻》(1980)、《天狼星试验》(1981)、《八号行星代表的产生》(1982)等，其创作目的是希望以科幻小说的形式写出对人类历史与命运的思考和忧虑。See Harold Bloom, “Introduction,” *Ursula K. Le Guin*, ed. Harold Bloom (New York: Chelsea, 1986)2.

② Harold Bloom, “Introduction,” *Ursula K. Le Guin*, ed. Harold Bloom (New York: Chelsea, 1986)9.

③ 该传记为 *Ishi in Two Worlds: A Biography of the Last Wild Indian in North America* (Berkeley: U of California P, 1961).

④ Win McCormack, and Anne Mendel, “Creating Realistic Utopias,” *Seven Days* 11 Apr. 1977: 39.

发现了真正属于自己的天地。”[1]

对勒奎恩来讲，这个“真正属于自己的天地”是一个充满想象力的奇幻国度。在一篇名叫《为什么美国人惧怕龙》的文章中，勒奎恩详细分析了想象力的重要性。勒奎恩认为，想象力对个人的成长十分重要。尚未长大的孩子有着丰富的想象力，然而在成年后这种想象力往往遭到了扼杀。“许多美国人都试图压抑自己的想象力，努力去否定它，认为它是幼稚的、女人气的、没有好处的，甚至是邪恶的。”[2]然而，勒奎恩相信想象力是无法真正被扼杀的。相反，人们应该对它进行规范，使其成为激发艺术创作的基本手段和法则。一部充满想象力的艺术作品不仅能够给人们带来精神上的愉悦和快感，更能“加深人们对生活着的这个世界，对身边的人，对自我感受和对命运的认识和理解”。[3] 在勒奎恩看来，科幻和奇幻文学恰恰是对人类想象力的充分利用和发挥，这也是她为什么对这一艺术类型情有独钟的关键原因。

事实上，勒奎恩对评论界将科幻和奇幻文学排除在主流文学之外、将科幻和奇幻作家归为二流作家的状况极为不满。早在1976年，勒奎恩就明确指出：“所有的小说都是一种比喻。科幻小说同样也是一种比喻。将科幻小说和其他小说类型区别开来的仅仅是科幻小说对新的比喻手法的运用……太空旅行是此类比喻手法的一种，另类社会、另类物种同样如此。”[4]换言之，科幻和奇幻文学与其他文学形式比较起来并没有实质性的差别。不管是科幻小说里的思想实验还是奇幻小说里的神话原型，它们归根结底都是对人类生存状态的深层比喻。勒奎恩强调，科幻和奇幻文学的创作目的不是逃避现实，让读者或作者沉溺于虚构的未来世界或者奇幻王国。其真实的创作意图是让读者透过作家描述的未来世界或者奇幻王国看到一个当下世界的“镜像”，并透过镜像更清楚地认识和理解现今世界。勒奎恩相信，采用科幻和奇幻文学的艺术形式会给作家更广阔的自由度和想象空间，从而突破许多传统文学形式的界限与框架，引发人们对生存着的这个世界、对人类命运的更多思考。正因为如此，勒奎恩在获

① Ursula Le Guin, “A Citizen of Mondath,” *The Language of the Night: Essays on Fantasy and Science Fiction*, ed. Susan Wood (New York: Harper Collins, 1992)21.

② Ursula Le Guin, “Why Are Americans Afraid of Dragons?,” *The Language of the Night: Essays on Fantasy and Science Fiction*, ed. Susan Wood (New York: Harper Collins, 1992)37.

③ Ibid., 38.

④ Ursula Le Guin, “Introduction to *The Left Hand of Darkness*,” *The Language of the Night: Essays on Fantasy and Science Fiction*, ed. Susan Wood (New York: Harper Collins, 1992)154. 应该指出，虽然勒奎恩在这里讨论的是科幻文学，但这一观点也同样适用于对奇幻文学的研究。事实上，勒奎恩并不赞同对科幻和奇幻文学的硬性区分，并在许多文章中将其合并在一起讨论。

得许多奖项后，仍然坚守在科幻和奇幻文学的艺术阵营中："外太空和心灵深处的奇幻世界一直、也永远是我的天地。"①

评论界往往按照小说背景将勒奎恩的作品分为四种类型：地海系列、伊库盟系列、欧西尼亚系列和未来的美国西海岸系列。它们分别代表了勒奎恩在小说中创造的四个不同世界：地海是一个住满了人、巫师和龙的群岛；伊库盟是存在于外太空的一个星系联盟；欧西尼亚是一个假想的中欧国家；而未来的西海岸则是一个21世纪被自然灾害和人为破坏彻底改变的美国西部沿海地区。在被问到她是如何创造出小说中的不同世界以及里面栩栩如生的人物时，勒奎恩的回答发人深思："我不是工程师。我是探险家。地海便是我的发现。"②换句话说，勒奎恩小说里的星系联盟或者奇幻王国并不是凭空编造出来的。勒奎恩坚信它们一直就存在于人类的潜意识，自己只不过是一个勇于跨越固有疆界的探险家，她的作品便是每次探险后的收获。因此，作者与作品人物之间并不是创造与被创造的关系，而是地位平等的两个实体。勒奎恩与地海系列里的主人公戈德的关系就是最好的例证："戈德很倔强，总是说些让我惊讶的话，做些他本不该做的事。他成了这本书的主人，铁定心思告诉我他的生活该怎样结束，原因是什么。我努力地想要跟上他，可他总是走在前面。"③将小说创作当成对人类潜意识的探索，将小说中的人物视为拥有生命力的独立个体，勒奎恩的观点无疑为理解和分析科幻及奇幻作品提供了新的视角，为认识和评价科幻和奇幻作家与其作品关系做出了新的尝试。

作为勒奎恩最知名的奇幻作品，地海系列一共包括五部小说和一部短篇小说集。其中，《地海巫师》(*A Wizard of Earthsea*, 1968)、《地海古墓》(*The Tombs of Atuan*, 1971)和《地海彼岸》(*The Farthest Shore*, 1972)被称为地海三部曲，是勒奎恩迄今最成功的作品。地海三部曲原本是勒奎恩应出版商的邀请而创作的一套青少年读物。在书中，勒奎恩探讨了和青少年息息相关的成长主题和对自我身份的探寻，中间夹杂许多文化人类学、荣格心理学以及中国老庄思想的元素。其丰富的思想内涵使地海三部曲很快摆脱了青少年读物的定位，成为一套老少咸宜的经典文学剧作。如评论家夏洛特·斯皮瓦克所说："尽管小说的创作对象是青少年，但从故事情节、背景和人物的相关性和整体性来看，它们已经远远超出了青少年读物的范畴。事实上，这三本小说更适合成年

① Ursula Le Guin, "A Citizen of Mondath," *The Language of the Night: Essays on Fantasy and Science Fiction*, ed. Susan Wood (New York: Harper Collins, 1992)25.

② Ursula Le Guin, "Dreams Must Explain Themselves," *The Language of the Night: Essays on Fantasy and Science Fiction*, ed. Susan Wood (New York: Harper Collins, 1992)44.

③ Ibid., 50.

人来阅读，无论从主题上还是风格上，都堪称成人世界的经典巨著。”[①]

地海三部曲围绕一个名叫戈德的少年展开。第一部《地海巫师》以少年戈德的成长经历为主线，讲述他是怎样受到黑暗力量的诱惑，经过许多挫折与挑战，最终了解和认识自我的。勒奎恩曾这样解释她对小说主题的选择：“成长是一个漫长的过程，我花了许多年去经历和体会它。大约在 31 岁时，我才真正完成这一过程。所以，我对它感受极深。大多数青少年也同样如此。事实上，对于青少年来讲，成长就是他们的主要任务。”[②]勒奎恩在小说中将这一成长过程处理为主人公为了寻找自我而经历的旅程。勒奎恩相信奇幻体裁是这一旅程的最佳表达方式：“奇幻故事最适合描述这一旅程，展现其中的艰辛与收获。一个通往人类潜意识的旅程无法用理性的日常生活语言来形容，只有心灵深处的象征性语言才能表达它，而不至于使其显得过于平凡。”[③]在奇幻作品中，这种心灵深处的象征性语言常常用大量的象征与原型来表现。《地海巫师》中对少年戈德穷追不舍的黑暗影子便是一例。“在紧闭的房门后蹲着一个说不上什么形状的东西，看上去像是一团影子，比黑暗显得更要漆黑。”[④]这是黑暗影子的第一次出场。在整部小说中，这个黑暗影子都以一个独立的实体出现，时刻徘徊在戈德的身边，无论戈德怎样努力都无法摆脱它。

尽管勒奎恩声称在创作《地海巫师》时并没有研究过荣格理论，但小说中的黑暗影子确与荣格理论中的暗影与原型有着密不可分的关系。在《孩子与影子》一文中，勒奎恩对黑暗影子的解释更与暗影学说有异曲同工之妙：“影子是我们心灵的另一面，是人类意识的黑暗兄弟。”[⑤]将其称之为黑暗兄弟，是因为它的存在并不光鲜亮丽。“影子不仅仅邪恶。它是下等的、原始的、笨拙的、兽性的、幼稚的。”[⑥]所以，人们往往不愿去面对它，极尽所能地逃避它、否定它。然而，影子与我们密不可分，是我们存在的一部分，没有它，我们便什么都不是。“一个没有影子的身体是什么？什么都不是，剩下的仅仅是一个没有形状的、连环画式的平面个体。”[⑦]更重要的是，如果人们想要真正认识自我，便需要影子作为向导。因为影子是意识与无意识的临界点，否定它，人们就永远关上了通往

---

① Charlotte Spivack, *Ursula K. Le Guin* (Boston: Twayne, 1984)26.

② Ursula Le Guin, “Dreams Must Explain Themselves,” *The Language of the Night: Essays on Fantasy and Science Fiction*, ed. Susan Wood (New York: Harper Collins, 1992)50.

③ Ursula Le Guin, “The Child and the Shadow,” *The Language of the Night: Essays on Fantasy and Science Fiction*, ed. Susan Wood (New York: Harper Collins, 1992)61.

④ Ursula Le Guin, *A Wizard of Earthsea* (New York: Ace Books, 1968)22.

⑤ Ursula Le Guin, “The Child and the Shadow,” *The Language of the Night: Essays on Fantasy and Science Fiction*, ed. Susan Wood (New York: Harper Collins Publishers, 1992)59.

⑥⑦ Ibid., 60.

潜意识的神秘大门。这是勒奎恩在《地海巫师》中传达的一个重要信息。少年戈德为了逃避影子经历了许多失败与挫折，甚至丢掉了性命。直到最后他才幡然醒悟，决心寻找和面对影子，而他的命运也在这一刻彻底改变。他不再是懵懂无知、急于表现的少年，真正成长为勇于面对自我的成熟青年。在小说的结尾，"戈德丢掉手里的东西，伸出双手抱住了影子，影子也同样抱住了他。光明与黑暗相逢，融合在一起，成为一体"[①]。戈德的成长也以接受和承认影子的存在划上了圆满的句号。

实际上，小说结尾处光明与黑暗的相逢传达了《地海巫师》中的另一个重要思想，那便是阴阳平衡。勒奎恩从小受到中国老庄思想的影响，在作品中常常强调事物之间的相互影响与平衡。在西方的传统观念里，光明与黑暗是二元对立的两个象征，善与恶是相互对峙的两种力量，因此才有了等级制约，有了自我与他者的区别和对立。然而，在勒奎恩的作品里，这种对立被阴阳平衡所替代。勒奎恩深谙老子的《道德经》，[②]相信天地万物都是阴阳二气的产物。阴阳二气又是相互渗透，互相影响的。所以，阴中有阳、阳中有阴，阴阳相需、调协而生化万物。在这种思想体系的基础上，勒奎恩强调人是宇宙的一部分，而不是规则的制定者："真正的法则——不管是伦理的、审美的，还是科学的——都不是某个权威强加于世界的。真正的法则存在于事物之间，是被发现的，被找到的。"[③]所以，人应该尊重天地之间的自然规律，保证阴阳的动态平衡，这也成为地海系列的一个重要主题。正如少年戈德在巫师学校里所学到的，即使你有改变世界的魔力，"你也不能随便改变任何东西，无论是一颗石子，还是一粒沙，除非你能确信改变之后带来的善恶变化。这个世界处于一种阴阳的动态平衡。巫师变换东西、召唤灵魂的魔法可以打破这种平衡。所以，这种力量很危险……点燃一支蜡烛就等于投射出一片影子"[④]。事实上，承认蜡烛与影子的共存是少年戈德的重要成长标志，也集中体现了勒奎恩反对滥用权力、尊重自然法则的主题思想。

与《地海巫师》不同，地海系列的第二部《地海古墓》以女性成长为主线，围绕一个六岁便被关进古墓、终年不见天日的少女牧师特娜展开。与戈德在奇幻世界里的冒险经历大相径庭，特娜在古墓中学到的大多是一些祭祀礼仪和纺织一类的传统女性技巧。在她16岁时，戈德无意闯进古墓，唤醒了她对光明与自

① Ursula Le Guin, *A Wizard of Earthsea* (New York: Ace Books, 1968)179.

② 1997年，勒奎恩翻译出版了老子的《道德经》(*Lao Tzu*, *Tao Te Ching*: *A Book About the Way & the Power of the Way*, Boston: Shambhala, 1997)，该书已成为西方研究老子思想的重要参考文献。

③ Ursula Le Guin, "The Child and Shadow," *The Language of the Night*: *Essays on Fantasy and Science Fiction*, ed. Susan Wood (New York: Harper Collins Publishers, 1992)44.

④ Ursula Le Guin, *A Wizard of Earthsea* (New York: Ace Books, 1968)44.

由的渴望。评论家伊丽莎白·卡明斯指出,特娜比戈德更像革命家,因为戈德学习的是如何认识和适应社会,而特娜的成长则必须以反抗和摆脱养育她的社会为前提。[①] 这种差别使女性的成长比男性显得更为复杂。正如勒奎恩在分析该作品时所说,"《地海古墓》是一部女性成长小说,出生、复活、毁灭和自由都是这部小说的主题"[②]。特娜的成长便是这些主题的缩影,她的自由必须以毁灭传统身份为代价。而逃出古墓的一刻代表着特娜的新生,是女性独立意志的复活。

地海三部曲的完结篇《地海彼岸》重新回到了男性成长的主题。此时的主角变成了少年阿伦,讨论的是成长中必须面对的一个重要话题:死亡。勒奎恩相信这是青少年成长的关键一课。"从某种程度上来讲,所有的孩子都能强烈地感觉到死亡的存在。然而,当一个少年真正意识到自己是凡人、终究会死的时候,他的童年时代便彻底结束了,等待他的将是新生活的开始。"[③]《地海彼岸》以死亡为主题,讲述阿伦在戈德的帮助下学会勇敢地面对死亡,并在经过重重考验后,将地海从神秘的邪恶势力中解救出来,恢复了地海世界生与死的动态平衡。值得注意的是,在地海三部曲中,尽管戈德不是每部作品的主角,但他贯穿三部作品,成为理解小说主题的关键人物。在三部作品中,戈德分别以少年、中年、老年三个不同的人生阶段出现,使地海三部曲共同成为一部关于戈德的传奇传记。勒奎恩对小说结构与内容的完美设计赢得了许多评论家的赞许。巴巴拉·巴克纳尔便将地海三部曲视为勒奎恩最伟大的成就:"小说中的哲理通过极富诗意的比喻自然地表达出来,而读者对这些手法浑然不觉,还以为是精彩故事的部分情节……勒奎恩的其他任何作品都无法达到这种形式与内容的完美结合。"[④]

在勒奎恩的众多作品中,与地海三部曲齐名的当属《黑暗的左手》(*The Left Hand of Darkness*, 1969)。作为伊库盟系列的代表作,《黑暗的左手》赢得了雨果奖和星云奖两大奖项,确立了勒奎恩在美国科幻小说史上的重要地位。与地海系列讲述的心理旅程不同,伊库盟系列将观察的视角延伸到了数千年后的外太空,以发展一个洲际联盟为主线,着重探讨了勒奎恩长期关注的一些社会问题。小说的主人公杰力·艾是一名伊库盟特使,被派往格森星球以说服格森人加入这一洲际联盟。小说围绕杰力·艾在格森星球上的所见所闻展开,以一个旁观者的身份描述了格森星球的地域文化。除了让人难以忍受的寒

---

① Elizabeth Cummins, *Understanding Ursula K. Le Guin* (Columbia: U of South Carolina P, 1990)47 - 48.

②③ Ursula Le Guin, "Dreams Must Explain Themselves," *The Language of the Night: Essays on Fantasy and Science Fiction*, ed. Susan Wood (New York: Harper Collins, 1992)50.

④ Barbara J. Bucknall, *Ursula K. Le Guin* (New York: Frederick Ungar, 1981)62.

冷气候之外,最令杰力·艾困惑不解的是格森人对性别概念的理解。格森人一出生便是双性同体,没有真正的男女差别,只是在每个月的固定几天根据同伴的性别出现男性或者女性的性别特征。所以,每个格森人都可以是养育下一代的母亲,同时又是其他孩子的父亲。勒奎恩这样解释双性同体的构思:"因为根深蒂固的社会条件,我们很难清楚地看到男性和女性除了纯粹生理结构和功能上的差别之外还有什么别的不同……(在《黑暗的左手》中,)我把性别删去,目的就是要看看剩下来的是什么。不管剩下什么,它都应该是纯人性的,是男性和女性真正共享的一些东西。"①对勒奎恩的这一大胆设计,评论界持完全相反的两种态度。以波兰作家斯坦尼斯劳·莱姆为首的一方指责它与整个故事情节风马牛不相及,甚至认为小说的故事梗概完全可以把性别问题抛开不谈。莱姆同时指出,勒奎恩对格森人的描述趋于男性化,特别是格森首相埃斯特文看上去根本不像双性人,而更像平常意义上的男人。② 针对这些指责,勒奎恩在《性别是否必要》一文中一一做出回应。勒奎恩认为,我们大多数人都不愿意或者不能想象女性成为运筹帷幄的国家首相,这完全是我们思维意识里对于男性和女性的原型假设在作怪。勒奎恩称自己的作品为一场思想实验,指出她要挑战的恰恰是人们对于男性和女性的传统认识。她同时谦虚地表示,"对于读者,我漏掉了太多东西。人们在小说中没有看到埃斯特文以母亲的身份出现,与他的孩子相伴。事实上,他的角色没办法让我们立刻将之和'女性'联系在一起。因此,我们倾向于把他看作是男性。这确实是小说的一个瑕疵。我只能对那些愿意参与这场思想实验的男性和女性读者表示感谢,希望他们发挥自己的想象力来填补书中省略掉的一些细节"③。哈罗德·布鲁姆对勒奎恩的解释给予了充分的肯定。布鲁姆认为,小说中的性别问题至关重要,因为杰力·艾对格森文化的疑惑和不解恰恰源于他对性别差异的固执己见。布鲁姆甚至认为勒奎恩在这一问题上过于谦虚,小说本身已经不证自明,多做解释纯属画蛇添足。

的确,当杰力·艾放弃自己对性别的成见后,格森文化便越来越清晰地呈现在读者面前。格森人爱好和平、性格腼腆。因为没有男女的差别,也就没有了对女性和其他弱者的压迫。他们讲求阴阳平衡,尊重自然法则。因为相信"光

---

① Ursula Le Guin, "Is Gender Necessary?," *The Language of the Night: Essays on Fantasy and Science Fiction*, ed. Susan Wood (New York: Harper Collins, 1992)159 - 160.

② Stanislaw Lem, "Lost Opportunities," *SF Commentary* 24 (1971): 22 - 24. Reprinted in *Women of Wonder*, ed. Pamela Sargent (New York: Vintage, 1975).

③ Ursula Le Guin, "Is Gender Necessary?," *The Language of the Night: Essays on Fantasy and Science Fiction*, ed. Susan Wood (New York: Harper Collins, 1992)170 - 171.

明是黑暗的左手，黑暗是光明的右手”[①]，所以对生死也能泰然处之。在被问到这是否是一部乌托邦小说时，勒奎恩予以坚决否定。“小说只是尝试提出不同观点，拓宽想象空间，并没有打算给出任何确定的建议或答案。”[②]对格森人双性同体的设计，勒奎恩强调其主旨不在于彻底消除男女差异，而更多的是引发读者对现今社会的思考。勒奎恩相信《黑暗的左手》能让读者看到现今社会的主要问题，那便是“各种形式的压迫——对女性的压迫、对弱者的压迫、对地球的压迫。异化和阴阳分离是我们受到的诅咒。人们对平衡和完整无动于衷，却对统治权力趋之若鹜。人们对相互依赖嗤之以鼻，却热衷于建立彼此之间各种形式的隔离。”[③]这种二元对立的价值体系与格森人更为健康、生态的文化概念形成巨大反差，引发了评论界对这一问题的激烈讨论。应该承认，《黑暗的左手》是一部借助科幻题材讨论社会及文化问题的经典佳作。布鲁姆在勒奎恩作品评论集中盛赞该作品为她最伟大的成就，一再强调评论界低估了该作品的艺术内涵，应该给予它更多关注。

在伊库盟系列里，另一部较为成功的作品是《一无所有》(*The Dispossessed: An Ambiguous Utopia*, 1974)。同样是雨果奖和星云奖的双料得主，《一无所有》着重讨论了一直困扰勒奎恩的无政府主义和乌托邦问题。和传统的乌托邦小说不同，勒奎恩在这部作品中并没有急于对无政府主义和乌托邦做出任何定论，而是设计了两个星球来代表两种完全不同的社会体制。科学家舍维克来自阿那里斯星球。这个星球强调平等、共享与互助，没有法律、没有政府、没有阶级差别，甚至连货币都没有，是人们心目中典型的乌托邦国家。与之相对应的是尤偌斯星球。作为一个资本主义国家，尤偌斯星球鼓励个人奋斗，存在着明显的贫富两极分化。勒奎恩安排舍维克在两个星球之间不断穿梭，从而对两种社会体制进行充分地比较与鉴别。勒奎恩指出，《一无所有》不是在倡导无政府主义，而仅仅是就社会体制进行的一场思想实验。所以小说没有将阿那里斯星球描绘成一个完美的乌托邦社会，甚至用相当的篇幅描述了新社会存在的社会问题。除了不鼓励天才、不尊重个人成功之外，这一社会体制的最大问题是容易导致官僚主义。将两种社会体制进行对话式的比较，小说在结尾处并没有给出任何确切的答案，而这正是整部作品的艺术魅力所在。正如书中所提到的，“关键并不在于我们要去寻找的答案，而在于我们应该怎样提出

① Ursula Le Guin, *The Left Hand of Darkness* (New York: Harper & Row, 1980)164.

② Ursula Le Guin, "Is Gender Necessary?," *The Language of the Night: Essays on Fantasy and Science Fiction*, ed. Susan Wood (New York: Harper Collins, 1992)171.

③ Ibid., 172.

这一问题”①。

勒奎恩对乌托邦问题的探讨不仅限于《一无所有》这一本小说。在以美国西海岸为背景的科幻小说《天钧》(*The Lathe of Heaven*, 1971)中,勒奎恩将乌托邦问题与美国社会更紧密地联系在一起,表达了她对预设乌托邦的担忧。在一次访谈中,勒奎恩曾坦言小说《天钧》是她创作的最悲伤的作品,“和绝望仅有一步之遥”②。小说的题目“天钧”出自《庄子》,原文为“知止乎其所不能知,至矣!若有不即是者,天钧败之”③。这里,天钧意味着自然的均衡、贯通。勒奎恩以此为题目,旨在表达她对自然法则的尊重和对现今社会阴阳失衡的担忧。故事发生在2002年美国俄勒冈州的波特兰市。小说一开始便笼罩在一种极度悲观的氛围中:长期的工业污染导致生态问题急剧恶化,全球气温不断升高,许多物种相继灭绝,世界人口激增,自然资源短缺,许多国家和地区出现了战乱和暴动。在这一社会背景下,主人公乔治·奥尔发现自己能够通过梦境改变现实生活。乔治对此感到极度恐慌,不得不求助于医学专家哈伯大夫为自己进行诊治。然而,哈伯大夫却对这一发现兴奋不已,开始利用乔治的梦境来实现自己的乌托邦设想。小说围绕两个人的不同世界观展开。乔治强调无为,尊重自然法则,认为凡事都应顺其自然。而哈伯大夫认为人是世界的主人,人有权利改造世界,并对自己的改造世界计划雄心勃勃。从一次梦境中醒来,乔治发现哈伯大夫竟然利用自己的梦制造了一场大饥荒,将世界人口从七十亿迅速减少到了十亿。面对六十亿人的死亡,哈伯大夫竟然无动于衷,固执地认为只有这样才能建设一个完美的乌托邦。小说的结局是乔治恢复了正常,哈伯大夫在乌托邦梦想破灭后被永久性地关进了精神病院。评论家巴巴拉·巴克纳尔指出,“小说《天钧》表达了勒奎恩的愤怒,这种愤怒直指人类的贪婪、自私和愚蠢,它们直接导致阴阳失衡”④。在小说中,这种阴阳失衡发生在虚拟的未来世界,但其细节处理无不透射出勒奎恩对许多社会现实问题的担忧与愤慨。对加州印第安部落的驱逐、对犹太人的大屠杀、广岛、长崎的原子弹爆炸以及世界范围的军备竞赛,无一不在小说中受到影射,这也使小说《天钧》成为勒奎恩对社会现实抨击最为猛烈的一部作品。

在勒奎恩创造的四个虚拟世界里,欧西尼亚是最特殊的一个。它既非未来

① Ursula Le Guin, *The Dispossessed*: *An Ambiguous Utopia* (New York: Harper & Row, 1974) 200.

② Larry McCaffery and Sinda Gregory, "An Interview with Ursula Le Guin," *The Missouri Review* 7.2 (1984):76.

③ 刘殿爵编:《庄子逐字索引》,香港:商务印书馆,2000年。

④ Barbara J. Bucknall, *Ursula K. Le Guin* (New York: Frederick Ungar, 1981)96.

世界也非奇幻王国，而是一个“创造出来的，但并不奇幻的中欧国家”①。事实上，勒奎恩对欧西尼亚的创作远早于其他几个系列，其早期的几部短篇小说都是以欧西尼亚为背景的。该系列以短篇小说为主，最成功的当属《欧西尼亚故事集》(*Orsinian Tales*, 1976)。这部作品由 11 个短篇小说组成，描述了从 1150 年到 1965 年发生在欧西尼亚不同历史阶段的社会和政治生活。在这部作品中，读者看到的是一些普通人，他们既不能创造神话，也不能改变历史、阻止战争。他们虽然生活在虚拟的欧西尼亚，但却同样经历了西方文明中的许多重大事件，如法国大革命、由王权到民主的变革、希特勒上台、犹太人大屠杀以及原子弹爆炸。勒奎恩指出创造这一虚拟国家的目的是想要和历史拉开距离。② 小说中的故事并不按年代顺序安排，旨在挑战人们对历史的认识和理解。故事中的主人公往往在经历了许多社会动荡后学会重新审视历史，并在这一过程中加深了对自我、家庭和国家的了解。正如伊丽莎白·卡明斯所说，“小说中的主人公和读者都会发现，重新思考历史能让他们认识自我，并了解自己对于生活着的世界和周边社会群体应当承担的责任和义务。如果没有这种重新审视，人们就会被历史所缚，盲目地效忠于一些自己并不理解的东西”③。

必须承认，勒奎恩的经典作品大多出版于 20 世纪六七十年代。从 1966 年到 1974 年短短的八年间，勒奎恩就出版了 7 部科幻小说、3 部奇幻小说、16 篇短篇小说、9 首诗歌、5 篇书评和 16 篇散文。对于这样一位多产的作家，要求其每一部作品皆为精品是苛刻且不现实的。以 2003 年出版的短篇小说集《转机》(*Changing Planes*)为例，尽管这部作品凸显了勒奎恩的文化生态观，但该作品无论从小说内涵、人物塑造还是结构框架上都称不上勒奎恩的经典作品。然而，正如勒奎恩自己所说，她是一个勇于跨越固有疆界的探险家。尽管并非每次探险都能有重大收获，但探险家的脚步从不会为此停止。她用自己的作品向世人证明，女性身份、科幻和奇幻作家的头衔都无法限制她的自由。她用自己的想象力和勇气突破了传统艺术创作的桎梏，走出了时代的局限，为读者打开了一片新的天地，也为女性科幻和奇幻文学赢得了应有的尊重。在《西方正典》一书中，哈罗德·布鲁姆将厄修拉·勒奎恩列为美国经典作家，这也标志着女性科幻和奇幻文学真正走进了美国经典文学的艺术殿堂。勒奎恩至今作品不断，

---

① Ursula Le Guin, "A Citizen of Mondath," *The Language of the Night: Essays on Fantasy and Science Fiction*, ed. Susan Wood (New York: HarperCollins, 1992)23.

② 勒奎恩称此为“拉开距离的一种手法”。原文见 Ursula Le Guin, "A Citizen of Mondath," *The Language of the Night: Essays on Fantasy and Science Fiction*, ed. Susan Wood (New York: Harper Collins, 1992)23.

③ Elizabeth Cummins, *Understanding Ursula K. Le Guin* (Columbia: U of South Carolina P. 1990)138－139.

相信所有的读者都会对这位勇敢的“探险家”拭目以待。

勒奎恩的主要作品：

小说作品：

Rocannon's World, 1966.

Planet of Exile, 1966.

City of Illusions, 1967.

A Wizard of Earthsea, 1968.

The Left Hand of Darkness, 1969.

The Tombs of Atuan, 1971.

The Lathe of Heaven, 1971.

The Farthest Shore, 1972.

The Dispossessed: An Ambiguous Utopia, 1974.

The Wind's Twelve Quarters, 1975.

The Word for World is Forest, 1976.

Orsinian Tales, 1976.

Malafrena, 1979.

The Beginning Place, 1980.

The Compass Rose, 1982.

The Eye of the Heron, 1983.

Always Coming Home, 1985.

Buffalo Gals, and Other Animal Presences, 1987.

Tehanu: The Last Book of Earthsea, 1990.

Searoad, 1991.

A Fisherman of the Inland Sea, 1994.

Four Ways to Forgiveness, 1995.

Worlds of Exile and Illusion: Three Complete Novels of the Hainish Series in One Volume—Rocannon's World; Planet of Exile; City of Illusions, 1996.

Unlocking the Air and Other Stories, 1996.

The Telling, 2000.

The Other Wind, 2001.

Tales from Earthsea, 2001.

The Birthday of the World, 2002.

19. 托妮·莫里森——超越双重樊篱的非裔女性

Toni Morrison: African-American Female Beyond Double Imprisonment

1993年10月7日,瑞典文学院宣布将当年的诺贝尔文学奖授予一位非裔女作家,时年62岁的托妮·莫里森(1931—),这是诺奖近百年来首次授予美国黑人女作家。颁奖词赞美莫里森打破了女性和黑人两重桎梏,“以其富有想像力和诗意的小说生动地再现了美国现实的一个极为重要的方面”[①]。当莫里森得知自己获奖时,她说:“作为一个美国人获奖是个殊荣,作为一个美国黑人获奖更是难得,我认为最有意义的是,这项奖金终于被授予了一位非裔美国人。”[②]艾丽丝·沃克认为:“没有人比托妮·莫里森写得更美,她始终不懈地探索非洲美国人的复杂性、恐惧感和生活中的爱……她是配得上这一荣誉的作家。”[③]诺贝尔文学奖的桂冠标志着黑人女性文学已成为美国主流文学不可或缺的一部分。莫里森作品彰显了她的种族身份和性别特征,在借助种族与性别身份的同时又超越了它们,在两性和谐和文化融合的理想中促成黑人文化由边缘向主流位移,是“20世纪美国黑人文学史上继赖特、埃利森之后的又一座高峰”[④]。除了思想的深刻性之外,对魔幻现实主义、神话、象征主义、古典主义、哥特风格等文学体裁的运用也表现了莫里森高超的创作技巧,使她成为黑人文学的领军人物。[⑤]

托妮·莫里森原名科洛·安东妮·沃福德(Chole Anthony Wofford),1931年2月18日出生于俄亥俄州克利夫兰附近的钢铁工业小城罗伦。莫里森称自己始终是美国的“中西部人”,美国中西部的黑人村庄反复出现在她的作品中。[⑥]莫里森在四个孩子中排行老二。祖父母当过奴隶,父母原为美国南方阿拉巴马州的佃农,为了摆脱贫困和种族歧视而迁到这个小城。父亲是一名船厂焊接工;母亲在白人家帮佣,是一位忠实的教徒并且参加了教会的唱诗班。讲故事、

---

① “Nobel Prize Goes to U.S. Author Toni Morrison,” *Los Angeles Times*, 8 Oct. 1993.

② 王海霞:《评美国当代黑人女作家托妮·莫里森》,《山东科技大学学报》(社会科学版) 2006年第4期,第107—110页。

③ 孔祥平:《美国黑人文学的又一个里程碑》,《外语与外语教学》1994年第6期,第33—35页。

④ 王守仁、吴新云:《性别·种族·文化:托尼·莫里森与二十世纪美国黑人文学》,北京:北京大学出版社,1999年,第100页。

⑤ Karen Camean, *Toni Morrison's World of Fiction* (New York: The Whitson, 1993)7.

⑥ 如《最蓝的眼睛》(*The Bluest Eye*, 1970)的故事背景是俄亥俄州的罗伦镇,《秀拉》(*Sula*, 1973)的故事背景是俄亥俄州梅德林镇,《宠儿》(Beloved, 1987)的塞丝在南北战争之后带着女儿逃向俄亥俄州辛辛那提的蓝石路124号。

歌唱和听民间故事是莫里森童年生活的重要组成部分，成了她创作的原动力。莫里森12岁开始打工以补贴家用。1953年，莫里森取得霍华德大学英文学士学位，两年后获康奈尔大学文学硕士学位，重点研究福克纳和吴尔夫的作品。毕业后，莫里森在休斯敦的南得克萨斯大学教英文，后在母校霍华德大学任教至1964年。在霍华德大学工作期间，莫里森开始小说创作。1958年她与牙买加裔建筑师哈罗德·莫里森结婚，六年后婚姻破裂，她独自一人抚养两个儿子。第二年，她到纽约北部的西里丘斯为兰登书屋编辑教科书，并且在1966至1987年的20年间任蓝登书屋纽约总部的高级编辑，帮助出版了拳王阿里、安吉拉·戴维斯等人的传记以及托尼·基德·巴巴拉、亨利·顿巴斯、盖伊·琼斯等黑人作家的小说，并主编了被称为美国黑人史的百科全书的《黑人之书》(*The Black Book*)。《宠儿》(*Beloved*,1987)就是根据这一时期阅读的一份档案资料创作的。此后，她又相继在耶鲁大学、罗格斯大学、纽约州立大学等校任教，讲授美国黑人文学，并为《纽约时报书评周报》撰写过多篇书评。莫里森从1998年开始在普林斯顿大学任教，是该校的罗伯特·F.戈辛教席教授。

莫里森说自己"从来没有想到长大了当作家"①。1962年她的婚姻出现危机，她于是参加了霍华德大学的一个写作小组以逃避不幸，结果却成了一位作家。莫里森迄今已发表的八部长篇小说中的历史时间总跨度约为120年，其作品故事情节的时间分别是：《最蓝的眼睛》(*The Bluest Eye*, 1970)为1939年秋到1940年夏；《秀拉》(*Sula*, 1973)为1919至1965年；《所罗门之歌》(*Song of Solomon*, 1977)为1931至1963年；《柏油娃》(*Tar Baby*, 1981)为1979到1980年；《宠儿》为1873年，是莫里森作品中追溯的最早故事背景；《爵士乐》(*Jazz*, 1992)为1926年左右；《天堂》(*Paradise*, 1998)为1952至1976年；《爱》(*Love*, 2003)为1940至1996年或1997年；2008年的新作《慈善》(*A Mercy*)则回归到美国殖民地时期的17世纪末。在40多年的创作实践中，莫里森反映了她对黑人民族的深切关注和对美国现实社会的认真思考。19世纪后期南方种植园黑人奴隶的悲惨生活、20世纪初大批移居北方工业城镇的黑人的迷惘与挣扎，以及20世纪60年代以来黑人在争取民权和抵制白人文化统治中所做的探索和努力，这些与其种族命运息息相关的主题都在莫里森的作品中得到了不同程度的表达。黑人作家们一致对她在传承非裔美国人的民间文化方面所做的突出贡献致以敬意："你向前推进了我们民族的想象力和心智以及道德与艺术的

① 查尔斯·鲁亚斯：《美国作家访谈录》，粟旺、李文俊等译，北京：中国对外翻译出版社，1995年，第203页。

标准，使我们心生崇敬。”[①]

莫里森的处女作《最蓝的眼睛》揭示了美国白人主流文化审美观带给黑人的悲剧性命运。第二部小说《秀拉》塑造了一个敢于反抗男权和世俗观念的黑人女孩，获得俄亥俄文萃图书奖，并获得全国图书奖提名。成名作《所罗门之歌》叙述了“奶娃”，即主人公梅肯·戴德第三，[②]在寻求父亲流失的那袋金子的过程中逐渐摆脱物质的束缚、最终找回家族历史、回归黑人本民族文化并获得自我的成长历程，被称为“自《看不见的人》以来最有价值的小说”。[③] 此小说仅初版就发行了 57 万册。第四部小说《柏油娃》通过描写白人文化浸染下的嘉甸与森的恋情探讨了种族、社会阶层和性别之间的冲突。用莫里森自己的话说，她的前两部作品是写儿童和女人的，第三部是写男人的，这第四部则是关于男人与女人的。《宠儿》是其最著名、最具有冲击力的一部小说，被誉为“美国文学史上的里程碑”[④]。小说揭示了奴隶制对黑人心灵的巨大伤害，同时显示了莫里森抒情诗般的创作风格。由于 1987 年的美国国家图书奖没能授予众望所归的莫里森，1988 年 1 月 24 日《纽约时报·书评增刊》发表了美国学界 48 位黑人作家、学者的联名公开信以示抗议。受此压力，1988 年的普利策文学奖被授予了莫里森。两年后，这部作品又为作者带来了基安蒂·鲁芬诺·安蒂科·法托国际文学奖、罗伯特·肯尼迪奖、梅尔彻图书奖以及哥伦布之前基金会奖。[⑤] 2006 年，《纽约时报》召集美国 125 位知名作家、评论家、编辑及文坛泰斗等选出自己心目中“25 年来最佳美国小说”，《宠儿》名列榜首。《爵士乐》是作者酝酿了十年才写成的作品，一出版就成为畅销书，随后赢得了雷杰姆·朱莉文学奖和赛珍珠奖。这是发生在哈莱姆的一个关于激情、妒忌、性爱、谋杀和救赎的故事，确定身份、寻找归属也是这部小说的主题。跳跃的心理时空、多角度的叙述、复杂的穿插结构、忽隐忽现的人物、意象的借代和转换、音乐中和声和对位技巧的运用等叙事技巧的运用使这部作品魅力无穷。《天堂》采用意识流式的非线形叙述布局，用多视角叙述技巧讲述了一群黑人寻找自由家园的悲惨故事。《爱》的第一版精装本就出了 50 万册。小说描写了 20 世纪 40 年代和 50 年代期间的一个黑人海滨胜地的生活和爱情，讲述了一个黑人企业家族的兴衰、人们之间的爱

---

① Houston Baker, et al., “Black Writers Praise Toni Morrison,” *The New Times Book Review* 2 (1997): 36.

② 其姓氏由于白人官员的失误成了“dead”，暗示家族历史乃至黑人民族历史的丧失和“死亡”。奶娃的祖父由于不识字没有意识到自己的假身份以及由此带来的文化无根性，所以保留了“戴德”这个姓氏。

③ Toni Morrison, *Song of Solomon* (New York: Alfred A. Knopf, 1994)2.

④ 托尼·莫里森：《娇女》(附录)，长沙：湖南艺术出版社，1990 年，第 385 页。

⑤ Linden Peach, ed., *Toni Morrison* (New York: St. Martin's, 1998)7.

恨情仇以及妇女所受到的伤害。2008年纽约时报年度十大好书《慈善》揭示了早期美国的危机四伏的奴隶制度。它既是母亲的故事和女儿的故事，也是一个原始的美国的故事。

除长篇小说外，莫里森还写有短篇小说《宣叙》（"Recitatif"，1983）、剧本《做梦的埃梅特》（*Dreaming Emmett*，1986）和童话《大盒子》（*The Big Box*，1999）。论文集《在黑暗中游戏：白人性与文学想象》（*Playing in the Dark：Whiteness and the Literary Imagination*，1992）第一版就印刷了25,000册，位居畅销书行列，创造了评论作品的奇迹。她还撰写了《种族公正，权力的产生：评述安妮塔·希尔、克拉伦斯·托马斯及建构社会现实的他者们》（*Race-ing Justice，En-gendering Power：Essays on Anita Hill，Clarence Thomas，and the Constructing of Social Reality*，1992）和《不可言说之不被言说：美国文学中的非裔美国人》（*Unspeakable Things Unspoken：The Afro-American Presence in American Literature*，1989）等多部学术著作。创作的巨大成就为莫里森赢得了诸多荣誉：1978年美国文学艺术学院颁发的有色人种作家奖、1986纽约州政府艺术奖、1987年华盛顿大学文学奖、1989年的美国联邦现代语言协会文学奖、1993年法国政府颁赠艺术等级的指挥官勋章艺术字母，1996年全美图书基金会突出贡献奖，2000年美国国家人文学科奖等等。莫里森本人在美国学界也十分活跃，1981年她在哥伦比亚大学主持了"80年代黑人文学"学术会议，同年10月她协同组织召开了第一届全美作家代表大会。莫里森以作品和行为告诉人们：黑人女性的存在不可忽视。

在写作技巧上，莫里森形成了既拥有黑人文化精神传说本质又具备现代艺术形式的创作风格。莫里森利用黑人口头文学来渲染气氛，借鉴魔幻现实主义的创作手法创造神秘色彩，巧妙地把现实主义与现代主义熔于一炉。莫里森大胆运用拉美魔幻现实主义的创作手法，常常将现实生活的场面及情节与完全虚构的情境交织在一起，使作品"变现实为幻想而又不失其真"。① 现实主义的题旨加上各种叙事技巧，如多视角叙述、"碎片化"语言、意识流、象征、魔幻、荒诞、神话、传说、寓言、隐喻等，使莫里森的作品包罗万象，意境深远。黑人口头文学不仅包括神话、童话、民间传说和英雄故事等，还包括音乐歌谣如布道歌、酒歌、精灵抒情歌、劳动歌谣、颂歌、布鲁斯、爵士乐和快板歌等，以及从其他民族神话传说、宗教信仰中借鉴来的内容，如《圣经》故事、阿拉伯民间故事等。"莫里森的作品根植于美国黑人独特的历史、传说和现实生活之中，无论是在思想内容

① 王守仁：《谈二十世纪的现实主义》，《外国文学评论》1998年第4期，第52—54页。

方面，还是在叙事手法的运用上，都将黑人小说推向了一个新的高度。”①

莫里森采用现代的艺术形式来展现古老的黑人文化传统。神话人物、历史事件与现代的观点交织出现在她的作品之中，使古老的文化在新的历史语境下焕发出新的生机和意义。“飞”是较典型的一个美国黑人神话。自从黑人被贩卖到美洲大陆后，他们便一直梦想能“飞”回家园。在早期的黑人奴隶叙事中，便有过一个一群黑人集体飞回非洲的故事。② “飞”的神话几乎出现在莫里森所有的作品中，尤以《所罗门之歌》最为典型。《所罗门之歌》中，黑人青年“奶娃”通过飞翔完成了对自我和黑人历史文化的重建与延伸，在纵身飞翔的那一瞬间“摒弃物质追求而获得了精神自由”。③ 莫里森说，“我想使用黑人的民间故事，也就是带有魔力和迷信的那部分。黑人相信魔力，那是我们文化遗产的一部分。这就是为什么‘飞翔’是《所罗门之歌》中主要的暗喻……”④奶人在派拉特的指引下得知自己真正的姓氏是所罗门，他是传说中会飞的黑人的后代。他认同了自己的民族身份黑人性，最终获得了超越自我的勇气，实现了精神上的“飞翔”。《柏油娃》的书名取自莫里森在幼年听过多次的一则民间传说。莫里森在接受采访时提到：“在我刚完成的书《柏油娃》中，我用了那个很老的故事，因为它尽管很滑稽、有个幸福的结局，但它曾经吓了我一大跳。传说中白人用柏油娃来逮兔子。我记得，‘柏油娃’同时也是绰号，如同黑鬼一样，白人用它来称呼黑人小孩，称呼黑人小女孩。”⑤莫里森在《宠儿》中运用了传统的希腊神话、非洲神话和伊甸园神话，以众多人物对奴隶生活的回忆形成放射式的叙事方式。在奴隶制时期，肯塔基的“甜蜜之家”的种植园的女黑奴塞斯怀着身孕只身逃走。在逃亡的路上，为了使自己刚刚出生的女儿免遭奴隶主的残害，塞斯割断了刚刚学会爬行的“宠儿”的咽喉。她下决心永远不允许同样的命运再发生在孩子身上：“白人尽可以玷污她，却别想玷污她最宝贵的东西，她的美丽而神奇的、最宝贵的东西——她最干净的部分。”⑥这件事在塞斯心灵上留下了难以愈合的创伤。当一个和女儿同名、带有象征意义的半人半鬼女孩到来时，出于爱和赎罪

① 王守仁、吴新云：《性别·种族·文化——托尼·莫里森与二十世纪美国黑人文学》，北京：北京大学出版社，1999年，第23页。

② 曾艳钰：《论托尼·莫里森对黑人文学传统的继承与发展》，《湘潭师范学院学报》1999年第2期，第47—50页。

③ Eva Lennox Birch, *Black American Women's Writing: A Quilt of Many Colours* (London: Harvester Wheatsheaf, 1994)165.

④ David L. Middleton, ed., *Toni Morrison's Fiction: Contemporary Criticism* (New York: Garland, 2000)112.

⑤ Danille Taylor-Guthrie, ed., *Conversations with Toni Morrison* (Jackson: UP of Mississippi, 1994)122.

⑥ 托妮·莫里森：《宠儿》，潘岳、格雷译，北京：中国文学出版社，1996年，第299页。

心情，她接纳这个女孩进入了家庭，从此她的家便成了一个幽灵世界。作者用魔幻荒诞手法描写了死去女儿的愤怒、对母爱的渴望以及对确立自己人格的执著追求。《宠儿》另一个特点是充满了隐喻。隐喻的运用大大增强了小说的神秘性，反映了黑人在白人文化传统的压迫下寻找自我的方式。在《宠儿》中，宠儿是蓄奴制时期的所有冤魂，是蓄奴制被废除后黑人心理上仍无法摆脱的巨大痛楚，更是整部黑人苦难历史的深刻隐喻。多重视角叙述与复调叙述在莫里森的作品中运用自如。莫里森在《爵士乐》的上半部中，从旁观者的观察性描绘转入当事人的内部心理，即在叙述中随时切入小说人物的意识，而在后半部，叙述者的叙述出现了"跳角"，即抛开叙述者的视角转为人物视角，叙述主体使用了完全不受叙述语境影响的直接引语。

在主题上，种族与性别是莫里森作品中最突出的两个方面。莫里森说，"身为作家的我之所以有价值，因为我是一个女人。在我看来，妇女看待一些事情、观察世界的方式以及她们自身的想象，都有特殊之处"[①]。她的八部长篇除了《所罗门之歌》以外全部以女性为主人公。莫里森从黑人、女人和美国人三重视角深刻揭示了黑人女性在种族压迫与性别歧视下心灵世界的冲突以及她们的抗争，描述了黑人女性探索自我的过程以及在追求自身价值时面临的困境，并批判了她们在寻求自我过程中所采取的错误方法。

在《最蓝的眼睛》中，莫里森揭示了"种族主义内在化"对黑人妇女的精神伤害，促使人们"开始讨论照单全收他人迥异的审美标准带来的巨大精神破坏"[②]。"种族主义内在化"是指在当代美国社会中，早期非洲移民的后代深受白人社会主流文化和价值观的影响，有意或无意地用白人的价值观标准来衡量自己的言行，从而抛弃了本民族的传统价值观念，丧失了自己的民族身份。"种族主义内在化"为害之处的一个主要方面就是白人的审美观对黑人女性的摧残。《最蓝的眼睛》讲述了黑人少女佩科拉·布里德洛夫从11岁秋天到12岁夏天一年内的遭遇。相貌丑陋的佩科拉受到同学的嘲笑和老师的厌恶。母亲波琳对她不屑一顾，宁愿去关爱白人雇主的金发女孩，父亲乔利则强奸了她，使她怀孕并生下一个死婴。佩科拉"就像拴在长长的线上的风筝，漫无目的地飘过它的少女时代，寻找浮力"[③]。佩科拉将自己的不幸归结为自己的丑陋。她会长时间地坐在镜子面前，试图发现造成自己丑陋的秘密，最后将原因归咎于自己缺少一双

① Nellie Y. McKay, ed., *Critical Essays on Toni Morrison* (Boston: G. K. Hall 1988)54.

② Danielle Taylor Guthrie, ed., *Conversations with Toni Morrison* (Jackson: UP of Mississippi, 1994)291.

③ Gloria Roberson, *The World of Toni Morrison: A Guide to Characters and Places in Her Novels* (Westport, Conn: Greenwood, 2003)26.

碧蓝的眼睛。对白人审美模式的盲目遵从使佩科拉极其渴望把自己变成一个白人女孩，能拥有一双像童星秀兰·邓波尔一样美丽的蓝眼睛，认为“如果我看上去不同，如果我看上去美丽，也许乔利会不一样了，布里德洛夫夫人也会不一样了”[①]。最后，神经错乱的佩科拉每日都端坐在镜子前来注视着并不真正存在的蓝眼睛。莫里森通过小女孩的悲剧表明了白人种族主义带给非裔美国人的白人审美标准的内化以及对黑人身份的放弃的可悲后果，从而证明了，只要白人的价值标准完全控制黑人的思想，让他们鄙视自己的文化传统，那美国仍旧是一个“被种族问题所压制的社会”。[②] 莫里森认为，黑人女性要找回自己的尊严和独立的自我就必须保持自己的文化传统，因为民族独立性“如同性别，是妇女自我确认的一个重要部分”[③]。

《所罗门之歌》描述了另一位黑人女性在种族主义和性别主义双重枷锁下的悲惨遭遇。黑人女孩哈加尔深受白人审美观的影响，把白人妇女的外貌特征看作是美丽的象征。因此在遭遇男友“奶娃”的遗弃后，她把男友的变心归因于自己“丑陋的”外貌。对她来说，奶娃是她的美貌、年轻甚至生命的唯一衡量者。而当她觉得那份爱无法再获得时，她失去了生活的信心。她认为，这一定是因为她的头发不是丝般柔软、眼睛不是蓝色、肤色不是柠檬色造成的。“事实上，他们从倾覆而来的每一张广告牌上、每一部电影上、每一道目光上看到了支持这说法的证据。”[④]哈加尔不知道白人主流社会所确定的价值观标准是刻意要把黑人拒之门外的。哈加尔被失去的爱折磨得疯狂痴迷，一病不起，直到悲惨死去。生活在 20 世纪 60 年代末的哈加尔仍然只有在异性的目光中才能找到自己生存的价值。父权制思想和白人价值观的内化联手杀死了哈加尔。白人价值观的内化，即“种族主义内在化”，只会使黑人妇女陷入两难的境地，既脱离了自己的民族，又无法融入白人主流社会。通过描述哈加尔的悲剧人生，莫里森强调了黑人妇女必须摆脱白人意识形态的控制、恢复自己的民族身份和民族自豪感，抵制白人强势文化的内在化，摒弃“黑皮白心人”的虚假身份。

《秀拉》则刻画了走向另一个极端的黑人女性形象。女主人公秀拉不再试图通过由白人制定并被黑人内化的审美标准来得到自我认同，而是走到了绝对的反面。秀拉是一位新时代的黑人女性，受过高等教育，敢爱敢恨，勇于追求个人自由。她发现在种族主义观念下黑人是受压迫者，而在黑人内部男女之间女

① Toni Morrison, *The Bluest Eye* (New York: Alfred A. Knopf, 1993)47.

② Toni Morrison, "On the Backs of Blacks," *Arguing Immigration: The Debate Over the Changing Face of America*, ed. N. Mills (New York: Simon and Schuster, 1994)10.

③ 罗婷:《女性主义文学与欧美文学研究》,北京:东方出版社,2002 年,第 37 页。

④ Toni Morrison, *The Bluest Eye* (New York: Alfred A. Knopf, 1993)39.

人又是受压迫者。秀拉和儿时的好友奈儿知道自己“既不是白人又不是男人，一切自由和成功都没有她们的份，她们便着手把自己创造成另一种新东西”。[①]在种族歧视和性别歧视的双重压迫下，黑人女性除了自己的身体之外一无所有，肉体成了她们表达自己思想的方式之一。秀拉于是与尽可能多的男人偷欢，然后将他们抛开。她的举动摆脱了女人被挑选、被支配的地位，彻底颠覆了黑人社区的法规，瓦解了男权统治。秀拉正是通过对床伴的自主选择，来确认自己作为黑人女性的主体性的存在。“在某种程度上，秀拉是70年代小说中最激进的角色”[②]。在她看来，这个国家的每个黑种女人都在死亡，而她和她们的不同之处在于“她们像树桩一样死去”而她“像一株红杉一样死去”；她确信自己“确实在这个世界上生活过”。[③] 为了追求真正意义上的自由，秀拉过着离经叛道的生活——鄙视传统的幸福模式、抗拒琐碎的家庭生活。然而，这种表面上的自由并没给秀拉带来任何心灵上的慰藉。外面的世界打碎了她的梦想，灵与肉的被迫分离使其寄希望于他人而成就自我的梦想破灭了，从爱的承诺到爱的享受再到爱的冷却中她明白了他们除了爱的阴谋什么也没有教她、除了焦虑什么也没有与她分享、除了金钱什么也没有给她。她所获得的只是在人们的唾骂中孤独地死去的结局。尽管她的存在是“黑人妇女英雄主义的胜利”[④]，但是秀拉并没能真正实现自己的理想。通过这一角色，莫里森指出并批判了试图通过肉体解脱的方式达到精神救赎的错误观点。

在《爵士乐》中，莫里森塑造了一个生活在哈莱姆的秀拉式的反叛者——多卡斯。在20世纪20年代城市的喧嚣中长大的多卡斯耳濡目染了城市文明和白人文化。为了让别人意识到她的存在，多卡斯“身不由己”地选择了一种“本能”的反叛社会的生活方式。像秀拉一样，她生活放荡不羁、我行我素，充分享受着性爱给她带来的自由和快乐。她像爵士乐时代那些醉生梦死、及时行乐的年轻人一样，生活缺乏目标，感官刺激是她唯一的慰藉和乐趣。在她眼里，生活就是要充分享受自由和快乐，除此之外一切都毫无意义。对于她姨母的监护和限制，她总是予以排斥和反抗，认为“只有裤腰带以下的生活才是生活的全部所在”[⑤]。最终，到处充满着诱惑的哈莱姆使多卡斯变成一位自甘沉沦和堕落的女子。为了吸引男性、满足自己的虚荣心，她甚至像妓女一样肆无忌惮，“把自己

---

① Toni Morrison, *Sula* (New York: Alfred A. Knopf, 1973)49.

② Barbara Christian, *Black Feminist Criticism: Perspectives on Black Women Writers* (New York: Pergamon, 1985)179.

③ Toni Morrison, *Sula* (New York: Alfred A. Knopf, 1973)134.

④ 王守仁、吴新云:《性别·种族·文化——托尼·莫里森小说创作》,北京:北京大学出版社, 2004年,第72页。

⑤ Toni Morrison, *Jazz* (New York: The Penguin, 1993)60.

的肉身奉献给他们当中的一个”[①]。已年过半百的乔不堪忍受多卡斯的薄情，开枪打死了她。多卡斯的悲惨结局说明，“黑人女性只有两种，一种是拿着武器的，另一种是手无寸铁的，她们都没有好下场”。[②]

莫里森在作品中不仅探索了生活在黑人社区的黑人女性寻求自我的艰辛，也探索了进入白人社会中的黑人女性如何探索自我的问题，以及黑人女性在争取经济和人格上的独立的同时如何保持住与本民族文化的联结的问题，从而对人性、种族和阶级进行了整体的考虑，揭示了两性关系与两种文化融合的密切关系。《柏油娃》讲述了黑人男青年森和受白人文化养育的黑人女性嘉甸的爱情。嘉甸是白人世界的黑人成功者，她有女性的自尊和独立，甚至比男人更优秀。嘉甸又被白人价值观念所征服和同化。作为白人富翁的黑佣的侄女，她从小被白人收为义女，接受了系统的白人式高等教育，并成功跻身于巴黎的上层社会。她的成功伴随着她对黑人文化的排斥和疏远。她认为白人文化远远优于黑人文化。嘉甸爱森，却又无法接受森的黑人身份。黑人的世界使她害怕、厌恶。最终嘉甸离开森所代表的黑人传统社会，乘上了飞往巴黎的飞机。两人的爱情把两性关系和文化冲突糅合在了一起。森和嘉甸的两性关系实际上象征了黑人在面对传统文化与现代文化冲突时的归属问题。对此，莫里森说：“(森)是否进入20世纪？如果选择是肯定的，那么他就得跟嘉甸走；如果他不想进入20世纪而跟这伙人在一起，那么他就得闭关自守，割断未来。他可以全心全意、自始至终认同过去；这当然就等于死，因为没有了未来，空无一物。”[③]小说以森在去寻找嘉甸的路上结束。小说的开放式结尾表明了黑人民族面对白人文化霸权所感到的困惑和迷茫。非洲传统和现代文化中任何一极的缺失都会使民族的存在变得不完整。

在《爵士乐》中，莫里森用两性的融合解决了文化的冲突。乔和维奥莉特一个生活在现在，一个生活在过去。乔在迁入北方城市之后，很快忘记了南方生活，像在爵士乐时代的其他美国人一样一味追求物质生活。和乔不同，维奥莉特并没有很快融入城市生活，在很大程度上还生活在过去。乔和维奥莉特在两性关系上的冲突即是融入现代和坚守传统之间的冲突，美国黑人既是美国人，又是黑人，他们拥有“两个灵魂、两种思想、两种彼此不能调和的斗争；两种并存于一个黑色身躯内的敌对意识”[④]。小说结尾时，维奥莉特接受了艾丽斯的忠

---

① Toni Morrison, *Jazz* (New York: The Penguin, 1993) 64.

② Ibid., 77—78.

③ 查尔斯·鲁亚斯：《美国作家访谈录》，粟旺、李文俊等译，北京：中国对外翻译出版公司，1995年，第220页。

④ 威·艾·柏·杜波伊斯：《黑人的灵魂》，维群译，北京：人民文学出版社，1959年，第4页。

告，开始真正去爱丈夫，与他重归于好，显然暗示着文化的融合。爵士乐既点明了主人公生活的时代，也是一种象征，它既不是传统的，又不是现代的，既不是纯美国的，又不是纯非洲的，而是文化融合的产物。

在《天堂》中，莫里森更为明确地表明了建立在二元对立基础上的种族主义和女权主义不是黑人民族、尤其是黑人女性的出路。《天堂》是莫里森获得诺贝尔文学奖后的第一部小说，也是继《宠儿》和《爵士乐》之后反映美国黑人百年历史进程"三部曲"的最后一部。《天堂》围绕着两个"天堂"的建立和毁灭表明孤立于白人文化之外的"黑人天堂"和孤立于男人之外的"女性天堂"都不可能成为真正的"人间天堂"。天堂的建立与最终失败分为两个阶段，首先是黑文镇的建立。在泽迦利亚和其他人向俄克拉荷马迁徙的过程中，上帝曾三次神秘地出现在面前给他们指引道路，并将他们引领到他们的新"迦南"，即后来的黑文镇所在地。[①] 在黑文镇，崇高的信念和纯洁的道德观带来了路不拾遗、夜不闭户的理想社会。半个世纪以后，黑文镇突然戏剧性地衰败了。于是，黑文镇居民的后代在距离黑文镇原址30多公里处依样仿造了小说的核心故事发生地——鲁比镇。他们要求绝对纯粹的黑人血统，力图肃清一切影响繁荣的因素。鲁比镇曾一度成为黑人们创建的自治、自主、自由的人间天堂。"小镇建立二十多年来一直遵循着自足自尊、互相帮助的生活准则，人们拥有共同的行为规范。从一开始，人们就享受着自由和保护。"[②]在距离鲁比17英里处有一座修道院，几位饱受生活创伤的女性不约而同地栖身在修道院。这些女人在康索拉塔的引领下，由陌生疏离走向交流融合，女修道院成为了这些曾经受伤的女人远离尘嚣的"女性天堂"。她们靠卖食品和农产品自食其力，不依赖任何男性、也不需要任何男性。她们的生活不再被男人们所规定和操纵，她们也不再是没有经济地位和谋生能力的男性附属品。这些女性通过不按照男性希望她们生活的方式宣告了自己的存在，赢得了独立的主体地位。如此离经叛道的女儿国，无疑构成了对传统男性生存方式的极大威胁，因为这是"对传统理想中的女性观的唾弃，因为传统理想认为，女人是孤单的，她为了男人活着，也依靠男人而活着"[③]。这样的女性团体令男性感到惊恐不安，灾难在悄悄来临。鲁比的统治者认为他们所遭受的一切苦难都是白人的错，所以要把白人挡在自己的领地之外，享受与世隔绝的孤独与快乐。年轻一代开始不满足于这种故步自封的状态，在行为上也不可避免地带上了时代的气息。老一代男性居民则把传统价值观念的动

① 黑文(Haven)的发音近似于"天堂"(Heaven)一词，蕴含着非裔美国人对天堂般的美好生活的期待。

② Toni Morrison, *Paradise* (London: Vintage, 1999)8.

③ 苏珊·S·兰瑟：《虚构的权威》，黄必康译，北京：北京大学出版社，2002年，第257页。

摇归因于修道院的女人们。他们认为修道院里的女人引诱鲁比人走向堕落，他们因此得出结论："与这一切灾难相关的东西就在修道院。"[①]修道院成了男性眼中罪恶的渊源，一个女巫聚会所。于是他们决定杀戮修道院里的女人们。在鲁比镇的男人们拿着枪和绳子屠杀了修道院的女人之后，鲁比镇也开始瓦解，天堂渐渐消失了。"他们以为保卫了妻子和孩子，而事实上害了他们。当受摧残的孩子向他们求助时，他们却向别处找原因……鲁比镇将很快像其他城镇一样，年轻人想远走高飞，老年人则充满悔恨。"[②]《天堂》中的悲剧表明，在一个像美国这样种族主义根深蒂固的国家中，通过疏离和隔绝的方式建立乌托邦是不切实际的，即使是构建起了地理意义上的黑色伊甸园，由于种族主义对人们潜移默化的影响，黑人也不可能在真正意义上建立他们的精神天堂。只是片面地强调"黑"意味着否定黑人的美国特性，无助于问题的解决，无法使得黑人摆脱自己目前的困境。要想让黑人们真正找到精神上的统一的自我，就必须要承认黑人作为"黑人"和"美国人"的双重身份。同样，只是片面强调"女性"而否定男性的做法也是无法实现女性的平等和解放的。故事表明，面对男权社会和种族主义的暴力，女性天堂是多么不堪一击，因为这两个天堂是在二元对立基础上建立的新的二元对立。

在2008年的新作《慈善》中，莫里森则更为一针见血地指出，完全依靠男性和白人的作法只能使少数族裔女性，尤其是印第安人和黑人女性，产生一种精神上的瘫痪，从而彻底失去自我和生存的能力。小说的背景是17世纪末的殖民地时期的美国。故事通过四个女人的故事讲述了美国奴隶制的起源以及对土著印第安人的践踏和杀戮。这部小说可以说是《宠儿》的姊妹篇。这部作品详细叙述了美国早期的建国历史：对土著印第安人、契约工人、女性和奴隶的统治和剥削。原本是小生意人的雅各从一个从未曾谋面的叔叔那里继承了120亩土地，成为一个奴隶主。一开始，雅各买了14岁的印第安女孩丽娜，接着从英格兰买了丽贝卡做妻子，后来以抵债的方式购买了怪里怪气的索柔。莫里森通过四个不同种族的被奴役的女人(一个白人，一个印第安人，两个黑人)，交替地讲述着了一个在原始荒原中形成的野蛮奴隶社会的故事。《慈善》的真正成功之处在于描写了这些人-物道德上的含混性。比如，雅各靠奴隶制发了家，但是他又是一位仁慈的家长。他给了女人们一份安全，这是她们在荒野和充满宗教狂热的其他地方都无法得到的。小说结束时，雅各已经死于天花，他的妻子丽贝卡行将就木。他们的农场，那片位于荒原中的伊甸园面临着毁灭的灾难，这意味着生活在这里的女性将更加举步维艰。莫里森在《乐园》中描写了一个

① Toni Morrison, *Paradise* (London: Vintage, 1999)11.

② Ibid., 306.

与世隔绝的女性“天堂”的困境，在这部更为印象派的作品中则描写了一群为了生存苦苦挣扎的女性。没有了男主人，他们处境出现了危机；没有了白人女主人，他们连生存的机会都没有了。这部小说表明失去女性主体性和民族意识的女性是根本无法生存的。

莫里森取得了举世瞩目的文学成就，已经步人当代美国文学经典作家的殿堂，在非裔美国文学传统中起到了承上启下的作用，成为“黑人妇女文学的最高代表”。[①] 莫里森明确表态：“我为黑人妇女而写作。我们不对男人讲话，就像一些白人女作家那样。我们不相互攻击，就像黑人和白人男子那样。”[②]她清楚地知道：“我知道自己无法改变将来，但我可以改变过去。不是将来无限，而是过去无限。我们的过去被挪用了，很多人想把它纠正过来，我是其中之一。”[③]身为非洲人的美国后裔，莫里森同非洲祖先有着割不断的情愫；而作为美国的非洲人后裔，她又与白色文化有着理不清的牵连。“正如我们能够和必须在更大的美国传统中褒扬黑人文本一样，我们能够和必须在它自己的传统中褒扬它，不是一种被种族生物化的伪科学，或者神秘地共享被称为黑人性的本质界定的传统，而是一种由重复和修正共享的主题、话题和转义来定义的传统。”[④]莫里森没有直接描写白人和黑人之间的冲突，而是把创作视角聚焦在黑人社区。美国工业化和城市化时代的黑人男女虽然已获得了人身自由，但他们寻找自我与实践人生价值的道路依然曲折艰难。一方面，他们祖辈的经历已形成了他们的“集体无意识”，他们的心灵仍然被过去的阴影所笼罩。另一方面，工业文明和白人文化的挤压和腐蚀使他们的精神世界扭曲变形。因此，莫里森小说中的主人公大多挣扎在黑人的信仰和白人的价值标准、传统美国黑人文化与现代文明之间的矛盾与冲突之中，并努力寻求自己的身份和位置。莫里森在她的作品中探索了黑人妇女追求自我价值追求解放的艰辛历程，表达了莫里森对美国黑人女性的生活与命运的思索。她笔下的黑人女性，大多挣扎在两种文化、两种性别、两个声音之间，通过各种方式努力跨越种族主义、性别主义的樊篱，尽管她们失败多于成功。通过描写生活在不同环境下的黑人女性的生活，以及对生存环境的抗争，莫里森表明了现代社会中非裔美国女性坚持自己的黑人、女人和美国人三重身份的重要性。黑人女性应该在强调民族性的同时坚持民族融和，在强调女性自主性的同时坚持两性和谐和宽容，为美国黑人女性分裂的灵魂找

---

① 周长才：《一个文学种类的诞生—漫说获得诺贝尔文学奖的黑人女作家托妮莫里森》，《外国文学》1994年第1期，第3—10页。

② Nellie Y. McKay, ed., *Critical Essays on Toni Morrison* (Boston: G. K. Hall, 1988)46.

③ Harold Bloom, *Toni Morrison* (Philadelphia: Chelsea, 1990) xiii -xiv.

④ Henry Louis Gates, Jr., *Loose Canons: Notes on the Culture Wars* (New York: Oxford UP, 1992)39.

到属于自己的位置。莫里森以女性为载体，旨在探索黑人作为一个民族的历史及其历史的重构，颠覆了现代美国社会中不同肤色和不同性别之间的二元对立。在蓄奴制土崩瓦解、种族迫害遭法律禁止的当代社会，种族歧视与压迫更深地体现在思想意识形态领域。莫里森呼吁全社会，尤其是黑人妇女，要重新审视自身的审美观与价值观，挣脱白人价值观的桎梏，建构一种黑人独特的文化价值观。莫里森已经突破了自己的"黑人、女性"的双重身份，成为超越种族与性别的"美国作家"。莫里森在一个深受白人至上观念所造的文明中，把黑人看作和其他任何人一样，把黑人民族的基本人性视为理所当然。在《天堂》中最后一章，牧师梅斯纳一直关注小镇的发展，他意识到小镇的与世隔绝、愚昧落后终将导致它的消失。他总结到："我们生活在地球上，整个地球。分离我们，孤立我们——这始终是他们的武器。孤立杀害了几代人。是没有前途的。"梅斯纳想："在这个将来得到拯救的、把无价值的和陌生的统统拒之门外的来之不易的天堂里，人们如何能够凝聚在一起？谁会保护他们不受领导人的独断专行？"[①]强大的使命感促使他最终留了下来。融合必然成为小镇发展的趋势，这也正是莫里森所要表达的信念——黑人和白人、男性和女性必将从排斥走向融合，在承认各自传统和差异中实现真正的共生。

莫里森的主要作品：

小说作品：

The Bluest Eye, 1970.

Sula, 1973.

Song of Solomon, 1977.

Tar Baby, 1981.

Beloved, 1987.

Jazz, 1992.

Paradise, 1998.

Love, 2003.

A Mercy, 2008.

其他作品：

Playing in the Dark: Whiteness and the Literary Imagination, 1992.

Race-ing Justice, En-gendering Power: Essays on Anita Hill, Clarence Thomas, and the Constructing of Social Reality, 1992.

Unspeakable Things Unspoken: The Afro-American Presence in American Literature, 1989.

---

① Toni Morrison, *Paradise* (London: Vintage, 1999)237.

20. 乔伊斯·卡罗尔·欧茨——巴尔扎克式的文坛奇葩
Joyce Carol Oates: Balzacian Woman Writer

乔伊斯·卡罗尔·欧茨(1938—)是当今美国文坛上的一朵奇葩,兼小说家、诗人、剧作家、评论家、编辑和大学教授等多重身份于一身,并以多产闻名。她在各个文学领域都取得了非凡的成就,其中小说创作奠定了她在美国文坛的重要地位。欧茨主张文学应该反映和描绘社会生活,她本人也被誉为"有巴尔扎克式的野心,想把整个世界都放进一部书里"的女作家。[①] 欧茨对当代美国社会的精神和心理问题、两性关系、知识分子的苦闷以及普通人的命运十分关注,致力于揭示美国社会潜在的暴力倾向和人性之中的黑暗面,故事中常常出现强暴、乱伦、谋杀、虐童、自杀等暴力情节。欧茨在艺术上也非常注重创新,擅长通过多样化的表现手法反映主题,将现实主义和意识流、自然主义、象征主义、女性主义、超现实主义、哥特式等各种手法巧妙地结合在一起,通过描述暴力下的人物心理和精神生活来反映社会的"心理现实",成为当代世界文坛上"心理现实主义"(Psycho-realism)代表作家。美国著名作家约翰·厄普代克评价说:"我们这个国家如果有一位杰出女作家的话,那就是乔伊斯·卡罗尔·欧茨。"[②]

欧茨于 1938 年 6 月 16 日出生在纽约州洛克波特市伊利县的一个笃信天主教的贫苦工人家庭,在三姐妹中排行老大。她从小被寄养在务农的外祖父家,在只有一间教室的学校里学习。贫寒的家境和对于下层人民的了解为她以后的创作提供了重要的素材。像小说《玛雅》中的主人公玛雅一样,欧茨是家族中第一个上大学的,在她之前甚至无人读完高中。欧茨从上高中时就开始喜爱文学,熟读了梭罗、陀思妥耶夫斯基、勃朗特姐妹以及狄更斯、哈代、巴尔扎克、托尔斯泰等名家的作品。1956 年欧茨考入纽约州西拉克斯大学,主修英国文学。大学期间,她酷爱乔伊斯、卡夫卡、福克纳、弗洛伊德和尼采等人的作品。广泛的阅读对她日后的写作产生了重要的影响。她自己曾说:"我喜欢写作。但我更喜欢读书。读书是文明所能提供的最大兴趣。"[③]1960 年本科毕业后欧茨进入威斯康辛大学,一年后获得英国文学硕士学位。在那里她结识了雷蒙德·史密斯,两人很快坠入爱河。欧茨原来打算继续攻读博士学位,但最终选择了结婚。1962 年起欧茨在底特律大学教授英美文学。这个工业化的大都市成

---

① Jay Parini, "My Writing Is Full of Lives I Might Have Led," *Conversations with Joyce Carol Oates*, ed. Lee Milazo (Jackson: UP of Mississippi, 1989) 155.

② 刘军:《欧茨作品在中国的译介》,《外国文学动态》2007 年第 4 期,第 45—47 页。

③ 冯彤、闻礼华:《乔伊斯·卡罗尔·欧茨创作简论》,《零陵学院学报》2002 年第 4 期,第 55—94 页。

为她后来许多作品的背景。1967年欧茨随丈夫去加拿大，在温莎大学教过文学创作、心理学和现代世界文学。1978年回国后，欧茨在普林斯顿大学任教，同年当选为美国文学艺术院院士。

欧茨不但对各种体裁的文学创作信手拈来，而且作品数量相当惊人。自1963年第一部短篇小说集《北门边》(*By the North Gate*)问世以来，她迄今已出版各类作品110余部，包括52部中长篇小说、29部短篇小说集、8部诗集、8部戏剧集、7部故事集和11部文论诗集、散文集和文学评论随笔集，获得了美国国家图书奖、普利策奖、美国文学艺术院的罗森塔尔奖、马拉默德笔会终身文学成就奖、英联邦杰出文学贡献奖、欧·亨利短篇小说奖、国家艺术基金、古根海姆基金，以及2005和2006连续两次的诺贝尔文学奖的最后提名。然而，欧茨一直保持低调，不愿受名利所累，曾说要为乔伊斯·卡罗尔·欧茨(这个名字)"安排葬礼。"[①]她也曾以劳伦·凯利(Lauren Kelly)和罗莎蒙德·史密斯(Rosamond Smith)为笔名发表十几部作品。评论界甚至认为她在具有非凡的写作天分的同时，过着好几重精神生活，堪称"第四个勃朗特"[②]。

60年代是欧茨创作的第一阶段。欧茨的前期创作主要采用传统的现实主义或自然主义手法反映中下层人们生活状况。这一时期的作品极具社会写实色彩，主要以青少年时代生活的家乡和早期工作的底特律为背景，描绘美国社会从20世纪30年代到60年代的变迁，致力于揭示社会上的不公和邪恶。在她最早的三部作品里——《北门边》、《颤栗地落下》(*With Shuddering Fall*, 1964)和《在泛滥的洪水上》(*Upon the Sweeping Flood*, 1966)，欧茨以故乡伊利县为原型虚构了一个伊甸乡(Eden Country)，再现了广大的下层人为了生存而奔波的悲哀。在此后的三部曲中，《人间乐园》(*A Garden of Earthly Delights*, 1967)通过斯旺杀父并自杀的悲剧再现了农业工人悲惨的生活，《阔佬》(*Expensive People*, 1968)和《他们》(*Them*, 1969)通过对城市中凶杀、卖淫、斗殴等阴暗面的描写表现了下层人民的精神空虚和希望幻灭。

1971年出版的长篇小说《奇境》(*Wonderland*)标志着欧茨小说创作的第二个阶段的开始。此时欧茨更加注重形式上的创新，作品带有浓重的实验色彩。欧茨采用意识流的内心独白、自由联想、心理时间、多视角、立体交叉结构以及象征主义、黑色幽默、怪诞、戏仿等创作技巧，并大量地运用了弗洛伊德和荣格的精神分析理论，有时甚至大胆地跨越了严肃文学和通俗文学之间的界限，在作品中大量堆砌象征、隐喻、神秘、怪异、梦魇、凶兆、畸形、变态、魔幻、荒诞、恐怖、暴行等描写。欧茨明确表示："在我们生气勃勃的美国文学里，现实主义者

---

① Greg Johnson, *Invisible Writer* (New York: Penguin, 1999)362.

② Ibid., 296.

早已与超现实主义者结下了不解之缘。在80年代,作家们将反对将他们分类。"[①]同时,在这一阶段,欧茨继续深入探索当代人的生存困境和生存心理,关注妇女的命运和社会的暴力问题。《我任你摆布》(*Do With Me What You Will*, 1973)是一部过渡性作品,描写了埃丽娜噩梦般的世界。《刺客们》(*The Assassins*, 1975)以婴儿描述自己在母胎中的感觉的内心独白开篇。《乔尔伍德》(*Childwold*, 1976)是一部实验性诗体小说。《晨之子》(*Son of the Morning*,1978)以独特的艺术形式揭示了各种人物复杂的内心世界和幻想世界,表现了当代人特别是女性的心理真实。三部曲《贝尔夫勒世家》(*Bellefleur*,1980)、《布鲁德斯摩传奇》(*A Bloodsmoor Romance*,1982)和《温特瑟恩的秘密》(*Mysteries of Winterthurn*,1984)分别对19世纪流行的文类——家世传奇小说、罗曼司和侦探小说——进行了重写。《贝尔弗勒世家》利用时空交叉、神秘、象征等技巧描写了贝尔勒家族六代人近200年的历史。《布鲁德斯摩传奇》用类似黑色幽默的讽刺和对维多利亚时期女作家的戏仿描写了100年前布鲁德斯摩山谷中五姐妹的传奇故事,是"一部充满女性主义敏感"的小说。[②]《你必须记住这个》(*You Must Remember This*,1987)描写了莱尔和女儿的不幸。《光明天使》(*Angel of Light*,1981)讲述了兄妹俩为父复仇的故事。《乌鸦翅膀》(*Raven's Wing*: *Stones*,1984)以人物素描的手法描写了那些无力主宰命运的普通人的遭遇。《美国人的胃口》(*American Appetites*,1989)写的是一对夫妻因争吵而最后杀人的案件。《自我封闭》(*I Lock Door Upon Myself*,1990)以欧茨的故乡为背景,描写了20世纪初的乡村妇女伊迪丝·玛格丽特·弗莱希特和两个男人之间的三角关系。《因为它味苦,因为它是我的心》(*Because It Is Bitter and Because It Is My Heart*,1990)用意识流手法讲述了一个黑人少年在救了白人少女之后两人的情感历程。《漆黑的水》(*Black Water*,1992)通过描写女主人公基莉·纽莱深夜坠落河时的种种幻觉讲述了一个中年男子和一个年轻女子的悲剧。《我为何而活》(*What I Lived For*,1994)揭示了杰罗姆·科伦空虚的内心和虚伪的双重人格。长篇小说《僵尸》(*Zombie*,1995)以日记的形式表现了一个杀人犯的变态心理,是一部典型的心理现实主义作品。《花痴》(*Man Crazy*, 1997)以成长小说体裁描写了一个生活在70年代的受难者英格丽·布恩德的遭遇。中篇小说《袒露我的心怀》(*My Heart Laid Bare*,1998)鞭挞了人性中的贪婪和种族主义。作品充满神秘、象征、怪异、荒诞,既运用哥特式手法,又具有魔幻现实主义风格。《冲破忧伤心曲》(*Broke Heart Blues*,

---

① 冯彤、闻礼华:《乔伊斯·卡罗尔·欧茨创作简论》,《零陵学院学报》2002年第4期,第55—94页。

② Elaine Showalter, "Joyce Carol Oates' 'The Dead' and Feminist Criticism," *Faith of a (Woman) Writer*, eds. Kessler A, et al (Westport: Greenwood, 1988)19.

1999)表达了孤独不幸的人们对青少年时期的回忆。曾入围 2001 年全国图书奖和普利策奖的《浮生如梦》(*Blonde*,2000)是一部集名家、名作、名主人公(玛丽莲·梦露)于一身的作品,通过心理现实主义手法,表现了男权社会对诺玛·珍(梦露)的极尽压榨以及主人公对生存自由的不懈探寻。《中年:浪漫之旅》(*Middle Age: A Romance*, 2001)不但对美国当代社会里中年人的人生困境进行了彻底的剖析,同时也对种种社会现象做了一个全方面的透视。《大瀑布》(*The Falls*,2004)描绘了一家两代人的爱情、亲情以及他们的命运。欧茨通过对女主人公阿莉亚相信命运又抗争命运的叙述表现了爱情、历史、命运的轮回。

在大学任教四十余年的欧茨当然也是创作"学院小说"的能手。欧茨深谙学术圈内的真实生活和特有的游戏规则,借助自身的生活经历反映了当代知识分子的生活道路和生存困境,以独特的视野表现了知识女性的社会生活和精神生活。长篇小说《不神圣的爱情》(*Unholy Love*, 1979)深刻再现了不再神圣的大学。《极致》(*Solstice*,1985)通过一个女教师和一个女画家之间的感情纠葛,对女性心理作了新的探索。《玛雅的一生》(*Marya: A Life*,1986)写一个备受欺凌的弱女子最后成为著名作家的经历。被誉为一部美国少女的《哈克贝利·费恩历险记》的长篇小说《狐火:一个少女帮的自白》(*Foxfire: Confessions of a Girl Gang*,1995)、《乔治·贝洛兹:美国艺术家》(*George Bellows: American Artist*,1995)和《我带你去那儿》(*I'll Take You There*,2002)等也是这一题材作品。

近年来欧茨表现出对犹太大屠杀和美国犹太身份认同的关注。对犹太题材的关注源自她新近获得的犹太身份。她偶然得知自己的祖母是犹太裔,19 世纪末为了逃避宗教迫害移民美国。有关家族历史和个人身份的这一惊人发现促使欧茨开始对犹太问题进行思考。短篇小说《表姐妹》("The Cousins",2004)是欧茨的一篇心理现实主义力作。作品从头到尾采用书信形式,包括了两名年过六旬的美国犹太裔老年妇女从 1998 年 9 月 14 日到 1999 年 10 月 12 日之间的 29 封来往信件。该短篇小说通过书信形式真实地反映出犹太大屠杀对两个人乃至两个家庭造成的深刻影响,以及创伤经历在犹太个体和群体的心理上投下的挥之不去的阴影。2007 年,年近七旬的欧茨推出了长篇小说《掘墓人的女儿》(*The Gravedigger's Daughter*)。无论从情节、主题还是人物的角度而言,这部作品都与《表姐妹》非常相似,揭露了美国社会自二战以来业已存在的对犹太人的歧视,表述了丽贝卡作为犹太女性的双重弱者地位,巧妙地结合了犹太族裔和女性主义的双重视角。

欧茨短篇小说的创作也成就颇丰,获得过包括欧·亨利短篇小说奖和最佳美国短篇小说奖在内的各种奖项。短篇小说集《爱之轮》(*The Wheel of Love*,

1970)和《婚姻与不贞》(*Marriages and Infidelities*, 1972)以作者早年生活的底特律为背景。前者讲述了在"爱的轮盘"上遭受折磨的众多女性面临的窘境以及所受的暴力威胁和伤害。后者由情节和人物各不相干的一系列短篇小说构成,采取了名作改写和名家解读的方式,涉及了亨利·詹姆斯的《波音顿的珍品》和《螺丝在拧紧》、卡夫卡的《变形记》、契诃夫的《带宠狗的女人》、詹姆斯·乔伊斯的《死者》等作品,是集模仿性和创新性于一体的奇特组合。短篇小说集《鬼魂出没:畸人故事》(*Haunted: Tales of the Grotesque*, 1994)表现了荒诞怪异、恐怖邪恶的色彩,揭示出当代社会中人们的心灵扭曲和普遍存在的暴力。《心灵絮语汇编》(*The Collector of Hearts*, 1999)中的27个故事表现了欧茨所关注的艺术对恐怖的永恒渴求问题。《毒吻及其他葡萄牙故事》(*The Poisoned Kiss and Other Stories from the Portuguese*, 1995)则代表了她后期的风格。

欧茨在她的作品中最为关注的是城市、暴力和女性。欧茨的小说对城市生活的凶杀、卖淫、斗殴、背弃等阴暗面着墨较多。众所周知,美国是一个有着悠久的崇尚暴力的传统的国家,"暴力像樱桃酱馅饼一样,是美国的特产"[①]。在20世纪后期,美国经济的快速发展导致了激烈的竞争和贫富差别的加剧。暴力成为人们表现没落、无根、孤独和对失去的世外桃源的怀旧的重要方式。因此,美国文化中的暴力传统不仅在许多20世纪美国作品中得到了继承,而且得到了强化。暴力是欧茨作品的一个主要方面。不过,欧茨并不认为自己的作品执迷于暴力,只不过反映了现代社会现实而已。尽管欧茨一向主张女作家不能只写女性,而且公开宣称她对女权运动无甚兴趣,以致有的评论家断言她不是一个女权运动者。[②] 但是,作为受过高等教育的女作家,欧茨表现出了对女性命运的极大关注。她在作品中描写了女性在男权社会中历经痛苦、最终被"吓坏了"的悲惨遭遇。[③] 在探索和反思女性的困惑和悲哀时,欧茨既看到了以男性为中心的意识形态对女性的迫害,也深入挖掘了女性自身弱点在造成自我悲剧中的作用。欧茨通过描写不同阶层的女性人物所面临的暴力表明,暴力无处不在,女性作为整体都在面临着本质上相同的困境,也表达了女性被囚禁于自己的阶级而无法拥有更宽广的情怀的悲哀。

在欧茨作品中,贫困通常是导致女性不幸的原因之一。其长篇代表作、荣获1970年美国国家图书奖的《他们》展现了美国底层人民、尤其是妇女在美国现代化都市中的悲惨生活。生活在贫穷的工人家庭的洛雷塔的情人被她哥哥射中头部而死。警察霍华德愿意帮忙处理此事却要挟她做他的妻子。迫于无

---

① 董乐山:《美国社会的暴力传统》,《美国研究》1987年第2期,第30—33页。

② 秦小猛:《当代美国文学》中册,上海:上海译文出版社,1986年,第488页。

③ Harold Bloom, ed., *Modern Critical Views: Joyce Carol Oates* (New York: Chelsea, 1987)61.

奈的洛雷塔在男友的尸体旁被这位警察强奸，后来做了他的妻子。洛雷塔是一个完全被男人统治的女人。她被动、屈从，没有任何要冲破束缚的意识。暴力中出生和成长的女儿莫琳为了摆脱家庭的束缚和贫穷的困扰不惜出卖自己的身体，甚至不择手段地引诱一个有钱有地位的教授抛妻弃子与她结婚，眼看着教授无辜的妻子和三个孩子离开而毫不愧疚。莫琳从无辜的受害者变成了无情的施暴者，体现了女性的最大的悲哀。她内化了男权社会的生存法则，把嫁给一个有钱的丈夫看作自己的终极目标，实际上却沦为男性牺牲品和附属品。表面上胜利的莫琳从有形的悲哀陷入了更可怕的、无形的悲哀。在小说的结尾，莫琳说："我把自己内心的一切都亮了出来，却空空如也……"[①]在贫困中挣扎的莫琳将始终生活在贫困中，只不过从物质的贫困转为精神的贫困。生活在社会底层的"她们"无论在精神上还是物质上都受到男权社会的控制。[②]

《人间乐园》中克莱拉所走过的艰辛一生是社会底层女性的缩影。她们一出生就面临着无法摆脱的困境，卑微且无助。克莱拉出生在农业工人乘坐的卡车上，当时天正下雨，卡车抛锚。这预示了克莱拉阴暗一生的开始。克莱拉也曾有过刻骨铭心的爱情，然而情人却在她怀有身孕时远走墨西哥。被逼入绝境的克莱拉向社会宣战："我想要许多东西，我一定要得到它们。如果没人给我，我偷也要把他们偷来。"[③]命运没有给她体面生活的机会，于是她开始使用暴力来实现自己的生活梦想。她学会了贪婪，开始用暴力哲学来报复这个世界。她处心积虑地勾引有权有势的有妇之夫拉维尔先生，并如愿成为他的情妇。四年后，克莱拉的情人突然出现。但对物质享受和体面生活的追求熄灭了克莱拉心中重新燃起的爱情之火，她毅然选择留在了尔虞我诈的拉维尔家庭中。她耐心地等待拉维尔生病的太太过世，让原本孱弱、敏感的儿子斯旺变得冷酷无情以获得拉维尔的欢心，并击败拉维尔要继承财产的兄弟。她一步一步地实现着自己的梦想。最终，拉维尔的三个儿子或意外身亡或失踪或丧失了继承权，拉维尔也被斯旺开枪打死。克莱拉得到了梦想的一切，却没有摆脱命运的惩罚：精神崩溃的斯旺杀死拉维尔之后饮弹自尽，她所赢得的财产的惟一用途是让她在精神病院度过余生。克莱拉的命运是悲惨的，倾尽一生对命运的挑战最后只落得了一个悲惨结局。在男权社会里，女性注定只是牺牲品。暴力带给她们的是肉体和精神的双重伤害，而女性选择暴力来报复命运本身即是对男权社会运转方式的屈从。

---

① 欧茨：《他们》，南京：江苏人民出版社，1982 年，第 387 页。

② 小说的名字是小写的"them"，生动体现了出身卑微的"他们"和"她们"永远无法改变的"他者"身份和悲剧命运。

③ Joyce Carol Oates, *A Garden of Earthly Delights* (New York: Vanguard, 1967)137.

中产阶级生活是欧茨作品的首要题材。欧茨的中产阶级女性肖像群包含各个行业的女性,包括医生、律师、教授,画家、经理、教师、商人、研究人员、食品专家以及养尊处优的家庭主妇等等。她们尽管也在经济上和社会中受到剥削和压迫,但较之物质生活极其匮乏、为了活着有理由做任何事情的下层妇女来说,她们物质上相对优越,还能享受到良好的教育。她们的问题在于精神层面,痛苦的根源在于这个商品化的社会缺乏对女性的尊重,甚至把女性看作衡量男性价值、可以用于交换的商品。这种象征性的暴力行为使得中产阶级女性产生一种"去人性化"的"非人"的感受。欧茨作品,如《奇境》和《我任你摆布》,便展现了中产阶级女性面对象征性的暴力和压迫而做出的不同回应。

《奇境》刻画了中产阶级女性在婚姻中受到的心理伤害。小说中的两个女主人公都嫁给了成功的医生,物质条件优越却非常不快乐。小说以三个男性人物杰西·哈特、佩德森和沃格尔1939年12月底到1971年4月初30年间的坎坷人生经历为线索展开叙述。[①]由于破产的缘故,杰西的父亲枪杀全家后自杀,14岁的杰西因及时逃开保全了性命,随后被当地颇有名望的佩德森医生收为养子,开始为改变命运而发奋读书。他逐渐发现这家人虽然经济富足,却在佩德森医生变态的人生哲学的压制下个个变成了性格扭曲的怪人。佩德森太太任劳任怨,为家庭牺牲了自己,却没有得到满足与幸福。她清醒地意识到必须离开佩德森医生才能获取自我:"这可是个生死存亡问题。我的头脑清醒。我曾想方设法让我父亲和威登牧师明白,可是他们不理解。男人全不理解我,他们不懂得我是个人,我是……我是玛丽·谢勒……"[②]令人悲哀的是,虽然她尝试把握自己的生活,但是由于长期围着家庭转,她已无法在社会上独立生活,甚至不知道如何在饭店点菜,如何入住旅馆。最后她彻底崩溃,像一摊烂泥一样躺在浴室的地板上。杰西的妻子海伦是个智力超群的知识女性,拥有化学硕士学位。然而,她依然无法找到一个精神上的独立自我。结婚初期,她在"父亲和丈夫之间飘来浮去。他们似乎并没有意识到她的真实存在,只把她当作一个媒介,一件物品,一件可爱的物品"[③]。婚后,她只能同其他妇女一样做全职的家庭主妇。她原以为可以通过婚姻和子女完善自己,却发现自己比以前更加茫然压抑。她的痛苦更多地来自于对深刻了解自己处境后的无奈。她知道自己"与众不同……绝不会成为一个名副其实的妇女"[④]。她渴望主宰自己的生活,却又无

① 杰西的不同姓氏是他在人生不同阶段的标志。变幻不定的姓氏本身就表明了他精神上的流离失所和身份危机。

② 欧茨:《奇境》,南京:译林出版社,1999年,第87页。

③ 同上书,第305页。

④ 同上书,第81页。

法迈出关键性的一步，走出封闭状态。欧茨自己曾经说过："随着《奇境》，我生命中的一个阶段也告结束，虽然我当时并不知道"。从此她将"走向一个表达更加清楚的道德位置，不但要戏剧性地表现噩梦般的问题，还要显示超越它们的可能方式。"[①]遗憾的是，小说中的主人公无法超越自己的噩梦，而且陷入更大的痛苦：她们知道自己应该如何生活却又无法在现实中迈出真正觉醒的一步。这是中产阶级女性最大的悲哀。

《我任你摆布》是欧茨作品的一个特例，它塑造了一个成功的理想女性形象，表达了中产阶级女性身上积极乐观的一面。这本小说是献给欧茨的朋友、妇女解放运动成员帕奇雪·希尔·伯奈特(Patricia Hill Burnett)女士的，在主题选择和人物塑造上都迎合了女性主义文学的呼声。欧茨经历了美国历史上声势浩大的妇女解放运动第二次浪潮，对女性主义思想的态度发生了明显的变化，从先前对女权运动保持沉默转为公开宣称自己是个女性主义者。[②]小说女主人公伊莱恩是一个被丈夫当作花瓶的"睡美人"。她在父亲带给她的创伤和丈夫对她的绝对控制的阴影下生活了 28 年，听任父亲和丈夫的摆布，成为一个没有独立人格、精神极度空虚的玩偶。在经历了 10 年平平淡淡的婚姻生活之后，伊莱恩从象征性的沉睡中苏醒过来，开始感受到自己的身份危机。她意识到自己是一个人，而不是一件物品。伊莱恩的觉醒让她对生活产生了怀疑，进而苦闷不安、郁郁寡欢。她已经脱离了旧的生活模式，而新的生活轨道依然没有找到。经过痛苦的思考之后，伊莱恩决定抛弃自己所厌恶的玩偶身份，与过去告别，和情人一起私奔。这一结局体现了欧茨为女性追求自身幸福提供的另外一种选择，尽管这种幸福的结局在其作品中极为罕见。

《不神圣的爱情》是欧茨以学院为主题的代表性作品，反映了学术界对女性的根深蒂固的偏见和歧视，以及中产阶级女性知识分子的无奈与悲哀。故事以虚构的伍兹里大学英语系为背景，围绕着系主任拜恩和英语系权威人士赛德尔之间的一场权力之争而展开。伍兹里大学英语系内人际关系错综复杂，教师之间基于权力之宜、师生之份、男女之情建立了不同的帮派。女主人公布丽奇特是一位正值中年的小说家(与欧茨创作《不神圣的爱情》时同是 39 岁)，同时在大学中讲授美国文学，是表面看起来很成功的职业女性。然而这位女教授离婚后找不到意中人，从事小说创作又失败，很想找一个情人来填补精神空虚。为了出风头和成名，她情愿做一位应邀来美国的英国著名老诗人的情妇。作品中对于老诗人年老体衰、语无伦次、缺乏情调和沉浸在对往事的回忆的一系列场面的描写表明了试图通过男性光环来建立自我形象的女性梦想的可悲和可笑。

---

① Walter Clemons, "Joyce Carol Oates: Love and Violence," *Newsweek* 11(1972): 77.

② Joyce Carol Oates, "Stories that Define Me," *New York Times Book Review* 3 July 1973: 15.

美梦落空后，布丽奇特意识到，教师之间关系的淡漠和扭曲是大学文化的毒瘤，妨碍着大学的健康发展，也给学术男女带来了身心伤害。不仅男教授之间彼此争斗，女性之间也不团结。例如，英语系的家属桑德拉为帮丈夫争得终身职位而与系主任通奸，进行权色交易，迫使英语系一位名叫格拉迪斯的女教授提前退休。尽管格拉迪斯在学术上颇有建树，为人也很友善，但还是成了政治操纵的牺牲品，她的遭遇无人关心。布丽奇特虽同为女性，非但没有向格拉迪斯伸出援助之手，而是避而远之。她暗自佩服同伴的学识，却对其遭遇保持沉默。多年的斗争经验告诉她，只有明哲保身才能继续生存。这一作品表现了知识女性空虚贫乏的心态。

虽然欧茨的绝大部分的作品描绘了中下层女性的命运，但是对决心要成为"巴尔扎克式"作家的欧茨来说，塑造"从工人阶级到中产阶级再到贵族阶级"的各种人物才是终极目标。[①]她的第三部小说《阔佬》就是关于上层社会女性的代表作。下层女性忧虑的是生存问题，肉体和经济上的存活；良好的教育和经济上的独立使得中产阶级女性关注异化和非人性化的社会带来的精神贫穷。具有讽刺意义的是，在欧茨的作品中，上层社会的女性表现出了和下层社会女性一样的暴力和贪婪。财富就像一把双刃剑，丰裕的物质生活和过度的物质主义带来的堕落和腐败，也是毁灭这些养尊处优的上层社会女性的罪魁祸首。《阔佬》反映了金钱和权力对于上层社会家庭带来的腐蚀性的影响。小说以第一人称的回忆口吻叙述了18岁少年理查德·埃韦瑞特的故事。故事讲述了他母亲娜达被谋杀七年之后的情景。这个体重达250磅的精神病患者住在一处租来的房子里。他声称写完这个故事之后就自杀。他说："这不是虚构的故事。这是生活。我的问题在于我不知道我在做什么。"[②]理查德的父亲艾尔伍德·埃韦瑞特曾经是好几家公司的总裁，现在是"新月钢铁公司"的总裁，住在费恩伍德富人区："如果上帝重新建造天堂，肯定会模仿费恩伍德区，因为费恩伍德区能够在人们还没来得及感受到一些欲望时就已经满足了所有的欲望。"[③]然而，这个人间天堂充斥着"金钱、钞票的味道崭新的、嘎嘎作响的钞票的味道"[④]。在浮华奢侈的背后是个体陷于冷淡和敌意之中的精神匮乏。作为初涉文坛的小说家，娜达已经发表两部颇受好评的长篇小说，并且经常为多家知名杂志写短篇小说，很有希望成为一位大作家。作为一位高雅文学家，她无法忍受上流社会

---

① Jay Parini, "My Writing Is Full of Lives I Might Have Led," *Conversations with Joyce Carol Oates*, ed. Lee Milazo (Jackson: UP of Mississippi, 1989)155.

② Joyce Carol Oates, *Expensive People* (New York: Vanguad, 1968)5.

③ Ibid., 146.

④ Ibid., 38.

的自以为是和肤浅的物质主义，一再逃离那个环境，想去寻找自我身份。但同时，她却又故意迎合费恩伍德区文学界的庸俗和腐败以爬到更高的社会地位，从而牺牲掉了自己文学创作的品味。娜达的问题在于她无法界定自己，不知道自己到底要寻求什么。她活跃在“乡村名著研讨俱乐部”，而这个俱乐部只是一个文人们背后嚼舌的场所和男女打情骂俏的隐蔽空间。她对物质主义的贪欲是和她的道德的腐败同时进行的，是与对食物和商品的贪婪消费以及情场上的滥交相伴而生的。她通过采用不同的名字来抬高自己的身份，谎称出生于贵族之家，甚至让她的儿子称呼她“娜迪亚”(Nadia)而不是“妈妈”。遗憾的是，他的儿子只会发出“娜达”(Nada)这个音。“Nada”在西班牙语中的含义是“虚无”(nothing)。这个称呼贯穿了整部小说。在她的葬礼上，她的真实身份被揭露。她其实是一个穷苦移民的女儿，真名叫南茜·罗曼诺。“娜达”采用不同的名字本身就暴露了她身份的不确定性和缺乏真诚，以至于最后真的成了“Nada”。

欧茨小说中的各种女性形象为读者提供了美国社会的一幅女性全景图。她的女性人物并不完美，多是些无个性的妇女，她们个性软弱，自私狭隘且精神空虚，把博取男人的欢心作为自己的生存目标，甚至于在摆脱自身枷锁的同时把灾难转嫁给了其他女性。欧茨小说反映了在男权社会中女性抗争的艰难，也说明了在一个男权意识渗透社会每个角落的时代，女性追寻自身幸福和自由历程是何等缓慢，女性意识真正觉醒是何等艰难。生存是欧茨小说中所有悲剧性人物的普遍生活状态，尤其对女性而言。这是一个不完美的世界，一个悲剧性的被贬低的城市世界，无能的心理导致个人暴力行为的泛滥。欧茨的作品在试图回答莫琳问她写作老师的问题：“如果世界是这样的话，我该怎样生活?”[①]欧茨特别提到了这个事实：无论叙述有多么可怕，作品的价值在于“他们都存活下来了”[②]。的确，虽然女性自身存在着许多不足，社会又为女性的生存、尤其是女性自我意识的生存设立了重重的障碍，但欧茨笔下的女性无疑都是顽强的生存者。虽然欧茨没有就女性的困境提出具体明确的解决方案，但是她在作品中探究了不同阶层和环境下的女性的生存现状，分析了他们不同遭遇的原因。正如评论家古德曼所指出的那样：“妇女应当怎样生活，怎样才能避免导致她们疯狂的焦虑和绝望，对这一问题奥茨没有提供简单的答案，然而对于妇女的毫无权力和绝望的原因，她的小说提供了有价值的透视。”[③]她的作品犹如一面镜子，对中下层女性群体进行深刻的剖析，对她们的自身弱点也毫不留情地进行展现。

---

① Joyce Carol Oates, *Scenes from American Life* (New York: Random,1973)330.

② Walter Clemons, "Transformations of Self: An Interview with Joyce Carol Oates," *Ohio Review*, 15(1973): 57.

③ 夏绿蒂·古德曼:《奥茨小说中的妇女和疯狂》,《妇女与文学》1977年第2期,第28页。

她的创作旨在揭示历史上“娱乐的假面掩盖下,对妇女、儿童和穷人犯下的罪行”。[①]欧茨的小说《因为它味苦,因为它是我的心》的书名取自斯蒂芬·克莱恩的名诗《黑色转手》,诗中写一人在吃自己的心,有人问他好不好吃,他回答说:“我是喜欢它/因为它味苦/因为它是我的心。”这也许正是欧茨这位当代美国文坛奇才的内心写照。欧茨描写生活中的暴力、人性的弱点、人类的痛苦,尤其是各个阶层女性在暴力中的苦难,正是因为她热爱她所生活的社会中的女性。她们是她的心,她知道她们的苦。

欧茨的主要作品:

小说作品:

By the North Gate, 1963.

With Shuddering Fall, 1964.

Upon the Sweeping Flood, 1966.

A Garden of Earthly Delights, 1967.

Expensive People, 1968.

them, 1969.

The Wheel of Love, 1970.

Wonderland, 1971.

Do With Me What You Will, 1973.

Son of the Morning, 1978.

Unholy Love, 1979.

Bellefleur, 1980.

Angel of Light, 1981.

A Bloodsmoor Romance, 1982.

Mysteries of Winterthurn, 1984.

Raven's Wing: *Stones*, 1984.

You Must Remember This, 1987.

American Appetites, 1989.

Because It Is Bitter and Because It Is My Heart, 1990.

I Lock Door Upon Myself, 1990.

Black Water, 1992.

What I Lived For, 1994.

Haunted: *Tales of the Grotesque*, 1994.

Foxfire: *Confessions of a Girl Gang*, 1995.

Zombie, 1995.

---

① Joyce Carol Oates, “Forward,” *Mysteries of Winterturn* (New York: Dutton, 1984) 372.

The Poisoned Kiss and Other Stories from the Portuguese, 1995.

Man Crazy, 1997.

Broke Heart Blues, 1999.

Blonde, 2000.

Middle Age: A Romance, 2001.

I'll Take You There, 2002.

The Falls, 2004.

The Gravedigger's Daughter, 2007.

其他作品：

Love and Its Derangement, 1970.

Tragic Forms in Literature, 1972.

New Heaven, New Earth, 1974.

The Hostile Sun: the Poetry of D. H. Lawrence, 1975.

Invisible Women: New and Selected Poems, 1970—1982, 1982.

21. 汤亭亭[①]——以笔为剑的女勇士

Maxine Hong Kingston: Woman Warrior Whose Sword Is Her Pen

20世纪七八十年代的政治文化运动得益于当时思想界的理论武装,同时也为思想界的发展留下了一笔宝贵遗产。此后,多元化成了共识,族裔和文化研究成为热点。随之而来的是大规模的经典修正过程。女性主义批评家和以非裔美国人为首的少数种族评论家开始质疑美国经典所坚持的所谓"审美性",认为性别、种族等意识形态力量是压制边缘群体发声、阻碍他们拥有读者进而进入经典的主要原因。[②] 为了改变这种状况,一些学者在大学的课程设置与内容、文学史、文学选集等与经典形成密切相关的方面进行突破,对边缘群体作家进行了特别的关注。[③] 华裔作家汤亭亭可谓是这一运动最大的受益者。她的作品不仅入选了《诺顿美国文学》等主流文学选集,而且在当世作家作品中最多入选课程设置,被文学、美国研究、族裔研究、历史、妇女研究等各个专业选作教材讲授,甚至进入了高中课程。[④] 这些令人惊叹的成就奠定了汤亭亭在美国文学史中的地位,使她进入了经典作家的行列。

汤亭亭1940年10月27日出生于加利福尼亚州的斯托克顿,祖籍广东新会县。父亲是一位学者,1924年随淘金热偷渡进入美国。母亲是一位乡村医生,直到1939年才得以抵美与丈夫团聚。他们在国内从事令人尊敬的职业,到了美国后却饱受歧视,无法找到适合的工作,只好以开洗衣店为生。汤亭亭是家里的长女,在成长过程中被母亲以讲故事的形式灌输了很多中国传统观念和民间故事。她幼年进入美国幼儿园学习,后转入华人学校就读。1958年汤亭亭进入加州大学伯克利分校英文系学习,期间遇到美国演员厄尔·金斯顿。他们在1962年汤亭亭大学毕业时成婚。一生都在中美两种文化间徘徊的汤亭亭不

---

① 汤亭亭英文名为Maxine Hong Kingston,国内学界提及她时一般采用她的中文名字汤亭亭,译名则为"马克辛·洪·金斯顿"。此译名依据的是"Hong"的普通话发音。实际上,汤亭亭姓氏的英文化发音来源于广东话。她在作品和访谈中多次谈到这一误译,指出"汤"和"洪"在广东话中发音相似,却绝非同一个字。

② Paul Lauter, *Canons and Contexts* (New York: Oxford UP, 1991)23-40.

③ 金莉:《经典修正》,载赵一凡等主编《西方文论关键词》,北京:外语教学与研究出版社,2006年,第294—305页。

④ Marilyn Chin, "A *Melus* Interview: Maxine Hong Kingston," *Melus* 16.4 (1989-1990): 68. Shelly Fisher Fishkin, "Interview with Maxine Hong Kingston," *American Literary History* 3.4 (1991): 782. 单德兴:《"开疆"与"辟土":美国华裔文学与文化》,天津:南开大学出版社,2006年,第323页。

间断地感受到思想碰撞。从童年起,中美文化对待女性的不同态度就让她迷惑甚至恼火,但也引发了她对自我身份的思考。自她1976年发表首部小说《女勇士》开始,她的整个创作都执迷于身份问题,力图在中国文化、美国文化、女性这三个支点中取得立足的平衡。

汤亭亭的著作不多,主要文学作品只有四部,即《女勇士:一个女孩在群鬼间的生活忆往》(*Woman Warrior: Memoirs of a Girlhood among Ghosts*, 1976)、《金山勇士》(*China Men*, 1980,又译《中国佬》)、《孙行者:他的即兴曲》(*Tripmaster Monkey: His Fake Book*, 1989)[①]和《第五和平之书》(*The Fifth Book of Peace*, 2003)。这些作品都是汤亭亭以自己在美国成长的亲身经历为基础创作而成,中间夹杂大量经过改写的中国文化故事,其一贯秉承的核心主题是她身为女性和少数族裔的双重边缘身份诉求。概括而论,性属意识、族裔元素、美国身份和美学艺术是汤亭亭作品中的四大构成,而且彼此彰显,共同铸就了文本的内涵意蕴。不过,尽管这些因素是不可分离的,但汤亭亭的创作所关注的重点却呈现出明显的发展变化趋势:《女勇士》重在体现女性主义意识,表达了女性遭受社会(尤其是华人社会)不公待遇的愤怒与反抗;《金山勇士》重在体现中国族裔意识和中国人在美国历史上占据的位置;《孙行者》重在体现美国身份,强调华裔乃是美国社会的有机组成部分;《第五和平之书》则超越了一切政治因素,强调艺术性,关注普遍的人性诉求。简言之,汤亭亭迄今为止的创作经历了女性书写、文化书写、美国书写和艺术书写四个阶段。[②]

女性书写

身为一名女作家,汤亭亭自然地以女性为中心、采取女性视角描写美国华人的生活和经验,其关注的对象是母女关系、家庭生活、女性在社会中的境遇等女性化的题材。华人社区里歧视女性的现象严重,经常流传着"女娃好比饭里蛆"、"养女是倒贴"、"宁养呆鹅不养女"等说法。厌女文化剥夺了女性的诸多权利和正当的欲望诉求,"不许说"成了长辈呵斥小女孩的常用语,甚至母亲给汤

---

① 国内一般翻译为《孙行者:他的伪书》。但实际上,"fake book"原是音乐术语,"指出版者用于作曲的基本标准旋律与伴奏和音。爵士乐师用它作为基础,进行即席创作"。汤亭亭在访谈时也指出这层意义。(参见张龙海:《汤亭亭:〈引路人孙行者〉中的戏仿、拼贴和语言游戏》,杨仁敬等著《美国后现代派小说论》,青岛:青岛出版社,2004年,第309页)因此本文采取"即兴曲"的译法。但本文同时认为,"伪书"也有可能是这个英文短语的另一层潜在含义,意在突出作品对中国传说的互文性。相对于真正的中国传说而言,主人公惠特曼·阿新在美国的经历可以说是"美猴王"的"伪书"。

② 笔者在本文完稿之后的进一步研究发现,张伟华在2007年已经提出类似观点(《美国华裔女作家汤亭亭的创作主题四部曲》,《漳州师范学院学报》2007年第3期),认为汤亭亭的创作经历了女权主义(《女勇士》)、种族平等主义(《中国佬》)、构建族裔文化属性(《孙行者》)、世界和平主义(《第五和平之书》)四个阶段。

亭亭讲故事时也以此告诫她。强烈的不公引起了汤亭亭的愤怒，她决心以文字的形式打破不许说的禁令，为自己和其他女性争取表述的合法渠道。《女勇士》便是这一愿望的产物。

《女勇士》是汤亭亭创作的首部文学作品，在其中运用了大量的自身经历。作品刚问世便引起学界瞩目，并于当年获得美国书评家协会的非小说类奖。这个奖项的类别颇有意思，也点出了这部作品的显著特色，即它的体裁始终徘徊于自传和小说之中，使读者难以区分历史和虚构、现实和梦幻之间的界限。《女勇士》共五章，讲述了不同的故事，被叙述者汤亭亭用自己的所见、所闻、所读、所感贯穿成篇。第一章《无名女子》以母亲向汤亭亭讲故事（“talk story”）的形式进行陈述，记载/重现/想象了汤家姑姑屈死的故事。汤家姑姑在丈夫外出期间怀孕，被村民们视为有伤风化而唾骂和袭击。走投无路之下，她抱着孩子投井自尽。这是被家族有意遗忘、禁止谈论的“家丑”，姑姑自然也就消隐在家族历史的阴影之中，成为“无名的女子”。第二章《白虎山学道》是对中国民间传说“花木兰代父从军”的重写，是整部小说中最明显地表述“女勇士”精神的篇章。花木兰在白虎山修炼，练就了一身好功夫，在战争爆发时替父从军。父亲在她后背上刻上了家族的仇恨，她一直“背负”着报仇誓言征战沙场，期间怀孕生子。战争结束后，花木兰返家伺候公婆，做贤妻良母。本章结尾叙述了汤亭亭自己的经历感受。第三章《乡村医生》是关于母亲英兰的经历。她通过个人奋斗在中国获得了行医资格，后来放弃事业远涉重洋与夫团聚，凭借顽强打拼终于在美国站稳脚跟。她的英勇行为和口述的故事深深地影响了汤亭亭。第四章《西宫门外》叙述了性格柔弱的姨妈月兰在英兰的鼓动和帮助下寻夫，却发现丈夫早已在美国另觅新欢。月兰不敢主动争取自己的幸福，又无法释怀，最终精神崩溃，孤独地死在异国的疯人院中。第五章《羌笛野曲》集中记载了汤亭亭自己的一些童年往事，但结尾却笔锋一转，转而描述蔡琰（蔡文姬）的故事。汉人女子蔡琰被南匈奴首领掳至异乡长达十多年。在完全陌生的文化环境中，蔡琰克服了流放的痛苦和语言不通的障碍，成功地运用少数民族的语言和曲调创作了“胡笳十八拍”，用歌唱的形式表达出自己的感受。

从内容中可见，小说以传记（自传和他传并存）形式为主，讲述了汤亭亭姑妈、母亲、姨妈和她自己的经历，但里面穿插了一些历史传说和神话故事，形成了叙述技巧上的“织锦”风格。整部文本中没有一章可称得上严格意义上的小说或完全意义上的传记，但文类的混杂丝毫没有影响文本的统一性，而是浑然一体地呈现了中心主旨。就此而言，《女勇士》呼应并发展了薇拉·凯瑟的《我的安东尼亚》所采取的叙述技巧。它也如《我的安东尼亚》一样是一部想象性的回忆录，所有的故事都发生在叙述者的意识之中，意在体现叙述者本人的心理发展历程。小说的副标题是"一个女孩在群鬼间的生活忆往"。小说中确实有很多的鬼魂,如姑姑屈死的鬼魂,母亲英兰住在"鬼屋"的大胆之举,母亲口中的各式墙头鬼、好吃鬼、油炸鬼、警察鬼、公车鬼等等。汤亭亭提及副标题的含义时说:"鬼不仅仅包括白人,还包括家族历史上的幽灵般的人物,以及中国人、美国白人和华裔美国人身上令人困惑的行为"。[①] 可见,汤亭亭所挪用的中国"鬼文化"已经偏离了阴森恐怖的文化联系,而转变为泛化的文化代指,喻指华裔女孩所面对的历史及文化情境。她在"群鬼"间的生活实则就是她在与社会进行持续接触和对话的互动中逐步塑造自身身份、找到自己所属位置的过程。

在这个身份追寻过程中,性别是核心要素,族裔在其中只起到了一个辅助的、提供视角的作用。如评论家所言,《女勇士》是典型的女性自传,通过幻想和想象的生活塑造了女性身份。[②] 小说中所采用的中国题材与族裔并没有太大关系:它们不是在谈中国女人的遭遇,而是在谈"美国社会对待女性的方式"。[③] 为了突出这个主题,《女勇士》紧紧围绕"言说"与"身份"之间的关系,描绘了母女之间"讲故事"和女儿的"报复/报导"。

在作品中,作为女儿的汤亭亭虽然很抗拒母亲所代表的中国传统习俗——因为它们与美国社会格格不入,经常给她带来羞辱——但她却从母亲所讲的故事中获益良多。"讲故事"这个言说传递的行为不仅让生在美国的女儿理解了母亲身陷种族歧视、生活艰辛、思念故土等移民困境后所表现出来的勇气和力量,还激发了汤亭亭的感受力,使她能够以真实和想象的双重方式来对抗社会的性别歧视。汤亭亭在母女的言说传递过程中并不是被动的接收者,而是主动的挪用者。母亲讲的很多故事并没有达到预期的效果,而经历了女儿重新想象的过程。在《无名女子》中,母亲讲述故事意在强调姑姑所犯的罪过,而"我"却在探究姑姑怀孕的缘由,猛烈讨伐那个让姑姑怀孕却毫不担责的男人。岳飞刺字的传说被嫁接到花木兰的身上,一方面赋予了花木兰男性力量(岳飞),另一方面也揭露了男性(父亲)对她的书写。汤亭亭相信艺术的"救赎"力量,因此她打破"不许说"的禁令,自己拥有言说的能力。[④] 整部《女勇士》都可以视为女儿

---

① E. H. Kim, *Asian American Literature : An Introduction to the Writings and Their Social Context* (Philadelphia: Temple UP, 1982)200.

② Suzanne Juhasz, "Toward a Theory of Form in Feminist Autobiography: Kate Miller's *Flying and Sita*; Maxine Hong Kingston's *The Woman Warrior*," *International Journal of Women's Studies* 2 (1979): 63.

③ John Whalen-Bridge, "A Conversation with Charles Johnson and Maxine Hong Kingston," *Melus* 31.2 (2006): 80.

④ Shelly Fisher Fishkin, "Interview with Maxine Hong Kingston," *American Literary History* 3.4 (1991): 786.

对女性言说过程的延续，是从被迫失声到“报复/报导”的飞跃，一次从“沉默”到“歌唱”的羽化。[①]

文化书写

汤亭亭对身份的关注没有限于性别，而上升到了族裔层面。毕竟，作为华裔作家，她无法忽视这个与生俱来的文化标记。在创作《女勇士》时，她也想要述说家里男性的故事，但为了保持作品的女性主义主题而将男性故事剥离出来单独成篇，扩展成为《金山勇士》一书。无论从技巧还是主题来看，这部作品与《女勇士》都极其相似，是真正的姐妹篇。不同的是，对性别的超越使汤亭亭的创作上升到了史诗的水准，拥有了浓重的族裔和历史内涵。作品描写了汤家四代人在美国的生活，构成了华裔的历史记忆、建构了一部迥异于美国官方叙事的对抗性历史。在少数族裔尚且遭受歧视的现代背景下，建构历史这一行为兼具充实过去和言说当下的双重意义。正因为如此，作品发表后获得了评论界的极高评价，一举赢得美国书评家协会奖和美国国家图书奖。

《金山勇士》讲述了汤家曾祖父/外曾祖父、祖父、父亲和弟弟四代男性的故事。全书共有十八章，主体部分是汤家四代男性在美国的经历，在目录页中以大写的粗体字母呈现：“中国来的父亲”、“檀香山的曾祖父”、“内华达山脉中的祖父”、“其他几个美国人的故事”、“生在美国的父亲”以及“在越南的弟弟”。其余十二章以中国传统章回体小说中楔子的形式散落地插在主体故事之间。小说以《论发现》开篇，重写了明代李汝珍所著《镜花缘》中唐敖误入女儿国的故事（原小说中是林之洋）。他被打扮成女性的模样，施与女性食物，还被迫洗涤自己的裹脚布。该章的结尾堪称点睛之笔：女儿国在北美，是武周时代由中国人发现的。这段话解释了唐敖在异域的遭遇成为全书首章的合法性：这是贯穿全书的宏大隐喻，表现了种族歧视下的华人男子在美国被奴役、被剥夺话语权的阉割般的生存处境。全书的中心章是第九章《法律》。[②] 它以年表的形式列举了美国的排华法案，以一种冰冷的、客观的方式勾勒了华人在美被剥削、被压制发声和被驱逐的宏大历史。这一章占据作品的中心地位，在于它提供了个体华人在美经历的大背景。汤亭亭综合运用历史、法律、社会话语展示了种族的集体记忆、家族谱系和个人记忆之间的互动，似乎得益于《愤怒的葡萄》的叙事手法。

汤亭亭通过汤家特定的家族故事对整个华人历史进行想象、再现和剖析，为故人充当了言说的媒介。《内华达山的祖父》一章展示了华工修筑美洲大陆

---

① Linda Morante, “From Silence to Song: the Triumph of Maxine Hong Kingston,” *Frontiers: A Journal of Women Studies* 9.2 (1987): 78-82.

② 对于这一章在全文中的意义和作用，参见单德兴：《“开疆”与“辟土”：美国华裔文学与文化》，天津：南开大学出版社，2006年，第25—56页。

铁路的那段血泪史。华工们与白人工人合作完成了横贯北美大陆的铁路。然而，在铁路竣工后的庆祝会上，“白鬼子官员”在致辞中称这个“最伟大”的成就“只有美国人才做得到”，对华人的贡献只字不提。作为这片土地的拓荒先驱，华人铁路工没有像美国西进运动中的盎格鲁·撒克逊裔白人那样跃升为美国精神的体现者，而是被凶残地驱逐，丧失了自身的“种族可见性”。从这个意义上讲，《金山勇士》延续了拉尔夫·埃利森的社会抗议文学传统。[①] 华工在铁路建成后被踢出工业领域，被迫进入洗衣、做饭等传统“妇女的领域”（华人在美大抵也只能从事此类工作，如汤亭亭的父亲那样）。华工只能通过想象的性暴力来对抗这种身份阉割：阿公对着空中撒尿和射精，“我在肏这个世界”，以此获得对自我存在的确认。[②]

《金山勇士》通过另类的叙事讲述了另类的历史，用华人的经历充实/颠覆了美国神话，它本身也以其深刻的社会文化意义重建了美国的文学经典。[③] 整部小说在揭露历史之外还带有颂扬之感，成为华人种族的赞美诗。在小说的首页和每一个有关汤家男性经历的章节前，都印上了汤亭亭自己篆刻的“金山勇士”的印章（作品译名由此而来），再明显不过地表达了作者对家族前辈乃至整个华裔的敬意。

比较《女勇士》和《金山勇士》这对移民文学中的双璧，可以发现它们共有的叙事特征，即用一个虚实相生的文类来表现了华裔移民有别于社会主流叙事的对抗性记忆。通过对母国故事的挪用而对美国神话进行了扩充，汤亭亭的创作继承了薇拉·凯瑟在《我的安东尼亚》中的叙述技巧。[④] 但汤亭亭远比凯瑟激进，她不仅记载、而且敢以“乱点鸳鸯谱”的勇气混杂、更改甚而重写了本土故事。她在作品中夹杂大量的中国神话传说却又不忠实于原著的改写行为引起了很多读者和评论家的迷惑甚至恼火。他们指责那些故事与整体叙述不统一倒还在其次，关键是丧失了中国文化故事的本来面貌。在这些评论家之中，汤亭亭的大学同班同学、亚裔美国文学家和文学评论家赵建秀（Frank Chin）是最著名的代表。他在自己参与主编的《大啊呀：华裔与日裔美国文学选集》中，不仅把汤亭亭等人的作品完全排除在外，而且洋洋洒洒写了92页的前言，把汤亭亭作为被白人同化了的华裔作家而痛加斥责，讨伐她误读误用中国经典和传说、为

---

① David Leiwei Li, "*China Men*: Maxine Hong Kingston and the American Canon," *American Literary History* 2.3 (1990): 483.

② Maxine Hong Kingston, *China Men* (New York: Vintage, 1989)132 - 133.

③ David Leiwei Li, "*China Men*: Maxine Hong Kingston and the American Canon," *American Literary History* 2.3 (1990): 482 - 502.

④ Guy Reynolds, *Twentieth-Century American Women's Fiction: A Critical Introduction* (New York: St. Martin's, 1999)209 - 10.

了取悦白人读者而强化华人刻板印象的“卑贱行径”。[①] 这引发了文坛上著名的“赵汤论战”，两人就华裔作家应该如何理解和使用中国本土文化进行了辩论。[②] 汤亭亭认为，神话是可以改写的，每个人认识到的神话都不一样：“神话通过口头流传，而不是文本。你每次讲的故事或者听的故事都不一样。神话没有一成不变的权威版本。林林总总的权威版本都因人而异。”[③]而神话的不同接受则体现了受众各自有别的身份认同方式：“我借着这种地方性、区域性、微观的方式自我认同，来响应那些族裔中心主义批评家……对于那些拒绝在微观中见到普遍性的人，对于那些坚持所有华人都得一样、都具有相同神话、背景和人格的人，我觉得失望。”[④]可见，汤亭亭讲述的中国故事受到其主体认知的重新观照，表述自己作为一名美国华裔女性作家的身份认同。[⑤] 她对原本故事的改变是一种有意为之的文化策略，即通过有意误读的方式摆脱了原有文化背景的限制，建构了自己当下的独特身份。[⑥] 在这个意义上，她很好地实践了哈罗德·布鲁姆的误读理论，为自己赢得了独有的文学和文化地位。也正因为如此，汤亭亭也对自己的所有读者寄予了相同的期望：她的故事真实与否并不重要，重要的是她通过这些故事表述了自我。但只是对她个人适用而已。读者不应该把验证故事的责任推给她，而应该通过自己的经历去体会。[⑦]

美国书写

虽然汤亭亭以边缘作家的面貌踏上文坛，但这似乎更是评论界对她的建构。她自己则始终怀着像大诗人惠特曼那样代表美国发声的光荣梦想。她有名的散文《美国评论家的文化误读》中说：“我是个美国作家。像其他美国作家一样，我也想要写出伟大的美国小说。”[⑧]不仅美国评论界如此，国内不少评论者

---

① Frank Chin, “Come All ye Asian American Writers of the Real and the Fake,” *The Big Aiiieeeee ! An Anthology of Chinese and Japanese American Literature*, eds. Jeffery Chan, Frank Chin, et al. (New York: Meridian, 1991)1 - 92.

② 参见张龙海：《关公战木兰：透视美国华裔作家赵健秀与汤亭亭之间的文化论战》，《外国文学研究》2004年第5期。

③ Paul Skenazy, ed., *Conversations with Maxine Hong Kingston* (Jackson: U of Mississippi P, 1998)202.

④ 单德兴：《‘开疆’与‘辟土’：美国华裔文学与文化》，天津：南开大学出版社，2006年，第225页。

⑤ 卫景宜：《改写中国故事：文化想象的空间——论美国华裔作家汤亭亭文本“中国故事”的叙事策略》，《国外文学》2003年第2期，第115页。

⑥ 对此立场的理论阐述可参见王立新：《在龙的映衬下：对中国的想象与美国国家身份的建构》，《中国社会科学》2008年第3期，第156—159页。

⑦ Shelly Fisher Fishkin, “Interview with Maxine Hong Kingston,” *American Literary History* 3.4 (1991): 785.

⑧ Maxine Hong Kingston, “Cultural Nis-readings by American Reviewers,” *Critical Essays on Maxine Hong Kingston* (New York : G. K. Hall, 1998)97.

在这个问题上也有“误读”,即过分地强调汤亭亭与中国文化之间的联系,而无视她本人和作品的美国性。汤亭亭对此很是不满,在多种场合申明自己是一名美国妇女,写的是美国人的生活,作品属于严肃的美国文学而非“人类学、娱乐之作、异国情趣”。[①] 这也是她对自己在亚裔美国文学中角色的定位。为了突出美国性,她甚至提议去掉“Chinese -American”之间的连字符,因为这个连字符使得这个词的两边同等重要,而去掉连字符后能够强化华裔的美国性。[②]

民族性本身是一个以想象的共同特征为基础并与外界文化社会环境反复协商的持续构建过程。身份的确立因而包含两股对立的力量:认同(consent)和继承(descent)。[③] 继承的是物质性和血缘性的东西,而认同则是群体得以形成的情感基础。对于族裔作家来说,他们的美国身份自有特殊之处:继承呈现出混杂性,认同则非常自信。汤亭亭属于族裔作家群,自然具有同样的思维模式。1989年发表的《孙行者》标志着她创作的有意识转变。较之前两部作品,《孙行者》更加鲜明地扛起了美国性的大旗。

获得美国笔会小说奖的《孙行者》是汤亭亭第一部完全虚构的作品,以在加州土生土长的华裔艺术家惠特曼·阿新(Wittman Ah Sing)为主人公。阿新是60年代末的大学毕业生。60年代是以凯鲁亚克的《在路上》为文化标记的年代,流浪和放荡不羁成为年轻人的生存方式。毕业后的阿新成天与一群白人嬉皮士厮混在一起。不过他很有文学天赋,最大的梦想是创作一部华裔的史诗并把它搬上舞台。这一梦想贯穿整部小说,是小说内在主旨的高度凝缩。

有别于《女勇士》和《金山勇士》,《孙行者》在叙事方面有两个显著的变化:一是没有采用一个女性的叙述者,而选用了一个男性主角;二是没有采用大量的汉语英译,而用纯正的美国英语写作。对于第一个变化,汤亭亭解释到,她以前一直以第一人称单数来组织作品,这是非常自闭/自恋的艺术手法,她要打破这种自我中心,对“他者”有所了解。对一位女作家来说,“他者”就是男性。于是,在《孙行者》中,女性的叙述者完全消失了。在汤亭亭看来,这是一种艺术和心理的成熟。[④] 而且小说以美国60年代的社会为场景,而在那时,女性经历由

---

① 单德兴:《“开疆”与“辟土”:美国华裔文学与文化》,天津:南开大学出版社,2006年,第232页。

② Maxine Hong Kingston, “Cultural Nis-readings by American Reviewers,” *Critical Essays on Maxine Hong Kingston* (New York : G. K. Hall,1998)99.

③ See Werner Sollors, *Beyond Ethnicity*: *Consent and Descent in American Culture* (New York: Oxford UP, 1986).

④ Marilyn Chin, “A *Melus* Interview: Maxine Hong Kingston,” *Melus* 16.4 (1989—1990): 58-59; Whalen-Bridge, John, “A Conversation with Charles Johnson and Maxine Hong Kingston,” *Melus* 31.2 (2006): 70.

于社会的限制还是不如男性经历那样具有丰富的文化拓展内涵。[1] 抛弃汉语英译则是汤亭亭刻意采取的另一个叙事策略，意在淡化主人公的华人背景而着力表现他的美国思想。[2] 从《孙行者》在叙事策略上的变化可以看出，汤亭亭所欲表达的主题从性别和文化转向了美国性。

美国性是《孙行者》的中心主题，通过主人公的"继承"和"认同"两个角度表现出来。从认同角度来说，他非常确切地肯定了自身的美国性，反复强调自己是具有中国血统的美国人，而不是中国人。而从继承的角度来看，他身份的混杂性十分明显。小说里混杂了中西文学经典的若干片段（中国文学有《西游记》、《水浒传》、《三国演义》等；西方文学有凯鲁亚克的《在路上》、惠特曼的诗歌、乔伊斯的《尤利西斯》等），还有大量有关美国华裔历史、文化轶事以及各种议论。这种有意为之的互文方式意在强调阿新的身份独特性。通过塑造这个继承了东西方两种文学传统的艺术家，汤亭亭改写了西方"艺术家成长小说"(Kunstlerroman)传统，意在表现华裔美国艺术家的成熟历程。[3]

就如阿新梦想描写华裔史诗并付诸表演所暗示的，书写、言说、表演等与身份建构紧密相关的行为成为亚裔艺术家定义自身的手段。阿新的女朋友南希对阿新说："女演员说别人的话，我是个女演员，知道怎么说别人的话，你吓坏了我，因为诗人只说自己的话。"[4]阿新正是在用美国的语言发出自己独特的声音。他的家族之名(Sing)再明显不过地体现了这一思想。在美国历史上，这一名字却是华裔作家的污名。作家布雷特·哈特(Bret Hart)曾发表一首短诗《异教徒中国佬》，描写一名叫阿新的华工赌博作弊。这首短诗助长了当时的排华情绪。[5] 汤亭亭对"阿新"名字的再度使用也有了历史蕴涵。就如孙行者用金箍棒打碎已有的秩序，汤亭亭也在用自己的笔打碎华裔的定势形象，恢复他们的美国身份。[6] 汤亭亭赋予自己的"阿新"一个全新的个人之名(Wittman)，化自美国民族诗人惠特曼(Whitman)，这一变化不仅表现了美国史的传承，也表现了亚裔的个体自豪感(wit man)。

---

① Shelly Fisher Fishkin, "Interview with Maxine Hong Kingston," *American Literary History* 3.4 (1991): 789.

② Marilyn Chin, "A *Melus* Interview: Maxine Hong Kingston," *Melus* 16.4 (1989—1990): 71.

③ Irma Maini, "Writing the Asian American Artist: Maxine Hong Kingston's *Tripmaster Monkey: His Fake Book*," *Melus* 25. 3-4 (2000): 243.

④ Maxine Hong Kingston, *Tripmaster Monkey: His Fake Book* (New York: Vintage, 1989)33.

⑤ 张龙海：《汤亭亭引路人孙行者中的戏仿、拼贴和语言游戏》，杨仁敬等著《美国后现代派小说论》，青岛：青岛出版社，2004年，第303页。

⑥ Marilyn Chin, "A *Melus* Interview: Maxine Hong Kingston," *Melus* 16.4 (1989—1990): 61.

艺术书写

随着年龄的增长，汤亭亭对生活和人生的感悟日趋深刻。她所写的作品也不再如年轻时那样毕露着性别斗争和族裔斗争的锋芒，而变得沉静明澈，怀着对人类境遇的大悲悯。《第五和平之书》的问世，标志着汤亭亭的创作重心从种族、性别、阶级以及文化身份认同转向宣扬和平和张扬人性。她正在努力超越性别作家、族裔作家和国别作家的身份，正在以自身的艺术感悟和对人类共同生存处境的刻画而跻身于经典作家之列。[①]

汤亭亭听母亲讲中国历史上曾经有三部和平之书，但中国历次的王朝更迭都会烧毁前朝藏书，所以它们都失传了。她向华人学者求助，但没有人听说过"三平书"。最后中国的前文化部长王蒙告诉她，书是她臆造出来的，她应该自己写一部和平之书。汤亭亭确实也写了《第四和平之书》作为《孙行者》的续集，可惜1991年的一场大火将书稿烧得片纸不留。火灾给汤亭亭带来了极大的精神打击，在相当长的一段时间里她都无法读书和写作。当时正逢美国发动海湾战争，汤亭亭感觉火灾带给她的创伤类似于战火的破坏，决定邀请一些战争老兵一起进行文学创作，共同感悟人生、宣扬和平。《第五和平之书》由此而来，以"教育美国、教育全世界"为己任，宣扬和平，力图建立以"和"为核心的生存方式。[②]

该书由四章构成，全书没有一个贯穿始终的情节。汤亭亭本人明确表示，书中没有一个主要故事："书中大大小小的故事很多，它们有一个意识或叙述者串起来，使它们形成了内在逻辑，就像一根绳子上串的大小不一的珍珠。"[③]第一章《火》以日记的形式记载了发生在奥克兰的大火给汤亭亭的创作造成的物质及精神破坏。第二章《纸》用散文的形式描述了汤亭亭如何在灰烬中竭力寻找《第四和平之书》的书稿。第三章《水》采取了小说形式，重写了被烧毁的《第四和平之书》。《孙行者》的主人公惠特曼·阿新因为反对越战而逃避服兵役，离开加州到夏威夷定居。第四章《土》重新回到了纪实文学，忠实记载了汤亭亭和退伍老兵一起通过写作来治疗"火"给自己留下的创伤。

《第五和平之书》几乎呼应了汤亭亭以前的所有作品，很多故事都以不同的视角被重写。重写的结果往往是政治色彩消失，而透露出安宁祥和的气息和对

---

① 徐颖果：《汤亭亭第五和平之书的文化解读》，《当代外国文学》2005年第4期，第99页。

② 王立礼：《汤亭亭：〈第五部和平之书〉》，《外国文学》1994年第5期。汤亭亭后来多次提到自己创作《第五和平之书》的背景。2006年她来华访问，在北京大学、北京外国语大学、南京大学等地做讲座，对此都有涉及。

③ 方红等：《和平·沉默·叙述技巧：〈第五和平书〉创作谈》，《当代外国文学》2008年第1期，第170页。

人性的关怀之意。阿新一反离经叛道的嬉皮士形象,变得更加成熟、具有社会责任感和宗教良心。花木兰的故事也有新的阐释。汤亭亭这样写道:"我已经把她的故事叙说为一名女性的解放故事、一个战争故事。但是我现在明白,这是一个讲述回家的故事。"[①]这表达了她对性别意识的反思和对普世主题的强调。在接受访谈时,汤亭亭说在创作《第五和平之书》时,并没有意识到自己的女作家身份:"我感觉自己在变老。现在回头看《女勇士》,我觉得那是一本年轻女人的书,在创作《中国佬》与《孙行者》时,我的年龄增长了,也开始成熟了。现在,作为老年人,我意识到原先探讨的思想、塑造的人物应该有进一步的发展;我想改正原先创作中的失误,也想让我塑造的人物改掉他们的错误与毛病。所以,我将《第五和平书》视为一位愿意承担责任的老年作家的作品"。[②] 从女性作家到老年作家,汤亭亭自我定位的改变引起了作品主题的深刻变化。作品不再苦苦追求自我身份——这种自恋式的执着在老年汤亭亭看来已经成了"错误和毛病"——而开始"承担责任"。所谓责任,也就是弘扬人与周围世界的"爱与联系"[③]。目光投向人间的老年作品折射的是超乎现实纷繁的精神境界,对整个人类生存境况的深刻关怀——艺术创作的真谛,莫过于此。

各有千秋的四部作品奠定了汤亭亭在文学史上的重要地位。她的创作前承水仙花、黄玉雪,后启谭恩美,在华裔美国女性文学谱系中占据着核心的位置,影响目前尚无人及。2008 年 9 月 10 日,她获得了创作生涯中的最高荣誉——美国国家图书奖的杰出文学贡献奖。迄今为止,获此殊荣的有色人种作家仅有非裔的格温德林·布鲁克斯和托妮·莫里森。美国图书基金会对她的评价是:"汤亭亭在作品中运用一系列文体和故事,创造了一种令人惊异的移民回忆录和移民小说的新写法,影响了两代美国作家。"

汤亭亭主要作品:

Woman Warrior: *Memoirs of a Girlhood among Ghosts*, 1976.

China Men, 1980.

Tripmaster Monkey: *His Fake Book*, 1989.

The Fifth Book of Peace, 2003.

---

① Maxine Hong Kingston, *The Fifth Book of Peace* (New York: Alfred A. Knopf, 2003)390.

② 方红等:《和平·沉默·叙述技巧:〈第五和平书〉创作谈》,《当代外国文学》2008 年第 1 期,第 168—169 页。

③ 同上书,第 170 页。

22. 玛丽莲·罗宾逊——后现代社会中的信仰守卫者

Marilynne Robinson: Defender of Religious Belief in Postmodern Society

20世纪七八十年代，美国文坛再一次经历了深刻的变革。在世纪之交，美国文学的创作手法、主题等从现实主义转向现代主义。七八十年代则见证了现代主义向后现代主义的转型。现实主义的文学想象基于层次分明的现实世界，产生于并表达着某种统一的话语体系；现代主义则是一种"危机美学"，体现了艺术家为了逃离异化的周围世界而采取隐喻、历史和神话来重新建立秩序、规范和统一性的努力。① 而后现代主义彻底背离了古典主义和现代主义的认知模式。解构和去中心化思潮动摇了意义的存在基础，否定客观世界的可再现性。文学作品失却了宗教意识和哲学思考，不再像美国经典文学传统那样对身份的存在等问题进行痛苦却持久的考问。

在这样的背景下，玛丽莲·罗宾逊以其虔诚的基督教信仰和强烈的悯世情怀而显得卓尔不群。她1943年11月26日生于爱达荷州北部的桑德波因特，从小在美国西北部的小镇长大。高中毕业后她进入彭布罗克学院(原布朗大学女子学院)学习宗教和创作，获文学学士学位。然后到法国雷恩第二大学执教一年后返回美国，在华盛顿大学继续学习，于1977年凭借对莎剧的精辟分析获得博士学位。宗教的熏陶、法国的思想氛围和欧美文学经典传统给了她非常大的影响。她的小说在评论界获得了很高的评价，她本人也被认为是当代美国最好的小说家之一。

然而罗宾逊在文学创作方面并不多产：其小说只有《持家》(*The Housekeeping*, 1980)、《基利家书》(*Gilead*, 2004)和《家》(Home, 2008)三部，前两部中间还隔了二十多年。她的兴趣更在于随笔和政论。多年来，罗宾逊一直扮演着公共知识分子的角色，写下很多时文，并在著名刊物《杂录》(*Salmagundi*)上主持社会评论专栏。她最重要的两部论著是《祖国：英国、福利国家和核污染》(*Mother Country: Britain, the Welfare State and Nuclear Pollution*, 1989)和《亚当之死：现代思想论文》(*The Death of Adam: Essays on Modern Thought*, 1998)。罗宾逊与时世的格格不入在这些论述中表露无遗。入围1989年美国全国图书奖最终候选名单的《祖国》讨论了环保问题，对英国塞拉菲尔德核工厂、英国政府和绿色和平组织都有批评，结果在英国受到起诉并被禁止发行。《亚当之死》

---

① William A. Johnsen, "Toward a Redefinition of Modernism," *Boundary* 22.3 (1974): 545.

是专栏文章的结集，对现代思想、尤其是达尔文主义进行了激烈的批判。她的议论文章言辞犀利，雄辩有力，比小说作品更鲜明、更直接地体现了作家的思想。[1]

纵观她所有的议论文章可以发现，罗宾逊有着自己独特的思想体系。基督教信仰、自由主义和人文主义是她思想体系的三大支柱。这三个立场从传统定义上讲多有抵牾甚至相互完全对立。但作为一个后现代语境中坚持信仰、坚持人类福祉的作家，罗宾逊将这些特征辩证统一地集中在作品中，形成了独特的美学色彩。具体说来，她是宗教上的加尔文主义教徒，政治上的自由派，情感上的人文主义者。

罗宾逊虔信宗教，对世界的理解受到了加尔文主义的极大影响。她坚定地认为上帝的恩典和救赎是人之存在的终极目标，而人世生活只不过是暂时的、表层的。宇宙是上帝变幻的外衣，或者说是面镜子，在没有展现上帝的同时展示上帝，或者说在掩盖上帝的同时展示上帝。也就是说，物质世界本身并不是存在的目的，而"可以被理解成是与某个完全超越物质之存在的交流"。那么对于身处物质世界的人类来说，现实就具有双重性质。第一重性质是"科学的现实"，我们可以通过心智理性去学习和掌控。这种现实完全受客观规律的支配，是能够被准确预测和解释的表象世界，并非人类应该追求的精神家园，因而被罗宾逊赋予了一个布莱克式的名称："牛顿式的存在"。真正"有意义"的是第二重性质的现实，即"感知的现实"。罗宾逊认为，人类通过感知能力而形成对现实——不仅是受科学规律支配的表象现实，还包括上帝的存在、恩典和救赎这一精神现实——的自我认知，这才是人之存在的核心。现实远远大于人类能够感知的范围，能够被感知到的是事物传递给人们的语言。[2] 我们每个人只能通过适合自己的方式了解到现实的一丁点，永远也不知道如果我们的方式更好些是否能够得到不一样的现实。人类的这种认知过程与作家通过语言的隐喻来呈现世界是一样的：都是通过类比的方式与整体世界沟通，却时刻意识到语言工具的有限性和不恰当性。[3] 因为与闪耀着上帝光辉的整体现实相比，自我或

---

① 对罗宾逊的生平介绍见 Thomas Schaub, "An Interview with Marilynne Robinson," *Contemporary Literature* 35.2 (1994): 231－232. 另参见维基百科网(http://en.wikipedia.org/wiki/Marilynne-Robinson)。

② Thomas Gardner, *A Door Ajar: Contemporary Writers and Emily Dickinson* (New York: Oxford UP, 2006)48－62.

③ Thomas Schaub, "An Interview with Marilynne Robinson," *Contemporary Literature* 35.2 (1994): 240－241.

语言不过是无足轻重的“历史的偶然”。① 只有通过情感/信仰，人类才能融入到神圣的光辉之中。因为情感是有涵义的，它们比语言的意义更充实：它们为我们解释这个世界，也向世界解释我们自身的存在。②

加尔文式的宗教信仰是罗宾逊思想体系中的永恒指向和坐标。根据加尔文的预定论，上帝是一切的决定者。因此罗宾逊坚守上帝的唯一权威，对社会政治表现出不服从的自由主义态度。在《向前，基督教自由主义者》一文中，罗宾逊认为自己属于基督教自由派，反对人类通过理性或客观的标准来证明自己的救赎。一切为大众所奉行的有关“救赎”的行为规定——如在某个特定的年龄受洗、拥有特定的信仰、定期去某个教堂等等——不过是世人炮制的说辞，根本不是神圣的真理，因为“通过这些方式‘赚取’的救赎本身就取决于出身和文化——这些不过是偶然罢了——这本身也是预定论的另一种表现，因为绝大多数其他人与之没有任何关联”。③ 因而，没有哪个特定机构的人有资格宣称他们就是上帝的选民，只有上帝知道他的选民身为何人，身在何处。罗宾逊的这种认知观显然与新教的反天主教传统一脉相承。她对社会政治的批判更加激烈，明显继承了超验主义思想家梭罗的思想。在社会政治中，以虚构为基本特征、以宣传为基本手段的意识形态冒充权威的真理，要求人们遵照所谓的规范行事。罗宾逊对此深恶痛绝，视之为现代思想中的顽疾。她写道：

> 作为一个虚构故事作者，我感觉自己被这个集体的虚构——这个现实——压迫得喘不过气来。对它我既不喜爱，也不感觉享受：它来自冷酷且平庸的想象力，却被公认为“伟大的真理”和“我们时代的声音”，即便它的浅薄和残忍显而易见（这也正是它获得认可的原因）。④

这种态度还影响到罗宾逊的历史观。她认为应该严格“历史”的定义，区分时间上的过去（即作为文化被继承的过去）和记录的过去（即被阐释的过去）。真正的过去蒙着神秘的面纱，甚至可以说它到底有没有存在。它以文化的形式在我们身上自我记录，赋予我们一些太基本而不能被拷问的预设，或一些太痛

---

① Thomas Gardner, *A Door Ajar: Contemporary Writers and Emily Dickinson* (New York: Oxford UP, 2006)57.

② Marilynne Robinson, *The Death of Adam: Essays on Modern Thoughts* (Boston: Houghton Mifflin, 1998)83.

③ Marilynne Robinson, “Onward, Christian Liberals,” *American Scholar* 75.2 (2006): 44 - 48.

④ Marilynne Robinson, *The Death of Adam: Essays on Modern Thought* (Boston: Houghton Mifflin, 1998)77. 对意识形态和社会定势思想的批判是罗宾逊政论文一贯的思想。她认为差异不能成为定势书写的理由，更不是判定优劣和威胁的理由。一个显著的例子是，她在专栏中屡次为被西方妖魔化的中国鸣不平，呼吁西方应该拥有一种健康的竞争心态，消除“‘竞争’中的民族主义情绪”，积极欢迎中国加入世界舞台。[“Competition.” *Salmagundi* 148 - 49 (2005—2006): 12 - 13.]

苦而不能被分析、伪造和压制的回忆。这显然暗示着《圣经》和基督教历史赋予教徒的集体文化记忆。罗宾逊在《基利家书》中再次表明了这个立场,说:"记忆的本质严格来讲不属于凡人俗世"[①]。在美国的社会政治现实中,历史可能被重构,为现在的罪恶和失败负责;也可能被简化和践踏,沦为进步主义的垫脚石。记录当然偏向于那些掌握话语权的官方阶层;记录方法和当时条件的限制,以及资料的保存和获取,也决定了历史记录的局限性。阐释的历史继承了所有这些缺陷,而且还因为阐释者的目的、热情、感受、才能和顾虑的原因而被进一步曲解。[②]

政治上的自由主义显示了罗宾逊对后现代主义解构思想的接受。但她并没有因此而愤世嫉俗,相反却对后现代社会玩世不恭、消解一切神圣和美好的信仰虚无主义进行了严厉批评。她为当今社会的把脉是:现在这个"集体虚构"的基础是焦虑、恐怖症和迷惑,而不是信仰和想象力。[③] 她在政论文中对现实社会的关切显示,她不仅具有虔诚的基督教思想,还具有深厚的人文主义情怀。由于文艺复兴对人本主义的强调,思想界一般认为宗教和人文主义是互不相容的两个概念。罗宾逊争辩说,这其实是个极大的误解。人文主义思想建立在人具有灵魂这一信仰之上;灵魂的提升和升华是文艺、音乐和哲学的目标和作用所在。[④] 换言之,人文主义和宗教不仅不冲突,而且还是宗教信仰的外在表现。可见,罗宾逊更是一个后现代社会语境下的人文主义者。如托德·夏伊所言,罗宾逊的加尔文主义信仰,服务于"人文主义目的"并受其影响。[⑤]《杂录》杂志上的专栏就是罗宾逊的思想阵地。她的人文主义立场突出表现为对达尔文主义的批判,以及由此引申的对以竞争为核心理念的自由资本主义经济的批判。在她看来,达尔文学说并不是什么科学和真理,只不过是信仰的一种罢了。更确切地说,它仅仅是一种鼓吹进步主义和优生学的政治理念,与帝国主义如出一辙。它没有呈现人类历史和当今的现实,而是让现实满足它的预设,在物种和人种之间划分等级。其严重后果是将对弱者的侵犯正义化了,并且拒绝施与慈善——而慈善恰恰是基督教义对人的道义要求。尼采、弗洛伊德之流都是这种现代思想的鼓吹者,导致了社会文化中道德的缺失。[⑥] 达尔文主义深刻地影响

① 玛丽莲·罗宾逊:《基利家书》,李尧译,北京:人民文学出版社,2007年,第179页。

② Marilynne Robinson, *The Death of Adam: Essays on Modern Thought* (Boston: Houghton Mifflin, 1998)126.

③ Ibid., 79.

④ Ibid., 8-9.

⑤ Todd Shy, "Religion and Marilynne Robinson," *Salmagundi* 155-56 (2007): 253.

⑥ Marilynne Robinson, *The Death of Adam: Essays on Modern Thought* (Boston: Houghton Mifflin, 1998)34, 39, 47. "Delivering Darwin II: Signs of Struggle," *Salmagundi* 118-19 (1998): 324.

了人们的文化、政治、经济生活，迫使人们相互竞争。罗宾逊对自由资本主义支配下的家庭命运充满忧虑。人们为了顺应"适者生存"的法则，不得不拼命加班，甚至儿童也加入工作的行列。这一切使得家庭分崩离析，也导致了现代人的情感危机。为此，罗宾逊呼吁抛弃达尔文主义主导下的生活模式，重建以宗教信仰为主导的传统家庭。这并非是遵守某个死板的宗教教义，而是对美国"文化和传统"的回归。[①] 总体说来，罗宾逊对进化论的否定似乎没有区分生物学和社会学的不同情况，因而也招致一些学者的批评。[②] 但如托马斯·肖波所指出的，这一问题其实反映了罗宾逊"老式人文主义"的立场倾向。对此罗宾逊回答到，她压根就没有想到有别的什么选择。现代主义的进步史观将这些"值得崇敬的思想"归结为"旧"时代的产物而加以抛弃，这是非常荒谬的。[③]

在罗宾逊的思想体系中，加尔文主义、自由主义和人文主义之间相互影响、修正和融合，最终形成了作家独特的美学特色，也催生了其文学作品的两大母题：孤独和家庭。孤独是一种脱离外界干扰、追求精神超越的生存状态。罗宾逊说：

> 在我所处的文化中，孤独是有利的境遇。孤独有助于扩展世界。而人际关系意味着你必须懂得协商——即便是你在自我思考的时候。你尽力将自己对现实的感知与他人的感知相协调……不断地改变自己对现实的看法。[④]

换言之，孤独是抛弃世俗之见、通过自己独特的经验感受上帝之荣光的方式。只有孤独的人才能够扩展和深化自己"感知的现实"。但强调孤独并不是厌世：家庭始终是罗宾逊文学作品里的中心意象。她把家定义为"就是那些我们对之怀有忠诚和责任的人，那些塑造了我们身份的人，那些我们给予身份的人，那些和我们共享品味、故事、习惯和回忆的人"[⑤]。可见，家庭与起源、记忆、历史、身份等主题紧密相关，是决定个人存在的文化因素。在《持家》和《基利家书》两部小说中，孤独和家庭这两个主题得到了深刻的呈现。

---

① Marilynne Robinson, *The Death of Adam: Essays on Modern Thought* (Boston: Houghton Mifflin, 1998)100-101.

② Terence Diggory, "Delivering Darwin I: A Reply to Marilynne Robinson," *Salmagundi* 118-19 (1998): 311-318.

③ Thomas Schaub, "An Interview with Marilynne Robinson," *Contemporary Literature* 35.2 (1994): 243-244.

④ Thomas Gardner, *A Door Ajar: Contemporary Writers and Emily Dickinson* (New York: Oxford UP, 2006)56.

⑤ Marilynne Robinson, *The Death of Adam: Essays on Modern Thought* (Boston: Houghton Mifflin, 1998)87.

《持家》是玛丽莲·罗宾逊的第一本小说，却在技巧和思想上达到了高度成熟。在获得笔会/海明威最佳处女作奖后被提名普利策奖，并于1987年被改编成电影。2003年在英国《卫报》列出的"有史以来最伟大的100部小说"的名单中，《持家》排名第85位。[①] 2006年《时代周刊》杂志评选"1923—2005年最佳英语小说"，《持家》再次名列其中。

如《卫报》所言，发表于1980年的《持家》是"一个关于三代女人的故事，浸泡在水和光之中，令人难以释怀而又极具诗意"[②]。这个评价与小说本身的内容非常切合。小说以露丝为叙述者，讲述了她和妹妹露西尔所经历的家庭生活。她们家的历史起源于祖父福斯特先生。福斯特一生酷爱游荡，年轻时乘火车离开中西部的家乡，来到西部的指骨镇。他安了家后在火车上做列车员，不料一次火车出轨，栽进了小镇的湖里。福斯特先生死后，祖母福斯特夫人在"宁静的"气氛中把几个女儿拉扯大，看着她们相继离家成立了自己的家庭。这一段是遥远的家族历史，露丝和露西尔是通过听人讲述得知的。她们能够记得的历史则以被抛弃开始。她们的母亲海伦——福斯特夫妇的二女儿——在西雅图生下她们，丈夫却不知所踪。过了几年后，海伦把露丝和露西尔姐妹俩送到福斯特夫人那里，然后开着车跃进了湖中。这一幕成为露丝一生的创伤回忆，她始终感到孤独、无助和追寻母亲的渴望。祖母福斯特夫人抚养她们几年后去世，两个姨奶奶过来接班照顾。两个姨奶奶是老处女，对持家知之甚少，所以很快把这副担子推给了西尔维娅——福斯特夫人的三女儿，露丝和露西尔的姨妈。西尔维娅习惯了孤身一人漫游，她的持家方式也与流浪者无异：她根本不收拾屋子，屋里的居所与屋外的自然几乎融为一体；她不仅喜欢去丛林中游荡，还特别喜欢在黑暗中吃饭。这种特立独行引起了小镇居民的不安，也导致了露丝和露西尔姐妹俩的决裂。露丝被西尔维娅的持家方式深深吸引，视这位姨妈为母亲的替身；露西尔却认同小镇居民的观点，深以"不规矩"为耻，最后干脆搬到小镇上教"持家经济"课的老师家里住。露丝和西尔维娅越走越近，逐步开始具有梦游般的流浪气质。得知小镇人将要剥夺西尔维娅对露丝的监护权后，两人烧毁了房屋，穿过湖面上的铁路桥，踏上了流浪之旅。

这部小说的问世正值美国女权运动的第三次浪潮，也是女性主义文学批评发展的高峰期。莎伦·奥布赖恩在为《美国文学》杂志的专刊《当下的写作：80年

---

① 见《卫报》的书评网站(http：// books，guardian. co. uk / news / articles)。美国作品排名最高的是霍桑的《红字》，列第20位，麦尔维尔的《白鲸》紧随其后。

② http：// books，guardian. co. uk / news / articles.

代和90年代的美国文学》写的序言中指出："评论家就是作家，作家就是评论家；将两种身份分开是错误的做法。"①对评论界走向颇为熟稔的罗宾逊在小说中也明显体现出女性主义的立场。而且她在以母亲为主导的西部家庭里长大，②《持家》也带有呼应时势、颠覆西部小说传统想象的意图。克莉斯蒂娃认为，女性主义的三次浪潮呈现出迥然不同的特点。第一次浪潮是对直线型的男性历史、男性价值观的认可和模仿。第二次浪潮则鼓吹一个与男性迥异的、脱离社会的女性空间，强调环形的叙事模式，属于典型的分离主义。只有第三次浪潮才标志着女性主义发展走向成熟：此时女性以积极的姿态参与社会和历史，但同时以反抗者的姿态反对男性的官方叙事神话，创建出属于"女性的时间"。③《持家》正是在这样的思想维度上展开叙事。持家是美国文学传统的核心隐喻，表现出对理性和秩序的推崇。《持家》名虽如此，却在号召放弃这一经典传统。④ 西尔维娅的"持家"与小镇上的传统生活迥然不同，显然是一种颠覆叙事，"书写了美国新夏娃的新故事"。⑤ 她和露丝最终的"无家可归"和"旅居"其实是一种超验的中心隐喻。⑥ 更确切地说，旅居是对体系化的超验意义的拒绝，以其"完全的、抽象的和无名的重复"抗拒男性话语系统的书写。其结果就是女性经历无法被合适地"归类"和"再现"，进而为传统社会所不容。从社会文化意义上讲，无家可归的孤独来自于行为的越界。家庭在《持家》中不仅仅是一个文学意象或空间场所，更是一个象征性的疆域。正是在这个疆域中，传统的女性身份得以被创造和维持——井井有条的持家就是她们的物化象征。而西尔维娅和露丝则在其中无拘束地游走，形成了自己独特的"流浪主体性"。这种主体性不再完全受制于男性的象征话语，而是象征语言和符号语言共同书写的

---

① Sharon O' Brien, "Preface: Write Now: American Literature in the 1980s and 1990s," *American Literature* 68.1 (1996): 2.

② Thomas Schaub, "An Interview with Marilynne Robinson," *Contemporary Literature* 35.2 (1994): 233.

③ Thomas Foster, "History, Critical Theory, and Women's Social Practices: 'Women's Time' and Housekeeping," *Signs* 14.1 (1988): 92.

④ Joan Kirkby, "Is There Life after Art? The Metaphysics of Marilynne Robinson's *Housekeeping*," *Tulsa Studies in Women's Literature* 5.1 (1986): 92.

⑤ Maureen Ryan, "Marilynne Robinson's *Housekeeping*: the Subversive Narrative and the New American Eve," *South Atlantic Review* 56.1 (1991): 86.

⑥ Anne-Marie Mallon, "Sojourning Women: Homelessness and Transcendence in *Housekeeping*," *Critique* 30.2 (1989): 96.

复合体。[①] 在这个主体性的建立过程中，女性求索者的"精神转化"和"重生"是"完全在女性的陪伴下完成的"，她们之间的情感联系因此也具有了特殊含义，体现了传统文学所没有的"女性成长"。[②]

然而，完全以女权政治来概括《持家》的中心意义也是不妥的。尽管社会政治体现了罗宾逊的自由主义立场，她坚持认为"政治是对表层生存状态的操纵"。[③] 要确切地理解作品，更需要关注罗宾逊对整个人类境遇的关怀（人文主义），以及她对人生终极目标的追求（加尔文主义）。

小说的叙述主人公露丝从来没有将自己的故事限于女性经历。恰恰相反，她总是认为自己的经历带有普世性。正是这种意识使小说带有浓重的人文主义色彩。露丝把抛弃感和对原初的渴望定义为普世经历，认为这是人类共同面临的先验存在："还有个我妈妈抛弃我的问题。同样，这是普世经历。他们在我们前面走，走得太快，于是就消失了。唯一让人搞不懂的是我们期望完全相反的结果。"[④]相应的，"持家"也不仅仅指女性的家务活，而是暗喻个人如何适应和把握这个物质世界：露丝在小说中将人的身体比喻成房屋，显然就体现了这个意图。因此，小说不仅仅是女性抗争的故事，更是人类生存的隐喻，综合演绎了因为丧失而孤独、而渴望、而回忆、而想象的主题。"《持家》从某种程度上讲是一则关于变化的长史诗，是关于丧失的本质的沉思。"[⑤]它"探讨的是选择，一种人生哲学，以及丧失和孤独。"[⑥]遭受母亲抛弃是露丝的历史起点，也是人类的历史起点。整部小说都围绕这个"未言之事"展开。这个基本事实决定了露丝以后一系列的行为，她因此而产生的渴望、回忆和想象不仅是叙事的中心意义，也

---

① Kristin King, "Resurfacing of the Deeps: Semiotic Balance in Marilynne Robinson's *Housekeeping*," *Studies in the Novel* 28.4 (1996): 565-80. 也有评论家对这种主体性的存在持怀疑态度。卡伦·凯夫拉认为，如果说女性在传统疆域之内建构了极为有限的主体性，疆域之外的生活则意味着迷惘、丧失和痛苦（Karen Kaivola, "The Pleasures and Perils of Merging: Female Subjectivity in Marilynne Robinson's *Housekeeping*," *Contemporary Literature* 34.4 (1993): 688）。克里斯蒂娜·卡弗则彻底否认了主体性的存在，认为《持家》表现了创伤经验摧毁语言和自我意识、并进而导致个体"社会性死亡"的力量[Christine Caver, "Nothing Left to Lose: *Housekeeping*'s Strange Freedoms," *American Literature* 68.1 (1996): 111.]。

② Heather Bohannan, "Quest-tioning Tradition: Spiritual Transformation Images in Women's Narratives and *Housekeeping*, by Marilynne Robinson," *Western Folklore* 51 (1992): 65-79.

③ Thomas Schaub, "An Interview with Marilynne Robinson," *Contemporary Literature* 35.2 (1994): 244.

④ Marilynne Robinson, *Housekeeping* (New York: Farrar, Straus and Ciroux, 1980)215.

⑤ Martha Ravits, "Extending the American Range: Marilynne Robinson's *Housekeeping*," *American Literature* 61.4 (1989): 647.

⑥ Sarah D Hartshorne, "Lake Fingerbone and Walden Pond: A Commentary on Marilynne Robinson's *Housekeeping*," *Modern Language Studies* 20.3 (1990): 52.

是整个叙事的动力。露丝说:“海伦是镜子中的女人,梦中的女人,记忆中的女人,水中的女人”,“如果说我有什么抱怨的话,那就是我的生活似乎完全是由期待构成的。我期待——一个到来,一个解释,一个道歉”[①]。罗宾逊在接受采访时说,“她(露丝)实际上从她失去的东西中创造出了一个完全的现实。一方面通过记忆,另一方面通过想象”[②]。小说中的湖一直是露丝思维萦绕的对象。这个与房屋对立的意象是家族的墓园,是家族历史的埋葬之处。露丝对它的迷恋实则是对自己原初历史的关心。对露丝以及她所代表的人类来说,一切都是对丧失的回忆,这个回忆左右了情感的发展和心理的联系,因为它导致了有关慰藉、怀旧和归属感的错觉。回忆模糊了经验的建构(叙事)和“真正”的时刻(非感性)的区别。[③] 既然原初无法得到,渴望也无法满足,那么人类说能做的无非就是回忆和想象,以此获得精神的安宁。

《持家》作为小说的意义还不仅于此。对人生和生活的思考还不是罗宾逊思想的终极:加尔文思想认为物质世界不过是神圣存在的表象而已,而这才是小说隐藏不露的深层主题。丧失和孤独所导致的回忆抑或想象,其创造出来的现实只是表象。换言之,我们生活的整个世界也不过是幻影而已,真正的存在和荣光在肉眼不及之处:“眼睛看到的一切都是幻影,蒙住世界真正运转方式的面纱。”[④]在小说中,露丝对母亲的回忆其实隐喻着人类对上帝、对乐园的回忆——“露丝”这个名字来自《圣经》中的一个被抛弃者和幸存者。那么“持家”的含义就从收拾尘世家庭演变为追求精神家园。“持”(keep)这个词来自盎格鲁-撒克逊语“cepan”,和印欧语系中的“gab”类似,意指“看”和“寻找”。[⑤] 在小说中,超越物质世界、追求精神归属的主题也通过“看”这个行为表现出来。小说对比了两种形式的“看”:一种是妹妹露西尔所代表的世俗眼光,另一种是西尔维娅和露丝所代表的精神之光。世俗眼光在小说中经常与光影相联系,而精神之光则与黑暗相联系。“露西尔”(Lucille)在拉丁文中指“光”和“照耀”,小说中妹妹露西尔的视域仅仅限于物质世界。而精神追求者西尔维娅和露丝则总是置身于黑暗之中。显而易见,光与表象相联系,黑暗与真实相联系。[⑥] 通过西

---

① Marilynne Robinson, *Housekeeping* (New York: Farrar, Straus and Ciroux, 1980) 132－66.

② Thomas Gardner, *A Door Ajar: Contemporary Writers and Emily Dickinson* (New York: Oxford UP, 2006)59.

③ Rosaria Champagne, "Women's History and *Housekeeping*: Memory, Representation and Reinscription," *Women's Studies* 20 (1992): 324.

④ Marilynne Robinson, *Housekeeping* (New York: Farrar, Straus and Ciroux, 1980)116.

⑤ Tace Hedrick, "'The Perimeters of Our Wandering Are Nowhere': Breaching the Domestic in *Housekeeping*," *Critique* 40.2 (1999): 142.

⑥ William M. Burke, "Border Crossing in Marilynne Robinson's *Housekeeping*," *Modern Fiction Studies* 37.4 (1991): 720－722.

尔维娅这个精神导师，露丝逐步意识到物质世界的表象性。这个新柏拉图主义式的主题其实反映了罗宾逊的加尔文主义立场。

《持家》已经成为一部女权主义经典，其积极意义不容小觑。但政治的过度阐释妨碍了对小说的全面理解，这是罗宾逊所不愿看到的。2004 年出版的《基利家书》重复了《持家》的所有主题，尤其是孤独和家庭，却大大淡化了政治色彩。作品的叙事主人公从《持家》中面临成长问题的女孩变成了一位垂暮的老牧师，这一改动的目的在于突出作品的人文色彩和宗教色彩。因此在此书问世后，几乎所有的时评都用"恬静的美"来形容它深邃的思想和宁馨的气氛。① 小说获得 2004 年美国全国书评家协会奖和 2005 年第 89 届普利策奖。

小说是一个 76 岁的公理会牧师约翰·埃姆斯写给他 7 岁儿子的一封信。埃姆斯患有严重的心脏病，自觉将不久于人世。他一生都在爱荷华州的基利小镇上当牧师，写下了长篇累牍的布道词，却没能给比他年轻很多的妻子和 7 岁的儿子留下任何财产。歉疚之余，他给儿子写了这封信，想象他长大后会阅读它。在信中，他诗意地表达了对世界和生命的沉思。虽然信的内容多是很琐碎的事件和随意的所见所感，然而在细腻的描摹之下是一个有关历史和记忆的宏大史诗。除了记载了埃姆斯自己的童年、第一个妻子和孩子的死、多年的单身生活、与现在的妻子相遇之外，这封家书还详细描述了中西部草原村庄荒芜恶劣的条件、美国的废奴运动和南北内战、1918 年大流感、两次世界大战以及埃姆斯家族由祖父至他本人的传教史等诸多事情。正是这厚重的历史感冲破了《基利家书》空间上限制的不足（埃姆斯一生没有去过其他地方，他记忆的场所限于基利小镇和童年的堪萨斯旅行），使小说带有浓重的美国特色。②

小说题名颇具宗教色彩：在《旧约》中，基列位于约旦河东岸，盛产治人创伤、安抚人心的乳香，亦是一处战祸、流血与不义之地。在俗语中，"基利"还有"见证"的意思。③ 从某种意义上来说，《基利家书》是为后现代的混乱境况所开的一剂乳香。人文主义情怀和宗教信仰贯穿始终，两者之间的张力和辩证统一不仅构成了小说的深层结构，而且是叙事发展的动力。就宗教信仰而言，埃姆斯牧师信仰加尔文学说，认为尘世生活不过是暂时的，天国的救赎才是永恒："（死）……是一种回家的感觉……在这个世界上我们没有家。"④因此，物质世界的一切都是幻影和表象，唯有精神为真。牧师在信中委婉地提醒他的读者（名

---

① 参见李尧："译者前言"，罗宾逊《基利家书》，李尧译，北京：人民文学出版社，2007 年，第 5 页。

② Sanford Pinsker, "Review: *The Da Vinci Code* and *Gilead*," *Prairie Schooner* 80.3 (2006): 171.

③ Michael Dirda, "Gilead." http://www.washingtonpost.com/wp-dyn/articles/A61308-2004Nov18.html.

④ 罗宾逊：《基利家书》，李尧译，北京：人民文学出版社，2007 年，第 2 页。

为他的儿子,实为所有阅读文本的人)这一点:

> 当你读到这里,我是永恒不灭的。我比以往任何时候更具活力,充满年轻时的力量,身边是亲爱的人们。你在读一个忧心忡忡、糊里糊涂的老人的梦。
>
> ……
>
> 物质的东西容易蒙受腐败的羞辱,而我非常希望能避免这样的命运。[1]

可见,他年老的状态不过是凡身肉体的表现形式而已,灵魂是不变的。他的回忆是对尘世生活的总结、反思和超越,为的是获得更高程度的"感知的现实",因为"记忆的本质严格来讲不属于凡人俗世"。[2] 然而,年老和即将去世的念头影响了埃姆斯牧师的感觉,并决定了整部家书的基调和中心思想。[3] 全书同样表达了对尘世生活的无限欣赏和热爱。埃姆斯牧师晚年成家,对自己所获得的恩赐感激不已。他的感情经常通过他对家人和周围世界的充满慈爱的观察中表现出来,如他在楼上观看院子里的妻儿吹泡泡一幕:

> 我俯身向院子里张望。你和妈妈正朝着猫吹泡泡。泡泡接二连三向它飞去,太多的机会让那个可怜的家伙高兴得发狂……你和妈妈太关注那只猫了,看不见你们在"尘世间"的努力从"天国"望过去会是怎样的结果。那情景真是太可爱了。你妈妈穿一条蓝裙子,你穿一件红衬衫,两个人跪在地上,索佩在你们中间。五光十色的泡泡升腾而起,快乐的笑声不绝于耳。啊,这生活,这世界。[4]

这一段可看成是老牧师对尘世的看法和感情的中心隐喻。尽管如泡泡般的表象并不长久,却为世人带来了无限的快乐。从"天国"望过去的老牧师也注意到了表象本身的丰富多彩:他对颜色的敏感和对他人神情的关注说明了自身的感同身受。这正是人文主义情怀的生动体现,就如老牧师自己所言:"我知道和等待我们的东西相比这只不过是幻影,然而正因为如此,那幻影才更可爱。这里面有一种人性之美。""不对类似幻影这样的东西表示敬意是一种浪费和忘恩。"[5]

概括说来,《持家》和《基利家书》两部小说文笔洗练、思想深邃,实为上乘之

---

① 罗宾逊:《基利家书》,李尧译,北京:人民文学出版社,2007年,第58,110页。

② 同上书,第179页。

③ Laura E. Tanner, "'Looking back from the Grave': Sensory Perception and the Anticipation of Absence in Marilynne Robinson's *Gilead*," *Contemporary Literature* 48.2 (2007): 227-252.

④ 罗宾逊:《基利家书》,李尧译,北京:人民文学出版社,2007年,第8页。

⑤ 同上书,第62,107页。

作。在后现代文化语境下，它们避免了云山雾罩的技巧噱头，也超越了熙来攘往的政治争论，极为难得地秉承了美国经典文学的艺术特色。罗宾逊最喜爱的书是《圣经》和麦尔维尔的《白鲸》，在接受访谈时多次提到19世纪文学给自己的巨大影响。[①] 它们的经典性在《持家》和《基利家书》中得到了重现。[②]

2008年，罗宾逊发表了第三部小说《家》(*Home*)，这部小说乃《基列家书》之续作，地理背景也设在基列镇，讲述了老牧师之女荣儿返回故里，照顾老父，同时也治疗自己的心理创伤的故事。罗宾逊凭借此书，于2009年6月一举获得英国专门为以英文写作的女作家设立的文学大奖：奥兰治奖。

值得指出的是，罗宾逊创作还有另外一个影响来源：女性文学传统。目前评论界对此罕有涉及。其实，无论从语言、意象抑或主题，《持家》和《基利家书》都浸染着女性经典文学的痕迹。如《持家》与尤多拉·韦尔蒂的《乐观者的女儿》似有渊源：两部小说都聚焦于丧失、历史、回忆和想象主题，表达了"女儿"所面临的思想冲击和选择。湖上的铁路这个意象也都有出现，暗示着离家和漫游及其代表的与历史的脱离。到了《基利家书》，罗宾逊显示出了大家风范——一切可见的韦尔蒂的影响俱已消失，罗宾逊完全超越了前辈的文学影响。文字之自然，气氛之恬静，意境之空灵，思想之厚重，足以使作品跻身具有原初创造力的经典之列。但即便如此，《基利家书》在最出色的地方仍然有着效法女性前辈作家的痕迹。埃姆斯牧师回忆少年的自己与父亲一起给祖父扫墓的情景是全书最为精彩、最具诗意的片段之一，充分阐释了人之生存的纯粹。这通过一个墓园中的日月同辉意象表现出来：

> 那是一轮冉冉升起的圆月，宛如云霞中的落日。那一刻，太阳和月亮都伫立在地平线上，它们之间是壮丽无比的光芒。那光芒仿佛能触摸得到。那触摸得到的光芒正来回流动，或者犹如一缕缕光束紧紧地绷在太阳和月亮之间……我们就那样站着，直至太阳沉没，月亮升起。它们仿佛在

① Thomas Schaub, "An Interview with Marilynne Robinson," *Contemporary Literature* 35.2 (1994): 234.

② 萨拉·哈茨霍恩专门比较了《持家》与梭罗的《瓦尔登湖》的类似之处(Sarah D. Hartshorne, "Lake Fingerbone and Walden Pond: A Commentary on Marilynne Robinson's *Housekeeping*," *Modern Language Studies* 20.3 (1990): 50 - 57)塔丝·赫德里克认为《持家》继承并挪用了爱默生的"变化和流动"的世界观，表现了女性对社会空间的僭越(Tace Hedrick "'The Perimeters of Our Wandering Are Nowhere': Breaching the Domestic in *Housekeeping*," *Critique* 40.2 (1999): 137 - 51)。托马斯·加德纳将《持家》与埃米莉·迪金森的诗歌进行对比，认为孤独是它们共同的核心主题(Thomas Gardner, *A Door Ajar: Contemporary Writers and Emily Dickinson* (New York: Oxford UP, 2006)23 - 46)。桑福德·平斯科研究《基利》后认为，"就如最好的美国文学一样，《基利》依赖于两大基本影响——莎士比亚和《圣经》，而福克纳充当了调和者"。(Sanford Pinsker, "Review: *The Da Vinci Code* and *Gilead*," *Prairie Schooner* 80.3 (2006): 170.)

> 地平线上漂浮了好长时间。我想，因为它们都那么明亮，所以你很难看清它们的真面目。祖父的坟茔、父亲和我，就在这太阳和月亮中间。[①]

这段描写像极了薇拉·凯瑟《我的安东尼亚》中吉姆在安东尼亚的父亲雪默尔达先生的墓地与她相会的情景：

> 我们穿过田野向回家的方向走去，太阳落下来，像一个其大无比的金球低垂西天。正当它逗留在那里的时候，月亮从东边升起，像车轮那样大，银灰色上面有玫瑰红的斑纹，薄得像水泡或幻影。有五分钟，也许有十分钟之久，这两个发光体遥遥相对，停歇在世界相反的两端。
>
> 在这种奇异的光照中，每一棵小树，每一堆麦捆，每一株向日葵和每一丛千日草，都挺得高高的，把自己突现出来；那田里的土块和犁沟也都轮廓分明。我感到了旧日土地的吸引力——那种黄昏时分来自田野的庄严的魔力。我真希望我能重新做一个小男孩，希望我的道路就在此终止。[②]

两段文字的互文性显而易见。有趣的是，凯瑟描写了自我的艺术感受，而罗宾逊所强调的却是男性的父子谱系。她对与凯瑟的承继关系的淡化体现了20世纪女作家怀有的来自男性前辈和女性前辈双重影响的焦虑。

《基利家书》中的埃姆斯牧师有时会纳闷，“自己到底关注什么？”[③]这个问题对罗宾逊来说，应该是始终萦绕在心的疑问。她的小说作品和所有的政论文章都是她自己对这一问题的回答。无论是加尔文主义、自由主义抑或人文主义，罗宾逊的创作其实只服务于艺术的根本目的，即帮助世人更好地“持家”——如果我们读者接受她的肉体就是房屋的比喻的话。

罗宾逊的主要作品：

小说作品：

Housekeeping, 1980.

Gilead, 2004.

Home, 2008.

其他作品：

Mother Country: Britain, the Welfare State, and Nuclear Pollution, 1989.

The Death of Adam: Essays on Modern Thought, 1998.

Absence of Mind: The Dispelling of Inwardness from the Modern Myth of Self, 2010.

---

① 罗宾逊：《基利家书》，李尧译，北京：人民文学出版社，2007年，第14—15页。

② 薇拉·凯瑟：《我的安东尼亚》，周微林译，北京：外国文学出版社，1998年，第203页。

③ 罗宾逊：《基利家书》，李尧译，北京：人民文学出版社，2007年，第44页。

23. 艾丽斯·沃克——寻找母亲花园的“妇女”

Alice Walker: “Woman” in Search of Her Mother's Garden

二战以后,美国经历了一段发展平稳、思想保守的时间。技术的革新带来了经济的高速发展。在一种富足的文化中,中产阶级人数大量增加,整个社会变得内向。反共的意识形态则将社会变成了一个精神共同体,暂时掩盖了自身内部的诸多分歧矛盾。但自60年代开始,这种状态被打破,美国社会进入了动荡不安的多事之秋。原来的统一体裂变成不同的身份人群,他们不再受制于主流话语,而尽力发出自己的声音。诉求的多元化导致了各种社会运动此起彼伏:争取思想和言论自由的校园运动、同性恋造反、贫民区骚动、嬉皮士反文化运动等等。这些社会文化景观折射出社会亚群体对原来统一的“美国人”观念的摒弃及其日益觉醒的身份意识。

在一片争夺话语权的众声喧哗中,最为引人注意的是黑人民权运动和妇女解放运动。黑人民权运动意在消除种族隔离,使黑人能够融入到美国社会之中。后来其立场逐步激进化,黑人民族主义意识空前高涨,宣扬以黑为美的隔离主义。妇女解放运动同样轰轰烈烈。战争结束后,性别主义在美国重新盛行。女性被迫回到家庭,回到传统的妇女领域。1963年,贝蒂·弗里丹发表《女性的奥秘》,对性别神话进行了批判,从理论上揭开了女性解放运动的序幕。作为黑人女性作家,艾丽斯·沃克既深受黑人民权运动和妇女解放运动的影响,也尖锐地指出它们各自的霸权思维,用独特的“妇女主义”(即黑人女性主义)表达了对自我独特身份的感悟。

艾丽斯·沃克1944年2月9日生于佐治亚州伊汤顿镇的一个黑人佃农家庭,是第八个孩子。沃克的父母并不和睦,父亲经常打骂母亲和子女。童年的沃克长得很漂亮,她自己对此甚为得意。但八岁时,她的右眼被哥哥误伤导致失明,并留下了疤痕。这场事故严重打击了沃克,她感觉自己变丑了,在以后的许多年里都不敢抬头见人。后来在她的创作中多有暴力和创伤意象,也多将男性刻画为暴力的实施者,与此有很大关系。母亲心疼沃克,不再要她做家务,还买了一台打字机,让她能够做自己喜欢做的事情。沃克因祸得福,大量的阅读和写作锻炼开启了她的灵魂之眼,为她以后的创作打下了良好的基础。

沃克1961年获得奖学金,到亚特兰大的斯佩尔曼学院学习。那里的校园文化气氛呆板保守,深受社会主流话语的挟制。沃克对此非常不满,两年后转到纽约市的萨拉·劳伦斯学院。当时民权运动已经是轰轰烈烈。沃克受到一位教授的影响，积极投身民权运动，参加社会活动和调研，为黑人的境遇和文化摇旗呐喊。大学四年级时，她为了更好地体验自己的民族文化，特意去了一趟非洲。非洲之旅对沃克的影响是极其深远的：倒不在于她对当地风土人情的认识为以后的写作提供了素材和情节，更因为她在逗留期间失身怀孕。她不敢让父母知道，转向姐姐们求助，却受到了严厉的叱责和辱骂。这是一段极其难熬的经历。沃克在肉体和精神上都遭受着巨大的痛苦，几欲自杀。最后同住的好友发现了沃克的难处，帮她打听到了堕胎的医院电话。这件事情使沃克深切地感受到了身为女性的不易，给她的世界观增添了一个新的维度——性别。自此以后，种族和性别成了沃克观看世界的切入点，也是其作品最为核心的内在精神。

1965年沃克毕业后去了密西西比州，积极投入到当地的民权运动中。在此期间她结识了黑人社区的辩护律师、一位犹太裔的白人。共同的立场和志向使他们走到了一起，两年后成婚。作为密西西比州第一对异族通婚的法律夫妻，他们的婚姻在当时引起了轩然大波。当地社会给予了强烈的谴责，3K党甚至屡次向他们发出谋杀威胁。这段婚姻在一片非议之中维持了十年。后来他们的女儿丽贝卡·沃克于2000年发表回忆录《犹太裔的黑白人》，记载了父母的婚姻对她成长的消极影响。

社会气候的恶劣促使沃克深入思考黑人、妇女等各种边缘群体遭受各种不公平待遇的根源。在她看来，定势的思维观念是罪魁祸首。社会话语塑造着受众的思维，并直接决定着受众的行为。所以民权运动的主旨应该是通过颠覆各种霸权思维来改善弱势群体的生存处境。因而，黑人艺术家承担的一项重要任务就是教会民众如何阅读。① 沃克本人的书写很彻底地实践了这个宗旨。在民权运动陷入低潮时，她参加了《美国学者》杂志举办的杂文竞赛，提交了《民权运动：它有什么好处?》一文。在这篇获得头奖的文章中，沃克颇为桀骜不驯地宣称：即便我从一个"寻求自由"的运动中只获得了对自己处境的认识，那也胜过懵懂、遗忘、无望地面对行尸走肉般的生活。② 从意义的跨度上讲，她"寻求自由"的创作目标不仅限于种族，而扩展到了性属、性取向等一系列社会概念。她的所有创作都是解放性的书写，具有鲜明的政治性。③

沃克的创作涉猎颇广，包括诗歌、散文、小说等多种体裁。与不少女作家类

---

① Alice Walker, *In Search of Our Mother's Gardens* (San Diego: Harcourt Brace Jovanovich, 1983)134.

② Ibid., 121.

③ 我国学者王卓在探讨沃克诗歌创作的一篇论文中将其归纳为"女性主义书写"，"民族主义书写"和"生态书写"。这一结论也比较准确地定义了沃克的全部创作。参见《艾丽斯·沃克的诗性书写——艾丽斯·沃克诗歌主题研究》，《外国文学评论》2006年第1期。

似，她的练笔是从诗歌开始。她在莎拉·劳伦斯学院学习期间开始写诗，1968年结集出版了首部作品《一度》(*Once*)，描绘了自己作为黑人女性所"一度"经历的心路历程。其后又发表了《革命的牵牛花》(*Revolutionary Petunias and Other Poems*, 1973)等七部主要诗集。杂文是沃克最直接表达自己政治立场的方式。从总体上看，她的杂文文风犀利有力、观点鲜明，展现出沃克作为论辩家的霸气。她的前期文章结集成著名的《寻找我们母亲的花园》(*In Search of Our Mothers' Gardens*, 1983)一书，为美国的文学思想史贡献了一个新的理念："妇女主义"(womanism)。真正奠定沃克在文学史地位的是她的小说。迄今为止，沃克共出版了7部长篇小说，包括《格兰奇·科普兰的第三次生命》(*The Third Life of Grange Copland*, 1970)、《梅里迪安》(*Meridian*, 1976)、《紫色》(*The Color Purple*, 1982)、《灵物的圣殿》(*The Temple of My Familiar*, 1989)、《拥有快乐的秘密》(*Possessing the Secret of Joy*, 1992)、《父亲的微笑之光》(*By the Light of My Father's Smile*, 1998)和《现在是你敞开心扉之际》(*Now Is The Time to Open Your Heart*, 2004)。此外还有数部短篇小说集。其中《紫色》的声名最隆，被认为是沃克创作的最高成就。

以《紫色》为界，沃克的小说创作可以被分为前期和后期两个阶段。从处女作《格兰奇·科普兰的第三次生命》到《紫色》是前期阶段，以后是后期阶段。概括说来，她的前期创作带有鲜明的社会意识和高度的政治自觉，而后期创作一反前期的激进姿态，逐步转向对文化、美学或个人心理的发掘，淡化了现实主义的色彩，文字意境也趋向飘忽灵动。究其缘由，应该是佐拉·尼尔·赫斯顿的影响。这位文学前辈被沃克视为自己的楷模，也导致了沃克强烈的影响的焦虑。沃克文风的改变是对前辈召唤的呼应，也是艺术层面的竞争。这个过程迄今为止尚未完成，评论界也没有充分认可其后期创作的艺术成就，她的前期创作依然是关注的重点。

不过，沃克的前期创作并不是高度一致的过程。除了对黑人和女性境遇的关注这个主线外，各部作品之间差异颇多，经历了一个思想嬗变的过程。在《格兰奇·科普兰的第三次生命》中，沃克在对种族和性别暴力的处理比较直接，愤怒的情绪散漫其间，透出隐约的分离主义倾向。经过《梅里迪安》的过渡后，《紫色》终于在文风上达到了不露声色、宁静致远的境界，主旨也转向提倡各个差异个体之间的共存、交流和融合。

《格兰奇·科普兰的第三次生命》的故事发生在佐治亚州的一个农村。小说以佃农格兰奇·科普兰为中心人物展开叙事，展现了一出暴力、谋杀和死亡交织谱写的家庭悲剧。格兰奇·科普兰一向在意自己的男人形象，然而有关种族的社会话语和相应产生的社会经济、权力结构无情地否决了他的自我建构。他负债累累，无法承担扶养家庭的责任，也无法在家庭中实现自己圆满的男性形象，索性付诸移动性，抛家别子逃到北方开始闯荡新的生活。在南北战争中，北方被塑造成一个自由的天堂，成为黑奴们向往的地方。然而这不过是另一种话语建构而已，"自由平等"的北方与"鸟语花香的天堂"的南方一样是神话。科普兰不时遭受种族的羞辱，深刻领略到肤色在社会话语中的能指作用。追随他到北方来的儿子布朗菲尔德成了过去科普兰的翻版，成天只会靠毒打儿媳梅姆来获得"瞬间的轻松和愉快"，最后甚至枪杀了她，并因此入狱。孙女露西成了科普兰唯一的精神支柱和人生意义的来源。他尽心照料她，期望她能免受来自社会和家庭的戕害，并最终决定重新回到南方生活。

作为沃克的首部小说，《格兰奇·科普兰的第三次生命》奠定了沃克以后创作一直秉承的经典主题：种族主义、性别主义和家庭关系。作品的最终指向是黑人妇女在家庭中的命运。小说中指出，科普兰家族悲剧的物质根源是经济剥削，文化根源则是种族主义意识形态所造成的情感创伤。经济剥削和情感创伤得以体现和外化的场所是家庭。在沃克作品中，家庭是个想象的结构，是建构经历、确立身份的方式。[①] 在严格的社会控制下，黑人的生存体验无法通过群体性的行为来表现，转而选择家庭作为宣泄口。美国梦的幻灭折磨得黑人男性失去理性，他们对社会的愤怒和反抗心理，以及对自我身份的强烈渴求，往往转化为对更加弱势的群体的残暴和戕害。黑人妇女于是成为种族和性别话语系统的双重牺牲品。双重压迫构成了她们共同的记忆和体验，由此产生了一个具有独特文化内涵的女性谱系和女性历史。名义上《格兰奇·科普兰的第三次生命》是以男性为中心的空间叙事，并刻画了家庭中两代男性之间的争斗。但在此之下有一个体现沃克真正意图的、有关黑人女性的历史叙事，描绘了她们在白人文化的影响下与黑人男性关系的协调和定位。三代黑人女性是科普兰的妻子玛格丽特、儿媳梅姆和孙女露西。玛格丽特对科普兰的虐待进行了报复，通过胡乱鬼混来寻求情感慰藉，但本质上仍然依赖男性的认可，后来自杀身亡。受过良好教育的小学教师梅姆则完全归顺于男性暴力，甘心忍受折磨，对丈夫言听计从。为了满足丈夫"男子汉"的虚荣，她甚至焚烧了自己的书本，放弃了文雅的语言，努力丑化自己的形象，最终竟至惨死在丈夫手下。这两代女性都以死亡为结局，表明女性在传统话语内部的抗争终究是无效的。露西是小说中的希望所在，她在科普兰的教导下开始质疑话语系统本身，听从自身内心而非"白鬼们"的召唤，体现着新的存在理念。总体说来，沃克首部小说体现出浓烈的社

---

① Peter Erickson, "'Cast Out Alone / to Heal / and Re-Create / Ourselves': Family-Based Identity in the Work of Alice Walker," *Alice Walker*, ed. Harold Bloom (New York: Chelsea, 1989)5.

会改革意识，频繁描写暴力手段，在揭示社会不公的同时也强化了种族、性别等二元对立思维。

1970年，沃克在创作过程中收集黑人文化的资料，由此发现了前辈赫斯顿。赫斯顿当时早已经被人忘却，作品也是尘封无影。然而沃克别有洞见，在赫斯顿的作品中发现了"健康的种族观"，高度赞扬赫斯顿能够摆脱社会刻板印象，"将黑人视为完整的、复杂的、非丑化的个体"[①]。她后来在《女士》杂志上发表《寻找佐拉》一文，在文学界引起了很大反响，带动了赫斯顿研究的复兴。沃克认为，每一位艺术家都应该有一个"榜样"，这样才能在既定的艺术之路上走下去。她本人就以赫斯顿为榜样，尤其推崇《他们眼望上苍》这部经典，致力于黑人女性主义的构建，相信黑人女性文学谱系的建立能够帮助自己"丰富并扩展对生活的认识"。[②] 她的这种态度在杂文集《寻找我们母亲的花园》中体现得最为明显。美国文学思想史上对美国女性文学有不少比喻，"母亲的花园"与伊莱恩·肖尔沃特所提出的"百纳被"是其中两个最著名的概念。在"母亲的花园"中，不同颜色的花儿都是平等的，和谐地共生。这便是黑人女性主义的核心概念，又名"妇女主义"。这个概念着重批判了白人女性主义中的种族意识。在沃克看来，六七十年代轰轰烈烈的女性运动是带有偏见的："白人妇女中那些真正的女权主义者——对她们而言，种族主义在本质上是不可能的——在数量上要比普通白人妇女少得多。而在这些普通白人妇女看来，只要种族主义能够保证白人的特权，那么它就是一种被接受的既定生活方式。"[③]这种女性主义显然未能摆脱霸权思维。无论是在女性主义运动中还是在民权运动中，黑人女性都只以碎片化经历的形式存在，没能作为一个统一的身份群体受到重视。沃克对此深感失望，数次回到南方去寻求文化之根，寻求身为黑人的"完整感"[④]。她的行为正是对赫斯顿当年采风行踪的追随，更是思想层面上的继承。

然而，沃克与赫斯顿有根本性的不同。相较而言，赫斯顿注重文化本身的美学性，而沃克更注重政治性。这一差别造成了她们创作特色的不同。在相当长的时间内，尤其是前期创作阶段，沃克作品都非常入世。较之赫斯顿的作品，少了一份灵动，多了一份务实。收录在《爱情与困惑：黑人妇女的故事》(1973)的短篇小说《日用家当》("Everyday Use")就是很好的例子。它是沃克最优秀的短篇，已经成为各大文学选集的必选作品。沃克通过描写一家母女三人对百

---

① Alice Walker, *In Search of Our Mother's Gardens* (San Diego: Harcourt Brace Jovanovich, 1983)85.

② Ibid., 4.

③ Ibid., 379.

④ Ibid., 48.

纳被的态度呼应了当时有关黑人文化传统的大讨论，表明了自己“实用主义”立场。故事中的姐姐迪是个追赶时髦的大学生，自封为黑人文化的守卫者。她收集了不少黑人民俗艺术品，给自己起了个黑人穆斯林的名字，还身着奇装异服，尽力在衣着上体现非洲“传统”。她回家的目的是想带走家里的百纳被，把它当艺术品挂起来。可以看出，迪对黑人民族文化的认识限于表层现象，满足于对“文化能指”的占有。妹妹玛姬与姐姐迥然不同。她朴实木讷、不善言辞，做被子却很灵巧。她做被子的技巧来自母亲和祖母，缝被子的过程就是她重温女性经历和回忆的过程。故事的叙述者母亲认为被子的价值在于它的用途而不是挂在橱窗里展览，因此拒绝把被子给迪。《日用家当》受到了一些黑人评论家的严厉批判，因为它以黑人而非白人为讽刺对象，并且于当时对待黑人文化的主流态度大唱反调。在这篇故事中，“被子”是中心象征，是体现文化记忆和建构民族身份的媒介。[①] 通过对待被子的不同态度，沃克否定了对文化遗产的表面化认识，认为拥有文化遗产的真正途径不在于对物品的拥有，而在于日常生活中的使用。

沃克的第二部小说《梅里迪安》延续了注重政治性的创作特色。它是沃克创作生涯中一部具有重要意义的转折作品，标志着她创作开始走向成熟。在这部小说中，赫斯顿的影响痕迹初露端倪：沃克抛弃了首部作品中以男性为面具的写法，转而选择女性为表现对象，着重表现女性的成长历程。但作品视阈仍然限于社会政治层面。小说以 60 年代和 70 年代为背景，刻画了民权运动积极分子梅里迪安·希尔的形象。小时候的梅里迪安与母亲关系冷淡。结婚生子后，也无法成为一个好母亲，最终与丈夫离婚。民权运动开始后，她离开家庭进入撒克逊学院求学。学习期间阅读了大量书籍，积极投身社会运动，与另一位积极分子杜鲁门·黑尔德相爱并怀孕。后来杜鲁门移情别恋，爱上白人女子琳恩。民权运动从非暴力抗议转向暴力革命后，无法接受杀戮的梅里迪安被迫退出了社会运动。她后来回到南方，继续自己的种族平等事业。

小说融合了沃克本人的许多经历，带有一定的自传色彩，因而引起了评论界更多的关注。小说依然以种族主义和性别主义为批判目标，但重心已经明显转向性别主义，对女性生存状态的关注意图更加明显。行文中不乏对男性的讽刺，梅里迪安的爱人杜鲁门·黑尔德（Truman Held）是典型例子。他本应该人如其名做一个“真正的、坚持的男性”，却始乱终弃，给梅里迪安造成了巨大的生理和精神伤害。甚至连种族关系也会转化成性别关系。白人女性琳恩和黑人

① 张峰、赵静：《“百衲被”与民族文化记忆——艾丽思·沃克短篇小说〈日用家当〉的文化解读》，《山东外语教学》2003 年第 5 期。对沃克作品中被子意象的探讨，另见李静：《“被子”在艾丽丝·沃克作品中的意义》，《四川外语学院学报》2008 年第 1 期。

男性的纠葛就说明了种族权力与性别权力之间的交织共生以及位移滑动。她同情黑人、积极参加民权运动。但她对生存的认识远非完整。她承担了自己种族奴役黑人的罪过,以自身的女性身份为代价进行偿还。这种潜意识使得她在汤米——一个在民权运动中失去膀臂的黑人——强奸她时,一点都没有反抗:"有一个时间她知道自己可以从他那里挣脱,但只是一闪念而已。她躺在那里,考虑着他的情感、他的苦难、他的黑皮肤、他那无望地活着的种族;她想到了他失去的膀臂。她感受到了自己的罪过。"[①]种族暴力和性别暴力的复杂关系在这个场景中得到了充分呈现,既相互解构又相互强化。沃克以此表现了种族话语架构下的两性问题,凸显了身份意识中的性别维度。但这部小说毕竟属于转折期的作品,对两性关系的认识尚未达到"妇女主义"的标准。在小说中,两性之间仍旧存在沟壑。主人公梅里迪安不仅没能与男性达成和解,在母女关系上也显得力不从心。她与母亲的情感疏远以及自己对母亲角色的拒绝恰恰违背了"妇女主义"的核心原则,"寻找母亲的花园"也成了无望的梦想。

只有到了《紫色》,沃克的创作才完全走向了成熟。这部小说的价值得到了评论界的高度认可,于1983年获普利策奖和全国图书奖,在商业上也取得了成功:它是当年的畅销书,1985年被改编成电影,2005年以音乐剧的形式被搬上百老汇的舞台。整部小说构思巧妙,内涵深刻,是美国文学史上占有重要地位的经典作品。

小说以西丽亚为叙述主人公,采用了第一人称书信体的叙事形式。整部作品按叙述手法可以分为三部分。第一部分是西丽亚写给上帝的信,是日记体。第二部分是耐蒂写给西丽亚的信,是游记体。第三部分由西丽亚和耐蒂的信交错构成,构成了对话。西丽亚还是个孩子的时候受到继父的强奸并怀孕,被迫嫁给了某某先生。某某先生另有所爱,只把西丽亚当成了泄欲对象和干活的机器。妹妹耐蒂去探望西丽亚,在拒绝某某先生的非分要求后被赶走,后来随一位黑人传教士远赴异域非洲传教。西丽亚接受了自己当牛作马的命运,把自己变成木头,所遭受的痛苦只能通过给上帝写信的形式得以倾诉。西丽亚的遭遇受到了一系列女性友人,尤其是她丈夫的情人莎格·艾弗里的同情。她们鼓励她反抗,重新认识自己,发现自己作为黑女人的精神之美和肉体之美。西丽亚的情感开始复苏,对莎格产生爱慕之心。她后来发现某某先生截留了耐蒂多年来给她的信。在莎格的帮助下,西丽亚意识到性别话语系统中的上帝是一位男性,不会帮她解决任何问题:"我一直向他祈祷、给他写信的那个上帝是个男人。他干的事和所有我认识的男人一样。他无聊、健忘、卑鄙。"[②]她转而给耐蒂写

---

① Alice Walker, *Meridian* (New York: Harcourt Brace Jovanovich, 1976)159.

② 艾丽斯·沃克:《紫颜色》,陶洁译,北京:外国文学出版社,1986年,第166页。

信，报告自己精神的成长过程。她还建立了自己的裤子公司，获得了精神和经济上的双重自由。恰恰是西丽亚的独立为她赢得了某某先生的尊重，最后达成了两性之间和同性爱之间的和谐共处。

从性别政治层面讲，《紫色》体现了沃克一直奉行的社会文化理念，尤其是“妇女主义”的和谐共存理念。首先，小说明确了女性获得独立的方式是经济能力。西丽亚只有在成立了自己的裤子公司、自食其力后才会真正地获得平等。然而，极端的独立性并非女性解放之策，只会落入性别霸权思维的窠臼。小说大力弘扬了女性之间的“姐妹情谊”。在一起缝被子的情景不仅是女性艺术的表现形式，更体现了互相依存的理念。在耐蒂的信中，姐妹情谊是尚未实现的理想状态，如非洲酋长老婆们之间各自为己、科琳对耐蒂充满戒心等。但西丽亚与索菲亚和莎格之间已经存在这样的友谊。除了友谊之外，女性之间还可以存在爱情。在《寻找母亲的花园》的扉页，沃克明确声称，一个“妇女主义者”必须对其他女性怀有精神之爱或者肉体之爱。但这并不意味着性别分离主义，而是颠覆异性恋霸权，为所有人的“生存和完整”奋斗。《紫色》中西丽亚和莎格的关系很好地诠释了沃克的观点，也是沃克目前生活的写照。[①] 她们不仅彼此相爱，最后还和某某先生相处甚欢。这种新型的爱情绝非简单重复传统的、占有式的两性关系，而是基于独立性基础上的情感付出：西丽亚“最后学会了自己生活得很快乐，有爱情会很高兴，没有爱情也心满意足”。[②]

从地域政治层面讲，《紫色》是一部体现“美国性”的小说。沃克毕竟是在美国成长生活、接受教育、从事创作的，不可避免地采取了美国精英知识分子的立场。在《紫色》中，沃克强调多次书写和知识的作用。耐蒂是沃克本人的镜像。她总以“美国人”的身份去观看非洲，将非洲视为原始的、动物化的异邦，对一些古老的种族仪式暗暗含有抵制。作为一个传教士，她所做的是在文化的层面上殖民非洲部落，与她所谴责的白人工业殖民者形成了同谋关系。沃克对此心知肚明，在小说中也通过讥讽女作家多丽丝·贝恩斯和西奥多西亚姨妈来表达了自己的认识——前者视非洲为未开化的野蛮之地，去非洲传教不过是为自己的写作积累素材；后者在非洲传教业绩斐然而受到殖民者的表彰。然而耐蒂的传教从本质上讲融合了这两者的特点。非洲于她而言不过是一个想象的异邦，一个暂留而非久居之地；她终究还要回到美国“自己人”中间。可以看出，沃克的种族身份观也有其矛盾之处。矛盾性的发端表明了身份政治和文学想象的多维度：在《紫色》中，地域因素超越了种族因素，成为沃克身份认同的主要来源。

从美学层面讲，《紫色》最明显地表达了沃克对前辈赫斯顿的《他们眼望上

① 沃克在2006年接受《卫报》专访时，简要谈到了自己与女歌手特拉萨·查普曼的恋情。

② 艾丽斯·沃克：《紫颜色》，陶洁译，北京：外国文学出版社，1986年，第258页。

苍》的致敬和随之而来的影响焦虑。[1] 两部经典之间的互文成为美国女性文学史上的亮丽风景，赫斯顿和沃克也被公认为确立了文学史意义上的承继关系。无论是内容还是主题，《紫色》和《他们眼望上苍》之间都存在惊人的相似性，有着明显的女性传统'呼唤—应答'的痕迹。[2] 两部小说都通过"眼望上苍"这个动作隐喻表达了对黑人女性生存意义乃至整个人类生存意义的求索："这辈子很快就会过去，只有天堂永远存在……上帝既不是她也不是他，而是它。上帝就是一切，现在的一切，从前的一切，将来的一切。你这么想的时候，你因为有了这种想法而感到快乐的时候，你就找到它了。"[3]作为超越各种政治纷争的抽象存在，"上帝"在赫斯顿和沃克的文学想象中指代着一种美学生存和精神信仰，为生活提供欲望和动力的意义来源。但沃克显然对赫斯顿的作品进行了改写和超越。从技巧上看，《紫色》避开了《他们眼望上苍》的倾诉式叙事，而采用了书信体。这是《紫色》相对于前辈最大的创新之一。这一改变使读者更直接地进入叙述者的内心世界，感同身受地了解西丽亚的痛苦和情感变化。同时这也呼应了西方的书信体传统，通过日记体、游记体和书信体的文类交互表达了黑人女性的一种"临界性"身份叙事策略。[4] 从内容上看，《他们眼望上苍》中的贾尼一直保持了"仰望上苍"的姿态，最后成为摩西式的传道者。她自始至终没有跌落尘埃，拥有世俗视野——最后就连饭都不用自己做，而由她的聆听者送去。而《紫色》中的西丽亚经历了从"仰望上苍"到积极入世的转变。她写信的对象从上帝变成耐蒂，呼应着她从沉默的精神忍受到自强自立的转变。最终，西丽亚视野中的上帝无疑是一位世俗的、关注此世生活的上帝。从这个意义上讲，西丽亚在小说中虽然没有去过非洲，却与崇拜屋顶树叶的非洲人心意相通，真正继承了他们的世界观："我们知道屋顶树叶不是耶稣基督。但它虽然微不足道，作用却极大，难道不像上帝？"[5]总而言之，《紫色》缺乏《他们眼望上苍》的灵动，而强化了生存的现实性和政治性，拥有更强的身份意识。两部作品由此构成了既继承又竞争的影响谱系。

沃克在《紫色》之后的创作迷恋于各种主义的宣扬，如妇女主义、环保主义等等。但在政治性题材之后，她与赫斯顿这位前辈争夺优先权的努力从未停

---

① Harold Bloom, "Introduction," *Alice Walker*, ed. Harold Bloom (New York: Chelsea, 1989) 1-4.

② 孙薇、程锡麟：《解读艾丽斯·沃克的"妇女主义"——从〈他们的眼睛望着上帝〉和〈紫色〉看黑人女性主义文学传统》，《当代外国文学》2004年第2期，第63页。

③ 艾丽斯·沃克：《紫颜色》，陶洁译，北京：外国文学出版社，1986年，第170页。

④ 对此话题的进一步阐发，参见文圣：《一种临界性叙事：艾丽斯·沃克〈紫色〉的文类交互作用分析》，北京外国语大学硕士论文，2007。

⑤ 艾丽斯·沃克：《紫颜色》，陶洁译，北京：外国文学出版社，1986年，第134页。

止。赫斯顿文风对她的召唤一直没有停止，造成其创作风格的变化。沃克的影响焦虑随处可见，作品对《他们眼望上苍》的互文也或显或隐地体现着。在她最新的作品《现在是你敞开心扉之际》中也不例外。在这部著作中，漂亮的祖母受到中年危机的困扰，为了追求精神的再生而出外旅游。小说的构思和主旨显然呼应着《他们眼望上苍》。甚至在开篇就已经流露出影响的痕迹："凯特·托金特瑞(Kate Talkingtree)沉思地坐在红木树围绕的大厅里。"[①]这和贾尼躺在树下沉思的镜头何其相似。凯特的个人经历也与贾尼有惊人的相似之处："像伊丽莎白·泰勒，凯特结了很多次婚。一些婚姻持续得很短。三次持续了一年。其他的，她生了孩子的那次，长一点。"[②]整体看来，对祖母"中年危机"的刻画与沃克本人当时的心境有极多的类似。有评论家认为，这是作者与故事人物的"共生"关系，小说是沃克本人的精神自传。[③] 从文学影响的角度来看，沃克尚未摆脱赫斯顿的阴影。小说对《他们眼望上苍》在结构、主旨和措辞上的一再呼应决定了它是《紫色》的姐妹篇。值得注意的是，这部小说在很大程度上偏离了《紫色》的政治倾向，强调神秘的、精神的救赎和感悟。对诗意的强调是对赫斯顿文风的回归，沃克最终响应了这位前辈的召唤。不过，对回忆、神话和故事的卓绝演绎是沃克这位迟来者的特色。

作为作家，沃克以与前辈的想象竞争为自己在文坛乃至文学经典史上赢得了一席之地，也以强烈的身份意识和悯世情怀获得了社会的尊敬。2006年12月，加利福尼亚州州长施瓦辛格主持仪式，将沃克的蜡像安置在加利福尼亚州名人堂，以此表达对她文学成就的敬意。

沃克的主要作品：

小说作品：

The Third Life of Grange Copeland, 1970.

Everyday Use, 1973.

In Love and Trouble: Stories of Black Women, 1973.

Meridian, 1976.

You Can't Keep a Good Woman Down: Stories, 1981.

The Color Purple, 1982.

Beauty: When the Other Dancer Is the Self, 1983.

Am I Blue? 1986.

---

① Alice Walker, *Now Is the Time to Open Your Heart* (New York: Random House, 2004)3.

② Ibid., 56.

③ 王卓:《共生的精神传记——解读沃克新作〈现在是你敞开心扉之际〉》,《济南大学学报(社会科学版)》2008年第3期,第63页。

To Hell with Dying,1988.

The Temple of My Familiar, 1989.

Finding the Green Stone,1991.

Possessing the Secret of Joy,1992.

The Complete Stories, 1994.

By the Light of My Father's Smile, 1998.

The Way Forward Is with a Broken Heart, 2000.

Now Is The Time to Open Your Heart, 2004.

Devil's My Enemy, 2008.

其他作品：

In Search of Our Mothers' Gardens: Womanist Prose,1983.

Living by the Word, 1988.

Warrior Marks, 1993.

The Same River Twice: Honoring the Difficult, 1996.

Anything We Love Can Be Saved: A Writer's Activism, 1997.

Go Girl! The Black Woman's Book of Travel and Adventure, 1997.

Sent by Earth: A Message from the Grandmother Spirit After the Bombing of the World Trade Center and Pentagon, 2001.

We Are the Ones We Have Been Waiting For, 2006.

24. 莱斯利·马蒙·西尔克——来自大地的声音

Leslie Marmon Silko: Voice from the Land

翻开《诺顿女性文学史》,排在最后一位也是最年轻的一位作家名叫莱斯利·马蒙·西尔克。她1948年出生于美国新墨西哥州的一个印第安部落,很早就展示出创作才华。她在21岁大学还没毕业时,就发表了第一篇短篇小说《送雨云的男人》("The Man to Send Rain Clouds," 1969)。在接下来的几十年里,西尔克作品不断,至今已发表过三本小说、一部诗集、一部散文集、一部自传以及数量众多的短篇小说。在她的作品中,西尔克强调口头文学传统,关注地域文化,对自然、地域、时间、身份等概念都有独特的阐释。尽管评论界对西尔克的作品褒贬不一,但这并不妨碍她的作品被频频地收录进各种文选集,成为活跃于美国文坛的少数几位印第安女作家之一。

出生在印第安拉古纳部落的西尔克有着不同寻常的身世。她的家族成分混杂,祖辈有印第安人、墨西哥人以及美洲白人。这三种不同的血液在西尔克的身上起着奇妙的化学反应,使西尔克得以从不同视角审视地域文化。因为其复杂的家庭背景,西尔克从小就生活在拉古纳的村边。几十年后,西尔克自己回忆道:"他们让我们住在那儿。我一直觉得这肯定有某种象征意义,某种把我们放在事物边缘的深层含义。"①这种含义或许就是一种作为旁观者的洒脱,一种在不同地域文化之间灵活穿梭的自由度。西尔克相信这也正是她文学创作的源泉。在罗森·肯尼斯负责编撰的《彩虹之声:美国当代印第安诗歌选》中,西尔克非常明确地指出:"我们家是生活在普韦布洛拉古纳保留地的马蒙家族,那是我成长的地方。我们是混血儿——我们的祖辈有拉古纳人、墨西哥人以及白人——可我们生活的方式是纯粹马蒙家族式的。如果你来自普韦布洛的拉古纳,你就会明白我是什么意思了。那些不同的语言、不同的生活方式就这么融合在一起,徘徊于三种文化的边缘。但我已经不再为此对白人,或对那些纯种人感到抱歉了,我们的家庭出身就是和别人不一样。可这也正是我的诗歌、我的故事的创作源泉。"②

西尔克从小就喜欢听部落里的人讲故事。她有着极好的记忆力,这些故事最后都成了她的创作素材。有趣的是,西尔克小的时候并没有打算从事文学创

---

① Larry Evers, and Denny Carr, "A Conversation with Leslie Marmon Silko," *Conversations with Leslie Marmon Silko*, ed. Ellen L. Arnold (Jackson: UP of Mississippi, 2000)11.

② Leslie Marmon Silko, "Contributors' Biographical Notes," *Voices of the Rainbow: Contemporary Poetry by American Indians*, ed. Kenneth Rosen (New York: Seaver, 1975) 230.

作。从上中学起，她就立志成为一名律师，她的志愿是通过美国的司法制度让印第安人得到公平、公正的待遇。然而，她在新墨西哥大学的法学院读了不到两年，就对美国的司法制度彻底失望。从法学院退学后，西尔克转学英文，因为她相信讲故事是把公正还给印第安人的唯一方式。可惜刻板的大学教育并不能给西尔克带来创作灵感。她又一次辍学，决定开始用自己的方式讲故事。这之后不久，西尔克的创作就开始引起评论界的注意。在1974年，罗森·肯尼斯将西尔克的七篇短篇小说收录进了《送雨云的男人：当代美国印第安故事集》。同年，西尔克还发表了自己的第一本诗集《拉古纳女人》(*Laguna Woman*)。尽管有评论家认为西尔克的诗从严格意义上来讲并不符合诗歌创作的基本规范，西尔克却凭借这本诗集在1974年获得《芝加哥评论》的诗歌奖以及1977年普什卡特诗歌大奖。在一次访谈中，西尔克极为幽默地回应那些抨击她诗歌创作的评论家："如果有人说我的诗根本就不是诗的话，那我只能说，不要和我争，去和那些颁发这些诗歌奖项的人吵去。"[①]西尔克的短篇小说创作也得到了评论界的肯定。1975年，西尔克的短篇《摇篮曲》被评选为当年"前20篇最佳短篇小说"，并被收录进马撒·弗利的《1975年最佳短篇小说选》。

西尔克第一次获得艺术上的巨大成功是在1977年发表第一部长篇小说《仪典》(*Ceremony*)。小说讲述一个印第安退伍老兵是怎样通过印第安神话和仪典重新找回对生活的信心，重建他与印第安土地与文化的关系的。在创作该作品时，西尔克第一次离开了自己的家乡，和丈夫移居到了阿拉斯加。这种地域上的变化使西尔克经历了精神和肉体上的双重折磨，写作成了西尔克摆脱痛苦的良方。在西尔克看来，写作可以重建人与土地的关系，这不仅对小说中的主人公塔尤至关重要，对自己也意义重大。在被问到小说的题目为何叫《仪典》时，西尔克的回答发人深思："对我来说，写这部小说的过程就是一场让我保持清醒的仪典。我的主人公在小说的一开始有很大的心理问题……但是当塔尤慢慢好转时，我自己也逐渐感觉好了起来。"[②]小说《仪典》成功构建了人与土地的关系，并通过这种关系找到了个体身份与地域文化的契合点。该书在发表后受到一致好评，美国评论家弗雷德里克·特纳称该作品为"来自土地的礼物、大地发出的声音，它让我们知道人们是多么需要土地，而又有多少故事是从这片

① Kim Barnes, "A Leslie Marmon Silko Interview," "*Yellow Woman*": *Leslie Marmon Silko*, ed. Melody Graulich (New Brunswick: Rutgers UP, 1993)60.

② Leslie Marmon Silko, "Stories and Their Tellers—A Conversation with Leslie Marmon Silko," *The Third Woman: Minority Women Writers of the United States*, ed. Dexter Fisher (Boston: Houghton Mifflin, 1980)20.

土地上孕育而生的”。[1] 事实上，西尔克选择在1977年出版该小说是有深层含义的。她希望小说在出版时间上尽量接近美国独立200周年纪念。在1976年的一次访谈中，西尔克对其出版时间是这样解释的：“我只是想让大家知道，在各种庆祝活动进行得如火如荼的时候，我们不应该忘记还有许多不同的方式来看待这过去的200年历史……我们应该记住，这个国家是在一片偷来的土地上建立和发展起来的。”[2]小说《仪典》的成功无疑使美国评论界对印第安文化再次瞩目，它的出版也在兴起于20世纪60年代末70年代初的美国印第安文艺复兴运动中留下了精彩的一笔。[3]

西尔克接下来的一部重要作品是短篇小说集《讲故事的人》(Storyteller, 1981)。该书将视觉与文字艺术结合在一起，里面含有照片、诗歌和短篇小说，其中一些故事还带有很强的半自传色彩。在这部作品集里，可以找到西尔克的几篇重要的短篇小说，如《摇篮曲》、《讲故事的人》以及《黄女人》。在这些短篇小说中，土地是它们共同的主题。西尔克曾这样解释土地对于印第安人的重要意义：“作为大地母亲的子孙，古老的普韦部落人从来都不会脱离具体的地域来看待和认识自己。在普韦部落的口头传说中，地域几乎一直起着核心作用。”[4]这种核心作用在西尔克的作品中得到了验证。土地不再是简简单单的背景，它影响故事的发展，左右人物的命运，成为西尔克作品中真正的核心与灵魂。西尔克坦言：“当我开始创作时，我发现我的短篇小说常常以土地上的一些自然环境为特征，而这些自然环境直接影响故事的结局。”[5]以短篇小说《讲故事的人》为例，爱斯基摩女人的父母被白人所杀。经过数月的追逐，爱斯基摩女人最终将凶手骗到了河边，致使凶手死在冰冷的河水里。西尔克相信，导致白人凶手死亡的真正原因是他对土地的漠视和对大地力量的无动于衷。与之相反，爱斯基摩女人一直将自己视为土地的一部分，她尊重大地的力量，并会对其善加利用。小说结尾处爱斯基摩女人的胜利便是对这种力量的最佳证明。事实上，土地在印第安文化中一直起着举足轻重的作用，它与许多印第安神话与传说紧密

---

① Frederick Turner, *Spirit of Place: The Making of an American Literary Landscape* (San Francisco: Sierra Club Books, 1989)338.

② Per Seyested, "Interview with Leslie Marmon Silko," *Conversations with Leslie Marmon Silko*, ed. Ellen L. Arnold (Jackson: UP of Mississippi, 2000)8.

③ 美国印第安文艺复兴运动起源于20世纪60年代末70年代初。1968年，印第安作家恩·斯科特·莫曼德凭借《晨曦之屋》获得普利策奖，标志着美国印第安文艺复兴运动正式开始。从此，美国掀起了一股研究、出版印第安文学的热潮。在这一运动中，比较突出的几位作家还有詹姆斯·韦尔奇、莱斯利·马蒙·西尔克和葆拉·冈恩·艾伦等。

④ Leslie Marmon Silko, "Interior and Exterior Landscapes: The Pueblo Migration Stories," *Landscape in America*, ed. George F. Thompson (Austin: U of Texas P, 1995)160.

⑤ Ibid., 168.

相连，是印第安文化中一个不可替代的元素。西尔克将这一元素融入自己的艺术创作，使印第安文化在新的艺术形式下熠熠生辉。

该书的另一重大贡献便是对印第安口头文学传统的继承与发扬。这部作品集中几乎所有的故事都取材于西尔克幼时听到的部落传说，她将这种口头文学变成了书本中的文字，并赋予其新的生命力。对于西尔克将口头文学书面化的尝试，评论界一直存在两种态度。一种认为西尔克的这种尝试将文字冻结在了固定的时间与空间，剥夺了故事本身的生命力。而另一种声音则对西尔克的这种尝试给予了充分的肯定。他们认为西尔克在作品中极好地继承与发扬了口头文学传统，对印第安文化起到了积极的推动作用。[①] 对于批评的声音，西尔克是这样回应的："我并没有想要保存这些故事，也没有想要用一种固定或者长久的方式把它们保留下来。我把它们写下来，仅仅是因为我想要看看我能不能把这种感觉或者说是故事里的味道传达到纸张上去……故事本身是有生命力的……就像我家乡的人所说的，'如果它是重要的，相关的，不管它是在录像带里、磁带里还是书本里，它都不会消失的。'"[②]在西尔克看来，讲故事的意义在于对个体文化身份的探寻。"在一个故事中往往蕴藏着许多其他的故事。这种将事物联系在一起，使其相互关联的力量是很久以来就一直存在的。"[③]西尔克认为只有成为故事的一部分，并且把这些故事传承、发展下去，才能真正形成自己独立的、不断进化的个体存在。在和科姆·巴恩斯的一次访谈中，西尔克对"讲故事"做了一个详细的定义："当我说讲故事时，我的意思绝不仅仅是指坐在那儿，讲一个那种总是以'很久很久以前'开头的老故事。我所说的讲故事，是指一种如何看待你自己、你身边的人、你的生活以及在更广阔的背景下看待你在生活中所处位置的方式。这所谓的背景不仅仅是指你在自然界中所处的位置，它还包括你经历过的，以及在其他人身上发生过的事情。"[④]换言之，讲故事就是一种互动方式，一种个体在相互关联的时间与空间中寻找文化身份的历程。在《讲故事的人》中，我们看到的以及感受到的恰恰就是这样一种历程。

《讲故事的人》出版之后不久，西尔克获得了麦克阿瑟奖，拿到了一笔五年

---

① Bernard A. Hirsch, "The Telling Which Continues: Oral Tradition and the Written Word in Leslie Marmon Silko's Storyteller," "*Yellow Woman*": *Leslie Marmon Silko*, ed. Melody Graulich (New Brunswick: Rutgers UP, 1993)151 -81.

② Kim Barnes, "A Leslie Marmon Silko Interview," "*Yellow Woman*": *Leslie Marmon Silko*, ed. Melody Graulich (New Brunswick: Rutgers UP, 1993)50 - 52.

③ Leslie Marmon Silko, "Language and Literature from a Pueblo Indian Perspective," *Selected Papers from the English Institute*, eds. Leslie Fiedler and Houston A. Baker Jr. (Baltimore: John Hopkins UP, 1981)64.

④ Kim Barnes, "A Leslie Marmon Silko Interview," "*Yellow Woman*": *Leslie Marmon Silko*, ed. Melody Graulich (New Brunswick: Rutgers UP, 1993)49 - 50.

期将近18万美元的奖金。这使西尔克可以全身心地投入小说创作，并于1991年出版了《死者年鉴》(*Almanac of the Dead*)。从开始创作到定稿，该书耗时近十年，在西尔克的创作生涯中占有重要的地位。西尔克曾这样描述这段时间的创作状态："我是我小说人物的囚徒。他们每天都耗尽了我所有的感情和思想……我和小说中的人物相处了太久的时间，他们几乎已经取代了真实生活中的人……现在小说写完了，我也该尝试着回到现实生活中来了。"①西尔克对这部小说倾注了相当多的情感，评论家格雷戈里·萨利尔将其总结为一种愤怒，并称《死者年鉴》是一本充满愤怒的小说。"这种愤怒帮助她(西尔克)撕去掩盖美国道德体系的虚伪外表，并向我们展示外表之下的丑陋行径。"②在这部超过700页的长篇小说中，西尔克为读者描述了一个极为堕落的美国社会，她将其归咎为美国政府对印第安人的暴行所致，并在小说结尾寓言印第安人推翻美国的统治，重新拥有原本属于他们自己的土地。对于该小说，评论界的反应不一。拉里·麦克默特里和理查德·厄尔多斯对其极为推崇，认为西尔克在这部作品里的成就可以与马克思和托尔斯泰相媲美。③ 而另外一些评论家则对这部期待已久的长篇小说进行抨击，认为小说过为冗长，情节过于戏剧化，并指出小说有比较明显的同性恋恐惧症。④ 面对这些指责，西尔克并没有退缩。相反，她一针见血地指出这些评论家的过激反应恰恰证明了她作品中语言的冲击力。"这本长达763页的小说是我对500年来所发生的偷盗、谋杀、掠夺以及强奸的控诉。《死者年鉴》长吗？当然了，所有的联邦诉状都很长……而我的只不过是比平铺直叙的联邦诉状读起来更有趣一些。"⑤事实上，创作耗时近10年的《死者年鉴》正是西尔克想要把公正还给印第安人的一种尝试。不管小说的结尾是否可信，其传达的信息是值得我们关注的，那就是"希望孕育于土地之中。不管时间如何转换，土地是亘古不变的。它有自己的时间，也只有它有最后的发言权"⑥。

在西尔克的作品中，不能不提的还有发表于1996年的散文集《黄女人和祖

① Leslie Marmon Silko, *Yellow Woman and a Beauty of the Spirit: Essays on Native American Life Today* (New York: Simon & Schuster, 1996)144-145.

② Gregory Salyer, *Leslie Marmon Silko* (New York: Twayne, 1997)99.

③ Gregory Salyer, *Leslie Marmon Silko* (New York: Twayne, 1997)99. Brewster E. Fitz, *Silko: Writing Storyteller and Medicine Woman* (Norman: U of Oklahoma P, 2004)148.

④ Brewster E. Fitz, *Silko: Writing Storyteller and Medicine Woman* (Norman: U of Oklahoma P, 2004)149. 小说中的同性恋恐惧症，参看：Janet St. Clair, "Cannibal Queers: The Problematics of Metaphor in *Almanac of the Dead*," *Leslie Marmon Silko: A Collection of Critical Essays*, eds. Louise K. Barne and Jame L. Thorson (Albuquerque: U of New Mexico P, 1999)207-222.

⑤ Donna Perry, "Leslie Marmon Silko," *Backtalk: Women Writers Speak Out*, ed. Donna Perry (New Brunswick: Rutgers UP, 1992)327.

⑥ Gregory Salyer, *Leslie Marmon Silko* (New York: Twayne, 1997)118.

灵之美》(*Yellow Woman and a Beauty of the Spirit*: *Essays on Native American Life Today*)。该书收录了西尔克1984年到1996年间创作的一系列散文,对于研究西尔克的小说、诗歌以及整个印第安文学具有重要的参考价值。西尔克将这本散文集的结构比喻成蜘蛛网,作品以土地为中心探讨了个体身份、想象力以及讲故事等多个文化问题。其中,最长也是最重要的一篇文章名叫《内部与外部土地:普韦部落移民故事》。在这篇文章中,西尔克指出英语对地域这个单词的解释具有很强的误导性。"'一眼能够看到的土地'并没有正确地描述人与环境的关系。这种定义的前提是人在土地之外,和土地分离。而事实上,人和他脚下的石子一样是土地的一部分。"①这里,西尔克的矛头直指西方社会那种以二元对立为基础的价值体系。西尔克相信,人与土地的关系不是对立的、割裂的,人不是凌驾于土地之上的"我者",土地也不是被征服的对象。土地没有边界,是开放的、包容万物的。所以,人与土地密不可分,人是土地的一部分。美国另一位印第安女作家兼诗人葆拉·冈恩·艾伦对土地有着类似的解释:"对于美国西南部的印第安人来说,所谓完整的事物是指最广阔意义上的土地。这里所说的土地不仅仅是指那些欧裔美国作家脑海里出现的地形地貌——那些丘陵、灌木、山川、河流以及光与云影的分布。对美国印第安人来说,土地包括蝴蝶和蚂蚁、男人和女人、土墙和葫芦藤、河水下的鲑鱼、冬天洞穴里的响尾蛇、北极星、天上其他的星群以及阳光下因为飞得太高几乎已经看不到的沙丘鹤群。土地是蜘蛛女人的杰作,它就是整个宇宙。"②

在这种思想的影响下,印第安人那种注重事物之间彼此联系的思维方式也成为西尔克艺术创作的一个重要特点。无论在诗歌还是在小说里,西尔克始终强调时间与空间上事物之间的相互关联与影响。讲故事就是这种关联性的集中体现。在另一篇题为《从印第安普韦部落的视角看语言与文化》③的文章中,西尔克详细分析了讲故事的多重文化内涵。首先,它有助于自我身份的形成。

---

① Leslie Marmon Silko, "Interior and Exterior Landscapes: The Pueblo Migration Stories," *Landscape in America*, ed. George F. Thompson (Austin: U of Texas P, 1995)156.

② 在印第安文化中,蜘蛛女人用各种颜色的泥土创造出了人。她吐出蛛丝分发给每一个人,这蛛丝代表具有创造力的智慧。在不同的部落里,蜘蛛女人的传说略有不同。对于切罗基族来说,蜘蛛女人给人们带来了太阳和火种,并教给人们怎样做陶器和举行庆祝仪式。而对于霍皮族人来说,蜘蛛女人还创造了月亮,并教会人们怎样打猎和务农。将女性与智慧相联系是印第安文化与西方文化的一个很大的不同。Patricia Clark Smith with Paula Gunn Allen, "Earthy Relations, Carnal Knowledge: Southwestern American Indian Women Writers and Landscape," "*Yellow Woman*": *Leslie Marmon Silko*, ed. Melody Graulich (New Brunswick: Rutgers UP, 1993)115-147.

③ 该文首发于1981年由莱斯利·费德勒和小休斯敦·贝克共同编纂的《英语语言文学:打开经典》论文集。在1996年,该文被重新收录进《黄女人和祖灵之美》,其重要性可见一斑。

"通过故事,我们知道了我们是谁。我们是拉古纳人。"[①]讲故事也是维系印第安人团结的一个重要方式。"故事总能把我们联系在一起,让我们成为一体,从而团结我们的家庭,我们的部落。"[②]讲故事的最大好处是能与大地联系在一起。"故事不能摆脱具体的地域,也不能脱离土地上的自然环境。我们不像许多其他的印第安部落被迫离开世代生长的土地移居它地。我们的故事和土地的联系是如此紧密,以至于我们的后代会因为那些令人难忘的地形地貌永远牢记这些故事。"[③]西尔克强调,这里所指的故事不是对先前传说的简单重复。"每一次讲故事都会产生一个独特的、全新的故事。即使是同一个人坐在同一把椅子上逐字逐句地重复,亦是如此。这也正是口头文学传统的魅力之一。"[④]西尔克相信让故事保持这种活力的关键原因是普韦部落的语言结构。"在拉古纳,许多单词都有一个关于它由来的故事。所以,当一个人在讲故事时,他是在用这些单词来编织故事,而每一个单词本身又有一个关于它自己的故事。"[⑤]这种故事的概念就如同蜘蛛网,"故事中蕴含着故事,一个故事仅仅是许多其他故事的开端,而它们永远不会真正结束。"[⑥]西尔克强调,讲故事这种语言结构是印第安文化对英语语言文学的重大贡献之一。事实上,尽管《黄女人和祖灵之美》是一本散文集,其地域语言的特点使整本书仍不乏关于印第安文化的故事与传说,这也恰恰证明了印第安部落语言的强大生命力。《黄女人和祖灵之美》不仅体现了西尔克在艺术创作上的许多重要思想,更是对印第安文化的一次经典总结,是许多学者研究西尔克以及印第安文学的必读书目。

西尔克最近发表的一本小说叫做《沙丘花园》(*Gardens in the Dunes*, 1999)。小说以1890年在南达科他州发生的伤膝大屠杀[⑦]为背景,讲述一个印第安女孩在族人遭到屠杀后,被迫离开自己的家园,跟随一对白人夫妇行经加州、纽约、英国、意大利、法国,而最终回到自己的家乡,找到曾经失去的沙丘花园。这里,沙丘花园的意象深具部落文化内涵。它是印第安文化里人与自然和谐相处的标志。当沙丘花园被白人侵略者恣意破坏时,它又成为印第安人受到

① Leslie Marmon Silko, "Language and Literature from a Pueblo Indian Perspective," *English Literature: Opening Up the Canon*, eds. Leslie Fiedler and Houston A. Baker Jr. (Baltimore: John Hopkins UP, 1981)57.

② Ibid., 59.

③ Kim Barnes, "A Leslie Marmon Silko Interview," *"Yellow Woman": Leslie Marmon Silko*, ed. Melody Graulich (New Brunswick: Rutgers UP, 1993)51.

④⑤ Ibid., 69.

⑥ Ibid., 56.

⑦ 伤膝大屠杀(Wounded Knee Massacre)发生于1890年12月29日。它是南达科他州的印第安苏族部落与美国政府发生的一次大规模冲突,造成了数百名印第安人的死亡,其中包括许多的妇女和儿童。

不公正待遇的一个缩影。在小说结尾处，沙丘花园的失而复得则为读者展示了西尔克重建部落历史文化的信心与希望。与《死者年鉴》相似，评论界对于《沙丘花园》持有两种截然相反的态度。一种认为小说的情节过于复杂，节奏略显拖沓。而另一种则认为西尔克的这部小说沿袭了简·奥斯汀的创作风格，探究伦理道德，实属上乘之作。西尔克对此回应极为简单："这都取决于你怎么看它。我为《沙丘花园》感到骄傲。我知道它会惹出很多麻烦，因为人们还不习惯这样看待事物。他们只是还不习惯。我的意思是说我原来也不习惯；可写完《沙丘花园》后，我的看法就不一样了。"①在这里，西尔克所说的"看法"便是从精神层面上将时间与空间里的事物联系在一起，用一种相互关联、相互包容的态度来看待一切。埃伦·阿诺德对这一态度的分析最为中肯："对我来说，《死者年鉴》所传达的信息是我需要对很多事物更加愤怒，需要把事情说出来，而不是让它们就这么算了。而《沙丘花园》所讲的则更多的是当你在这么做时，你应当怎样控制自己，怎样让自己在为此而奋斗的同时，内心仍然保持活力。"②

在评价西尔克的艺术成就时，格雷戈里·萨利尔认为，"莱斯利·马蒙·西尔克的作品掀开了美国文学里对于土地想象的新篇章。从来没有作家可以给予土地如此的重要性和话语权……而这些都从西尔克的作品中自然而然地流露出来了"③。的确，在西尔克的作品中，土地不再是沉默的、被动的，它有自己的生命力，不受人的控制。人与土地相互联系、相互依赖，个体身份在这种关系中得以彰显，人类文明也在这种关联中得以前进和发展。值得注意的是，尽管西尔克的作品对土地与自然的描绘受到了诸多评论家的肯定，评论界却很少将她当作自然文学作家来研究。翻开美国自然文学史，我们看到的是亨利·大卫·梭罗、拉尔夫·沃尔多·爱默生、约翰·缪尔和玛丽·奥斯汀。虽然西尔克的作品常常被收入各种文选，但对她的评价似乎永远局限于美国印第安文学或者妇女文学的范畴之内，很少能够看到有专门评述西尔克对于美国自然文学乃至整个美国文学的贡献。可见，尽管西尔克认为文学创作是把公正还给印第安人的唯一方式，评论界不带偏见的评价和欣赏也是极为重要的一步。

西尔克的主要作品：

小说作品：

Ceremony, 1977.

Almanac of the Dead, 1991.

---

①② Ellen L Arnold, "Listening to the Spirits: An Interview with Leslie Marmon Silko," *Conversations with Leslie Marmon Silko*, ed. Ellen L. Arnold (Jackson: UP of Mississippi, 2000)184.

③ Gregory Salyer, *Leslie Marmon Silko* (New York: Twayne, 1997)133.

Gardens in the Dunes, 1999.

诗歌和短篇小说合集：

Laguna Women：*Poems*, 1974.

Western Stories, 1980.

Storyteller, 1981.

Yellow Woman, 1993.

Sacred Water：*Narratives and Pictures*, 1993.

Rain, 1996.

Love poem and Slim Canyon, 1996.

其他作品：

Delicacy and Strength of Lace Letters, 1986.

Yellow Woman and a Beauty of the Spirit：*Essays on Native American Life Today*, 1996.

25. 谭恩美——多元文化下"中国故事的言说者"

Amy Tan: "Teller of the Chinese Stories" in theMulticultural Context

谭恩美(1952—)是美国华裔女作家。小说《喜福会》(*The Joy Luck Club*, 1989)的发表使她一跃成为"当代讲故事的能手"、"具有罕见才华的优秀作家"[①]和"拥有最大读者群的美国华裔作家"[②]。作为与汤亭亭、莫里森、辛格、纳博科夫齐名的人物,谭恩美已经成为20世纪美国少数族裔作家群里的"另一位开拓者"。[③] 通过记载和再创自己和父辈人的生活,谭恩美反映了处于美国边缘文化的华裔人群独特的经历和心态,以深刻的洞察力和高超的写作技巧享誉美国文坛。谭恩美将传记、民间故事和回忆录等形式糅合在一起,探索了种族、性别和身份之间的关系,涉及到了文化错位和中美两种文化的冲突。在当今美国社会倡导多元文化的大背景下,"她的小说也探索了人类普遍关心的问题,如自我身份的建构、寻根、两代人之间的冲突与纽带"[④],以深厚的东方文化传统丰富着美国多元文化。对于东西方文化的探索和融合使谭恩美已经渐渐超越了一位少数族裔作家的身份,而跻身整个美国乃至西方的知名作家行列。

谭恩美1952年2月19日出生在美国加州奥克兰市,祖籍广东台山。谭恩美的母亲生于上海。谭恩美的外婆静梅在丈夫去世之后因遭污辱而被迫做妾,在自杀前将自己痛苦的身世告诉女儿。谭恩美的母亲与第一个丈夫生有两个女儿,后因屡遭施暴而逃脱了婚姻关系,也因此被完全剥夺了女儿的监护权及探视权,并入狱长达两年。之后,谭恩美的母亲从事护理工作,在八年抗战时结识了谭恩美的父亲。两人移民到美国,在加州进行福音浸信会传道。中国传统的文化背景和父母的人生经历为后来谭恩美的写作提供了丰富的素材。谭恩美的父亲与兄长都被脑部疾病夺去了生命,悲痛的母亲带着年仅14岁的她和弟弟前往瑞士居住直到谭恩美高中毕业。母亲在1969年带着两名子女返回美国,定居在加州的圣塔克拉拉市。像许多华人父母一样,谭恩美的母亲对子女寄予了很高的期待。她不顾女儿对于写作的梦想,让女儿在奥瑞冈州麦克敏市的林菲尔德医学院学习。因结识了未来的丈夫卢·德迈堤,谭恩美不顾母亲的

---

① 谭恩美:《喜福会》,程乃珊、严映薇译,杭州:浙江文艺出版社,1999年,封底。

② 张子清:《与亚裔美国文学共生共荣的华裔美国文学》,《外国文学评论》2000年第1期,第94—103页。

③ Yin Xiaohuang, *Chinese American Literature since the 1850s* (Urbana: Illinois UP, 2000) 232.

④ 王守仁:《新编美国文学史》第四卷,上海:上海外语教育出版社,2002年,第373页。

反对而放弃学医，转而在圣荷西州立大学学习英语和语言学，分别于1973年和1974年获得学士学位和硕士学位。此后，谭恩美获得了加州大学柏克莱分校攻读博士学位的全额奖学金，但是她在博士课程学习的第二年放弃了学业。从1976年到1981年，她为一个残疾儿童项目担任顾问，并在1981到1987年间担任记者、医学期刊的编辑和商业科技写作的自由撰稿人。

谭恩美的创作起因于她长期的抑郁不乐。在多次心理医疗失败之后，谭恩美决心为求得心理平静而写作。她在1987年首次访问中国时第一次见到了两个同母异父的姐姐，这次相逢激发了第一部小说《喜福会》的创作灵感。《喜福会》明显地带有自传成分，作者的经历同书中的吴精妹非常相似。谭恩美的成长环境、教育背景、思维方式都完全美国化，是第二代移民的典型代表。她从青少年时期与母亲关系剑拔弩张、冲突强烈，甚至与母亲因冷战而半年未联系。母亲病重后，谭恩美发誓，如果母亲的病好了，就和她一起回中国，探望她当年留在中国的女儿。谭恩美和母亲回到中国后，对母亲有了深刻的了解，母女间紧张的关系变融洽了。华裔母女的价值观差异和中国母亲对子女的过高期待都在她的小说中得到了体现。谭恩美说："我创作的缪斯就是我的母亲，这位女人给了我DNA的同时也赋予了我一些认识世界的观点。"[①]1989年，《喜福会》出版后连续九个月占据《纽约时报》畅销书排行榜，销出27.5万余册精装本，获当年国家图书奖、1990年联邦俱乐部图书奖和加州书评会最佳小说奖，并被翻译成20多种文字。1994年，由谭恩美本人改编剧本，王颖导演，卢燕、邬君梅等主演的同名电影上映，谭恩美的名字在美国风靡一时。继《喜福会》之后，谭恩美在《灶神之妻》(*The Kitchen God's Wife*，1991)、《百种隐秘感官》(*The Hundred Secret Senses*，1995)和《接骨师之女》(*The Bonesetter's Daughter*，2001)中继续探讨华裔母女之间的关系和身份的认同。2005年，谭恩美发表了《拯救溺水鱼》(*Saving Fish from Drowning*)。每一本小说都获得了评论界和读者的广泛好评。前四部小说延续了她一贯的写作风格，交错运用不同的叙述观点来说故事，串联起母亲和女儿、姐姐和妹妹、中国和美国、过去和现在。她的小说基本都属于女性题材作品，往往以自己的家庭生活与家族经历为题材，表现了中国移民母亲和美国女儿之间错综复杂、爱恨交织的关系以及寻找自我等人类普遍的问题，表达了她对家庭的文化意义的认识与理解。其作品所反映的中美文化撞击与融合、母女关系、叙事策略、文化主体身份、中国迷信、东方神秘主义、历史的再现、新原始主义、飞散、救赎与献祭，以及饮食文化等方面备受关注。除了长篇小说，谭恩美还著有两本儿童书籍——《月亮仙子》(*The Moon*

---

① Amy Tan, *The Opposite of Fate: A Book of Musings* (London: Harper Collins, 2003) 250.

Lady, 1992)和《中国暹罗猫》(*The Chinese Siamese Cat*, 1994)——以及自传《命运的对立面》(*The Opposite of Fate: A Book of Musings*, 2003)。2003年谭恩美获得巴诺作家奖。

作为一位华裔作家,谭恩美通过自己的小说主动争取对历史的阐释权,证明了中国文化在华裔美国人身份中的重要性,颠覆了西方人眼中消极的中国人刻板形象,尤其是中国女性形象,体现了中国文化中的积极因素,从而消解了西方社会那些对于中国的民族特征所进行的带有种族偏见和宗教目的的解读。近代中国在西方人眼中的形象在很大程度上取决于随着1840年鸦片战争的炮舰而进入中国的传教士的记述。这些著作对中国民族特点进行着大量荒唐可笑的描述,将中国和中国人刻画成了落后愚昧的代名词。谭恩美的作品中并不回避传统中国价值观的弊病和狭隘。她用坦诚的记述表明了传统的中国价值观中的缺陷,如愚昧、守旧、怯弱、盲从、自大、死要面子等弱点。同时,她用自己的方式向世人、尤其是美国社会表明中国人的民族特征也有着积极的一面,而非西方人眼中单维的反面含义。

首先,谭恩美通过母女关系主题强调了作为整体的中国文化在华裔美国人,尤其是女性的身份构建中不可或缺的地位,体现了两种文化的冲突和融合。只有当生长在西方的女儿们接受了中国的传统文化和中国身份后,他们才能找到真正的自我、成为真正的美国人,因为"华裔美国人是典型的美国人,而典型的美国人都是杂种人"。[①] 女儿们透过母亲的指引在双重文化的困境中表达自我,而母女渐渐互相妥协和解的过程也使母亲们身上的美国性得到了体现。两种文化的结合使母女两代都摆脱了身份危机。《喜福会》融合了东西方写作技巧,把中国传统的章回小说、麻将理论同西方的"四季理论"相结合,成功地塑造了四位母亲和四个女儿的生动形象,通过母女冲突展示了中美两种文化的碰撞,以及这种碰撞对华裔心灵上的影响。四位华裔母亲把各自的不幸留在了中国,踏上了美国国土。她们的内心深藏着中国文化传统,却每天面对美国文化。她们把麻将会命名为喜福会,渴望在强势的美国文化氛围中确立一种自我身份,然而这一身份也只是局限于她们麻将桌上的心理安慰。和母亲不同,女儿们生来就是美国人,更愿接受处于强者地位的美国文化,不愿接受母亲的中国式家长作风,反对母亲对她们的希望和人生设计。和母亲们不得不面对美国文化一样,女儿们也不得不面对母亲所代表的中国文化。在女儿们的眼中,"喜福会不过是令人丢脸的中国陋习,如同3K党的秘密集会或者电视里印第安人为准备打仗而举行的手鼓舞会仪式"。[②] 在中国母亲眼里,她的美国女儿"仅仅皮

① 单德兴、何文敬:《文化属性与华裔美国文学》,台北:中央研究院欧美研究所,1994年,第167页。

② Amy Tan, *The Joy Luck Club* (New York: Ivy, 1989)16.

肤和头发是中国人的，而内部的都是美国制造”，她“与女儿隔着一条沟，永远只能站在岸的这边观望她”。[1]《喜福会》中的龚琳达说：“我当时只是希望我的孩子获得最好的结合：中国性格。我怎么会知道这两者是水火不相容啊？”[2]最终，母女两代都生活在两种文化的夹缝之中，陷入身份危机。也正因为母女间的文化冲突，她们彼此进一步认识了对方所代表的文化。女儿们意识到自己心灵深处依然根植着中国文化、她们的根在中国。小说中，韦弗利和第二位丈夫一起带着母亲开始了中国蜜月旅行。吴精美虽然在她的几位阿姨要求她回中国看看两位同母异父的孪生姐姐时说，“我该说什么呢？有关我的妈妈我又能说什么呢？我什么都不知道。她只是我的妈妈”。[3] 但是等她一进入中国深圳，就感觉自己不同了：“我能感到我额头的皮肤刺痛，血液沿着新的血管直涌，骨头因为熟悉的旧伤而疼痛。我想，我妈妈是正确的。我正在成为中国人。”[4]正如小说所言，妈妈“就在你的骨子里！”[5]女儿们在成长过程中渐渐懂得母亲的感情，以及自己和母亲冲撞的深层次文化原因。同时，母亲们也理解了女儿在美国社会被“边缘化”的痛苦。她们认识到，作为移民美国的中国女性，在自己的身份确立中必须融合进美国文化的因素，才能与女儿一辈达成和谐。华裔母女两代人在双重文化冲突、融合之后形成了独特的自我，即华裔美国人。这种意识消解了东西方文化的二元对立并将其加以融合，使自我身份走出危机。

《喜福会》讲述了四位中国母亲的伤痛往事，而《灶神之妻》几乎就是谭恩美母亲的传记。通过对母女关系的探索谭恩美试图表达出自己文化身份的确认。这两部小说中的女儿们通过认可母亲的传统而逐步找到了完整的自我，《百种隐秘感官》中的奥利维亚则是通过与姐姐琨的合二为一象征性地完成了文化身份的重塑，实现了东西方思想的融合。《接骨师的女儿》比以前的几部作品更具自传色彩。主人公鲁丝在年龄、经历等许多方面都跟作者相似。路玲与鲁丝母女之间从冲突到理解再到宽容，紧张的关系最后得以冰释的过程载满了真实，是作者自己的家庭史和个人成长史，也是华人移民在美的生活史。谭恩美探讨了在美国这样一个以白人文化为主导、多元文化并存的社会，中国移民如何秉承中华文化优秀传统，吸收美国文化的精髓，从而建构本族群文化身份的问题。故事由母亲开始，由女儿结尾，最后以母女的和解而告终，生动刻画了作者成长的历程以及华裔美国人的身份追求。

---

① Amy Tan, *The Joy Luck Club* (New York: Ivy, 1989)254 - 74.

② Ibid., 254.

③ Ibid., 31.

④ Ibid., 307.

⑤ Ibid., 40.

其次，谭恩美改变了中国传统女性的形象，对西方社会对中国传统女性的刻板形象进行了颠覆。在近代西方人看来，在中国，妇女和女婴是一群沉默无语的受害者。“年轻的姑娘只是一件交易品，是一件待价而沽的商品。”[①]中国女人成了一群“受到世俗限制，并受到歧视性虐待的跛脚妇女”，他们“丝毫没有表现出离家的本能也就不足为怪”。[②] 由于受传道士、外交官和旅游者带回美国的看法的影响，这些所谓的华裔(亚裔)妇女的品质在美国媒体上一直被演绎到20世纪70年代。[③] 谭恩美表达了她对女性受压迫的同情、对女性自我意识觉醒的呼唤以及对白人心目中种族刻板形象的驳斥。一方面，由于旧中国的包办婚姻、缠足、夫权制和家长制对女性的束缚和压迫，谭恩美笔下的中国母亲们印证了西方社会对于中国女性的刻板想象。《喜福会》里失身的苏安梅无处安身，只好给强奸她的吴青当了四姨太。《接骨师的女儿》中路玲的母亲，因婚姻的变故，自杀未成，最后只能隐瞒自己的真实身份与姓名，在婆家充当保姆、女仆，过着人不像人、鬼不像鬼的生活。她忍辱负重，生下了刘家的女儿——路玲。但是，谭恩美并不就此停笔，而是“通过挖掘女性们在艰苦困境中求生与斗争的故事，并以此作为一种抗拒失忆的形式，这个形式不是来支持、而是来对抗主导地位的强大帝国主义势力与家长制对这些女性的否定的目光与书写”。[④] 谭恩美在作品中承认中国女性的低下地位，但更重要的是告诉西方人，她们不是弱者。她笔下的中国母亲起初都认同男尊女卑的男权意识，忍气吞声、逆来顺受，几乎完全丧失了自我。但是她们最终都毅然决然地奋起反抗。在《灶神之妻》中，谭恩美通过灶神这一中国文化中非常独特的神祉来映衬中国女性对父权制的反抗。传说中的灶神是幸福和运气之神，却不是好丈夫。作为家长制和父权制的代表形象，灶神是家庭中绝对的主人。他可以随时见异思迁、移情别恋，而他的妻子必须为了家庭辛勤劳作，并且随时会被赶出家门。尽管如此，灶神之妻却毫无怨言，一味迁就忍让，是父权制造就的女性典范。这个神话传说所展示的家庭关系几乎是中国几千年封建家庭的原型。谭恩美笔下一系列的反抗女性解构了灶神之妻的形象，从而也解构了几千年的封建家庭关系。异常刚烈的小俞选择死亡来实现自己的意志。贝蒂在丈夫死后，成了一位自食其力的独立母亲。雯妮的母亲也是一位勇敢的反叛者，“她想要自己做主”，“想为爱情而嫁”。[⑤] “她不是那种能服从别人命令的人，她只服从她自己的内心。”[⑥]为了反

---

① 约·罗伯茨:《十九世纪西方人眼中的中国》，蒋重跃、刘林海译，北京:时事出版社，1999年，第105页。

② 罗斯:《变化中的中国人》，公茂虹、张皓译，北京:时事出版社，1998年，第183页。

③ 卫景宜:《西方语境的中国故事》，杭州:中国美术学院出版社，2002年，第16页。

④ Harold Bloom, *Modern Critical Views: Amy Tan* (Philadelphia: Chelsea, 2000)100.

⑤ 谭恩美:《灶神之妻》，张德明、张德强译，杭州:浙江文艺出版社，1999年，第95页。

⑥ 同上书，第100页。

抗封建的包办婚姻，她毅然削发离家出走。雯妮的反叛精神很大程度上得益于母亲的影响。六岁时，母亲就告诉她："以后得学着用自己的两条腿走天下。"①雯妮长大后成了包办婚姻的牺牲品。她的丈夫文富是个放荡残暴的纨绔子弟，对她进行了灵与肉的蹂躏和摧残。对于这一切，雯妮默默无声地忍受着，对丈夫的所有过错保持了沉默和宽容。然而，文富无休止的迫害终于促使雯妮下定离婚的决心。在法庭上她大声宣布："我宁可睡监狱里的水泥地，也不愿意回到那个男人的屋子去。"②她在法庭上和文富的公然对抗表明那个沉默的"灶神之妻"已经死亡，取而代之的是一个为了自己的幸福而抗争的反叛者。

另外，在讲述家族故事的过程中，谭恩美通过"讲古"的叙事策略赋予了被迫沉默的母亲们以声音，讲出了她们被压抑的历史，修正男性和主流社会对她们的扭曲表达。生活在美国的中国妇女除了是种族的"他者"，更是性别上的"他者"。她们被剥夺了话语权，只能任由别人来反映自己的存在、歪曲自己的本质。在华人母亲们向美国出生的女儿讲述战时中国的困苦灾难、封建制度压制下妇女的悲惨命运以及自身坎坷生活经历的一个又一个片段中，这种叙事潜移默化为一种教育女儿、传授人生经验、传播古老中国文化的有效方式。《喜福会》中，三个华人母亲和她们的四个美国出生的华裔女儿穿插着讲述个人的人生经历。她们的"和声"增强了华人作为集体的"我们"的声音。《灶神之妻》打破了时空顺序和线性的叙述模式，在现实的时空下展开了母亲的讲述，从而打破了传统女性身上的枷锁和懦弱。小说有两个不同的叙述者和叙述视角：一个是既受母亲影响又融入了美国社会的"我"，一个是在中国男权文化中成长并出逃的"母亲"。母亲雯妮对女儿隐瞒了前半生的悲惨遭遇。她的知心好友海伦将不久于人世，决心死前讲出心中所有秘密，包括雯妮刻意对女儿隐瞒的一切。雯妮对海伦的背叛非常生气，决心自己把秘密告诉女儿。所以小说中的"母亲"既是主人公，又是自己故事的讲述者；而"我"是现在故事的叙述人，但当母亲讲述时又成为倾听者。叙述者和叙述视角的转移使得"我"没有轻率地用第三人称代替母亲讲述故事，而把表达的权利交给了母亲。通过这种方式，谭恩美使母亲可以通过第一人称方式讲述，尽情表达自己。和以往创作一样，谭恩美在创作《接骨师的女儿》时从自己生活经验中汲取了创作灵感。她说："这是一本关于记忆、失忆、努力抓住某些回忆写成的书，所以是极度私人的作品，是有关过去五年来我所经历的事情。"③小说扉页上的谢辞写到："在母亲弥留之际，我

---

① 谭恩美：《灶神之妻》，张德明、张德强译，杭州：浙江文艺出版社，1999年，第80页。

② 同上书，第372页。

③ Amy Tan, *The Bonesetter's Daughter* (New York: G. P. Putnam's Sons Inc, 2001)40.

才知道她及外祖母的真实姓名,谨以此书奉献给她们——李丙姿和顾京梅。”[①]《接骨师的女儿》仍然以中国和美国为背景,让读者穿行于过去与现在、历史与真实之间,叙述的话题仍然是充满张力的母女关系。鲁丝·杨是华人移民的后代,现已年近50,与一个美国语言学家以及他与前妻所生的两个孩子生活在一起。她是个专门从事鬼题材创作的成功作家,经常帮助别人改稿,给创作者提出建议和忠告。她能帮助别人,却无力缓和她与母亲之间日趋紧张的关系,缩短与男友的感情距离。鲁丝的母亲路玲在中国出生长大。二战期间,为了逃离战乱,她漂洋过海来到美国。在旧金山生活了几十年,但英语说得十分蹩脚。在女儿的记忆中,她是个行动古怪、生性孤僻、意志消沉、动不动就要自杀的妈妈。随着年龄的增长,母亲患上了老年痴呆症。为了照料母亲,鲁丝只好搬回装载着她许多童年的痛苦回忆的母亲家。在整理房间时,她发现了一大捆字迹清秀的毛笔字手稿。鲁丝决心弄清楚母亲在失去记忆之前写了些什么。随着母亲"秘密"的层层揭开,鲁丝对母亲的行为和性格才算有了真正的了解,对母亲的同情与宽容也油然而生。小说的中心部分是作为女儿的路玲对记忆的发掘和对历史的再现。路玲通过回忆,记录了自己及家人的故事,给了女儿鲁丝一个了解家族和过去的机会。鲁丝消除了对母亲的误解,达到了两代人关系的和谐。鲁丝的外祖母"宝保姆"也是通过回忆,用书写的方式将记忆变成永恒的文字,使路玲了解到自己的真实身份。整个小说是谭恩美对记忆的挖掘,对母亲、家庭史及许许多多华人移民历史的回顾。

谭恩美通过将"超灵"等西方所认为的愚昧落后的文化伦理观积极利用,使之成为人物自身发展的积极力量,给了困惑中的华裔以精神寄托。传统的中国人信仰发挥了它"不一样"的作用,从而达到了作者所要表达的含义:借民俗的力量,去追溯已经慢慢远去的文化认同感,唤醒新一代华裔身上的中国血液。《百种隐秘感官》中,谭恩美运用魔幻现实主义的叙事手法使奥利维亚与姐姐琨的合二为一,象征性地完成了文化身份的重塑,解构了美国社会人为地建立起来的种族对立,对于人性和人生哲理进行了探索。小说中,"鬼神"无处不在。奥利维亚是中国父亲与白人母亲所生的混血儿,幼年丧父。父亲留下遗愿,要妻子把他在中国的女儿邝接到美国。在妹妹眼里,比她年长十二岁的邝在很多方面比她的母亲更像一个母亲。整部小说里,姐妹俩的关系实质上可以说是一种特殊的"母女关系"。然而,奥利维亚无法接受姐姐的中国习惯及讲述的怪异离奇的鬼故事,并经常因此受到奚落、嘲笑,甚至戏弄。这使得奥利维亚对邝和有关中国的一切都怀着深刻的恐惧和厌恶,极力远离姐姐所代表的中国文化。中国姐姐的存在给她加上了一

① Amy Tan, *The Bonesetter's Daughter* (New York: G. P. Putnam's Sons, 2001)1.

个不可融合的外国人的标签，这给力图获得纯粹美国身份的奥利维亚带来了痛苦。邝是一个典型的西方人眼中的华人刻板形象：勤劳、能干、毫无怨言，但古怪、愚蠢、充满异国风情，生活在一个无序的、非理性的鬼魂世界。邝的形象和生活方式与文明的、理性的美国现实相去甚远。邝声称她可以通过一百种秘密的感官看到阴间的人并和他们交流。她讲述自己与奥利维亚共同度过前生，以此说明她们前生结下的缘分要在今生继续。谭恩美通过塑造一个有悖常理的通灵女子、描述她生活中种种非理性的事件，展示了一个与美国社会截然不同的生命存在形式；而这种存在中蕴涵着爱和希望。在邝那看似匪夷所思的鬼魂世界里飘荡着一股浓浓的爱意，而邝本人就是"爱"的巨大源体。小说渗透着邝对奥利维亚的无私的爱："当我的老师给妈妈打电话，说我在发烧时，是邝来到看护员的办公室把我带回家；当我在溜旱冰时摔跤后，是邝给我包扎受伤的手肘；她给我梳辫子，为凯文、汤米和我准备午餐，还试着教我唱中国的儿歌；当我掉了一颗牙齿时，是她来安慰我；我洗澡时更是她来用洗澡布擦拭我的后背。"[①]当奥利维亚与丈夫西蒙17年的婚姻濒临破裂、生活失去方向的时候，她在邝的极力建议下踏上了中国这块祖先生活过的土地。奥利维亚与西蒙跟随邝回到中国的故乡，进一步了解了邝过去的奇特经历，更深切感受到姐妹俩的亲情，消除了过去对姐姐的偏见和误解。奥利维亚中国之旅的最大收获就是明白了邝的哲学的意义。她发现邝不断用来解释世界的"百种秘密感官"并不只是愚昧无知的迷信，而展示着"灵魂的广袤，这灵魂不是别的，就是爱，无限的爱、无尽的爱……相信鬼魂就是相信爱永远不死"。[②] 奥利维亚通过对邝的非理性世界的追忆找回了失落的记忆，从而恢复了完整的人格和身份。邝最后甚至用自己的失踪象征性地换回了西蒙的生命。奥利维亚最后与丈夫和好如初，多年的不育问题奇迹般地得到解决，生下一个健康的女儿。通过一系列的中国经历，奥利弗亚最终实现了对自身文化身份认同的纠正，从自我意识的困惑中解脱出来，找到了心灵的归属。"爱"是贯穿全书的一条情感线索，但它不仅仅是狭义的姐妹之情或男女之爱，而是穿越了时空、跨越了种族的广义的爱和忠诚。前世的邝，即女怒目，不仅忠于班纳小姐，也忠于那些和她没有共同语言的外国传教士，并在战乱期间冒着生命危险和他们呆在一起，最后甚至牺牲了自己的爱情和生命来挽救他们。在《接骨师的女儿》中，外婆"宝保姆"的"鬼魂"形象始终围绕在主人公身旁，特别是母亲每次碰到问题都会按照"宝保姆"的"指示"行事。鲁丝也会为了安慰妈妈而假装"宝保姆"灵魂附体。但实际上，这些所谓的"鬼魂"事件都是主人公对母亲的善意欺骗而已，意在缓解母亲心中的焦虑。《拯救溺水鱼》中，谭恩美进一步运用"幽灵"和荒诞的手法颠覆了西方白人主流社

① 谭恩美：《灵感女孩》，杭州：浙江文艺出版社，1999年，第11页。
② 同上书，第349页。

会对华裔的种族偏见式的定型。谭恩美以往作品都是以在美国的华裔家庭生活为背景，着墨于母女关系，但在《拯救溺水鱼》中，主要人物大多为美国白人，而且多为旧金山的成功人士，如影视明星、科学家等。这些人物代表了美国的中产阶级，即美国的主流社会。小说的背景也远离了以往的美国华人社区，而是遥远的东方——中国的丽江和虚构的东南亚古国兰那王国。幽灵陈璧璧以回忆的方式讲述了自己的一生：出生时母亲就去世，日本军队的入侵让他们举家搬到美国。由于一直都没有正式结婚，她始终过着一种没有伴侣的生活。她作为幽灵与美国旅行团一起来到兰那王国，一路上所见到的都是可恶的、落后的现象。在云南石钟寺，由于他们无意之中侵害了圣地子宫洞而受到神的诅咒与当地人的驱逐；到了兰那王国，又受到原始部落的善意绑架等令人啼笑皆非的事情。谭恩美通过复制西方人眼中的中国和东方的荒唐可笑来颠覆其观点，通过重构华裔形象来证明这种说法自身的荒唐可笑。谭恩美塑造了三个对西方妇女模式的颠覆者形象。陈璧璧在故事中已经死亡，是她的鬼魂跟随着旅游团，对每一个游客的言行和思想进行着观察和思考。这赋予了中国女性以全知上帝的视角，使历史上的"被看者"和"被界定者"变成了主动者和界定者，掌握了话语权和评判权。而且，陈璧璧生前是一支全部由白人成功人士组成的旅游团的领队，不是那种从事洗衣业和餐饮业的华人形象，更不是传统华人女性的被奴役和被压迫的形象。另外两个女性形象是一对母女。母亲朱玛琳声音优雅，在巴黎大学读书，是一名专业馆长。在白人男性柏哈斯眼中，"她不同于其他女人……更可靠，更容易满足，同时也更独立。她不会依赖任何男人，她是完整的……"[①]显然这是对权威性媒体为代表的主流话语对华裔负面报道的颠覆。[②] 因为她的身上所具有的是中国女性的谦和以及西方优秀女性的标准，如：美丽、优雅、善良、谦和、良好的教育、体面的职业。如果说陈璧璧被赋予了上帝般的视角，那么朱玛琳则是一个完美的圣母形象。她的女儿埃斯米虽然只有12岁，却远远优秀于比她年长的白人男孩鲁珀斯。埃斯米天性善良、头脑聪慧，性格开朗大方，有着独立的个性。这样的中国女孩长大后当然会成为优秀的中国女性，当然会消解美国读者对中国人概念化的刻板形象。在《拯救溺水鱼》中，谭恩美描写了东西方文化从互相否定、碰撞质疑直到逐渐理解和认同的渐进过程。

对中国本土读者和"忠于"中国传统文化的华裔作家或批评家来说，谭恩美是洋溢着美国现代味、对中国文化有误读和曲解的他者。她正是通过误读和曲解来颠覆西方对于中国文化的误读和曲解，使西方读者看到他们在曲解中国文

① 谭恩美：《沉默之鱼》，蔡骏译。北京：北京出版社，2006年，第157页。

② 刘继南、何辉：《镜像中国——世界主流媒体中的中国形象》，北京：中国传媒大学出版社，2006年，第11、15页。

化时所忽略的中国文化的积极意义。华裔文学表现的是华裔美国人的文化，而不是纯粹的中国文化。更确切地说，他们力图表现的正是整个西方社会对于中国文化的解读。只有正视中国人在他人眼中的形象，并积极传达中国文化所蕴含的正面因素才能使西方更好地了解中国。谭恩美在作品中通过家庭故事、母亲讲古以及中国传统的再加工将对妇女命运的思考和对华人移民历史的反思紧紧地结合在一起，表现了处于双重边缘的华裔女性对父权统治和种族歧视的悖逆与抗争。她强调华裔美国女性只有努力联接东西方文化，促进二者的融合，才能真正建构自我身份，在美国白人主流文化中占有一席之地。这也是谭恩美本人作为第二代华裔女性自我身份的反映。

谭恩美是一位出色的"中国故事的言说者"。她的小说对当代美国族裔生活群体的人生进行了生动的表现。她以自己的创作表明，出生在美国的华裔女性需要了解自己的民族文化、将其转化为力量，使自己更好地参与美国社会生活当中。通过再忆华人过去史、书写华裔自我，谭恩美使人们认识到华人在美国的生存状态，向外部世界展现了华裔美国人共同的感受。她曾反复表达过这样的观点："如果我不得不给自己以某种身份，我会说我是一位美国作家……我相信我创作的是美国小说，因为我生长在这个国家，我的情感、想象和兴趣都是美国人才有的。我的特征可能是华裔美国人，但我认为华裔美国人也是美国人"。[①] 无论是西方传教士笔下的中国人还是谭恩美笔下的中国人，这些形象都是中国人窥见自身的一面镜子。虽然这些形象有着不可避免的扭曲和变形，但我们仍然能够从中反观自身，看到我们平时所忽略的东西，启发我们在民族振兴之时更好地看待自己。

谭恩美的主要作品：

小说作品：

The Joy Luck Club, 1989.

The Kitchen God's Wife, 1991.

The Hundred Secret Senses, 1995.

The Bonesetter's Daughter, 2001.

Saving Fish from Drowning, 2005.

其他作品：

The Moon Lady, 1992.

The Chinese Siamese Cat, 1994.

The Opposite of Fate: A Book of Musings, 2003.

---

① Amy Tan, *The Opposite of Fate: A Book of Musings* (London: Harper Collins, 2003) 310.

20世纪美国女性小说与社会文化大事记

时间		小说创作/文化事件
1900	小说创作	Mary Wilkins Freeman: *The Love of Parson Lord and Other Stories* Ellen Glasgow: *The Voice of the People* Pauline Elizabeth Hopkins: *Con-tending Forces* Edith Wharton: *The Touchstone*
	文化事件	Carrie Chapman Catt becomes the president of the National American Woman Suffrage Association. International Ladies' Garmen Workers Union is established. Efficiency expert and industrial psychologist Lillian Moller (later Gilbreth) becomes the first female commencement speaker at the University of California at Berkeley.
1901	小说创作	Gertrude Simmons Bonnin: *Old Legends* Frances Hodgson Burnett: *The Making of a Marchioness* Winnifred Eaton (Onoto Watanna): *A Japanese Nightingale* Pauline Elizabeth Hopkins: *Hagar's Daughter* Sarah Orne Jewett: *The Tory Lover* Alice Hegan Rice: *Mrs. Wiggs of the Cabbage Patch* Edith Wharton: *Crucial Instances*
	文化事件	Lizzie Black Kander's *The Settlement Cook Book* is published. Sarah Orne Jewett is awarded the first honorary Litt. D. granted by Bowdoin College to a woman.
1902	小说创作	Winnifred Eaton (Onoto Watanna): *The Wooing of Wisteria* Augusta Jane Evans: *A Speckled Bird* Ellen Glasgow: *The Battle-Ground* Pauline Elizabeth Hopkins: *Of One Blood* Pauline Elizabeth Hopkins: *Winona: A Tale of Negro Life in the South and Southwest* Helen Keller: *The Story of My Life* Edith Wharton: *The Valley of Decision*
	文化事件	Elizabeth Cady Stanton passes away. Carrie Chapman Catt forms the International Woman Suffrage Alliance. Women from 10 nations meet in Washington, D. C. to plan an international effort for suffrage. Clara Barton was among the distinguished speakers. Charlotte Hawkins Brown founds the Palmer Memorial Institute in Sedalia, North Carolina. Martha Washington is the first American woman to be depicted on a postage stamp.
1903	小说创作	Mary Hunter Austin: *The Land of Little Rain* Marie Marguerite Bonnet: *Clotilde* Willa Cather: *April Twilights* Margaret Deland: *Dr. Lavendar's People* Winnifred Eaton (Onoto Watanna): *The Heart of Hyacinth*

时间	小说创作/文化事件	
	小说创作	Winnifred Eaton (Onoto Watanna): *A Japanese Nightingale* Chalotte Parkins Gilman: *The Home* Edith Wharton: *Sanctuary* Kate Douglas Wiggin: *Rebecca of Sunnybrook Farm*
	文化事件	The National Women's Trade Union League is founded. Maggie L. Walker is named president of Richmond's St. Luke Bank and becomes the first black woman to head a bank.
1904	小说创作	Mary Hunter Austin: *The Basket Woman* Winnifred Eaton (Onoto Watanna): *The Love of Azalea* Ellen Glasgow: *The Deliverance* Geneva Stratton Porter: *Freckles* Edith Wharton: *The Descent of Man and Other Stories*
	文化事件	The National Child Labor Committee is established. Dr. Anna Howard Shaw becomes the president of National American Woman Suffrage Association. Dissidents from the International Council of Women form the more aggressive International Women Suffrage Alliance. Lillian D. Wald, Florence Kelley and other reformers establish the National Child Labor Committee to work for legislation prohibiting child labor in the United States. Mary McLeod Bethune is the first woman to establish secondary school that becomes a four-year accredited college. Deaf mute Helen Keller graduates cum laude from Radcliffe College.
1905	小说创作	Mary Austin: *Isidro* Willa Cather: *The Troll Garden* Mary Boykin Chesnut: *A Diary from Dixie* Meredith Nicholson: *The House of a Thousand Candles* Alice Hegan Rice: *Sandy* Edith Wharton: *The House of Mirth*
	文化事件	Susan B. Anthony passes away. Florence Rhena Sabin, specialized in zoology, becomes the first woman professor at Johns Hopkins Medical School.
1906	小说创作	Margaret Deland: *The Awakening of Helena Richie* Zona Gale: *Romance Island* Ellen Glasgow: *The Wheel of Life*
	文化事件	Susan B. Anthony passes away.
1907	小说创作	Gertrude Atherton: *Ancestors* Frances Hodgson Burnett: *The Shuttle* Margaret Deland: *The Awaken-ing of Helena Ritchie* Winnifred Eaton: *The Diary of Delia: Being a Veracious Chronicle of the Kitchen with Some Sidelights on the Parlour* Augusta Jane Evans: *Devota* Zona Gale: *The Loves of Pelleas and Etarre* Edith Wharton: *Madame de Treymes*
	文化事件	Stanton's daughter, Harriot Stanton Blatch forms the Equality League of Self Supporting Women(later the Women's Political Union), to reach out to the working class. An early Mother's Day observance is held in Grafton, West Vaginia.

时间		小说创作/文化事件
1908	小说创作	Mary Austin: *Santa Lucia: A Common Story* Mary Wilkins Freeman: *The Shoulders of Atlas* Zona Gale: *Friendship Village* Ellen Glasgow: *The Ancient Law* Mary Roberts Rinehart: *The Circular Staircase* Geneva Stratton Porter: *A Girl of the Limberlost* Edith Wharton: *The Hermit and the Wild Woman and Other Stories*
	文化事件	In *Muller v. Oregon*, the Supreme Court upholds Oregon's law mandating a ten-hour maximum workday for women. Hannah Kent Schoff organizes the International Conference on Child Welfare in Washington, D. C.
1909	小说创作	Mary Hunter Austin: *The Country of Lost Borders* Ellen Glasgow: *The Romance of a Plain Man* Susan Glaspell: *The Glory of the Conquered* Gertrude Stein: *Three Lives* Gene Stratton Porter: *A Girl of the Limberlost* Kate Douglas Wiggin: *Susanna and Sue*
	文化事件	The National Association for the Advan-cement of Colored People (NAACP) is founded by liberal whites under the leadership of Oswald Garrison Villard, grandson of William Lloyd Garrison. The National Association of Colored Graduate Nurses is organized. The Women's Trade Union League coordinates a large strike by 20,000 women workers in New York's garment district. From 1909 to 1916, Charlotte Perkins Gilman single-handedly writes the entire contents of the monthly *The Forerunner*: short stories, utopian novels, poems, and essays.
1910	小说创作	Mary Austin: *The Basket Woman* Mary Austin: *Outland* Jane Adams: *Twenty Years at Hull House* Theresa Serber Malkiel: *The Diary of a Shirtwaist Striker* Edith Wharton: *Tales of Men and Ghosts*
	文化事件	Equality League changes its name to the Women's Political Union. The National Association for the Advancement of Colored People is founded. The first woman suffrage parade is held in New York City. The White Slave Traffic Act (The Mann Act) is passed, outlawing the transportation of women across state lines for "immoral purposes." The Camp Fire Girls, an interracial, nonsectarian organization for girls, is formed. Ella Flagg Young becomes the first woman president of the National Education Association. Blanche Scott is the first woman to fly an airplane.
1911	小说创作	Mary Austin: *The Arrow Maker* Margaret Deland: *The Iron Woman* Winnifred Eaton (Onoto Watanna): *The Diary of Delia* Edna Ferber: *Dawn O'Hara: The Girl Who Laughed* Ellen Glasgow: *The Miller of Old Church*

时间	小说创作/文化事件	
	小说创作	Susan Glaspell：*The Visioning* Charlotte Perkins Gilman：*Moving the Mountain* Geneva Stratton Porter：*The Harvester* Edith Wharton：*Ethan Frome*
	文化事件	California women win full voting rights. The National Association Opposed to Woman Suffrage is formed. The organization publishes the *Woman's Protest*, an anti-suffrage journal. Kansas City, Missouri, passes the nation's first mothers' pension law. A fire in Triangle Shirtwaist Company (New York City) kills 147, mostly female, immigrant employees. Virginia Gildersleeve becomes dean of Barnard College. Harriet Monroe founds *Poetry: A Magazine of Verse*, for which she serves as editor for the next 24 years.
1912	小说创作	Mary Antin：*The Promised Land* Mary Hunter Austin：*Christ in Italy* Mary Hunter Austin：*A Woman of Genius* Dorothy Canfield：*The Squirrel Cage* Willa Cather：*Alexander's Bridge* Sui Sin Far (Edith Eaton)：*Mrs. Spring Fragrance* Ellen Glasgow：*Virginia* Susan Glaspell：*Lifted Masks* Zane Grey：*Riders of the Purple Sage* E. Pauline Johnson：*The White Wampum and Flint and Feather* Edith Wharton：*The Reef* Jean Webster：*Daddy-Long-Legs*
	文化事件	Oregon, Kansas, and Arizona grant women the vote. Woodrow Wilson is elected president. Alice Paul leads protest at Woodrow Wilson's inauguration. Suffragists march to promote voting rights for women. The United States Children's Bureau is established. The first minimum wage laws applying to women and children are passed. Theodore Roosevelt's Progressive Party becomes the first national political party to adopt a woman suffrage plank. The Bread and Roses Strike begins in Lawrence, Massachusetts. The minister Marie Jenney Howe creates the feminist society Heterodoxy. The Girl Scouts of America is founded. First electric washing machine is introduced.
1913	小说创作	Willa Cather：*O Pioneers!* Ellen Glasgow：*Virginia* Susan Glaspell：*Lifted Masks* Mary Johnston：*Hagar* Edith Wharton：*The Custom of the Country*

时间		小说创作/文化事件
	文化事件	The Alaska Territory gives women suffrage. 16th Amendment to the U. S. Constitution authorizes the federal income tax. 17th Amendment to the U. S. Constitution permits the direct election of senators to the U. S. Congress. Ida B. Wells organizes the first suffrage club among Negro women. Alice Paul and Lucy Burns organize the Congressional Union, later known as the National Women's Party (1916). Five thousand suffragists march in Washington, D. C. for the women's rights movement.
1914	小说创作	Gertrude Atherton: *Perch of the Devil* Willa Cather: *Samuel Sidney McClure, My Autobiography* (ghostwriter) Gertrude Stein: *Tender Buttons* Elinore Pruitt Stewart: *Letters of a Woman Homesteader*
	文化事件	World War I begins after the assassination of Archduke Ferdinand. Montana and Nevada grand women the vote. The National Federation of Women's Clubs formally endorses the suffrage campaign. The Great Migration of blacks from rural South into Northern industrial cities accelerates. President Woodrow Wilson declares the second Sunday in May "Mother's Day" and makes it a national holiday. Margaret Sanger coins the term *birth control*, founds the National Birth Control League, and is indicted under the Comstock Act for distributing a birth control pamphlet titled *Family Limitation*. Margaret Anderson founds *Little Review*.
1915	小说创作	Mary Austin: *The Man Jesus* Djuna Barnes: *The Book of Repulsive Women* Willa Cather: *The Song of the Lark* Margaret Deland: *Around Old Chester* Winnifred Eaton (Onoto Watanna): *Me* Dorothy Canfiled Fisher: *The Bent Twig* Zona Gale: *Heart's Kindred* Susan Glaspell: *Fidelity* Charlotte Perkins Gilman: *Herland* Elinore Pruitt Stewart: *Letters on an Elk Hunt* Mary Sinclair: *Mary Olivier: A Life* Geneva Stratton Porter: *Michael O' Halloran*
	文化事件	Carrie Chapman Catt becomes the president of National American Woman Suffrage Association. A petition with 500,000 signatures in support of women's suffrage amendment is given to President Woodrow Wilson. Margaret Sanger and Emma Goldman are arrested for violating the Comstock Law. The Women's International League for Peace and Freedom (WILPF) is founded. Theda Bara, "The Vamp," becomes a star in *A Fool There Was*. With the invention of the metal lipstick container, mass production and purchase of lipsticks begin.

时间		小说创作/文化事件
1916	小说创作	Margaret Deland: *The Rising Tide* Charlotte Parkins Gilman: *With Her in Ourland* Ellen Glasgow: *Life and Gabriella* Pauline Elizabeth Hopkins: *Topsy Templeton* Grace King: *The Pleasant Ways of St. Medard* EllenLa Motte: *The Backwash of War* Edith Wharton: *Xingu and Other Stories*
	文化事件	Woodrow Wilson is reelected president. The first birth control clinic in America is set up by Margaret Sanger and her sister Ethel Byrne. Jeannette Rankin of Montana becomes the first American woman elected to represent her state in the U. S. House of Representatives. Suffragists Alice Paul and Lucy Burns establish the National Woman's Party to oppose Woodrow Wilson and the Democratic presidential ticket. Emma Goldman is arrested in New York for lecturing on birth control. Federal Child Labor Law passes.
1917	小说创作	Mary Austin: *The Ford* Edna Ferber: *Fanny Herself* Dorothy Canfield Fisher: *Understood Betsy* Zona Gale: *A Daughter of the Morning* Susan Glaspell: "A Jury of Her Peers" Grace Livingston Hill: *The Witness* Elizabeth G. Stein: *My Mother and I* Edith Wharton: *Summer*
	文化事件	The United States enters World War I. American Women's Hopitals Service helps female physicians serve in World War I. Police begin arresting women who are picketing outside the White House. Some, including Paul and Lucy Burns, go on hunger strike while in jail. New York State is the first eastern state to fully enfranchise women. The U. S. Navy hires 12,000 women as clerks in the same job classifications and for the same pay as men so that it can send men overseas. Kate Gleason is the first woman president of a national bank. Glaspell's "A Jury of Her Peers" is selected for *Best Short Stories of* 1917.
1918	小说创作	Mary Austin: *The Trail Book* Willa Cather: *My Antonia* Zona Gale: *Birth* Edith Wharton: *The Marne*
	文化事件	World War I ends with signing Armistice. President Wilson addresses the Senate in support of the 19th Amendment, but it fails to win the required 2/3 majority of Senate votes. The U. S. government reports that 1. 4 million women work in war industries. After World War I these women are forced out of industrial work. Michigan, South Dakota, and Oklahoma grant women the vote.

时间	小说创作/文化事件	
1919	小说创作	Ellen Glasgow：*The Builders*
	文化事件	The Treaty of Versailles includes a requirement that women receive equal pay. The clause is universally ignored. The 18th Amendment to the U. S. Constitution prohibits the making, selling, or transportation of alcohol in the United States. Communist Labor Party of America is founded, adopts platform of the 3rd International. After her husband, Woodrow, suffers a stroke, Edith Bolling Wilson operates as acting president of the United States. The federal woman suffrage amendment, originally written by Susan B. Anthony and introduced in Congress in 1878, is passed by the House of Representatives and the Senate. Margaret Prescott Montague wins the O Henry Award for her story "England to America."
1920	小说创作	Mary Austin：*No. 26 Jayne Street* Willa Cather：*Youth and the Bright Medusa* Zona Gale：*Miss Lulu Bett* Kate Richards O'Hare：*In Prison* Edith Wharton：*The Age of Innocence* Anzia Yezierska：*Hungry Hearts*
	文化事件	The 19th Amendment on women's suffrage is ratified, allowing women the right to vote in federal elections. Florence E. Allen becomes the first woman judge. The League of Women Voters is formed to continue the work of the now defunct National American Woman Suffrage Association. The U. S. Department of Labor establishes the Woman's Bureau to oversee wage-earning women's rights and interests with Mary Anderson as the first director. Approximately 21 percent of all adult female workers are white. Despite death threats from the Ku Klux Klan, Mary McLeod Bethune begins a voter registration drive for African American women. Ethelda Bleibtrey becomes the first American woman to win a gold medal in the modern Olympic Games.
1921	小说创作	Gertrude Simmons Bonni ("Red-bird")：*American Indian Stories* Dorothy Canfield：*The Brimming Cup* Susan Glaspell：*Inheritors* Edith W. Hull：*The Sheik*
	文化事件	Congress passes the Sheppard-Towner Act, which is intended to improve health care for infants and children, as well as mothers and pregnant women. The first American Birth Control Conference is held. The first woman to reside over the House of Representatives is Rep. Alice Robertson of Oklahoma. She occupies the chair for 30 minutes. Three black women, Georgianna R. Simpson (Univ. of Chicago), Sadie Tanner Mossell (Univ. of Pennsylvania), and Eva Dykes (Radcliffe College), become the first in the country to earn Ph. D. degrees. The first Miss America Pageant is held in Atlantic City, New Jersey. Margaret Sanger founds the American Birth Control League, the precursor to the Planned Parenthood Federation of America. The Bryn Mawr Summer School for Women Workers is established. The American literature section of the Modern Language Association is founded. Edith Wharton receives the Pulitzer Prize for her novel *The Age of Innocence*.

时间	小说创作/文化事件	
1922	小说创作	Willa Cather：*One of Ours* Margaret Deland：*The Vehement Flame* Winnifred Eaton：*Sunny-San* Ellen Glasgow：*One Man in His Time* Katherine Anne Porter：*Maria Conception* Edith Wharton：*The Glimpses of the Moon* Lillian E. Wood：*Let My People Go* Anzia Yezierska：*Salome of the Tenements*
	文化事件	The Cable Act ensures women will no longer be deprived of citizenship upon marriage to a foreigner. Rebecca Latimer Felton becomes the first woman appointed to the U. S. Senate. Women's razors and depilatories are first advertised in Sears Roebuck catalogs.
1923	小说创作	Gertrude Atherton：*Black Oxen* Lucille Papin Borden：*The Candlestick Makers* Willa Cather：*A Lost Lady* Winnifred Eaton：*Cattle* Ellen Glasgow：*The Shadowy Third and Other Stories* Edith Summers Kelley：*Weeds* JaneToomer：*Cane* Edith Wharton：*A Son at the Front* Anzia Yezierska：*Children of Loneliness* Anzia Yezierska：*Salome of the Tenements*
	文化事件	The National Woman's Party first proposes the Equal Rights Amendment to eliminate discrimination on the basis of gender. It has never been ratified. Maidenform, Inc., founded by Ida Rosenthal, manufactures its first bra. Willa Cather receives the Pulitzer Prize for *One of Ours*. Edna St. Vincent Millay becomes the first woman to be awarded the Pulitzer Prize for poetry.
1924	小说创作	Dorothy Day：*The Eleventh Virgin* Margaret Deland：*New Friends in Old Chester* Jessie Fauset：*There is Confusion* Edna Ferber：*So Big* Dorothy Canfield Fisher：*The Home-Maker* Ruth Suckow：*Country People* Edith Wharton：*Old New York*
	文化事件	Act of Congress grants American Indians citizenship. National Origins Act is passed. Hallie Ferguson becomes the first woman governor of U. S. state (Texas). Deaf mute Helen Keller becomes the American Foundation for the Blind's major advisor. Inez Haynes Irwin wins the O Henry Award for her story "The Spring Flight." Margaret Wilson receives the Pulitzer Prize for her *The Able McLaughlins*.

时间	小说创作/文化事件	
1925	小说创作	Hallie Quinn Brown：*Our Women：Past，Present and Future* Hallie Quinn Brown：*Tales My Father Taught Me* Willa Cather：*The Professor's House* Winnifred Eaton (Onoto Watanna)：*Cattle* Winnifred Eaton(Onoto Watanna)：*His Royal Nibs* Rose Franken：*Pattern* Ellen Glasgow：*Barren Ground* Anita Loos：*Gentlemen Prefer Blondes* Martha Ostenso：*Wild Geese* Gertrude Stein：*The Making of Americans* Etsu Inagaki Sugimoto：*A Daughter of the Samurai* Edith Wharton：*The Mother's Recompense* Anzia Yezierska：*Bread Givers*
	文化事件	The Women's World Fair，the first fair ever devoted to women's accomplishments，is held in Chicago. Carrie Chapman Catt organizes the Committee on the Cause and Cure of War. Florence Sabin becomes the first female member of the National Academy of Sciences. Mary Breckinridge organizes the Frontier Nursing Service to provide health care to remote areas of Eastern Kentucky. Nellie Tayloe Ross is inaugurated as the 13th governor of Wyoming. Zora Neale Hurston registers her play *Meet the Mama* for copyright. Edna Ferber receives the Pulitzer Prize for *So Big*.
1926	小说创作	Willa Cather：*My Mortal Enemy* Margaret Deland：*The Kays* Dorothy Canfiled Fisher：*Her Son's Wife* Ellen Glasgow：*The Romantic Comedians* Elizabeth Madox Roberts：*The Time of Man* Elizabeth G. Stein：*I Am a Woman - and a Jew*
	文化事件	Violette N. Anderson becomes the first black woman to argue a case before the U. S. supreme Court. Gertrude Bonnin becomes the founding president of the National Council of American Indians. Margaret Deland is elected to the National Institute of Arts and Letters. Bertha K. Landes is elected mayor of Seattle. Gertrude Ederle of New York becomes the first woman to swim the English Channel.
1927	小说创作	Gertrude Atherton：*The Immortal Marriage* Willa Cather：*Death Comes for the Archbishop* Mourning Dove：*Cogewea，The Half-Blood* Elizabeth Madox Roberts：*My Heart and My Flesh* Edith Wharton：*Twilight Sleep* Anzia Yezierska：*Arrogant Beggar*
	文化事件	Minnie Buckingham-Harper becomes the first black woman serving in the U. S. legislature when she is appointed to fill her husband's West Virgina congressional seat. In *Buck v. Bell*，the U. S. Supreme Court upholds Virginia's eugenic sterilization law. Louis Bromfield receives the Pulitzer Prize for *Early Autumn*.

时间	小说创作/文化事件	
1928	小说创作	Djuna Barnes: *Ladies Almanack* Djuna Barnes: *Ryder* Susan Glaspell: *Brook Evans* Radclyffe Hall: *The Well of Loneliness* Josephine Herbst: *Nothing Is Sacred* Nella Larsen: *Quicksand* Anita Loos: *But Gentlemen Marry Brunettes* Claude McKay: *Home to Harlem* Frances Newman: *Dead Lovers Are Faithful Lovers* Julie Peterkin: *Scarlet Sister Mary* Elizabeth Madox Roberts: *Jing-ling in the Wind* Edith Wharton: *The Children*
1929	小说创作	Mignon Eberhart: *The Patient in Room 18* JessieFauset: *Plum Bun: A Novel without a Moral* Edna Ferber: *Cimarron* Ellen Glasgow: *They Stooped to Folly* Susan Glaspell: *Fugitive's Return* Josephine Herbst: *Money for Love* Nella Larsen: *Passing* Claude McKay: *Banjo* Agnes Smedley: *Daughter of Earth* Edith Wharton: *Hudson River Bracketed* Leane Zugsmith: *All Victories Are Alike*
	文化事件	The Great Depression begins. The American publishers of Radclyffe Hall's lesbian novel, *The Well of Loneliness*, are tried and convicted of obscenity, although an appeals court overturns the verdict later that same year. Gerty and Carl Cori develop the "Cori cycle" theory, their explanation for the movement of energy in the body. They will win the Nobel Prize for this theory in 1947. Katherine Bement Davis is the first person to conduct national survey of sexual attitudes. Virginia Woolf publishes *A Room of One's Own*. Dorothy Parker wins the O Henry Award for her story "Big Blonde." Julia Peterkin receives the Pulitzer Prize for *Scarlet Sister Mary*. Mildred Wirt contracts to write the first three Nancy Drew mystery novels.
1930	小说创作	Pearl Buck: *East Wind, West Wind* Dorothy Fisher: *The Deepening Stream* Kathleen Thompson Norris: *Margaret Yorke* Dorothy Parker: *Laments for the Living* Katherine Anne Porter: *Flowering Judas and Other Stories* Mary Heaton Vorse: *Strike!*
	文化事件	Association of Southern Women for the Prevention of Lynching is founded. "Mother" Jones (Mary Harris), renowned labor organizer and agitator, who helped found both the Social Democratic Party and the Industrial Workers of the World, turns 100. Four million Americans are unemployed. Ellen Church becomes the first airline stewardess.

时间	小说创作/文化事件	
1931	小说创作	Mary Austin：*Starry Adventure* Pearl Buck：*The Good Earth* Pearl Buck：*The Young Revolutionist* Willa Cather：*Shadows on the Rock* Jessie Fauset：*The Chinaberry Tree* Susan Glaspell：*Ambrose Holt and Family* Emma Goldman：*Living My Life* Caroline Gordon：*Penhally* Fannie Hurst：*Back Street* Elizabeth Madox Roberts：*A Buried Treasure* Hilda Rose：*Stump* Mari Sandoz：*Penbally* Laura Ingalls Wilder：*Little House in the Big Woods*
	文化事件	Jane Addams is the first woman to receive the Nobel Peace Prize. Willa Cather receives an honorary degree from Princeton University, the first woman to be so recognized. Margaret Ayer Barnes receives the Pulitzer Prize for her novel *Years of Grace*.
1932	小说创作	Kay Boyle：*Year before Last* Pearl S. Buck：*Sons* Willa Cather：*Obscure Destinies* Olive Tilford Dargan：*Call Home the Heart* Margaret Deland：*Captain Archer's Daughter* Zelda Sayre Fitzgerald：*Save Me the Last Waltz* Ellen Glasgow：*The Sheltered Life* Grace King：*Memories of a Southern Woman of Letters* Meridel Le Sueur：*The Girl* Grace Lumpkin：*To Make My Bread* Dorothy Myra Page：*Gathering Storm* Edith Wharton：*The Gods Arrive* Laura Ingalls Wilder：*Little House in the Big Woods* Anzia Yezierska：*All I Could Never Be*
	文化事件	Franklin Delano Roosevelt is elected president. Amelia Earhart is the first woman to fly solo across the Atlantic Ocean. Hattie Wyatt Caraway is the first woman to be elected to U. S. Senate. Frances Perkins becomes the first woman Cabinet officer. Pearl S. Buck receives the Pulitzer Prize for her novel *The Good Earth*.
1933	小说创作	Kay Boyle：*Gentlemen, I Address You Privately* Pearl Buck：*The First Wife and Other Stories* Jessie Fauset：*Comedy：American Style* Dorothy Fisher：*Bonfire* Josephine Herbst：*Pity Is Not Enough* Claude McKay：*Banana Bottom* Dorothy Parker：*After Such Pleasures* Gertrude Stein：*The Autobiography of Alice B. Toklas*
	文化事件	Prohibition is repealed. Carrie Chapman Catt forms the Protest Committee of Non-Jewish Women Against the Persecution of Jews in Germany. Ruth Bran Owen is the first woman to become foreign diplomat. Frances Perkins is named U. S. Secretary of Labor and becomes the first woman to hold a cabinet post. Nellie Tayloe Ross becomes the first woman to head the U. S. Mint. Dorothy Day and Peter Maurin found the Catholic Worker Movement. Marjorie Kinnan Rawlings wins the O Henry Award for her story "Gal Young Un."

时间		小说创作/文化事件
1934	小说创作	Mary Austin: *Can Prayer Be Answered?* Mary Austin: *One-Smoke Stories* Kay Boyle: *My Next Bride* Pearl Buck: *The Mother* Martha Gellhorn: *What Mad Pursuit* Caroline Gordon: *Aleck Maury, Sportsman* Annie Pike Greenwood: *We Sagebrush Folks* Mary B. Harris: *I Knew Them in Prison* Josephine Herbst: *The Executioner Waits* Zora Neale Hurston: *Jonah's Gourd Vine* Alice James: *The Diary of Alice James* Mari Sandoz: *Aleck Maury, Sportsman* Tess Slesinger: *The Unpossessed* Betty Smith: *A Tree Grows in Brooklyn* Meridel Le Sueur: *New Masses* Edith Wharton: *A Backward Glance*
	文化事件	Massive drought plagues the Great Plains. Juliana Force organizes the American pavilion at the Venice Biennale. Florence Ellinwood Allen becomes the first woman on U. S. Court of Appeals. Mary Margaret McBride begins her radio program. Caroline Miller receives the Pulitzer Prize for her novel *Lamb in His Bosom*. Louis Paul wins the O Henry Award for her story "No More Trouble for Jedwick."
1935	小说创作	Pearl Buck: *A House Divided* Pearl Buck: *House of Earth* Willa Cather: *Lucy Gayheart* Olive Tilford Dargan: *A Stone Came Rolling* Ethel Cook Eliot: *Her Soul to Keep* Ellen Glasgow: *Vein of Iron* Edna Ferber: *Come and Get It* Zora Neale Hurston: *Mules and Men* Haruto Ishimoto: *Facing Two Ways: The Story of My Life* Elizabeth Madox Roberts: *He Sent Forth a Raven* Mari Sandoz: *Old Jules* Kate Seredy: *The Good Master* Meridel Le Sueur: *Annunciation* Gale Wilhelm: *We Too Are Drifting* Clara Weatherwax: *Marching! Marching!*
	文化事件	National Council of Negro Women is founded in New York City with Mary McLeod Bethune as president. President Roosevelt creates Works Progress Administration. Congress passes the Social Security Act. Eleanor Roosevelt begins writing "My Day," a syndicated newspaper column that runs until 1962. Josephine Winslow Johnson wins the Pulitzer Prize for her novel *Now in November*. Kay Boyle wins the O Henry Award for her story "The White Horses of Vienna."
1936	小说创作	Harriet Simpson Arnow: *Mountain Path* Djuna Barnes: *Nightwood* Arna Bontemps: *Black Thunder* Kay Boyle: *Death of a Man* Pearl Buck: *The Exile* Pearl Buck: *The Fighting Angel*

时间	小说创作/文化事件	
	小说创作	Willa Cather:*Not under Forty* Martha Gellhorn：*The Trouble I've Seen* Margaret Mitchell:*Gone with the Wind* Anais Nin：*House of Incest* Ayn Rand：*We the Living* Meridel Le Sueur：*The Girl*
	文化事件	Franklin D. Roosevelt is reelected president. Federal court rules that the Comstock Law's definition of obscenity cannot include birth control. Mary McLeod Bethune is appointed by President Roosevelt the administrative assistant for Negro Affairs of the National Youth Administration and wins the Spingarn Medal of National Association for the Advancement of Colored People. Pearl Buck is elected to the National Institute of Arts and Letters. Jesse Owen wins four gold medals at Berlin Olympics.
1937	小说创作	Caroline Gordon:*The Garden of Adonis* Caroline Gordon:*None Shall Look Back* Zora Neale Hurston：*Their Eyes Were Watching God* Mari Sandoz:*Slogum House* Gertrude Stein：*Everyone's Autobiography* Edith Wharton:*Ghosts* Marjorie Kinnan Rawlings：*The Yearling*
	文化事件	The dissemination of birth control information by doctors is legalized in the United States. A minimum wage laws for women is upheld by the U. S. Supreme Court in the decision of *West Coast Hotel v. Parrish*. The judgment reverses two previous rulings. Amelia Earhart, pilot, is lost en route in her attempt to fly around the world. Margaret Mitchell receives the Pulitzer Prize for her novel *Gone with the Wind*.
1938	小说创作	Beatrice Bisno：*Tomorrow's Bread* Kay Boyle：*Monday Night* Pearl Buck：*This Proud Heart* Taylor Caldwell:*Dynasty of Death* Dorothy Day:*From Union Square to Rome* Margaret Halsey:*With Malice Toward Some* Josephine Herbst：*Rope of Gold* Zora Neale Hurston：*Tell My Horse* Ayn Rand：*Anthem* Elizabeth Madox Roberts：*Black Is My True Love's Hair* Edith Wharton:*The Buccaneers* Gale Wilhelm：*Torchlight to Valhalla*
	文化事件	The Fair Labor Standards Act establishes minimum wage without regard to sex. A *Ladies Home Journal* poll finds that 79 percent of American women approve of the use of contraceptives. First Black Woman legislator, Crystal Bird Fauset of Philadelphia, is elected to Pennsylvania legislature. Pearl S. Buck becomes the first woman to win a Nobel Prize for Literature. Katherine Dunham choreographs and produces her first full-length ballet, *L'Ag'Ya*.

时间	小说创作/文化事件	
1939	小说创作	Pearl Buck: *The Chinese Novel* Pearl Buck: *The Patriot* Edna Ferber: *A Peculiar Treasure* Dorothy Canfiled Fisher: *Seasoned Timber* Josephine Herbst: *Rope of Gold* Zora Neale Hurston: *Moses, Man of the Mountain* Anais Nin: *Winter of Artifice* Dorothy Parker: *Here Lies* Katherine Anne Porter: *Pale Horse, Pale Ride, Three Short Novels* Mari Sandoz: *Capital City* Kate Seredy: *The Singing Tree*
	文化事件	World War II breaks out; the name "Rosie the Riveter" is coined to refer to women employed in the American defense industries. Labor activist Luisa Moreno plays a key role in planning the National Congress of Spanish Speaking People. Jane Matilda Bolin is appointed judge of court of domestic relations, New York City and becomes the first black woman judge. Marian Anderson's Lincoln Memorial concert draws an audience of 75,000. Grandma Moses exhibits her paintings at the Museum of Modern Art. Hattie McDaniel is awarded the best supporting actress, *Gone with the Wind*. This is the first Oscar awarded an African-American. Marjorie Kinnan Rawlings receives the Pulitzer Prize for her novel *The Yearling*.
1940	小说创作	Gertrude Atherton: *The House of Lee* Pearl Buck: *Other Gods* Taylor Caldwell: *The Eagles Gather* Taylor Caldwell: *The Earth Is the Lord's* Willa Cather: *Sapphira and the Slave Girl* Nina Fedrova: *The Family* Susan Glaspell: *The Morning Is Near Us* Martha Gellhorn: *A Stricken Field* Mildred Haun: *The Hawk's Done Gone* Carson McCullers: *The Heart Is a Lonely Hunter* Meridel Le Sueur: *Salute to Spring* Mary Church Terrell: *A Colored Woman in a White World*
	文化事件	Franklin D. Roosevelt is reelected president. Jeannette Pickering Rankin, the first woman member of the U. S. Congress, is elected to Congress again. First compulsory peacetime draft in the U. S. begins. Ida Fuller of Vermont becomes the first person to receive a Social Security check. Sue Bailey Thurman becomes founding editor of *Aframerican Women's Journal* (the official publication of the National Council of Negro Women). A little more than half of American households have built-in bathing equipment; one-third are still cooking with wood or coal, and only one-third have central heating.
1941	小说创作	Sally Benson: *Junior Miss* Ellen Glasgow: *In This Our Life* Caroline Gordon: *Green Centuries* Carson McCullers: *Reflections in a Golden Eye* Gertrude Stein: *Ida, a Novel* Annie Clark Tanner: *A Mormon Mother* Eudora Welty: *A Curtain of Green and Other Stories*

时间		小说创作/文化事件
	文化事件	Japan attacks Pearl Harbor. U. S. declares war on Axis powers. Jeannette Pickering Rankin is the only legislator to vote against the declaration of war on Japan after the raid on Pearl Harbor. Women are accepted into the armed forces in roles other than nursing. President Roosevelt appoints Fair Employment Practices Committee. Fifty-two percent of American families have mechanical refrigerators and/or washing machines. Linda Darnell becomes the first woman to sell securities on the New York Stock Curb Exchange. Kay Boyle wins the O Henry Award for her story "Defeat."
1942	小说创作	Gertrude Atherton: *The Horn of Life* Sally Benson: *Meet Me in St. Louis* Pearl Buck: *Dragon Seed* Kay Boyle: *Primer for Combat* Taylor Caldwell: *The Strong City* Maureen Daly: *Seventeenth Summer* Nina Fedrova: *The Children* Susan Glaspell: *Norma Asbe* Zora Neale Hurston: *Dust Tracks on the Road* Mary McCarthy: *The Company She Keeps* Mari Sandoz: *Crazy Horse* Eudora Welty: *The Robber Bridegroom*
	文化事件	WAVES, the U. S. Navy Women's Corps; SPARS, the U. S. Coast Guard's Women's Corps; and WAAC, the Women's Army Auxiliary Corps (renamed WAC in 1943) are formed. The Congress of Racial Equality (CORE) is founded. Planned Parenthood is created out of the Birth Control Federation of America. WASPs are created by Jackie Cochran and General Hap Arnold. Historian Mary Ritter Beard and archivist Margaret Storrs Grierson establish the nation's first women's manuscripts collection at Smith College. Executive Order 9066 sends Japanese Americans to internment camps. Oveta Culp Hobby is appointed Director of the Women's Army Auxiliary Corps (WAAC). Margaret Bourke-White becomes the first woman war correspondent. Ellen Glasgow receives the Pulitzer Prize for her novel *In This Our Life*. Eudora Welty wins the O Henry Award for her story "The Wide Net."
1943	小说创作	Jane Bowles: *Two Serious Ladies* Pearl Buck: *The Promise* Taylor Caldwell: *The Arm and the Darkness* Eileen Chang: *The Golden Cangue* Laura Hobson: *The Trespassers* Lin Tai-yi: *War Tide* Ayn Rand: *The Fountainhead* Agnes Smedley: *Battle Hymn of China* Betty Smith: *A Tree Grows in Brooklyn* Eudora Welty: *The Wide Net and Other Stories* Phyllis Whitney: *The Red Carne-lian*

时间	小说创作/文化事件	
	文化事件	National Congress of Racial Equality is organized. Congress passes the GI Bill of Rights. The All-American Girls Professional Baseball League is formed. Cornelia Fort becomes the first American woman pilot to die flying a military aircraft. The Women's Auxiliary Flying Squadron (WAFS) merges with the Women's Flying Training Detachment (WFTD) to form the Women Air force Service Pilots (WASP). Norman Rockwell's Rosie the Riveter appears on the cover of the *Saturday Evening Post* on May 29, 1943. Eudora Welty receives O. Henry Award for her story "Livvie is Back."
1944	小说创作	Pearl Buck: *The Dragon Fish* Taylor Caldwell: *The Final Hour* Martha Gellhorn: *Liana* Caroline Gordon: *The Woman on the Porch* Margaret Halsey: *Some of My Best Friends* Katherine Anne Porter: *The Leaning Tower and Other Stories* Lillian Smith: *Strange Fruit* Jean Stafford: *Boston Adventure* KathleenWinsor: *Forever Amber*
	文化事件	Franklin D. Roosevelt is reelected president.
1945	小说创作	Pearl Buck: *Portrait of a Marriage* Pearl Buck: *The Townsman* (under the pseudonym John Sedges) Edna Ferber: *Great Son* Susan Glaspell: *Judd Rakdin's Daughter* Caroline Gordon: *The Forest of the South* Elizabeth Hardwick: *The Ghostly Lover* Betty MacDonald: *The Egg and I* JosephinaNiggli: *Mexican Village* Santha Rama Rau: *Home to India* Gertrude Stein: *Wars I Have Seen* Jessamyn West: *The Friendly Persuasion* Jade Snow Wong: *Fifth Chinese Daughter*
	文化事件	U. S. Senate ratifies United Nations charter. U. S. drops atomic bombs on Hiroshima and Nagasaki. About 3.5 millionU. S. women are union numbers. Eleanor Roosevelt is appointed by President Truman to serve on the United States delegation to the United Nations. World War II ends; the following year, federal support of child care facilities, vital during wartime for women workers, is abruptly off. More than 80,000 Holocaust survivors will immigrate to the United States between 1945 and 1952. Harvard Medical School admits women for the first time. Equal Pay Act is introduced in Congress by Rep. Helen Gahagan Douglas.
1946	小说创作	Pearl Buck: *Pavilion of Women* Taylor Caldwell: *This Side of Innocence* Lin Tai-yi: *The Golden Coin* Carson McCullers: *The Member of the Wedding* Ann Petry: *The Street* Eudora Welty: *Delta Wedding*

时间		小说创作/文化事件
	文化事件	Congress passes the Indian Claims Commission Act. Professor Emily Greene Balch, cofounder and longtime leader of the Women's International League for Peace and Freedom, is awarded the Nobel Peace Prize. Eleanor Roosevelt is appointed chairman of the United Nations Commission on Human Rights, a post she holds until 1953. Emma Clarissa Clement is named "American Mother of the Year" by the Golden Rule Foundation. Mamie Clark founds the Northside Center for Child Development in Harlem. *Mendez v. Westminster* decision dismantles the segregated school system in Orange County, California.
1947	小说创作	Pearl Buck: *Far and Near* Laura Hobson: *Gentlemen's Agreement* Ann Petry: *Country Place* Mari Sandoz: *The Tom-Walker* Jean Stafford: *The Mountain Lion*
	文化事件	The U.S. Congress passes the Army-Navy Nurse Act, creating permanent commissions for military nurses. The first officer commissioned is Florence Blanchfield. Robert Spiller publishes *Literary History of the United States*.
1948	小说创作	Pearl Buck: *Peony* Willa Cather: *The Old Beauty and Others* Martha Gellhorn: *The Wine of Astonishment* Shirley Jackson: "The Lottery" Zora Neale Hurston: *Seraph on the Suwanee* Elizabeth Spencer: *Fire in the Morning* Eudora Welty: *Music from Spain* Dorothy West: *The Living Is Easy*
	文化事件	Harry Truman signs the Women's Armed (Services) Integration Act, granting women the opportunity to pursue careers in the military. As chair of the Commission on Human Rights for the United Nations, Eleanor Roosevelt creates the Universal Declaration of Human Rights. U.S. Supreme Court declares religious instruction in public schools unconstitutional. Margaret Chase Smith becomes the first woman elected to both houses of Congress. Truman Capote wins the O Henry Award for her story "Shut a Final Door."
1949	小说创作	Harriet Simpson Arnow: *Hunter's Horn* Pearl Buck: *Kinfolk* Kay Boyle: *His Human Majesty* Mary Doyle Curran: *The Parish and the Hill* Mary McCarthy: *The Oasis* Eudora Welty: *The Golden Apples*
	文化事件	French feminist Simone de Beauvoir publishes the influential *The Second Sex*. Eugenie Moore Anderson becomes the first U.S. woman ambassador. Burnita Shelton Matthews is named Federal District Court judge for the District of Columbia. Conchita V. Cintron becomes the first U.S. woman bullfighter in Spain. Georgia Nesse Clark becomes the first woman treasurer of the United States. Babe Didrikson Zaharias is named Woman Athlete of the 20th Century. The first bikini bathing suit makes its appearance.

时间		小说创作/文化事件
1950	小说创作	Ray Bradbury: *The Martian Chronicles* Pearl Buck: *The Child Who Never Grew* Mary McCarthy: *Cast a Cold Eye* Kathleen Winsor: *Star Money* Jade Snow Wong: *Fifth Chinese Daughter* Anzia Yezierska: *Red Ribbon on a White Horse*
	文化事件	Approximately 25 percent of all black wives and 10 percent of all white wives are either separated, divorced, or widowed; for both groups, approximately 40 percent are heads of households with children. Senator Joseph McCarthy incites fear of communism as head of Permanent Subcommittee on Investigations. Senator Margaret Chase Smith denounces the tactics used by Joseph McCarthy in her Declaration of Conscience speech. The Korean War begins. Harvard Law School admits women. The U.S. Census Bureau recognizes a woman's right to continue to use her maiden name after marriage. Anna Rosenberg becomes the only female Assistant Secretary of Defense appointed by President Truman. Althea Gibson breaks color barrier in professional tennis. Gwendolyn Brooks wins the Pulitzer Prize for her book of poetry, *Annie Allen*. She is the first black cited by the Pulitzer committee. Lucille Ball becomes an "overnight success" with *I Love Lucy*.
1951	小说创作	Kay Boyle: *The Smoking Mountain* Caroline Gordon: *The Strange Children* Shirley Jackson: *Hangsaman* Hazel Ai Chun Lin: *The Physicians* Anita Loos: *A Mouse Is Born* Carson McCullers: *The Ballad of the Sad Café and Collected Short Stories* Ann Petry: *The Narrows* Jessamyn West: *The Witch Diggers*
	文化事件	The Democratic Party abolishes its Women's Division. Julius and Ethel Rosenberg are sentenced to death for treason. Barbara McClintock discovers mobile genetic elements in plants. *I Love Lucy* premiers on CBS. Marion Donovan patents the disposable diaper.
1952	小说创作	Roxanne Cotsakis: *The Wing and the Thorn* Dorothy Day: *The Long Loneliness* Edna Ferber: *Giant* Patrica Highsmith (Claire Morgan): *The Price of Salt* Mary McCarthy: *The Groves of Academe* Flannery O'Conner: *Wise Blood* Katherine Anne Porter: *The Days Before* Mari Sandoz: *Cheyenne Autumn* Elizabeth Spencer: *This Crooked Way* Jean Stafford: *The Catherine Wheel*

时间	小说创作/文化事件	
	文化事件	Dwight D. Eisenhower is elected president. International Convention of the Political Rights of Women calls for all women to have equal political rights in voting, holding office, and exercising public functions. University of Tennessee admits first black students. Playwright Lillian Hellman testifies before House Un-American Activities Committee. Dr. Florence Sibert's skin test for tuberculosis is reviewed by the World Health Organization. Women's Bureau of the Department of Labor reports almost 12,000 female doctors in the United States and 200,000 male doctors. Eudora Welty is elected to the National Institute of Arts and Letters.
1953	小说创作	Fabiola Cabeza de Baca: *We Fed Them Cactus* Gwendolyn Brooks: *Maud Martha* Ann Petry: *The Narrows* Monica Sone: *Nisei Daughter*
	文化事件	Alfred Kinsey's *Sexual Behavior in the Human Female* is published. American Edition of *The Second Sex* by Simon de Beauvoir is published. Margaret Sanger becomes president of the International Planned Parenthood Federation. Hugh Hefner's *Playboy* magazine appears featuring Marilyn Monroe in the centerfold. The American Association of University Women (AAUW) issues "The Communist Threat to Freedom and Democracy." Jacqueline Cochran becomes the first female to break the sound barrier while flying for the Air Force. Pauline Friedrichis is hired by NBC and becomes the first woman to report serious news stories.
1954	小说创作	Harriette Simpson Arnow: *The Dollmaker* Doris Betts: *The Gentle Insurrection* Pearl Buck: *My Several Worlds* Taylor Caldwell: *Never Victorious, Never Defeated* Ellen Glasgow: *The Woman Within* Shirley Jackson: *The Bird's Nest* Anais Nin: *A Spy in the House of Love* Tillie Olson: "I Stand Here Ironing" Mari Sandoz: *The Buffalo Hunters: The Story of the Hide Men* Eudora Welty: *The Ponder Heart*
	文化事件	Three out of five households—about 29 million—own television sets, which have only been on the market since 1947. Ellen A Peters graduates at the top of her class at Yale Law School, but no law firm offers her a job. Instead, she teaches and later becomes Yale's first tenured female professor. In 1984, she becomes a Chief Justice for the Connecticut Supreme Court. Amy Vandebilt starts her syndicated column on etiquette. Grace Kelly wins the Oscar for Best Actress.
1955	小说创作	Eileen Chang: *The Rice Sprout Song* Elizabeth Hardwick: *The Simple Truth* Mary McCarthy: *A Charmed Life* Flannery O'Connor: *A Good Man Is Hard to Find and Other Stories* Tillie Olson: "Hey Sailor, What Ship?" Mari Sandoz: *Miss Morissa: Doctor of the Gold Trail* Eudora Welty: *The Bride of the Innisfallen*

时间	小说创作/文化事件	
	文化事件	Rosa Parks refuses to give up her seat to a white man on a bus in Montgomery, Alabama. Her arrest sparks a 381-day boycott of the city's bus system. The Daughters of Bilitis (DOB), the first lesbian organization in the United States, is founded in Los Angeles, and launches its magazine *The Ladder*. The birth control pill is introduced. Marian Anderson makes debut at Metropolitan Opera House"Ulrica" in Verdi's *Masked Ball*. She is the first black singer in the company's history. Deaf mute Helen Keller becomes the first woman to receive an honorary degree from Harvard. Jean Stafford wins the O Henry Award for her story "In the Zoo." Eudora Welty is awarded the William Dean Howells Medal of the American Academy of Arts and Letters for *The Ponder Heart*.
1956	小说创作	Marian Anderson: *My Lord, What a Morning* Pearl Buck: *Imperial Woman* Willa Cather: *Willa Cather in Europe: Her Own Story of the First Journey* Alice Childress: *Like One of the Family* Diana Chang: *The Frontiers of Love* Eileen Chang: *The Naked Earth* Caroline Gordon: *The Malefactors* Zora Neale Hurston: *Herod the Great* Grace Metalious: *Peyton Place* Margaret Ellis Sturm Millar: *Beast in View* Santha Rama Rau: *Remember the House* Mari Sandoz: *The Horsecatcher* Elizabeth Spencer: *The Voice at the Back Door*
	文化事件	President Eisenhower is reelected. The average annual income for women is $2,179. For men, it is $4,466.
1957	小说创作	Ann Bannon (Ann Weldy): *Odd Girl Out* Doris Betts: *Tall Houses in Winter* Willa Cather: *Early Stories* Mary McCarthy: *Memories of a Catholic Girlhood* Antonia Pola: *Who Can Buy the Stars?* Ayn Rand: *Atlas Shrugged* Elizabeth George Speare: *The Witch of Blackbird Pond*
	文化事件	Congress passes the Civil Rights Act of 1957, the first federal civil rights legislation since 1875. The first African American students were to be admitted to Central High School in Little Rock, Arkansas. Dorothy Heightis is elected president of the National Council of Negro Women. Marian Anderson is invited to sing the national anthem at President Eisenhower's second inaugural. Althea Gibson wins the women's singles title at Wimbledon. Flannery O'Connor wins the O Henry Award for her story "Greenleaf."
1958	小说创作	Hazel Ai Chun Lin: *The Moon Vow* Lin Tai-yi: *The Eavesdropper* Carson McCullers: *The Square Root of Wonderful* Mari Sandoz: *The Cattlemen: From the Rio Grande across the Far Marias*
	文化事件	Ethel Percy Andrews founds the American Association of Retired Persons. The Childbirth Without Pain Education Association begins Lamaze classes. Martha Gellhorn wins the O Henry Award for her story "In Sickness as in Health."

时间		小说创作/文化事件
1959	小说创作	Ann Bannon: *I Am a Woman* Ann Bannon: *Women in the Shadows* Taylor Caldwell: *Dear and Glorious Physician* Diana Chang: *A Woman of Thirty* Shirley Jackson: *The Haunting of Hill House* Paule Marshall: *Brown Girl, Brownstones* Grace Paley: *The Little Disturbances of Man* Mari Sandoz: *Hostiles and Friendlies*
	文化事件	Alaska and Hawaii are admitted to the union as the forty-ninth and fiftieth states. Vietnam War begins. Phyllis Diller appears on Jack Paar's late-night television show. She becomes the most popular comedienne of the 1950's. A study shows that women earn 34% of the BAs, 32% of the Master's Degrees, and 11% of the Doctorates in the U. S.
1960	小说创作	Pearl Buck: *Fourteen Stories* Margaret Halsey: *This Demi-Paradise: A Westchester Diary* Haroer Lee: *To Kill a Mocking-bird* Lin Tai-yi: *The Lilacs Overgrow* Flannery O'Connor: *The Violent Bear It Away* Tillie Olson: "Tell Me a Riddle" Jane J. Phillips: *Mojo Hand* Elizabeth Spencer: *The Light in the Piazza* Jessamyn West: *South of the Angels*
	文化事件	President Eisenhower signs Civil Rights Act of 1960. John Kennedy is elected President. Student sitins become a popular form of polo. Three million people receive benefits from Aid to Families with Dependent Children. Four-fifths of all whites and three-fifths of all non-whites use or have used contraceptives; 93 percent of all college-educated women have done so. The Food and Drug Administration approves birth control pills. Diane Nash plays a key role in the Nashville sitins. Ruby Bridges becomes the first African American child to integrate a Southern elementary school.
1961	小说创作	Hortense Calisher: *False Entry* Diana Chang: *A Passion for Life* Martha Gellhorn: *His Own Man* Anita Loos: *No Mother to Guide Her* Paule Marshall: *Soul, Clap Hands and Sing* Carson McCullers: *Clock without Hands* May Sarton: *The Small Room* Elizabeth GeorgeSpeare: *The Bronze Bow* Terez Stibran: *The Streets Are Not Paved with Gold*
	文化事件	President John F. Kennedy establishes the President's Commission on the Status of Women. Eleanor Roosevelt is appointed to chair the Commission. Radcliffe Institute is founded.

时间	小说创作/文化事件	
	文化事件	Charlayne Hunter and Hamilton Holmes enter the University of Georgia with police escort after a ruling by the Federal court in Athens, Georgia. Freedom Riders test a recent Supreme Court decision prohibiting segregation on interstate buses. Elizabeth Gurley Flynn becomes the first woman chair of the U. S. Communist Party. Marian Anderson is invited to sing the national anthem at President Kennedy's inauguration. Only 3. 6 percent of law students are women. Jane Jacobs publishes *The Death and Life of Great American Cities*. Peace Corps is established. Women Strike for Peace is founded. Harper Lee receives the Pulitzer Prize for her novel *To Kill a Mockingbird*. Tillie Olsen wins the O Henry Award for her story "Tell Me a Riddle."
1962	小说创作	Ann Bannon: *Beebo Brinker* Pearl Buck: *Big Wave* Hortense Calisher: *Tale for the Mirror* Wylma Dykeman: *The Tall Woman* Shirley Jackson: *We Have Always Lived in the Castle* MadeleineL'Eagle: *A Wrinkle in Time* Alison Lurie: *Love and Friendship* Tillie Olson: *Tell Me a Riddle* Katherine Anne Porter: *Ship of Fools* Anne Tyler: *If Morning Ever Comes*
	文化事件	An estimated 46. 5 million viewers watch on all three major networks as Jacqueline Kennedy leads a tour of the White House. Dolores Huerta plays a major role in the formation of the National Farm Workers Association. Katherine Anne Porter wins the O Henry Award for her story "Holiday." Rachel Carson's *Silent Spring* is published.
1963	小说创作	Pearl Buck: *The Living Reed* Hortense Calisher: *Textures of Life* Linda Ty-Casper: *The Transparent Sun and Other Stories* Diana Chang: *The Only Game in Town* Joan Didion: *Run River* Caroline Gordon: *Old Red and Other Stories* Irena Kirk: *Born with the Dead* Virginia Lee: *The House that Tai Ming Built* Mary McCarthy: *The Group* Joyce Carol Oates: *By the North Gate* Sylvia Plath: *The Bell Jar* Susan Sontag: *The Benefactor*
	文化事件	More than 250,000 persons participated in the March on Washington, the largest civil rights demonstration to date. John Fitzgerald Kennedy is assassinated. Congress passes the Equal Pay Act, making it illegal to set different pay scales for men and women who perform the same job. Marian Anderson is awarded the Presidential Medal of Freedom. Betty Friedan's *The Feminine Mystique* is published. Elizabeth Hardwick founds *The New York Review of Books*.

时间	小说创作/文化事件	
	文化事件	Federal Judge SarahTilghman Hughes swears in. Lyndon B. Johnson aboards Air Force One following the assassination of John F. Kennedy. Katharine Graham becomes president of the *Washington Post*. Helen Keller is awarded Presidential Medal of Freedom. Ellen Ash Peters becomes the first woman to be granted tenure at Yale Law School. Flannery O' Connor wins the O Henry Award for her story "Everything That Rises Must Converge."
1964	小说创作	Doris Betts：*The Scarlet Thread* Hortense Calisher：*Extreme Magic* Shirley Ann Grau：*The Keepers of the House* Carolyn Heilbrun (Amanda Cross)：*In the Final Analysis* Kristin Hunter：*God Bless the Child* Lin Tai-yi：*Kampoon Street* Carson McCullers：*Sweet as a Pickle and Clean as a Pig* Joyce Carol Oates：*With Shuddering Fall* Qoyawayma Polingaysi：*No Turning Back* Katherine Anne Porter：*The Collected Stories* Jane Rule：*Desert of the Heart* Anne Tyler：*If Morning Ever Comes* Eudora Welty：*The Shoe Bird*
	文化事件	The Civil Rights Act is passed, a federal law that authorizes federal action against segregation in public accommodations, public facilities, and employment; Title VII bans sex discrimination in employment. Medicare is set up by law. Fannie Lou Hamer organizes Mississippi Freedom Democratic Party.
1965	小说创作	Sally Belfrage：*Freedom Summer* Pearl Buck：*My Mother's House* Taylor Caldwell：*A Pillar of Iron* Willa Cather：*Willa Cather's Collected Short Fiction* Diane Johnson：*Fair Game* Flannery O'Connor：*Everything That Rises Must Converge* Katherine Anne Porter：*The Collected Stories of Katherine Anne Porter* May Sarton：*Mrs. Stevens Hears the Mermaids Singing* Anne Tyler：*The Tin Can Tree*
	文化事件	The Johnson administration creates the Equal Employment Opportunity Commission. The Supreme Court overturns one of the last state laws prohibiting the prescription or use of contraceptives by married couples. The federal program Project Head Start is established to assist and educate impoverished children. The Moynihan Report, "The Negro Family: The Case for National Action", places blame for the poverty and alleged pathology of the black community on black single mothers. Patricia R. Harris is named ambassador to Luxembourg. She is the first black woman ambassador. A study conducted in New York State finds, in the years before abortions are decriminalized, black and Puerto Rican women represent 80 percent of all deaths from illegal abortions. Shirley Ann Grau receives the Pulitzer Prize for her novel *The Keepers of the House*. Flannery O'Conner wins the O Henry Award for her story "Revelation."

时间	小说创作/文化事件	
1966	小说创作	Alice Adams:*Careless Love* Kay Boyle: *Being Geniuses Together* E. M. Broner: *Summer Is a Foreign Land* Hortense Calisher: *The Railway Police and the Last Trolley Ride* Barbara Deming:*Prison Notes* Ellen Glasgow: *Beyond Defeat* (posthumous) Rosa Guy: *Bird at My Window* Ursula Le Guin: *Planet of Exile* Ursula Le Guin: *Rocannon's World* Anais Nin: *The Diary of Anais 1931-1966* Joyce Carol Oates:*Upon the Sweeping Flood* Cynthia Ozick: *Trust* Jean Stafford: *A Mother in History* Jacqueline Susann:*Valley of the Dolls* Margaret Walker:*Jubilee* Jessamyn West: *A Matter of Time*
	文化事件	The National Organization for Women(NOW) is established. The White House Conference on Civil Rights, attended by 2400 persons, adopts resolutions urging Congress to pass the administration's proposed civil rights bill. Demonstrations against the Vietnam War are held across the country on the anniversary of the atomic bombing of Hiroshima in 1945. The first African American women students enter Virginia Tech. Edward Brooke of Massachusetts is the first black elected to U. S. Senate in 85 years. Katherine Anne Porter receives both the Pulitzer Prize and the National Book Award for her *Collected Stories*.
1967	小说创作	Eileen Chang:*The Rouge of the North* Susan Eloise Hinton:*The Outsiders* Elia Kazan: *The Arrangement* Ursula Le Guin: *City of Illusions* Joyce Carol Oates:*A Garden of Earthly Delights* Carlene H. Polite:*The Flagellants* Susan Sontag:*Death Kit* Elizabeth Spencer:*No Place for an Angel* Jessamyn West: *Leafy Rivers*
	文化事件	The National Organization for Women declares itself for the Equal Rights Amendment (ERA), beginning the modern campaign for its passage. International Declaration on the Elimination of All Forms of Discrimination Against Women is passed. Radical Women is founded by Shulamith Firestone and Pam Allen; it splinters in 1968. *Loving v. Virginia* allows interracial marriage and revokes antimiscegenation laws in Virginia. Executive Order 11375 expands President Lyndon Johnson's affirmative action policy of 1965 to cover discrimination based on gender. Muriel Siebert becomes the first woman to own seat on the New York Stock Exchange. Mrs. Robert W. Claytor is elected president of the YWCA, the first black president of the organization. Joyce Carol Oates wins the O Henry Award for her story"In the Region of Ice."

时间	小说创作/文化事件	
1968	小说创作	Joan Baez: *Daybreak* E. M. Broner: *Journal/Nocturnal and Seven Stories* Taylor Caldwell: *Testimony of Two Men* Joan Didion: *Slouching Towards Bethlehem* Susan Eloise Hinton: *Rumble Fish* Shirley Jackson: *Come Along with Me* Diane Johnson: *Loving Hands at Home* Ursula Le Guin: *A Wizard of Earthsea* Helen MacInnes: *The Salzburg Connection* Joyce Carol Oates: *Expensive People* Lee Smith: *The Last Day the Dogbushes Bloomed* Elizabeth Spencer: *Ship Island and Other Stories* Violet Weingarten: *Mrs. Beneker*
	文化事件	The Women's Equity Action League is established. The 1968 Civil Rights Act is signed by President Johnson. Discrimination in housing is made illegal for almost all types of dwellings. Shirley Chisholm becomes the first black woman elected to the U. S. House of Representatives. Martin Luther King J. is assassinated in Memphis, Tenn. The event is followed by a week of rioting in urban black ghettos. Women's International Terrorist Conspiracy from Hell (WITCH) is founded in New York, and demonstrates at the New York Stock Exchange on Halloween. The October 17th Movement is formed, later called the Feminists. American Indian Movement is founded, a militant organization seeking reparation for lost lands and broken treaties. The Jeannette Rankin Brigade marches on Washington, D. C. to protest the Vietnam War. Demonstration against Miss America Pageant is held. Diahann Carroll becomes the first African American to star in a television situation comedy. Janice Lee York Romary is the first woman to carry U. S. flag at the Olympic Games. Mary Ellmann's *Thinking about Women* is published. Eudora Welty wins the O Henry Award for her story "The Demonstrators."
1969	小说创作	Pearl Buck: *The Three Daughters of Madame Liang* Katherine Dunn: *Attic* Lillian Hellman: *An Unfinished Woman* Ursula Le Guin: *The Left Hand of Darkness* Paule Marshall: *The Chosen Place, the Timeless People* Joyce Carol Oates: *them* Flanner O'Conner: *Mystery and Manners* Paule Marshall: *The Chosen Place, the Timeless People* Anne McCaffrey: *The Ship Who Sang* Marge Piercy: *Going Down Fast* Norma Rosen: *Touching Evil* Leslie Marmon Silko: *The Man to Send Rain Clouds* Jean Stafford: *Collected Stories* Jacqueline Susann: *The Love Machine* Violet Weingarten: *A Loving Wife* Sarah E. Wright: *This Child's Gonna Live*

时间	小说创作/文化事件	
	文化事件	President Richard Nixon creates the Task Force on Women's Rights and Responsibilities to recruit and train women for upperlevel governmental positions. An executive order directs U. S. federal agencies to establish affirmative action programs. The first Congress to United Women is held in New York City. The Black Academy of Arts and Letters is founded. California becomes the first state to adopt a "no fault" divorce law, which allows couples to divorce by mutual consent. By 1985 every state has adopted a similar law. Redstockings, an early consciousness-raising radical feminist group, is founded by Shulamith Firestone and Ellen Willis; it dissolves in 1970. The first Women's Studies baccalaureate degree program is offered at San Diego State Univ. Stonewall Riots in New York City mark the beginning of the gay liberation movement and the founding of the Gay Liberation Front (GLF). The Chicago Women's Liberation Union (CWLU) is founded. Roxcy Bolton successfully challenges "men only" sections in restaurants. The first Women's Law course is taught at NYU Law School.
1970	小说创作	Harriette Simpson Arnow: The *Weedkiller's Daughter* Maya Angelou: *I Know Why the Caged Bird Sings* Toni Cade Bambara: *The Black Woman: Tales and Stories for Black Folks* Taylor Caldwell: *Great Lion of God* Joan Didion: *Play It As It Lays* Gail Godwin: *The Perfectionists* Ella Leffland: *Mrs. Munck* Alice Martha Lightner: *The Day of the Drones* Louise Meriwether: *Daddy Was a Number Runner* Toni Morrison: *The Bluest Eye* Joyce Carol Oates: *The Wheel of Love* Tillie Olson: "Requa" Marge Piercy: *Dance the Eagle to Sleep* Mari Sandoz: *Sandhill Sundays and Other Recollections* May Sarton: *Kinds of Love* Anne Tyler: *A Slipping-Down Life* Alice Walker: *The Third Life of Grange Copeland* Eudora Welty: *Losing Battles*
	文化事件	Women's employment is 31.2 million, compared to 18.4 million in 1950. The Nixon administration announces that henceforth federal contracts would contain a clause mandating the employment of a certain quota of women. U. S. Supreme Court rules manufacturers must pay women on assembly lines equal pay for equal work. Hawaii, Alaska, and New York become the first states to liberalize abortion laws. Approximately 17 percent of white women and 6 percent of black women hold college degrees. The Women's Equity Action League (WEAL) is founded. The Women's Strike for Equality, held on the fiftieth anniversary of the passage of the 19th Amendment, becomes the largest demonstration ever held for women's rights. Five thousand people marched in New York City for the first Women's Strike for Equality. New York City is the first major city to pass a bill banning sex discrimination in public accommodations. Radicalesbians is founded in New York and issues the position paper *The Woman-Identified Woman*. Congress to Unite Women meets in New York.

时间		小说创作/文化事件
	文化事件	Lesbians stage Lavender Menace Action, asserting right to be public lesbians. Anna Mae McCabe Hays becomes the first woman general in the U. S. Army. Bella Abzug wins election to the U. S. House of Representatives. Kate Millett's *Sexual Politics* is published. Shulamith Firestone's *The Dialectic of Sex* is published. Germaine Greer's *The Female Eunuch* is published. Joyce Carol Oates wins the National Book Award for her novel *them*. Jean Stafford wins the Pulitzer Prize for her *Collected Stories*. Eudora Welty is awarded the Edward McDowell Medal for *Losing Battles*.
1971	小说创作	Hortense Calisher: *Queenie* Angela Davis: *If They Come in the morning* Joan Didion: *The Package: A Mystery* Katherine Dunn: *Truck* Gail Godwin: *A Sorrowful Woman* Diane Johnson: *Burning* Ursula Le Guin: *The Lathe of Heaven* Ursula Le Guin: *The Tombs of Atuan* Mary McCarthy: *Birds of America* Carson McCullers: *The Mortgaged Heart* Bharati Mukherjee: *The Tiger's Daughter* Joyce Carol Oates: *Wonderland* Cynthia Ozick: *The Pagan Rabbi and Other Stories* Ann Petry: *Miss Muriel and Other Stories* Lee Smith: *Something in the Wind* Meridel Le Sueur: *The Girl*
	文化事件	The National Women's Political Caucus (NWPC) is founded by Gloria Steinem, Betty Friedan, and Bella Abzug. The Equal Rights Amendment is passed by the Senate and submitted to the states for ratification. Gloria Steinem begins publication of *Ms.* Magazine; its first issue hits the newsstand in 1972. Women's National Abortion Coalition is formed. The Supreme Court outlaws the practice of private employers refusing to hire women with pre-school children. The Boston Women's Health Book Collective is founded. Anna Nieto Gomez, in the first issue of the Chicana newspaper, *Hijas de Cuauhtemoc*, calls for the elimination of sexism in Chicano families and in the Chicano movement. The University of Michigan is the first university to incorporate Affirmative Action Plan for hiring. Florence M Hecht wins the O Henry Award for her story "Twin Bed Bridge." Eudora Welty is elected to the American Academy of Arts of Letters.
1972	小说创作	Toni Cade Bambara: *Gorilla, My Love* Doris Betts: *The River to Pickle Beach* Taylor Caldwell: *Captains and the Kings* Hortense Calisher: *Standard Dreaming* Gail Godwin: *Glass People* Caroline Gordon: *The Glory of Hera* Ursula Le Guin: *The Farthest Shore* Isabel Miller: *Patience and Sarah*

时间	小说创作/文化事件	
	小说创作	Bharati Mukherjee: *The Tiger's Daughter* Joyce Carol Oates: *Marriages and Infidelities* Alix Kates Shulman: *Memoirs of an Ex-Prom Queen* Elizabeth Spencer: *The Snare* Anne Tyler: *The Clock Winder* Violet Weingarten: *A Woman of Feeling* Eudora Welty: *The Optimist's Daughter* Kathleen E. Woodiwiss: *The Flame and the Flower*
	文化事件	U. S. Congress passes the Equal Employment Opportunity Act. President Nixon is reelected. The Twenty-seventh, or Equal Rights, Amendment to the Constitution, prohibiting discrimination on the basis of sex, is passed by the Senate and sent to the states for ratification. The National Conference of Puerto Rican Women is founded. Congress passes the Higher Education Act; the act includes Title IX, which bans discrimination in education on the basis of sex. Shirley Chisholm becomes the first African American woman to run for president. Title IX of the Education Act Amendments of 1972 bans discrimination in most federally assisted educational programs. In *Eisenstadt v. Baird*, the U. S. Supreme Court extends to unmarried people the legal right to use contraceptives and the right of privacy between them and their doctor. The first Rape Crisis Center opens in Washington, D. C.; five years later, 150 centers operate nationwide. In St. Paul, Minnesota, the first battered women's shelter opens; six years later, 300 shelters have opened and the National Coalition Against Domestic Violence has been formed. Eudora Welty receives the National Institute of Arts and Letters Gold Medal. Flannery O'Connor wins the National Book Award for her *The Complete Stories*
1973	小说创作	Doris Betts: *Beasts of the Southern Wild* Rita Mae Brown: *Rubyfruit Jungle* Hortense Calisher: *Eagle Eye* Alice Childress: *A Hero Ain't Nothing But a Sandwich* Margeret Craven: *I Heard the Owl Call My Name* Katsuki Houston: *Farewell to Manzanar* EricaJong: *Fear of Flying* Nicholasa Mohr: *Nilda* Toni Morrison: *Sula* Joyce Carol Oates: *Do With Me What You Will* Marge Piercy: *Small Changes* May Sarton: *As We Are Now* Lee Smith: *Fancy Strut* Alice Walker: *In Love and Trouble: Stories of Black Women*
	文化事件	In *Roe v. Wade*, the United States Supreme Court rules that women have a right to abort a fetus during the first trimester of pregnancy. National Black Feminist Organization is formed. Federal Home Loan Bank Board bars sex bias by savings and loan institutions. Sex-Segregated help wanted ads are outlawed by the U. S. Supreme Court. Marian Wright Edelman founds the Children's Defense Fund. Oprah Winfrey becomes Nashville, Tennessee's first female and first black television news anchor. Joyce Carol Oates wins the O Henry Award for her story "The Dead." Eudora Welty receives the Pulitzer Prize for her fiction *The Optimist's Daughter*.

时间	小说创作/文化事件	
1974	小说创作	Maya Angelou：*Gather Together in My Name* Harriet Simpson Arnow：*The Kentucky Trace* Rita Mae Brown：*In Her Day* Diana Chang：*Eye to Eye* Laurie Colwin：*Passion and Affect* Annie Dillard：*Pilgrim at Tinker Creek* Ann Dillard：*Tickets for a Prayer Wheel* Gail Godwin：*The Odd Woman* Ursula Le Guin：*The Dispossessed：An Ambiguous Utopia* Janet Campbell Hale：*Owl's Song* Diane Johnson：*The Shadow Knows* EricaJong：*Fear of Flying* Edith Summers Kelley：*The Devil's Hand* Ella Leffland：*Love Out of Season* Ursula Le Guin：*The Lathe of Heaven* Alison Lurie：*The War Between the Tates* Nicholasa Mohr：*Nilda* Elana Nachman：*Riverfinger Woman* Joyce Carol Oates：*The Goddess and Other Women* Joyce Carol Oates：*The Hungry Ghosts：Seven Allusive Comedies* Tillie Olsen：*Yonnondio：From the Thirties* Grace Paley：*Enormous Changes at the Last Minute* Francine Prose：*The Glorious Ones* Ann A. Shockley：*Loving Her* Anne Tyler：*Celestial Navigation*
	文化事件	Housing discrimination on the basis of sex and credit discrimination against women are outlawed by Congress. The Women's Educational Equity Act, drafted by Arlene Horowitz and introduced by Representative Patsy Mink, funds the development of nonsexist teaching materials and model programs that encourage full educational opportunities for girls and women. *Lau* v. *Nichols* rules that schools with non-English speakers must provide bilingual education. The Coalition of Labor Union Women is organized. The Mexican American Women's Association is founded. Passport Office allows use of "maiden" name. *Time* magazine breaks tradition in naming the "Man of the Year" by designating ten women for cover honors. Ella Grasso is elected governor of Connecticut. She becomes the first woman in the United States to be elected governor without the benefit of a husband's previous incumbency. The Lesbian Herstory Archives is founded in New York. The Coalition of Labor Union Women is formed. American Psychiatric Association removes homosexuality from its list of mental disorders. President Gerald Ford signs legislation allowing girls to play Little League baseball. Renata Adler wins the O Henry Award for her story "Brownstone."
1975	小说创作	Kathy Acker：*The Childlike Life of the Black Tarantula by the Black Tarantula* Lisa Alther：*Kinflicks* Kay Boyle：*The Underground Woman* E. M. Broner：*Her Mothers* Hortense Calisher：*The Collected Stories* Laurie Colwin：*Shine On, Bright and Dangerous Object*

时间	小说创作/文化事件	
	小说创作	Ann Dillard：*Pilgrim at Tinker Creek* Mary Griffith：*Three Hundred Years Hence* Gayl Jones：*Corregidora* Mary Bradley Lane：*Mizora*：*A Prophecy* Ursula Le Guin：*The Wind's Twelve Quarters* Vonda McIntyre：*The Exile Waiting* Nicholasa Mohr：*El Bronx Remembered* Bharati Mukherjee：*Darkness* Bharati Mukherjee：*Wife* Joyce Carol Oates：*The Assassins* Joyce Carol Oates：*Childwood* Joyce Carol Oates：*The Poisoned Kiss and Other Stories from the Portuguese* Joyce Carol Oates：*The Seduction and Other Stories* Berta Ornelas：*Come Down from the Mound* Judith Rossner：*Looking for Mr. Goodbar* Joanna Russ：*The Female Man* Anne Tyler：*Searching for Caleb* Violet Weingarten：*Half a Marriage* Jade Snow Wong：*No Chinese Stranger*
	文化事件	The World Congress for International Women's Year opens in Berlin. The feminist journal *Signs* begins publication. U. N. International Women's Year conference is held in Mexican City with 6,300 women attending; it leads to the U. N. Decade for Women. Equal Credit Opportunity Act is passed by U. S. Congress, from 1977 prohibiting creditor discrimination on the basis of race, ethnic origin, religion, age, sex, marital status, or welfare status. The First American Indian Women's Conference meets in New York City. Congress passes legislation opening the U. S. military academies to women. In *Taylor v. Louisiana*, the U. S. Supreme Court outlaws automatic exclusion of women from jury duty. Cynthia Ozick wins the O Henry Award for her story "Usurpation." Ellen Moers' *Literary Women*：*The Great Writers* is published. Patrica Meyer Spacks' *The Female Imagination is published*. Susan Brownmiller's *Against Our Will*：*Men, Women and Rape* is published.
1976	小说创作	Maya Angelou：*Singin' and Swingin' and Getting' Merry Like Christmas* Ann Beattie：*Chilly Scenes of Winter* and *Distortions* Ann Beattie：*Distortions* Rita Mae Brown：*In Her Day* Octavia Butler：*Patternmaster* Joan Didion：*A Book of Common Prayer* Gail Godwin：*Dream Children* Lois Gould：*The Sea-Change* Gayl Jones：*Eva's Man* Maxine Hong Kingston：*The Woman Warrior* Ursula Le Guin：*Orsinian Tales* Ursula Le Guin：*The Word for World Is Forest* Hazel Ai Chun Lin：*Rachel Weeping for Her Children Uncomforted* Paule Marshall：*Praisesong for the Widow*

时间	小说创作/文化事件	
	小说创作	Joyce Carol Oates: *Childwold* Joyce Carol Oates: *Crossing the Border* Joyce Carol Oates: *The Triumph of Spider Monkey* Cynthia Ozick: *Bloodshed and Three Novellas* Jayne Anne Phillips: *Sweethearts* Marge Piercy: *Woman on the Edge of Time* Anne Rice: *Interview with a Vampire* Isabella Rios: *Victuum* Joanna Russ: *Alyx* Ntozake Shange: *Cypress and Indigo* Carol Shields: *Small Ceremonies* Alice Walker: *Meridian*
	文化事件	The Supreme Court upholds women's right to unemployment benefits during the last three months of pregnancy. Congress prohibits the use of federal funds for abortions. Military service academies begin admitting women. The first marital rape law is enacted in Nebraska, making it illegal for a husband to rape his wife. Lesbian Herstory Archives opens. The Jewish women's magazine *Lilith* is launched. Women are made eligible to become astronauts. Del Martin's *Battered Wives* is published, the first major report on this wide-spread form of violence against women. Women are eligible for Rhodes Scholarships for the first time. Mary Frances Berry is named chancellor of the University of Colorado. Barbara Walters becomes the first anchor-woman of a network television news program and the highest-paid journalist in history when she accepts a five-year, $5,000,000 contract with ABC. Ellen Moers' *Literary Women* is published. Adrienne Rich's *Of Woman Born: Motherhood as Experience and Institution* is published. Renata Adler receives The Pen/Hemingway Award for *Speedboat*.
1977	小说创作	Laurie Anderson: *Note-Book* Harriet Simpson Arnow: *Old Burnside* Toni Cade Bambara: *The Sea Birds Are Still Alive* Rita Mae Brown: *Six of One* Octavia Butler: *Mind of My Mind* Hortense Calisher: *On Keeping Women* Margeret Craven: *Walk Gently This Good Earth* Joan Didion: *A Book of Common Prayer* Ann Dillard: *Holy the Film* Marilyn French: *The Women's Room* Margaret Halsey: *No Laughing Matter* Alice Hoffman: *Property Of* Gayl Jones: *White Rat* Toni Morrison: *Song of Solomon* Marcia Muller: *Edwin of the Iron Shoes* Joyce Carol Oates: *Night-Side: Eighteen Tales* Katherine Anne Porter: *The Never-Ending Wrong* Carol Shields: *The Box Garden* Carol Shields: *Susanna Moodie: Voice & Vision* Leslie Marmon Silko: *Ceremony* Meridel Le Sueur: *Harvest* Meridel Le Sueur: *Song for My Time* Anne Tyler: *Earthly Possessions* Mildred Delois Taylor: *Roll of Thunder, Hear My Cry*

时间	小说创作/文化事件	
	文化事件	Three thousand women march in Washington D. C. on Women's Equality Day to support the E. R. A. Hyde Amendment prohibits Medicaid-funded abortions. Eleanor Holmes Norton, chair of the Equal Employment Opportunity Commission, authors federal guidelines on sexual harassment in the workplace. The First National Women's Conference is held in Houston, Texas. National Women's Studies Association (NWSA) is founded. In *Carey v. Population Services International*, the U. S. Supreme Court extends to minors the legal right to use contraceptives and the right of privacy between them and their doctor. In *Beal v. Doe*, the U. S. Supreme Court rules that states are not required to use public funds to pay for abortions. Shirley Hazzard wins the O Henry Award for her story "A Long Story Short." Ella Leffland wins the O Henry Award for her story "Last Courtesies." Laurie Colwin wins the O. Henry Award for her story "The Lone Pilgrim." Toni Morrison wins National Book Critics' Circle Award and National Book Award for her novel *Song of Solomon*. Alice Walker is awarded a Guggenheim Fellowship for fiction.
1978	小说创作	Cathy Acker: *The Adult Life of Toulouse Lautrec by Henri Toulouse Lautred* Cathy Acker: *Kathy Goes to Haiti* Ann Beattie: *Secrets and Surprises* E. M. Broner: *A Weave of Women* Rita Mae Brown: *Six of One* Octavia Butler: *Survivor* Taylor Caldwell: *Bright Flows the River* Diana Chang: *A Perfect Love* Laurie Colwin: *Happy All the Time* Gail Godwin: *Violet Clay* Mary Gordon: *Final Payments* Maureen Howard: *Facts of Life* Kristin Hunter: *The Lakestown Rebellion* Diane Johnson: *Lying Low* Vonda McIntyre: *Dreamsnake* Joyce Carol Oates: *Son of the Morning* Marge Piercy: *The High Cost of Living* Joanna Russ: *The Two of Them* May Sarton: *A Reckoning* Meridel Le Sueur: *The Girl*
	文化事件	The first year that all seven sister colleges—Barnard, Bryn Mawr, Mount Holyoke, Radcliffe, Smith, Vassar, Wellesley—have female presidents. More women than men enter college for the first time in American history. The Pregnancy Discrimination Act (PDA) is passed by the Congress, defining pregnancy as a "disability" and requiring employers to make available the same benefits for pregnant women as for "other" disabled employees. In *Los Angeles Department of Water and Power v. Manhart*, the U. S. Supreme Court rules that women are to be treated equally with men in terms of retirement benefits and cannot be required to make larger contributions for the same monthly benefits. National Coalition against Domestic Violence is formed. The first home pregnancy tests start appearing on drug store shelves. The first national conference on pornography is held. Mary Clarke becomes the first woman to be named major general in U. S. Army, the first woman Marine Corps general.

时间		小说创作/文化事件
	文化事件	Ella Grasso becomes the first woman governor to be reelected (Connecticut). Faye Wattleton becomes the first black president of Planned Parenthood Federation of America. Toni Morrison is elected to American Academy of Arts and Letters. Tillie Lerner Olsen's *Silences* is published. Mary Daly's *Gyn/Ecology* is published. Nina Baym's *Woman's Fiction* is published. Toni Morrison receives National Book Critics Circle Award and National Book Award for her novel *Song of Solomon*. Mary Lee Settle wins the National Book Award for her novel *Blood Ties*.
1979	小说创作	Laurie Anderson: *Words in Reverse* Joan Brady: *The Imposter* Octavia E. Butler: *Kindred* Alice Childress: *A Short Walk* Joan Didion: *The White Album* Katherine Dunn: *Attic* Elizabeth Hardwick: *Sleepless Nights* Susan Eloise Hinton: *Tex* Alice Hoffman: *Drowning Season* Virginia Kidd: *Millenial Women* Ella Leffland: *Rumors of Peace* Ursula Le Guin: *Malafrena* Alison Lurie: *Only Children* Mary McCarthy: *Cannibals and Missionaries* Nicholasa Mohr: *Going Home* Joyce Carol Oates: *All the Good People I've Left Behind* Joyce Carol Oates: *Cybele* Joyce Carol Oates: *Unholy Loves* Marge Piercy: *Women on the Edge of Time* Jayne Anne Phillips: *Black Tickets* Sylvia Plath: *Johnny Panic and the Bible of Dream* Ellease Southerland: *Let the Lion Eat Straw* Linda Ty-Casper: *The Three-Cornered Sun*
	文化事件	For the first time more women than men enter college in the United States. U.S. Congress grants a three-year extension for state ratification of the Equal Rights Amendment. Lesbians and gays march on Washington for their rights. Working Women, A National Association of Office Workers, is founded. Rosa L. Parks, the catalyst in the Montgomery Bus Boycott of 1955—56, is awarded the Spingarn Medal. Sandra M. Gilbert and Susan Guban's *The Madwoman in the Attic* is published.
1980	小说创作	Toni Cade Bambara: *The Salt Eater* Ann Beattie: *Falling in Place* Octavia Butler: *Wild Seed* Margeret Craven: *Again Calls the Owl* Mary Gordon: *The Company of Women* Alice Hoffman: *Angel Landing* Marxine Hong Kingston: *China Men* Joy Kogawa: *Obasan*

时间	小说创作/文化事件	
	小说创作	Ella Leffland：*Last Courtesies and Other Stories* Ursula Le Guin：*The Beginning Place* Joyce Carol Oates：*Bellfleur* Joyce Carol Oates：*A Sentimental Education* Marge Piercy：*Vida* Marilynne Robinson：*Housekeeping* Lynne Sharon Schwartz：*Rough Strife* Carol Shields：*Happenstance* Jane Smiley：*Barn Blind* Anne Tyler：*Morgan's Passing* Jessamyn West：*Double Discovery*
	文化事件	Ronald Reagan is elected president of the United States. Over 40 percent of the total workforce is female；women with children at home constitute 20 percent of the total workforce. Approximately 1.9 million Asian-American women are living in the United States. The U. S. Census allows that "the head of the household" need not be the husband. In *Harris v. McRae*，the U. S. Supreme Court decision upholds the so-called Hyde Amendment，providing that Medicaid cannot be used to pay for medically necessary abortions. Women's Rights National Historic Park is established in Seneca Falls，New York. Eudora Welty receives the National Medal of Literature and the Medal of Freedom Award. Joan Silber receives the Pen/ Hemingway Award for *Household Words*. Leslie Silko receives the American Book Award for *Ceremony*.
1981	小说创作	Maya Angelou：*The Heart of a Woman* Toni Cade Bambara：*The Salt Eaters* Rita Mae Brown：*Sudden Death* Alice Childress：*Rainbow Jordan* Laurie Colwin：*The Lone Pilgrim* Margeret Craven：*The Home Front* Ellen Gilchrist：*In the Land of Dreamy Dreams* Caroline Gordon：*Collected Stories* Jessica Tarahata Hagedorn：*Pet Food and Tropical Apparitions* Tama Janowitz：*American Dad* Clara Mitsuko Jelsma：*Teapot Tales and Other Stories* Joy Kogawa：*Obasan* Bette Bao Lord：*Spring Moon* Toni Morrison：*Tar Baby* Ruthann Lum McCunn：*A Thousand Pieces of Gold* Joyce Carol Oates：*Angel of Light* Joyce Carol Oates：*A Sentimental Education* Jayne Anne Phillips：*How Mickey Made It* Francine Prose：*Household Saints* Lynne Sharon Schwartz：*Balancing Acts* Leslie Marmon Silko：*Storyteller* Jane Smiley：*At Paradise Gate* Mildred Delois Taylor：*Let the Circle Be Unbroken* Gina Valdes：*There Are No Madmen Here* Alice Walker：*You Can't Keep a Good Woman Down*

时间	小说创作/文化事件	
	文化事件	The National Alliance for American Third World Women is founded. Attorney Arnette R. Hubbard, a Black, becomes the first woman president of the National Bar Association. The U. S. Supreme Court rules that excluding women from the draft is constitutional. Sandra Day O'Connor becomes the first woman appointed to the U. S. Supreme Court. Collaboration between Georgeanna Jones and Howard Jones results in the first child conceived by invitro fertilization in the United States. Cynthia Ozick wins the O Henry Award for her story "The Shawl." Marilynne Robinson receives the Pen/Hemingway Award for *Housekeeping*.
1982	小说创作	Cathy Acker: *Great Expectations* Alice Adams: *To See You Again* Ann Beattie: *The Burning House* Rita Mae Brown: *Southern Discomfort* Marion Zimmer Bradley: *The Mists of Avalon* Laurie Colwin: *Family Happiness* Ann Dillard: *Living by Fiction* Ann Dillard: *Teaching a Stone to Talk* Gail Godwin: *A Mother and Two Daughters* Sue Grafton: *A Is for Alibi* Alice Hoffman: *White Horses* Ursula Le Guin: *The Compass Rose* Audre Lorde: *Zami: A New Spelling of My Name* Bobbie Ann Mason: *Shiloh and Other Stories* Alice McDermott: *A Bigamists' Daughter* Margaret Ellis Sturm Millar: *Mermaid* Gloria Naylor: *The Women of Brewster Place* Joyce Carol Oates: *A Bloodsmoor Romance* Cynthia Ozick: *Levitation: Five Fictions* Sara Paretsky: *Indemnity Only* Marge Piercy: *Braided Lives* Ntozake Shange: *Sassafras, Cypress & Indigo* Carol Shields: *A Fairly Conventional Woman* Kate Simon: *Bronx Primitive: Portraits in a Childhood* Sheila Ortiz Taylor: *Faultline* Anne Tyler: *Dinner at the Homesick Restaurant* Alice Walker: *The Color Purple*
	文化事件	The Equal Rights Amendment, short of ratification by three states, is withdrawn. With 27 percent of all Fillipino women holding college degrees, they are better educated than any other U. S. population group, male or female. Brenda Berkman begins her career as a New York City firefighter after winning a federal sex discrimination lawsuit. The Vietnam Veterans Memorial, designed by Maya Lin, is unveiled. Susan Kenney wins the O Henry Award for her story "Facing Front."
1983	小说创作	Kathy Acker: *Great Expectations* Paula Gunn Allen: *The Woman Who Owned the Shadows* Becky Birtha: *For Nights Like This One: Stories of Loving Women* Marion Zimmer Bradley: *The Mists of Avalon* Joan Chase: *During the Reign of Queen of Persia* Kim Chernin: *My Mother's House*

时间	小说创作/文化事件	
	小说创作	Sandra Cisneros：*The House on Mango Street* Jackie Collins：*Hollywood Wives* Joan Didion：*Salvador* Patricia Enrado：*House of Images* Ellen Gilchrist：*The Annunciation* Gail Godwin：*Mr. Bedford and the Muses* Rebecca Goldstein：*The Mind-Body Problem* Rosa Guy：*A Measure of Time* Jamaica Kincaid：*At the Bottom of the River* Wendy Law-Yone：*The Coffin Tree* Ursula Le Guin：*The Eye of the Heron* Paule Marshall：*Praisesong for the Widow* Cherrie Moraga：*Loving in the War Years* Cynthia Ozick：*The Cannibal Galaxy* Francine Prose：*Hungry Hearts* Cathleen Schine：*Alice in Bed* Lynne Sharon Schwartz：*Disturbances in the Field* Lee Smith：*Oral History* Elizabeth George Speare：*The Sign of the Beaver* LaVyrle Spencer：*The Endearment* Meridel Le Sueur：*I Hear Men Talking* Elizabeth Tallent：*In Constant Flight* Alice Walker：*Beauty：When the Other Dancer Is the Self*
	文化事件	There are 444 Women's Studies programs in colleges and universities nationwide. President Reagan is reelected. In *City of Akron v. Akron Center for Reproductive Health*, the U. S. Supreme Court strikes down a law requiring a twenty-four-hour wait before an abortion. In AFSCME v. State of Washington, a U. S. federal district court rules that women are entitled to be compensated by the state, if they are paid less than men for jobs of comparable worth. Barbara McClintock wins the Nobel Prize in Physiology or Medicine. The first woman governor of Kentucky, Martha Layne Collins, is elected. The first woman astronaut, Sally K. Ride, travels into space aboard the shuttle Challenger. Gloria Naylor wins the American Book Award for *The Women of Brewster Place*. Alice Walker receives both Pulitzer Prize and American Book Award for her novel *The Color Purple*. Eudora Welty wins the National Book Award for *The Collected Stories of Eudora Welty*.
1984	小说创作	Cathy Acker：*Blood and Guts in High School* Cathy Acker：*Hello I'm Erica Jong* Laurie Anderson：*The United States* Octavia Butler：*Clay's Ark* Sandra Cisneros：*The House on Mango Street* Michelle Cliff：*Abeng* J. California Cooper：*A Piece of Mine* Joan Didion：*Democracy* Louise Erdrich：*Love Medicine* Ellen Gilchrist：*Victory Over Japan：A Book of Stories* Gail Godwin：*The Finishing School* Monica Hughes：*The Keeper of the Isis Light*

时间	小说创作/文化事件	
	小说创作	Andrea Lee:*Sarah Philips* Ursula Le Guin: *The Beginning Place* Alison Lurie:*Foreign Affairs* Jay McInerney: *Bright Lights, Big City* Joyce Carol Oates:*Last Days* Joyce Carol Oates:*Mysteries at Winterthurn* Jayne Anne Phillips:*Machine Dreams* Marge Piercy: *Fly Away Home* Jayne Anne Phillips:*Machine Dreams* Joanna Russ: *Extra(ordinary) People* Jane Smiley:*Duplicate Keys* Elizabeth Spencer:*The Salt Line* LaVyrle Spencer: *Hummingbird* Sheila Ortiz Taylor:*Spring Forward/Fall Back* Eudora Welty:*One Writer's Beginnings*
	文化事件	The Democratic Party names Congress woman Geraldine Ferraro as its vice presidential nominee. EMIL Y's List (Early Money Is Like Yeast) is established as a financial network for prochoice Democratic women running for national political office. Retirement Equity Act is passed by U. S. Congress, requiring a retiring worker to obtain written consent from the spouse, if there are to be no survivor benefits in a pension. Joan Benoit (Samuelson) becomes the first woman to win an Olympic marathon. Louise Erdrich receives the National Critics Circle Award for *Love Medicine*. Ellen Gilchrist receives the American Book Award for *Victory Over Japan*. Josephine Humphreys receives the Pen/Hemingway Award for *Dreams of Sleep*. Cynthia Ozick wins the O Henry Award for her story "Rosa."
1985	小说创作	Cathy Acker:*Algeria* Alice Adams: *Return Trips* Ann Beattie: *Love Always* Ann Beattie:*Spectacles* Hortense Calisher: *Saratoga, Hot* Carolyn Chute: *The Beans of Egypt, Maine* Rita Dove:*Fifth Friday* Bret Easton Ellis: *Less Than Zero* Mary Gordon:*Men and Angels* Amy Hempel: *Reasons to Live* Janet Campbell Hale:*The Jailing of Cecelia Capture* Amy Hempel: *Reasons to Live* Carol Hill:*The Eleven Million Mile High Dancer* Alice Hoffman:*Fortune's Daughter* Jamaica Kincaid: *Annie John* Ursula Le Guin: *Always Coming Home* Bobbie Ann Mason: *In Country* Jill McCorkle:*The Cheer Leader* Jill McCorkle:*July 7th* Bobbie Ann Mason:*In Country* Jay McInerney: *Ransom* Nicholasa Mohr: *Rituals of* Survival: *A Woman's Portfolio* Lorrie Moore:*Self-Help*Bharati Mukherjee: *Darkness* Gloria Naylor:*Linden Hills* Joyce Carol Oates:*Solstice*

时间	小说创作/文化事件	
	小说创作	Grace Paley: *Later the Same Day* Ntozake Shange: *Betsey Brown* Lee Smith: *Family Linen* Nlizabeth Tallent: *Museum Pieces* Anne Tyler: *The Accidental Tourist* Helena Maria Viramontes: *The Moths, and Other Stories* Anna Lee Walters: *The Sun Is Not Merciful*
	文化事件	*Norton Anthology of Literature by Women*, edited by Sandra M. Gilbert and Susan Gubar, is published. Penny Harrington becomes the first woman police chief of major U. S. city (Portland, OR). Wilma Mankiller becomes the first woman principal chief of the Cherokee Nation. Louise Erdrich receives both the American Book Award and the National Critics Circle Award for her novel *Love Medicine*. Jane Smiley wins the O Henry Award for her story"Lily."
1986	小说创作	Cathy Acker: *Don Quixote: Which Was a Dream* Laurie Anderson: *Home of the Brave* Maya Angelou: *All God's Children Need Traveling Shoes* Ann Beattie: *Where You'll Find Me and Other Stories* Rita Mae Brown: *High Hearts* Hortense Calisher: *The Bobby-Soxer* Ana Hernandez Del Castillo: *The Mixquiahuala Letters* Denise Chavez: *The Last of the Menu Girls* Laurie Colwin: *Another Marvelous Thing* J. California Cooper: *Homemade Love* Louise Erdrich: *Beet Queen* Ellen Gilchrist: *Drunk with Love* Tama Janowitz: *Slaves of New York* Sue Miller: *The Good Mother* Nicholasa Mohr: *Going Home* Nicholasa Mohr: *Nilda* Lorrie Moore: *Anagrams* Bharati Mukherjee: *Days and Nights in Calcutta* Joyce Carol Oates: *Marya: A Life* Joyce Carol Oates: *Raven's Wing* Francine Prose: *Big Foot Dreams* KimRonyoung: *Clay Walls* Mona Simpson: *Anywhere But Here* Beverly Silva: *The Cat and Other Stories* JoanSlonczewski: *Door into Ocean* Alice Walker: *Am I Blue?* Sherley Ann Williams: *Dessa Rose*
	文化事件	The largest march for women's rights in U. S. history occurs on March 9th. in Washington, D. C. Unanimous decision by the U. S. Supreme Court finds that sexual harassment is illegal job discrimination. The Women's AIDS Project is formed in Los Angeles. Full-time working women make only about 64 cents to a man's dollar. In *Meritor Savings Bank v. Vinson*, the Supreme Court recognizes that sexual harassment is a violation of Title VII of the Civil Rights Act.

时间		小说创作/文化事件
	文化事件	A U. S. postage stamp is issued in Sojourner Truth's honor. The 3rd edition of Arthur Janson's *History of Art*, the standard college art history textbook, incorporates female artists for the first time. An organization called Sisters in Crime is formed by women mystery writers. Hortense Calisher becomes president of the American branch of PEN. Ann Bancroft becomes the first woman to walk to North Pole. Christa McAuliffe becomes the first woman citizen passenger on a space mission. Hisaye Yamamoto is awarded the American Book Award for Lifetime Achievement by the Before Columbus Foundation. Mary Ward Brown receives the Pen/Hemingway Award for *Tongues of Flame*. Alice Walker wins the O Henry Award for her story "Kindred Spirits." Anna Lee Walters wins the American Book Award for *The Sun Is Not Merciful*. Anne Tyler receives the National Critics Circle Award for her novel *The Accidental Tourist*.
1987	小说创作	Maya Angelou: *All God's Children Need Traveling Shoes* Gloria Anzaldua: *Borderlands/ La Frontera: The New Mestiza* Toni Cade Bambara: *If Blessing Comes* Ann Beattie: *Alex Katz* Rebecca Brown: *The Haunted House* Octavia Butler: *Dawn* Hortense Calisher: *Age* Sandra Cisneros: *My Wicked, Wicked Ways* Michelle Cliff: *No Telephone to Heaven* Pat Conroy: *Prince of Tides* J. California Cooper: *Some Soul to Keep* Joan Didion: *Miami* Ann Dillard: *An American Childhood* Bret Easton Ellis: *The Rules of Attraction* Louise Erdrich: *The Beet Queen* Kaye Gibbons: *Ellen Foster* Gail Godwin: *A Southern Family* Mary Gordon: *Temporary Shelter* Carolyn Hart: *Death on Demand* Alice Hoffman: *Illumination Night* Tama Janowitz: *A Cannibal in Manhattan* Ronyoung Kim: *Clay Walls* Maxine Hong Kingston: *Through the Black Curtain* Ursula Le Guin: *Buffalo Gals and Other Animal Presenses* Mary McCarthy: *How I Grew* Alice McDermott: *That Night* Terry McMillan: *Mama* Jill McCorkle: *Tending to Virginia* Toni Morrison: *Beloved* Joan Nestle: *A Restricted Country* Joyce Carol Oates: *Lives of the Twins* (under the pseudonym Rosamond Smith) Joyce Carol Oates: *You Must Remember This* Cynthia Ozick: *The Messiah of Stockholm* Marge Piercy: *Gone to Soldiers* Jayne Anne Phillips: *Fast Lanes* Joanna Russ: *The Hidden Side of the Moon* Carol Shields: *Swann* Jane Smiley: *The Age of Grief* ElizabethTallent: *Time with Children* Mildred Delois Taylor: *The Friendship* Mildred Delois Taylor: *The Gold Cadillac*

时间		小说创作/文化事件
	文化事件	National Museum of Women in the Arts opens in Washington D. C. The National Gay and Lesbian Rights March draws 500,000 to Washington D. C. In *California Federal Savings and Loan Association v. Guerra*, the U. S. Supreme Court upholds the legality of a law providing unpaid pregnancy disability leave to female workers, guaranteeing availability of their jobs on return. Hortense Calisher becomes president of the American Academy of the Institute of Arts and Letters. Dr. Mae Jemison becomes NASA's first black woman astronaut. Louise Erdrich wins the O Henry Award for her story "Fleur."
1988	小说创作	Cathy Acker：*Empire of the Senseless* Cathy Acker：*Literal Madness* Dorothy Allison：*Trash* Andrea Barrett：*Lucid Stars* Rita Mae Brown：*Bingo* Octavia Butler：*Adulthood Rites* PatCalifia：*Macho Sluts* Louise Erdrich：*Tracks* Ellen Gilchrist：*The Anna Papers* Carolyn Hart：*Something Wicked* Alice Hoffman：*At Risk* Barbara Kingsolver：*The Bean Trees* Ursula Le Guin：*Women of Vision* Alison Lurie：*The Truth about Lorin Jones* Bobbie Ann Mason：*Midnight Magic* Bobbie Ann Mason：*Spence and Lila* Jay McInerney：*Story of My Life* Bharati Mukherjee：*The Middleman and Other Stories* Gloria Naylor：*Mama Day* Joyce Carol Oates：*The Assignation* Cynthia Ozick：*The Messiah of Stockholm* Annie Proulx：*Heart Songs and Other Stories* Cheryl Reavis：*A Crime of the Heart* Jane Smiley：*Greenlanders* Lee Smith：*Fair and Tender Ladies* LaVyrle Spencer：*The Gamble* Anne Tyler：*Breathing Lessons* Cheryl Reavis：*A Crime of the Heart* Alice Walker：*To Hell with Dying* Anna Lee Waters：*Ghost Singer* Connie Willis：*The Last of the Winnebagos* Hisaye Yamamoto：*Seventeen Syllables and Other Stories*
	文化事件	Congress finally passes the Civil Rights Restoration Act. Juanita Kidd Stout is sworn in as justice of the Pennsylvania Supreme Court and becomes the first black woman to sit on a state supreme court. George Bush is elected president. Publishing rights to a sequel to *Gone with the Wind* by Margaret Mitchell, one of the most popular novels of all time, are sold to Warner Books in an auction for $4,940,000. The sequel, which is scheduled for publication in 1990, is to be written by Alexandra Ripley, author of four novels.

时间	小说创作/文化事件	
	文化事件	Oprah Winfrey's talk show in Chicago goes on to national TV. Toni Morrison received the Pulitzer Prize and Robert F. Kennedy Book Award for her novel *Beloved*. Bharati Mukherjee received the National Book Critics Circle Award for Best Fiction for her *Middleman and Other Stories*.
1989	小说创作	Cathy Acker:*Young Lust* Alice Adams:*After You've Gone* Paula Gunn Allen:*Spider Woman's Granddaughters* Andrea Barrett: *Secret Harmonies* Ann Beattie:*Picturing Will* Octavia Butler: *Imago* Alice Childress:*Those Other People* Katherine Dunn: *Geek Love* Kaye Gibbons:*A Virtuous Woman* Ellen Gilchrist:*Light Can Be Both Wave and Particle* Molly Gloss:*The Jump-Off Creek* Rebecca Goldstein:*The Late-Summer Passion of a Woman of Mind* Mary Gordon:*The Other Side* Josephine Winder Jacobsen: *On the Island* Cynthia Kadohata: *The Floating World* Barbara Kingsolver:*Homeland and Other Stories* Marxine Hong Kingston: *Tripmaster Monkey: His Fake Book* Bobbie Ann Mason:*Love Life: Stories* Terry McMillan:*Disappearing Acts* Bharati Mukherjee: *Jasmine* Bharati Mukherjee: *The Middleman and Other Stories* Sena Jeter Naslund: *Ice Skating at the North Pole* Joyce Carol Oates:*American Appetites* Joyce Carol Oates:*Soul/Mate* Cynthia Ozick: *The Shawl* Margaret K. Pai: *The Dreams of Two Yi-Min* MargePiercy: *Summer People* Lynne Sharon Schwartz:*Leaving Brooklyn* Carol Sheilds: *The Orange Fish* Frances Sherwood: *Everything You've Heard Is True* Linda Ching Sledge: *Empire of Heaven* Jane Smiley:*Ordinary Love and Good Will* LaVyrle Spencer: *Morning Glory* Amy Tan:*The Joy Luck Club* Alice Walker:*The Temple of My Familiar*
	文化事件	*Webster v. Reproductive Health Services* returns to states the authority to limit a woman's right to a legal abortion. *A Dry White Season* opens and Euzhan Palcy becomes the first black woman director of a full-length feature film of a major U. S. studio. Anne Tyler receives the Pulitzer Prize for her fiction *Breathing Lessons*. Wendy Wasserstein wins the Pulitzer Prize for *The Heidi Chronicles*. Hortense Calisher receives the Lifetime Achievement Award from the National Endowment for the Arts.

时间	小说创作/文化事件	
1990	小说创作	Cathy Acker: *In Memoriam to Identity* Laurie Anderson: *Postcard Book* Jean M. Auel: *The Plains of Passage* Toni Cade Bambara: *Raymond's Run* Ann Beattie: *Picturing Will* Pat Califia: *Doc and Fluff* Ana Castillo: *Sapogonia: An Anti Romance* Elena Castedo: *Paradise* Laurie Colwin: *Goodbye Without Leaving* Ellen Gilchrist: *The Blue-Eyed Buddhist and Other Stories* Ellen Gilchrist: *I Cannot Get You Close Enough* Jessica Hagedorn: *Dogeaters* Amy Hempel: *At the Gates of the Animal Kingdom* Alice Hoffman: *Seventh Heaven* Linda Hogan: *Mean Spirit* Jamaica Kincaid: *Lucy* Barbara Kingsolver: *Animal Dreams* Ursula Le Guin: *The Last Book of Earthsea* Ursula Le Guin: *Tehanu* Sue Miller: *Family Pictures* Alice Munro: *Friend of My Youth* Joyce Carol Oates: *Because It Is Bitter, and Because It Is My Heart* Joyce Carol Oates: *I Lock My Door Upon Myself* Joyce Carol Oates: *Nemesis* (under the pseudonym Rosamond Smith) Cathleen Schine: *To the Bird-house* Beverly Silva: *Woman Hollering Creek* Jane Smiley: *Life of the Body* Joanna Scott: *Arrogance* Mildred Delois Taylor: *Mississippi Bridge* Mildred Delois Taylor: *The Road to Memphis* Cheryl Reavis: *Patrick Gallagher's Widow*
	文化事件	Women hold 25 seats (4.7%) in the U. S. Congress, 23 are in the House of Representatives and 2 are in the Senate. In *Ohio v. Akron Center for Reproductive Health*, the U. S. Supreme Court upholds a state law requiring a teenager to notify one parent before obtaining an abortion. U.S. Congress passes the Displaced Homemakers Self-Sufficiency Assistance Act (DHSSA), establishing the first federal training program specifically designed for displaced homemakers and single parents, and the Perkins Act, intended to provide equal vocational education opportunities for women and girls. Act for Better Child Care (ABC) becomes law, enacting comprehensive child care legislation. With the appointment of Justice Sandra Gardebring, the Minnesota Supreme Court becomes the first powerful legal institution to employ a majority of women. Marguerite R. Barnett is named president of the University of Houston and becomes the first Black woman to head a major White university. *Ms.* magazine is reborn as bimonthly with no advertisements. Darlene M. Iskra becomes the first woman to take command of a U. S. Navy ship. Sharon Pratt Dixon becomes the first black woman to be elected mayor of a major U. S. city (Washington, D. C.). *Hodgson v. Minnesota* tests the constitutionality of Minnesota's abortion notification statute. *Iron John, A Book about Men* by Robert Bly is published and becomes the bible of a "men's movement." Whoopi Goldberg receives the Academy Award for best supporting actress.

时间		小说创作/文化事件
1991	小说创作	Cathy Acker: *Hannibal Lecter My Father* Julia Alvarez: *How the Garcia Girls Lost Their Accents* Laurie Anderson: *Empty Places* Andrea Barrett: *The Middle Kingdom* Ann Beattie: *What Was Mine* Louis Begley: *Wartime Lies* Sook Nyul Choi: *Year of Impossible Goodbyes* Sandra Cisneros: *Woman Hollering Creek and Other Stories* J. California Cooper: *Family* Bret Easton Ellis: *American Psycho* Louise Erdrich: *Crown of Columbus* (together with Michael Dorris, her husband) Diana Gabaldon: *Outlander* Kaye Gibbons: *A Cure for Dreams* Gail Godwin: *Father Melancholy's Daughter* Mary Gordon: *Good Boys and Dead Girls* Ursula Hegi: *Floating in My Mother's Palm* Josephine Herbst: *The Starched Blue Sky of Spain* Gish Jen: *Typical American* Clara Mitsuko Jelsma: *Mauna Loa Rains* Ursula Le Guin: *Searoad* Paule Marshall: *Daughters* Jill McCorkle: *Ferris Beach* Joyce Carol Oates: *Heat and Other Stories* Joyce Carol Oates: *The Rise of Life on Earth* Marge Piercy: *He, She, and It* Carol Sheilds: *Celibate Season* Leslie Marmon Silko: *Almanac of the Dead* Jane Smiley: *A Thousand Acres* Elizabeth Spencer: *The Night Travellers* Susan Sontag: *The Way We Live Now* Sandra Scofield: *Beyond Deserving* Amy Tan: *The Kitchen God's Wife* Anne Tyler: *Saint Maybe* Lily Tuck: *Interviewing Matisse* Alice Walker: *Finding the Green Stone*
	文化事件	First Gulf War begins. Clarence Thomas is appointed to the U. S. Supreme Court despite allegations of sexual harassment by law professor and former EEOC colleague Anita Hill. In *Automobile Workers v. Johnson Controls, Inc.*, the U. S. Supreme Court unanimously holds that employers cannot use gender as a reason to bar a woman from a specific job. Nadine Strossen, a professor of constitutional law at the New York Law School, is elected president of American Civil Liberties Union, the first female president in its 71-year history. The U. S Senate votes overwhelmingly to open combat positions for women aviators. Jane Smiley receives the National Critics Circle Award for her novel *A Thousand Acres*. Lucia Berlin receives the American Book Award for*Homesick: New & Selected Stories*. JessicaHagedorn wins the American Book Award for *Dogeaters*. Susan Faludi publishes *Backlash*.

时间	小说创作/文化事件	
1992	小说创作	Cathy Acker: *Portrait of an Eye* Dorothy Allison: *Bastard out of Carolina* Rebecca Brown: *The Terrible Girls* Ann Dillard: *The Living* Rita Frances Dove: *Through the Ivory Gate* Diana Gabaldon: *Dragonfly in Amber* Cristina Garcia: *Dreaming in Cuban* Ellen Gilchrist: *Net of Jewels* Alice Hoffman: *Turtle Moon* Maureen Howard: *Natural History* Siri Hustvedt: *The Blindfold* Tama Janowitz: *The Male Cross-Dresser Support Group* Cynthia Kadohata: *In the Heart of the Valley of Love* Leslie Li: *Bittersweet* Alice McDermott: *At Weddings and Wakes* Jay McInerney: *Brightness Falls* Terry McMillan: *Waiting to Exhale* Toni Morrison: *Jazz* Gloria Naylor: *Bailey's Café* Barbara Neely: *Blanche on the Lam* Joyce Carol Oates: *Black Water* Joyce Carol Oates: *Where Is Here?* Ann Patchett: *The Patron Saint of Liars* Terri dela Pena: *Margins* Annie Proulx: *Postcards* Carol Sheilds: *The Republic of Love* Lee Smith: *The Devil's Dream* Sandra Scofield: *Walking Dunes* Mona Simpson: *Lost Father* Susan Sontag: *The Volcano Lover: A Romance* Dana Stabenow: *A Cold Day for Murder* Donna Tartt: *The Secret History* Cheryl Reavis: *The Prisoner* Alice Walker: *Possessing the Secret of Joy* Connie Willis: *Doomsday Book*
	文化事件	U. S. Navy investigates allegations of the sexual harassment of 26 women at its annual Tailhook Association conference. In *Planned Parenthood v. Casey*, the U. S. Supreme Court affirms the constitutionality of abortion but allows individual states to place restrictions that do not "unduly burden" the woman. William Clinton is elected president; Hilary Rodham Clinton is the first president's wife to hold a professional degree. In the two much-watched rape trials, William Kennedy Smith, nephew of Senator Ted Kennedy, is acquitted and Boxer Mike Tyson is convicted and sentenced to ten years in jail. Mae Jemison becomes the first woman of color to go into space. Jane Smiley receives the Pulitzer Prize for her novel *A Thousand Acres*. Cynthia Ozick wins the O Henry Award for her story "Puttermesser Paired." Mona Van Duyn is named Poet Laureate.

时间		小说创作/文化事件
1993	小说创作	Cathy Acker: *My Mother: Demonology* Andrea Barrett: *The Forms of Water* Amy Bloom: *Come to Me* Joan Brady: *Theory of War* E. M. Broner: *The Telling* Rebecca Brown: *Annie Oakley's Girl* Rita Mae Brown: *Venus Envy* Octavia Butler: *Parable of the Sower* Ana Hernandez Del Castillo: *So Far From God* Michelle Cliff: *Free Enterprise* Laurie Colwin: *A Big Storm Knocked It Over* Kaye Gibbons: *Charms for the Easy Life* Rebecca Goldstein: *The Dark Sister* Rebecca Goldstein: *Strange Attractors* Mary Gordon: *The Rest of Life* Kathryn Harrison: *Exposure* Susanne Kaysen: *Girl, Interrupted* Barbara Kingsolver: *Pigs in Heaven* Ursula Le Guin: *Blue Moon over Thurman Street* Bobbie Ann Mason: *Feather Crowns* Sue Miller: *For Love* Elizabeth McCracken: *Here's Your Hat, What's Your Hurry?* Bharati Mukherjee: *The Holder of the World* Fae Myenne Ng: *Bone* Joyce Carol Oates: *Foxfire: Confessions of a Girl Gang* Joyce Carol Oates: *Snake Eyes* Joyce Carol Oates: *Where Are You Going, Where Have You Been?* Janet Peery: *Alligator Dance* Annie Proulx: *The Shipping News* Cathleen Schine: *Rameau's Niece* Frances Sherwood: *Vindication* Carol Shields: *The Stone Diaries* Bapsi Sidhwa: *An American Brat* Leslie Marmon Silko: *Yellow Woman* Susan Sontag: *Alice in Bed* Elizabeth Tallent: *Honey*
	文化事件	Mary F. Berry, a history professor at the University of Pennsylvania, becomes the first black woman to chair the U. S. Commission on Civil Rights. Ruth Bader Ginsburg becomes the second female member of the Supreme Court. Janet Reno becomes the first female U. S. attorney general. The Family and Medical Leave Act go into effect. Dorothy I. Height, the president of the National Council of Negro Women, is awarded the Spingarn Medal. Betty Friedan's *The Fountain of Age* is published. The Nobel Prize in literature is awarded to Toni Morrison, the first black woman to receive this award. Annie Proulx receives the National Book Award for her novel *The Shipping News*. Annie Proulx receives the Pen/Faulkner Award for her novel *Postcards*. Maya Angelou composes and reads "On the Pulse of the Morning" at President Clinton's inauguration. Rita Dove becomes the first black named laureate of the United States.

时间		小说创作/文化事件
1994	小说创作	Julia Alvarez：*In the Time of the Butterflies* Laurie Anderson：*Stories from The Nerve Bible：A Retrospective*，1972—1992 Rebecca Brown：*The Gifts of the Body* Rita Mae Brown：Dolley：*A Novel of Dolley Madison in Love and War* Denise Chavez：*Face of an Angel* Edwidge Danticat：*Breath，Eyes，Memory* Bret Easton Ellis：*The Informers* Louise Erdrich：*The Bingo Palace* Diana Gabaldon：*Voyager* Ellen Gilchrist：*Anabasis* Ellen Gilchrist：*Starcarbon* Gail Godwin：*The Good Husband* Ursula Hegi：*Stones from the River* Alice Hoffman：*Second Nature* Bobbie Ann Mason：*With Jazz* Louise Meriwether：*Fragments of the Ark* Joyce Carol Oates：*Haunted：Tales of the Grotesque* Joyce Carol Oates：*What I Lived For* Grace Paley：*Grace Paley：Collected Stories* Ann Patchett：*Taft* Marge Piercy：*The Longings of Women* Jayne Anne Phillips：*Shelter* Susan Power：*The Grassdancer* Ntozake Shange：*Liliane* Carol Sheilds：*The Stone Diaries* Alice Walker：*The Complete Stories* Dorothy West：*The Wedding* Elizabeth Wurtzel：*Prozac Nation*
	文化事件	The Congress adopts the Gender Equity in Education Act to train teachers in gender equity，promote math and science learning by girls，counsel pregnant teens，and prevent sexual harassment. The Violence Against Women Act funds services for victims of rape and domestic violence，allows women the civil rights remedies for gender-related crimes，provides training to increase police and court officials' sensitivity and a national 24-hour hotline for battered women. Maya Angelou is awarded Spingarn Medal. Annie Proulx receives the Pulitzer Prize for her novel *The Shipping News*. Susan Power receives the Pen/Hemingway Award for *The Grass Dancer*. Carol Shields receives the National Critics Circle Award for her novel *The Stone Diaries*.
1995	小说创作	Ann Beattie：*Another You* Denise Chong：*The Concubine's Children* Wayson Choy：*The Jade Peony* Louise Erdrich：*The Blue Jay's Dance：A Birth Year* Kaye Gibbons：*Sights Unseen* Ellen Gilchrist：*The Age of Miracles* Ellen Gilchrist：*Rhoda：A Life in Stories* Rebecca Goldstein：*Mazel* Kathryn Harrison：*Poison* Alice Hoffman：*Practical Magic* Linda Hogan：*Dwellings：A Spiritual History of the Living World* Mary Karr：*The Liar's Club* Barbara Kingsolver：*High Tide in Tucson* Ursula Le Guin：*Four Ways to Forgiveness* Bobbie Ann Mason：*The Girl Sleuth* Claire Messud：*When the World Was Steady*

时间	小说创作/文化事件	
	小说创作	Susanne Moore: *In the Cut* Joyce Carol Oates: *The Poisoned Kiss and Other Stories from the Portuguese* Joyce Carol Oates: *You Can't Catch Me* Joyce Carol Oates: *Zombie* Cynthia Ozick: *The Cannibal Galaxy* Cynthia Ozick: *Bloodshed and Three Novellas* Cynthia Ozick: *The Pagan Rabbi and Other Stories* Jane Smiley: *The All-True Travels and Adventures of Lidie Newton* Jane Smiley: *Moo* Amy Tan: *The Hundred Secret Senses* Anne Tyler: *Ladder of Years* J. Verdelle: *The Good Negress Helena* MariaViramontes: *Under the Feet of Jesus* Dorothy West: *The Wedding*
	文化事件	The United Nations' Fourth World Conference on Women meets in Beijing. Carol Shields receives the Pulitzer Prize for her fiction *The Stone Diaries*. Cornelia Nixon wins the O Henry Award for her story "The Women Come and Go."
1996	小说创作	Cathy Acker: *Pussycat Fever* Cathy Acker: *Pussy, King of the Pirates* Andrea Barrett: *Ship Fever and Other Stories* Louis Begley: *About Schmidt* Ana Hernandez Del Castillo: *Loverboys: Stories* Edwidge Danticat: *Krik? Krak!* Joan Didion: *The Last Thing He Wanted* Louise Erdrich: *Tales of Burning Love* Mary Gordon: *The Shadow Man* Ellen Gilchrist: *The Courts of Love* Jessica Hagedorn: *The Gangster of Love* M. Homes: *The End of Alice* Siri Hustvedt: *The Enchantment of Lily Dahl* Josephine Winder Jacobsen: *What Goes Without Saying* Tama Janowitz: *By the Shores of Gitchee Gumee* Gish Jen: *Mona in the Promised Land* Jamaica Kincaid: *The Autobiography of My Mother* Ursula Le Guin: *Unlocking the Air and Other Stories* Jill McCorkle: *Carolina Moon* Elizabeth McCracken: *The Giant's House* Sue Miller: *The Distinguished Guest* Jay McInerney: *The Last of the Savages* Terry McMillan: *How Stella Got Her Groove Back* Joyce Carol Oates: *First Love: A Gothic Tale* Joyce Carol Oates: *We Were the Mulvaneys* Joyce Carol Oates: *Will You Always Love Me?* Janet Peery: *The River Beyond the World* Annie Proulx: *Accordion Crimes* Sandra Scofield: *A Chance to See Egypt* Joanna Scott: *The Manikin* Mona Simpson: *A Regular Guy* Lily Tuck: *The Woman Who Walked on Water*

时间	小说创作/文化事件	
	文化事件	In *United States* v. *Virginia*, the Supreme Court rules that the all-male Virginia Military School has to admit women in order to continue to receive public funding. Madeleine K. Albright, U. S. representative to the UN, is selected to become secretary of state in his second administration by President Clinton, making her the first woman ever to hold this top cabinet post. Gina Berriault receives the National Critics Circle Award for her novel *Women in Their Beds*. Andrea Barrett receives the National Book Award for her *Ship Fever and Other Stories*.
1997	小说创作	Cathy Acker: *Bodies of Work* Cathy Acker: *Eurydice in the Underworld* Julia Alvarez: *Yo!* Ann Beatie: *My Life, Starring Dara Falcon* Charlotte Bacon: *A Private State* Louise Erdrich: *Tales of Bruning Love* Cristina Garcia: *The Aguero Sisters* Ellen Gilchrist: *Sarah Conley* Kathryn Harrison: *The Kiss* Amy Hempel: *Tumble Home: A Novella and Short Stories* Alice Hoffman: *Here On Earth* Diane Johnson: *Le Divorce* Bobbie Ann Mason: Still Life with Watermelon Toni Morrison: *The Paradise* Bharati Mukherjee: *Leave It to Me* Joyce Carol Oates: *Double Delight* Joyce Carol Oates: *Man Crazy* Cynthia Ozick: *The Puttermesser Papers* Ann Patchett: *The Magician's Assistant* Carol Sheilds: *Larry's Party*
	文化事件	The *New York Times* reports that women buy between 70 percent and 80 percent of all fiction. Charlotte Bacon receives the Pen/Hemingway Award for *A Private State*. Gina Berriault receives the Pen/Faulkner Award for *Women in Their Beds*. Penelope Fitzgerald receives the National Critics Circle Award for her novel *The Blue Flower*. Mary Gordon wins the O Henry A ward for her story "City Life."
1998	小说创作	Dorothy Allison: *Cave Dwellers* Andrea Barrett: *The Voyage of the Narwhal* Ann Beattie: *Park City: New and Selected Stories* Aimee Bender: *The Girl in the Flammable Skirt* Octavia Butler: *Parable of the Talents* Susan Choi: *The Foreign Student* Edwidge Danticat: *The Farming of Bones* Louise Erdrich: *The Antelope Wife* Allegra Goodman: *Kaaterskill Falls* Linda Hogan: *Power*

时间		小说创作/文化事件
	小说创作	Gayl Jones: *The Healing* Barbara Kingsolver: *The Poisonwood Bible* Alice McDermott: *Charming Billy* Jay McInerney: *Model Behaviour* Lorrie Moore: *Birds of America* Toni Morrison: *Paradise* Gloria Naylor: *The Men of Brewster Place* Mei Ng: *Eating Chinese Food Naked* Joyce Carol Oates: *Collector of Hearts: New Tales of the Grotesque* Joyce Carol Oates: *My Heart Laid Bare* Joyce Carol Oates: *Unspeakable* Jane Smiley: *The All-True Travels and Adventures of Lidie Newton* Anne Tyler: *A Patchwork Planet* Alice Walker: *By the Light of My Father's Smile*
	文化事件	Alice Munro receives the National Critics Circle Award for her novel *The Love of a Good Woman*. Alice McDermott receives the National Book Award for her novel *Charming Billy*.
1999	小说创作	Toni Cade Bambara: *Those Bones Are Not My Child* Melissa Bank: *The Girls' Guide to Hunting and Fishing* Ana Castillo: *Peel My Love Like An Onion* Bret Easton Ellis: *Glamorama* Louise Erdrich: *Birchback House* Gail Godwin: *Evensong* Alice Hoffman: *Local Girls* Tama Janowitz: *A Certain Age* Gish Jen: *Who's Irish?* Gayl Jones: *Mosquito* Jhumpa Lahiri: *Interpreter of Maladies* Alison Lurie: *The Last Resort* Bobbie Anne Mason: *Clear Springs: A Memoir* Sena Jeter Naslund: *Ahab's Wife, or, The Star-Gazer* Joyce Carol Oates: *Broke Heart Blues* Annie Proulx: *Close Range, Wyoming Stories* Alice Sebold: *Lucky* Leslie Marmon Silko: *Gardens in the Dunes* Jean Thompson: *Who Do You Love* Lily Tuck: *Siam or the Woman Who Shot a Man*
	文化事件	The Supreme Court rules in *Kolstad v. American Dental Association* that a woman can sue for punitive damages for sex discrimination if the antidiscrimination law is violated with malice or indifference to the law, even if that conduct is not especially severe. Anna Linzer receives the American Book Award for *Ghost Dancing*. Gloria Naylor receives the American Book Award for *The Men of Brewster Place*.

20世纪美国女性小说研究参考书目

Abel, Elizabeth, Marianne Hirsch, and Elizabeth Langland, eds. *The Voyage In: Fictions of Female Development*. Hanover: University Press of New England, 1983.

Alexander, Simone A. James. *Mother Imagery in the Novels of Afro-Caribbean Women*. Columbia: University of Missouri Press, 2001.

Allen, Paula Gunn. *The Sacred Hoop: Recovering the Feminine in American Indian Tradition*. Boston: Beacon, 1986.

Ammons, Elizabeth. *American Women Writers at the Turn into the Twentieth Century*. New York: Oxford University Press, 1991.

Anderson, Linda, ed. *Plotting Change: Contemporary Women's Fiction*. London: Edward Arnold, 1990.

Andrews, William L., Frances Smith Foster, and Trudier Harris, eds. *The Oxford Companion to African American Literature*. New York: Oxford University Press, 1997.

Anim-Addo, Joan, ed. *Framing the Word: Gender and Genre in Carribean Women's Writing*. Concord: Paule, 1996.

Auchincloss, Louis. *Pioneers and Caretakers: A Study of Nine American Women Novelists*. Minneapolis, MN: University of Minnesota Press, 1965.

Awkward, Michael. *Inspiriting Influences: Tradition, Revision, and Afro-American Women's Novels*. New York: Columbia University Press, 1989.

Baechler, Lea, and A. Walton Litz. *African American Writers*. New York: Charles Scribner's Sons, 1991.

Banta, Martha. *Imaging American Women: Ideas and Ideals in Cultural History*. New York: Columbia University Press, 1987.

Barr, Marleen S. *Alien to Femininity: Speculative Fiction and Feminist Theory*. Westport, CT: Greenwood Press, 1987.

—. *Feminist Fabulation: Space/Postmodern Fiction*. Iowa City: University of Iowa Press, 1992.

—, ed. *Future Females, The Next Generation: New Voices and Velocities in Feminist Science Fiction Criticism*. Rowman & Littlefield, 2000.

Bataille, Gretchen M., and Kathleen Mullen Sands. *American Indian Women, Telling Their Lives*. Lincoln: University of Nebraska Press, 1984.

Baym, Nina. *Feminism and American Literary History*. New Brunswick, NJ.: Rutgers University Press, 1992.

Bell, Bernard W. *The Afro-American Novel and Its Tradition*. Amherst: The University of Massachusetts Press, 1987.

Bell, Roseeanne P., Bettye J. Parker, and Beverly Guy-Sheftall, eds. *Sturdy Black Bridges: Images of Black Women in Literature*. Garden City, NY.: Anchor Press, 1979.

Benstock, Shari, ed. *The Private Self: Theory and Practice of Women's Autobiographical Writings*. Chapel Hill: University of North Carolina Press, 1988.

Bercovitch, Sacvan. *Reconstructing American Literary History*. Cambridge, MA.: Harvard University Press, 1986.

Birch, Eva Lennox. *Black American Women's Writing: A Quilt of Many Colours*. London: Harvester Wheatsheaf, 1994.

Blain, Virginia, et al., eds. *The Feminist Companion to Literature in English*. New Haven:

Yale University Press, 1990.

Bloom, Harold, ed. *Caribbean Women Writers*. Philadelphia: Chelsea House Publishers, 1997.

Bone, Robert A. *Down Home: A History of Afro-American Short Fiction from Its Beginnings to the End of the Harlem Renaissance*. New York: Capricorn Books, 1975.

Bower, Anne L. *Epistolary Responses: The Letter in Twentieth-Century American Fiction and Criticism*. Tuscaloosa: University of Alabama Press, 1997.

Bradbury, Malcolm. *The Modern American Novel*. Oxford: Oxford University Press, 1983.

Braxton, Joanne M. *Black Women Writing Autobiography: A Tradition within a Tradition*. Philadelphia: Temple University Press, 1989.

Braxton, Joanne M., and Andree Nicola McLaughlin. *Wild Women in the Whirlwind: Afro-American Culture and the Contemporary Literary Renaissance*. New Brunswick, N.J.: Rutgers University Press, 1990.

Brodzki, Bella, and Celeste Schenk. *Life/Lines: Theorizing Women's Autobiography*. Ithaca: Cornell University Press, 1988.

Broe, Mary Lynn, and Angela Ingram. *Women's Writing in Exile*. Chapel Hill: University of North Carolina Press, 1989.

Butler, Judith. *Gender Trouble: Feminism and the Subversion of Identity*. New York: Routledge, 1990.

Caramello, Charles. *Silverless Mirrors: Book, Self & Postmodern American Fiction*. Tallahassee: University Presses of Florida, 1983.

Carby, Hazel V. *Reconstructing Womanhood: The Emergence of the Afro-American Woman Novelist*. New York: Oxford University Press, 1987.

Chafe, William H. *The Paradox of Change: American Women in the Twentieth Century*. New York: Oxford University Press, 1991.

Chancy, Myriam J. A. *Searching for Safe Spaces: Afro-Caribbean Women Writers in Exile*. Philadelphia: Temple University Press, 1997.

Chase, Richard. *The American Novel and Its Tradition*. New York: Doubleday, 1957.

Chodorow, Nancy. *The Reproduction of Mothering: Psychoanalysis and the Sociology of Gender*. Berkeley: University of California Press, 1978.

Christian, Barbara. *Black Feminist Criticism: Perspectives on Black Women Writers*. New York: Pergamon, 1985.

—. *Black Women Novelists: The Development of a Tradition*, 1892—1976. Westport, CT: Greenwood Press, 1980.

Clark, Suzanne. *Sentimental Modernism: Women Writers and the Revolution of the World*. Bloomington: Indiana University Press, 1991.

Cott, Nancy F. *The Grounding of Modern Feminism*. New Haven: Yale University Press, 1987.

Cowley, Malcolm. *Exile's Return: A Literary Odyssey of the 1920s*. New York: Viking Press, 1951.

Culley, Margo. *American Women's Autobiography: Fea(s)ts of Memory*. Madison: University of Wisconsin Press, 1992.

Currie, M. *Metafiction*. London: Longman, 1995.

Davidson, Cathy N., and E. M. Broner, eds. *The Lost Tradition: Mothers and Daughters in Literature*. New York: Frederick Ungar, 1980.

Davis, Hora. *Moving in Mountain: The Women's Movement in America since* 1960. New York: Simon & Schuster, 1991.

Dearborn, Mary V. *Pocahontas's Daughters: Gender and Ethnicity in American Culture*. New York: Oxford University Press, 1986.

Dickstein, Morris. *Gates of Eden: American Culture in the Sixties*. Cambridge, MA: Harvard University Press, 1997.

Donovan, Josephine. *Feminist Theory: The Intellectual Traditions of American Feminism*. New York: Ungar, 1985.

—. *New England Local Color Literature: A Women's Tradition*. New York: Frederick Ungar, 1982.

Donawerth, Jane. *Frankenstein's Daughters: Women Writing Science Fiction*. 1997.

DuCille, Ann. *The Coupline Convention: Sex, Text, and Tradition in Black Women's Fiction*. New York: Oxford University Press, 1993.

Duplessis, Rachel Blau. *Writing Beyond the Ending: Narrative Strategies of Twentieth-Century Women Writers*. Bloomington: Indiana University Press, 1985.

Eisinger, Chester E. *Fiction of the Forties*. Chicago: University of Chicago Press, 1963.

Elliot, Emory. *The Columbia History of the United States*. New York: Columbia University Press, 1988.

—. *The Columbia History of the American Novel*. New York: Columbia University Press, 1991.

Evans, Mari. *Black Women Writers (1950—1980): A Critical Evaluation*. New York: Anchor, 1984.

Evans, Sara M. *Born for Liberty: A History of Women in America*. New York: Free Press, 1997.

Fairbanks, Carol. *Prairie Women: Images in American and Canadian Fiction*. New Haven, CT: Yale University Press, 1986.

Felski, Rita. *Beyond Feminist Aesthetics: Feminist Literature and Social Change*. Cambridge, MA.: Harvard University Press, 1989.

Fetterly, Judith. *The Resisting Reader: A Feminist Approach to American Fiction*. Bloomington: Indiana University Press, 1978.

Fiedler, Leslie A. *Love and Death in the American Novel*. New York: Criterion Books, 1960.

Fisher, Dexter. *The Third Woman: Minority Women Writers of the United States*. Boston: Houghton Mifflin, 1979.

Francis, Elizabeth. *The Secret Treachery of Words: Feminism and Modernism in American*. Minneapolis: University of Minnesota Press, 2002.

Friedan, Betty. *The Feminine Mystique*. 1963. Reprint. New York: Dell Books, 1975.

Friedman, M. J., and Siegel, B., eds. *Traditions, Voices, and Dreams: The American Novel since the* 1960s. Newark: University of Delaware Press, 1995.

Frye, Joanne S. *Living Stories, Telling Lives: Women and the Novel in Contemporary Experience*. Ann Arbor: University of Michigan Press, 1986.

Fullbrook, Kate. *Free Women: Ethics and Aesthetics in Twentieth-Century Women's Fiction*. Philadelphia: Temple University Press, 1990.

Gates, Henry Louis, Jr. *The Signifying Monkey: A Theory of Afro-American Literary Criticism*. New York: Oxford University Press, 1988.

George, Rosemary Maragoly. *The Politcis of Home: Postcolonial Relocations and Twentieth-Century Fiction*. Berkeley: University of California Press, 1996.

Ghymn, Esther Mikyung. *The Shape and Styles of Asian American Prose Fiction*. New York: Peter Lang, 1992.

Gilbert, Sandra M., and Susan Gubar. *No Man's Land: The Place of the Woman Writer in the Twentieth Century*. New Haven: Yale University Press, 1988.

Ginsberg, Elaine K., ed. *Passing and the Fictions of Identity*. Durham: Duke University Press, 1996.

Goldin, Claudia. *Understanding the Gender Gap: An Economic History of American Women*. New York: Oxford University Press, 1990.

Gray, Nancy. *Language Unbound: On Experimental Writing by Women*. Urbana: University of Illinois Press, 1992.

Gray, Richard J. *The Literature of Memory: Modern Writers of the American South.* Baltimore: Johns Hopkins University Press, 1971.

Greene, Gayle. *Changing the Story: Feminist Fiction and the Tradition.* Bloomington: Indiana University Press, 1991.

Hansen, E. T. *Mother Without Child: Contemporary Fiction and the Crisis of Motherhood.* Berkeley: University of California Press, 1997.

Hanson, Elizabeth I. *Forever There: Race and Gender in Contemporary Native American Fiction.* New York: Peter Lang, 1989.

Hapke, Laura. *Daughters of the Great Depression: Women, Work and Fiction in the American 1930 s.* Athens: University of Georgia Press, 1995.

Harrison, Elizabeth J. *Female Pastoral: Women Writers Re-Visioning the American South.* Knoxville: University of Tennessee Press, 1991.

Heilmann, Ann. *New Woman Fiction: Women Writing First-Wave Feminism.* London: Palgrave, 2000.

Herndl, Diane Price. *Invalid Women: Figuring Feminine Illness in American Fiction and Culture, 1840—1940* . Chapel Hill: University of North Carolina Press, 1993.

Hilfer, T. *American Fiction since 1940* . London: Longman, 1992.

Hite, Molly. *The Other Side of the Story: Structures and Strategies of Contemporary Feminist Narrative.* Ithaca, NY.: Cornell University Press, 1989.

Hogeland, Lisa Maria. *Feminism and Its Fictions: The Consciousness-Raising Novel and the Women's Liberation Movement.* Philadelphia: University of Pennsylvania Press, 1998.

Hogue, W. Lawrence. *Race, Modernity, Postmodernity: A Look at the History and the Literature of People of Color Since the 1960 s.* New York: SUNY Press, 1996.

Holloway, Karla F. C. *Moorings and Metaphors: Figures of Culture and Gender in Black Women's Literature.* New Brunswick, NJ: Rutgers University Press, 1992.

Hooks, bell. *Ain't I a Woman: Black Women and Feminisms.* Boston: South End Press, 1981.

—. *Feminist Theory: From Margin to Center.* Boston: South End Press, 1984.

—. *Talking Back: Thinking Feminist, Thinking Black.* Boston: South End Press, 1989.

Hoving, Isabel. *In Praise of New Travelers: Reading Caribbean Migrant Women's Writing.* Stanford: Stanford University Press, 2001.

Howe, Florence, ed. *Tradition and the Talents of Women.* Urbana: University of Illinois Press, 1991.

Hull, Gloria, Patricia Bell Scott, and Barbara Smith, eds. *All the Women Are White, All the Blacks Are Men, but Some of Us Are Brave.* Old Westbury, NY: The Feminist Press, 1982.

Hutcheon, Linda. *A Poetics of Postmodernism: History, Theory, Fiction.* London and New York: Routledge, 1988.

Hutchinson, George. *The Harlem Renaissance in Black and White.* Cambridge, MA.: Belknap Press of Harvard University Press, 1995.

Jablon, Madelyn. *Black Metafiction: Self-Consciousness in African American Literature.* Iowa City: University of Iowa Press, 1997.

Jackson, Rosemary. *Fantasy: The Literature of Subversion.* London: Methuen, 1981.

Jagose, Annamarie. *Queer Theory: An Introduction.* New York: New York University Press, 1996.

Jameson, Fredric. *Postmodernism: Or the Cultural Logic of Late Capitalism.* Durham: Duke University Press, 1991.

Jardine, Alice. *Gynesis: Configurations of Woman and Modernity.* Ithaca: Cornell University Press, 1985.

Jay, Karla, and Joanne Glasgow, eds. *Lesbian Texts and Contexts: Radical Revisions.* New York: New York University Press, 1990.

Jelinek, Estelle C., ed. *Women's Autobiographies: Essays in Criticism*. Bloomington: Indiana University Press, 1980.

Johnston, Carolyn. *Sexual Power: Feminism and the Family in America*. Tuscaloosa: The University of Alabama Press, 1992.

Jones, Anne Goodwyn. *Tomorrow Is Another Day: The Woman Writer in the South, 1859—1936*. Baton Rough: Louisiana State University Press, 1981.

Karl, Frederick R. *American Fictions, 1940—1980: A Comprehensive History and Critical Evaluation*. New York: Harper & Row, 1983.

Kazin, Alfred. *On Native Grounds: An Interpretation of Modern American Prose Literature*. New York: Reynal & Hitchcock, 1942.

Kemp, Sandra, and Judith Squires, eds. *Feminisms*. Oxford: Oxford University Press, 1997.

Kessler, Carol Farley, ed. *Daring to Dream: Utopian Stories by United States Women, 1836—1919*. Boston: Pandora Press, 1984.

Kim, Elaine H. *Asian American Literature: An Introduction to the Writings and Their Social Context*. Philadelphia: Temple University Press, 1980.

Klein, Marcus. *After Alienation: American Novels in Mid-Century*. Chicago: University of Chicago Press, 1978.

Knopf, Marcy. *The Sleeper Wakes: Harlem Renaissance Stories by Women*. New Brunswick, NJ: Rutgers University Press, 1993.

Kolodny, Annette. *The Lay of the Land: Metaphor as Experience and History*. Chapel Hill: University of North Carolina Press, 1975.

Kowalewski, Michael, ed. *Reading the West: New Essays on the Literature of the American West*. Cambridge and New York: Cambridge University Press, 1996.

Kubitschek, Missy Dehn. *Claiming the Heritage: African-American Women Novelists and History*. Jackson, Miss.: University Press of Mississippi, 1991.

Lauret, Maria. *Liberating Literature: Feminist Fiction in America*. New York: Routledge, 1994.

Lauter, Paul. *Canons and Contexts*. New York: Oxford University Press, 1991.

Lefanu, Sarah. *In the Chinks of the World Machine: Feminism and Science Fiction*. London: Women's Press, 1988.

Le Guin, Ursula K. *Dancing at the Edge of the World: Thoughts on Words, Women, Places*. New York: Harper & Row, 1989.

Lerner, Gerda. *The Majority Finds Its Past: Placing Women in History*. New York: Oxford University Press, 1979.

Ling, Amy. *Between Worlds: Women Writers of Chinese Ancestry*. New York: Pergamon Press, 1990.

Lunardini, Christine A. *Women's Rights*. *Social Issues in American History Series*. Phoenix: The Oryx Press, 1996.

MacKethan, Lucinda H. *Daughters of Time: Creating Woman's Voice in Southern Story*. Athens: University of Georgia Press, 1990.

Manning, Carol, ed. *Female Tradition in Southern Literature*. Urbana: University of Illinois Press, 1993.

Mardberg, Maria. *Envisioning American Women: The Roads to Communal Identity in Novels by Women of Color*. Uppsala: Uppsala University Library, 1998.

Marx, Leo. *The Machine in the Garden: Technology and the Pastoral Idea in America*. 1964. Reprint. New York: Galaxy, 1967.

McClare, Heather, ed. *Women Writers of the Short Story: A Collection of Critical Essays*. Englewood Cliffs, NJ: Prentice-Hall, 1980.

McNall, Sally Allen. *Who Is in the House? A Psychological Study of Two Centuries of Women's Fiction in America, 1795 to the Present*. New York: Elsevier North Holland,

1981.
Millard, Kenneth. *Contemporary American Fiction: The Introduction to American Fiction Since 1970* . Oxford: Oxford University Press, 2000.
Miller, Nancy K. *Subject to Change: Reading Feminist Writing*. New York: Columbia University Press, 1988.
Miner, Madonne M. *Insatiable Appetites: Twentieth-Century American Women's Bestsellers*. Westport, CT. : Greenwood Press, 1984.
Mintz, Stephen, and Susan Kellogg. *Domestic Revolutions: A Social History of American Family Life*. New York: Free Press, 1988.
Mitchell, Juliet. *Psychoanalysis and Feminism*. New York: Random House, 1975.
Moi, Toril. *Sexual/Textual Politics: Feminist Literary Theory*. 1985. London and New York: Routledge, 1988.
Moraga, Cherrie, and Gloria Anzaldúa, eds. *The Bridge Called Me Back: Writing by Radical Women of Color*. Rpt. New York: Kitchen Table: Women of Color Press, 1983.
Morrison, Toni. *Playing in the Dark: Whiteness and the Literary Imagination*. Cambridge: Harvard University Press, 1992.
Mujcinovic, Fatima. *Postmodern Cross-Culturalism and Politicization in U. S. Latina Literature: From Ana Castillo to Julia Alvarez*. New York: Peter Lang, 2004.
Mussell, Kay. *Fantasy and Reconciliation: Contemporary Formulas of Women's Romance Fiction*. Westport, CT: Greenwood Press, 1984.
Nasta, Susheila, ed. *Motherlands: Black Women's Writing from Africa, the Caribbean, and South Asia*. New Brunswick: Rutgers University Press, 1991.
North, Michael. *The Dialect of Modernism: Race, Language, and Twentieth-Century Literature*. New York: Oxford University Press, 1994.
Norwood, Vera. *Made from This Earth: American Women and Nature*. Chaple Hill: University of North Carolina Press, 1993.
Nunez, Elizabeth, and Brenda M. Green, eds. *Defining Ourselves: Black Writers in the 1990s*. New York: Peter Lang, 1999.
Owens, Louis. *Other Destinies: Understanding the American Indian Novel*. Norman: University of Oklahoma Press, 1992.
Payant, Katherine B. *Becoming and Bonding: Contemporary Feminism and Popular Fiction by American Women Writers*. Westport, CT. : Greenwood Press, 1993.
Pearlman, Mickey, ed. *American Women Writing Fiction: Memory, Identity, Family, Space*. Lexington: University Press of Kentucky, 1989.
Perkins, George et al., eds. *The American Tradition in Literature*. 6th ed. New York: Random House, 1985.
Pizer, Donald. *Twentieth-Century American Literary Naturalism: An Interpretation*. Carbondale: Southern Illinois University Press, 1982.
Prenshaw, Peggy Whitman, ed. *Women Writers of the Contemporary South*. Jackson: University Press of Mississippi, 1984.
Pryse, Marjorie, and Hortense J. Spillers *Conjuring: Black Women, Fiction, and Literary Tradition*. Bloomington: Indiana University Press, 1985.
Quintana, Alvina E. , ed. *Reading U. S. Latina Writers: Remapping American Literature*. New York: Palgrave Macmillan, 2003.
Rabinnowitz, Paula. *Labor and Desire: Women's Revolutionary Fiction in America*. Chapel Hill: University of North Carolina Press, 1991.
Radway, Janice A. *A Reading of the Romance: Women, Patriarchy, and Popular Literature*. Chapel Hill: University of North Carolina Press, 1984.
Reynolds, Guy. *Twentieth-Century American Women's Fiction: A Critical Introduction*. London: Macmillan, 1999.

Rich, Adrienne. *Of Woman Born: Motherhood as Experience and Institution*. New York: Norton, 1976.

—. *On Lies, Secrets, and Silence: Selected Prose 1966—1978* New York: Norton, 1979.

Robinson, Sally. *Engendering the Subject: Gender and Self-Representation in Contemporary Women's Fiction*. SUNY series in Feminist Criticism and Theory. Albany: State University of New York Press, 1991.

Rodriguez, Maria Cristina. *What Women Lose: Exile and the Construction of Imaginary Homelands in Novels by Caribbean Writers*. New York: Peter Lang, 2005.

Roller, Judi M. *The Politics of the Feminist Novel*. Westport, CT: Greenwood Press, 1986.

Romines, Ann. *The Home Plot: Women, Writing and Domestic Ritual*. Amherst: University of Massachusetts Press, 1992.

Rosinsky, Natalie M. *Feminist Futures: Contemporary Women's Speculative Fiction*. Ann Arbor: University of Michigan Research Press, 1984.

Rubenstein, Roberta. *Boundaries of the Self: Gender, Culture, Fiction*. Champaign: University of Illinois Press, 1987.

Ruland, Richard, and Malcolm Bradbury. *From Puritanism to Postmodernism: A History of American Literature*. New York: Penguin, 1992.

Russ, Joanna. *To Write Like a Woman: Essays in Feminism and Science Fiction* Bloomington: Indiana University Press, 1995.

Sage, L. *Women in the House of Fiction: Post-War Women Novelists*. Basingstoke: Macmillan, 1992.

Sarris, Greg. *Keeping Slug Woman Alive: A Holistic Approach to American Indian Texts*. Berkeley: University of California Press, 1993.

Schaub, Thomas Hill. *American Fiction in the Cold War*. Madison: University of Wisconsin Press, 1991.

Showalter, Elaine. *Inventing Herself: Claiming a Feminist Intellectual Heritage*. New York: Simon & Schuster, 2001.

—. *A Jury of Her Peers: American Women Writers from Anne Bradstreet to Annie Proulx*. New York: Alfred A. Knopf, 2009.

—, ed. *Modern American Women Writers*. New York: Maxwell MacMillan, 1993.

—, ed. *The New Feminist Criticism: Essays on Women, Literature, Theory*. New York: Pantheon Books, 1985.

—. *Sexual Anarchy: Gender and Culture at the Fin de Siecle*. London: Virago, 1992.

—. *Sisters' Choice: Traditions and Change in American Women's Writing*. Oxford: Clarendon Press, 1991.

—, ed. *These Modern Women: Autobiographies from the Twenties*. Old Westbury, N. Y.: Feminist Press, 1989.

Smith, Henry Nash. *Virgin Land: The American West as Symbol and Myth*. Cambridge, MA.: Harvard University Press, 1950.

Smith, Sidonie. *A Poetics of Women's Autobiography: Marginality and the Fictions of Self-Representation*. Bloomington: Indiana University Press, 1987.

Solomon, Barbara Miller. *In the Company of Educated Women: A History of Women and Higher Education in America*. 1985.

Spivack, Charlotte. *Merlin's Daughters: Contemporary Women Writers of Fantasy*. Westport, CT: Greenwood Press, 1987.

Staicar, Tom, ed. *The Feminine Eye: Science Fiction and the Women Who Write It*. New York: Frederick Ungar, 1982.

Tanner, Tony. *City of Words: American Fiction, 1950—1970* London: Jonathan Cape, 1971.

Trilling, Lionel. *The Liberal Imagination*. New York: Harcourt Brace Jovanovich, 1978.

Wade-Gayles, Gloria. *No Crystal Stair: Visions of Race and Sex in Black Women's Fiction*. New York: Pilgrim, 1984.

Wagner-Martin, Linda. *The Mid-Century American Novel, 1935—1965*. New York: Twayne, 1997.

Walker, Alice. *In Search of Our Mothers' Gardens: Womanist Prose*. San Diego: Harcourt, Brace, Jovanovich, 1983.

Walker, Melissa. *Down from the Mountaintop: Black Women's Novels in the Wake of the Civil Rights Movement, 1966—1989*. New Haven: Yale University Press, 1991.

Walker, Nancy A. *Feminist Alternatives: Irony and Fantasy in the Contemporary Novel by Women*. Jackson: University Press of Mississippi, 1990.

Wall, Cheryl. *Women of the Harlem Renaissance*. Bloomington: Indiana University Press, 1995.

Walsh, Jeffrey. *American War Literature: 1914 to Vietnam*. London: MacMillan, 1982.

Wandersee, Winifred D. *On the Move: American Women in the 1970s*. Boston: Twayne, 1988.

Washington, Mary Helen. *Invented Lives: Narratives of Black Women, 1860—1960*. Garden City, NY: Anchor Press, 1987.

Waugh, Patricia. *Feminine Fictions: Revisiting the Postmodern*. New York: Routledge, 1989.

White, Barbara A. *Growing Up Female: Adolescent Girlhood in American Fiction*. Westport, CT: Greenwood Press, 1985.

Williams, Deborah Lindsay. *Not in Sisterhood: Edith Wharton, Willa Cather, Zona Gale, and the Politics of Female Authorship*. New York: Palgrave, 2001.

Willis, Susan. *Specifying: Black Women Writing the American Experience*. Madison: University of Wisconsin Press, 1987.

Wisker, Gina. *Post-Colonial and African American Women's Writing: A Critical Introduction*. New York: St. Martin's Press, 2000.

Wolmark, Jenny. *Aliens and Others: Science Fiction, Feminism and Postmodernism*. New York: Harvester Wheatsheaf, 1993.

Wyatt, Jean. *Reconstructing Desire: The Role of the Unconscious in Women's Reading and Writing*. Chapel Hill: University of North Carolina Press, 1990.

Yin, Xiao-huang. *Chinese American Literature since the 1850s*. Urbana: University of Illinois Press, 2000.

Yntema, Sharon K. *More Than 100: Women Science Fiction Writers*. Freedom, CA: Crossing, 1988.

Young, Mary E. *Mules and Dragons: Popular Culture Images in the Selected Writings of African-American and Chinese-American Women Writers*. Westport, CT: Greenwood Press, 1993.

Zimmerman, Bonnie. *The Safe Sea of Women: Lesbian Fiction, 1969—1989*. Boston: Beacon Press, 1990.

Zimora, L. *Contemporary American Women Writers: Gender, Class, Ethnicity*. London: Longman, 1998.

刘海平、王守仁主编:《新编美国文学史》四卷,上海:上海外语教育出版社,2002年。

王家湘:《20世纪美国黑人小说史》,译林出版社,2006年。

吴元迈主编:《20世纪外国文学史》五卷,南京:译林出版社、凤凰出版社,2004年。

后　记

我在几年前曾经撰写了一本关于19世纪美国女性小说研究的著作，书名为《文学女性与女性文学：19世纪美国女性小说家及作品》。那本书是国内此类作品的第一部，有点填补空白的意思。虽然由于自己才力不逮，每每翻起还有许多不尽如人意之处，但出版后受到学界同仁的溢美称赞，特别是在与年轻学者的接触中他们不时提及这本书如何使他们受益，如何使他们以一种更加开阔的视野学习和研究美国文学，如何加深了他们对于美国文学与文化全貌的了解，这一切使我倍感欣慰。就在那部作品的写作过程中，我萌生了再写一本关于20世纪美国女性小说研究著作的念头。时隔几年，这第二部作品终于落下最后一笔，完成了自己的心愿。这本《20世纪美国女性小说研究》是我自己学术研究的自然延伸，可以视为前一部作品的姊妹篇。

这部专著由我与自己的三位弟子一起完成，从个人项目变成集体项目，从个人独自耕耘变为集思广益，从某种程度上也折射了国内学界女性文学研究领域的发展。回想十几年前我刚从美国留学归来的时候，这一学术领域在国内美国文学研究界仍是一个较新的话题，但时至今日，各类研究成果早已遍地开花，大放异彩。就拿这本书来说，比起我前面那本自己的"独创"视野理当更加开阔、思考必然更加全面、成果也自然更加成熟。在本书已经付梓之际，我欣喜地看到美国女权主义评论大家伊莱恩·肖尔沃特也刚刚出版了美国第一部女性文学史《她的同性陪审团：自安妮·布雷兹特利特至安妮·普鲁克斯的美国女性作家》一书。这一巧合增加了我对本书选题意义和学术价值的信心，也折射出了我国女性文学研究不再是亦步亦趋地追随国际学术界，而已经与之接轨并在努力发出自己独特的声音。

能够为我国美国文学的研究起到一点增砖添瓦的作用，是我学术的最终目标。一路走来，付出不少心血，从落笔起始到本书定稿，回首往事，感慨不已。我首先要感谢与我一路携手走来的三位年轻博士，感谢他们与我一起经历的三年多漫长的艰辛写作历程。在相互切磋、相互鼓舞中，他们与我们这本书一起成长、一起走向成熟。没有他们的努力，这本书今天无法出现在读者的面前。我还要感谢学界的同仁，这些年来，在与大家的不断交流过程中我受益匪浅，得以不断开拓视野、不断激发思考、不断受到启迪，最终才能把这部著作摆在读者面前。我要感谢我们学校的“211工程”项目资助，它使我们更加心无旁骛、精心钻研。这部著作能够问世，还要感谢出版社责任编辑的辛勤劳动与北京市社会科学理论著作出版基金资助，也在此预先感谢读者朋友的关注。我期待学界朋友的不吝批评之词，以利于我国外国文学界学术的交流与繁荣。

在此仅致以诚挚谢忱。

金 莉

2010年春于北京海淀厂洼